Afghana

Das Buch

Freiland nennen sie das Land ihrer Träume, weites Land, und eines Tages fahren Sigi und Paul tatsächlich los. Hunger und Kälte durchleben sie, Krankheit und Einsamkeit, Streit und Versöhnung, sie verlieren ihr Auto, ihr Geld, aber sie gewinnen die Erfüllung des Traumes, den Rausch und die Liebe.
Der Schauspieler und Sänger Klaus Hoffmann hat einen poetischen Abenteuerroman geschrieben. Er erzählt von einer Reise ins Anderswo, von Paul, dem Jungen aus Berlin, den die Sehnsucht treibt, das Unbekannte zu entdecken.

Der Autor

Klaus Hoffmann, geboren 1951 in Berlin, ist Film- und Theaterschauspieler, Sänger und Liedermacher. Für seine Filmrollen und Schallplatten erhielt er mehrere Preise und Auszeichnungen wie die *Goldene Kamera*, den *Bambi* und den *Deutschen Schallplattenpreis.*

Klaus Hoffmann

Afghana

Roman

List Taschenbuch

List Taschenbücher erscheinen im Ullstein Taschenbuchverlag,
einem Unternehmen der Econ Ullstein List
Verlag GmbH & Co. KG, München
1. Auflage 2002

Umschlagkonzept: HildenDesign, München – Stefan Hilden
Umschlaggestaltung: Any.Way Grafikdesign – Cordula Schmidt
Titelabbildung: Reuters
Satz: Pinkuin Satz- und Datentechnik, Berlin
Druck und Bindearbeiten: Clausen & Bosse, Leck
Printed in Germany
ISBN 3-548-60149-9

Für meine Mutter

… durch die blauen Abendsommer will ich gehn,
gestichelt vom Korn,
stiefeln auf zartem Gras,
werd keine Worte machen,
keine Sachen denken,
aber grenzenlose Liebe wird mein Herz beschenken
und weit, ganz weit will ich ziehn,
selig, wie mit einer Frau …

Arthur Rimbaud März 1870

Und schau niemals zurück

Ich saß in der ersten Reihe im Bus der Linie 10. Ich saß immer in der ersten Reihe. Die Wendeltreppe hoch, dann den Gang entlang, bis nach vorn zur Frontscheibe. Entweder rutschte ich zum Fensterplatz durch oder ich haute mich gleich in den ersten Sitz. Sozusagen Rang, erste Reihe Mitte. Dort saß ich nun und konnte bedächtig ohne Hetze und Eile meine Gehirnwindungen auf Erwachen schalten.

Die erste Reihe war die begehrte Reihe. Man konnte von da aus die ganze Straße überblicken. Ich war ungestört, meistens jedenfalls. Ich wurde nicht durch alberne Fragen irgendwelcher Verstorbener gestört und musste mir auch nicht den Nacken wegen unwesentlicher Begrüßungszeremonien verzerren. Ich war sozusagen bei mir.

Die anderen, die Verstorbenen, hatte ich hinter mir gelassen. Wenn ich morgens um sieben den Doppeldecker bestieg, saßen selten ein paar von denen im Rang. Sie krümelten sich entweder in den letzten Reihen oder hatten schon vorher aus Mutlosigkeit und Altersschwäche auf der Treppe kehrtgemacht. Sie saßen unten im Parterre und starrten dumpf vor sich hin oder klebten leise greinend an den Scheiben.

Ich sah immer dieselben Leute. Graue Gesichter, müde von der kurzen Nacht. Im Winter schleppten einige von ihnen Wolldecken mit sich herum, die sie sich über die Knie legten. Einfach, weil es im Winter so höllisch kalt war in den BVG-Bussen. Aber heute begann ja der Frühling und durch den offenen Einstieg vom 10er Bus drang warmer Fahrtwind bis hoch zu mir ins Oberdeck.

Ich fuhr immer dieselbe Strecke. Morgens um sieben hin zum Büro, nachmittags um fünf zurück zur Endhaltestelle. Die einfache Prozedur dauerte eineinhalb Stunden, umsteigen inbegriffen. Halensee enterte ich dann den 19er, der mich bis zum Büro brachte. Ich sah Tag für Tag dieselben Straßen, dieselben Gesichter, hörte dieselben Geräusche und hatte dieselben Gedanken. Morgens wie abends.

Ich war immer müde. Ich kann mich nicht erinnern, auf dem Weg von hier nach da jemals wach gewesen zu sein. Meine Müdigkeit gehörte zu mir. Sie schützte mich. So sprach mich niemand an. Es wäre unmöglich gewesen, mit mir ins Gespräch zu kommen. Es gab aber morgens um sieben sowieso niemanden, der mit mir ins Gespräch kommen wollte. Jeder saß nur so da und starrte auf die Straße.

Nach außen vermittelte ich das Bild eines dynamischen, intelligenten jungen Mannes, der wie jedermann an diesem Morgen zu früh aufgestanden war, um sich nun für den erwachenden Tag in einer Tiefenmeditation zu versenken, so einer Art Gedankenjudo. Nein, äußerlich gab es auf meiner Stirn keine Kratzer. Aber innerlich. Innerlich war ich ein achtzehnjähriges Wrack. Ein stillgelegtes Erzwerk. Ein Hochofen, der auf seinen Abstich wartet. Angefüllt mit blubbernden, glühenden Flüssen aus Mineralien und Erzen, die völlig ungenützt im Innern eines dampfenden Vulkans trübsinnig ihre Runden drehen. Abgestellt, übersehen und der Endlichkeit überlassen. Wie eine BSTG-Matte, die sich dem Rost der Zeit hingibt. Wie eine Baustahlgewebematte. Eine, die man wie Dutzend anderer Matten braucht, um die Basis für ein Haus oder eine größere Hütte zu schaffen. Die, umgeben von einem Gemisch aus Beton und Wasser, dem ganzen Gebäude den entscheidenden Halt gibt. Etwas Nützliches also.

Alles war in mir vorhanden, Talente, Erfahrungen, Meinungen über Gott und die Welt. Aber es fehlte das Entscheidende, es fehlte die verdammte Basis im Haus meines Lebens. Vielleicht war sie ja auch da und ich sah sie einfach nicht. Vielleicht brachte ich Wasser, Beton und was für einen Hausbau so nötig war, einfach nicht zusammen.

Die Erkenntnis über meinen Zustand betrübte mich nicht. Ich wurde nicht einmal panisch, wie viele der Verstorbenen, die bei solchen Erkenntnissen panisch werden. Ich war nur kolossal müde.

Mit meinen achtzehn Jahren war ich voll ausgereift oder dachte es zumindest. Ich knackte nur noch geringfügig an dem Plan herum, endlich mein eigenes, unabhängiges Leben zu führen. Im Grunde war meine Seele längst unterwegs nach irgendwo. Der Tag X sollte kommen und meine Seele und ich wussten es.

Ich saß in der ersten Reihe im Bus der Linie 10 und dachte an Mädchen.

Ich konnte mich in die wunderbarsten Tagträume versenken und Mädchen waren darin meine liebsten Begleiter. Meistens waren es ältere Mädchen, also Frauen, die ich auf der Straße sah. Die zustiegen, die ausstiegen, die an den Haltestellen warteten. Sie wurden die Hauptdarsteller in meinen morgendlichen Filmen. Ich holte sie von den Haltestellen ab, machte mit ihnen, was ich wollte und entließ sie dann wieder. Alles spielte sich in mir ab, ohne dass man mir irgendeine Regung angemerkt hätte.

Ich hatte das Gesicht eines mehr oder weniger gut aussehenden jungen Mannes. Die Haare vorn bis in die Stirn gekämmt, hinten kurz. Mit etwas Flaum auf der Oberlippe. Ich bemühte mich, einen guten Eindruck zu machen. Für jedermann. Um mich nicht allzu sehr von den anderen abzuheben, hatte ich mir eine Kollektion schlichter Verkleidungen zugelegt.

An diesem Morgen trug ich die Fischgegrätete. Meine Lieblingshose. Ich besaß vielleicht vier oder fünf verschiedene Hosen. Langbeinige, versteht sich. Ich hasse kurze Hosen. Sie erinnern mich an trübe Zeiten. An dicke Oberschenkel und Stachelbeerwaden. Die Fischgegrätete waren zwei Baumwollbeine mit einem 42er Schlag. Also eine Schlaghose. Ich besaß davon zwei. Die Graue und die Fischgegrätete. Dann noch einen grauen Anzug für Festlichkeiten und eine Röhrenhose. So eine Karotte in Pepita, die aber extrem eng war. Ich hatte immense Mühe, mich mit ihr hinzusetzen.

Für den Bürogang trug ich generell die Graue und dazu ein graues Jackett. Eins mit Noppen, das man überall tragen konnte. Ins Büro und auf Beerdigungen. Wenn ich gut beieinander war, trug ich auch schon mal die blaue Propylenjacke. Die ohne Kragen aus Plastik. Die mit den Goldknöpfen. Die John-Paul-Ringo-George-Beatles-Jacke. Die so ungeheuer blau war, dass ein Gegenüber bei ihrem Anblick erblindete, und so steif, dass man sie ausgezogen in die Ecke stellen konnte. Die trug ich aber nur, wenn ich in extrem guter Tagesform war.

Von den Schlaghosen blieb mir dazu nur die Fischgegrätete, die zwar sehr gut anlag, aber nur einen lächerlichen 42er Schlag hatte. Ich hätte gern eine 52er besessen, das war aber einfach nicht drin. Eine 52er kostete bei Hosen-Kohnen dreimal so viel wie eine 42er. Die Fischgegrätete war trotzdem meine Favoritin. Ich trug sie nachts und zu Tanzveranstaltungen und bügelte sie täglich, um den Schlag zu festigen.

Meine Mappe hatte ich neben mir aufgepflanzt. Als eine Art Schutzwall. Ich hatte immer meine Mappe bei mir. Ich kann mich nicht erinnern, jemals ohne Mappe das Haus verlassen zu haben. Es war eine braune oder graue Mappe, vielleicht war sie auch schwarz. Auf jeden Fall gehörte sie zu mir. Wie ein Hund oder ein Schirm. Sie war meine Verbindung zu den anderen. Zur Außenwelt.

Alle trugen Mappen. Jeder hatte so ein Ding bei sich. Eine graue, braune oder schwarze Mappe. Mit Reißverschluss, mit Plastikhenkel oder mit einem ledernen Trageriemen, für die ganz Verkniffenen. Die Mappe machte es möglich, mit ihr gehörte ich dazu. Die Mappe schaffte es, dass ich ein nützliches Mitglied in einer Gesellschaft von nützlichen Mappenträgern war. Ich wäre nie ohne sie ins Büro gefahren. Wir waren unzertrennlich. Es war nicht viel, was ich ihr anvertraute. Ein Päckchen Lux-Filter, ein paar belegte Brote, Schreibgerät und natürlich meine Bibeln. Ich schleppte immer irgendwelche Bücher mit mir herum. Werke von denen, die es besser wussten.

Zum Beispiel „Das tibetanische Totenbuch" oder von Louis Ferdinand Celine den Klassiker „Kanonenfutter". Das war so meine Lektüre für den Tag. Manchmal holte ich auch, wenngleich seltener, ein paar Lebensbegleiter wie „Der geistige Leitfaden der Rosenkreuzler" oder „Das Buch vom Es" von einem gewissen Herrn Groddeck hervor. Die aber wie gesagt seltener. Meine Bibeln waren mir wichtig, sie waren immer dabei. Ich holte sie aber nur im äußersten Notfall heraus. Nur wenn es im Bus extrem voll wurde. Dann verschanzte ich mich hinter so einem Werk, um mich vor den Angriffen der Verstorbenen zu schützen.

Meine Füße hatte ich unter eine Messingstange geklemmt, die vor mir am Fenster angebracht war. Mein rechter Ellenbogen war zum Liegeplatz verankert. Mein schwerer Kopf lehnte an der kaltfeuchten Scheibe.

Ich ging mit meinen Traumfrauen durch endlose Straßen, saß mit ihnen in Cafés, hörte ihren Problemen zu, war der gute Kamerad und Zuhörer. So begann es immer. Mit sieben hatte ich noch den Rittertraum gehabt, weil der Vater meiner Angebeteten aus der 2a bei der berittenen Polizei war. Da wollte ich unbedingt auch zur berittenen Polizei. Ich nahm sie auf mein Pferd und wir waren die meiste Zeit auf der Flucht. Außer ein paar Küssen und einem Antrag war ich tagelang nur mit ihr und dem Pferd beschäftigt gewesen. Jetzt aber, um Jahre gealtert, malte ich mir schon schärfere Geschichten aus. Meistens klebte ich schon nach zwei bis drei Stationen sabbernd an der Scheibe. Der Hauptfilm lief, sobald eine Frau meiner Wahl in den Bus stieg. Dann begann die Schlacht.

Oft entschied ich mich für eine Rothaarige. Natürlich mit enormen Brüsten. Ich schloss die Augen. Sie steckte mir ihre Zunge in den Mund, befreite mich von der Hose und verschlang mich. Ich verführte nie, ich wurde verführt. Sobald ich mich entschieden hatte, begann mein Film und die Bilder überfluteten mich. Ich konnte nichts dagegen tun. Ich hockte auf meiner Bank, den Kopf an die Scheibe gelehnt, mit einer enormen Erektion, die ich ohne jede Regung ertrug, und versank in den Bildern meiner Leinwand.

Ich brauchte diese Bilder. Meine Mädchen gehörten zu mir. Ohne sie fühlte ich mich verloren. Sie trugen sandfarbene Strumpfhosen und Miniröcke, hatten langes, rotes oder blondes Haar und waren in allen Liebestechniken erfahren. Ich war der begehrteste Mann auf dem Oberdeck. Ein junger Lehrling in Sachen Eisen und Stahl.

Es gab Tage, an denen mich Fremde auf meinem Weg zum Bus ansprachen. Verstorbene, die ich aus unserer Siedlung kannte. Es kam selten vor, ich erinnere mich eigentlich an kein einziges Gespräch, aber wenn es einmal vorkam, konnte ich mich durch freundliche Abwesenheit entziehen.

Außer „Guten Morgen“ oder „Mahlzeit“ gab es sowieso nichts, was wir uns zu sagen hatten. Es gab nur diese Blicke, die mich für einen kurzen Moment zurückhielten. Blicke aus toten, hungrigen Augen. Ich werde diese Blicke nie vergessen. Für mich waren es Blicke von Mumien in Säcken.

Wie sie sich über die angelegten Wege unserer kleinen

Siedlung zur Bushaltestelle schleppten. In grauen Anzügen, mit grauen Krawatten, in beigebraunen, nützlichen Schuhen. Kamen sie in Paaren, dann waren sie in graues Trevira gehüllt. Gleichfarben stelzten sie zur Haltestelle. Graugrüne Paarsäcke, verpackt in Trevira. Hätte sie ein Hund angeführt, er hätte sicher denselben Sack getragen.

Sprach mich einer von den Verstorbenen auf dem Weg zum Bus an, dann hielt ich ihm lächelnd die Mappe entgegen, stieß sie in die Luft, rief „Guten Morgen“ und konnte so schnell wieder entkommen. Der andere blieb zurück oder rief mir etwas Unverständliches nach oder machte kehrt.

In unserer kleinen Siedlung mit den kleinen Grünanlagen und den kleinen, sauberen Wegen lächelte jedermann. Alle sagten nichts oder wenn, dann nur „Guten Morgen“ oder „Mahlzeit“ und alle lächelten. Zu jeder Tages- und Nachtzeit. Auch wenn sie schon morgens um sieben Uhr in kleinen Grüppchen an der Endhaltestelle herumlungerten und auf ihren Bus warteten, ob bei Regen oder Schnee, alle lächelten. Sogar die Hunde lächelten und die paar Katzen und auch die Vögel, die aus Afrika zurückgekehrt waren, um den Sommer hier mit uns zu verbringen. Weiß der Himmel warum, alle lächelten. Es war eine Welt der Stille und der Beschaulichkeit, eine Oase des Lächelns.

Es kam vor, dass Stiefvater den 10er fuhr. Ich habe es nie als ein Privileg angesehen, ihn zu kennen. Ich akzeptierte es einfach, wenn wir uns begegneten. Bestimmt trafen wir uns nur einige Male, aber dann lächelten auch wir.

Stiefvater saß hinter dem mächtigen Lenkrad des Doppeldeckers und gab die Fahrscheine aus. Meistens winkte er mich unbeholfen durch, ohne dass ich zu zahlen brauchte, und sagte nur: „Na?“ Das war alles. Nur dieses „Na?“.

Ich verstand seine Botschaft nie, aber ich sagte auch nicht mehr. Ich grinste etwas verlegen, nahm dann den Fahrschein und sagte auch nur „Na?“. Ich glaube, wir haben, sooft wir uns im 10er Bus trafen, nie richtig miteinander gesprochen. Ich habe ihn aber auch nie mit anderen Fahrgästen sprechen sehen.

In seiner dunkelgrauen Busfahreruniform saß er hinter einem riesigen Lenkrad und fuhr von Station zu Station. Er machte nie Fehler. Er war ungemein aufmerksam, was den Verkehr und den Bus betraf. Er war ein guter Busfahrer, kein Maulheld, kein Schwätzer. Keiner von denen, die sich drückten. Ein bescheidener, fleißiger, mit den Jahren etwas still gewordener Mann.

Die BVG-Mütze hatte er neben sich am Lenkrad liegen. Sie war viel zu groß und ging ihm über die Ohren. Seine Hände umschlossen das Lenkrad. So saß er da. Er hatte keine schönen Hände. Die Finger waren etwas wulstig und sicher auch zu kurz. Eine hässliche Narbe zog sich vom Handgelenk über den ganzen Daumen. Trotzdem strahlten seine Hände Energie aus. Eine Energie, die ich bemerkte, die vielleicht jedermann bemerkte. Es ist vielleicht verrückt, an einem normalen Werktag auf die Hände seines Gegenübers zu starren, aber mich interessierten immer Hände. Hände waren das erste, was mir an einem Gegenüber auffiel. Stiefvater und ich berührten uns äußerst selten. Vor allem nicht, wenn wir uns zufällig im Bus der Linie 10 trafen. Stiefvater war ein sehr weicher Mann, er konnte aber ungemein stark zupacken und hatte eine enorme Lebensenergie, die ich eben an seinen Händen bemerkte.

Früher war er mal hager gewesen, mit eingefallenen Wangen, ein ziemlich nerviger Typ. Später aber bekam er einen Kugelkopf, der ihm auch besser stand. In diesem Kugelkopf waren zwei braune Knopfaugen verankert. Mit denen blickte er in die Welt.

Stiefvater konnte wahnsinnig schnell eine Situation erfassen. Wohl deshalb, weil er als Busfahrer die Straße und alles, was vor ihm lag, gut unter Kontrolle haben musste. Er sah alles. Ich glaube, er blickte wirklich durch, aber er sprach nicht darüber.

Auch ich hätte Stiefvater nie etwas von meinen Beobachtungen gesagt. Schon gar nicht über seine Hände und seine Augen. Das wäre ihm sicher peinlich gewesen.

Ich hütete mich auch davor, irgendwem davon zu erzählen.

Wenn wir uns begegneten, sah ich, dass er eine Menge Respekt von den Leuten erntete. Vielleicht war das aber nur ein Wunsch von mir. Vielleicht hatten sie einfach nur Angst vor ihm und blickten deshalb zu ihm auf. Panische Angst davor, an der nächstbesten Station von ihm aus dem Bus geschleudert zu werden, wenn sie sich seinen Anordnungen nicht unterwerfen würden. Immerhin war er der Chef im Bus. Aber wie sollte man Angst vor Stiefvater haben.

Wahrscheinlich hatte auch er heimliche Träume. Träumte auch er von lüsternen Rothaarigen. Von Frauen in Strapsen und in hautfarbenen Schlüpfern. Saß hinter seiner verregneten Scheibe, mit gebrochenen Kugelkopfaugen. Quälte sich mit seinem Riesengerät durch den Berufsverkehr, zu irgendeiner Endhaltestelle. Tag für Tag. Von Morgens bis abends, von hier nach da.

Kam er nach Hause, stand er verloren in der Tür und sagte erst mal gar nichts. In seiner viel zu kleinen BVG-Uniform stand er müde im Flur, lächelte nur und war ziemlich geschafft. Mit der großen Mütze, die ihm über die Ohren ging, und einer Mappe, die so dünn war, dass man nur ein paar belegte Brote darin vermutete, stand er für Minuten im Flur und legte dann alles ab. Er zog sein Jackett aus, hängte es an den Haken, legte die Mütze auf die Garderobe und stellte die Mappe darunter. Jeden Abend machte er es so. Ich glaube, auch an seinen Endhaltestellen saß er nur so da und starrte vor sich hin. Saß einfach nur so da und starrte vor sich hin.

An diesem Morgen waren viele von den anderen unterwegs.

Ich hasste die Halbtoten, die an den Haltestellen in der

Reihe standen. Sie standen immer in der Reihe. Im Haufen oder in der Reihe. Immer die gleichen Gesichter. In immer denselben grauen Trevirasäcken standen sie still herum und warteten geduldig auf ihren Abtransport. Dazu dieses unentwegte Bescheidenheitsgedudel. „Ach bitte nach Ihnen." – „Ach nein danke, bitte nach Ihnen." Tag für Tag. Wahrscheinlich ein ganzes Leben lang. Ein verdammtes, langweiliges, graues Sackleben in der Reihe oder im Haufen. Bis ihnen irgendein Oberschlauer nahe legen würde, nun mal in die Kiste zu gehen. Dann stellten sie sich in der Reihe an und hups würde einer den Deckel zumachen. Wie mich ihr Anblick ermüdete.

Um mich vor dem Rest der Welt zu verbergen, hatte ich mir für meine Fahrten ins Büro eine Überlebenstaktik angeeignet. Durch jahrelanges Training war ich in der Lage, mein Gesicht auszutauschen, wie andere ihr Hemd wechseln. Ich bestand nämlich aus mehreren Menschen und somit verfügte ich über die Kunst der Verwandlung. Ob auf der Straße, im Bus oder im Büro. Immerzu wechselte ich mein Gesicht.

Der, den ich am besten an mir kannte, war der Lächler. Der ging morgens auf die Straße und bestieg den Bus. Dann gab es den Vergeistigten, den Beobachter und den Grübler. Diese drei saßen später im Rang vom 10er. Der Seriöse begrüßte im Büro seine Vorgesetzten und der Verständnisvolle hing nachmittags bei den Sekretärinnen in der Teeküche herum. Nach Feierabend übernahm wieder der Lächler und wechselte sich mit dem Grübler auf der Heimfahrt ab. Es gab noch den Verwirrten, aber den sah man mir nicht an. Mit dem ging ich ins Bett. Mit dem Ängstlichen wachte ich am nächsten Morgen wieder auf. Der Lächler übernahm an der Haustür und teilte sich das Gesicht mit dem Grübler, die saßen dann wieder im Bus undsoweiterundsofort.

Sicher, ich hätte auch auf diese Maskerade verzichten können, aber dann wäre ich garantiert eingegangen. Ich wusste das. Ich wäre wie jeder der anderen frühzeitig in die Kiste gehüpft. Dann sich doch lieber gleich umbringen, sich irgendwie selbst vernichten. Natürlich hatte ich nie wirklich daran gedacht, mich von der Erdoberfläche zu pfeffern. Wie hätte ich mich auch aus dem Staub machen können. Es gab ja nicht einmal die Möglichkeit sich in Ruhe zu erhängen. Unsere Siedlung am Ende der Welt war zu klein, alles war kontrolliert, überschaubar.

Von der Endhaltestelle des 10er führten unzählige kleine, begrünte Wege zu kleinen sauberen Häusern mit kleinen Wohnungen. Am Ende von unzähligen Acht-Parteien-Häusern, die in Reihen aneinander gekettet waren, gab es einen Endquader mit unserer Zwei-Zimmer-BVG-Dienst- und Parterrewohnung. Zu dem Acht-Parteien-Haus.

Als ich zum ersten Mal diesen Ausdruck gehört hatte, dachte ich an gemütliche Heimatabende, an denen sich die Mieter des Hauses zum Feierabend bei Tee und Kuchen zusammenfinden, um über die Heizkosten zu fachsimpeln. Aber bei uns am Ende der Welt war alles anders.

Wir hatten nie Kontakt zu den anderen Bewohnern. Alle blieben unter sich. Wir lebten auf engstem Raum. Königinmutter, Stiefvater, Stiefbruder und ich. Keiner kam an dem anderen vorbei. Jeder sah jeden. Wie hätte man sich da das Leben nehmen können.

Wir lebten in einer kleinen Zweizimmerwohnung am Rande der großen Stadt. Mit einem kleinen Flur, der in ein Wohnschlafzimmer führte. Ein zweiter Raum ging davon ab. Dort stand ein nach oben gestapeltes Doppelbett, daneben ein Schrank und neben dem Schrank ein Stuhl. In diesem Zimmer schliefen Stiefbruder und ich. Vom Flur ging eine kleine Küche ab. Das Badezimmer war auf der anderen Seite, zur Nordseite raus. Wenn man die Haustür öffnete und in die Wohnung trat, stand man vor dem Badezimmer.

Es war eine BVG-Busfahrer-Dienstwohnung. Mit einem kleinen Balkon, von dem man über eine Treppe in einen kleinen Garten gelangte. In der Mitte des Gartens stand ein kleiner Birnbaum, der eine Birne trug. Diese Birne hing dort immer. Sie hing auch im Winter dort. Sie hing und hing. Bis sich ein paar lächelnde Vögel ihrer erbarmten und sie einfach eines Tages auf den frisch geschorenen Rasen schleuderten.

Der Rasen war immer aufs Äußerste gestutzt. Ein kleiner Zaun umringte unseren Grund und Boden. Zu niedrig, als dass irgendwer darüber hinweggestiegen wäre. Kein Mensch kümmerte sich hier um den anderen. Wir lebten für immer und ewig durch unsichtbare Ketten aneinander gefesselt.

Drei ausgewachsene Menschen, bis auf Stiefbruder, der noch im Kommen war, schoben und drängelten sich Tag für Tag, morgens wie abends zwischen Sesseln und Couch aneinander vorbei, um in die Küche oder ins Bad zu kommen. Es war Schwerstarbeit.

Wir brauchten eine Menge Disziplin, sonst hätten wir uns umgerannt. Dabei hatten wir noch Glück, denn wir mochten uns. Wir lebten, so gut wir konnten, in unseren zwei Zimmern. Still, sauber und ordentlich, so wie alle anderen. Erblinden wäre eine Möglichkeit gewesen, wenn man sich schon nicht unsichtbar machen konnte.

Stiefvater saß meist schon vor sechs hinter seinem Lenkrad, wenn ich mich mit dem Rücken zur Wand aus dem unteren Teil meines Bettes fallen ließ. Stiefbruder schlief noch über mir. Das Gesicht zur Wand.

Mit einer Hand federte ich mich auf dem Boden ab, mit der anderen warf ich das Bettzeug hintenüber. Im Fallen erwachte ich. Kaltblütig, ohne Wenn und Aber. Im Erwachen wurde ich von unzähligen Gedanken begleitet. Millionen Schnipsel rasten in Zehntelsekunden durch meinen müden Schädel. Nur der erbarmungslose Befehl: „Beweg dich!“, ließ jede weitere Überlegung erstarren. Sobald diese Anordnung in mir erklang, war ich wach. Im Abfeuern des Schusses erfasste ich die Laufbahn der Kugel, nahm sie instinktiv wahr, duckte mich, entging ihr, fiel und kam unverletzt am Boden an. Es war jeden Morgen so. Ich kann mich nicht erinnern jemals anders erwacht zu sein. War ich erst einmal unten, knallte ich hart gegen den angrenzenden Stuhl. Aber schon im nächsten Augenblick stand ich neben meinen Kleidern. Was für ein herrlicher Tag.

Ich schaffte es in nur drei Sekunden die Fischgrätete anzuziehen. Parallel griff ich mir das auf dem Stuhl liegende Jackett und die Krawatte. Mit kleinen, geübten Schritten, tänzelnd, um keinen unnötigen Lärm zu machen schlüpfte ich durch die Zellentür und war dann schnell mit ein paar weiteren Sprüngen durch das Wohnschlafzimmer meiner Ernährer. Königinmutter war längst wach, sagte aber nichts, was mich erleichterte. Im Bad brauchte ich nur wenige Minuten, dann Trenchcoat und Mappe gegriffen und den Blick nach Süden gewandt. Eine innere Stimme sagte mir: „Schau nicht mehr zurück."

So öffnete ich jeden Morgen die Tür, kurz vor sieben, bereit dem Tag das Letzte abzuverlangen.

Ein ganz normales Leben

Der Morgen bricht an, wie der erste Tag.
Schwarze Vögel singen, sie beten für den Aufbruch.
O herrliche, neue Welt.
Mein ist das Sonnenlicht, mein ist der Morgen.
Da wo das Licht spielt, da ist alles Gottes Kreation,
da ist ein neuer Tag.

Ein Typ hinter mir hatte sein Kofferradio aufgedreht. Ein Popsong klang durch den 10er. Einer der weichen Gitarren-Songs von Cat Stevens.

Ich heulte augenblicklich los, wenn ich dieses Lied hörte. Ob auf der Straße oder im Bus. Wenn ich mich beobachtet fühlte, heulte ich eben nach innen. Ich musste mich mächtig zusammenreißen, um nicht zusammenzubrechen. Ich klebte mit dem Kopf an der Scheibe und die Tränen drangen aus mir, als kamen sie aus einem Brunnen. Ich versuchte mich auf die Straße zu konzentrieren, um nicht in meinem Tränenmeer zu ertrinken.

Königinmutter hatte mich oft als Kind heulen gesehen. Sie hatte aber nie was gesagt, also nichts direkt Negatives. Heulen war bei uns normal und es gehörte zum täglichen Leben und ich war ja noch ein Kind. Trotzdem hatte ich schon damals das Gefühl gehabt, dass sie es nicht mochte, wenn jemand in ihrer Anwesenheit heulte. Ich glaube, es machte ihr Angst.

Als mein Vater noch lebte, war die Heulerei der Grundton in unserer Familie. Vater heulte viel. Na schön, er war ja auch krank und noch dazu ohne Arbeit. Später war er dann beim Finanzamt, das er wirklich hasste. Er hatte also tausend Gründe um traurig zu sein. Königinmutter sagte nach seinem Ableben, Vater sei zu weich gewesen, das habe ihn geschafft. Dazu kam sein Geigenspiel, dieses unendlich traurige Gefiedel auf seiner Geige. Er versank oft stundenlang in seiner Geige. Er spielte wirklich hervorragend, aber es waren schwere Brocken, diese Klassiker. Ich hätte nie gedacht, dass Beethoven, Bach und wie sie alle heißen, dermaßen viele Tränen in ihrem Leben vergossen haben. Das Leben sollte doch eine fröhliche Sache sein.

Königinmutter heulte selten. Und wenn, machte ich mir gleich Sorgen um sie. Sie konnte von einem Moment zum anderen ohne erkennbaren Grund damit anfangen. Sie setzte sich an den Tisch, schlug die Hände vors Gesicht und schluchzte los. Ich hatte enorme Angst vor ihren Anfällen, zumal sie nichts dazu sagte. Königinmutter sprach nie über ihre Schmerzen. Man sah ihr einfach nichts an. Vater hingegen redete unentwegt über sein Leid, Königinmutter aber nie. Sie hielt durch, sie nahm sich zusammen.

Es gab aber diese Momente, da fiel ihr ganzes Gerüst auseinander und sie brach zusammen. Ich wusste nie, wie ich ihr helfen konnte. Sie tat mir so unendlich leid, wie sie da saß, die Hände vor dem Gesicht und erbärmlich schluchzte. Ich schwöre, ich wäre lieber an ihrer Stelle gewesen oder hätte irgendwie anders beigestanden. Aber sie ließ mich nicht an sich heran.

Man sieht es, wenn einer von ganz innen heult. Man spürt es sofort, wenn es ernst ist. Jedenfalls konnte ich unterscheiden, ob sie nur einen Schlüssel verloren hatte oder ob es etwas Wesentliches war. Was es aber genau war, wusste ich nicht. Ich stieg nie ganz dahinter. Sie weinte ein paar Minuten lang aus tiefster Seele und war dann wieder frisch. Der Anfall ging so schnell vorbei, wie er gekommen war. Zusammenbrechen nannte sie es. Königinmutter brach selten zusammen. Ich glaube, sie war nur immer kurz davor.

Der Typ hinter mir begann den Song mitzusingen, und zwar die Stelle, wo sich der Refrain wiederholte. Er sang furchtbar, konnte den Song aber nicht kaputtmachen. Ich konnte oben in meinem 10er Bus sitzen, irgendein Heini trällerte das entscheidende Lied vor sich hin und wumm ging es los. Augenblicklich fiel ich in meinen Brunnen, egal ob der Song in deutscher oder in englischer Sprache gesungen wurde oder in Suaheli.

Vielleicht waren diese überdimensionalen Schwingungen im Spiel, von denen Sigi immer erzählte. Schwingungen, die aus der Sphäre kamen. Aus dem All. Abgesendet von so einer Art Urknallverbindung, die alles, was es auf der Welt gibt, zusammenhält. Sigi glaubte an diese Idee. Er war ganz besessen davon. Er geriet regelmäßig aus dem Häuschen, wenn wir darüber sprachen, oben in seinem Turm. Deshalb machte ihm meine Heulerei auch nichts aus. Er sagte, ich habe eben eine überdimensionale Antenne für diese Schwingungen. Ich sei so eine Art Medium. Deshalb würde ich auch auf Musik so heftig reagieren. Ich war mir nicht sicher, ob er da Recht hatte. Bei guten Liedern schon, wie das mit den schwarzen Vögeln und dem heranbrechenden Tag. Aber bei einem Song wie „Da waren Vögel in den Bäumen, die sangen, ich glaube es warst duhuhuuu. Da war die Liebe überall, ich glaube es warst duhuhuh“, ich schwöre, bei diesem Mist hätte ich gar nichts empfunden, überhaupt nichts, erst recht nichts Trauriges. Da wäre in mir totale Leere gewesen. Auch wenn die Schwingungen von sonst wem gekommen wären, sogar von den Beatles.

Der Typ mit dem Radio hatte sich beruhigt. Der Bus

bog in den Zehlendorfer Damm. Ich bekam dieses verdammte Lied nicht mehr aus meinem Kopf.

Der Morgen bricht an, wie der erste Tag.
Schwarze Vögel singen,
sie beten für den Aufbruch.
O herrliche, neue Welt.

Ich musste an Vater denken, wie er morgens tipptopp gekleidet zu seinem verdammten Finanzamt ging. Er hasste den Laden, aber er kleidete sich wie zu einer Hochzeit. Er verließ uns jeden Morgen unter Qualen. Manchmal weinte er schon beim Frühstück. Vater brach ständig zusammen. Im Kino zum Beispiel konnte er ohne Vorwarnung losheulen. Er liebte den deutschen Heimatfilm, Marke „Im Cabriolet am Bodensee". Dann liefen ihm die Tränen über die Backen und er heulte ohne Scham los. Vor allem, wenn der Abspann kam.

Als Vater gestorben war, wurde ich eine richtige Heulsuse. Braschwitz hatte mich im Hort immer als solche bezeichnet, wenn ich mal wieder am Ende war. Er meinte, meine Heulerei würde ihn anöden. Er wurde richtig sauer und beschwerte sich bei mir. Er sagte, mein Geplärre würde seinen Tagesablauf stören und ihn von seinen Gedanken ablenken. Ich fand das etwas übertrieben. Wahrscheinlich wollte er es sich bloß nicht selbst eingestehen, dass er auch ziemlich am Ende war. Braschwitz' Vater war nie zu Hause und seine Mutter, von der er selten sprach, war auch weg. Jedenfalls entnahm ich es seinen Äußerungen.

Ich hing an meiner Scheibe und musste an Braschwitz denken. Weiß der Teufel, warum Braschwitz auftauchte.

Wenn er nicht wie ich in den Hort musste, trainierte er zu Hause vor einem großen Spiegel. Er stellte sich mit umgebundenem Halfter davor, zog den Colt und ballerte sich selber ab. Er machte Schießübungen. Ich besuchte ihn manchmal. Er wohnte mit seiner unsichtbaren Mutter und seinem nicht anwesenden Vater in der Danckelmannstraße, gegenüber von einem Heim für allein stehende Männer. Wir haben uns dann gemeinsam vor den Spiegel gestellt, unsere Colts aus dem Halfter gezogen und uns gegenseitig abgeballert. Er hatte eine ganze Sammlung echt aussehender, schwarzer Colts und noch dazu richtig gute Lederhalfter.

Ich war davon so begeistert, dass ich mir für ein paar Tage einen seiner Colts auslieh und mich zu Hause vor dem Spiegel auf die gleiche Art abballerte. Ich war ganz wild auf diesen Colt. Wenn ich ihn mal nicht mit mir herumschleppte, tat ich so, als steckte er unsichtbar bei mir im Lederhalfter. Ich lief, eine Hand über dem rechten Oberschenkel, die Straße entlang, bereit ihn jederzeit zu ziehen. Ich zog ihn auch, wenn mir jemand entgegenkam, den ich hasste. Ich knallte jeden ab, der sich mir in den Weg stellte. Stundenlang ballerte ich auf alles, was sich bewegte. Jetzt war das anders. Jetzt war ich ja schon älter und sah mir die Leute nur noch an.

Der Bus bog von der Sachtlebenstraße in den Zehlendorfer Damm. Der Typ hinter mir hatte sein Kofferradio zum Schweigen gebracht.

Immer mehr Leute stiegen ein. Frühaufsteher. Schüler, Hausfrauen, Angestellte. Unter ihnen ein paar Hippies. Sie machten sich wie Farbkleckse zwischen den Grautönen aus. Alle wollten in die Innenstadt. Diese Vögel, die in ihren bunten Klamotten unterwegs waren, zogen mich am meisten an. Sie hatten lange Haare, Zotteln, manche richtige Mähnen. Die Mädchen trugen Ponys und Fransen, einige hatten bunte Perlen in ihren Zöpfen. Ich konnte mich von ihnen gar nicht losmachen.

Dazwischen die Sekretärinnen und Hausfrauen mit ihren toupierten Haarteilen. Meterhoch toupierte Haare. Wie Nester. Und dann wieder welche mit gezwirbeltem Dutt.

Die Herren hingegen waren meist rasiert bis zur Glatze. Sie trugen kurzes, im Nacken ausrasiertes Haar. Hüte sah ich selten. Dafür immer wieder bei den Frauen diese hochfrisierten Türme. Es schien mir wie ein Wunder, dass sie es schafften, sich bis morgens um sieben Uhr früh dermaßen zurechtzumachen. Ich kam aus einer anderen Welt.

Die Hippies trugen eng anliegende Hüfthosen, garantiert mit einem 72er Schlag. Dazu knappe Polunder und grelle Westen. Einige waren sogar geschminkt, nicht nur die Mädels, auch die Jungen, vollkommen geschminkt. Mit Lidschatten, Eyelinern und gefärbten Augenbrauen. So stiegen sie in den Bus und so fuhren sie zur Arbeit. Wer erlaubte ihnen das?

Fast alle hatten Sonnenbrillen, und das, obwohl sich die Sonne nicht sehr bemühte. Mein Gott, was für Riesengeräte sie auf der Nase balancierten. Blaue, gelbe, rote und grüne Gläser. Dazu Gestelle wie Schiffe. Und Taschen, hunderte Taschen waren zu sehen. Die gemeine Hausfrau schob sich ja mit einem kleinen Einkaufswagen voran. So ein zusammenklappbares Eisenmodell auf Rädern, das mit zwei Plastiktaschen belegt werden konnte, auch als Gehhilfe geeignet. Die Angestellten hatten ihre Akten und Zeugnismappen, die Schüler die obligatorischen Tornister und die Freaks und Beatniks ihre Beutel und Tüten. Wenn ich allmählich wach wurde, sah ich den Zirkus. Jeden Morgen begann der Karneval. Immer mehr Leute stiegen zu, je weiter wir der Innenstadt zurumpelten. Rathaus Zehlendorf, da wo die Clayallee und die Potsdamer Straße zusammenknallen, kam dann der große Ansturm.

Parkaträger mit Bärten, Studenten und Jazzer. Die Politischen, die Pfeifenraucher, die Roth-Händle-Raucher. Manche waren auf dem Paul-Newman-Trip, manche machten auf Steve McQueen. Fast alle waren in Cord gekleidet. Durch und durch in Cord. Gerippte Röhrenhose, geripptes Jackett und vielleicht noch dazu der gerippte Binder, alles Cord. Ihre Frauen trugen langes blondes

Haar, untoupiert. Dazu Rollkragenpulli, Minirock und beige Pumps. Manche gingen hochhackig, in seidenen Strümpfen mit sichtbarer Naht an der Wade, sehr elegant. Blaue Lidschatten hatten sie und lange Wimpern, viele einen Pony wie Françoise Hardy oder einen Pferdeschwanz wie Conny Francis. Die Jazzer waren noch distanzierter als die anderen. Sie beobachteten alles mächtig von oben herab, wie Vögel. Bachstelzen, Flamingos, Störche. Dazwischen Hornochsen und Milchkühe. Und der Affe saß auf seinem Baum und sah ihnen zu.

Ich musste wieder an Vater denken. Königinmutter hatte mir nach seinem Tod eine Zeichnung gezeigt, die ich von ihm gemacht hatte. Ich konnte mich gut an diese Zeichnung erinnern. Ich sagte aber nichts, um ihr die Erinnerung nicht zu verderben. Ich hatte Vater in seinem Sessel gezeichnet, als wir noch in unserer alten Wohnung in Charlottenburg wohnten. Ich war damals noch ganz klein gewesen.

Irgendwann abends musste es gewesen sein, ich konnte mich an die Dunkelheit im Zimmer erinnern. Er saß im Wohnzimmer im Sessel und hatte die Beine auf einen Stuhl vor sich gelegt. Er schlief. Ich muss mich an ihn rangeschlichen und ihn dann in Windeseile abgezeichnet haben. Ich zeichnete alles, was ich an ihm sah. Haargenau. Die Hosenträger, das zerbeulte Hemd, den offenen Kragen, seinen Kopf, seine Augen, seine Beine, die gestreifte Hose und seine Füße mit den Socken. Er war ziemlich groß und dick und ich musste mich beeilen. Ich wollte fertig sein, bevor er aufwachte. Als Königinmutter sie mir zeigte, fiel mir alles sofort wieder ein. So wie jetzt. Vaters Gesicht fiel mir nie gleich ein, aber wenn ich an diese Zeichnung dachte oder etwas anderes sah, was zu ihm gehörte, dann sah ich alles von ihm wieder.

Ein alter Mann und eine alte Frau stiegen in den Bus. Sie kamen aus dem Altersheim Machnower Straße und hatten sich bis Zehlendorf Mitte vorgearbeitet. Himmel, ich würde nie freiwillig in ein Heim gehen. Niemals, auch nicht wenn ich irgendwann nicht mehr kriechen könnte. Nie würde ich in ein Altersheim gehen. Das wurde mir in diesem Augenblick völlig klar. Sie taten mir Leid. Wahrscheinlich hatte man sie mit ein paar Mark in die Innenstadt losgeschickt, damit tagsüber ihre Betten doppelt vermietet werden könnten. Sicher mussten sie den ganzen Tag in dunklen Gängen herumstehen und den Anordnungen sadistischer Pfleger gehorchen. Ich wette, sie wurden im Schlaf geschlagen und mussten Einläufe ertragen und Pillen zur Beruhigung einnehmen. Irgendwer von diesen Schergen hatte ihnen ihre Pässe abgenommen und gesagt, sie kämen hier sowieso nicht mehr lebend heraus.

Der Bus wurde immer voller. Auf der Straße brach der Tag an. Alle im Bus schwatzten. Hinter mir rauchten einige. Ich wurde noch wacher. Meine Filme begannen zu verschwimmen, die Kulissen wechselten. Die Bäcker hatten geöffnet, die Kioske standen offen.

Wir bogen in die Berliner Straße ein. Eine öde Durchfahrtsstraße. Jede Gegend hat ihre Schwingungen, jede Haltestelle ihre Geschichte, die hier hatte nichts. Ich hätte die Strecke ins Büro mit verbundenen Augen fahren können, meine Lavaströme hätten mir gesagt, wo es lang ginge. Es gab den guten Film, es gab den schlechten Film und es gab das Grauen. Ich spürte das schon, als der Bus die Kurve vom Teltower Damm in die Berliner nahm. Etwas Unangenehmes kündigte sich an.

Zehlendorfer Kreuz ging es noch gut, dafür war die Ecke zu belebt, aber sobald wir in die Berliner Straße einbogen, machte sich mein Körper selbständig. Es begann immer erst im Kopf und dann zog der Magen nach. Mir wurde flau. Ich spürte aus dem Stand eine enorme Unruhe. Hitze stieg in mir auf, ansteigende Lava. Völlig grundlos. Ich verlor jegliche Kontrolle über meinen Körper. Ich konnte mich nicht dagegen wehren. Es setzte immer in den gleichen Straßenzügen ein. Ich konnte einfach nicht orten, was der Anlass dafür war. Mit den Jahren hatte ich mich an diese Anfälle gewöhnt. Sie gehörten zu mir wie ein Geheimnis. Zumal ich nie etwas Ähnliches von anderen gehört hatte. Ich hütete mich, darüber mit irgendwem zu sprechen. Heute kam es wie einsetzender Regen.

Sicher, ich hätte es einfach Angst nennen können. Einbrechende Todesangst. Aber es war mehr als nur Angst. Angst hätte nicht gereicht. Ich kannte Angst. Als Pfadfinder hängend über einem Abgrund und Ozcko wirft mir seinen Koppel zu und zieht mich zurück, das kannte ich. Aber im Bus? Um sieben Uhr morgens? Bei einer normalen Fahrt ins Büro? Wir schrieben den 28. März 1969 und schuckelten in einen angehenden Frühlingstag und ich saß im Rang der Linie 10 und verlor jeglichen Boden. Ich begann mich wirklich zu verlieren. Es tat sich der Erdboden auf. Von einem Moment zum anderen näherte ich mich einem grauenhaften Loch. Noch dazu einem, das mir ungeheuer vertraut war. Es konnte mir zu jeder Tages- und Nachtzeit auf allen meinen Fahrten entgegenkommen. Dieses Loch gehörte zu mir. Nur in welchem Augenblick es sich vor mir auftat, das konnte ich nicht berechnen. Ein tiefes, schwarzes, nie enden wollendes Loch. Ein Über-Loch. Angefüllt mit Nichts. Je mehr ich dem Loch ausweichen wollte, desto schneller raste ich darauf zu. Ich saß vor meiner Scheibe und fiel tausende Kilometer ins Nichts. Kein Mensch hätte mir helfen können. Ich war vollkommen am Ende und gleichzeitig war ich nicht mehr zu halten. Ein irrer Zustand.

Je mehr ich fiel, desto mehr versuchte ich mich an mir selbst festzuhalten. Nur fand ich nichts in mir, woran ich mich hätte festhalten können. Ich war nicht vorhanden, das haute mich noch mehr um. Das machte mir wirklich Angst. Ich war also tot, so musste es sein. Aber wenn ich tot war, wer war ich dann vor diesem Fall gewesen und wo fiel nun der, der ich nicht war, überhaupt hin? Ich hatte doch immer geglaubt, es gebe mich, also nicht nur körperlich, sondern überhaupt. Aber das war wohl ein Trugschluss gewesen.

Während ich dem Loch zuraste, kramte ich in Windeseile meine Rettungsringe zusammen. Ich schwor ein anderer zu werden, wenn es ein Leben nach diesem Tod geben sollte. Ich bestieg Züge und Schiffe, um dem Loch zu entkommen. Wenn nichts mehr half, schloss ich nur noch die Augen und versuchte mir eine Sonne vorzustellen, die mich wärmte. Ich wollte nur noch schlafen. Schlafen, sterben, nichts weiter. Es half nichts, das Loch blieb da. Im Gegenteil, es wurde immer größer. Ich konnte nichts dagegen tun.

Der Bus hielt und fuhr wieder an, die Leute lachten und schwatzten, kein Mensch hätte ein Erdbeben in mir vermutet. Ich wusste mir in diesen kurzen Anfällen nicht weiter zu helfen, als einfach wie ein Blödmann durch die Scheibe auf die Straße zu starren. Einfach so zu sitzen und zu hoffen, dass ich diesem Loch nicht näher käme.

Es war ein ziemlich komplizierter Vorgang, den ich jeden Morgen, kurz nach sieben durchlebte. Ich musste jedes Mal höllisch aufpassen, dass ich nicht ins All donnerte.

Irgendwann, das wusste ich aus der Erfahrung, irgendwann würde dieser Zustand nachlassen, ich musste nur die paar Minuten mit meinem Nichts durchhalten und mich auf die Straße konzentrieren. Es ging immer vorbei.

Es gab eben Gegenden wie die Berliner Straße. Da war nichts zu machen.

Da war mir schon klar, was mich erwartete, wenn der Bus die Kurve nahm.

Der Bus bog in die Thielallee. Ich fühlte mich erleichtert. Nach einem Tief kommt immer ein Hoch. Das ist ein Naturgesetz.

Der 10er fuhr an Eichen und Kastanien vorbei. Allein wenn die Zweige an die Scheiben schubberten, fühlte ich mich schon wohl. Ich war ein gottverdammter Träumer. In jedem Baum sah ich mehr Leben als in irgendeinem Auto. Durchs Fenster konnte ich die aufbrechenden Knospen sehen. Ich war ganz besoffen von dem anbrechenden Tag. Die Natur war mein absoluter Überfilm. Ich hing an ihr. Sie gab mir irgendetwas, was mir ein Ding nicht geben konnte. Die Natur hatte nichts gegen mich, sie war auf meiner Seite, ich spürte das.

Der Typ hinter mir war schon wieder mit seinem Radio unterwegs. Nun war es das RIAS-Tanzorchester, das er erwählte hatte. Es erklang ein Foxtrott unter der Leitung von Max Greger. Keiner von den anderen hielt ihn davon ab. Der Foxtrott nahm seinen Weg. Wir fuhren die Thielallee hinunter, ich sah nur noch Bäume.

Ich meine, ich war kein Naturfreak. Bis auf meine Pfadfinderzeit hatte ich mich eher mit dem Leben auf der Straße beschäftigt. Und seit wir in die Siedlung umgezogen waren, da lebte ich auch, wie alle anderen, dem Nützlichen zugewandt. Das Nützliche wurde zum Gesetz des Tages. Die Ordnung und die Vernunft, das war es, was unser Viererclan so brauchte. Wir mussten eben über die Runden kommen, und dazu brauchten wir eine gewisse Struktur. Bloß nichts Sinnloses denken und tun. Immer schön eins nach dem anderen und immer der Reihe nach. Ich bekam regelrecht Atemnot bei diesem Thema. Ich hatte nie eine Chance, meine Ansichten über Bäume und Landschaften durchzusetzen, wenn wir uns mal hin und wieder über diese Themen beugten. Die anderen fanden schon meine Gedanken darüber unsinnig. Ihnen waren Äste und Bäume einfach zu gewöhnlich. Wem nützt schon die Natur? Wer braucht einen Baum? Es reichte ihnen der Baum im Garten.

Wir näherten uns der Freien Universität.

Ich sah, wie sich die Studenten am Henry-Ford-Bau auf den Rasenflächen lümmelten. Sie machten sich Gedanken, indem sie in den blauen Himmel starrten. Sie lernten auf diese Weise.

Ich wäre gern mit den Studenten auf dem Rasen gewesen. Unser Rasen war ein gestutzter Fassonschnitt. Königinmutter und Stiefvater bearbeiteten ihn wöchentlich mit einer Nagelschere. Sie machten das wenige Grün dem Erdboden gleich. Einfach der Ordnung halber. Wem nützt schon ein hoher Rasen?

Ich gab das Thema auf und sah auf die Straße.

Der Bus hielt weit vor der Haltestelle. Auf der Straße hatten sich ein paar Langhaarige zu einem Sit-in versammelt. Sie hockten mit ihren Beuteln und Gitarren auf dem Asphalt und ließen den Verkehr nicht mehr durch. Wie sinnig. Ob Sit-ins, Stand-bys oder Go-aways, ich glaubte diesen Käse nicht.

Ein paar Verstorbene maulten. Der Busfahrer stieg aus. Sie begannen zu diskutieren. Ich kannte das, es interessierte mich nicht besonders. Ich konzentrierte mich lieber auf das Wesentliche.

Die Thielallee mit ihren hohen Bäumen und die kleinen Häuschen mit ihren Vorgärten, das ging mich an.

Ein paar von den Toupierten im Rang murrten über die Verzögerung. Sie diskutierten untereinander, wenngleich auch nur verhalten. Nach dem Sinn dieser Aktion wurde gefragt. Zwei von den Bärten, die neben mir auf der Reihe saßen machten ernste Gesichter und ballten die Fäuste. Der Busfahrer sprach immer noch mit den Sitzenden. Langsam begannen sie ihren Streik aufzulösen. In zwei Minuten gaben sie auf.

Ich hatte keine Meinung zu den Bärten. Ich hatte nichts gegen sie, aber ich war auch nicht für sie. Ich fand ihren Kampf ganz gut. Die ganze Sache mit Vietnam und auch den Protest gegen unsere Gesellschaft und so. Ich mochte nur ihre Parkas nicht. Sie sahen so furchtbar uniformiert aus. Ein Parka mit Kapuze, dazu eine braune Röhrenhose und dann ein paar Clarks. Dazu lange Haare und ein Bart. Sie sahen irgendwie alle gleich aus und sagten alle dasselbe.

Ich hatte von Teufel und Langhans und von ihren Aktionen gehört. Von der Kommune 1, wo sie es miteinander trieben in ihrer ach so heiteren Wohngemeinschaft. Ich hatte auch gehört, dass Teufel einmal, im Rahmen einer Gerichtsverhandlung, auf den Tisch des Gerichtsvorsitzenden gekackt hatte. Das interessierte mich schon, das fand ich ganz gut, nur diese Bärte und ihre ewige Besserwisserei, das ödete mich an.

Rudi Dutschke, den ich manchmal in der Fox-Tönenden Wochenschau gesehen hatte, den mochte ich. Er sprach mir nur zu schnell. Vor allem, wenn er vor einer großen Versammlung mit den Studenten über die Situation an sich und die Welt im Besonderen sprach. Dann hetzte er zu schnell durch die entscheidenden Themen. Er hatte wohl zu wenig Zeit, das gefiel mir aber auch an ihm, es gab ihm so etwas Wahres. Wer keine Zeit hat, kann auch nicht lügen. Ich glaube, dass er wirklich etwas für die Sackträger tun wollte. Aber er schlug sich zu viel mit seinen eigenen Leuten herum. Jedenfalls meinte das Stiefvater zum Thema Rudi Dutschke. Stiefvater war immer in der SPD gewesen und daher politisch interessiert. Ich hätte Dutschke gerne mal getroffen. Mit ihm über das Leben diskutiert. Also nicht nur über Marx und Engels. Vielleicht hätte er nach unserer Begegnung seine Revolution mit anderen Augen gesehen. Ich hatte einfach eine andere Basis als die Bärte. Ich kam von unten. Ich stand nicht auf Ismen. Ich wollte kein Leninist, kein Maoist, oder DKPist sein. Ich hasste Parteien und Vereine. Ich wollte irgendwie selber sein. Ich hatte ja schon Mühe, mich aus meinem Loch herauszupulen, wie sollte ich da in eine Partei eintreten. Wer von mir wäre da Mitglied geworden?

Es kam Leben auf die Straße. Der Busfahrer und ein paar von den anderen stemmten die Studenten, einfach in die Höhe und trugen sie wieder zurück auf den Rasen. Sie leisteten nur schwachen Widerstand. Es war zu früh für Widerstand, ich hatte es gewusst. Alle waren noch müde.

Ich starrte auf die Vorgärten und auf die klinkerverschalten Einfamilienhäuser.

In den Vorgärten standen alte Bäume und Sträucher mit weißen Blüten. Ich sah eine nette junge Frau mit einem netten Kind. Sie stand am Gartentor und war ganz begeistert von der Aktion. Sie sah zufrieden aus. Sie war sicher glücklich. Wahrscheinlich war sie mit einem netten Mann verheiratet, der an der Universität angloamerikanische Literatur des späten 18. Jahrhunderts lehrte. Ich konnte verstehen, dass sie glücklich war. Sie kannte bestimmt keine Löcher, die ihr zu schaffen machten.

Die Straße war nun wieder frei. Der Bus fuhr an und hielt kurz darauf an der Haltestelle vom Henry-Ford-Bau. Ein paar Studenten stiegen ein. Dann ging es weiter.

Ich brauchte keine Revolution. Ich hatte genug Umwälzungen erlebt. Von unserer Altbauwohnung bis ins Ghetto. Aber auch ich wollte nicht arm sein. Ich wollte keine Kohlen mehr schleppen. Ich wollte nicht mehr in einem Etagenbett schlafen, mit Blick nach Norden. Ich wollte reich werden. Ich wollte ein netter, reicher Mann werden. Ein ganz normales Leben wollte ich führen. Reich, gesund und alt wollte ich werden. Mit einer netten Frau und einem kleinen Haus. Sollte das nicht hinhauen, dann hatte ich noch den Plan, berühmt zu werden. Weiter ging ich erst mal nicht.

Die Bärte saßen noch immer mit ein paar Mädchen auf dem Rasen und ich hörte im Vorbeifahren, wie einer zur Klampfe sang:

„Hey you. Where do you go. When you don't know, to do what you know."

Ich klemmte hinter meiner Scheibe und sah hinaus. Was wird aus mir, was soll aus mir werden, was fang ich nun mit meinem Leben an.

Ich werde heute Nachmittag zu Borgmann gehen und er wird mir den Kaufmannsgehilfenbrief in die Hand geben. Dann wäre ich ein Vollkaufmann in Eisen und Stahl. Ab diesem Moment gehörte ich zu der bescheuertsten Branche der Welt. Ich würde mein Leben lang Stahlträger, BSTG-Matten, Fittinge und Röhren verkaufen. In Tonnen und mit Skonto.

Wenn mir heute Borgmann den Kaufmannsgehilfenbrief in die Hand gibt, werde ich frei sein. Frei. Was mache ich damit?

Auf die Frage des Berufsberaters, den wir nach der Mittleren Reife aufgesucht hatten: „Wollen Sie Geld verdienen, wollen Sie viel Geld verdienen?", hatte ich damals nur stammeln können. „Ja, ich will."

„Dann gehen Sie in die Stahlbranche", hatte der Mann geantwortet.

Also war ich Lehrling im Groß- und Außenhandel für Eisen und Stahl der Firma Klinker-Eisenhandel GmbH und Co. KG geworden.

Königinmutter und ich waren mit dem Lift die vier Etagen vom Klinker-Haus in der Marburger Straße hochgefahren, um alles für mich klar zu machen.

Sie fummelte an meinem Kragen herum und war sehr feierlich. Sie trug wieder Schwarz und war ziemlich besorgt um mich. Es hatte was von Jetzt-geht-es-los-mit-dem-ernsten-Teil-des-Lebens. Ich hatte meinen grauen Anzug an und trug die Einsegnungskrawatte, die mit dem Silberstich, die für besondere Anlässe.

Als wir dann in dem Glasraumbüro mit den Topfpflanzen und dem großen Schreibtisch saßen, sagten wir erst mal gar nichts. Dann kam Wels herein und begrüßte Königinmutter und danach mich und hockte sich dann hinter seinen Schreibtisch.

Wels hatte damals schon riesige Ohren. Er war für die Lehrlinge zuständig. Er war nervös, bemühte sich aber normal zu sein. Ich war ziemlich locker, aber auch wie Königinmutter sehr verspannt. Als wir drei endlich saßen, wurde ich ruhiger.

„Kann er denn telefonieren?“, hatte Wels gefragt, nachdem er den ganzen Mist von „Schön, Sie und Ihre Frau Mutter zu sehen und wir sind hier alle ganz locker-und-so-weiter“ losgelassen hatte.

„Sicher kann er telefonieren. Das macht er schon ganz ordentlich“, hatte Königinmutter geantwortet. „Er ist ein guter Junge und nach dem Tod meines Mannes …“ Oje, ich krampfte, während Königinmutter Segelohr Wels unseren ganzen Familienblues vorsang. Ich saß da und versank. So war es immer. Ich hörte ihren Verhandlungen zu, aber innerlich verschwand ich. Ich saß zwar noch da, lächelte auch, um mich nicht völlig abzusondern, aber ich versank. Irgendwer verkaufte mich auf eine ihrer Galeeren und ich hatte nichts dagegen einzuwenden, obwohl sich alles in mir dagegen sträubte. Aber ich hatte keine Argumente und erst recht keinen Plan, außerdem wollte ich niemanden verletzen. Sie gaben sich so viel Mühe, meiner Zukunft einen Sinn zu geben.

Als Ohrenkönig Wels dann auch noch seine Familiengeschichte loswerden wollte, wurde es mir doch zu bunt und ich gab Zeichen, die bloß keiner beachtete. Ich schlug mehrfach hektisch die Beine übereinander und rutschte auf meinem Gummisitz herum. Sie nahmen es nicht wahr. Am liebsten wäre ich mit Wels vor die Tür gegangen und hätte ihn von Mann zu Mann in die Geschichte meines Elends eingewiesen. Dass alles nicht so sei, wie Königinmutter es vortrüge. Dass ich ein Doppelspiel spielte, damit zu Hause nicht so viel Ärger wäre, und dass ich im Grunde ein ganz schön ausgekochter Hund sei, der nicht nur telefonieren könne, sondern im Grunde den Laden hier ganz gut ohne Königinmutters Ratschläge schmeißen würde undsoweiterundsofort. Dann hätte ich Wels noch ein paar Tipps für seine Garderobe gegeben und die Sache mit meiner Einstellung wäre ohne Blutvergießen zu Ende gegangen. Ich wäre natürlich auch geblieben, aber als Mann und nicht als Schüler. Vielleicht hätte mir ihr Röhrenhandel sogar Spaß machen können. Stattdessen grinste ich nur blöd und ließ die beiden ihren Eiertanz über Tote und Verwandte und Sorgen über Kinder und diesen ganzen Mist zu Ende diskutieren.

Irgendwann hatte sich dann Großohr Wels genügend zur Weltlage im Allgemeinen und zu Klinker-Eisen im Besonderen geäußert und seine schweren Hände wichtig auf ein paar Formulare gelegt. Wir sollten den Vertrag lesen und ihn dann unterschreiben. Einen Vertrag, der besagte, dass ich drei Jahre als Lehrling eine Ausbildung zum Kaufmann für Groß- und Außenhandel absolvieren musste, in allen Bereichen der Verkaufs-, Buchhaltungs- und Warenkunde.

Ich starrte damals nur auf die kleine Summe, die sie mir monatlich auszahlen wollten, und sagte gar nichts zu dem Handel. Königinmutter lächelte verkrampft und Wels fummelte an seinem Füller herum. Ich war dabei, wieder einmal einen Fehler zu machen, aber ich tat nichts dagegen. Warum sollten wir nicht einen Vertrag unterschreiben? Besser einen als keinen. Was wusste ich von der Stahl- und Eisenbranche. Es gab nichts dagegen einzuwenden.

Ozcko hatte es besser gemacht. Er war in einer Dessous- und Miederwarenfirma untergetaucht und verbrachte den ganzen Tag mit vollbusigen Mädels, die mit duftenden Miederwaren, Büstenhaltern und Schlüpfern hantierten. Er hatte dasselbe Gehalt wie ich, nur er freute sich, zur Arbeit zu gehen.

Wir unterschrieben den Vertrag und verabschiedeten uns von Wels.

Als wir mit dem Lift hinunterfuhren, sagte Königinmutter nichts mehr. Sie sah erleichtert aus. Vielleicht, weil ich nun für ein paar Jahre unter Dach und Fach sein würde. Ich sagte auch nichts. Ich starrte wohl nur auf die Knöpfe vom Lift und sah mir die Aluminiumbeschläge an.

Ich wusste, ich hatte einen Fehler gemacht. Aber dieser Fehler sollte ja wohl, wie jedes Türchen, in die Freiheit führen. Ich glaube, ich hatte Königinmutter sehr gern an diesem Tag. Vielleicht weil ich schon nach der Klinke gegriffen hatte.

Halensee stieg ich um. Der 10er war mittlerweile so voll, dass mir kein anständiger Gedanke mehr in den Kopf kam. Ich pulte mich mit einem Dutzend anderer aus dem Bus und wartete auf den 19er. Den Bummler, den Lumpensammler. Der den Kurfürstendamm rauf und runter segelt.

Wieder erklomm ich den Rang und versuchte einen Platz zu finden. Es war unmöglich, der Bus war zu voll und unten im Parkett wollte ich nicht stehen. Tanzschule Keller stieg ich wieder aus. Ich stellte mich an die Haltestelle zu den Wartenden und ließ auch den nächsten Bus weiterfahren. Ich hatte Zeit. Himmel, mir wurde bewusst, dass ich es überhaupt nicht kannte, Zeit zu haben. Ich beschloss den Ku'damm hinunterzulaufen und kam ziemlich in Fahrt. Ich hüpfte und sprang, ich weiß nicht, was mich so bewegte. Ich war ein bisschen außer mir. Mir wurde immer klarer, dass ich bald ein freier Mensch sein würde. Ein Mensch, der ab morgen von allen seinen Pflichten befreit sein sollte. Ich hatte doch wirklich diese verdammte Kaufmannsgehilfenprüfung bestanden. Die Prüfung, die mein Tor ins Glück sein sollte. Endlich bestanden. Wenn auch mit Ach und Krach, aber immerhin bestanden. Sie hatten mich mit einem Schnitt von 4,7 durch die Prüfung gezogen. Mit diesem Schnitt würde ich nicht einmal Zeitungen verkaufen können, aber ich hatte die Pappe. Ich war frei.

Ich nahm ziemlich große Schritte. Ich sprang so an die drei Meter und zwanzig weit. In einem Satz. Ich freute mich meines Lebens. Ich musste erst gegen Mittag bei Borgmann im Büro sein. So lange konnte ich Blumen schießen. Ich rannte wie irre los. Die Tasche unterm Arm hetzte ich an den Geschäften vorbei. Ich kümmerte mich um nichts anderes als um mich selbst. Es war völlig verrückt. Drei Jahre lang hatte ich an Bushaltestellen verbracht und morgen würde es damit ein für alle mal vorbei sein. Dieser Gedanke elektrisierte mich.

Wie viele Pläne hatte ich mir an den Haltestellen gebaut und wieder verworfen. Mir wurde allmählich klar, dass alle diese Überlegungen unnütz waren. Immer hatte ich versucht etwas Nützliches zu planen, aber meine Beschäftigung mit diesem Nützlichen war eine verdammte Zeitverschwendung gewesen. Sie hatte zu gar nichts geführt. Ich hatte Tage an Haltestellen verbracht und auf einen Bus gewartet und dabei alles Wesentliche verpasst.

Diese Erkenntnis zündete mich total an. Ich lief immer schneller.

Wie viele Haltestellen, wie viele Busse, wie viele Hunde, wie viele Mädchen hatte ich gesehen. Aber nur gesehen. Ich hatte die Mädchen immer nur angesehen und ihnen zugeschaut. Oder von ihnen geträumt und mich mit ihnen in meinen Filmen getroffen, aber sie nie wirklich berührt. Ich hatte niemals wirklich geliebt. Diese Wahrheit haute mich fast um. Ich lief immer schneller.

Ich raste an Stiller vorbei, an Leiser, an den Schuhgeschäften meiner Kindheit. Ich blieb nicht einmal stehen. Nichts konnte mich jetzt noch aufhalten. Morgen würde alles anders sein. Ich würde frei sein. Frei von meiner elenden Galeerenarbeit, von Großraumbüros, Stahlverkäufen und Buchhaltung. Frei von meinen Träumen in den unzähligen Bussen. Ich würde meine Träume gegen die Wirklichkeit eintauschen, das würde meinem Leben die entscheidende Wendung geben. Ich war völlig fasziniert von meinen Einsichten. Ich stolperte über eine leere Bierdose. Geschickt kickte ich sie an die nächstbeste Litfaßsäule und begegnete ihr im Laufen wieder.

Sicher, es gab auch ein paar Sachen aus der Vergangenheit, die ich vermissen würde. Blondie würde mir fehlen. Blondie, die ein paar Mal Joachimsthaler, Ecke Ku'damm auf mich gewartet hatte, wenn ich umsteigen musste. Ich hatte sie nur zweimal an der Haltestelle getroffen und dann nie wieder. Wir hatten uns nur angeglotzt und gelächelt, mehr nicht. Blondie war so schön, dass ich es niemals gewagt hätte, sie spontan anzusprechen. Aber sie war meine Wahl, irgendwie. Wir kannten uns aus der Schule. Von den Pausen beim Rundgang im Hebbelpark. Sie ging immer untergehakt mit ein paar anderen Mädchen und irgendwann hatte sie mich bemerkt. Manchmal musste ich schon während des Unterrichts an sie denken. Ich fieberte der großen Pause zu, weil ich sie sehen wollte, und ging ihr dann entgegen. Aber ich sprach nie mit ihr. Als ich sie das einzige Mal zu Hause besuchte, um sie zu irgendeiner Party abzuholen, da sagten wir auch nicht viel. Sie lebte mit ihrer blinden Großmutter am Stuttgarter Platz in einer kleinen Wohnung mit Ofenheizung. Ihre Großmutter war sehr nett. Ich hatte Blondie von ihrer Großmutter abholen wollen und wir wollten auf diese Party gehen. Irgendein Bote muss uns diese Übereinkunft vermittelt haben. Aber es funktionierte nicht. Wir sagten nichts. Ich bin dann mit einem völlig bescheuerten Vorwand schnell wieder abgehauen. Ich türmte, nachdem wir stundenlang nichts gesagt hatten. Das dauernde Schweigen und die blinde Großmutter, das war mir alles zu viel. Ich war völlig ungeübt in diesen Sachen. Es war eine Pleite, wie immer.

Ich kachelte gegen einen Hydranten.

Blondie wäre meine Chance gewesen. Eine richtige Chance. Blondie mit dem Pony in der Stirn und den großen Augen und den langen Beinen. Blondie, die wie Françoise Hardy aussah, aber viel netter war und die auf mich an der Bushaltestelle gewartet hatte.

Ich wuchtete wie ein Irrer weiter über die Straße.

Und ich Idiot hatte geschwiegen. Ich war eindeutig zu schüchtern, um sie anzusprechen. Ich war so schüchtern, dass es mir schon aus den Eiern floss. Ich glaube, endlose

Spuren meiner Lebenslava flossen mir aus den Hosenbeinen heraus, wie Spermien. Kleine Rinnsale unverbrauchten, nie gelebten Lebens tropften da aus meiner Fischgeräteten auf den Asphalt. Für jedermann sichtbar. Da rennt er, der, der seine Chance verschenkt. Der seine Fruchtbarkeit lieber an irgendwelche imaginären Personen verballert, statt an ein Mädchen wie Blondie. Der, der, wenn er so weitermacht, nie eine Frau finden wird. Der überhaupt nicht weiß, wo's langgeht. Der keine Richtung hat. Der noch nicht ein einziges Mal mit einem Mädchen im Bett war. Noch nie, nie, nie! Da rennt er, seht ihn, Leute! Man erkennt ihn an der enormen Samenspur, die er hinter sich lässt. Aus ihm wird noch mal ein Masupolami. Dieses Tier mit dem irre langen Schwanz. Billionen von ungenutzten Spermien werden ihm wie ein verdammter Schwanz aus der Hose hängen.

Mir wurde schwarz vor Augen. Ich krachte mit einer alten Frau zusammen. Die Tasche hatte ich an die Brust gedrückt, das linderte unseren Zusammenstoß etwas. Ich stammelte eine Entschuldigung. Die Frau blieb unbeeindruckt. Niemand nahm Notiz von mir. Auch nicht diese Frau. Ich raste also weiter.

Blondie hatte auf mich gewartet. Sie wusste so viel von mir. Sie hatte an der Haltestelle gestanden und mir zugelächelt. Aber was hatte ich gemacht? Nichts. Ich hatte sie nur angeglotzt und wir waren in Sekunden gealtert. Ich wurde im selben Augenblick siebzig, vielleicht auch hundert. Ein tatternder Pensionär war ich, der da stand und ihr zurücklächelte. Ein auf ewig und immer gebrochener Greis.

Beim Einsteigen in den Bus verfehlte ich um ein Haar die Stufe und wäre beinahe auf die Fresse gefallen. Wahrscheinlich hätte man mich dann aufgrund meiner Gebrechlichkeit sofort in ein Heim eingeliefert oder, noch besser, frühzeitig beerdigt. Der Bus fuhr an, ich stolperte hoch in den Rang und ließ Blondie zurück. Ich hatte sie noch sehen können, wie sie an der Haltestelle stand. Traurig und verloren. Drei Stationen später liefen schon meine Filme wie gehabt. Klappe ab, Paul und Blondie. Bettszene die erste … Action!

Ich lief immer schneller. Ich raste über die Straße, fegte zwischen den Autos hindurch. Warum, zum Teufel, hatte ich Blondie nicht angesprochen? Warum hatte ich die Chance meines Lebens vertan? Ich galoppierte wie ein Pferd den Ku'damm hinunter.

Ich hatte nur an zu Hause gedacht und dass ich abends unbedingt ins Cha-Cha wollte und mit Malinowski reden und meine verdammte Gitarre noch stimmen musste undsoweiterundsofort. Ich hasste mich dafür. Hätte ich ein paar Bretter zur Hand gehabt, ich glaube, ich hätte mich gekreuzigt.

Welche Frau lässt sich mit einem Vollidioten ein, der eine Einladungskarte braucht, um „Hallo, wie geht's? Lass uns abhauen!" zu sagen.

Nie wieder würde ich sie treffen. Nie wieder. Ich warf mich gegen den Wind. Ich war außer mir. Mit ihr wäre es was geworden. Ich hätte sie auf der Stelle geheiratet. Ich der Tattersack und sie die Vase. Ich hätte sie von ihrer blinden Großmutter mit ein paar Glasketten ausgelöst und lachend in meinen Alfa Romeo gehievt. Wir wären nach Capri gezogen oder nach Rimini. Für immer.

Ich überquerte die Joachimsthaler. Ich begann zu schwitzen. Das letzte Mal hatte ich sie auf einer Captagon-Schulabschieds-Fete gesehen. Sie wohnte mit einem Kerl zusammen, irgendwo in Tegel, in einer Neubausiedlung. Wir waren alle auf Speed. Ich gab ihr die Hand und sie lächelte mich wieder einmal an, und das machte mich ganz stumm. Ich war dann völlig vollgedröhnt ins Beat-Hall gehetzt um sie zu vergessen.

Sie soll einen Versicherungsangestellten geheiratet haben. Ihre Abschiedsfete war nämlich ihre Verlobungsfeier, das hatte ich damals nur nicht so verstanden.

Ich rannte über die Joachimsthaler, ohne nach links und

rechts zu schauen. Ich wich den Autos aus. Ich wollte Blondie aus meinem Schädel bekommen.

Ich flutschte mit einem Affenzahn zwischen den vorbeifahrenden Autos hindurch. Ich hätte es blind machen können. Ich kannte die Gesetze der Straße. Ich war ein gottverdammter Straßenüberquerer. Man darf den Verkehr nur aus den Augenwinkeln beobachten, nichts fixieren. Einfach nur laufen und dabei gut atmen. Sich locker dem Rhythmus hingeben. Laufen, schauen, handeln. Nichts weiter. Sobald man nachdenkt ist man verloren und knallt gegen irgendetwas an oder wird von einem Auto überrollt. Man muss mit dem Strom fließen. Man muss einen Taunus 17M riechen, man muss einen Opel spüren. Ich wusste instinktiv, welche Marke ein Wagen hat, der sich mir näherte. Ich sah es aus den Augenwinkeln ob er rot oder himmelblau war. Ich war ein Straßenüberquerungsprofi.

Wenn ich einen links neben mir hatte, sah ich bereits den anderen auf der Überholspur und wich ihm geschickt aus. Man muss einfach alles unter Kontrolle haben. Man darf sich nicht festkrallen. Mit dem Fluss gehen. Sehen, prüfen, handeln. Und sich um Gottes willen niemals verrückt machen lassen. Ich ließ einen Mercedes vorbei.

Lass sie hupen. Hupen sind nicht gefährlich, Hupen warnen nur. Die leisen Granaten sind es. Die sind gefährlich. Lieber einen Schritt zurück, wenn man unsicher wird, und dann wieder schnell vor dem nächsten Wagen sein und vor ihm hinüber, ihn einfach links liegen lassen.

Ich lief neben einem Käfer. Als ich voll neben seinem Trittbrett war, drehte ich mich um mich selbst und wäre beinahe über die Kühlerhaube eines herankommenden Ford Mustang geflogen. Ich machte mich dünn und ließ ihn vorbei, ohne den Käfer aus den Augen zu lassen. Ich war fast drüben. Ein Opel kreuzte meinen Ritt. Ich wartete noch und steppte auf der Stelle.

Ich ließ den Opel vor mir vorbei. Ich glaube, ich sah dabei sehr elegant aus. Wie ein Torero. Ich packte mir den letzten, einen Goggo. Er war ein kleiner Fisch. Ich wäre am liebsten über ihn hinweggesprungen. Ich stellte mich vor dem folgenden Wagen in die Lücke, die er zu dem Goggo ließ. Dabei sah ich, wie ein dritter auf mich zukam. Ich tat nichts. Ich stand. Ich ließ mir Lichtjahre Zeit. Aber dann plötzlich, kurz bevor der Wagen mein linkes Bein berühren konnte, hopp, war ich mit einem Satz hinüber.

Ich rannte mindestens drei- bis viermal über den vollbefahrenen Kurfürstendamm. Hin und her, vor und zurück. So lange, bis ich Blondie vergessen hatte. Dann wurde ich wieder ruhiger. Ich hatte wieder alles unter Kontrolle. Ich war ein Profi. Ich kannte die Gesetze der Straße.

Ich nahm bei Rot die nächstbeste Kreuzung. Sie hupten nicht einmal.

So galoppierte ich bis zum Kempinski. Dann bog ich in die Fasanenstraße ein. Ich wollte zu Sigi. Ich wollte ihn wecken. Ich wollte ihm alles erzählen. Die Erkenntnisse heute früh hatten mich klarer gemacht. Ab morgen würde alles anders werden. Besser, freier, schöner.

Ich lief am Astorkino vorbei. Ich achtete nicht auf die Ankündigungen. Filme waren mir auf einmal nicht mehr wichtig. Die Linden blühten und die Kastanien zeigten ihre Knospen. Ich war ein freier Mann.

Der Arzt in China

Ab morgen sollte der Film meines Lebens beginnen. Ich war voller Hoffnung, in mir war eine enorme Lebensenergie. Es war etwas in mir, das einen Sinn ergab. Ich wollte darüber mit Sigi reden, sofort. Ich spürte, ich brauche einen Menschen, der mich in meinen Anschauungen versteht.

Sigi schlief sicher noch, er stand nie vor Mittag auf. Ich wusste, dass ich ihn in seinem Turm finden würde. Das Portal des Hauses Fasanenstraße 17 war in Marmor gehauen. Ziemlich prächtig. Es war aus der Gründerzeit oder klassizistisch. Ich liebte die Häuser aus der Jahrhundertwende. Ich öffnete die Eingangstür. Was für ein Aufgang. Allein die Teppiche, die auf der Treppe lagen.

Ich ging an den Briefkästen vorbei bis zu der Tür, die in die Hinterhöfe führte. Ich wusste, dass Sigi nicht im Vorderhaus bei seiner Mutter war, eine innere Stimme sagte mir, dass ich ihn nur im Turm finden würde. Ich öffnete die Tür und lief durch den ersten Hof.

Wollte man in Sigis Turm, musste man über mindestens zwanzig Hinterhöfe. Ich lief an Dutzenden Türen vorbei, die links und rechts in weitere Aufgänge zu unzähligen Wohnungen führten. Portal eins, Portal zwei, Aufgang drei, ziemlich verwirrend. Ich lief an Türen und Treppen vorbei, die in dunkle Keller führten. Mülltonnen,

Ascheimer und Kohlenkästen standen herum. Manchmal ein Baum. Ich kannte den Weg. An den Mauern waren Bettlerzeichen, Runen und Zahlenkombinationen. Sie markierten die Richtung. Ich kannte den Weg auswendig, ich lief wie blind und war mir sicher, dass es der richtige war.

Ich ging immer weiter, bis in den letzten Hof. Es wurde dunkler und dunkler, obwohl die Sonne schien, niemand kam mir entgegen. Ich war der einzige Besucher. Endlich fand ich die kleine Tür, die in Sigis Turm führte. Seitenflügel links, letzter Hof. Ich griff mir die Klinke und öffnete. Die Tür war fast immer verschlossen, aber heute hatte ich Glück. Es gibt Tage, da läuft alles wie geschmiert, und dann wieder Tage, an denen man besser zu Hause bleiben sollte. Ich enterte die Treppe, sie war elendig. Eine Wendeltreppe. Wieder so ein Ding aus der Gründerzeit. Jeder, der zu Sigi wollte, musste über diese Treppe hinauf zu ihm in den Turm. Ich begann meinen Aufstieg. Immer rechts herum, und das bestimmt über tausend Stufen. Es war irrsinnig, ich begann zu schwitzen. Ich lief wie im Innern einer Glocke. Eine verdammte Schinderei. Der Turm hatte nicht einmal Fenster. Es gab keine Luft in diesem Gemäuer. Ich stieg höher und höher und immer im Kreis. Ich wollte es hinter mich bringen. Irgendwann gibt es kein Zurück mehr. Bricht man nicht schon auf der Hälfte des Weges zusammen, bleibt einem nichts weiter übrig, als immer weiter zu steigen.

Vorbei an vergammelten Stühlen und wackeligen Tischen. Zerbrochene Vasen, rostige Töpfe und vergilbte Pfannen standen herum. Sigi hatte für Oasen gesorgt. Nichts von den Klamotten war zufällig da. Auf jedem Absatz, den ich erklomm, sah ich drapierten Müll aus den Händen des Meisters. Die Dinge zeigten an: Hier beginnt des Künstlers Reich, hier wohnt Meister Sigi. Ich musste wahnsinnig aufpassen, sonst hätte ich mich in einem seiner vermotteten Läufer verheddert und mir unweigerlich die Hacken gebrochen. Mein Gehirn kochte. Gedanken flogen mir durch den Schädel. Ich ließ den Motor laufen. In meinem Kopf brummte und summte es.

Sigi hatte von Goa erzählt. Seit Monaten erzählte er von Goa. Wir hatten von nichts anderem gesprochen. Wo liegt Goa, hatte ich ihn gefragt. Unter Indien, hatte er gesagt, der südlichste Zipfel. Warm ist es da und ganz wunderbar. Alle Leute, die nach Goa führen, seien unentwegt gut gelaunt. Goa sei eine eigene Welt, ein Paradies auf Erden. Man könne dort seinen inneren Frieden finden. Nur die Wenigsten würden es schaffen, hatte er noch drangehängt, aber das hatte er nur so als Maniküre gemeint. Wir hatten nie vor anderen Leuten über Goa gesprochen. Es war unsere Geschichte. Irgendwann war sie ein Bestandteil von uns geworden.

Eintausendfünfhundert Mark sollte jeder von uns einbringen. Damit kommt man bis Sidney, hatte Sigi gesagt. „Vergiss nicht, wir sind unabhängig. Wir haben den Käfer von deinem Vater."

„Er ist nicht mein Vater. Er ist mein Stiefvater", hatte ich ihm geantwortet.

Mir war einfach in diesem Moment nichts Besseres eingefallen.

„Über den Brenner nach Italien, dann nach Jugoslawien. Wir nehmen den Autoput, dann geht es schneller. Es ist April, wir könnten auch über den Pass fahren. Wenn das Wetter mitmacht, bis nach Dubrovnik."

Die verdammte Treppe nahm kein Ende. Ich musste an Sigis Pläne denken.

Welches Wetter? Sigi sprach über unsere Reiseroute, als würden wir uns eine Busverbindung zusammenstellen. Über den Pass bis Dubrovnik. Ich schwitzte mehr und mehr, je höher ich stieg. Ich musste mich am Geländer festhalten.

Ich hatte nichts zu den Pässen gesagt. Was sollte ich auch dazu sagen. Ich war nie gut in Erdkunde gewesen.

Ich hatte mal vor der versammelten Klasse den Schwarzwald in der Ostsee versenkt. Wolke, mein Lieblingslehrer, hatte sich für mich geschämt und ich hatte versucht einen Witz daraus zu machen. Keiner aus der Klasse hatte gelacht. Was sollte ich also zu Dubrovnik sagen. Sigi wusste, was er sagte, bei mir war ich mir da nicht so sicher.

Ich musste an den Käfer von Stiefvater denken. Seit drei Wochen besaßen wir ein dickes Heft vom ADAC. Mit Karten und Straßen und allem, was man so braucht, um bis nach Goa zu kommen.

„Wir hetzen nicht, Paul. Wir machen es uns gemütlich." Gemütlich war sein Codewort. Er hatte es von Djingis, seinem Freund, einem Tataren.

Sigi hatte Freunde aus aller Welt. Tataren, Russen, Albaner. Sie sprachen unentwegt von Gemütlichkeit. Das war ihr Credo und Sigi war ihr Mittelpunkt, das Sonnenkind. Alle mochten ihn. Manchmal dachte ich, er foppt die Leute nur, die ihm ihren ganzen Mist erzählen. Aber er meinte es wirklich ernst. Er nahm an jeder Geschichte Anteil. Er bewertete nichts, er verurteilte auch niemanden. Er konnte enorm zuhören, das mochten die Leute.

Die Luft wurde immer dünner. Ich war jetzt fast oben.

„Paul, kennst du die Arche von Noah?" Ich kannte die Arche Noah aus der Bibel, aus den Religionsstunden mit Pfarrer Sudrow, aber ich wusste nicht, dass es sie auch wirklich gibt.

„Wir fahren am Ararat vorbei. Wir nehmen die mittlere Route durch die Türkei und kurz vor der Grenze nach Persien, da liegt der Ararat und obendrauf die Arche von Noah. Noahs Arche. Ist dir das eigentlich bewusst? Das ist doch irre."

Mir war es nicht bewusst. Sigi konnte einen mit seinen Träumen ganz schön verrückt machen. Er steckte jeden damit an. An dem Tag, als wir über die Arche sprachen, waren wir richtig glücklich.

Ich konnte nicht mehr weiter. Mir wurde jetzt ernsthaft

schlecht. Ich hätte jetzt gerne etwas Wasser gehabt, oder eine Zigarette geraucht. Nur dann wäre ich wohl erstickt. Ich setzte mich auf einen dieser Hocker, die vor sich hin faulten.

Ich glaube, an dem Tag war unsere Entscheidung gefallen.

„Wir fahren nach Goa. Nach Persien kommt Afghanistan. Dort bleiben wir ein paar Tage. Du musst es sehen. Ein Land, wie im Märchen. Vermummte Frauen, Droschken, Pferde, blutende Hammel. Das frühe Mittelalter."

Ich hatte zu alldem nichts gesagt. Warum nicht ins Mittelalter. Ich hatte Zeit. Ich hatte sowieso nichts vor. Meine Lehrzeit war beendet und ich wusste nicht weiter. Es könnte alles nur besser werden. Warum also nicht, fahren wir nach Goa.

Ich stand auf und nahm den letzten Abschnitt.

Bei dem Wort Persien war ihm dann die Pfeife aus dem Gesicht geflogen, weil Persien ihn an früher erinnert hatte.

Sigi hatte schon mal vor einigen Jahren einen Diesel in den Orient verschoben, quer durch die Türkei, bis nach Meshed hoch. Sigi sagte immer hoch und runter, wenn er in seinem Erfahrungsschatz wühlte. Daran konnte man merken, in welcher Stimmung er gerade war. Meshed war die Grenzstadt zwischen der Türkei und Persien und hoch nach Meshed klang entsprechend gut. Nach seinen Karten zu urteilen lag Persien hinter der Türkei, also alles gut beieinander.

Er hatte den Diesel gegen gutes Geld an einen Orientalen verkauft und das Carnet, den Zollbegleitschein, den hatte er dem Orientalen gleich mitverkauft. Das war ein Fehler gewesen. Als er wieder zurück in die Türkei wollte, hatte er vor der Grenze entdeckt, dass er ohne den Diesel und ohne das Carnet ziemlich dumm vor den Zöllnern dastehen würde. Denn in seinem Pass war ja das Auto eingetragen, also musste er mit dem Auto auch wieder raus. Er war dann bei Minustemperaturen durch den Grenzfluss geschwommen. Eine ganze Nacht lang. Die Grenzer hatten auf ihn geschossen, aber er war ihnen unter Wasser entkommen und nach Stunden sicher ans türkische Ufer gelangt. Sigi fand das eine ziemliche Leistung. Stundenlang im Wasser.

Ich schaffte nicht einmal diese verdammte Treppe. Mir fehlte Luft. Vielleicht war ich längst über den Wolken und hatte das Ende der Stufen verpasst. Ich traute mir das ohne weiteres zu. Ich ging immer zu weit. Wenn ich nicht so verdammt gut durchtrainiert wäre, hätte ich wirklich schlappmachen können und wäre dann unweigerlich in diesem Turm verendet. Sigi hatte mir die Geschichte mit dem Diesel einige Male erzählt, immer in Verbindung mit der Idee von Goa. Ich stellte mich innerlich auf eine Menge Ärger ein.

Irgendwann war plötzlich Ende. Es ging nicht mehr weiter. Ich stand vor seiner Tür. Die letzten paar Stufen war ich nur noch gekrochen. Ich schwitzte wie ein Pferd. Es gab keine Klingel, denn es gab keinen Strom in diesem Turm. Ich klopfte also. Es vergingen zwanzig Minuten, dann öffnete Sigi die Tür.

Er sah verschlafen aus. Sein wallendes Haar hing ihm in Strähnen ins Gesicht. Er trug einen goldbedruckten Kaftan, mit dem er versuchte seinen verknöcherten Körper zu bedecken. Weiß der Teufel, wo er diesen Kittel wieder aufgetrieben hatte. Er starrte mich an, er sah ziemlich hinüber aus. Die Anfänge seines Oberlippenbartes hingen ihm herunter, er kaute auf den Enden herum. So wie er jetzt vor mir stand, erinnerte er mich an Jesus Christus. Lichtjahre vergingen. Dann endlich erkannte er mich und lachte.

„Komm rein", sagte er und gab mir die Hand.

Ich betrat sein Refugium. Hier wohnte Sigi, wenn er nicht gerade bei seiner Mutter und seinen Brüdern im Vorderhaus schlief. Der Turm war sein Nest. Hier fühlte sich jeder zu Hause.

Er ging mir voran und versuchte im Gehen eine Gardinenkordel, die er um seinen Kittel gegürtet hatte, zu entknoten. Er stolperte über die Enden der Kordel, es war nicht seine Tageszeit. Er gab es auf und legte sich in voller Montur auf die Matratze, die in der Mitte des Raumes lag. Ich stand ziemlich erschöpft herum und sagte erst mal nichts.

Es war das einzige Zimmer im Turm. Es war ein Einraumturm. Enorm rund. Mit unzähligen kleinen Fenstern. Sehschlitzen. Machte man sich die Mühe und öffnete sie, hatte man einen fantastischen Blick über die ganze Stadt. Die Fenster hatten kleine Butzenscheiben. Butzenscheiben, die mit Butzenmustern ausgemalt waren. Kein Mensch konnte mir damals den Begriff Butzen erklären. Alle gebrauchten diesen Ausdruck, aber keiner konnte mir erklären, woher sie kamen oder wie sie entstanden. Ich liebte Butzenscheiben.

Es war hundekalt in dem Raum. Sigi wühlte sich in die Laken. Er fror. Ich stand vor der Matratze und hielt mich an meiner Mappe fest. Ich kam mir ziemlich blöde vor, in meiner Fischgegräteten und meiner Propylenjacke. Ich sah so neu aus. Es roch nach Weihrauch oder Myrrhe. Ich hatte noch nie Myrrhe gerochen, aber ich nahm an, dass es Myrrhe war. Myrrhe oder Sandelholz. Da war ich mir sicher. Sigi bekam diesen Mist immer von seiner Mutter. Sie hantierte unentwegt mit Misteln und Gewürzen herum. Seine Mutter war aus Schlesien oder Polen und hatte wohl deshalb einen Draht zu allem Spirituellen. Jedenfalls versuchte mir sein Clan das immer einzureden. Sie drehte jedem ungefragt irgendwelche Kräuter und Gräser an. Sigis Mutter hatte den Überblick, wenn sie mit einem sprach, also das dritte Auge. Sie brauchte einem nur ins Gesicht zu schauen und wusste sofort Bescheid. Es hätte nicht viel gefehlt und man hätte sie heilig gesprochen.

Gegen ein kleines Entgelt sagte sie Begegnungen und Todesfälle aller Art voraus. Dazu benutzte sie ein Kartenspiel, oder den Rest aus einer Kaffeetasse. Wenn sie keine

Karten oder keinen alten Kaffee zur Hand hatte, las sie auch schon mal aus Blumenerde. Sie war sehr überzeugend, von dem, was sie voraussehen konnte. Ich fühlte mich immer unwohl, wenn ich in ihrer Nähe war. So als hätte man mich beim Klauen erwischt, auch wenn ich gar nichts gemacht hatte.

Ich wartete, dass Sigi zur Welt käme. Haufenweise lagen Stoffe und Felle herum. Wolfsfelle, Angora, Katzenhäute. Felle waren seine Spezialität. Er liebte Felle aller Art. Am liebsten hätte er sich Tag und Nacht in irgendwelche Felle gekleidet. An der gegenüberliegenden Wand hing ein Bild von ihm. Ein Riesenschinken. Bestimmt drei mal vier Meter groß. In Öl. Sigi malte fast nur in Öl. Es zeigte ein fast verhungertes Biafra-Kind. Furchtbar ausgemergelt, mit übergroßem Kopf und riesigen Augen. In irgendeiner verdammten Wüste, am Ende der Welt, saß es da. Ein furchtbarer Brocken. Ich hätte mich gern zu dem Bild geäußert, aber ich sagte lieber nichts. Sigi konnte wirklich malen. Er kannte alle großen Meister. Van Gogh, Miró, Picasso. Seine Spezialität war es, sie zu kopieren. Er versuchte sich natürlich auch in eigenen Werken, aber in seinen Fälschungen war er unschlagbar. Wenn ihm zum Beispiel irgendwer anbot, ein Badezimmer mit dem Guernica-Bild von Picasso zu bemalen, machte Sigi das. Er kopierte das Werk so haargenau, dass man dachte, Picasso hätte in dem Badezimmer gemalt. Dalí war sein Favorit, dieser Typ mit den zerfließenden Uhren und Giraffen. Dalí und Max Ernst, aber den kannte ich nicht.

Tag und Nacht ackerte er an den Bildern. Er malte und malte, wenn er nicht gerade schlief oder die Frauen hinter ihm her waren. Die Frauen liebten ihn. Er konnte ziemlich überzeugend sein, wenn er in Leinenhemd und bunter Weste an seiner Staffelei stand und den Pinsel schwang.

Ich wusste nicht, was ich tun sollte, nach dem Aufstieg war bei mir die Luft raus. Himmel, wenn er immer so lange schliefe, würden wir es nie bis nach Indien schaffen.

Ich bemerkte das Mädchen neben ihm. Sie war mir bisher nicht aufgefallen. Sie hatte sich so zwischen den Laken verkrümelt, dass ich sie nicht gesehen hatte. Ich fiel fast um. Ich kannte diesen Wuschelkopf. Ich war mir total sicher. Ich hatte sie einige Male im 10er getroffen. Sie stieg Machnower/Ecke Sundgauer ein, am Ende unserer Siedlung. Jetzt erinnerte ich mich genau. Sie war mir beim Einstieg aufgefallen und ich hatte sie ein paar Mal in meine Filme integriert. Keine tragenden Rollen, aber sie war mir vertraut. Jedes Mal trug sie denselben weißen Minirock, dieselben weißen Söckchen und dieselben Tennisschuhe. Jetzt sah ich ihre Sachen neben der Matratze. Den Mini, die Söckchen und die Tennisschuhe. Es waren exakt dieselben Sachen, die sie im Bus getragen hatte. Ich glaubte es einfach nicht. Meine Filme hatten also doch Recht. Wir fuhren dieselbe Strecke und sie war von der Leinwand heruntergestiegen und lag nun neben Sigi auf der Matratze.

Das Mädchen kam hoch und sah mich an. Sie war nackt. Ich versuchte irgendwo anders hinzusehen, aber je mehr sie sich aus dem Lager pulte, desto mehr konnte ich von ihr sehen. Ich sah ihre Brüste. Sie sahen aus wie Orangen. Sie wippten und schaukelten bei jeder Bewegung. Ich versuchte mich an irgendetwas in dem Zimmer festzuhalten und schaute auf das Bild mit dem Biafra-Kind.

Das Mädchen stellte sich neben die Matratze und bückte sich, um ihre Sachen aufzunehmen. Ich konnte ihre Schenkel sehen, und dann sah ich zwischen ihren Schenkeln ihr Vlies. Ich glaube, in diesem Moment wurde mir schwarz vor Augen und ich wollte nur noch von der Bildfläche verschwinden. Es gelang mir aber nicht. Ich starrte also weiter geradeaus auf das Bild und sah gleichzeitig alles von ihr. Ihren Rücken, ihre Schenkel und ihr Vlies. Es war nicht so, dass mich ihr Anblick umgehauen hätte, aber ich gebe zu, dass sie mich völlig fertig machte und mir den Rest gab.

„Setz dich, Paul." Sigi gähnte. Ich legte meine Mappe in einen geschnitzten Rundstuhl, einen Dreifuß, und versuchte locker zu wirken. Zwischen den herumliegenden Schals und Tüchern und dem ganzen Durcheinander fand ich einfach keinen Platz. Nur um nicht zu sterben, setzte ich mich in den Stuhl.

Das Mädchen hatte sich inzwischen völlig angekleidet und ich konnte ihr ins Gesicht blicken. Sie hatte ein plumpes, großflächiges Gesicht, aber schöne Augen, die völlig verschmiert waren. Nackt war sie mir sympathischer gewesen.

„Guten Morgen", sagte sie und lächelte.

„Guten Morgen", sagte ich.

„Du bist der, der mit Sigi nach Goa will?"

„Ja", antwortete ich und starrte wieder auf das Bild an der Wand.

„Ja, wir fahren nach Goa." Sigi meldete sich wieder. Wahrscheinlich hatte er vorher eine Menge Spaß gehabt. Er setzte sich auf und fummelte an seinen Bartenden herum. Das Mädchen ging zu ihm, beugte sich herunter und gab ihm einen Kuss.

„Bis morgen", sagte sie und ging dann an mir vorbei, ohne mich weiter zu beachten. An der Tür drehte sie sich noch einmal um und sagte: „Ich habe dich irgendwo schon mal gesehen."

„Kann sein", erwiderte ich und wurde rot. Dann verschwand sie aus der Tür.

„Sie ist in Ordnung, sie heißt Helga", sagte Sigi. Er stand auf und begann in den Klamotten, die verstreut auf dem Boden lagen, nach Hemd und Hose zu suchen. Er fischte sich aus dem Haufen verfilzter Pullover, Decken und Tücher ein paar weiße Beinkleider hervor. Beim Anziehen der Hose verhedderte er sich dermaßen, dass er fast der Länge nach hingeschlagen wäre. Himmel, wir würden einen Trainer brauchen, der uns den Alltag organisiert. Endlich hatte er die Hose an und setzte sich erschöpft auf einen Hocker. In unmittelbarer Nähe entdeckte er unter einem Kehrblech ein Paar Sandalen und angelte mit seinen Zehen danach. Er schaffte es, eine Sandale unter der Schaufel hervorzuziehen. Unter Ächzen und Stöhnen begann er sie anzuziehen. Ich hätte ihm beinahe dabei geholfen, fand es dann aber übertrieben. Ich meine, er war ja nicht gebrechlich oder so.

„Ich war bei Steg in der Turmstraße. Ich habe uns die Moskitonetze besorgt", sagte ich.

Sigi kam nur langsam voran.

„Ich bin völlig fertig." Er schnaufte und stöhnte. „Kannst du nicht etwas singen?"

Ich war platt. Er wollte doch jetzt nicht wirklich, dass ich singe. Ich meine, wir hatten doch Wichtigeres zu tun.

„Wollen wir nicht zu Muttchen runtergehen?", fragte er. „Sie könnte uns etwas zum Frühstück machen. Siehst du irgendwo Tee?"

Ich sah keinen Tee, ich suchte ihn aber auch nicht. Ich stand nur da und versuchte meine Gedanken ordnen. Ich hätte ihm am liebsten ein paar Fragen zu dem Mädchen gestellt, aber ich ließ es. Wahrscheinlich hatten sie die ganze Nacht gevögelt oder Tabletten genommen und dann stundenlang geredet. Ich begann mich ernsthaft zu sorgen. Nicht um Sigi, eher um mich. Immerhin blieben uns nur noch drei Tage bis zur Abreise. In mir begann sich der altbekannte Sorgenkreisel zu drehen. Sigi machte auf mich den Eindruck eines Mannes, der eher in ein Krankenhaus gehört als auf den Weg nach Goa.

„Ich habe die Netze bei Steg aufgetrieben, in Moabit", sagte ich noch einmal. „In den anderen Läden war nichts zu machen. Bei Steg hatten sie die Dinger noch vorrätig, aber es waren nur noch die zu haben, die sie in Vietnam benutzen."

Steg war ein Armeeladen von den Amis. Sie verkauften dort das Zeug aus ausrangierten Militärbeständen. Alles extrem günstig, also Spaten, Tornister und Schlafsäcke, was man eben so für eine Reise braucht.

Sigi stand auf und schleppte sich zu dem Tisch, der an der Tür stand. Er suchte nach seiner Pfeife, einer Meerschaumpfeife, seinem ganzen Stolz. Er kramte zwischen den schmutzigen Tellern und Gläsern herum und fischte sie aus einem leerem Weinglas heraus, das in ein Handtuch eingewickelt war.

Dann stand er mit der Pfeife in der Hand vor dem Tischchen und starrte bestimmt zehn Minuten lang auf das Mundstück, während ich ihm von dem Amiladen erzählte. Er sah aus wie ein Fischer, wie er so da stand. Wie Jesus, der Fischer. Es fehlte nur noch, dass das hereinbrechende Sonnenlicht ihm einen Heiligenschein verpasst hätte.

Nachdem er eine ganze Weile auf seine Pfeife gestarrt hatte, griff er sich plötzlich die Tabaksdose aus einem Knäuel von Tüchern und alten Hemden auf dem Tisch. Er wusste aus dem Stand, dass er die Tabaksdose am Abend vorher in ein Unterhemd gewickelt hatte. So hatte alles seine Ordnung. Alle Dinge waren an ihrem Platz. Er öffnete die Tabaksdose und begann seine Pfeife zu stopfen. In aller Ruhe. Er stopfte und stopfte. „Sind sie zusammenfaltbar?“ Er sah nicht auf.

Das waren die Fragen, die mich bei ihm schafften. Wozu sollten wir die Netze falten? Man hätte sie auch zusammenrollen können oder legen. Die Frage war doch, brauchten wir unbedingt Moskitonetze? Wir hatten Schlafsäcke, Kochgeschirr, mehrere Kisten mit Lebensmitteln, Dosen mit Ravioli, Suppen und Eingemachtes. Wir hätten eine Expedition in die Regenwälder von Burma machen können.

„Brauchen wir denn überhaupt die Moskitonetze?“, fragte ich.

Sigi antwortete nicht. Er sah mich nur an, wie einen Fremden. Ich merkte, dass er meine Frage nicht verstanden hatte.

„Ich habe sie zu zwei Paketen verschnürt. Wir könnten sie zum Beispiel neben die Schlafsäcke legen.“ Ich gab es auf, an den Moskitonetzen herumzuarbeiten. Die Schlafsäcke waren für die Hinterbank im Käfer vorgesehen, also konnten wir die verdammten Moskitonetze auch zusammenfalten und nach hinten legen.

Wir hatten immer und immer über die Ausrüstung diskutiert. Es fehlte nichts. Es war völlig sinnlos, darüber weiter nachzudenken. Alles lag gebündelt und verschnürt im Vorderhaus bei seiner Mutter und wartete auf uns.

Sigi war nun mit seiner Pfeife fertig und es gelang ihm, in dem überquellenden Aschenbecher ein Streichholz zu finden. Nun fehlte ihm nur noch ein Schächtelchen, woran er das Streichholz reiben könnte. Sein Tempo war ungeheuerlich. In mir waberte und rumorte es. Wahrscheinlich würde er sich bis zum Abend in diesem Schleichgang bewegen. Er war eben ein Nachtmensch.

Ich ging zu meiner Mappe und holte mein Feuerzeug und die Lux-Filter heraus und half ihm beim Feuern. Dicker blauer Dunst verteilte sich im Raum. Three Nuns. Ich mochte den Tabak. Wir rauchten schweigend.

„Gibt es dort es dort überhaupt Mücken? Es muss doch irre heiß sein.“

Ich versuchte es ein letztes Mal. Sigi lachte und sein Lachen steckte mich an.

Endlich flog ein Fenster auf.

„Fischen, wir könnten die Moskitonetze als Fischreusen verwenden.“

Ich glaubte, dass er meinte, was er sagte. Wir waren ziemlich unschlagbar in unseren Vorbereitungen. Wir sprachen eine Weile nicht und starrten nur so auf den Qualm, den wir mit unseren Rauchwaren verursachten.

„Mach dir nicht so viele Gedanken“, sagte Sigi dann. „Es ist alles in Ordnung. In fünfzig Jahren sind wir sowieso schon tot. Nichts wird dann von uns noch übrig sein. Keine Mücken werden uns nerven. Mach es dir gemütlich.“

Er setzte sich auf den wackeligen Tisch an der Tür. „Sing mir dieses Lied noch einmal vor. Weißt du, das von damals im Boot."

„Welches Boot?", fragte ich.

„Du hast es gesungen, als wir auf dem Wannsee waren. In dem Faltboot von Immi."

Immi war sein Bruder, der jüngere. Sein anderer Bruder, Ludwig, der ältere, wäre nie mit einem Boot gefahren. Der war immer auf Achse. Er kaufte alte Mäntel in Containern ein, Ausschussware, die er dann nach Polen und Rumänien verscherbelte. Ich wusste, was Sigi meinte, aber ich hatte jetzt keine Lust ihm etwas vorzusingen.

„Es ist ein Lied, es ist nicht fertig", sagte ich. „Damals war es nicht fertig, heute ist es nicht fertig, nie wird es fertig sein."

„Nie wird es fertig sein." Sigi sprach die letzten Worte mit, er kannte den Text.

„Ich habe nicht dein Talent, Paul, du hast es aber. Du musst dir alles notieren. Alles, was du siehst. Geh den Weg und achte auf alles, was du siehst. Sehen ist wichtig. Vielleicht das Wichtigste. Nimm dich wichtig. Nimm alles wichtig, alles, was du siehst und was dir dazu einfällt. Jeden Gedanken, jeden Traum von dir musst du wichtig nehmen."

Er sagte das ganz ruhig und ich stand da und sah ihn an und knipperte nervös an meiner Unterlippe herum.

„Nimm die Gitarre mit, Paul. Du wirst sie brauchen. Sie gehört zu dir."

Ich wollte die Blonde nicht mitnehmen. Ich wollte nicht wie ein Hippie reisen. Außerdem hatten wir schon genug Krempel.

„Nein, nicht die Gitarre. Ich kann mir ja unterwegs eine leihen." Ich wurde schlagartig müde.

Sigi sah mich ernst an. „Du musst dir die Liebe zu diesen Dingen bewahren. In jedem von uns sind unschlagbare Talente. Es sind Gottes Geschenke. Nenn es Gott oder Natur, es ist egal, aber Er schenkt uns die Sterne."

Ich kannte seine Themen. Wenn er mit Er kam, wusste ich, was die Glocke geschlagen hatte. Gleich würde er mit der Geschichte von dem Typen im Bus anfangen. Sein Tabak legte sich im ganzen Zimmer auf alles, was noch sichtbar war.

„Nimm einen Behinderten, also einen, der durch einen Unfall oder durch ein anderes Schicksal gebrechlich ist." Er starrte mich an, als würde er eine Antwort erwarten.

„Okay, er ist gebrechlich, das ist ein schlimmes Schicksal, aber Gott hat auch für ihn etwas parat. Vielleicht hat er ihm andere Werte geschenkt. Vielleicht das Talent zu malen oder eine schöne Stimme, um zu singen oder die Fähigkeit, andere Menschen zu heilen. Auch wenn er sonst irgendwie behindert zur Welt gekommen ist, durch einen Unfall oder was weiß ich, gehandicapt ist, Gott übersieht niemanden von uns."

Aha, jetzt ging es los, jetzt kam die Geschichte mit dem Typen im Bus.

„Die Natur gleicht alles aus, du musst ihr nur folgen." Sigi schüttelte den Kopf, als hörte er Stimmen.

„Nimm diesen Mann in China, diesen Typen, der Tag für Tag im vollbesetzten Bus stand. Ohne Beine, ohne Arme, schwerstbehindert. Jeden Morgen hockte er da zwischen all den Leuten, die zur Arbeit fuhren. Er war total von ihnen eingekeilt und ...", er räusperte sich, „es stank ihm auf Dauer. Man kann nicht behaupten, dass die Leute unfreundlich zu ihm waren, aber sie nahmen ihm irgendwie die Luft zum Atmen. Nicht genug, dass er keine Arme und Beine hatte, nein, sie keilten ihn auch noch zusätzlich ein. Tag für Tag. Roh, unsensibel und hartgesotten."

Bei hartgesotten spuckte er mir versehentlich ins Gesicht.

„Er fühlte sich irre allein. Verstehst du, einsaaam." Sigi dehnte das Wort ins Unermessliche und ließ es für eine Weile im Raum stehen.

„Was tat er also?"

Ich antwortete ihm lieber nicht, ich kannte die Pointe.

„Er hatte zu Hause in seiner Hütte die Fähigkeit entdeckt, seine gesamten Lebensenergien, die aufgrund seiner Behinderung noch herumlagen, so zu bündeln, dass er sie anwenden konnte. Als geistige Kraft sozusagen. Er trainierte das jahrelang. Irgendwann konnte er diese Energie einsetzen und damit Gegenstände bewegen. Wirklich, es war kaum zu glauben, aber er konnte mit dieser Energie Löffel und Gläser und all diesen ganzen Müll bewegen und später wurden die Dinge immer größer. Er konnte sogar Autos verrücken."

Sigi sah durch mich hindurch. Es war unglaublich.

„Vielleicht war es seine enorme Liebesfähigkeit, mit der er alles bewegte. Eine Liebesfähigkeit, die er durch sein schweres Schicksal erlangt hatte, wer weiß das schon."

„Jaja", sagte ich. Ich wollte nicht, dass er mir davonflöge.

„Und ...", er räusperte sich wieder, „eines Tages nun, als ihm die Menge im Bus wieder den Weg versperrte und die Leute ihm wieder mal wahnsinnig auf die Pelle krochen, da konzentrierte er seine Energie so stark, dass einer nach dem anderen den Bus verlassen musste. Sie mussten einfach gehen. Seine Energie war zu stark. Nach zehn Minuten war der Bus völlig leergefegt und der Typ hatte seine Ruhe. Verstehst du? Er schaffte es, jeden, der ihm zu nahe kam, durch seine gebündelte Energie ..."

„Herzensenergie", warf ich ein, ich hatte jetzt genug.

„... genau, durch seine Herzensenergie aus dem vollbesetzten Bus zu schmeißen."

Wir schwiegen für einen Augenblick. Es war sagenhaft. Er erinnerte sich einfach nicht daran, mir diesen Mist mindestens zwanzigmal schon erzählt zu haben.

„Was wurde aus ihm?", fragte ich leise.

„Er wurde Arzt." Sigi war endlich am Ende.

„In China?"

„Ja. Er half den Menschen, er diente ihnen. Er stellte

den Leuten seine Kraft zur Verfügung. Ohne Beine und ohne Arme. Nur durch seine enorme Liebesfähigkeit." Sigi schwieg. Er sah ziemlich fertig aus, er hatte Tränen in den Augen.

Ich fühlte mich erschlagen. Ich begann hin und her zu laufen.

„Wo soll ich singen, auf dem Klo?", fragte ich.

„Wenn du es musst, sing auf dem Klo. Es ist doch scheißegal, Hauptsache, du lässt dich nicht unterkriegen."

Ich hätte ihm gegenüber nie zugegeben, dass ich mich, wann immer es ging, in unser Badezimmer verzog. Es war der einzige Platz, wo ich Ruhe vor meinem Clan hatte, außerdem war die Akustik dort sehr gut.

Mir war nicht klar, wie Sigi mich sah. Ich glaube, er sah mich ziemlich unfertig. Wir kannten uns doch kaum. Vielleicht wollte er nur eine Begleitung für seine Trips, so eine Art Reisebegleiter. Wahrscheinlich hätte er es sogar gut gefunden, wenn wir den ganzen Tag singend miteinander kommuniziert hätten. Er hatte das bei einem französischen Filmemacher gesehen. Chabrol hieß der Mann. Der hatte einen Film gemacht, in dem alle Leute unentwegt sangen. Sogar wenn sie telefonierten.

„Soll ich nun die Gitarre mitnehmen?", fragte ich.

„Nimm sie mit", antwortete er, „sie nimmt doch keinen Platz weg."

Ich fühlte mich plötzlich hundeelend. Alles war mir auf einmal zu viel.

„Der Wagen ist voll", sagte ich.

Ich machte mir mehr und mehr Sorgen. Ich dachte daran, dass er unseren Käfer mit irgendwelchen Sonnen und Wasserfällen bemalen wollte und dass man uns wahrscheinlich schon am Grenzübergang Dreilinden verhaften würde, weil wir diesen ganzen Müll dabei hätten. Sogar Schnorchel und Tauchmasken hatten wir vorgesehen. Goa sei ein Taucherparadies, hatte Sigi gesagt.

„Lass uns erst mal über den Brenner sein", murmelte er.

Er hatte wohl ähnliche Gedanken. Ich wurde immer nervöser, er merkte, dass ich mich auf Gegenstrom befand. Mir war richtig übel. Andererseits war ich auch froh, dass es endlich losgehen würde. In mir tobten gegensätzliche Gefühle.

Die letzten Tage waren ein Fiasko gewesen. Ich hatte mit Königinmutter kein Wort sprechen können. Bruder Andreas war sowieso nicht an meinem Thema interessiert. Nur Stiefvater hatte mir an den Abenden vorher etwas zu unserer Reise gesagt. Zum Auto und den Reifen und dem Keilriemen. Immerhin hatte er bemerkt, dass irgendetwas vor sich ging.

Sigi sah mich an, vielleicht bemerkte er, was mit mir los war. Ich war mir bei ihm nicht sicher. Mir war einfach nicht klar, ob er es wirklich ernst nahm. Unsere Abfahrt nach Goa und alles andere. Ich war mir im Grunde über gar nichts klar. Es gab einfach nichts, was mich sicher machte. Ich hasste mich für meine verdammte Unsicherheit. Ich hätte plötzlich heulen können. Ich traute Sigi ohne weiteres zu, dass er noch abspringen würde. Im Grunde traute ich mir das auch zu. Vielleicht wäre es ja auch besser gewesen. Vielleicht sollten wir einfach alles abblasen.

Ich lief nervös im Raum herum und musste an die nächsten Tage denken. Es war nicht mehr viel Zeit bis zu unserer Abreise. Ich mochte mich nicht, wenn ich so war. Ich hasste mich regelrecht, wenn ich so unruhig war. Ich fühlte mich dann immer wie Königinmutter, die um sechs Uhr früh die Tapeten wäscht. Ich wäre gern viel gelassener gewesen. So wie Sigi.

Ich machte mir ernsthaft Sorgen. Ich sorgte mich immer. Ich sorgte mich um meine Zähne, um die Impfungen, um den Pass und natürlich um Geld. Geld war mein Urthema. Ich hätte Bankier werden sollen. Ich hatte mir bei Klinker Eisenhandel mein Lehrlingsgehalt am Monatsende in kleinen Scheinen auszahlen lassen. Diese verdammten 130 DM in kleinsten Scheinen. In Zehnmarkscheinen. Ich hätte sie am liebsten in Fünfmarkscheinen gehabt, aber sie hatten nie soviel davon vorrätig, ich hätte es vorher anmelden müssen.

Ich bin jedes Mal in die Bank gegangen und hatte an der Kasse gesagt: „In kleinen Scheinen", ganz selbstbewusst. Jeden Monat hatte ich das getan. Bloß damit ich das Gefühl hatte, mehr von dem Geld in der Hand zu halten.

Ich mochte mich einfach nicht. Ich hätte kotzen können bei dem Gedanken, nie genug Sicherheit zu haben. Sigi bemerkte meine Unruhe. Sigi sah so ziemlich alles. O Gott, was ist bloß los mit mir. Ich bin ganz durcheinander. Vielleicht hätte ich auch vor Wochen unsre Captagon-Orgie nicht machen sollen. Wir hatten AN1 und Rosy Moon geschluckt. Irgendeiner von den Jungs hatte das Zeug aus der Apotheke besorgt. Diese Aufputschpillen, die alles größer und kleiner machen. Die Pupillen werden riesig und der Pimmel schrumpft auf Kindergröße. Man quatscht und quatscht und schläft nicht und ist tagelang auf der Umlaufbahn. Ich schluckte immer mehr als fünfzehn Stück. Wenn Königinmutter das gewusst hätte, hätte sie sich umgebracht. Garantiert.

Ich machte mir Vorwürfe. Ich trank zu viel und das Rauchen bekam mir schon lange nicht mehr. Die Erste ja, aber dann ging es immer bergab. Ich wusste nicht einmal, warum ich rauchte. Ein Wunder, dass ich noch so gut aussah. Ich meine körperlich. Ich sah aus wie ein Baby. Als würde ich nie altern, als würde die Zeit an mir vorbeigehen. Ich bleibe wohl immer so, dachte ich. Ich sterbe einfach nicht. Ja, ich entschied mich, einfach nicht zu sterben.

Ich schaute in den Spiegel über Sigis Lager. Ich sah ein Kind. Nein, ich sah einen Greis. Einen uralten Mann, mit dem Gesicht meines Vaters. Viel zu weich, die Augen und der Mund. Aber dann sah ich auch das Gesicht von Königinmutter. Viel zu verspannt. Drei Gesichter sah ich, übereinander, und alle sahen viel zu verspannt aus. Verdammt, wo war ich denn? Ich bin es doch. Ich, Paul Lachmann, der angehende Kaufmann, der seine Prüfung bestanden hat. Der alle Prüfungen bestanden hat. Sogar die Führerscheinprüfung. Zwar nach achtunddreißig Doppelstunden, aber doch bestanden.

Achtunddreißig Doppelstunden Fahrschule. Weil der Fahrlehrertyp unbedingt von Zehlendorf nach Tempelhof mit mir fahren musste. Weil er meinte, dort die Führerscheinprüfung für mich arrangieren zu müssen. Deshalb die Doppelstunden. Und dann, als es endlich so weit war, fragte mich der verdammte Prüfer beim Einparken, was wäre, wenn hinter uns auf dem Bordstein ein Kinderwagen gestanden hätte, ob ich dann auch so rasant eingeparkt hätte.

O Gott. Ich hatte doch alle meine Prüfungen bestanden. Den Freischwimmer, den Fahrtenschwimmer, Dreikämpfe und Vierkämpfe. Ich hatte sie alle bestanden. Ich war immer gut im Sprint gewesen. Ich wäre um ein Haar Berliner Meister auf hundert Meter geworden. Ich war nie gut in Mathe und Erdkunde und Physik, aber ich hatte alle Prüfungen bestanden. Was machte ich mir jetzt in die Hosen? Ich will doch nur für ein paar Wochen nach Goa.

Aaah! Jetzt traf mich Gott. Das war die Rache. Himmel, ich versank. Wieder so ein Loch. Ich hatte doch überhaupt keine Zukunft. Ich machte mir etwas vor. Ich wusste doch gar nicht, wohin ich morgen gehen sollte. Ich wollte auf der Stelle sterben. Ja, ich beschloss zu sterben. Ich war ein so elendig unsicherer Vollidiot. Warum war denn da niemand, der das an mir bemerkte.

„Meinst du, wir sollten noch zum Zahnarzt gehen", wollte ich Sigi fragen.

„Es sind ja nur noch drei Tage, bis wir fahren", wollte ich sagen. „Ich meine, wir haben uns jetzt gegen Pocken und Cholera impfen lassen. Warum dann nicht noch zum Arzt?" Ich sagte das aber alles nicht, weil ich gerade im Begriff war zu krepieren. Ich wusste sowieso, dass Sigi sich nicht impfen lassen würde, ich wusste das, aber ich sagte nichts dazu. Ich war so ungeheuer clever. Ich tat einfach so, als wäre er auf dem Gesundheitsamt gewesen. Ich fragte mich jetzt schon, wie er mit seinem leeren Impfpass durchs wilde Kurdistan kommen wollte. Ohne Impfungen werden wir in diesen Ländern garantiert ins Lager kommen, in Quarantäne. Wir werden dort Monate verbringen, nur um dann irgendwann auf der Flucht erschossen zu werden.

Ich blieb vor den leeren Wänden stehen. Ich starrte auf die Butzenfenster und sah in das hereinbrechende Sonnenlicht.

Ich ging zu dem Dreifuß und holte meine Kladde aus der Mappe. Ich klappte sie auf und begann daraus vorzulesen. Erst leise, dann immer lauter.

Die Raben
wenn sie sehen
sagen sie nichts
wenn sie sprechen
erzählen sie nichts
wenn sie schlafen
träumen sie nicht
sie sitzen auf den Mauern
die Raben
Tag für Tag
treffe ich sie
auf dem Weg
zu mir nach Haus

Ich machte eine kleine Pause und sah dann Sigi an. Er war noch da. Ich hatte den Text ziemlich atemlos in die Stille gesprochen, mehr gerufen, aber viel zu schnell. Über das Wort „nach Haus“ war ich schnell hinweggeflitzt. Mir war es peinlich, dieses Wort auszusprechen. Mir war es im

Grunde überhaupt peinlich Sigi das Gedicht vorzulesen. Er hatte mir mit halb geöffneten Augen zugehört. Jetzt sah er mich an und ich war mir nicht sicher, ob die Worte bei ihm angekommen waren.

„Die letzte Zeile habe ich noch nicht fertig", sagte ich leise.

„Lies weiter." Er wollte es wirklich. Ich machte also weiter.

manchmal bleibe ich stehen
und sehe ihre Augen
sehe, dass sie mich ansehen
sehe in ihre glasklaren Augen
und denke dann
sie würden niemals fliegen
sich niemals erheben
immer nur sitzen
und schauen und sehen und warten
und ich gehe erst
wenn sie ihre Flügel bewegen
um irgendwohin zu fliegen
die Raben
in Gruppen oder allein

Ich sah auf. Es war still in dem Raum geworden. Sigi war in sich zusammengesunken. Er zog an seiner Pfeife. Sein Schnaufen und die Stille, das war alles.

„Es ist traurig. Singst du das?", fragte er und schüttelte seinen Kopf.

„Mal sehen, ich frisch es vielleicht etwas auf", erwiderte ich.

„Nein, tu das nicht. Es ist schön so, lass es so. Sing es so, wie es ist."

Er war überhaupt nicht sauer oder unangenehm betroffen von meinen Text, ich glaube, dass er ihm gefiel. Jetzt war ich plötzlich froh, den Text vorgelesen zu haben.

„Vielleicht unterleg ich es mit ein paar einfachen Akkorden“, sagte ich, „in D-Dur oder in g-Moll. Es muss eine einfache Melodie sein, weil der Text schon kompliziert genug ist.“

Es hätte nicht viel gefehlt und ich hätte ihm das ganze Werk vorgesungen.

Es gefiel ihm wirklich. Er büchste nicht aus, wie es viele machen, wenn man ihnen einen Traum oder ein Lied erzählt. Ich meine, es war bestimmt nur Mist, den ich ihm vorgelesen hatte, aber es ging ja nicht um die Worte. Es ging ja um viel mehr. Im Grunde um alles. Ja, ich glaube, es ging wirklich um alles und dass man zeigt, wie man wirklich ist.

Bei Sigi konnte man sich immer so zeigen, wie man wirklich war. Ohne falsches Gesicht und ohne falsche Töne. Am liebsten hätte ich jetzt mit ihm nur herumgealbert, ein paar Worte herumgepfeffert und ein bisschen Musik gemacht.

„Es ist wie im Geheul von Ginsberg, nicht?“, sagte ich. „Kennst du Ginsberg?“

„Den schwulen Ginsberg?“ Sigi zog an seiner Pfeife.

„Ist er schwul?“, fragte ich.

„Ja, Ginsberg ist total schwul. Eine total schwule Schwuchtel.“ Er lachte.

Ich wusste, dass Sigi nichts gegen Schwule hatte.

„Ginsberg, die schwule Schwuchtel mit dem total schwulen Schwung beim Schnullern.“ Sigi krümmte sich. Er war jetzt wach. Ich fand mein Wortspiel ziemlich gelungen. Ich fühlte mich auf Anhieb besser, seit ich das Gedicht vorgelesen hatte. Ich glaube, wir fanden es einfach gut, ein bisschen so herumzusauen und nicht unsere Ausrüstung zum tausendsten Mal abzuklappern.

„Hast du noch eine Strophe?“, fragte Sigi.

„Es gibt vier, aber wenn du willst, lese ich dir noch die letzte Strophe vor.“

Ich stellte mich mitten in den Raum und las.

Lass mich ein Boot bauen
einen Einbaum oder ein Kanu
wir werden über alle Meere ziehn
mit den Wolken
mit dem Wind
weit über den Horizont hinaus
bis dahin
wo die Sonne ins Meer fällt
dort werde ich mein Tipi aufschlagen
und endlich zu Hause sein.

Ich machte eine große Pause. Bei mir war die Luft raus. Das mit dem Tipi hatte ich spontan eingeflochten, weil ich wusste, dass Sigi Zelte und Koten und so etwas mochte.

„Du musst es singen“, sagte er und stand auf. „Das ist wirklich gut.“

„Weißt du“, ich packte die Kladde in die Tasche zurück, „manchmal denke ich, ich suche immer nach irgendwas.“

„Jeder sucht etwas, wir suchen alle“, sagte er. „Ein Leben lang. Das ist so. Das ist unsere Aufgabe.“

Er ging zur Wand. Ringsherum an der Wand standen seine Bilder. Allesamt in weiße Laken und Tücher verpackt. Bestimmt fünfzig oder sechzig. Sie rahmten den Turm von innen völlig ein. Es waren nur weiße Stellagen, die ich sah, ich wusste aber, dass es seine Bilder waren.

Er zog die Tücher von den Bildern und warf sie hinter sich auf die Matratze, dann stellte er die Gemälde an die Wand zurück. Eines nach dem anderen, die ganze Wand entlang. Wir gingen von Bild zu Bild, während er die Tücher entfernte und so eines nach dem anderen enthüllte.

Bald war der ganze Raum mit seinen Bildern umstellt. Eine Orgie von Farben. Die Bilder rahmten uns ein.

„Wenn du in sie eintauchst, wirst du dich verlieren“, sagte Sigi.

Je mehr Bilder wir entkleideten, desto mehr Farben kamen zum Vorschein. Das Sonnenlicht half dabei. Es waren wirklich gute Sachen. Sigi war ein großer Künstler. Sonnen, die explodierten, Lavaströme, die sich ins Unendliche ergossen. Uhren, die geschmolzen waren. Giraffen und Saurier, die ihren Weg durch Regenwälder suchten. Wasserfälle und endlose Steppen. Wüsten und Meere. Blutrot, blau, weiß, purpur und ockerfarben. Ich hatte so etwas noch nie auf einem Haufen gesehen.

„Kompositionen. Wie Musik." Er hielt ein Bild in den Raum. Es zeigte einen Fischadler, der ein Kind in den Himmel verschleppt.

„Leben und Tod." Er stellte es an die Wand zurück.

Ich war sehr beeindruckt von seiner Aktion. Wie konnte er so etwas erfinden. Es war ein gutes Gefühl, die Tücher beiseite geräumt zu haben. Sigi war um Jahre verjüngt.

„Nimm Jim Morrison von den Doors. Als Kind war er ein fetter Admiralssohn und später ein Sex-Gott, wie Jesus. Jeder kann etwas aus sich machen." Er lehnte weiter ein Bild nach dem anderen an die Wand.

„Wahrscheinlich war Jesus auch nur ein Poet, der sich um seine Liebe betrogen sah. Poesie ist Liebe!", sagte ich. Ich wusste nicht, wie ich darauf kam. Wir verschoben die Bilder.

„Malerei ist Liebe!" Wir lachten.

„Träume sind Liebe." Wir knallten zwei Meter Farbe an die Wand.

„Liebe ist Tanz!" Ich verlor jeden Gedanken. Ich glaube, wir waren verdammt glücklich in diesem Moment.

Sigi begann dann irgendwann auf der Stelle zu hüpfen. Es sah nicht einmal komisch dabei aus und irgendwann schrie ich: „Der Bus ist voll." Es gab einfach keine Zeitrechnung mehr. Das letzte, was ich dann noch schrie, war: „Ich werde von Brüderlichkeit und von Respekt und Frieden reden. Erschütternde Lieder werde ich singen und du wirst malen"

Es flog über die gesamte Stadt. Ich weiß nicht, was da

aus mir sprach und wie ich auf diesen ganzen Unsinn kam. Es war eine ungeheure Energie, die ich spürte. Ich glaube, wir waren in diesem Augenblick irgendwo anders.

Die Bilder standen nun alle an der Wand. Sonnen, Sterne, Uhren. Himmel und Höllen. In Rot, Braun, Blau, Ocker oder Schwarz. Das Leben glotzte uns an.

„Ich würde sogar mit meinem Arschloch singen, wenn ich es könnte“, schnaufte Sigi. Wir waren ziemlich erschöpft von der Plackerei.

„Paul, ich habe eine Vorahnung“, sagte er. „Ich glaube, es wird eine gute Reise.“

Wir rannten die Wendeltreppe runter. Diesmal links herum. Wir alberten und sprangen wie irre die vielen Stufen hinunter. Zu zweit war der Turm völlig in Ordnung. Sigi war ziemlich aufgekratzt, er lachte viel und mir ging es wirklich gut in diesem Augenblick. Ich dachte an nichts anderes als an unsere Abfahrt.

Das ging so, bis wir unten ankamen, am Ende der Treppe, bis Sigi sagte: „Du musst mir einen Text für morgen Abend schreiben.“

„Was für einen Text?“

„Ich habe bei Erdmann morgen einen Abend bekommen. Ich kann das Biafra-Bild dort aufhängen. Ich habe es für 7500 Mark angeboten. Findest du das zu viel? Es kommen ein paar wichtige Leute, die essen und so. Du musst mir einen Text für die Bilder schreiben, als Untermalung.“

Da wusste ich, dass er die fünfzehnhundert Mark für unsere Reise nicht zusammen bekommen hatte.

Klinker-Eisenhandel GmbH und Co. KG

„Warten Sie hier, Direktor Borgmann ist gleich so weit. Nehmen Sie sich etwas zu lesen, wenn Sie wollen."

Die erste Sekretärin nahm eine blaue Postmappe vom Schreibtisch und verschwand ins Nebenzimmer.

Sie war die Einzige, die mich siezte. Die Wagner und die Schönzeit siezten mich auch, aber alle anderen Sekretärinnen duzten uns Lehrlinge. Insbesondere mich. Das hatte sich in den drei Jahren meiner Lehrzeit so eingeschlichen.

Ich fand nichts Lesenswertes auf dem Schreibtisch, ich ging zum Fenster und sah auf die Marburger Straße.

Nun sollte meine Lehrzeit in zwei Tagen zu Ende sein. Ich würde Klinker-Eisenhandel verlassen. Ich wusste nicht, ob ich mich darauf freuen sollte. Ich hatte mich immer nach diesem Tag gesehnt, aber jetzt, wo es endlich so weit war, fühlte sich alles flau an in mir.

Ich sah auf die andere Straßenseite. Dort in dem Mietshaus, schräg gegenüber, hatte es vor drei Jahren angefangen. In der alten Klinker-Firma. Dort hatte ich als Lehrling für Eisen und Stahl begonnen.

Peter Klinker, der Junior vom alten Klinker, hatte schon Jahre vor meiner Zeit die schlichte Verkaufsbude für Eisen und Stahl mit seinen eigenen Händen erbaut und persönlich eingerichtet. An freien Wochenenden soll er sich im Kreis ausgesuchter Aktionäre diese neue Filiale ausgedacht haben. Die hohen Herren waren von Duisburg, der so genannten Mutterfirma, an den Ort ihrer Wahl geeilt und hatten in emsiger Nachtarbeit, Wochenende für Wochenende an diesem Haus geackert, so sagt es die Mär.

Wenn wir von Peter Klinker sprachen, dann sprachen wir von Peter dem Besonderen. Unsere Vorgesetzten zitierten ihn, sooft sie konnten, wie Psalme aus dem heiligen Buch. Mal benutzten sie ihn um Altbewährtes durchzusetzen, dann wieder als Prediger des Fortschritts, aber immer sprachen sie über ihn hinter vorgehaltener Hand. Es lag ein Geheimnis um Peter Klinker. Keiner von uns Lehrlingen hatte ihn je zu Gesicht bekommen. Irgendwann hieß es dann, er hätte sich verlobt, und von diesem Tag an verschwand er aus unseren Gedanken.

Als ich meine Lehrzeit bei Klinker-Eisen begann, fieberten alle, die dort angestellt waren, dem neuen Haus, dem Fortschritt entgegen. Der Fortschritt war die Lösung für alles, was nach oben strebte, und Klinker sollte ganz oben ankommen. Die Büros im alten Haus waren viel zu klein und die Gänge viel zu eng. Klinker wuchs aus allen Nähten. Wir traten uns täglich auf die Füße. Es musste improvisiert werden, weil nichts mehr klappte.

Ich mochte dieses Durcheinander. Es war ein nettes Chaos und wir versuchten es Tag für Tag in den Griff zu bekommen. Es war eine Zeit wie vor Weihnachten, auf unbestimmte Art erregend.

Die Büros im alten Haus hatten gestreifte Tapeten und die Böden auf den Gängen waren mit dicken Teppichen ausgelegt. Die Räume waren immer überheizt und es roch muffig. Die Angestellten saßen hinter klobigen Schreibtischen in ihren gestärkten, weißen Hemden und schwitzten. Sie hantierten mit mächtigen Telefonen und dicken Füllern auf filzigen Schreibmatten herum. Jedermann rauchte. Es war wie in einem amerikanischen Film der dreißiger Jahre.

Die Handelsbevollmächtigten und Prokuristen residierten hinter ihren riesigen Schreibtischen, die so groß wie

Schiffe waren und an deren Schmalseiten kleine Beistelltischchen für die Sekretärinnen standen. Auf Knopfdruck oder Klingelzeichen erschienen die Damen zum Diktat und trugen ein stolzes Diktat-Gesicht. Alles entsprang der alten Klinkertradition.

Für Besucher der Firmen, die bei Klinker einkauften, gab es besondere Empfangs- und Begegnungsräume, in denen mächtige Ledersessel standen. Vertreter aus diesen Firmen kamen, sooft sie konnten. Man trank morgens schon Cognac und die Vertriebsleiter kehrten erst nach Stunden, den Arm voller Geschenke, an ihren Arbeitsplatz zurück. Diese Vertreter waren bei unseren Sachbearbeitern sehr beliebt. Es gab immer einen Grund, etwas zu feiern.

Ich fühlte mich wohl in dem alten Klinker-Haus. Es war nicht übel dort, trotz der Enge. Etwas Geheimnisvolles lag in der Luft. Eine unbeschreibliche Sehnsucht geisterte durch die Büros. Sie hing in den Klos und auf den Gängen. Jeder, der hier täglich Eisen und Stahl verkaufte, wartete sehnsüchtig auf irgendetwas. Auf den Fortschritt oder irgendeine Veränderung und natürlich auf den großen Umzug in das neue Haus, Marburger Straße 10, gleich schräg gegenüber. Das war wohl der eigentliche Grund, weshalb ich mich in den ersten Monaten bei Klinker so zu Hause fühlte. Diese Ungeduld war es und diese Sehnsucht, das machte die Tage kurzweilig. Denn ich wollte auch hinaus, wie alle anderen, irgendwohin, wo es anders sein sollte als hier.

Ich sah durch das große Fenster auf das alte Haus gegenüber. Es stand noch immer da, aber ich fand nichts Außergewöhnliches mehr daran.

Ich blickte hinunter auf die Straße. Affholter kam, der Dümmste aller Lehrlinge. Er versuchte gerade mit seinem Käfer in die Einfahrt hineinzukommen. Mein Gott, dem Mann war einfach nicht zu helfen. Affholter war so saudumm, dass man es fast nicht ertrug in seiner Nähe zu sein. Affholter, der nichts und niemanden sah, weil er blind wie ein Maulwurf war. Der nur sich selbst wahrnahm, wobei ich auch das infrage stelle. Affholter war so saudumm, dass er es fertig brachte die Hauspost im firmeneigenen Briefkasten zu versenken. Die gesamte Tagespost im eigenen Hausbriefkasten. Die Sache flog erst nach Wochen auf.

Er war der Einzige von uns Lehrlingen, der ein Auto besaß. Ich sah jetzt, wie er versuchte, in die Einfahrt zu kommen. Auch jetzt kapierte er nichts. Er schaffte es einfach nicht, mit seinem Käfer in diese simple Einfahrt zu kommen. Dann sah ich ihn nicht mehr. Er war verschwunden. Wahrscheinlich hatte er den Wagen geschoben. Ich wusste, ich würde Affholter nicht vermissen.

Als es dann endlich so weit war, zogen wir mit Sack und Pack und Täterä und viel Geschrei um. Einfach auf die andere Seite. Die gesamte Firma packte mit an, sogar die HBVs und auch die Prokuristen. Alle waren ziemlich aufgekratzt und mächtig stolz. Wir waren die Auserwählten, die in dem großen, verglasten Haus arbeiten durften. Es sollte alles neu werden, es sollte alles Klinker werden.

Klinker Eisen und Stahl GmbH und Co. KG. Schon vom Europacenter aus konnte man das Firmenschild sehen.

In den zwei unteren Etagen wurden die Versicherungsfirmen untergebracht und in das dritte und vierte Stockwerk kamen die Abteilungen für Verkauf und Einkauf. Unsere Vorgesetzten hatten nicht gelogen, es war alles neu und wunderbar.

Die Gänge waren großzügig und teppichbefliest und die Luft war angenehm temperiert. Von den Gängen gingen die Büros ab. Allesamt Großraumbüros, der letzte Schrei. Die Arbeitsplätze waren nur durch Zimmerpflanzen voneinander getrennt. Das neue Klinker-Haus war ein Haus mit modernster Registratur und Telefonzentrale. Mit Rohrpost, Fernschreiber und moderner Datenverarbeitung.

Es gab Schreibmaschinen, die eine eingebaute Korrekturtaste hatten, und Telefone, mit denen man Konferenzschaltungen veranstalten konnte, nur durch Knopfdruck. Ein Knopfdruck war der allerletzte Schrei. Der Beginn einer völlig neuen Verkaufs- und Einkaufsära in Sachen Stahl und Eisen. Sogar einen Fahrstuhl gab es. Einen Lift, der zwölf bis fünfzehn Angestellte fasste und der nur nach oben führte. Jedenfalls in der Auffassung derer, die schon seit Jahren auf die nächste Gehaltserhöhung in einer oberen Etage gefiebert hatten.

Ich sah auf die kleine Post am Ende der Marburger Straße. Daneben war der Laden mit den russischen Samowars und dann das Chez Nous vom alten Serge, dem Transvestiten. Wenn ich morgens aus meinem 19er am Europacenter ausstieg und die letzten paar Meter in die Marburger nahm, ging ich immer am Chez Nous vorbei. Manchmal blieb ich für einen Moment vor dem Nachtclub stehen und sah mir die Frauendarsteller auf den Fotos im Fenster an. Ich wollte immer etwas von dieser anderen Welt schnuppern, bevor mich Zahlen und Hochrechnungen für den Rest des Tages vereinnehmen sollten.

Nur einmal hatte ich den alten Serge vor dem Chez Nous gesehen. Er kam an irgendeinem Morgen gerade aus seinem Laden und trug einen Kamelhaarmantel. Er sah überhaupt nicht weiblich aus und trug noch nicht einmal eine Perücke. Er war nur etwas im Gesicht geschminkt und lief auch ein bisschen tuntig, so in kleinen Schritten. Im Grunde aber war er nur Serge, ein netter, dicker, alter Mann.

Ich sah in den Himmel hinauf und bemerkte, dass ich in letzter Zeit selten nach oben geschaut hatte.

Was hätte ich anderes tun sollen als diese Lehre durchzustehen. Ich wusste ja schon zu Beginn der drei Jahre, dass niemals ein Kaufmann für Stahl und Eisen aus mir werden würde. Ich hätte die Ausbildung auch gleich schmeißen können, aber dann wäre Königinmutter in die

Knie gegangen. Ich wollte raus und ich wollte meine Lehre ohne Widerspruch durchziehen. Aber ich sah einfach in meinem Leben keine Verwendung für Stahlträger und verzinkte Bleche.

Als wir in das neue Klinker-Haus eingezogen waren, hatte der normale Alltag für mich begonnen, aber ich kam mit den Einzelheiten nicht zurecht. Also mit den Artikeln, den Preislisten, den Bilanzen und den anderen Fakten. Ich bekam einfach keinen Zugang zu diesen Dingen. Ich verlor irgendwie mein Gleichgewicht. Vielleicht hatte ich auch nie eins besessen. Ich hatte mir das Wort gemerkt, weil Schwalbe, unser erster Prokurist, es irgendwann einmal in meine Richtung geschickt hatte. Aber ich glaube, selbst wenn ich über ein inneres Gleichgewicht verfügt hätte, der ganze Alltag bei Klinker im neuen Haus hätte mir den Rest gegeben.

Vielleicht hätte ich als Einziger in der alten Hütte zurückbleiben sollen. Ich hätte mich sozusagen von der Quelle ernähren können. Vielleicht wäre dann aus mir ein echter Kaufmann geworden. Diesen Quatsch hatte ich mir wahrhaftig zurechtgelegt. In Wirklichkeit war ich aber für Zahlen einfach nicht gemacht. Ich war in den drei Jahren nie richtig bei der Sache gewesen, obwohl ich mir sehr viel Mühe gegeben hatte. Meine Vorgesetzten hatten sich eine Menge Arbeit mit mir gemacht, aber hätte es die Angestellten und Sekretärinnen nicht gegeben, wäre ich sicher verfault.

Wie oft hatte ich morgens zusammen mit verkaterten, müden, ernsten und hoffnungsvollen Klinker-Sachbearbeitern den Fahrstuhl betreten, vorausgesetzt, Direktor Borgmann nahm nicht gleichzeitig die Treppe. Dann stiegen alle wieder aus, um auch die Treppe zu nehmen. Bis auf die Wagner und die Schönzeit und die Hoffmeister, die fuhren trotzdem mit dem Lift, die waren mutiger.

Drei lange Jahre hatte ich mich in diesen Glaskasten geschleppt und jeden Morgen „Mahlzeit“ gesagt und vor jeder Mittagspause „Mahlzeit“ gesagt. Bis fünf Uhr hatte ich wie alle durchgehalten. Dann änderten alle den Code und sagten nur noch „Bis Morgen.“ Und fuhren mit einem Lächeln auf den Lippen wieder im Lift hinunter. Die einen aus Freude auf einen weiteren Tag bei Klinker-Eisen, die anderen aus Vorsicht.

Denn wer wusste schon, ob Borgmann nicht wieder die Treppe nehmen würde und vor uns unten angekommen wäre.

„Kommen Sie, Direktor Borgmann erwartet Sie.“

Die Tür hatte sich geöffnet und die erste Sekretärin stand hinter mir.

Ich drehte mich um und ging zu Borgmann hinein.

„Setzen Sie sich.“

Borgmann deutete auf einen Stuhl vor seinem Schreibtisch.

Ich klemmte mich auf die äußerste Kante von einem scharfeckigen Aluminiumteil und versuchte einen besonnenen Eindruck zu machen.

Borgmann stand hinter seinem Schreibtisch und hielt meine Unterlagen in den Händen, also meinen Lebenslauf und das Lehrzeugnis. Papiere aus meinem Leben. Hinter dem großen Schreibtisch wirkte er ziemlich verloren und allein.

„Danke“, sagte ich und murmelte noch: „Guten Tag, Herr Borgmann“, aber das hörte nicht einmal ich. Da er nichts weiter sagte, schwieg ich dann auch.

Vor mir ruhte der Schreibtisch. Ein riesiges, stahlummanteltes Schiff mit Füßen aus glänzendem Aluminium und einer mächtigen blank polierten Holzplatte. Es gab nichts für die Augen. Ich meine, es stand außer dem Telefon wahrhaftig nichts auf dem Schreibtisch, womit man einen ganzen Tag zu tun haben wollte. Rechts von mir stand ein Aluminiumschrank, vielleicht war er auch aus Edelstahl, ich war mir da nicht sicher. Jedenfalls war es ein mächtiger Aktenschrank, mit Fenstern aus Glas. Eigentlich ein Glashaus, das sicher von allen Seiten zugängig war, obwohl ich keine Türen sah. Ich hatte so einen Schrank noch nie gesehen.

Links von mir war eine Sitzgruppe. Zwei lila Cocktailsessel und ein viereckiger Couchtisch, ebenfalls aus Stahl, mit einer Glasplatte, auf der ein Aschenbecher stand. Einer dieser Kugeldinger mit einem Druckknopfventil, in dem man die Asche versenken kann. Eine mächtige Ledercouch nahm die gesamte hintere Wand ein. Der ganze Raum war prima klimatisiert. Blumen oder Bücher gab es nicht. Borgmann las wahrscheinlich nur Preislisten.

Der Direktor machte einen müden Eindruck. Er war ein kleiner Mann mit Halbglatze und einer goldumrandeten Brille. Er trug einen feinen, dunkelblauen Anzug und war überhaupt sehr korrekt gekleidet. Ich versuchte mich irgendwie auf seine goldene Krawattennadel zu konzentrieren, denn ich hatte keine Lust ihm ins Gesicht zu blicken. Er sagte immer noch nichts.

Ich hatte nur ein einziges Mal mit ihm gesprochen. Beim obligatorischen Lehrlingstreffen. Lehrlingsvater Wels, der Ohrenkönig, hatte das angezettelt.

Alle paar Monate kamen wir Lehrlinge zu einem Gespräch zusammen und wurden von einem Vorgesetzten über irgendein Thema zum Leben und zu unserer Lehrzeit aufgeklärt, das war bei Klinker so üblich.

An diesem Tag hatten wir um einen runden Tisch bei Heckers Deele gesessen, einem sehr edlen Restaurant am Kurfürstendamm. Wolf, Dimmer, Sportler, Wels und ich. Ich glaube, Affholter war nicht dabei. Er fehlte wieder einmal, weil er wohl an diesem Tag einen Sonnenbrand hatte. Jedenfalls kam irgendwann Borgmann. Er sprach mehrere Stunden über das Leben und die Lehrzeit und als er dann fertig war, sollte sich jeder von uns ein Essen auswählen. Per Karte.

Borgmann bestellte sich einen „Strammen Max“. Also

bestellten wir uns auch einen „Strammen Max“. Alle taten das, bis auf Dimmer, der wollte ein Rumpsteak. Dimmer war nämlich in der KPD/ML und somit auf Gegenstrom eingestellt. Hätte sich Borgmann ein Rumpsteak bestellt, hätte sich Dimmer garantiert für einen „Strammen Max“ entschieden.

Borgmann hatte nichts dazu gesagt. Nur Riesenohr Wels hatte nach der Sitzung mächtig auf Dimmer geflucht, von wegen aus der Reihe tanzen und so.

Borgmann las immer noch in meinen Akten. Er wirkte überarbeitet. Wahrscheinlich hatte er heute früh schon eine Menge Leute entlassen und sich mit Verzögerungen im Werk oder irgendwelchen revolutionären Entwicklungen in der Stahlbranche herumgeplagt. Ich spürte mein Kribbeln in der Magengegend, das ich immer in Gegenwart von Vorgesetzten bekam. Ja, es kann sein, dass ich sogar etwas Angst vor Borgmann hatte.

„Warum wollen Sie nicht bei Klinker-Eisen bleiben, Herr Lachmann?“, fragte er plötzlich, „Herr Schwalbe sagte mir, Sie hätten etwas anderes vor.“

Ich sah auf Borgmanns Krawattennadel, ich wusste nicht, was ich sagen sollte. Ich hatte nicht gedacht, dass Schwalbe wusste, dass ich nicht bleiben wollte. Ich meine, kein Mensch hatte mit mir über meine Zukunft gesprochen. Meine Zensuren spielten sich doch am Rande einer Kündigung ab. Ich war ja froh, dass Schwalbe mich durch die Prüfung gezogen hatte. Mir war schleierhaft, warum Borgmann mich jetzt so was fragte.

„Sind Sie in Berlin geboren?“ Borgmann sah wieder auf meinen Lebenslauf.

„Ja, in Charlottenburg“, sagte ich.

Sein Gesicht hellte sich etwas auf.

„Gibt es dort nicht das Schloss von Friederich dem Zwoten?“

Ich nickte. Ich wusste nicht, ob es von Friedrich dem Zwoten war, wie Borgmann sich ausdrückte. Mir war wirklich nicht klar, worauf er hinauswollte. „Ja, das Schloss Charlottenburg. Es ist in der Nähe vom Luisenplatz. Ein wunderschöner Bau."

Ich hätte ihm gern mehr über den Luisenplatz erzählt, weil ich dort in der Nähe aufgewachsen war, auch über die Königin Luise, aber ich hatte zu wenig Fakten. Deshalb blieb ich allgemein.

„Sie haben Recht, Berlin ist schon sehr attraktiv." Er machte eine kleine Pause. „Wir haben noch etwas Mühe mit der Umstellung, meine Frau und ich. Die Kinder müssen in die Schule, es ist für sie eine große Umstellung. Wir sitzen gewissermaßen noch auf Kisten." Er räusperte sich und sah wieder auf meinen Lebenslauf.

Borgmann hatte erst vor kurzem den Chefsessel bei Klinker übernommen und war in Berlin noch nicht richtig gelandet. Wahrscheinlich machte er deshalb so einen verlorenen Eindruck.

„Ich glaube, so eine Umstellung ist ziemlich heftig, von Duisburg nach Berlin", sagte ich. Das war der Ausfallschritt. Ich war der einzige Lehrling, der sich auf diese Weise so direkt an den Menschen im Vorgesetzten wandte. Da zeigte sich der unabhängige Künstler, der signalisieren wollte: „Machen Sie sich gar nicht erst die Mühe, mich zu bekehren. Der freie Mann in mir hat sich entschieden und ist längst über alle Berge."

Meistens hatte ich damit Erfolg.

Borgmann sah mich an. „Sie haben Recht. Wenn man es mit Duisburg vergleicht, ist es natürlich eine gewisse Umstellung, aber wie gesagt, Berlin ist sehr attraktiv, wirklich sehr attraktiv. Wir würden liebend gern mehr von Berlin sehen, meine Frau und ich, aber die Zeit fehlt."

Er drehte sich um und ging ein paar Schritte zum Fenster. Immer mit meinen Papieren in der Hand. Ich wusste nicht, was ich noch sagen sollte. Fast tat er mir Leid, wie er da am Fenster stand und auf die Straße schaute.

Der erste Mann von Klinker-Eisenhandel. Ein kleiner

Herr, in feinem Zwirn, mit Goldrandbrille. Er wusste augenscheinlich nicht, was er zu meinem Lebenslauf sagen sollte. Ich hätte ihm gern geholfen, fand aber auch keinen Zugang.

„Gehen Sie doch mal in die Oper", sagte ich vorsichtig. Meine Güte, was wusste ich von der Oper.

Borgmann stand mit dem Rücken zu mir am Fenster und sah hinunter.

„Wir sind einige Male in Duisburg in die Oper gegangen, meine Frau und ich. Den Tannhäuser sahen wir oft und gern."

Er drehte sich um und lachte etwas unsicher. „Man sagt wohl, hören nicht wahr? In der Oper sagt man wohl hören."

Es war ihm wohl unangenehm über sich zu sprechen, aber sein Gesicht hatte sich etwas aufgehellt.

„Wir haben den Kleinen in dem Bezirk Westend einschulen wollen. Nun werden wir wieder umziehen, nach Grunewald, das Haus ist nicht groß genug. Kennen Sie den Grunewald?"

Ich nickte. Wahrscheinlich dachte er, der Grunewald sei auch ein Park von Friedrich dem Zwoten. Ihn schienen Parks zu faszinieren.

„Es soll dort sehr grün sein." Borgmann schnalzte verlegen mit der Zunge. Ich sah nur noch seinen Rücken. Es war ziemlich still in dem Büro. Ich fühlte mich leer.

Nach einer Weile sagte er leise: „Wann ist Ihr Vater gestorben, Herr Lachmann?"

Oje, wieso kam er mir jetzt mit meinem Vater.

„Als ich zehn war. Er war sehr lange krank", erwiderte ich.

„Hat Ihre Mutter noch mal geheiratet?"

Interessierte ihn das wirklich? Warum interessierte ihn meine verdammte Geschichte. Ich war wirklich verwirrt.

„Ja, sie hat noch einmal geheiratet, einen Busfahrer, und der brachte noch einen Jungen mit in die Ehe, meinen Stiefbruder."

Warum erzählte ich ihm diesen Mist. Aber er hatte mich ja gefragt. Ich wäre am liebsten aufgestanden und hätte mich verabschiedet. Ich fühlte mich nicht vorhanden, es gab einfach nichts, woran ich mich festhalten konnte.

Borgmann starrte immer noch auf die Straße. Wahrscheinlich stand er dort den ganzen langen Tag, egal mit wem er sprach und wer ihn besuchte.

Endlich sagte er: „Sie könnten sicher einen anständigen Weg machen, was meinen Sie? Jeder kann etwas aus seinem Leben machen. Man hat den Marschallstab im Tornister. Mein Vater starb, als ich drei war. Meine Mutter musste uns sechs Kinder durchbringen. Es war nicht leicht für sie. Sie war eine kolossale Frau, ich werde ihr immer dankbar sein." Er machte eine kleine Pause.

„Wissen Sie, die meisten Menschen machen nicht viel Aufhebens um den Tod. Im Grunde interessiert sie der Tod nur in dem Augenblick, wenn sie sterben. Der Tod ist aber nicht alles. Er kann sicher ein Ziel sein, manchmal sogar ein vernünftiges. Entweder, wenn das Leben so miserabel war, dass man froh ist, wenn es aufhört, oder aber, wenn die Überzeugung besteht, dass die Sonne mit der gleichen Konsequenz, mit der sie zum Mittag aufsteigt, auch ihren Untergang sucht. Einfach um fernen Völkern zu leuchten."

Das Letzte, das mit der Konsequenz, hob er ziemlich hervor. Ich wusste nicht, wovon er sprach, aber das mit den fernen Völkern gefiel mir. Es machte mir aber auch etwas Angst, ich weiß nicht warum.

Ich saß auf meinem Aluminumstuhl und sah auf Borgmanns Rücken.

„Ich glaube, das werden Sie erst später begreifen", sagte er und drehte sich dann um. Er ging zu dem Cocktailtisch und suchte nach Zigaretten.

„Aber ich denke, bis dahin ist es noch etwas Zeit, meinen Sie nicht?"

Er fand ein Päckchen, das dort lag. Eine Astor. Ich

konnte es an der braunen Vierkantschachtel und dem goldenen Mundstück erkennen. Er nahm sich eine Zigarette heraus und zündete sie an. Dann sagte er, zu mir gewandt: „Wissen Sie, Duisburg ist nicht der Nabel der Welt und mit einer Großstadt wie Berlin nicht zu vergleichen. Als ich dort anfing, musste auch ich durch die ganze Walzstraße, sozusagen. Aber als ich meinen ersten Abstich sah, den ersten Hochofenabstich, da wusste ich, dass ich diesen Weg gehen würde, dass ich ihn gehen musste. Da gab es keine Fragen mehr, keine Zweifel."

Er sah mich direkt an: „Haben Sie schon einmal einen Abstich gesehen?"

„Ja, wir haben mit Herrn Wels vor einem halben Jahr eine Werksbesichtigung gemacht und sind nach Bochum und auch nach Duisburg gekommen. Ich habe einen Abstich gesehen. Es war wirklich sehr eindrucksvoll."

Borgmann sah mir immer noch direkt in die Augen. Ich wusste nicht, wo ich hinsehen sollte. Wenn er mich weiter so anstarrte, würde ich sicher bald umkippen, dachte ich.

Borgmann schwieg noch für einen Augenblick, dann sagte er etwas traurig: „Als ich meinen ersten Abstich sah, wusste ich alles über das Leben. Schade, dass Sie nicht bleiben wollen. Wissen Sie, es legt sich alles mit der Zeit."

Er drehte sich abrupt um, ging zum Schreibtisch zurück und tippte mit seinen schmalen Fingern auf mein Lehrlingszeugnis.

„Zensuren sind völlig gleichgültig, das Leben verteilt keine Zensuren."

Er kam zurück und hielt mir beides hin. Das Zeugnis und meinen Lebenslauf.

Ich stand auf und nahm die Papiere in Empfang. Ich fühlte mich nicht gut in diesem Augenblick, indem wir beide voreinander standen. Der erste Mann von Klinker und ich, der ausgehende Lehrling in Eisen und Stahl.

Ich hätte Borgmann gerne irgendwie geholfen. Er war so hilflos in seinen Erkenntnissen und gab sich dabei so viel

Mühe, aus mir etwas Vernünftiges herauszuholen. Er hätte mich doch einfach zusammenstauchen können, wie es unsere Prokuristen tun, stattdessen wollte er mich für seinen Verein gewinnen. Warum machte er das? Ich wusste doch, dass ich für Eisen und Stahl nicht gemacht war, aber ich hätte es ihm niemals gesagt, es hätte ihn sicher verletzt.

„Frau Schönzeit sagt, Sie wollen Schauspieler oder Sänger werden, ist das so? Haben Sie das denn gelernt, spielen Sie überhaupt ein Instrument?"

„Ich spiele etwas Gitarre", sagte ich. Mir war das alles sehr unangenehm.

„Ach ja, Sie waren das ja. Ich erinnere mich. Sie haben ja auf der Weihnachtsfeier gesungen."

„Na ja, ich weiß noch nicht, was ich machen will. Es ist noch nicht richtig konkret. Vielleicht gehe ich auch zum Musical."

„Musical? Ach ja, das ist interessant. Etwa so etwas wie My Fair Lady?"

Borgmann lächelte. Er wollte augenscheinlich zum Ende kommen. Er ging zur Tür und ich folgte ihm. Es gehörte nicht in sein Umfeld, die Oper und das Theater, aber in meines, verdammt noch mal, auch nicht. Ich wusste doch überhaupt nichts von Opern und Musicals. Es tat mir wirklich alles leid in diesem Augenblick. Ich hatte nur einmal zur Weihnachtsfeier eines meiner Werke vorgetragen. Seitdem meinten alle, ich sei begnadet. Allen voran die Hoffmeister und die Schönzeit. Die erzählten laufend diesen Mist über meine Begabung. Sie meinten ernsthaft, ich würde bestimmt noch mal beim Film landen. Manchmal dachte ich, dass sie selbst am liebsten zum Film wollten. Ich war doch nur das Objekt ihrer Begierde.

„Nein, My Fair Lady nicht, eher so wie Hair. Kennen Sie Hair?", sagte ich, als wir an der Tür angekommen waren. Borgmann schüttelte den Kopf und dann sagte ich noch, um irgendetwas Nettes zu sagen: „My Fair Lady ist ein sehr gutes Stück, meine Mutter hat es immer gehört."

Er gab mir die Hand und öffnete die Tür.

„Ich wünsche Ihnen viel Glück und viel Erfolg auf Ihrem Weg. Schicken Sie mir doch mal eine Karte, wenn man Sie irgendwo sehen kann. Meine Frau und ich würden sich wirklich freuen."

Ich ging hinaus, ohne mich noch einmal nach ihm umzusehen. Ich fühlte mich verdammt leer in diesem Augenblick und auch irgendwie ausgehöhlt.

Als ich durch das Vorzimmer ging, sagte die erste Sekretärin: „Den Kaufmannsgehilfenbrief können Sie sich bei der Handelskammer abholen. Die haben aber nur vormittags auf. Machen Sie es gut."

Und ich sagte: „Auf Wiedersehen."

Auf dem Gang knallte ich mit Knabich zusammen. Ich war total geladen in dem Moment. Ich war wirklich wütend, ich weiß nicht, warum. Ich hätte irgendwas kaputtmachen können.

„Lachmann, wie geht's?", freute er sich. „Nun ist es bald so weit."

„Ja, Herr Knabich, nun geht's los ins Leben."

Ich konterte in Rätseln. Besser so, als mich vor dem Mann auszuziehen. Himmelherrgott, warum war es noch nicht fünf.

Knabich war so nett und machte alles Weitere im Vorübergehen, er war in Ordnung, er hackte nicht auf einem herum. Er verstand eine ganze Menge von jungen Leuten. Knabich war einer mit Tiefgang und Seele. Er konnte schweigen. Er machte selten Fehler.

„Was werden Sie jetzt tun? Gehen Sie doch zu Mannesmann." Wir gingen den Gang runter.

„Ich mach wohl erst mal 'ne kleine Reise", sagte ich.

„Ach was, wohin denn?" Es erstaunte ihn gar nicht. Ich glaube, im Moment war er der Einzige, dem ich mein Goa preisgegeben hätte.

„Ich weiß noch nicht. Nach Indien oder Goa vielleicht."

Er schielte mich von unten an, sagte aber nichts dazu.

Knabich hatte mir irgendwann einmal im Winter ein paar Skier geschenkt. Das war sehr nett von ihm gewesen. Ich war zu ihm rausgefahren bis zum Wedding. Es hatte mächtig geschneit an dem Tag und es war irre kalt.

Er hatte mir dann ein paar uralte Abfahrtski geschenkt, die kein Mensch benutzen konnte, weil sie so eine blöde Lederriemenbindung hatten. Es waren ein Paar Skier, wie man sie in alten deutschen Filmen sieht. Ich fand es wirklich sehr nett von ihm und hatte mich tausendmal bei ihm bedankt und bei seiner Frau gleich mit, die natürlich auch ungeheuer nett war.

Ich bin dann gleich wieder abgehauen und mit dem Bus zum Teufelsberg gefahren. Mit den Skiern. Da hab ich die Dinger dann ausprobiert. Direkt vom Idiotenhügel herunter. Alles war total vereist und ich bin runter im Affenzahn und dann natürlich voll auf die Fresse gefallen. Das war die absolute Pleite an dem Tag. Wahrscheinlich hatte Knabich die Skier nur loswerden wollen. Im Grunde waren sie sowieso bloß ein Stück aus seiner Jugend und indem er sie mir angedreht hatte, konnte er diese Zeit wohl besser verabschieden. Ich hatte die Ski dann irgendwo an einem Baum stehen gelassen, für den nächsten Idioten, und kein Wort von meiner Abfahrt gesagt. Zu niemandem.

„Meine Güte, da haben Sie sich ja etwas vorgenommen. Indien, das ist ja eine ganze Strecke. Na dann", sagte Knabich. Dann gab er mir noch seine Hand. Himmel, jeder gab mir heute seine Hand. Es fehlte noch und wir hätten uns auf dem Gang umarmt.

„Ich komm ja noch mal rein, Herr Knabich", sagte ich. „Heute oder morgen, wir sehen uns ja noch mal."

„Na klar", antwortete er und sah mich so von unten an. Ich glaube, eine ganze Weile sah er mich so an. Aber vielleicht bildete ich mir das auch nur ein. Jedenfalls ging er dann rechts zu Hohlmann in die Walzeisenabteilung und ich links in die 408.

Als ich die Tür von der 408 öffnete, flog eine blaue Postmappe an meinem Kopf vorbei. Hein hatte sie geworfen und stand mit hochrotem Kopf hinter seinem Schreibtisch am Fenster. Er trug seine braunen, ausgeleierten Wohnhosen und dieses elende, rotkarierte Arbeiterhemd. Er hatte die Postmappe in Richtung Rohrpostanlage geworfen. Sie segelte genau in dem Moment, als ich die Tür öffnete und „Mahlzeit“ sagte, ziemlich dicht an meinem Kopf vorbei, bis an die hintere Wand. Ich sah, dass sie Schütters und Selbig galt.

Die beiden standen an der Rohrpostanlage, links von der Tür, und hatten ihre gebückte Ich-piss-mir-gerade-vor-Lachen-in-die-Hosen-Haltung. Mit der einen Hand hielten sie sich die Bäuche und mit der anderen klammerten sie sich an der Rohrpoststange fest. Einer Stange, die vom Boden bis hoch an die Decke ging und von dort aus in die anderen Büros über uns und neben uns. Eine so genannte fortschrittliche Erfindung.

Die Stange hatte in Bauchhöhe ein Postausgangs- und Eingangseinlegeteil. Schön rund und nach oben hin geschwungen. In dieses Teil musste man die Rohrpostgranaten einlegen. Man rollte einen Brief oder eine Hausmitteilung in die Rohrpostgranate ein, dann drückte man auf den Knopf über der Einlegestelle und die Post donnerte mit enormem Überdruck in eine andere Abteilung. Die Dinger kamen selten dort an, wo sie ankommen sollten. Es waren immer Lehrlinge unterwegs, um sie aus irgendeinem Büro wieder rauszuhauen. Aber die Rohrpostanlage war der letzte Schrei.

Schütters und Selbig klebten also an dieser Stange und wieherten wie unkastrierte Hengste. Sie ließen sich weder durch mich noch durch die vorbeifliegende Postmappe stören.

Die Hoffmeister saß hinter ihrem Beistelltisch an der Schreibmaschine und feilte an ihren Fingernägeln. Sie sah mich als Erste.

Die Hoffmeister überblickte alles. Sie hätte Pförtner werden können. Ich meine, sie verstand sofort, was um sie herum geschah. Sie sah auf Anhieb, in welcher Verfassung man sich gerade befand und wie man gepolt war. Sie konnte durch und durch sehen. Wenn es sein musste, sogar mit geschlossenen Augen.

Wenn sie zum Beispiel mit den Kopfhörern an ihrer Schreibmaschine saß und die Tagespost schrieb, ging es ihr nie nur um den verdammten Brief. Für die Hoffmeister ging es immer um den, der ihn diktierte. Sie machte den ganzen Tag über ihre Bemerkungen zu den entsprechenden Personen. Das war ziemlich nervig, weil sie so einiges miteinander vermischte. Also irgendwelche Probleme, die sie mit sich selber hatte, vermixte sie prinzipiell mit den Problemen des Diktierenden. Jedenfalls war sie der absolute Wahrnehmungsprofi unter den Sekretärinnen und darüber hinaus sah sie auch noch wunderbar aus.

Als ich die 408 betrat, sah sie nur kurz auf und war dann schon wieder bei ihrer Feile. Übrigens flog die blaue Postmappe, nachdem sie an mir vorbei war, an die Wand hinter Schütters und Selbig und sackte dann langsam auf den Boden. Ein paar frisch geschriebene Briefe trennten sich während des Absturzes von ihr und landeten Sekunden später, sanft wie Möwen auf stillem Wasser, auf dem grauen Teppichboden.

„Kannst du dir das vorstellen, diese Idioten versuchen eine Colaflasche durch die Rohrpost zu schicken."

Die Hoffmeister war aufgebracht, legte aber ihre Feile nicht weg.

Ich steuerte meinen Katzentisch an und setzte mich. Hein starrte mich an.

Mein Eintritt hatte bewirkt, dass er sofort versuchte, ein anderes Gesicht zu machen. Wegen seines enormen Bluthochdrucks war sein Schädel immer knallrot angelaufen, aber jetzt drohte er wirklich zu platzen. Er riss sich, so gut er konnte, zusammen und versuchte die Temperatur seines

Ofens zu drosseln. Es war eine Wahnsinnsaktion, alles nur, um Haltung zu bewahren. Er knautschte, wahrscheinlich um seinen immensen Überdruck zu drosseln, auf seiner Unterlippe herum und versuchte mit seinen kleinen, rosa Händen das elende Arbeiterhemd über den Bauch zu ziehen.

Es veränderte sich nichts. Er blieb Hein. Hein das Schwein. Hein war so unbeschreiblich fett, das einzige Schwein, das ich kannte, das unter Bluthochdruck litt und ein Karohemd trug.

„Na, auch schon da?", fragte er und versuchte dabei nicht zu lachen.

Ich bemerkte seine Bemühungen, aus sich einen anderen zu machen, und erwiderte nichts. Ich setzte mich auf meinen Stuhl und begann mich auf ein paar Preislisten zu konzentrieren. Vorsichtig legte ich sie übereinander.

Schütters hatte sich von der Stange gelöst und setzte sich auf seinen Platz gegenüber von Hein. Mit süffisantem Lächeln, die spitzen Finger zum Gebet gefaltet, ruckte er nervös auf seinem Stuhl herum. Dabei wackelte er heftig mit dem Kopf und ließ ein Meer von Schuppen regnen. Sie fielen ihm wie Silberlinge auf seine Schultern und auf die Schreibunterlage.

Selbig versuchte noch immer die Colaflasche durch die Rohrpost zu senden.

Er machte dabei ziemlich viel Krach, denn die Flasche kam immer wieder zurück. Selbig aber gab nicht auf. Er war kein Mann, der aufgab. Er war erst seit ein paar Monaten in dem Team. Sie hatten ihn aus einem Eisenwarenladen am Ende der Stadt herausgekauft und hier in die Stifte und Drähteabteilung gesteckt. Natürlich dachte er, er würde bei der Weltfirma Klinker eine enorme Karriere als Starverkäufer machen, weil er sich doch sozusagen von klein auf von Blaupinnen ernährt hatte. Aber Selbig war ein kompletter Vollidiot und das Schlimme daran war, er wusste es nicht. Er sprach über sich selbst nur in den höchsten Tönen. Er lobte sich andauernd, weil es sonst keiner tat. Ein langer, dürrer Mann in grünem Jackett und beigen Hosen, der irrtümlich versuchte aus sich das Beste zu machen.

Endlich hatte er es geschafft, die Colaflasche war unterwegs nach irgendwo. Es fehlte nur noch und alle im Raum hätten geklatscht.

Selbstzufrieden steuerte er seinen Platz neben Hein an.

„Es ist nicht zu glauben, ihr benehmt euch wie Kinder." Die Hoffmeister war mit ihrer Maniküre fertig und tauschte nun die Nagelfeile gegen eine Haarbürste, die sie aus ihrer Handtasche zog. Dann begann sie ihr dunkles Haar mit großen Gesten zu bearbeiten.

Es war still in der 408. Ich hatte keine Preislisten mehr, die ich übereinander legen konnte, und schaute nur so vor mich hin. Ich hatte sowieso nichts mehr zu tun, ich war doch längst woanders.

Es gab nur noch in der Walzeisenabteilung Bewegung, wohin Knabich abgetaucht war. Vielleicht auch noch bei Radtke und im Auslandsversand für Bleche, da, wo die Wagner saß. Die Wagner, die Sachbearbeiterin im Export für gehärteten Walzstahl. Die mit den Riesentitten und den hochtoupierten, schwarz gefärbten Haaren.

Nach 15 Uhr dachte ich an meinem Katzentisch immer an irgendwen, der nicht im Raum war, aber heute war es wirklich schlimm. Ich nahm mir eine Lux-Filter und zündete sie an.

„Du wirst uns verlassen, Kleiner", sagte die Hoffmeister. Sie nannte mich immer Kleiner. Sie hatte ihre Haarbürste weggelegt und mich schon ziemlich lange angesehen.

„Ich werde dir schreiben", antwortete ich.

Manchmal duzte ich sie wie versehentlich, aber ehrlich gesagt, machte ich das schon absichtlich. Alle machten das so.

Die Hoffmeister nahm sich eine Zigarette und zündete sie an. Sie war nervös.

„Wirst du uns vergessen?“, fragte sie und sah wieder zu mir.

„Mein Gott Rosy“, Hein nannte sie immer Rosy, „wir haben alle mal unsere Lehrzeit beendet. Wird doch Zeit, dass er ins Leben kommt.“

Sie nahmen Anteil an mir. Sie stritten sich, aber sie sahen mich und nahmen Anteil an meinem Schicksal.

„Wenn du diesen Mist das Leben nennst, so wird er nicht viel Freude daran haben.“

Die Hoffmeister sah demonstrativ aus dem Fenster. Ich mochte sie sehr, wenn sie so zickig war. Sie rauchte und sah dabei auf die Straße. Sie dachte sicher an den Mann, mit dem sie schon so lange verlobt war, und an das kommende Wochenende. Ich hätte sie sofort geheiratet. Sie hätte nur etwas sagen müssen.

In ihren schwarzen Nylons und dem hautengen Rock, der ihre Oberschenkel sehen ließ, saß sie hinter ihrem Beistelltisch, als wäre sie hier Gast. In ihrer weißen Bluse, mit wunderschönen Brüsten, deren Form ich nur vermuten konnte, denn ich konnte ihren Büstenhalter, die Körbchen und die Träger ja nur ahnen, war sie das Wunderschönste, was mir an Sekretärinnen je gegenüber gesessen hatte. Sie konnte in Sekundenschnelle eine andere sein. Sie konnte sich verwandeln, indem sie ihre tiefschwarzen Haare zu einem Pferdeschwanz oder einem Duttgestell band, ich beobachtete sie oft dabei. Ihr ganzes Wesen wurde dann ein sinnlicher Friedhof, eine Augenweide der Leidenschaft, ein Heim für ledige Männer, eine Pension für müde heimkehrende Wanderer.

Himmel, am liebsten hätte ich sofort meine Beschreibungen niedergeschrieben, aber dann hätte sie die lyrischen Ergüsse in die Schreibmaschine hämmern müssen, denn das war unsere Abmachung.

Ich dichtete nämlich unentwegt an meinen Einsichten

herum, im Bus und wenn ich unterwegs war. Ich schleppte Tag für Tag meine Dichtungen ins Büro und die Hoffmeister tippte sie mir ab. Und je mehr ich ihr von dem Zeug anschleppte, desto größer wurde ich in ihren Augen und mein Dodo wusste das und wuchs in dem Maße mit, wie ich in den Augen der Hoffmeister langsam zu einer Art Übergestalt wurde. Meine Gedichte waren also nützlich. Ich glaube, alle Gedichte waren in den letzten drei Monaten für die Hoffmeister bestimmt gewesen.

Die Hoffmeister mochte mich. Sie erkundigte sich nach meinen Schlafgewohnheiten und nach der Art, was und wie ich aß und was ich an den Wochenenden und in den Nächten tat. Ich glaube, sie liebte mich, und ich war mir sicher, dass ich auch sie liebte. Anders als die Mädchen, die ich vorher geliebt hatte und ich hatte eine ganze Latte von Mädchen geliebt. Meistens zwar nur so aus der Ferne, aber immerhin doch geliebt.

Einmal war sie ins Cha-Cha gekommen. An dem Abend hatte ich ihr, von der Bühne aus, zwei meiner heftigsten Lieder gewidmet. Obwohl ich ganz schön viel Fieber nach ihr hatte, blieb ich doch ziemlich gelassen an dem Abend. Ich war nicht ganz sicher, ob sie mich überhaupt wiedererkannt hatte, weil ich doch im Cha-Cha so ganz anders auftrat als bei Klinker. Viel selbstbewusster und sicher auch irgendwie größer. Aber sie war wirklich gekommen, wie sie es versprochen hatte, und ich nahm schon deswegen an, dass sie mich auch richtig wahrnahm.

Leider war sie nicht allein, sondern kam mit ihrem Verlobten, einem Dünnblut, einem Schweiger, der an ihr klebte wie eine veraltete Daumenschraube.

Als ich mich dann gegen 2 Uhr früh für ein paar Minuten neben das holde Paar setzte, neben ihren Verlobten, an dessen Arm sie sich so furchtbar unnatürlich angekuschelt hatte, und mich sehr höflich nach ihrem werten und seinem bescheuerten Wohlbefinden erkundigte und wir auch ein ganz gutes Gespräch über die Runden brachten, da, an dem Abend, sagte sie mir die goldenen Worte: „Ich hätte mich in dich verliebt."

Wirklich, das hatte sie zu mir gesagt und dann noch drangehängt: „Wenn du älter wärst, hätte ich mich in dich verliebt."

Himmel, ich war aber nicht älter. Ich war achtzehn. Und sie war doch noch nicht tattrig. Sie erschien mir zwar nicht so elastisch wie bei uns im Büro, aber sie war doch nicht hundert und ich lernte doch auch nicht mehr laufen. Sie hätte doch alles mit mir machen können.

Ich fand das zum Kotzen in der Nacht. Später konnte ich diesen Satz nicht mehr aus mir herausbekommen. Von da an, dachte ich, wann immer ich ihr gegenüber saß, an diese Nacht im Cha-Cha und an diesen blödesten Satz aller Sätze: „Wenn du älter wärst, hätte ich mich in dich verliebt."

Das war vor einem Monat gewesen und ich liebte sie noch immer. Ihre Beine, ihre Brüste, ihre wunderschönen langen Hände, ihren Geruch, ihr Parfüm, ich liebte alles an ihr. Sogar die hektische Art, in der sie sprach, in der sie dachte, in der sie rauchte, und wie sie manchmal um mich kämpfte. Ich schwöre: Wenn sie mich jetzt aufgefordert hätte mit ihr hinauszugehen, mir irgendein Zeichen gemacht hätte, durch einen Zettel oder so, ich wäre sofort mit ihr verschwunden. Aufs Klo oder in die Registratur. Ich hätte die Chance wahrgenommen.

Ich zündete mir eine weitere Lux-Filter an und zog den verdammten Rauch ein.

Ich hätte die Tür in der Registratur hinter uns geschlossen und sie dann gleich gegen die Wand gedrückt. Ich hätte sie genommen, ohne Überlegung. Ich hätte ihr die Bluse geöffnet und ihre vollen Brüste in meinen beiden gealterten Händen gehalten. Dann hätte ich ihr den Rock bis über die Hüften geschoben und mit meinem Knie zwischen ihren Schenkeln herumgemacht und mit der Hand nachgeholfen. Ich hätte ihr dann den Slip heruntergezogen. Ziemlich erfahren und elegant. Dann hätte ich ihr die Beine auseinander geschoben, indem ich ihr meine rechte Hand zwischen ihre … An dieser Stelle wurde es immer so schwierig, so verdammt schwierig für mich mit den Einzelheiten zurechtzukommen, also mit der anderen Hand hätte ich dann ihren Kopf, diesen wunderschönen Kopf mit ihrem vollen, schwarzen Haar, leicht zurückgebogen und dann hätte ich sie geküsst. Ich hätte ihr meine Zunge in ihren heißen, nassen Mund gesteckt und dabei mit der Spitze meiner Zunge ihre Zunge berührt.

Dann hätte ich ihr mit der dritten Hand, o Gott, ich sah zur Hoffmeister hinüber, wie sie dasaß und wie sie ihre endlosen Beine übereinander geschlagen hatte und auf die Straße sah. Ich schwitzte, ich zog immer und immer wieder den Rauch der Lux-Filter ein, um ein Haar wäre ich geplatzt.

Sicher hätte sie mir bei den Einzelheiten geholfen, dann wäre es mit uns perfekt gewesen. Letzten Endes hätte ich ihr, um ihr verlangendes Seufzen zu stillen, meinen verdammten, harten Dodo eingeführt und wir hätten es gemacht. Immer und immer wieder. Stunden um Stunden. In der Registratur, an der hinteren Wand, neben den Schränken mit den Leitzordnern. Schweigend und fast irre vor Ekstase hätten wir es gemacht und sie wäre unter meinen heißen Händen immer und immer wieder gekommen.

Ich begann zu keuchen. Hörbar. Die Hoffmeister sah zu mir herüber und lächelte mich an. Wenn sie mich in diesem Moment um irgendetwas gebeten hätte und ich hätte mich von meinem Platz erheben müssen, wäre ich unweigerlich durch die Last meines hochaufgerichteten Dodos nach vorn übergeschlagen. Eine enorme Erektion sprengte mir fast die Hose. Sie war einfach zu eng. Stiefvater hatte Recht, enge Hosen machen impotent. Vor allem, wenn tagtäglich so viel auf dem Spiel steht.

Ich griff nach einer dritten Lux-Filter. Die andere hatte ich längst verabschiedet. Garantiert würde mir gleich sauschlecht werden und wahrscheinlich müsste ich mich dann übergeben. Ich zündete mir die neue an und schluckte jede Menge Rauch. Tief hinab, bis in meine Hoden zog ich den Teer. Das war meine einzige Chance.

Ich rauchte also ein paar Minuten wie irre an der Lux-Filter und zog innerlich den Vorhang zu. Ich glaube, ich hätte sonst das Bewusstsein verloren.

Ich sah zur Hoffmeister und sie sah mich an. Ich glaube, ich kannte jeden Gedanken von ihr. Ich hatte mich so sehr an sie gewöhnt. An ihre Geschichten mit ihren Männern und sogar an ihren schwammigen Verlobten, von dem sie immer meinte, er würde eines Tages mit einem MG vor Klinker auf sie warten. Sie hatte wirklich diese fixe Idee. Sie glaubte, dass ihr dünnlippiger Verlobter eines Tages mit einem verdammten MG vor Klinker auf sie warten würde. Ich wette, deshalb starrte sie auch so oft auf die Straße.

Ich sah Hein an, wie er Tag für Tag die Hoffmeister anstarrte, mal im Stehen, mal im Sitzen, immer starr, starr. Von seinem durchgesessenen, schweißbefleckten, ausgeleierten Bürostuhl aus starrte er die Hoffmeister an. Mit Hochdruck. Die Augäpfel traten ihm fast aus dem Schädel. Immer an Schütters vorbei, über ihn hinweg, starr, starr. Er hätte einen prächtigen Schweinekopf abgegeben. Puterrot, die Backen gebläht und die Augäpfel wie Sülzkonfekt aus seinem Schädel herausgetreten. Zur Hochzeit von der Hoffmeister hätte er sich auf einem goldenen Tablett hereintragen lassen können. Als manirierter Schweinekopf, mit Augapfelsülzkonfekt, als persönliches Hochzeitsgeschenk für das Brautpaar.

Schütters sah Hein an. Seit Jahren sah er Hein an.

Er sah seine Blicke, sah seine Begierde, das Funkeln in den Augen von Hein, wenn der die Hoffmeister anstarrte. Er sah, wie Hein seine vergilbten Pornoheftchen, die er immer in seiner Mappe mit sich herumschleppte, gegen seine Fantasiebilder mit der Hoffmeister eintauschte. Schütters wusste wie ich, dass Hein, wenn er den ganzen Tag genug von der Hoffmeister eingesogen hatte, die Bilder mit nach Hause nahm, um sie dann Abend für Abend wieder aus sich herauszuwichsen.

Schütters sah das alles. Schütters musste das sehen. Fahl und blass saß er vor Hein. Tag für Tag. Jahrelang. Wenn Schütters nicht kündigte, würde er sein ganzes Leben vor einem Schwein im Karohemd verbringen. Alle Sachbearbeiter saßen sich so gegenüber. Sie hatten heimliche Ehen, geschlossen für ein ganzes Leben.

Schütters war schwul und alle wussten, dass er schwul war, aber keiner sprach mit ihm über sein Schwulsein. Neigung nannten das die Sekretärinnen. Alle dachten immerfort an seine Neigung, wenn sie mit Schütters sprachen, aber keiner sagte etwas direkt zu ihm darüber. Jeder ließ ihn damit in Ruhe. Dadurch gab es kein Problem. Sein schwules Thema kam nie direkt auf den Tisch. Dabei interessierte sich jeder für dieses Thema. Alles andere war nur die Plattform, sozusagen der Boden, auf dem wir liefen. Ich glaubte das wirklich. Die Preistabellen, die Zahlen, die Beschäftigungen mit dem Stahl und Eisenmist, das waren doch nur Kulissen, in dem wir zueinander kamen. Das Wesentliche aber waren doch unsere eigenen Geschichten. Das Leben vor und nach Klinker, das, was wir täglich ins Büro schleppten. Wenn ich mir nicht eingebildet hätte, das alles habe einen Sinn, die Beschäftigung mit dem Eisen, dem Zink und den Baustahlgewebematten sei im Grunde nur ein Vorwand, um das wirkliche Leben zu studieren, hätte ich mich sicher aus dem dritten Stock geschmissen, so sehr ödete mich der Tagesablauf mit seinen Preisen und Zahlen an.

Ein Wunder, wie gut ich die drei Lehrjahre überlebt hatte.

Drei Monate hatte ich hier in der 408, der Blaupinnen- und Stifte-Abteilung, die mir von allen die liebste war, verbracht. Vorher ein Vierteljahr im Lager bei Döbeling und davor zwei Monate in der Buchhaltung bei Niebelung, dem scharfen Hund. Ich würde nichts davon vermissen. Vielleicht Döbeling aus dem Lager. Ja, Döbeling sicher. Vielleicht auch Grabowski, den alten Grabowski aus der Registratur, und auch Baumbauer und die Hertling aus dem Außenhandel für Walz und BSTG-Mattenverkauf und natürlich Knabich, der bei Hohlmann, dem Stinker, saß. Meine Güte, ich würde doch eine Menge von ihnen vermissen.

Ich starrte auf die Preislisten vor mir. Keiner von den anderen nahm von mir Notiz. Sie wussten sicher, was mit mir los war. Sie ließen mir die Stille.

Wenn ich an Knabich und Hohlmann dachte, ging es mir gut. Hohlmann war der Vorsitzende der Walzeisenabteilung.

An seinem Sechsertisch wurden Stahlrohre, BSTG-Matten, T-Träger und Volleisen in Tonnen verscherbelt. Hohlmann, der Sabbermann mit dem Fuß, den er nachzog. Wahrscheinlich von der Kinderlähmung zurückgeblieben. Ich musste an ihn und an seinen verdammten Fuß denken. Eigenartig, niemand hatte ihn jemals darauf angesprochen.

Hohlmann, der unentwegt beim Telefonieren sabberte, dass sich niemand traute, sein Telefon zu benutzen. Der nur eine Kluft trug, Tag für Tag dieselben Klamotten, so eine Art Wochentracht für heimatlose Bergstinker. Der roch wie ein Dutzend samentriefende Wildschweine, wie ein Eber. Hohlmann war der Mann, den man nicht übersehen konnte. Einfach, weil er so unbarmherzig roch. Keiner kam an ihm vorbei.

Pünktlich um 9 Uhr schmiss er die oberste Schublade von seinem Schreibtisch auf und holte ein paar in fettes, ölgetränktes Butterbrotpapier gewickelte Schnittchen hervor, die allesamt von einer nicht zu definierenden, welligen Wurst zusammengehalten wurden. Manchmal waren es auch ein paar Scheiben alter, nasser Käse. Er haute sich den Mist in den Rachen, während er dabei sabbernd und schnaufend telefonierte.

Tag für Tag ließ er sich von seiner Frau diesen Mist in dasselbe Butterbrotpapier einwickeln. Jahrelang schleppte er dasselbe ölige Papier in die Firma und packte die Masse jeden Morgen, wenn er kam, in die oberste Schublade von seinem Schreibtisch, um sie dann pünktlich um 9 Uhr wieder herauszuholen. Ich sah Dämpfe aus seiner Schublade hervorkriechen, wenn er sie öffnete. Er liebte das. Wahrscheinlich erinnerte ihn der Gestank an zu Hause. Ich ging regelmäßig aufs Klo, wenn Hohlmann seine Brote verschlang.

Die Abteilung von Hohlmann war so eine Art Kohlengrube, ein offen gelegtes Bergwerk. Ich hatte sie drei Monate lang ertragen. Knabich saß mit ihm am Tisch. Er war seine Haltestange. Dann kamen die anderen Experten für den Verkauf. Knabich war der Menschlichste von denen, die Hohlmann beim Sabbern zusahen. Alle hatten etwas von tibetanischen Bergmenschen, etwas Yetihaftes, wie sie da saßen und unentwegt telefonierten. Ich saß drei lange Monate an ihrem Tisch und hatte irrsinnige Mühe mich mit ihnen zu verständigen. Ich verstand ihre Sprache nicht. Knabich war für alle der Vermittler. Er brachte zusammen, was auseinander war.

Im Grunde waren die Typen hier ganz okay. Und die Zeit bei Hohlmann war nicht schlecht gewesen.

Ich zündete mir eine fünfte Lux-Filter an.

Ich rauchte und rauchte und musste an Grasson denken, den Starverkäufer aus der Röhrenabteilung. Diese Zeit war auch okay gewesen. Auch die mit Fascher, dem Mann, der die Kunststoffe zu Klinker gebracht hatte, auch diese Zeit war nicht umsonst gewesen. Aber die andere, diese unnütze, langweilige Zeit, die ich bei irgendwelchen Inventuren, zwischen Stiften, Nägeln, Röhren und Blechen verbracht hatte, die Tage und Monate in der Buchhaltung, wo sich überhaupt nichts bewegte, wo ich dachte im Sitzen sterben zu müssen, in der ich mich von einem Klogang zum anderen schleppte, um nicht zu verenden, diese Zeit war die verlorene Zeit. Kein Mensch konnte sie mir zurückgeben.

Ich glaube, meine Lungen waren verkohlt. Ich spürte nichts mehr. Mein Schädel brummte. Ich fühlte mich wie ein ausgebrannter Hochofen.

Vielleicht lag es ja auch an mir und daran, dass ich meine Zeit nie so richtig zu nützen gewusst hatte, und nicht an den Leuten von Klinker. Wer immer sie auch waren, sie hatten sich doch eine ganze Menge Mühe mit mir gemacht. Vielleicht war ich nur ein gottverdammter Versager, wie Vater, der es nicht einmal ins Finanzamt geschafft hatte. Der schon vorher aufgegeben hatte, der seine Zeit nur ausgefüllt hatte und der gescheitert war.

Ich hatte alle Abteilungen bei Klinker Eisen und Stahl durchgemacht und mit dem einen ging es und mit dem anderen ging es nicht. Mit mir selbst ging es oft am allerwenigsten. Ich glaube, es hing für mich wohl immer alles von den Menschen ab.

„Morgen, morgen lacht uns wieder das Glück."

Ich hatte plötzlich diesen Schlager im Kopf. Königinmutter hatte ihn mal auf Schallplatte angeschafft. Mit Bata Illic, dem Jugoslawen. Himmel, der Mann sah furchtbar aus und sang entsetzlich. Dazu hatte er noch einen komplizierten Sprachfehler. Nicht gerade die beste Voraussetzung, um vor vielen Menschen aufzutreten. Er sang in gebrochenem Deutsch und mit gebrochenen Augen. Aber Königinmutter brauchte so etwas. Neben ihren Opern, dem Gefangenenchor von Nabucco und dem ganzen Arienmist hörte sie immer wieder diesen Jugoslawen oder Fred Bertelmann und die anderen lachenden Vagabunden.

„Gestern, gestern, diese schöne Zeit, die einst für uns begann."

Ich sang es leise vor mich hin. Ich konnte nur den miesen Text nicht richtig zusammenbringen. Das machte mich fertig. Ich sang oft vor mich hin. Deshalb wäre es besser gewesen, ein bisschen mehr von dem Text parat zu haben. Aber ich war in den Einzelheiten nicht zu Hause. Ich sang also das Fragment eines Liedes von einem Jugoslawen mit einem Sprachfehler leise vor mich hin. Himmel, was sollte nur aus mir werden? Die anderen nahmen keine Notiz von mir.

„Gestern, gestern, die Zeit, die gestern erst begann ...“ oder hieß es „die alte Zeit, die gestern ...“

Ich wusste nicht mehr weiter. Ich hatte genug.

Selbig schob mir einen Warenschein zu. Was sollte ich noch Preise und Diskonte und Mehrwertsteuer vergleichen. Sie wussten doch, dass sie mich morgen los wären, sie hätten mir doch am letzten Tag keine Fehler mehr eingeschmuggelt. Ich stand auf, rollte den Warenschein zusammen und steckte ihn in eine Rohrpostpatrone. Dann schoss ich das Ding mit einem irren Überdruck nach irgendwo.

Es gab für mich nichts mehr zu tun. Ich klebte an der Rohrpoststange und sah zu, wie Hein sich ein paar Akten nahm und dann in Rosens Käfig watschelte. Sekunden später sah ich ihn hinter der Scheibe mit Rosen reden. Rosen saß entspannt hinter seinem Schreibtisch und Hein stand mit zusammengekniffenen Hinterbacken davor. Auf Linie sozusagen. In der einen Hand hielt er seine bescheuerte Preisliste, die andere hatte er in seiner Wohnhose vergraben, wohl um sich an irgendetwas festzuhalten. Bestimmt zwanzig Minuten würde er so vor Rosens Schreibtisch stehen.

Rosen und er würden sich gegenseitig mit irgendwelchen Auflagen zu Preisen und Lieferzeiten voll stopfen und Rosen würde das auch nur tun, weil Hein ihn mit seinen Fragen von seinen Nachmittagsgedanken erlösen würde. Nach drei dachte Rosen nämlich sehr viel über seine Zukunft bei Klinker und über sein Leben im Allgemeinen nach. Das wusste Hein oder er spürte es zumindestens und deshalb würde er auch zu Rosen unentwegt „ja“ sagen und das würde Rosen letztendlich von sich selbst ablenken und auf andere Gedanken bringen und er würde Hein dafür danken oder ihn für irgendetwas Nebensächlichem loben und später würde Hein, als Rosens alleiniger Geheimnisträger, diese unerhört interessanten Fakten großzügig an uns Nebenidioten weitergeben. Er war der Vollidiot und er teilte jeden Tag den ganzen Schwachsinn für uns Nebenidioten ein. Hein war der, der auf den Baumwollfeldern die Säcke an die Sklaven verteilte und das Trinkwasser rationierte. Dafür wurde er geliebt und gehasst.

Ich hatte also zwanzig Minuten Leerlauf. Die Zeit, die Rosen mit Hein brauchte um ihn vollzuquatschen.

Ich war wahrscheinlich ungerecht, ich spürte das, aber ich konnte nicht anders.

Hein war immer mein Kampfplatz gewesen und gerade heute hätte ich ihn töten können. An sich war er mir nie unsympathisch gewesen, aber er wirkte so furchtbar kindisch und ich wollte nicht so sein wie er, schon gar nicht so fett und untertänig.

Ich stand also ein paar Minuten an der verdammten Rohrpoststange, ich dachte an diesen Unsinn und starrte auf einen imaginären Punkt auf dem Teppichboden.

Ich war allein, ich kannte das. Ich kannte im Grunde nichts anderes, als dieses unentwegte Grübeln und Schauen. Ich begann mich selbst abzuchecken. Ich ging meinen verdammten Körper durch. Es fehlte nicht viel und ich hätte mir einen Herzinfarkt zurechtgedacht.

Einsam fühlte ich mich nicht. Wie sollte man sich in einem Büro auch einsam fühlen, das wäre wirklich übertrieben gewesen. Einsamkeit war ein völlig anderer Zustand. Das wäre ja ein echter Lacher gewesen, wenn ich mich mit Hein und den anderen einsam gefühlt hätte. Nein, einsam fühlt man sich doch eher, wenn man mit allem Möglichen allein bleibt, also irgendwie zurückbleibt. Zum Beispiel mit einem ganzen Berg von diffusen Fragen oder unklaren Antworten oder vielleicht nicht einmal damit. Sondern wenn man sich angefüllt mit einem Kladderadatsch von schlechten Bildern allein fühlt und sich dabei auch nicht stark genug vorkommt, um irgendetwas um sich herum ändern zu können. Und wenn man dann glaubt, wirklich nichts mehr machen zu können. Keinen Ausweg mehr zu finden, keinen verdammten Aufstieg und keinen Abstieg mehr vor sich zu haben. Einfach nur zurückzubleiben mit diesem ganzen inneren Berg und damit völlig allein zu sein. Wenn man wie blind versucht, einen Tunnel durch sich selbst hindurch zu graben, um aus diesem verdammten Berg wieder herauszukommen. Wenn man zusätzlich die Gewissheit hat, immer graben zu müssen und niemals an dieses Licht zu kommen, also überhaupt keine Erlösung findet und das alles weiß.

Das zum Beispiel ist einsam.

Ich weiß wirklich nicht mehr, wie lange ich so an der Rohrpoststange herumgestanden habe. Es war ziemlich ruhig in der 408. Alle hockten auf ihren Uhren und warteten auf den Feierabend.

Ich hätte der Hoffmeister mein neuestes Werk mit den Raben zum Abtippen geben können, aber was hätte das gebracht? Nur stundenlange Diskussionen um ein Lied, das nicht mehr für sie gemacht war. Ich war ziemlich enttäuscht von mir, weil ich in diesem Augenblick sogar für die Hoffmeister nichts mehr übrig hatte.

Ich ging zu meinem Beistellplatz, nahm mir ein paar Preislisten und malte Gesichter auf die Listen. Ich sah zu der Hoffmeister hinüber. Sie tippte.

Damals, als ich ihr dieses Lied von dem Liedermacher vorgelegt hatte, den ich in einem kleinen Club in der Krummen Straße auf der Bühne gesehen hatte, da war das etwas anderes gewesen. Ich hatte eben zum ersten Mal gesehen, wie einer singt und das Lied war wie für die Hoffmeister bestimmt gewesen.

Das Lied handelte von einem, der wie Orpheus singen

wollte, der Steine zum Weinen bringen wollte, nur durch seinen Gesang. Es war ein schönes Lied. Ich war damals mit meiner Gitarre unterwegs gewesen und hatte es mir in einem Club von diesem Sänger abgeschaut. Es war das erste Mal, dass ich mit der Gitarre unterwegs gewesen war. Der Typ hatte sich zu einer Blonden begleitet, einer Gitarre mit Nylonsaiten, also einem Höfnerinstrument, und ich merkte mir gleich die paar Zeilen. Das kam alles wie von selbst. Der Typ sang ganz anders als die anderen. Mehr von innen heraus. Und das Besondere an ihm war, dass er unentwegt beim Singen lächelte. Obwohl der Text nicht besonders heiter war, lächelte er beim Singen. Das war sein Trick. Diese Freundlichkeit war sein verdammter Trick. Damit hielt er sich den Mob vom Leib und konnte in aller Ruhe sein Werk vortragen.

Die Leute mussten ihm einfach zuhören, sie kamen nicht daran vorbei, denn gegen ein Lächeln ist ja nichts einzuwenden. Er war ganz schön clever, aber ich durchschaute ihn sofort. Im Grunde war er wohl ziemlich traurig. Er sang dieses Lied übrigens in deutscher Sprache, und das war wirklich ziemlich mutig. Vor allem, wenn man keiner von den Bluesern war, oder von denen, die dieses politische Zeug singen. Die Leute wollen ja immer nur den Mist hören, den sie sowieso schon kennen, wie diese verdammten Gegenlieder oder diese unsägliche Folklore aus der Ukraine. Aber den Leuten gefiel, was der Typ da so in deutscher Sprache sang, und mir gefiel der Song auch ziemlich gut.

Ich habe mir also am nächsten Morgen gleich die Platte gekauft. Ich glaube, der Typ hatte nur die eine Platte mit dem Orpheus gemacht. Ich besaß nicht viele Platten. Ich besaß eine von Ray Charles, dem blinden Blueser, das war meine erste gewesen, und dann noch eine von Bob Dylan und natürlich die von Van Morrison, also meiner Lieblingsband „Them“, die aber keine Sau kannte. Dann hatte ich noch eine von der Knef. „Das Lied vom einsamen Mädchen“. Auf der Rückseite singt sie mit einem Typen zusätzlich noch ein Duett. „Du bist wunderbar". Ein ziemlicher Brocken, aber man kann sie verstehen. Die Platte hatte mir Tantchen empfohlen und sogar Königinmutter mochte sie. Das war's dann auch schon.

Ich schleppte diese Orpheusplatte samt Textbeilage am nächsten Morgen ins Büro und legte sie der Hoffmeister wie ein totes Kaninchen auf den Schreibtisch. Ich bat sie, mir dieses Lied mit dem Orpheus abzutippen und alle aus der 408 standen an dem Morgen um den Schreibtisch von der Hoffmeister herum. Hein, Schütters, Selbig und ich. Selbig spürte natürlich sofort Konkurrenz mit der Platte und musste sofort irgend so eine bescheuerte Geschichte von sich und einem Unfall erzählen. Aber die Hoffmeister war gleich bereit, das Lied für mich abzutippen.

„Ich bin ihr hinten reingefahren", sagte Selbig, „Sie fuhr einen Taunus, glaube ich. An der Kreuzung Marburger Ecke, wartet mal, nein, es war schon die Lietzenburger, und als ich zum Halten kam, hatte ich die irre Idee ..."

Kein Mensch hörte ihm zu. Die Hoffmeister hatte die Platte und den Text vor sich liegen und las aus dem Werk von dem lächelnden Typen vor und Schütters und ich hielten uns etwas abseits und hörten ihr zu. Hein hing leicht sabbernd über der Hoffmeister.

„Ich wollte wie Orpheus singen", die Hoffmeister diktierte sich den Text selbst.

„Dem es einst gelang,
Felsen zum Weinen zu bringen,
mit seinem Gesang."

Das war schon ziemlich verrückt. Die Hoffmeister war wirklich genauso beeindruckt von dem Lied wie ich. Sie tippte und tippte.

„Wie kann einer Steine zum Weinen bringen wollen, ich glaub, mein Schwein pfeift." Hein verstand nicht viel von dem Lied. Es war einfach zu viel für ihn.

„Wenn dein Schwein pfeift, dann klingt das auch so. Wenn aber sein Stein kneift, dann besingt er ihn froh.“

Die Hoffmeister war wirklich Klasse an dem Tag. Wir mussten ziemlich viel lachen. Selbig versuchte weiter seinen Mist mit dem Unfall unterzubringen.

„Jedenfalls bin ich dann einfach ausgestiegen und bin zu der Dame hin, die natürlich völlig durcheinander war, und habe ihr meinen Schlüsselanhänger ans Fenster gehalten und als sie das Fenster herunterkurbelte …“

„Meine Lieder singe ich dir,
von Liebe und von Einsamkeit,

… das ist schön, Paul, so etwas musst du singen.“

Die Hoffmeister hatte einen völlig anderen Blick bekommen, während sie schrieb, und sah mich über die Schulter hinweg an.

Ich hatte nichts dazu gesagt, ich ließ einfach die Sterne funkeln.

„… da sagte ich zu ihr, wirklich, das ist nicht erfunden …“

Selbig ließ nicht locker.

„Privatdetektei Selbig, ehrlich, das sagte ich und die Dame glotzte völlig perplex auf meinen Schlüsselanhänger und ich sagte, na, Sie haben noch mal Glück gehabt, bei meinem Opel ist nur die Stoßstange angedetscht.“

Er machte sogar eine Pause, um seinem ganzen Mist mehr Gewicht zu geben.

„Ich hatte das einfach so erfunden, im Moment fiel mir das ein.“

„Und zum Dank teilst du mit mir,
meine Mittelmäßigkeit.“

Die Hoffmeister tippte das ganze Lied für mich ab. Sie machte für sich selbst sogar eine Abschrift davon. Es war ein echter Erfolg.

„Zeigen Sie mir mal Ihre Papiere, habe ich gesagt und dann ist sie ausgestiegen und war total nervös und ich habe mir ihren Führerschein und ihren Ausweis angesehen und gesagt, ehrlich …“

Selbig hätte mir an dem Morgen fast das Lied kaputtgemacht, aber es war zu stark, er kam mit seiner Geschichte nicht dagegen an. Wir waren alle bis auf ihn nur auf den Text und auf die Hoffmeister konzentriert und er hatte keine Chance mehr, obwohl er sich ziemlich ins Zeug gelegt hatte. Er konnte einfach nicht aufgeben.

„Wie können Sie den Rückwärtsgang einlegen und nicht bemerken, dass hinter Ihnen einer steht. Sagen Sie nur, Sie haben das nicht gemerkt? Das habe ich wirklich gesagt, das ist nicht erfunden.“

Er erzählte uns dann noch, wie er der armen Frau fünfzig Mark abgenommen hatte, bloß weil sie wirklich gedacht hatte, sie wäre ihm vorne raufgefahren, anstatt er ihr hinten rein, aber es hörte ihm keiner mehr zu.

An dem Tag hatte ich was begriffen. Dass es auf der Welt einen Sänger gab, der von ganz innen heraus sang und noch dazu in seiner eigenen Sprache, und dass sogar so hartgesottene Typen wie Selbig und Hein gegen diese Lieder nicht ankamen. Ich glaube, er hatte etwas in mir aufgemacht, etwas, was ich noch gar nicht kannte.

Die Hoffmeister hatte mir dann das ganze Lied noch ein weiteres Mal abgeschrieben und sie hätte sicher auch Kopien für die anderen gemacht, wenn die das gewollt hätten. Ich glaube, das war auch der Tag gewesen, an dem sie zu mir gesagt hat: „Ich besuch dich in deinem Cha-Cha, Kleiner, aber nur wenn du mir das Lied singst. Versprichst du mir das?“

Ich hatte ihr natürlich das Versprechen gegeben. Ich war ziemlich glücklich, dass sie mich das gefragt hatte.

Hein war sauer und sagte zu ihr: „Er kann ja zu dir nach

Hause kommen und es dir am Bett vorsingen, mal sehen, was dein Horst dazu sagt.“

Die Hoffmeister brauchte eine Menge Tricks an diesem Vormittag, um alle wieder zusammenzubringen, weil jeder von uns irgendwo anders war. Und das alles nur wegen Orpheus. Weil so eine Menge Gefühl aus dem Lied an die Oberfläche geschwappt war. Nur durch dieses verdammte Lied von dem Typen, der immer nur lächelte.

Ich wollte aufs Klo. Was hätte ich auch anderes tun sollen.

Als ich sah, wie Hein sich bei Rosen breit machte, nahm ich die Lux-Filter und ging zur Tür.

„Bleib nicht zu lang“, sagte die Hoffmeister, aber ich war schon draußen.

Alle Lehrlinge trafen sich auf dem Klo. Man traf sich morgens, nachmittags und vor dem Feierabend auf dem Klo. Auf dem Klo, im Klo, vor dem Klo, nach dem Klo. Unsere Zeitrechnung drehte sich um diese Klogänge. Die Zeiger der Uhr bewegten sich wahrscheinlich um Klos.

Das Klo war der einzige Ort, wo man ungestört sein konnte. Zum Rauchen oder zum Quatschen oder, wie es die beiden Brüder taten, zum Wichsen. Das Ganze kam zwar seltener vor, aber es grassierten jede Menge Geschichten darüber.

Ich unterstelle, dass Sportler, der in der Blödheitsskala nach Affholter die Nummer zwei bei uns einnahm, dass dieser junge Mann mit der Akne im Gesicht sich mit seinem älteren Bruder täglich auf dem Klo traf und sie dort ihre verdammten Spiele spielten. Der Bruder hatte Sportler übrigens in die Firma eingebracht, über Schwalbe, unseren ersten Prokuristen. Beide trugen rot karierte Karohemden, beide hatten enorme Pickel im Gesicht und beide spielten Handball und waren ziemlich kräftig gebaut und beide gingen sehr oft zu gleicher Zeit aufs Klo.

Es ging die Mär, dass irgendwer sie irgendwann gemeinsam in dasselbe Scheißhaus hat gehen sehen und dabei belauscht hat, wie sie sich vierhändig an ihren vom Handball durchtrainierten, dicken Dingern vergangen hätten. Jedenfalls hatte der, der das erzählt hat, sich das so zurechtgereimt. Es konnte nicht anders gewesen sein. Erstens, weil überhaupt kein Mucks aus dem Scheißhaus gekommen war, nachdem die Brüder hineingegangen waren, und dann nach einer Weile nur noch so ein Stöhnen, und dann wären beide Brüder mit nassen Händen wieder herausgekommen und hätten so getan, als hätten sie sich gerade gegenseitig einen enormen Furunkel aus der pickeligen Stirn herausoperiert. Minutenlang hätten sie vor dem Spiegel gestanden und sich gegenseitig an ihren Gesichtern herumgemacht, um so die ganze verdammte Wichserei zu vertuschen. So ging die Mär und man kann sie heute noch in den Geschichtsbüchern von Klinker-Eisenhandel nachlesen. Mit Fotos und so.

Ich ging also aufs Klo. Als ich in den kleinen Vorraum kam, stand Dimmer vor dem Spiegel und wusch sich gerade die Hände oder tat zumindest so. Er hob kurz den Kopf, sah mich im Spiegel an und sagte: „Na, Lachmann, heheh, eine Gibson ist eine Gibson ist eine Gibson."

Ich kannte den Code und konterte: „Ja, Dimmer, und morgen geht's nach Legoland."

Wir sprachen immer in Rätseln, aber wir verstanden uns besser als die anderen Lehrlinge. Wir hatten so was wie dieselbe Blutgruppe, obwohl wir total verschieden waren.

„Kannst du dir vorstellen, dass es Frauen mit Tieren machen?"

Dimmer kniff ein Auge zusammen und sah mich im Spiegel an. Bei solchen Fragen stellte ich mich erst mal taub.

„Oder sich ins Gesicht spritzen lassen?"

Er grinste. Dimmer grinste immer. Ich glaube, ich hatte ihn in den drei Jahren nie ernst gesehen.

„Ich glaub schon", entgegnete ich leise. Ich hatte irgendwie keine Lust auf sein Thema, ich stellte mich an die Wand neben dem Waschbecken und zündete mir eine Lux-Filter an. Es war die achte heute. Es war eng in dem Klo, es roch nach Reinigungsmitteln, aber wir waren ungestört.

„Ist zwar nicht so angenehm für die Frauen, aber doch ganz nett, nicht."

Ich sagte nichts, ich rauchte nur. Dimmer war okay. Dimmer trug einen kleinen Schnurrbart, mehr so einen Flaum über der Oberlippe und dazu kurze Koteletten, obwohl alle anderen lange Koteletten trugen. Dimmer hatte nur ein Jackett, das er Tag für Tag trug, und zwei ähnlich aussehende Hosen. Er war intelligent und er mochte mich. Ich mochte ihn auch. Er war Kommunist und kannte Marx und Engels aus dem Effeff. Aber ich glaube, er war zu klug um sich ihren Regeln zu unterwerfen. Er hatte sich ein eigenes, inneres Manifest zurechtgebaut, an dem er sich festhielt, mehr so ein Moralgefüge aus Christentum und Leninismus, mit allerlei Grundgesetzen, so ein bisschen wie die zehn Gebote, das war sein Kommunismus. Ich glaube, er hätte auch an irgendwelche Biologen oder Physiker glauben können, wie Einstein oder Albert Schweitzer. Die Hauptsache für uns war an irgendwen zu glauben, der eine Theorie vertritt, die für den Menschen gut ist.

„Wie findest 'n eine Les Paul oder eine Stratocaster?", fragte er.

Ich wusste, dass ihn das gar nicht interessierte und er überhaupt nichts von Gitarren verstand.

„Himmel, was soll ich damit anfangen, Dimmer?"

Ich wollte nicht auf seine Frage einsteigen.

Dimmer wusch immer noch an seinen Händen herum. „Du bist der Junge für die leisen Töne, nicht, Paul? Das ist deine Stärke."

Aha, da ging es lang. Er wollte mich provozieren. Dimmer provozierte immer.

Zum Glück schwenkte er um. „Warst du gestern wieder im Cha-Cha?"

„Nein, ich geh heute hin. Du willst ja nicht mit, oder? Versuch's doch noch mal. Heute oder morgen, das ist deine letzte Chance. Komm einfach mit."

Mit meinen Fragen wollte ich ihn wegbringen von seinen Provokationen. Aber ich wollte ihm nicht weh tun.

Dimmer schüttelte den Kopf. „Ich hab keine Zeit, Lachmann. Ich muss noch was zu Hause tun."

Ich wusste, das er abends nichts zu tun hatte, aber ich wollte ihn nicht weiter drängen. Er kam nie ins Cha-Cha. Ich glaube, er hatte nicht einen verdammten Abend in seinem Leben mit ein paar Typen oder einem Mädchen verbracht. Dimmer war der geborene Einzelgänger.

Er lebte bei seiner kranken Mutter, die ihn festhielt, in einer kleinen Wohnung, irgendwo in der Stadt. Wahrscheinlich hatten sie nicht einmal ein Namensschild an der Tür. Er las viel und trank höchstens abends mal ein Bier. Ich wusste, er wollte weg nach der Lehre, weg von Klinker, so wie ich. Er hatte mir mal anvertraut, dass er das Abi nachholen wolle, also büffelte er jeden Abend. Ich wusste auch, dass seine Mutter ziemlich krank war und er sie pflegen musste. Dass sie es nicht schaffen würde. Ohne ihn.

„Du bist der Typ für den Abend am Kamin, nicht, Paul? Vor Elke, der Blonden, die mit den enormen Brüsten. Du zupfst die Gitarre und entlockst ihr sanfte Töne. Und Elke, die Blonde, will es sich dann von dir ins Gesicht spritzen lassen."

Dimmer fing wieder mit dem Sabberkram an und begann sich dabei endlich die Hände abzutrocknen.

„Hör auf", sagte ich leise.

Er drehte sich zu mir.

„Tut mir Leid. Ich bin 'n bisschen blöd. Was wirst 'n machen morgen, übermorgen, immer? Willste wirklich mal singen?"

Seine Augen zuckten, während er mich ansah. Ich hatte Dimmer noch nie so ernst gesehen.

„Ich fahre weg, glaube ich. Für 'ne Weile. Mit Sigi, 'nem Freund."

„Machste 'ne Reise? 'ne richtige Reise?"

„Ja."

„Wohin denn?"

Ich wusste nicht, ob ich ihm das mit Goa sagen sollte, und wollte es ihm doch sagen trotz seiner ganzen Situation, mit seiner Mutter und seinem Abi.

„Nach Goa oder Indien."

Dimmer lächelte. „Nach Indien? Was wollt ihr denn in Indien? Die haben doch gar kein Bruttosozialprodukt. Willste ein Hippie werden? Am Strand liegen, in einer Hütte wohnen, Drogen nehmen, auf Fellen schlafen? O Gott, Paul, ehrlich. Willste das?"

„Ach Quatsch. Ich werde doch kein Hippie. Ich hasse Hippies. Ich will nur mal raus. Ich kann keine Zahlen mehr sehen. Ich bekomme das Kotzen."

Dimmer sah mich nur an und grinste. Aber es war kein richtiges Grinsen. Irgendwie hatte ihn meine Geschichte nervös gemacht. Er sah mich eine Weile so an und dann begann er den ganzen Mist vom Teilen und vom Geben und Nehmen und dass alle Menschen Brüder sein sollten und von Friede den Hütten und Tod den Palästen und von diesem ganzen Elend, worüber er in unzähligen Abenden an der Seite seiner Mutter in seinen Bibeln gelesen hatte.

Dimmer sprach und sprach. Er machte überhaupt keine Pause und ich sagte irgendwann, einfach um ihn zu stoppen: „Dimmer, komm zu dir, ich weiß das doch, Himmel. Aber ich glaube denen nicht, die unentwegt alles von anderen Leuten aufteilen wollen, die unentwegt irgendwelche Regeln und Gebote auf den Lippen haben. Dir schon. Du wirst mal ein As, du könntest Politiker werden, ehrlich, aber denen …"

„Was, ich?"

Ich glaube, wir hätten auch über Mondstein reden können. Die Themen waren doch völlig egal. Hauptsache, wir kamen irgendetwas näher.

„Also, ich misstraue euch Bärten. Dir nicht so sehr, aber den anderen. Im Grunde glaube ich sowieso keinem. Ich glaube mir ja selbst nicht mal, wie soll ich dann deinen Bärten glauben."

Ich war ziemlich in Fahrt.

„Ich seh dich schon verrecken, ehrlich. Am Strand von Goa hockst du in der Scheiße. Bist total bekifft und irgendwann nageln sie dich ans Kreuz. Wetten? Du wirst noch mal wie Jesus enden. Du bist ein verdammter Idealist. Idealisten sind gefährlich. Die krepieren immer so elendig. Siehste ja an der RAF."

„An wem?"

„An der RAF, du Schläfer. Komm zu dir. Klinker war doch nur vorübergehend. Haste das noch nicht bemerkt? Du bist jetzt frei. Du kannst machen, was du willst. Du hast ein musisches Talent. Geh doch zum Theater oder zu diesem ... wie heißen die ...?"

Er bemühte sich wirklich um mich.

„Living Theater", sagte ich.

„Ja genau, aber mach was für die Leute, gegen das System. Werde Bauer oder arbeite auf der Straße, das hat noch keinem geschadet. Mach irgendwas, aber fahr doch nicht mit diesem Russen nach Indien."

„Nach Goa. Das ist ein Unterschied." Ich rauchte heftig. „Außerdem ist Sigi kein Russe, sein Vater war Russe. Was hast du eigentlich gegen Russen? Ihr seid doch Brüder?"

„Der Knast ist doch nicht nur hier bei Klinker", sagte Dimmer.

Er rückte sich seinen Schlips zurecht und machte Anzeichen, als wolle er bald gehen.

Wir trödelten die Zeit ab. Wir hatten ja im Grunde überhaupt keine Zeit mehr, für gar nichts, so blöde alles auch war. Ab übermorgen mussten wir nicht mehr zu

Klinker. Es fehlte nicht viel und wir hätten uns beide noch mal die Hände gewaschen, gegenseitig.

Dimmer setzte sich in die offene Nebentür vom Scheißhaus auf die Klobrille. Er rauchte nicht. Zwecklos, ihm eine Lux-Filter anzubieten, dachte ich.

„Haste neulich den Macintosh-Mann gesehen. In der Glotze?"

„Nein", sagte ich. „Da war ich im Cha-Cha."

„Du bist jede Nacht dort, nicht? Du solltest da einziehen."

Ich ließ ihn in Ruhe. Warum sich noch irgendwas kaputtmachen.

„Wie er mit dem Trenchcoat aussah."

Er wusste um meinen Filmfimmel.

„Denselben, den du trägst, Paul. Hätteste sehen sollen, Paul Newman, Klasse-Typ. Haste die Musik wahrgenommen, griechische Musik. Ist doch ziemlich abgefahren, in einem amerikanischen Thriller 'ne griechische Musik."

„Ich hab ihn doch nicht gesehen, Dimmer", sagte ich und hing dann doch was Lustiges ran. Ich wollte ihn ein bisschen aufheitern. „Wahrscheinlich hat Neumann mir den Trenchcoat für den Macintosh-Man abgeguckt."

Wir lachten kurz.

„Lawrence von Arabien ist der beste Film, nicht. Haste gesehen?"

„Ja", antwortete ich. Himmel, was war mit ihm los.

„Dann kommt ‚Thomas Crown ist nicht zu fassen', nicht?"

Er quatschte und quatschte und wurde dabei irgendwie immer kleiner. Ich glaube, wenn er immer weiter gesprochen hätte, wäre er irgendwann im Klo verschwunden gewesen.

Ich drehte die Wasserhähne ein paar Mal auf und zu.

„Steve McQueen klaut dem Kapitalismus ein paar Milliönchen und haut dann ab. Genial, klasse. Ein Typ, der selbst genug Geld hat, klaut der Bank die Kohlen, bloß so zum Spaß, bloß weil er es ihnen zeigen will und verduftet dann mit der Frau seines Lebens."

„Mann, Dimmer", sagte ich, „er beklaut das System nicht, er beklaut die Bank. Und auch nur, weil er die Kohle wirklich liebt. Aus reiner Liebe zur Kohle." Langsam ging er mir auf die Nerven.

„Nein, er beklaut den Staat", sagte Dimmer.

Er stand von seiner Klobrille auf. „Ich werde mein Abi nachmachen, Paul. – Sie bescheißen dich doch alle. Die Demokraten, die Hanseaten, die Syphilister und die Selbergse. Sie bescheißen dich alle. Weißte was. Ich werde Chemie studieren. Ich weiß, dass es gehen wird. Schick mir 'ne Karte, wenn du in Indien bist." Dann hing er wieder über dem Waschbecken.

„Ja, Dimmer, du kannst das." Ich schaute ihn von der Seite an. Ich hatte Angst, dass er wieder mit dem Großkapital kommen würde, mit Selberg fing es immer an. Das war ein Herrenausstatter, am Ku'damm, wenn man Richtung Halensee runterlief. Dimmer hasste Herrenausstatter.

Ich sah, wie er vor dem Waschbecken stand. Mit seinem Cordjackett und der Beatlesfrisur sah er so klein und bescheiden aus. Er wirkte so verdammt verloren. Aber ich fühlte mich ja auch nicht anders. Wir standen hier und quatschten über Paul Newman und Herrenausstatter und die Kommunisten und meinten alles, uns, das Universum.

„Natürlich machst du dein Abi, Dimmer. Das sehe ich überhaupt nicht anders. Ehrlich nicht. Du bist für was anderes geboren. Du schaffst das, ich weiß es." Ich wollte nur noch was Nettes sagen.

„Mach doch auch dein Abi nach", sagte er leise und schaute zum ersten Mal wieder hoch.

„Wenn's nach meinem Deutschlehrer gegangen wäre, wäre ich sogar Arzt geworden. Aber ich hatte keinen guten Schnitt", sagte ich.

Ich wusste keinen Text mehr. „Dimmer, ich mach was anderes. Vielleicht werde ich kriminell."

„Du und kriminell." Er lachte. „Du würdest im Knast ziemlich schnell verrückt werden."

Er hatte Recht. Ich würde niemals kriminell werden. Ich hatte nicht das Zeug dazu. Ich wusste, dass ich niemals kriminell werden könnte, selbst wenn ich es gewollt hätte. Warum erzählte ich ihm diesen Unsinn.

Er legte mir seine Patschhand auf die Schulter, er hatte genug. Ich auch.

„Lass uns Geld machen und glücklich werden", sagte er und schob sich an mir vorbei zur Tür. Ich blieb noch am Waschbecken stehen, ich konnte nicht so einfach weg.

„Du musst doch die Menschheit retten, du bist doch Kommunist", sagte ich.

„Ja, draußen."

Er ging aus der Tür. Er sah sich nicht um und im Rausgehen sagte er: „Drinnen bin ich Dimmer, aber draußen Kommunist, verstehst du? Ich habe Verständnis für die Kriminellen, aber du wirst nie kriminell, dafür biste zu weich. Du wirst es Elke zeigen, der mit den dicken Titten, und sie wird sich von dir …"

„Wir sehen uns morgen in der Pause", rief ich ihm nach.

Ich ging bis zum Ende des Ganges, bis zur Teeküche. Die Riesin und die Neue standen hier und schwatzten.

Die Riesin hantierte mit einem Tauchsieder und einer Kanne herum und die Neue stand mit dem Rücken zur Anrichte gelehnt und tat nichts. Sie waren in ihre Gespräche vertieft. Die Riesin grüßte mich, als ich mich an ihr vorbei in die hinterste Ecke der Küche schob. Ich kannte sie nur flüchtig. Sie war noch nicht lange bei Klinker-Eisen und die Frauen ließen sie in Ruhe. Sie war außer Konkurrenz. Keiner traute ihr ein langes Leben bei Klinker-Eisen zu.

Die Neue kannte ich überhaupt nicht. Sie musste aus eine der oberen Buchhaltungsabteilungen sein. Ich hatte sie einmal bei Niebelung gesehen. Sie wirkte unscheinbar.

Es war sehr eng in der kleinen Küchenzeile. Zwei Personen konnten hier nicht gleichzeitig etwas machen. Ich fummelte ein bisschen an den Schränken herum, die in Augenhöhe angebracht waren, so als würde ich ein Glas oder einen Teller suchen. Die beiden Frauen ließen sich durch mich nicht stören.

„Wenn du ihn dir einführen lässt, musst du sehr vorsichtig sein. Du darfst nicht zulassen, dass alle Initiative von ihm ausgeht."

Ich hatte Glück. Sie schnitten das Thema an. Es schien ihnen überhaupt nichts auszumachen, dass ich an ihren Intimitäten teilhatte.

„Aber ich muss ihm doch zeigen, dass er, wie soll ich es sagen ..."

Die Neue war sichtlich verwirrt. Sie schaute abwechselnd auf mich und dann wieder auf die Riesin.

„Ich meine, dass er bei mir zu Hause ist. Ein Mann will doch spüren, dass er der Herr im Haus ist. Wenn er dann erst mal drin ist, kann ich ihn mir doch immer noch zurechtbiegen." Sie hatte Mühe, sich klar und verständlich auszudrücken.

„Unsinn. Das ist völliger Unsinn. Führ ihn ein, lass ihn hart werden, aber lass ihn dann schmoren. Du bestimmst das Spiel. Pass auf, dass er dir nicht zu früh kommt. Er muss dich wollen. Gib ihm das Gefühl, dass er dich jederzeit bekommen kann, aber lass nicht zu, dass er dich besitzt. Leg ihn dir zurecht und gib ihm ein bisschen. So in kleinen Portiönchen. Aber nicht so viel, dass er dich zurammelt. Und fahr um Gottes willen nicht die harte Tour. Darauf stehen die Kerle nur ein einziges Mal und dann biste draußen. Darf ich mal?"

Sie drückte sich an mir vorbei und nahm den Kaffee aus dem Schränkchen über mir. Bei dieser Aktion berührte sie mich mit ihrem mächtigen Körper. Ich spürte etwas von ihr an meinem rechten Arm.

„Das ist löslicher Kaffee, Caro-Kaffee", sagte ich nebenbei, um sie nicht weiter von ihrem Thema abzulenken.

Als sie wieder an mir vorbei musste, presste ich mich, so eng es ging, an ihren Körper. Ich war mir völlig sicher, dass man so etwas mit ihr machen konnte.

Sie musste meine Berührung bemerkt haben, ich spürte etwas Weiches, Großes. Ich glaube, sie mochte das, jedenfalls wich sie mir nicht aus. Im Gegenteil. Sie drückte sich fest an meinen Ellenbogen.

Sie war nicht hübsch. Sie hatte einen riesigen Kopf, riesige Schultern, riesige Brüste und überlange Arme. Die Hüften, die Beine, alles an ihr war groß und ausladend. Sie war nicht hässlich, nur eben riesig.

Ich drehte mich um und sah sie an. Sie war ungeschminkt, hatte ein fast jungenhaftes Gesicht und kurz geschnittene, blonde Haare. Sie blickte mir in die Augen, lächelte aber nicht. Ich musste sofort woanders hinsehen. Ihr eng anliegender Pulli und dazu ihre Bewegungen, das alles brachte mich dermaßen durcheinander, dass ich ihr am liebsten den verdammten Kaffee weggenommen und in den Schrank zurückgestellt hätte.

Die Riesin dosierte das Pulver mit einem kleinen Löffel in die Kanne. Sie hatte Hände wie Teller. Dann stellte sie den Tauchsieder hinein. Ich half ihr den Stecker vom Tauchsieder in die Steckdose zu stecken. Sie ließ mich machen und sagte auch dazu nichts.

Mir wurde mittlerweile ziemlich heiß. Ich kam unentwegt mit ihrem Körper in Berührung. Es gab eine Menge Berührungspunkte zwischen uns, in dieser engen Teeküche. Hoffentlich kam nicht noch jemand. Aus den Augenwinkeln sah ich, dass sie weite, schwarze Hosen trug, wie die Filmstars aus den Dreißigern. Es war nicht üblich, dass Sekretärinnen Hosen trugen, man sagte nichts dazu, aber es war nicht üblich.

„Danke", sagte sie, als ich mit dem Stecker fertig war, und sah mich dabei aus den Augenwinkeln an. Aber sie lächelte wieder nicht. Ich glaube, sie lächelte nie. Es wurde für eine ganze Weile ziemlich still, nur der Tauchsieder machte Geräusche. Irgendwann wandte sich die Riesin wieder der Neuen zu.

„Du darfst bei einem Mann nicht die Sklavin spielen, bloß weil du ihn halten willst“, sagte sie teilnahmslos. „Nur wenn er dich wirklich liebt, kannst du schon mal vor ihm in die Hocke gehen und im Bett auch nur alles machen, wenn du ihn vollkommen für dich geparkt hast.“

Sie lehnte sich zurück. Sie hatte riesige Brüste, wie Gullivers Frau.

„Wenn er dann richtig in dir kocht, halte ihn noch ein bisschen hin. Beweg dich nur so weit, bis sein Schwanz steinhart ist. Dann kannst du mit ihm machen, was du willst.“

Sie flüsterte das alles und ich musste mich mächtig konzentrieren, um nichts zu verpassen. Dann begann sie mit ihren Hüften zu kreisen und hielt dabei die Hände in Höhe ihrer Augen, wie eine Tänzerin.

„Du kannst ihn wackeln lassen, lass ihn ruhig hin- und herrackern.“

Sie drehte ein paar weitere Runden.

„Lass ihn machen, was er will, aber lass ihn nicht abspritzen. Er darf nur abspritzen, wenn du es ihm erlaubst, verstehst du?“

Beim Wort „Abspritzen“ klatschte sie in die Hände. Dann verschränkte sie ihre Arme unter den Gulliverbrüsten und lehnte sich erschöpft mit dem Rücken wieder an die Küchenablage.

„Wenn du es bestimmst“, sagte sie eindringlich, „wenn du diese Regeln einhältst, wirst du das Heft in der Hand behalten und er wird ein Leben lang denken, er wäre der König der Rammler.“

Ich griff mir den Tauchsieder. Das Wasser schäumte über. Die Riesin nahm die Kanne und berührte dabei meine Hand mit ihren Tellerhänden. Sie goss das kochende Wasser in die Tassen.

Die Neue sah ihr beim Hantieren zu. Sie kaute auf ihrer

Unterlippe und hatte die Beine zu einem X verschränkt. Sie war dünn wie eine Gerte und hatte einen Pagenkopf. Sie trug schwarze Hosen wie die Riesin und einen knappen, schwarzen Pullover. Sie lächelte auch nicht.

„Spürt man denn ernsthaft, wenn es ihm kommt? Ich habe, ganz ehrlich gesagt, meistens überhaupt nichts gespürt. Es geht immer so verdammt schnell mit Achim." Sie nagte noch heftiger an ihrer Unterlippe und sah nervös auf ihre Pumps.

„Ich spüre es", antwortete die Riesin und sah mich dabei ernst an.

Sie begann sich wieder an mir vorbei zu drücken. Ich ließ ihren mächtigen Körper an mir vorbeiziehen und achtete darauf, dass sie keine harten Teile von mir abbekam. Ich war ziemlich durcheinander und dachte, es müsse bald etwas geschehen, ich müsse etwas tun. Gehen oder so.

„Wenn er abspritzt, musst du seine Hitze in dir spüren, du musst ihn aufnehmen, du musst seinen Saft genießen, aber du darfst es ihm nicht zeigen. Sein Samen ist heilig. Er selbst ist völlig unwichtig. Er muss sowieso immer das Gefühl haben, nicht genug gegeben zu haben. Oder macht ihr es mit Präsa?", fragte sie.

„Achim mag keine Präsa." Die Neue war sehr durcheinander.

Ich entschloss mich zum Angriff.

„Wenn er kommt, kommt er", sagte ich und prostete der Neuen selbstbewusst mit der Kaffeetasse zu. Sie schien davon völlig unbeeindruckt. Sie tat, als wäre ich überhaupt nicht vorhanden.

„Ist es denn so, dass sich kein Mann zurückhalten kann." Sie war wirklich empört. Ich nahm mir eine zweite Tasse und füllte sie mit heißem Wasser. Ich glaube, ich war bereit alle Tassen mit heißem Wasser zu füllen.

„Noch einmal zum Mitschreiben." Die Riesin war am Ende ihrer Geduld.

„Du fickst ihn, er fickt nicht dich, ist das klar? Du

machst alles, was er sich in seinem Superhirn zurechtgelegt hat. Aber du bestimmst das Spiel. Darum geht es, um nichts anderes.“

Die Neue nahm ihre Tasse und zog los. Sie drehte sich nicht noch einmal um, sie musste das alles verarbeiten. Sie schlenderte den Gang hinunter. Mit jedem Schritt wackelte ihr Hintern mehr. Von links nach rechts, von rechts nach links. Immer heftiger.

Durch die geöffneten Abteilungstüren drang Verabschiedungsgemurmel. Es war kurz vor Feierabend. Über den ganzen Gang war das übliche „Bis Morgen“ und „Mahlzeit“ zu hören.

Die Riesin drehte sich zu mir und sagte: „Sie ist noch nie bei einem Mann gekommen. Ich schwöre es dir. Sie hat noch nie einen Orgasmus gehabt.“

Sie war ein ganzes Stück größer als ich. Ich versuchte alles an mir zu reduzieren um nicht nach hinten umzufallen.

„Ich kann sogar einen externen Orgasmus bestimmen“, sagte sie.

„Ach ja. Gibt es denn so was?“ Mir fiel nichts Besseres ein.

„Was meinst du?“

„Na, diesen externen, gibt es den denn wirklich?“ Ich sagte das so, als würde ich über eine seltene Krankheit sprechen.

„Natürlich gibt es das. Jede Frau kann ihren Orgasmus bestimmen. Wann sie ihn bekommen will und wie sie ihn bekommen will. Nur die meisten wissen überhaupt nichts über ihren Körper. Es gibt Frauen, die kommen nur innen, und bei mir fließt es und fließt es.“

Ich drehte mich abrupt um, ich konnte ihr nicht mehr zuhören. Ich musste raus. Ich ließ die Tassen stehen und ging auf den Flur.

Warum erzählten mir alle so etwas? Warum erzählte mir jeder seine verdammten Geschichten. Insbesondere die Sekretärinnen. Ein Grund war sicher, dass fast allesamt von mir eingenommen waren. Das kam von dieser verdammten Weihnachtsfeier, auf der ich vor Jahren gesungen hatte. Seitdem wussten alle Frauen um mein enormes Einfühlungsvermögen. Entweder rochen sie die Muttermilch, die ich aussonderte, oder sie waren wirklich von meinen Ansichten über Gott und die Welt und natürlich von meinen elenden Gedichten und Liedern beeindruckt.

„Paul", rief die Riesin hinter mir her.

Sie nannte mich wie die Hoffmeister beim Vornamen.

„Ich bin morgen Abend in der Teestube. Wir könnten zusammen was trinken, was meinst du?"

„Keine schlechte Idee", rief ich ihr nach rückwärts zu. Ich hatte Mühe voranzukommen.

Als ich wieder die 408 betrat, waren Hein und Selbig gerade dabei eine Schreibmaschine durch den Raum zu befördern.

Selbig saß auf Heins Schultern und balancierte die Maschine hoch über seinem Kopf. Hein galoppierte wie ein Pferd durch den Raum. Hin und wieder zurück. Die Hoffmeister und Schütters klatschten dazu im Takt.

Ich ging an meinen Platz und nahm meine Mappe. Ich packte die Lux-Filter hinein und sagte: „Bis morgen."

Dann ging ich hinaus.

Du bist mein Ein und Alles

Die paar Meter von der Endhaltestelle bis zu unserer Siedlung nahm ich gelassen. Ich hatte alles hinter mir. Die stundenlange Rückfahrt im 10er war eintönig genug gewesen. Sie hatte mich auf Stillstand gepolt und meine Lavamassen beruhigt. Ich empfand eine gewisse Gleichgültigkeit gegenüber allem, was mich umgab.

Die kleinen Wege lief ich in halbem Tempo entlang. Es gab einfach nichts, was mich noch beunruhigen konnte. Ich musste keinem Verstorbenen mehr ausweichen, ich schaffte es sogar, in ihre Gesichter zu blicken. Ich brauchte mich nicht mehr vor feindlichen Einflüssen bedeckt zu halten, indem ich jeden über den Haufen rannte, die Tasche im Anschlag. Mir war es egal, wer meinen Weg kreuzte. Hätte mich jetzt irgendwer aus unserer Siedlung angesprochen, ich wäre vorbereitet gewesen, ich hätte mich ihm gestellt. Mich ängstigte nichts mehr. Wahrscheinlich war ich einfach zu müde.

Ich wusste, in zwei Tagen würde ich nach Irgendwo unterwegs sein, wozu also die Eile. Ich hatte nichts mehr zu verlieren.

Ich trieb mit den paar Heimkehrern, die wie ich von der Endhaltestelle kamen, durch die sauber gefegten Grünanlagen unserer kleinen Siedlung.

Es war ein Feierabend wie jeder andere.

Einige der Verstorbenen überholten mich und hetzten in ihre Wohneinheiten. Andere mussten vor Erschöpfung alle paar Meter stehen bleiben um sich von der Rennerei zu erholen. Sie hatten einen harten Tag hinter sich und waren völlig am Ende. Sie nahmen nichts mehr von ihrer Umgebung wahr. Keinen Strauch, keinen Baum, keinen Stein. Ihre Augen waren vor Müdigkeit matt und verklärt, ihre Gesichter grau, wie die Wege, auf denen sie gingen. Und dennoch hetzten sie in einem Irrsinnstempo voran, nur um die wenige Zeit, die ihnen noch für den Rest des Abends zur Verfügung stand, im Kreis ihrer genervten Familienmitglieder zu verbringen.

Ich hatte keine Lust mehr ihnen zu folgen, ich wollte ihre Blicke nicht mehr analysieren oder orakeln, wer zu welchem Sack gehört, wer wie und warum überhaupt noch lebt. Das alles interessierte mich nicht mehr.

Es war unglaublich, ich fühlte mich dermaßen leicht und frei, dass ich das Gefühl hatte, ein paar Zentimeter über dem Bordstein zu schweben. Ich ging, als würde ich über Wasser laufen. So wie ich lief, mussten mich die, die mir entgegenkamen, für etwas Besonderes halten, zumindest für einen Heiligen. Unwiderruflich. Sie hielten mich sicher für einen Auserwählten. Ich bemerkte es an ihren Gesichtern. Sie blickten mich unsicher und fragend an. Fragen über Fragen standen auf ihrer getrübten Stirn. Meine Ausstrahlung und meine Aura waren es, die sie so verzagt und kleinmütig machte.

„Guru Lachmann, auf dem Weg nach Haus. Bereit, ein paar Wunder zu vollbringen. Lahme und Blinde, folgt mir. Ich werde euch den Weg weisen.

Ich werde eurem Hass und eurer Habgier, eurem Neid und eurer elenden Hoffnungslosigkeit ein Ende setzen. Schmeißt eure Tüten und Mappen in den Staub der Straße und folgt mir. Ich weise euch den Weg zu Toleranz und Mitgefühl. Geht in euch, lasst ab von den Qualen des Mammon. Verschenkt euer Geld. Werdet wieder, was Ihr einmal wart. Kinder des Glücks, folgt mir auf meinem Weg nach Haus."

Solche und ähnliche Gedanken flogen mir durch den Schädel, während ich gleichmütig über die sauber geharkten Wege unserer Grünanlage schritt.

Ich bog in die kleine Straße zu unserem Wohnquader. Ich sah ein paar Vögel auf den Hecken, die meinen Weg säumten. Es fehlte nicht viel und ich hätte ihnen zugewinkt. Ich sah die kleinen, wilden Äpfel unter den Apfelbäumen. Sie hatten schon heute Morgen dort gelegen und faulten noch immer vor sich hin. Ich hätte sie am liebsten aufgelesen und irgendeinem Mütterchen gegeben, das da vor mir an seiner Gehhilfe ging.

Ich sah in die kleinen Vorgärten, die in die Wohnsilos führten.

Ein paar nette Familien saßen an sauber gedeckten Tischen. Nette Frauen, die mit ihren Männern und Kindern ihr Abendbrot zu sich nahmen. Ich sah ihre Gesichter. Sie waren grenzenlos zufrieden. Auf einmal spürte ich Anteilnahme. Am liebsten hätte ich jeden einzelnen von ihnen herzlich gegrüßt, so still und friedlich erschien mir alles. Was sonst gegen mich war, war plötzlich gut.

Ich hielt für einen Moment inne. Im Grunde hatte sich ja seit heute Morgen überhaupt nichts verändert, und doch war alles anders. Das war es. Ich hatte die Lösung meiner Grübeleien gefunden. Ich war ein anderer geworden. Ich selbst war es, der sich verändert hatte. Es war unglaublich. Die Erkenntnis nahm mir für Sekunden die Luft. Mir wurde schlagartig klar:

Ich selbst war ein anderer.

Mir wurde ganz übel, so elementar traf mich die Einsicht. Ich musste mich also in diesen letzten Tagen grundlegend verändert haben. Unfassbar. Ich atmete schwer durch, blieb sicher so ein oder zwei Minuten auf dem Gehweg stehen und lächelte vor mich hin. Der Schock war zu ertragen. Irgendwer raste an mir vorbei. Ich grüßte ihn, er reagierte nicht auf mich.

Ich riss mich unbarmherzig von meinen Gedanken los, sonst hätte ich noch Stunden so auf dem Gehweg gestanden. Ruhig schritt ich weiter und nahm mir vor, hoffnungsvoll in die Zukunft zu blicken.

Morgen würde ich ein letztes Mal zu Klinker-Eisenhandel gehen. Ich würde mich von meinen Vorgesetzten und Mitarbeitern verabschieden und einen Strich unter die Lehrjahre ziehen. Dann würde es Sonntag werden. Endlich Sonntag. Der Tag unserer Abreise. Die Weichen waren gestellt. Sigi und ich würden nach Goa fahren. Ich machte mir keine Sorgen mehr. Egal wie viel Geld wir zusammenbekommen würden, ich spürte in mir die Gewissheit, dass wir mit dem, was wir mit uns nehmen würden, bis nach Goa und auch zurück kämen. Dieser Sonntag würde meinem Leben eine andere Richtung geben. Ich lief schneller. Die Hoffnung hatte mich wieder froh gemacht.

In diesem Augenblick war ich so entspannt, dass ich um ein Haar vor unserer Eingangstür lang hingeschlagen wäre.

Ich klingelte und öffnete die Tür zu unserem Silo. Mühsam stieg ich die Stufen des Treppenhauses hinauf. Königinmutter stand schon in der Tür. Sie sah wie immer sehr angestrengt aus und machte ein sorgenvolles Gesicht.

„Ist irgendwas", fragte sie, „ist dir schlecht?"

„Nein, nein", sagte ich und schleppte mich durch die Tür. Ich war wieder bei den Menschen.

Ich ging in den Flur und Königinmutter verschwand in der Küche.

Es roch nach gekochtem Huhn, nach Hühnereintopf. Dabei war heute gar nicht Sonnabend. Königinmutter kochte nur sonnabends ihr Huhn. Am Sonntag gab es den Vogel dann in gebratener Form. Also die Keulen, die Brust, den Stiez und die Flügel. Sie hatte sich also im Tag geirrt. Sie musste einer eigenen Zeitrechnung folgen. Ich machte mich auf alles gefasst. Ich sah in den Spiegel, der gleich gegenüber unserer Eingangstür hing, und sah einen alten Mann. Ich nahm mir vor, mich später um ihn zu kümmern. Ich stellte die Mappe auf die kleine Kommode, gleich unter der Hutablage.

Aus der Küche ertönte ein dumpfer Schlag. Sie zerkleinerte augenscheinlich das Huhn.

„Ich finde, du siehst blass aus, Paul", rief sie.

Ich hatte keine Lust dem Gemetzel beizuwohnen und ging schnell in unser Wohnzimmer. Seit heute früh hatte sich nichts verändert. Der See hing noch über der Couch und der Fernseher stand am Fenster vor dem Couchtisch. Es lag wie immer nichts auf dem Tisch. Im Nu war ich in unserem Zimmer, das ich mit Bruder Andreas teilte.

Ein weiterer Schlag erklang aus der Küche. Wahrscheinlich benutzte sie ihr uraltes Hackbeil zum Zerkleinern des Vogels. Ein Hackbeil, das sie aus dem alten Hausstand gerettet hatte.

Es war stickig in unserem Seemannsheim. Ich öffnete das Fenster und sah auf die Grünanlagen vor dem Haus. Die Balkone der Häuser von gegenüber waren rot, blau und grün gestrichen. Welch ein Farbenmeer. Ich zog die Propylenjacke aus und warf sie über den Sessel, der vor dem Tisch am Fenster stand. Danach waren die Schuhe dran. Ich hätte sie schon im Flur ausziehen müssen, Köninginmutter hatte es aber nicht bemerkt. Dann lehnte ich mich an den Zweireiher, unser Etagenbett, das ich mit Bruder Andreas teilte.

„Es war so heiß im Bus, 'ne Menge Leute waren unterwegs", rief ich ihr durch die Wand zu.

Bruder Andreas war noch unterwegs. Seine Schulhefte lagen auf dem Tisch. Er hatte sie zu einem Stern drapiert. Mehr war ihm dazu nicht eingefallen. Auf dem oberen Teil unseres gemeinsamen Etagenbettes lagen ein paar Teile aus meinem alten Stabilbaukasten. Das Chaos hielt sich also in Grenzen. Das Zimmer war wie immer picobello aufgeräumt.

Ich öffnete den Schrank und überlegte, was ich für den Abend gebrauchen könnte. Ich wollte mich beeilen um wegzukommen. Im Schrank fand ich nichts Passendes, ich begann mir aber die Fischgrätete auszuziehen. Wieder ertönte ein dumpfer Schlag aus der Küche. Ich stand in einem Hosenbein und schloss für ein paar Sekunden die Augen. Sofort entstand der Film. Ich brauchte gar nichts weiter zu tun. Die Augen geschlossen, mit einem Bein in der Fischgeräteten, so stand ich für einen Moment da und sofort kamen mir die Bilder meiner Kindheit, ich musste sie nur laufen lassen.

Klappe. Königinmutter, die Erste. Küche. Innen. Tag. Bitte …

Königinmutter steht mit dem Hackbeil in der Hand vor dem Küchentisch in unserer alten Wohnung. Von dem Beil tropft Blut auf den Küchenboden. Ein Huhn liegt gerupft und nackt auf dem Küchentisch und Königinmutter hackt mit dem Hackbeil auf den toten Vogel ein. Die Knochen von dem Huhn fliegen in der Küche umher und sein Blut spritzt an die Küchenwand. Sie ist mit einer Schmutz abweisenden Farbe bestrichen. Für alle Fälle. Um das viele Blut, das Sonnabend für Sonnabend fließen wird, besser von der Wand abwischen zu können. Praktisch. Wie kräftig sie ist. Wie schön und wie mächtig sie aussieht. Sie hält das Hackbeil zum entscheidenden Hieb empor. Durch das Küchenfenster fallen ein paar Sonnenstrahlen. Sie kränzen ihr Haar. Meine Mutter. Sie sieht aus wie eine Göttin. Die Mutter aller Mütter. Mein Ein und Alles. Die so stark ist, dass ich Angst habe, unter ihren liebevollen Händen wie ein Wurm zerquetscht zu werden. Nie würde sie einer Fliege etwas zuleide tun. Sie würde sich eher die rechte Hand abhacken, als mir zu schaden.

Im hereinbrechenden Sonnenlicht wischt sie sich den

Schweiß von der Stirn. Es ist verdammt heiß in der Küche. Auf dem Herd brodelt der Eintopf und das Wasser im Topf läuft längst über. Sie macht eine kleine Pause nach all der Hackerei. Sie wischt sich den Schweiß von der Stirn und ihr Schweiß und das Blut von dem Vogel vermischen sich, je mehr sie wischt. Ich sehe das Blut auf ihrem Oberarm und auf der Stirn und im ganzen Gesicht. Der Vogel ist längst in seine Einzelteile zerhackt. Sein Kopf mit dem langen Hals liegt auf einem kleinen Teller. Daneben legt Königinmutter jetzt das Hackmesser. Nun entnimmt sie dem Vogel seine Innereien. Mit einem entschiedenen Ruck reißt sie ihm die Galle und die Nieren und gleich noch ein paar Gedärme aus dem Bauch. Denn nur so kann das Tier nicht vergiften. Wenn sie zögern würde, wäre der Vogel vergiftet. Vergiftet durch seine eigenen Innereien, die nämlich aufplatzen könnten. Also macht sie es so rasch wie möglich. Mit einem kräftigen Ruck. Ruck, zuck, knack. Dann nimmt sie den Kopf und puhlt die Augen, nein, … die Augen nicht. Aah … nicht die Augen!

Der Film war nicht mehr zu steuern, meine Bilder machten sich selbständig. Ich taumelte im Zimmer herum und versuchte aus der verdammten Hose zu kommen, sah aber offenen Auges das viele Blut und hielt mich am Cocktailsessel fest, um nicht hinzufallen. Ich musste dem Film freien Lauf lassen, anders würde ich nicht zu mir kommen.

Die Augen nicht, die bleiben im Kopf. Aber der Hals, den dreht sie nun mit einem Ruck vom Kopf. Knack, zack. Der Hals ist nämlich ein Leckerbissen. Gebraten ist der Hals neben dem Stiez das absolut Beste an einem Huhn. Der Kopf wird abgeschnitten. Zack. Er wandert sofort in den Mülleimer und schwupp ist er weg. Ich werde später den Mülleimer hinuntertragen und, während ich die Treppe hinunterrenne, versuchen, nicht in den Eimer zu schauen. Ich werde auch, wenn ich im Hof angekommen bin, nicht in die Mülltonne blicken. Ich will nicht tausende und abertausende abgehackte Hühnerköpfe sehen, die mich aus der Mülltonne anstarren. Alle Mieter in Berliner Wohnungen killen ihre Hühner am Sonnabend und schneiden ihnen die Köpfe ab und tragen sie in die Mülltonnen hinunter. Meinen Kopf werfe ich aber schnell noch hinein, auch wenn sie schon überquillt, denn ich bin ein guter Sohn. Wahrscheinlich der beste, den sich eine Mutter wünschen kann. Ich helfe ihr jeden Sonnabend bei der Beseitigung der Spuren ihres Gemetzels. Ich helfe, wo ich kann.

Königinmutter nimmt derweil Herz, Nieren, Magen und die anderen Köstlichkeiten und schmeißt sie in den kochenden Topf. Hinein zum Sellerie, dem Suppengrün und den Kartoffeln. Und während sie im Topf herumrührt bricht wieder das Sonnenlicht durchs Küchenfenster, so wie in dem Bild dieses flämischen Malers, das mir Sigi einmal gezeigt hat, so herrlich sieht alles aus. Unsere Küche strahlt im Lichterglanz, wenn ich mit dem leeren Mülleimer vom Hof wiederkomme, atemlos und erhitzt. Und Königinmutter steht am Herd und wischt sich erschöpft die Stirn.

„Aaah“, schrie ich. Endlich war der verdammte Film zu Ende. Ich hatte es geschafft, aus der Fischgegräteten zu kommen.

Wieder ertönte ein dumpfer Schlag.

„Bist du gefallen?“

„Nein, nein“, antwortete ich ihr durch die Wand.

„Ich bin nur froh, dass morgen der letzte Tag ist.“

Ich machte eine kleine Pause und lauschte auf irgendeinen Einwand.

„Sie haben übrigens heute die Krüger gebraten.“

„Die Krüger?“

„Du kennst sie nicht. Die Wagner und die Schönzeit haben sie sich vorgenommen, sie hatte ein Foto von ihrem Verlobten herumgereicht. Der soll Pilot sein.“

„Und issers?"
„Natürlich nicht", antwortete ich.
„Hast du den Kaufmannsgehilfenbrief bekommen?"
„Hol ich morgen ab."
„Warst du bei Borgmann? Muss ich noch irgendwas unterschreiben?"
Sie perlte das alles ab, wie Gebete aus der Baghdavatgita.
„Nein, nein. Du musst nichts unterschreiben. Es ist alles in Ordnung", antwortete ich.
Ich stand nun endlich in meinen Unterhosen vor dem Schrank und versuchte das passende Gewand für die kommende Nacht zu finden. Es gab die Pepitaröhre, den Grauen und einen schwarzen Gehrock.
Ich wette, Königinmutter wusste, was ich tat. Sie wusste immer, was ich machte. Egal wo ich mich befand, sie sah alles. Sie sah garantiert, dass ich vor unserem Etagenbett stand und auf die Spielsachen meines Stiefbruders starrte. Sie konnte durch Wände hindurchsehen und in die Köpfe hinein. Königinmutter konnte wirklich meine Gedanken lesen. Über tausende von Meilen, über alle Meere und Berge hinweg. Sie konnte durch dickste Mauern alles von mir sehen.
Ich glaube, ich hatte auch diese Begabung. Jedenfalls hatte ich in letzter Zeit bemerkt, dass ich immer öfter ihre Gedanken lesen konnte, egal wo ich mich befand. Dieses Überwachungssyndrom lag wohl in unserer Familie. Schon als Baby soll ich dieses Talent gehabt haben. Schon als ich noch in meinem Gitterbettchen lag und Schritte im Treppenhaus hörte, wusste ich: Da kommt sie. Und es war immer sie. Später verfeinerte ich dieses Frühwarnsystem und konnte sie auf Kilometer Entfernung kommen hören.
Wir waren beide ähnlich begabt in dieser Hinsicht. Wir hätten diese Fähigkeit patentieren lassen sollen. Wir hätten damit eine Firma für telepathischen Briefverkehr gründen können:

MUTTER UND SOHN
Experten für Kontrolle und Einsicht
Firma mit Familientradition

„Er hat wieder nicht aufgeräumt", rief Königinmutter.

Na bitte, was habe ich gesagt. Sie sah alles.

„Ziehst du dich um, Paul? Du willst doch heute Abend nicht noch weg?"

„Wo ist er überhaupt?", fragte ich, um sie abzulenken.

„Er fährt mit deinem Rad. Ich hoffe, der Herr wird sich bequemen zum Essen zu Hause zu sein. Es ist schon nach sechs. Willst du noch weg?"

Ich hörte einen weiteren mächtigen Schlag. Wenn sie so weitermachte, würde es Geschnetzeltes am Sonntag geben. O Himmel, mir fiel der Sonntag ein. Ich würde ihr Huhn ja niemals essen können.

„Machst du Huhn?", rief ich. „Wir fahren doch am Sonntag."

Es wurde verdächtig still in der Küche.

„Ihr fahrt am Sonntag?"

Ich tat nichts. In solchen Momenten ist es gut, die Nerven zu behalten. Ich wurde fast verrückt bei dem Gedanken, dass es wieder Probleme mit meiner Abreise geben sollte, bloß weil sie ihr verdammtes Huhn für den Sonntag geplant hatte. Nichts passierte. Wir standen jeder an seiner Wand und lauschten auf die Zeichen, die der andere aussenden würde.

Dann sagte sie: „Wir haben nie gesagt, dass du Sonntag fahren wirst."

„Doch, das haben wir."

„Ich kann mich nicht daran erinnern."

„Doch, wir haben noch vorgestern darüber gesprochen."

„Bist du sicher?"

„Ja."

„So? Na, du musst es ja wissen."

Den letzten Satz sagte sie sehr still vor sich hin. Ich musste mich schon ziemlich konzentrieren, um ihn überhaupt verstehen zu können. Ich spürte instinktiv, dass sie darüber hinwegkommen würde.

„Ich muss heute noch ins Cha-Cha. Ich muss noch die anderen treffen, bevor ich fahre“, sagte ich ziemlich sachlich.

„Es gibt Spaghetti. Du magst sie doch, nicht wahr? Wie Herbert, angebraten.“

„Jaja. Toll“, rief ich ihr zu.

Königinmutter war fast immer eins zu eins. Also, was sie innen fühlte, stimmte in den meisten Fällen mit dem überein, was sie äußerte. Aber bei Themen wie Reisen, Tanzabende oder bei noch heikleren Sachen kam bei ihr alles durcheinander. Sie verhielt sich dann eher im Verhältnis eins zu drei.

Also, das Außen war bei ihr dann völlig anders als das Innen. Es gab Fälle, da erreichte sie sogar ein Verhältnis von null zu sieben. Aber das hing mit mir zusammen, damit, dass sie eine immer weniger direkte Verbindung zu mir bekam.

Ich hatte mich für den Grauen entschieden. Den Anzug für gepflegte Ausgeh- und Beerdigungstage.

„Du könntest heute Abend wirklich einmal zu Hause bleiben.“

O Himmel. Ich kannte diesen Ton. Sie machte mich verrückt. Sie machte mich wirklich verrückt. Es war die Musik, die nichts Gutes verhieß. Eine Komposition aus Schicksal, Leid und Schuld.

„Geh du nur“, hieß die Titelzeile. „Geh nur, ich werde dich nicht halten. Einmal muss ja alles zu Ende sein. Kümmere dich nicht um mich. Lass deine arme, unglückliche Mutter hier in unserer Wohneinheit zurück. Deine Mutter, die alles nur wegen dir und deinem Stiefbruder aufgegeben hat. Den Palast, die Pferde und die Canastaabende bei Schnittchen und Sekt. Geh und amüsiere dich ruhig in der Welt da draußen. Ich werde diesen Abend schon überleben. Mach dir um mich, bitte, keine Sorgen. Kümmere dich nicht um mich. *Aber schreib mir, hörst du, Paul, schreib mir, um Gottes willen.* Nur eine Karte, eine winzige Karte, mehr will ich ja nicht. Ist es denn zu viel verlangt? Das kann eine Mutter doch von ihrem einzigen Sohn verlangen. Du brauchst doch nur ein paar Zeilen zu schreiben. Das wirst du doch für mich noch übrig haben. Es soll ja nur ein Lebenszeichen sein, mehr will ich ja nicht. Es wird dir doch zu deiner Familie noch irgendetwas einfallen. Irgendetwas wird dich doch noch mit uns verbinden. Schreib mir, ob es dir gut geht, ob es auch nicht zu heiß ist, ob du mit allem zufrieden bist, vor allem mit deiner Entscheidung! Mehr verlange ich ja nicht. Nur diese kleine Karte. Ich werde sie lesen, nachts, wenn ich nicht schlafen kann. Dann werde ich endlich schlafen können."

Ich nahm den Grauen aus dem Schrank.

„Gegen acht trete ich doch noch auf."

Ich rief es, so heiter ich konnte. Ich durfte jetzt nicht nachgeben, das wusste ich. Wieder ertönte ein dumpfer Schlag. Dann das Wimmern, als krepierte ein Hündchen.

Ich schnappte mir die Hose von dem Grauen und ließ das Jackett aber am Bügel. Dann nahm ich mir eine frische Eminence-Unterhose aus dem Fach ganz unten, wo ich unter der Normalwäsche hoch zwei, drei Eminence-Unterhosen versteckt hielt. Sie waren sorgfältig gefaltet. Königinmutter musste sie also doch gefunden haben.

Ich hatte mir diese Unterhosen von meinem Lehrlingsgehalt gekauft. In Rot und Schwarz. Total eng anliegend und knapp bemessen an der Hüfte. Für wichtige Nächte. Die reinste Sünde.

Sie hatte von Kindheit an versucht, mir ihre Rippenunterwäsche aufzuzwängen. Ich musste mich einfach dagegen wehren, ich wäre sonst frühzeitig in ihren Unterhosen verendet. Ich zog mir schnell eine schwarze an. Ich hätte bis aufs Messer um diese Eminence-Unterhosen gekämpft, sie wusste das. Deshalb sprach sie mich auch nicht auf die Unterhosen an. Ich hatte jahrelang ihre Rippenschlüpfer getragen und nichts dazu gesagt. Ich hatte es ausgehalten, dass mir die Dinger aus den Beinen meiner Turnhose heraushingen, wann immer ich als Sprintass beim BSC meine Runden drehte. Trotz der Rippenschlüpfer hatte ich alle Hundertmeterläufe gewonnen. Aber ich würde sie nicht bis zur Rente tragen. Wie viele Gespräche hatte ich wegen dieser Unterhosen gemieden. Zum Erstaunen der jungen Leichtathletinnen, die am Rand der Aschenbahn saßen. Die mir in ihren knappen Turnhöschen freundlich zuwinkten, die, verdammt noch mal, mit dem Sprintass reden wollten. Das ist doch völlig normal. Einige Male saß ich, vom Sieg erschöpft, am Rand der Aschenbahn und versuchte ein Gespräch mit den Mädchen. Nichts Besonderes. Aber die verdammten Rippenunterhosenschlüpfer lugten mir aus der Turnhose, sie bammelten aus meiner Sporthose. Für alle Welt sichtbar. Hautfarben und gerippt. Ich wusste einfach nicht, wie ich mich hinsetzen sollte, am liebsten wäre ich sofort aufgestanden und weggegangen. Es war eine solche Schmach. Irgendwie muss ich aber durchgehalten haben, obwohl einige der Mädchen ziemlich direkt auf meine Beine gestarrt hatten.

Beim BSC war ich der Schnellste unter den Hundertmeterläufern. Vielleicht beflügelten mich die verdammten Rippenschlüpfer. In 10,5 Sekunden nahm ich die hundert Meter. Ich wäre beinahe sogar Berliner Meister geworden, in meiner Altersklasse. Der Grund war simpel.

Ich trug diese verdammten Rippenschlüpfer und wollte nicht, dass sie irgendwer zu Gesicht bekäme.

„Aaah.“ Ich trommelte mir auf die Brust.

Prall lag mein Dodo in der Eminence. Königinmutter sollte keinen weiteren Zugang mehr zu meiner Unterwäsche haben.

„Geht’s dir noch gut?“ Aha, die Queen lebte noch.

Ich ging mit meinen Klamotten ins Bad. Als ich an der Küchentür vorbeikam, stand sie vor dem Herd. Sie war dabei ein paar Rindfleischbüchsen zu öffnen. Wir hatten Tonnen davon. Aus Senatsbeständen. Neben den zehn Kilo Butterpäckchen, die in riesigen Kartons im Keller ruhten, gab es vor allem diese Rindfleischbüchsen aus den Senatsbeständen. Senatsbestände gehörten in jedes Haus. Für harte Tage. Falls wieder Krieg käme und wir nicht mehr aus Berlin raus kämen. Falls die Russen kämen oder falls die Russen nicht kämen. Falls überhaupt keiner mehr nach Berlin käme.

Königinmutter versuchte also, eine Rindfleischbüchse zu öffnen. Dazu benutzte sie den ältesten Büchsenöffner der Menschheitsgeschichte. Ein Wunder, dass er nicht aus Stein war. Sie schlug mit der einen Hand auf den Büchsenöffner ein, der in der Büchse klemmte. Um sich nicht zu verletzen, hatte sie ihre Hand in ein Küchentuch gewickelt und schlug nun damit auf die andere Hand, die ebenfalls in ein Handtuch gewickelt war. Sie sah aus wie der Typ mit den abgefrorenen Füßen aus dem Film „So weit die Füße tragen“. Es fehlte bloß noch eine Pelzmütze mit zwei herunterbaumelnden Ohrenklappen, dann wäre sie in Sibirien nicht aufgehalten worden.

Das also war der Grund für den Krach. Und ich dachte, sie wäre wieder mit dem Hackbeil unterwegs. Das Beil hing an der Wand. In Augenhöhe.

„Du musst mir die Dose aufmachen, Paul“, sagte Königinmutter, als sie mich mit meinen Sachen in der Küchentür stehen sah. Es war mir peinlich, in meiner Unterhose vor Königinmutter zu stehen.

„Herrgott, Paul, was soll das denn? Stell dich doch nicht so an. Meinst du, ich hab dich noch nie so gesehen. Also sag mal.“

Um von mir abzulenken, machte ich schnell ein paar Muskeln, indem ich meinen Oberarmmuskel zu ungeahnter Größe aufblies. Dazu klemmte ich den Daumen unter den angewinkelten Oberarm des anderen Arms und blies dann wie irre in den anderen Daumen. Ich verfügte über ziemlich große, durchtrainierte Oberarme. Das rührte vom Extremsport her, von den Hundert-Meter-Unterhosenstaffelläufen, meiner Rippenschlüpfer-Leichtathletik.

Königinmutter hatte es endlich geschafft, ihren Büchsenöffner in die Rindfleischbüchse zu donnern.

„Du wirst immer blöder", sagte sie.

„Ich werde blöd, ich werde blöd, ich werde endlich blöd", rief ich und sprang in Riesensätzen durch den Flur. Da unser Flur nicht gerade lang war, kam ich sofort wieder zurück, um sogleich in die andere Richtung zu hüpfen. Ich hüpfte immer an der Küchentür vorbei. „Gleich, sogleich, ich helfe dir sogleich", sang ich dabei.

Wie ein Opernsänger sang ich, laut und hoch, aber ohne falschen Ton. Ich sang ziemlich gut. Ich hüpfte wie ein gottverdammter Ballettstar hin und her. Wie Nijinski oder Kinski, oder wie diese Tanztypen alle heißen, und während ich an der Küchentür vorbeisprang, wuchtete Königinmutter ihr verdammtes Rindfleisch in die Pfanne. Ich hatte sie zum Lachen gebracht und sprang glücklich ins Bad.

Ich kam als ein anderer wieder heraus.

Ich hatte dafür genau zwanzig Minuten gebraucht, was ein guter Schnitt ist.

Zwanzig Minuten, um mich zum zweiten Mal an diesem Tag zu rasieren, was nicht unbedingt nötig gewesen wäre. Zwanzig Minuten, um mich mit meinem Lieblingsparfüm, einem süß stinkenden Gebräu, das ich auf einem Gesangswettbewerb in unserem Bezirkskino gewonnen hatte, von Kopf bis Fuß einzusprühen. Zwanzig Minuten, um mich ausführlich zu kämmen, und zwanzig Minuten, um meinen gesamten Brustkorb inklusive meiner muskulösen Oberarme mit einem Körperpuder einzustauben. Wobei ich den Puder nicht nur unter meine Achseln verrieb, sondern ihn auch auf meinem Dodo und in dem dazugehörigen Urwald verteilte. Ich ließ nichts aus, auch meine Füße nicht und erst recht nicht meine Fußsohlen. Ich äscherte mich sozusagen ein. Aber das alles erst, nachdem ich vorher intensiv geduscht und dabei den Restraum unter Wasser gesetzt hatte. Der Spiegel unseres kleinen Bades war von dem Dampf derart beschlagen, dass ich Mühe hatte, mich in ihm wieder zu finden.

Dieser Waschvorgang und die dazugehörige Einäscherung, die Glattrasur und der Kämm- und Gestaltungsprozess, alle diese Routinetätigkeiten hatten aus mir in zwanzig Minuten einen anderen gemacht.

In der Hose des Grauen, den Gürtel aufs Engste geschnürt, stand ich lässig in der Küchentür und sah Königinmutter mit ihrer Rindfleischpfanne hantieren. Ich war mir nicht sicher, ob sie mich wieder erkennen würde.

„Du kommst so nach deinem Vater", sagte sie ohne aufzublicken und begann das Rindfleisch in der Pfanne zu würzen.

„Findest du? Ich bin doch viel schlanker", sagte ich und sah an mir herab.

Ich mochte es, wenn Königinmutter von meinem Vater erzählte. Uns blieb nie viel Zeit um über die Vergangenheit zu sprechen. Ich nutzte den Augenblick.

„Schade, dass er nicht mehr lebt", sagte ich.

Königinmutter kannte meine Themen. Auch wenn ich sie ziemlich abgestanden einleitete, sie hätte mir meine Überlegungen über Vater nie krumm genommen. Immerhin rührte ich an einen Eckpfeiler ihres Lebens. Vielleicht sogar an einen entscheidenden. Sie suchte diese Themen nicht gerade. Sie war aber immer froh, wenn ich irgendwas mit Vater anschnitt. Selbst hätte sie nie damit angefangen.

„Warum ist das verdammte Leben so kurz?", fragte ich und wechselte das nasse Handtuch von einem Arm zum anderen. Ich beeilte mich, ein paar grundlegende Sachen unterzubringen. Bruder Andreas und Stiefvater würden bald kommen und dann wäre mit Königinmutter nichts mehr anzufangen.

„Sag nicht immer verdammt", sagte Königinmutter und schuckelte das Rindfleisch in der Pfanne hin und her. „Und spritz nicht mit dem Wasser auf den Boden. Das Leben ist so, wie es ist."

Sie nahm wieder Salz und Pfeffer und Paprika und würzte das Fleisch noch einmal. Sie machte es gut. So wie Herbert das Rindfleisch immer briet. Etwas zu scharf und knackig. Und später würde sie noch geriebenen Käse hinzugeben und das Ganze mit den Spaghetti noch mal in der Pfanne braten. Doppelt gebraten schmeckte der Senatsbestand am besten.

„War er eigentlich glücklich?", fragte ich.

Ich sah Königinmutter beim Würzen zu. Sie pfefferte eine ganze Menge in die Pfanne. Ich dachte mit keinem Gedanken an das, was ich sagte, ich sah ihr nur zu.

„Wer?"

„Mein Vater. Ihr hattet doch eine Menge Streitereien, stimmt doch, nicht?"

„Dein Vater war ein Wandersmann", sagte Königinmutter und sah mich an. „Er war auf vielen Hochzeiten unterwegs. Das Finanzamt hat ihm nur den Rest gegeben."

Sie knallte die Pfanne auf die andere Herdplatte und füllte einen riesigen Topf mit Wasser.

„Er hatte keine Arbeit. Es war nach '45, das darf man nicht vergessen. Was habe ich mit ihm durchgemacht. Dein Vater war lange arbeitslos. Nichts ist schlimmer, als keine Arbeit zu haben. Dein Vater hatte zu feine Hände, er war eben ein Geistesmensch. Erich hätte keinen Nagel in die Wand bekommen, Handarbeit war nichts für ihn. Er fand einfach keine Arbeit, jedenfalls keine, die ihn glücklich machte. Und das Finanzamt gab ihm den Rest. Eigentlich wollte er Koch werden."

Sie schob den Topf mit dem Wasser auf den Herd.

„Koch?“ Ich fasste es nicht.

„Sein Muttchen und seine liebe Schwester, die haben ihn auf dem Gewissen, die haben ihn gemangelt.“

Sie stellte die zweite Herdplatte an und ruckelte wieder an der Pfanne.

Ich kannte alle unsere Geschichten, aber ich wollte sie immer wieder hören.

„Sein Vater war doch in Ordnung“, sagte ich.

„Opa? Opa ging von Anfang an seinen eigenen Weg. Er hatte sich schon früh von der Familie Lachmann verabschiedet.“

„Er hatte doch den kleinen Laden im Horstweg, nicht?“

„Daran kannst du dich erinnern?“

„Sein Chow-Chow hat mich mal in den Hacken gebissen.“ Mir fiel nichts Besseres ein. Ich wollte sie einfach in ihrer Erinnerung halten. Ich hätte gern noch ein paar Einzelheiten erfahren.

„Wenn ich gekocht hatte, ging dein Vater zu seiner Mutter und seiner lieben Schwester. Er hätte nichts ohne Muttchen gemacht. Seine Mutter und seine Schwester, die haben ihn fertig gemacht. Ich wog für ihn alles auf der Briefwaage ab und er ging zu seiner Familie und aß, was er bekommen konnte. Wurst, Fett, Eier, alles. Obwohl er schon das Insulin nehmen musste“, sagte sie.

„Er spritzte sich das Insulin durch die Hosen hindurch“, sagte ich.

„Erinnerst du dich?“ Ich versuchte, ihr die Bilder zu liefern, was nicht leicht war, Königinmutter sah ihren eigenen Film.

„In der S-Bahn, da hat doch … Vater …“

Ich wusste plötzlich nicht genau, wie ich ihn nennen sollte. Vater war mir so fremd. Ich hätte Erich sagen können oder Papa. Ich wusste, dass ich ihn als Kind immer Vati genannt hatte, aber jetzt wollte ich ihn nicht mehr so nennen. Wenn ich mit Königinmutter über ihn sprach, war alles irgendwie anders. Mit Königinmutter kamen andere

Bilder hoch. Es waren ja nur Bilder, Gedanken und Bilder. Mehr war ja nie.

„Dein Vater hat mir viel Kummer bereitet. Vor allem, als er in die Kliniken kam."

Königinmutter gab etwas Salz in das Wasser für die Spaghetti.

„Sie haben ihn versaut, die Ärzte haben ihn auf dem Gewissen", sagte sie. „Sie haben an ihm diese ganzen neuen Medikamente ausprobiert. Er hatte keinen eigenen Willen mehr. Er hatte ja sowieso nie einen eigenen Willen. Er war zu labil. Sein Zucker war viel zu hoch. Er lebte einfach über alle Verhältnisse und wollte wohl dann auch nicht mehr so richtig."

„Vielleicht hättet ihr euch trennen sollen", sagte ich und gab mir Mühe einen festen Ton anzuschlagen. Ich wollte eigentlich nicht an diese Themen heran, aber der Text kam wie von selbst. Königinmutter ruckelte wieder an der Pfanne. „Ich wäre weggegangen, wenn er gesund gewesen wäre. Ich hätte dich genommen und wir hätten uns scheiden lassen."

Ich kannte die Bilder von ihren Streits. Keiner von beiden wollte den anderen gehen lassen und dazu kam noch Vaters Geheule. Einmal hatten sie sich regelrecht ineinander verbissen, weil einer den anderen verlassen wollte. Sie hatte ihn in die Schulter gebissen, während er sich vor die Tür geworfen hatte. Ich saß unter dem Tisch im Wohnzimmer und heulte und als sie mich hervorzerrten, wollten sie wissen, mit wem ich denn gehen würde, wenn es mal so weit wäre.

Verdammt, ich wollte nicht an diesen Mist denken. Vor allem jetzt nicht, so kurz vor meiner Abreise. Ich hasste diese Filme.

Königinmutter drehte sich vom Herd weg und sah mich an. „Dein Vater war meine große Liebe und du warst ein Wunschkind." Sie wischte sich die Hände an ihrer Schürze ab.

Ich stand einfach nur im Türrahmen und sah sie an. Drei Köpfe größer als sie.

Sie drehte sich wieder zum Herd.

„Nie wieder Krieg", sagte sie und ruckte dabei energisch an der Pfanne herum. „Lieber trockenes Brot, aber nie wieder Krieg", sagte sie und holte hinter sich eine Packung Spaghetti aus der Kammer.

„Aber du hast doch auch gelebt, nicht? Auch vor '45", sagte ich.

Ich war froh, dass wir über etwas anderes sprachen.

„Als ich von Penkun wegging. Ja, da vielleicht", sagte sie.

Sie riss an der Packung herum, nahm zwei Handvoll Spaghetti heraus und warf sie in das kochende Wasser. Der Topf kochte fast über. Sie rührte mit den Fingern in dem Wasser herum, um die Spaghetti zu verteilen. „Ich kam mit einem Sommerkleid und 23 Mark am Bahnhof Zoo an. Paul, mit 23 Mark", sie lachte grimmig. „Meine Mutter hat zu Hause geweint. Immer nur geweint."

„Kanntest du denn jemanden in Berlin?"

„Ich begann als Stubenmädchen. Die Frau war eine … na, mir fällt ihr Name nicht ein. Sie war sehr, sehr streng. Fast so streng wie Mutti", sagte sie und haute ein Brett auf den Tisch. „Ich fing in einer Fleischerei an. Ich kochte für fünfzig Männer. Jeden Mittag. Wir hatten nichts, aber wir machten etwas daraus. Das ist der Unterschied."

Sie holte einen Sack Tomaten aus der Kammer. Sie machte das alles wie blind und mit einem enormen Krach und mit einer wahnsinnigen Kraft.

„Steh mir nicht im Weg", brummte sie.

Ich kannte ihren Ton. Pommersche Seele, gepaart mit einem Schuss Berliner Galgenhumors. Ich stand immer noch in der Tür, gebadet und gepudert. Ich konnte mich einfach nicht von ihr lösen.

„Ich hatte ein Bett, einen Stuhl und einen Schrank für das einzige Kleid, das ich mitgenommen hatte."

„Enorm. Bist du nicht mal ausgegangen?", fragte ich scheinheilig.

„Ausgegangen? Ich habe nächtelang auf dem Bett gesessen und geheult. Es war Krieg, eine harte Zeit, Paul."

„Bist du denn nicht mal tanzen gegangen?"

„Tanzen?" Sie sah mich an, als hätte ich den Verstand verloren.

„Du hörst nicht zu. Ich saß in meiner Kammer, die Türen waren verschlossen. Chefin hatte Ausgang und Besuch verboten und den Schlüssel. Tjaaaah. Außerdem kannte ich sowieso niemanden. Tanzen? Mutti hätte mir was erzählt." Sie schuckelte an der Pfanne.

„Aber die war doch in Penkun. Herrgott noch mal. Warum hast du nicht einmal über die Stränge geschlagen?" Sie ließ mich nicht ausreden.

„Das gab es nicht. Das gab es einfach nicht." Königinmutter schüttelte den Kopf.

„Aber es war doch dein Leben." Ich warf mich in die Brust. Ich wollte sie retten. Das war mein Spezialthema, behaart und gepudert, wie ich war. Dazu in meiner knappen Eminence und das Thema Vater hatten wir längst hinter uns.

Ich war unschlagbar, selbst nach einem Tag wie diesem. Ich war ein Sohn zum Verlieben. Der gerade, offene Blick, die enormen Muskeln gespannt, ein Mann, der im Rahmen bleibt. Ein Wunschkind.

Ich konnte nicht länger in der Tür stehen. „Gib mir ein Glas Wasser", sagte ich.

„Bitte! So viel Zeit muss sein", sagte sie.

„Bitte", sagte ich.

Sie nahm ein leeres Wasserglas, das ich schon als Vierjähriger benutzt hatte, drehte den Wasserhahn auf und gab mir das volle Glas zurück.

„Trink nicht so viel Wasser", sagte sie und machte ein kummervolles Gesicht.

„Ich habe immer schon Wasser getrunken. Aus der

Pumpe, aus dem Hahn. Wasser ist gesund." Ich kam wieder in Fahrt.

„Sieh mich mal an. Dein Vater hat immer zu viel Wasser getrunken."

Sie drehte sich zu mir und blickte mir ins Gesicht.

„Musst du auch Süßes essen? Du wirst doch nicht Zucker haben?"

O Himmel. Sie war noch immer mit ihm verheiratet. Der Mann war noch am Leben. Sie wusste ja, dass er nicht mehr da war, aber der Text war ihr ins Herz gebrannt. Sie musste ihm einfach folgen.

„Hör auf." Ich versuchte, mich ihren Griffen zu entziehen. „Du verwechselst mich andauernd. Ich bin ich, verstehst du. Ich bin nicht Vater. Ich Tarzan, du Jane." Dazu machte ich ein ziemlich böses Gesicht und kniff ihr in die Hüften. Sie zuckte nicht einmal.

„Zeig deine Zunge", sagte sie und zwickte mich in den Bauch.

„Himmel, du glaubst doch nicht wirklich, dass Zucker erblich ist", schrie ich und versuchte ihren Kniffen zu entkommen. Sie war sehr stark. Stärker als ich. Es fehlte nicht viel und wir hätten miteinander gerungen.

Dann ließ sie von mir ab und widmete sich wieder ihrem Herd.

„Pass auf dich auf, Paul. Achte besser auf dich und sei nicht immer so waghalsig!", sagte sie.

Ich sagte lieber nichts.

„Du kommst so nach deinem Vater", sagte sie nach einer Weile noch einmal. Ich stand da und sah ihrem Gesicht an, wie besorgt sie war.

„Bist du sicher, dass du Herbert aus Liebe geheiratet hast?", fragte ich nach einer Weile.

Ich weiß wirklich nicht, warum ich sie diesen Mist fragen musste. Die Frage war mir einfach so herausgerutscht. Ich war manchmal wie ferngesteuert. Ich konnte es einfach nicht lassen.

Königinmutter wischte sich mit dem Küchenhandtuch ein paar Schweißperlen vom Hals und antwortete ohne zu zögern: „Wir hätten es schlechter treffen können. Herbert ist ein guter Mann."

„Ja, er ist gut. Gut ist er", sagte ich und starrte ernst auf die Pfanne mit dem Rindfleisch.

Ich hätte mich nie vor irgendeinem anderen Menschen so gezeigt. Nur bei Königinmutter war ich so. Es gab eben nur diese Frau in meinem Leben und ich war ihr Ein und Alles. Wir vertrauten einander. Nicht in allen Fragen, aber doch meistens. Es war fast so, als wären wir das eigentliche Paar. Nicht sie mit Herbert.

Wenn wir, wie jetzt in der Küche, unter uns waren, waren wir vollkommen verschweißt miteinander. Wir kannten jeden Gedanken des anderen. Das war gleich nach Vaters Tod so gewesen. Da hatte es auch nur noch uns beide gegeben, erst später änderte sich das. Erst als wir in dieses Zwei-Raum-Iglu gezogen waren, erst ab da wurde es anders. Aber diese Momente in der Küchentür und an der Pfanne blieben. Wir hatten sie uns erhalten. Wir waren eben Mutter und Sohn, wir brauchten uns. Warum sollte es in Zukunft nicht auch so sein. Wenn nicht bald etwas passierte, würden wir wohl für immer so zusammen bleiben.

Ich hatte manchmal diesen Gedanken, auch tagsüber, im 10er. Wer weiß, vielleicht würden wir ein Leben lang zusammenbleiben.

Ich würde nach der Arbeit bei ihr in der Küchentür stehen und sie würde Spaghetti mit Rindfleisch kochen. Wir würden uns über meinen Vater unterhalten, sie würde mich manchmal mit ihm verwechseln und Herbert würde die Senatsbestände heranschaffen. Was für ein Gedanke. Wir kannten uns ja schon ein ganzes Leben lang. Vielleicht waren wir ja für immer und ewig durch ein unsichtbares Band aneinander gefesselt.

Ich ging in unser Zimmer und öffnete den Schrank. Ich nahm mir ein Hemd heraus. Ein blütenweißes, gestärktes Hemd mit abgerundetem Kragen. Es roch wundervoll. Beim Anziehen sah ich durch das Fenster, wie mein Stiefbruder den kleinen Gehweg heruntergeradelt kam. Auf meinem Rad. Auf Vaters Rad. Das blaue Rad, das viel zu schwer für ihn war, er konnte es kaum bewegen. Es war viel zu groß für ihn. Er strampelte und strampelte und gab sich irrsinnige Mühe, mit den Füßen an die Pedale heranzukommen. Ich sah, wie er die letzten paar Meter mit einem Affenzahn fuhr, dann abbremste und vor unserer Haustür fast vom Rad fiel. Irgendwie fing er es aber auf und rappelte sich vom Sattel.

Ich wusste, dass er dieses Rad fahren wollte, weil es mein Rad war. Er hatte ein eigenes, ein kleineres, aber er wollte unbedingt mein Rad fahren.

Er stellte das Fahrrad in den Eisenständer vor unserer Haustür. Seine Haare waren klatschnass. Er war außer Atem. Ich konnte sehen, wie er die Kette zwischen den Speichen hindurchfummelte. Als er das Schloss einklickte, bemerkte er aus den Augenwinkeln, dass ich ihm durchs Fenster zusah.

„Na", sagte er und grinste verlegen. Ich winkte ihm zu und drehte mich um. Ich ging zum Schrank und nahm mir eine Krawatte heraus. Sie hing mit der anderen in der Tür. Die silberne Einsegnungskrawatte rechts und die Blaue links. Ich entschied mich für die Blaue und begann mir einen Knoten zu bauen.

Ab diesem Moment gehörte ich nicht mehr zu ihnen. Ich wusste, was jetzt kommen würde. Ich hörte mit halbem Ohr die Klingel an unserer Haustür und dann Bruder Andreas' Schritte auf dem Treppenflur. Ich bekam das alles noch mit, aber ich war draußen, ich war nicht mehr vorhanden. Ich wusste, was in den nächsten Minuten passieren würde. Ich kannte unsere Feierabendgesetze. Den Ablauf, die Steigerungen und das Finale. Ich ließ es nur nicht mehr an mich heran. Ich hüllte mich in einen unsichtbaren Kokon. Ich band die Blaue und war bei mir. Mit jedem Ton, der aus der Küche kam, entwich ich mehr und mehr nach irgendwo.

Ein paar Sekunden später flog die Tür zu unserem Zimmer auf und donnerte natürlich sogleich an das Etagenbett. Mein Stiefbruder schoss in den Raum und stellte sich breitbeinig und verschwitzt hinter mich. Ich sah im Spiegel, wie er hereinschoss, und blieb gelassen.

„Na?", sagte Andreas und schaute mich erwartungsvoll im Spiegel an.

„Na", sagte ich und wollte mich noch nicht vom Spiegel lösen. Ich hatte einen ziemlich großen Knoten hinbekommen und knöpfte mir den Hemdkragen zu.

„Und?", fragte er.

„Wie und?", sagte ich.

„Na, du fährst doch am Sonntag, oder?" Er lachte über das ganze Gesicht. Er war klitschnass von der Radelei, stand hinter mir, die Hände in den Taschen seiner Jeans vergraben, und lachte mich an. Er lachte mir sein vertrautes, offenes, vielleicht auch ein bisschen gemeines, vielleicht sogar ein bisschen hinterhältiges Stiefbruderlachen in den Spiegel. Ich sah sein rotes Haar, das ihm in die Stirn hing. Ich sah die Sommersprossen auf seiner Stirn. Ich sah den ganzen kleinen Kerl, der da hinter mir stand, den Oberkörper nach vorne gerichtet, wie zum Sprung bereit. Ich sah einen Unbekannten, der seit ein paar Jahren mein Stiefbruder war. Der, der da hinter mir stand, lauerte darauf, dass ich ihm alles über meine Reise nach Irgendwo erzählen würde.

Ich fummelte an meinem Kragen herum. Haarklein würde er alles über meine Fahrt nach Goa wissen wollen. Wie lange wir bleiben würden, wollte er wissen, wie wir es anstellen würden, nicht zu verhungern, und wann wir wiederkommen würden. Bestimmt wollte er hören, dass ich unmäßigen Schiss vor dieser Reise hätte. Warum lachte er sonst so hintergründig? Nichts würde ich ihm sagen. Nichts über mich und über meine Reise erst recht nicht.

„Ja, am Sonntag", sagte ich. „Willste mit?"

„Hehehe. Mhmhm", kicherte er. Mit diesem Angriff hatte er nicht gerechnet. „Nimmste den Käfer von Vati?"

„Ja. Herbert hat ihn mir doch geschenkt."

„Nein, geschenkt hat er ihn dir nicht."

„Doch, hat er."

„Nein."

„Ach komm, vergiss es." Ich hatte keine Lust auf seine kleinen Schlachten.

„Kannste ihn denn fahren?", fragte er und hippelte nervös von einem Bein zum anderen.

„Du weist doch, dass ich meinen Führerschein gemacht habe. Vor einer Woche habe ich ihn doch bekommen", sagte ich.

„Ja, nach sechzig Stunden." Er grinste mich an.

„Ja, nach dreißig Doppelstunden. Du wirst ihn sicher in zwanzig Stunden schaffen."

Herrgott im Himmel, was sollte das jetzt wieder. Ich stand vor dem kleinen Couchtisch, der vor dem Fenster stand, und sah auf die Grünflächen vor unserem Silo.

Alles von mir würde ab diesem Sonntag ihm gehören. Die paar Möbel, die wir geteilt hatten, und die Sachen, die ich nicht mitnahm. Der graue Cocktailsessel, der noch aus Königinmutters Jugend stammte, und der wackelige Tisch, der aus Herberts Vergangenheit war und nun zu seinem Schreibtisch werden sollte. Meine Bücher, der ganze Karl May und die paar fetzigen Sachen, die Jerry-Cotton-Hefte und der Haufen mit den Tarzan- und Siegfried-Comics-Schmökern. Auch die alten Bücher aus den Lesebeständen meines Onkel Rolf, Vaters bestem Freund. Die Odyssee von Homer, von Joseph Conrad den Verdammten der Inseln, das Schlachtenbuch vom Alten Fritz, das alles würde ich für ihn zurücklassen.

Meine gesamten Kindersachen, also die Kiste mit den

Rittern und den Pferden und dem Fußvolk, den römischen Legionen, den Lanzenträgern, mit ihren Kampfmaschinen, meine gesamte Armee würde ich ihm abtreten. Sollte er die Kriege weiterführen, ich war sowieso schon zu alt dafür.

Meine Schlachten hatte ich schon Jahre früher in unserer alten Wohnung ausgefochten. Auf dem riesigen Eichentisch, der in der Mitte meines Zimmers gestanden hatte. Im Mittelzimmer, wo jeder in seinem eigenen Bett, an seiner eigenen Wand geschlafen hatte, nachdem Herbert und Bruder Andreas zu uns gezogen waren. In dem Zimmer, das meine ganze Kindheit gewesen war, mit dem Tisch aus purer Eiche, meinem Lebens-Schlachten-Kampf- und Spieltisch.

Jetzt konnte er sie ohne mich weiterführen, konnte seine eigenen Schlachten schlagen.

Wahrscheinlich würde er in der kleinen Wohnung überhaupt keinen Platz finden, um die Krieger für eine Schlacht aufzubauen. Wahrscheinlich musste er sie alle in der Kiste lassen. Es war ja in unserem Seemannsheim viel zu eng für große Schlachten. Ob ich nun bliebe oder ginge, es war hier viel zu eng, um einen einigermaßen passablen Krieg auszutragen.

Wahrscheinlich würde er in der kleinen Wohnung nicht einmal die Möglichkeit haben, die Krieger im Geiste aufmarschieren zu lassen, so wie ich es immer gemacht hatte. Er hatte mich oft dabei beobachtet, wenn ich auf dem unteren Teil unseres Etagenbettes lag und alles, was ich mir wünschte, mit geschlossenen Augen an mir vorbeiziehen ließ.

Ich konnte als Kind schon Filme sehen, die ich mir wünschte. Sie brachen einfach über mich herein, ohne dass ich sie groß erfinden musste. Ich knipste sie an und ließ sie laufen. Stundenlang konnte ich so auf dem Bett liegen und Bruder Andreas hatte mich dabei beobachtet.

Ich hatte ihm von meinen Filmen erzählt. Aber er war

mir nicht gefolgt. Er hatte keinen Zugang zu seiner inneren Leinwand gefunden. Er begriff einfach nicht, dass er sein eigenes Kino aufmachen musste, um die Filme zu sehen, die er sich wünschte. Er wollte immer nur meine Filme sehen. Er wollte, dass ich sie ihm erzählte. Er wollte alles haben, was ich hatte. Er meinte immer nur mich. Vielleicht war in ihm auch überhaupt kein Raum für irgendwelche Wünsche oder Geschichten.

Bruder Andreas beäugte mich. Er sah mir beim Grübeln zu. Ich ging zu meinem Bett, bückte mich und holte mit einem Griff den Koffer mit der Blonden hervor.

„Gehste wieder ins Katscha?", fragte er.

Ich legte den Koffer auf den Boden, öffnete ihn und holte die Blonde heraus. Ich strich über ihre Saiten, sie war das Einzige, was mir wirklich wichtig war.

„Cha-Cha, Andreas, sag mal Cha-Cha."

Er konnte das Ch nicht richtig aussprechen. Schon als ganz kleiner Junge hatte er immer die Worte falsch herausgebracht. Statt Ameise hatte er AA-meise gesagt.

„Los, sag mal Cha-Cha."

„Tschak-Tschak", er bemühte sich, wurde aber gleich wieder hippelig und brachte das Wort nicht richtig raus. Ich gab es auf, ihn weiter zu drängen.

„Lass mich mal spielen", sagte er. Er wurde immer ungeduldiger.

„Nein, sie ist zu schwer für dich. Du hast doch noch viel zu kleine Finger."

„Lässt du sie hier? Dann könnte ich ja üben."

„Nein, ich nehme sie mit", sagte ich.

„Wo fahrt ihr eigentlich hin?", fragte er.

„Nach Indien", sagte ich.

„Und wann kommt ihr wieder? Oder kommst du gar nicht wieder?"

Er begann wieder zu lachen und schmiss sich in den Cocktailsessel.

„Ich weiß noch nicht", sagte ich.

Ich wusste es wirklich nicht. Und wenn ich es gewusst hätte, ich hätte es ihm nicht gesagt. Ich wollte nicht darüber nachdenken. Sicher würde ich zurückkommen, aber nicht mehr hierher zurück. Nein, der Zug war abgefahren. Ich wollte nicht an meine Rückreise denken, aber ich wollte ihm auch nichts darüber sagen.

Ich nahm die Blonde in den Arm und stellte einen Fuß auf die Kante des Etagenbettes, dann legte ich mir die Gitarre auf dem Knie zurecht.

Man konnte in dem Zimmer wahrhaftig nicht zu zweit sitzen, geschweige denn sich zu einem netten Gespräch zusammenhocken. Irgendwie klebte man immer an einer Wand oder eckte irgendwo an. Man musste unentwegt aufpassen, um nicht umzufallen oder an irgendetwas anzustoßen.

„Hast du eigentlich keine Schularbeiten zu machen?“, fragte ich und begann die Blonde zu stimmen.

„Nö.“

Er kippelte auf dem Sessel herum, kam mit seinen Beinen nicht auf den Boden. Es tat mir Leid, wie er so dasaß. So übrig geblieben. Verdammt, mir taten alle Menschen leid. Vor allem die Übriggebliebenen.

Ich strich mit den Fingern über die Saiten und drehte an ihren Wirbeln herum. Es war immer eine große Aktion, die Blonde zu stimmen. Bruder Andreas wusste das. Er wurde ganz still, wenn ich so an der Blonden arbeitete. Sie übte eine enorme Anziehung auf ihn aus. Wenn ich sie in die Hand nahm, bekam er einen völlig entspannten Gesichtsausdruck und war als Bruder gut zu ertragen.

„Vati hat sie dir gekauft, nicht?“

„Jaja. Aber ich habe sie ihm abbezahlt.“

„Wie teuer war sie denn?“

„220 Mark. Bei Schikowski.“ Ich stimmte die Saiten der Blonden einzeln durch. Er wusste nicht, wer Schikowski war, und ich wollte es ihm auch nicht erklären. „Wenn du größer bist, kannst du sie spielen“, sagte ich.

„Meinst du?“ Er war ganz ruhig geworden, saß in dem Cocktailsessel und hielt sich mit beiden Händen an der Armlehne fest. Vielleicht hatte er Angst nach unten wegzurutschen. Er war ein kleiner, zerbrechlicher Kerl. Ich bückte mich und nahm den Kapodaster aus dem Koffer.

„Wozu brauchste denn das?“, fragte er.

„Für den Barré“, sagte ich.

„Was ist ’n Barré?“

„Das habe ich dir doch schon x-mal erklärt.“

Ich legte die Barré-Klemme auf den 5. Bund, meinen Lieblingsbund, und checkte, ob die Saiten sich durch die Klemme nicht verstimmt hatten, aber der Ton hielt.

„Lass mich mal“, sagte er leise.

„Na gut. Komm her, probier es.“

Er sprang auf und wollte mir die Gitarre aus der Hand reißen. Ich drückte sie ihm vor den Bauch, aber er konnte sie nicht halten, ich musste sie stützen, sonst wäre es eine Pleite geworden. Mit meiner linken Hand fabrizierte ich umständlich einen E-Dur-Akkord. Es war eine ziemlich verrenkte Stellung, in der wir da beide voreinander standen, die Blonde zwischen uns.

„Los, mach schon, trau dich“, sagte ich.

Er sollte einfach über die Saiten streichen. Er versuchte es, aber die Gitarre war zu groß für ihn. Er dachte wohl, deswegen eine irre Kraft entwickeln zu müssen, und haute viel zu schnell und viel zu hart auf die Saiten ein. Ich hielt die Gitarre trotzdem. Ich wollte nicht, dass er sie beschädigte. Nach und nach erklang ein harmonischer Ton.

„Okay?“, fragte ich.

Er ließ die Blonde nicht mehr los. Ich zog erst gar nicht an ihr, er hätte sie mir dann erst recht nicht gegeben.

„Gib schon her“, sagte ich, „ich muss doch gehen.“

Er ließ aber nicht los. Je mehr ich drängte, desto mehr hielt er die Gitarre fest. Er wollte unbedingt eine Pose einnehmen, so wie er es im Fernseher von den Beat-Bands gesehen hatte, aber es gelang ihm nicht. Je mehr er versuchte, mit der Blonden eine gute Figur abzugeben, desto hilfloser sah er aus.

Ich ließ ihn los und stellte mich in die Pose, die er meinte. Ich knickte ein bisschen in den Beinen ein und hielt dazu einen Arm in die Luft. Es war meine einzige Chance. Ich wusste, wenn ich ihn noch mehr drängen würde, mir die Gitarre wiederzugeben würde er richtig wütend werden.

Ich spielte ihm also irgendeinen Rock-Mist vor. Er sah mir dabei zu und versuchte noch ein paar linkische Bewegungen, hörte dann aber auf, auf der Blonden herumzuhauen. Ich nahm sie ihm dann einfach aus der Hand und hielt sie mir ans Ohr. Ich wollte nur hören, ob sie sich verstimmt hatte, aber sie hatte noch denselben Ton. Dann fing ich an auf ihr herumzuimprovisieren. Ich ballerte ein paar Töne in den Raum und schwenkte sie ein bisschen hin und her.

„Mach noch mal so verrückt …“, rief er aufgeregt. „Los, spiel noch mal so verrückt wie die …“ Er wusste nicht, was er sagen sollte.

Ich knickte in den Hüften ein und drückte die oberste, die E-Saite mit dem Finger hoch bis zum höchsten Bund, bis zur „Geht nicht mehr weiter“-Grenze, dann schlug ich sie kurz an. Es war ein ziemlich scheußlicher Ton, den ich fabrizierte.

„Los, noch mal! Spiel noch mal“, schrie er. Es gefiel ihm. Er geriet total aus dem Häuschen. Ich schlug also die Saite noch mal an und begann dazu zu singen.

„I feel fine“, sang ich ziemlich schräg, aber ich sang.

„Ei fiel ein.“ Bruder Andreas begann in seinem Kauderwelsch-Englisch mitzusingen und ich schob mich mit jedem Ton, den ich anschlug, höher und höher.

„Was macht ihr? Paul, was macht ihr? Wir wollen bald essen. Ihr sollt das lassen, hörst du.“

Königinmutter musste schon eine ganze Weile durch die Küchenwand gerufen haben. Wir hatten sie aber nicht hören können, wir waren nur mit uns beschäftigt.

„Ja, ja", schrie ich und brach die Show ab. Ich nahm die Gitarre herunter und machte Bruder Andreas ein Zeichen, dass er leise sein solle. Er hüpfte noch immer auf der Stelle. Damit er nicht völlig ausflippte, legte ich ihm eine Hand auf die Schulter und versuchte ihn zu beruhigen. Er sah mir kurz in die Augen und ließ sofort den Eiertanz. Ich glaube, in diesem Augenblick verstanden wir uns. In diesem Augenblick war alles klar zwischen uns. Ohne Worte. Er sah in meinen Augen dasselbe, was ich in seinen sah: uralte Sklaventradition.

Ich sah dieselbe Sehnsucht in seinen Augen, die ich jeden Morgen im Spiegel in meinen Augen sah. Den gleichen Hunger, die gleiche Insel.

Für einen Moment dachte ich wirklich daran, ihn mitzunehmen.

„Warte mal", er zog mich am Arm.

Ich machte mich von ihm los und verstaute die Gitarre in dem Kasten. Aus der Küche erklang der übliche Tellerkram und vom Flur hörte ich Schlüsselgeräusche in der Haustür. Herbert kam nach Hause.

„Guck mal", flüsterte Andreas.

Er hatte eine Kiste am Ende unseres Etagenbettes hervorgezaubert und hielt ein Bild oder ein Foto in einem hölzernen Rahmen in den Händen. Er gab mir das Ding. Ich konnte nicht auf Anhieb erkennen, was es wirklich war und ging ans Fenster. Es war ein Schmetterling. Ein Schmetterling in Kunstharz gegossen. Aufgespießt auf einer feinen Nadel und gerahmt in einem hölzernen Rahmen.

„Wo hast 'n den her?", fragte ich.

„Ich hab es gefunden", sagte er.

„Gefunden? Wo hast 'n den gefunden?"

„Draußen", antwortete er.

Er sah mich stolz an und hielt die Hände hinter seinem Rücken.

Es war ein großes Tier, schön aufgefaltet, man konnte

alles an ihm erkennen. Die blauen Außenseiten seiner Flügel und die Enden an den oberen Flügelspitzen. Braun waren sie. Wie Erde. In der Mitte ruhte sein kleiner Körper.

„Den haste doch niemals gefunden. Sei ehrlich, du hast ihn doch geklaut?"

„Nein, nein, ich habe ihn gefunden." Er fing schon wieder an zu schreien. „Ehrlich, ich schwöre es."

„Ist ja auch egal. Versteck ihn bloß. Zeig ihn nicht herum", sagte ich leise.

„Wie machen die das?" Er guckte auf den Schmetterling.

„Was?"

„Na, wie holen sie ihn vom Himmel?"

„Mit einem Köcher, glaube ich. Mit so Riesenköchern. Sie jagen sie in Herden, wenn Paarungszeit ist. Ich weiß es auch nicht so genau, aber so wird es wohl sein."

„Oder mit 'nem Stein", sagte er und lachte sein Lachen.

„Mit 'nem Stein? Einen Schmetterling mit einem Stein vom Himmel holen? Das schafft keiner."

Ich drehte das Bild hin und her. Alles daran war tot. Der ganze kleine Kasten war tot und der Schmetterling auch. Es war nichts als ein totes Bild.

„Doch", sagte er, „wenn du richtig zielst, kannste es. Du musst nur den richtigen Augenblick abwarten und dann …"

Er kam mit einer Hand hinter seinem Rücken hervor und ballte eine Faust. „Und dann musst du ihn aufs Korn nehmen. Du musst nur 'ne Weile warten. So lange, bis er ganz nahe ist, und dann … pfffffffff."

Er schoss mit seiner kleinen Faust durch die Luft und pfiff dabei durch die Zähne.

„Dann haste ihn", sagte er stolz.

„Niemals. Das schafft kein Mensch. Nicht mit 'nem Stein." Ich meinte, was ich sagte.

„Na klar", sagte er und lachte sich scheckig.

Ich gab ihm das Bild zurück. Ich wusste nicht, ob er mir zugehört hatte. Er nahm es und packte es wieder in die

Kiste. Er versteckte sie irgendwo am Ende unseres Etagenbettes.

„Sag aber nichts Mutti“, flüsterte er, als er wieder hoch kam.

„Du darfst nicht klauen.“ Ich sah ihn ernst an. „Sonst schnappen sie dich und dann knasten sie dich ein.“

Ich hörte, wie Herbert ins Nebenzimmer kam. Aus der Küche erklang der fröhliche Lockruf von Königinmutter.

„Ihr könntet mal den Tisch decken“, rief sie.

„Kommste zurück?“, fragte er und sah mich ängstlich an.

„Ich glaub ja“, sagte ich und machte die Tür zum Nebenzimmer auf.

Als ich das erste Mal mit Herbert, Königinmutter und Bruder Andreas mit dem 10er die Machnower bis zur Endstation fuhr, war ich noch voller Hoffnung. Es war die bescheuerte Hoffnung, alles könne, wenn man es nur wolle und fest daran glaubt, Wahrheit werden und irgendwann in Erfüllung gehen. Herbert hatte von einem Garten gesprochen. Von einer netten Wohnung mit Zugang zu einem Garten. Er hatte es nicht einmal groß herausgestellt. Wahrscheinlich hatte ich mir diesen Traum vom Häuschen mit Garten sogar selbst gebaut. Den Traum von einer Gartenlaube im Grünen, irgendwo am Ende der Stadt. Ich hatte mir wohl eine nette Familie ausgemalt, obwohl mir nichts blöder erschien als das miefige Zusammensein von Vater, Mutter und Kind. Ich hatte mir einen Traum zusammengebastelt.

Herbert hatte ich von Anfang an gerne gemocht. Seine weiche Art, sein bescheidenes Wesen, das war es wohl, was mich hoffen ließ. Königinmutter hatte Herbert bei uns eingeführt und Gerda und Krümelchen hatten ihren Segen gegeben. Das waren zwei junge Frauen, die Königinmutter gleich nach Vaters Tod bei Siemens kennen gelernt hatte. Die Kleinere war Krümelchen, die mit Königinmutter jeden Tag an der Werkbank stand. Sie bewohnte als Untermieterin ein Zimmer in meiner Kinderwohnung. Eine nette, quirlige Frau, die zu Königinmutter aufblickte. Sie hatte eine Freundin, nämlich Gerda, die als Buchhalterin bei einer Lebensversicherung beschäftigt und ungewöhnlich intelligent war. Sie trug weite Röcke und Gesundheitsschuhe wie Krankenschwestern aus den englischen Kriegsfilmen und rauchte unmäßig. Beide waren unzertrennlich, sie hockten immer bei uns nach Feierabend herum und waren sehr nett zu mir. Sie machten Königinmutter die Trauer um meinen Vater erträglich.

Ich war der männliche Part in unserem Quartett. Krümelchen, Gerda und ich bildeten so eine Art Hofstaat für Königinmutter. Sie war für alle die Königin, innen wie außen natürlich noch in Schwarz gekleidet, aber doch schon in enormer Blüte stehend. So saßen wir Abend für Abend am wackeligen Cocktailtisch und legten uns gegenseitig die Karten. Und in denen stand Herbert längst geschrieben.

Himmel, ich war zehn, als mein Vater starb. Seine Geige hatte ich an den Schuster an der Ecke verkauft, mitsamt den vielen Notenbüchern, die er mir hinterlassen hatte. Gleich nach seiner Beerdigung, die ich nicht miterlebt hatte, weil Königinmutter mich mit Beerdigungen nicht belasten wollte, hatte ich sein ganzes Erbe an den Schuster verkauft. Ich weiß nicht, warum, aber ich musste die Sachen einfach loswerden. Es sollte doch auch für mich eine neue Zeit anbrechen.

Wir saßen also Abend für Abend am Cocktailtisch und prophezeiten uns das Leben. Dazu tranken wir Bowle, Schwarzer Kater, Lufthansa-Cocktail, Danziger Goldwasser, Eierlikör und manchmal auch süßen Sekt. Wir aßen Häppchen, die Königinmutter für uns zurechtgemacht hatte, Pumpernickel in Dreieretagen. Mit Käse und Wurst und Weintrauben, die durch kleine Spieße zusammengehalten wurden, und wir spielten Canasta, Rommé und manchmal auch Doppelkopf. Wir lachten viel, Krümelchen, Gerda, Königinmutter und ich, der Eintänzer. Denn ich war ja der einzige Mann in diesem Club der einsamen Herzen.

Ich liebte unsere Canastaabende. Wir sprachen über Gott und die Welt. Vor allem aber über Frauenprobleme. Über die Träume der Frauen, über die Ängste der Frauen, über Frauenunterwäsche, über Frauen ohne Männer, über Frauen mit Männern. Über die hageren Modelle in den Zeitschriften, über die Wahl der Miss Germany, über Kochrezepte, über Kücheneinrichtungen, Couchgarnituren und über die geheimsten Wünsche der Frau. Über ihre Sehnsüchte, über Italien und über Fred Bertelmann, der vom Plattenspieler schnulzte. Ich war immer dabei, Abend für Abend und gab den Damen bei Mirabellenbowle und Eierlikör die notwendigen Tipps zum Kennenlernen ihres Traumprinzen. Ich war der Hahn im Korb und die stundenlangen Canastaabende machten aus mir so etwas wie einen diplomierten Frauenhelden.

Königinmutter führte die neuesten Kreationen, die Haute Couture der Wilmersdorfer Straße vor. Sie schritt in Blusen und Röcken von C&A vor dem Cocktailtisch auf und ab. Sie zeigte uns erlesene Stücke für die Dame von Welt und Krümelchen und Gerda, die eine pummelig und klein, die andere hager und groß, bewunderten sie ob ihres großstädtischen Stils. Manchmal hielt sie inne in bleicher Erinnerung an die Zeiten, die sie mit Vater verbracht hatte, aber eben auch nur manchmal. Dann stockte der Abend und es zitterte ein Glas, wenn Vaters Geist über dem Tisch schwebte. Dann wurden wir allesamt still und auch sehr traurig, aber dann auch gleich wieder heiter, denn das Leben ging ja weiter und er hatte ja auch seinen Spaß gehabt.

Als ich das erste Mal mit Herbert, Königinmutter und Bruder Andreas nervös in der ersten Reihe vom 10er saß und zu unserem neuen Eigenheim fuhr, da wusste ich schon, dass alles in einer Pleite enden würde. Ich wusste es instinktiv. Es war ja ein Irrsinn von mir zu denken, morgen würde alles besser werden, schöner, glanzvoller und vielleicht auch ein bisschen so wie in meinen Filmen. Wie bei Lassie, diesem Colliehund aus der Fernsehserie. Wo der Vater morgens lachend aus dem Haus geht und abends lachend wieder zurückkommt, um am Feierabend im Garten ein paar Würste zu grillen, und wo es eine Mutter gibt, die ihm großzügig den Alltagsmist von der Weste wäscht und wo der Bruder mit dem Nachbarjungen über die neuesten Baseballergebnisse streitet und im schlimmsten Fall eine Taschengelderhöhung einklagt. Das war so meine Vorstellung von einer richtigen Familie.

Königinmutter und Herbert hatten sich bei „Walterchen" kennen gelernt, einem Tanzsaal am Ende Neuköllns. Herbert stellte sich Königinmutter als der nette Busfahrer vor und sie tanzten eine ganze Nacht lang und lachten und scherzten und tranken Bols-Blau und Eierlikör.

Wir hatten der Queen in langen Canastasitzungen beigebracht, dass ihre Lust echt sei und dass sie, verdammt noch mal, einen Mann nötig habe, dass das die Natur des Menschen sei und insbesondere die der Frau. Auch wenn sie einen Sohn habe, so könne das doch unmöglich alles sein und ich würde doch auch irgendwann einmal meine eigenen Wege gehen. Sie solle sich mal wieder in Schale schmeißen, hatten wir gesagt, und sich nicht vor der Welt mit ihren Männern verstecken, sondern endlich einmal bewegen.

Also zog sie los und begegnete gleich am ersten Abend Herbert. Herbert war mit Fred unterwegs. Beide trugen Schnurrbärte und beide brauchten unbedingt eine Frau. Fred hatte schon eine gefunden, die er „frecher Dachs" nannte, aber Herbert hatte nur Bruder Andreas und Vater und Sohn brauchten so dringend ein neues Zuhause.

Am nächsten Tag, am Sonntagvormittag, las uns dann Königinmutter den entscheidenden Brief vor.

Gerda und Krümelchen saßen auf der Couch im Schlafgemach von Königinmutter und ich stand in der Tür und überblickte die Lage. Königinmutter stand im Licht der hereinbrechenden Sonne und hatte ihre Rüstungsunterwäsche an. Darüber trug sie einen seidenen Morgenrock, den alle Frauen damals trugen.

Herbert hatte gleich am Morgen einen berittenen Boten bestellt, der die Depesche zu Königinmutter in ihren Turm gebracht hatte. Er wusste, was einer Frau von Welt geziemt. Schließlich sah Königinmutter anders aus als alle anderen. Sie hatte Stil und roch nach Tosca. Sie kam zwar nicht aus einem Schloss, aber sie war dennoch eine Königin. Das hatten er und Fred sofort gewusst, als Herbert sie in der Nacht bei Walterchen zum Fox gebeten hatte. So war alles zusammengekommen und nun lag Herberts Brief in den zitternden Händen von Königinmutter.

„Werte Dame!" Königinmutter las die Anrede vor und wir alle lachten herzlich über diese eigenartige Anrede. Dann folgte das übliche Blabla, mit dem Herbert versuchte sie zu gewinnen. Ab da verstummten wir alle, denn das waren die wichtigen Zeilen. Herbert legte ohne Umwege alles offen. Dass er sie in dieser Nacht bei Likörchen und Tanz, schätzen, halten und wiegen gelernt hätte und dass nun mal die Zeit zu kurz wäre, um sie einfach so zu verplempern und sie beide, also Königinmutter und er, schnell zusammenkommen und dann heiraten und auch alles andere miteinander machen sollten.

Wir hörten uns das im Dreierkollegium an, Gerda, Krümelchen und ich, und befanden die Worte als gut und richtig. Wenngleich auch als etwas zu übereilt und ein wenig zu hölzern formuliert. Königinmutter kannte den Text ja schon. Sie hatte den Brief seit sieben Uhr wohl an die tausend Mal gelesen. Sie drehte die Sätze hin und her, sie wusch sie sozusagen und fand dann geschickt alles Für und

Wider heraus. Den Busfahrer, das kurze Leben, die ehrliche Haut. Einfach alles Gute und vielleicht auch alles weniger Gute, was man zwischen den Zeilen eines Briefes auf den ersten und zweiten Blick eben so lesen kann.

Es sollte also weitergehen, darin waren wir uns alle einig. Zwar schimmerte hin und wieder mein Vater durch alle Argumente hindurch, aber Krümelchen war generell dafür und Gerda auch, nur meinte sie, die Freundin solle sich Zeit lassen für so eine grundlegende Entscheidung.

Wir einigten uns dann darauf, dass das Leben zu kurz sei um partout keine Fehler machen zu wollen und dass letzten Endes sowieso ein ganz eigener Fluss durch das Schlafzimmer von Königinmutter fließen könne. Ein Fluss, dessen Verlauf sowieso kein Mensch begreifen würde und dem wir alle nur bescheiden und demütig zu folgen hätten. Diesen Mist brachte ich als wichtigstes Argument in die Runde und darüber waren alle Anwesenden total begeistert.

Endlich einmal etwas zu entscheiden, darum ging es letzten Endes. Wir einigten uns an diesem Sonntagmorgen auf generelle Zustimmung mit späterer, eventueller Heirat.

Als wir der Endstation vom 10er näher kamen, wusste ich längst, was die Glocke geschlagen hatte.

Die Straße war zwar schön lang und breit, aber die Häuser an der Straße wurden zu Blocks und die Menschen, die ich sah, liefen geduckter als anderswo. Die Bäume waren sparsamer belaubt und die Vorgärten wurden auch immer kleiner.

Als wir ausstiegen, betrat ich die kleinen Wege durch die Grünanlagen vorsichtig, alles erschien mir wie Legoland. Dann aber rannte ich voran, denn ich wollte endlich sehen, ob mein Traum doch in Erfüllung gegangen wäre.

Königinmutter und Herbert gingen hinter mir, teilten die beiden Zimmer auf und sagten unentwegt: „Wenn die Kinder erst mal aus dem Haus sind.“ Vielleicht sagte Herbert das nicht oder ich wollte es nicht hören, von ihm, aber ich wette, Königinmutter sagte es. In diesem Moment redete ich mir zwar ein, dass sie es wohl anders gemeint hatte, aber verdammt, vielleicht meinte sie es doch so, so wie ich es gehört hatte: „Wenn die Kinder erst mal aus dem Haus sind …"

Der kleine Fratz, der von diesem Tag an mein Bruder sein sollte, sprang derweil an mir hoch wie ein Pudel und wollte immerzu irgendetwas von mir und ich schaffte es einfach nicht, ihn abzuschütteln.

Irgendwann standen wir dann vor unserem neuen Zuhause und ich stieg mit ihnen die paar Treppen zu Herberts Wohnung hinauf, er öffnete uns seine Zwei-Zimmer BVG-Dienstwohnung und ich sagte in diesem Augenblick meinem Kinderparadies ade. Es war ja im Grunde gar kein richtiges Paradies gewesen, aber das neue hier, das hatte überhaupt nichts mit meinem Leben zu tun. Das wusste ich schon, als ich in die leere Wohnung trat. Ich wusste in diesem Augenblick, ich würde mit ihnen hier einziehen, aber ich packte noch in derselben Nacht meine Koffer und begann mir einen neuen Traum zu bauen. Jeden Tag, jede Nacht. Einen Traum, der endlich wahr werden sollte.

„Na", sagte ich.

Herbert stand im Wohnzimmer und starrte auf den See an der Wand.

„Na, Junge", sagte er.

Er hatte schon im Flur seine Schuhe ausgezogen und stand nun in Socken und seiner ganzen BVG-Montur im Zimmer. Aus der Küche erklang Königinmutters Stimme, sie verbreitete die übliche Feierabendunruhe. Ich ging einen Schritt auf Herbert zu und sah in seinem Gesicht, wie müde er war.

„War ein langer Tag heute", sagte er und wischte sich über den Kopf. „Haste denn schon alles gepackt?" Er sprach ziemlich leise.

„Jaja, habe ich, liegt alles bei Sigi. Du musst mir morgen noch mal die Karte erklären und den Schlüssel für den Wagen geben, machste das?"

Ich meinte die ADAC-Karte mit unserer Route nach Goa.

„Jaja. Mach dir keine Sorgen, geb ich dir alles. Warste denn heute noch arbeiten?"

Er zog sich die Jacke aus und wir standen uns gegenüber. Ich sah über ihn hinweg aus dem Fenster und er blickte auf den See an der Wand.

„Morgen habe ich meinen letzten Tag", antwortete ich.

„Hättste doch krank machen können", sagte er und starrte auf mein Hemd. „Willste noch weg?"

„Ich geh doch noch ins Cha-Cha", antwortete ich.

Verdammt, ich wusste nicht, was ich ihm sagen sollte.

Königinmutter stürzte mit einem Stapel Teller ins Zimmer.

„Wie wär's, wenn mir mal einer beim Tischdecken helfen würde?"

Sie stellte die Teller auf den Tisch.

„Andreas, wasch dir die Hände", rief sie ins Nebenzimmer.

Bruder Andreas kam aus dem Zimmer und hängte sich sofort an Herbert, der Königinmutter helfen wollte, aber nicht konnte, weil der Junge ja an ihm hing, und nun nicht wusste, wie er sich entscheiden sollte.

„Ehe ihr in die Gänge kommt, bin ich dreimal fertig", Sie drapierte alles auf dem Tisch und raste dann wieder in die Küche.

Herbert hielt seinen Jungen einfach fest. Der hüpfte auf der Stelle und schrie etwas, was nicht zu verstehen war.

Ich ging hinter Königinmutter her. Sie stand vor dem Herd und war hypernervös. Es war jeden Abend dasselbe. Sie legte ein viel zu hohes Tempo vor und schaffte es einfach nicht, ihre Gefühle in den Griff zu bekommen. Je mehr sie versuchte, sich in den Griff zu bekommen, desto heftiger machten ihr die Gefühle zu schaffen. Sie tat alles gleichzeitig und wollte es auch gleichzeitig unter Kontrolle haben. So stauten sich ihre Lavamassen. Sie saß sozusagen auf dem Ausgang eines Vulkans.

„Nimm noch die Servietten heraus, Paul."

Königinmutter stellte mit einem enormen Tempo Töpfe und Pfannen an die Seite. Ich nahm ein paar Servietten aus der unteren Schublade im Küchentisch. Es waren welche mit einem Weihnachtsmotiv. Tannenzweige mit Kerzen und Glöckchen.

„Doch nicht die." Jede weitere Störung brachte sie weiter an den Rand des Kraters. Ich nahm die Servietten trotzdem.

„Herbert, bitte sag ihm, er soll sich jetzt endlich die Hände waschen."

Ich weiß nicht, warum sie mit dem Gesicht zur Wand schrie. Wahrscheinlich stand sie oft so an der Küchenwand. Jedenfalls drohte sie gleich zu platzen.

„Lass doch", sagte ich, „er wäscht sie sich ja schon, mach dich doch nicht verrückt." Ich wollte sie beruhigen und nahm ihr die Pfanne aus der Hand, aber sie hielt sie eisern fest, es war nichts zu machen.

„Na, du hast Humor. Der Herr soll sich endlich einmal daran gewöhnen, dass wir hier nicht im Schweinestall sind."

Ich ließ die Pfanne los und Königinmutter begann hektisch das Fleisch in eine Kasserolle zu häufeln. Ich wollte auch etwas tun, ihr helfen, damit der Abend nicht wieder wegen irgendeiner Kleinigkeit scheitern würde, aber ich konnte nur in der Tür stehen. Mir fiel einfach nichts mehr ein. Bei mir war die Luft raus. Am liebsten hätte ich mich aufgelöst.

„Soll ich noch etwas mit reinnehmen?", fragte ich und wedelte unbeholfen mit den Servietten herum.

„Macht doch, was ihr wollt", sagte sie und seufzte tief. „Nimm noch ein Bier für Herbert raus."

Ich nahm ein Bier und eine Seltersflasche aus dem Küchenschrank und ging damit ins Wohnzimmer.

Herbert war bei seinem Jungen. Ich hörte durch die offene Tür, wie sie sich wegen einer gottverdammten Lampe herumstritten. Ich wusste nicht, worum es ging, mir waren ihre Themen plötzlich fremd. Mir war es auch egal, worüber sie redeten. Es war ja sowieso immer dasselbe. Ich wollte nur noch weg.

Königinmutter kam mit der Kasserolle ins Zimmer und knallte sie auf den Tisch.

„Ich frage mich, wozu ich den ganzen Tag gekocht habe. Kommt ihr endlich?“ Sie begann die Spaghetti auf die Teller zu verteilen, ihr Gesicht war nur noch eine Maske.

„Wir kommen schon.“ Herbert kam aus dem Nebenzimmer. Bruder Andreas folgte ihm.

„Er hat die Lampe nicht anbekommen“, sagte Herbert und knetete die Hände.

„Erst wäschst du dir die Hände, Andreas. Ich hab es dir schon dreimal gesagt, du sollst dir die Hände waschen. Vielleicht kann dein Vater auch mal etwas dazu sagen.“

„Los, Andreas, wasch dir die Hände.“ Herbert bemühte sich seiner Stimme einen festen Ton zu geben. Er versuchte zu kitten, was zerbrochen war.

Andreas grinste. „Hab ich doch.“

„Verdammt noch mal.“ Nun riss Königinmutter der Faden. Sie schlug mit der flachen Hand auf den Tisch. „Du wäschst dir jetzt die Hände!“

Ich starrte auf die Schüssel und hielt mir beide Hände vor den Mund. Ich war auf alles gefasst. Warum nur, warum? Musste das alles so sein? Udo Jürgens fiel mir ein.

„Andreas!“ Herbert stand immer noch vor seinem Sohn, konnte sich aber nicht durchsetzen. Der Junge wusste das. Er sah zwischen dem Vater und Königinmutter hin und her. Ein paar Sekunden lang passierte überhaupt nichts. Dann verzog er sein Gesicht zu einer Grimasse und pfiff durch die Zähne, so wie er es in unserem Zimmer getan hatte, als er den imaginären Stein in den Himmel geschossen hatte.

„Pfffffff."

Ich war wohl der Einzige, der das mitbekam. Er grinste mich an und ging ins Bad.

„Muss das jeden Abend sein, muss das wirklich sein, Herbert?"

Sie war am Ende, der Junge gab ihr den Rest. Ich versuchte nicht zu bemerken, wie fertig sie wirklich war.

Königinmutter begann das Fleisch aus der Kasserolle auf die Spaghetti zu verteilen und Herbert setzte sich in den Sessel am anderen Ende des Tisches. Bruder Andreas kam mit nassen Händen zurück und zwängte sich hinter Königinmutter auf die Couch.

„Na dann, guten Appetit", sagte sie. „Es wird ja hoffentlich nicht das letzte Mal sein, dass wir so zusammen essen." Dabei sah sie mich an und sagte: „Lasst euch nicht nötigen." Ihr Gesicht war eine Grimasse.

Wir aßen. Bruder Andreas pickte in seinem Teller herum. Herbert aß reichlich und Königinmutter rührte nichts an. Ich schlang die Spaghetti hinunter, so schnell ich nur konnte.

„Lass dir Zeit, Junge."

Herbert sah nicht von seinem Teller auf. Es war das Essen, wie er es mochte. Doppelt gebraten, Spaghetti, Rindfleisch, Tomatensoße und darüber geriebener Parmesan.

„Du hast Zeit, Paul." Königinmutter sah nervös von einem zum anderen.

„Und du auch, Freundchen." Sie schob meinem Bruder den Teller zurecht.

„Er will noch ins Cha-Cha." Andreas grinste.

Ich wollte nicht, dass er mir den Abend kaputtmachte, nicht heute.

„Hast du die Lampe nicht anbekommen?", fragte ich.

„Doch, habe ich. Aber es war keine Birne drin", sagte er und grinste immer noch.

„Das kann nicht wahr sein. Wir haben keine Birne in der Lampe? Dann brauchen wir ja heute Nacht Kerzen, sonst knallen wir gegen die Wand." Ich versuchte einen Witz zu machen. Mein Bruder lachte.

„Herbert! Nimm noch von der Soße", sagte Königinmutter.

„Er hat versucht sie anzumachen, aber sie ging nicht an", sagte Herbert und verfummelte sich mit der Gabel und den Nudeln.

„Nimm doch noch von der Soße, Herbert, lass dich nicht nötigen", sagte Königinmutter wieder. „Und du, Freundchen, halt deinen Mund und iss bitte anständig."

Sie langte über den Tisch und gab Herbert aus der Kasserolle mit dem Rind. Sie selbst aß immer noch nichts.

„Warum isst du nichts?", fragte ich.

„Ich habe keinen Hunger", sagte sie und versteinerte wieder.

„Ich verstehe das nicht, es war überhaupt keine Birne drin?"

Herbert ahnte die Falle nicht. Ich kannte die Tricks meines Stiefbruders, aber er fiel darauf ein. Er fiel immer in die Fallen seines Sohnes. Er wischte sich mit der Weihnachtsserviette den Mund ab. Die Senatsbestände hatten sich auf seinem Unterkiefer verteilt. Es könnte jetzt unangenehm werden, ich spürte das. Ich begann mich um meine Abreise zu sorgen.

„Ich habe die Birne wieder rausgenommen", lachte Bruder Andreas.

„Was hast du?" Herbert starrte seinen Sohn an.

„Sie war doch kaputt", sagte Andreas und grinste ihn an.

„Du hast die Birne herausgedreht?" Er starrte seinen Sohn ungläubig an und konnte nicht mehr essen.

„Herrgott, verstehst du es nicht?" Königinmutter verstand. „Er hat die Birne herausgedreht. Aber vorher hat er ja auch die Lampe den ganzen Tag an und aus gemacht. An, aus, an, aus. Den lieben, langen Tag." Sie verschränkte die Arme. „Er hatte nichts zu tun und da musste er natürlich unentwegt an ihr herumfummeln. So lange, bis sie hinüber war."

Herbert sah erst zu ihr und dann zu seinem Jungen.

„Du hast mir doch gesagt, die Lampe sei kaputt."

„Na ja." Bruder Andreas saß auf dem Sprung, kam aber nicht mehr aus der Hocke. Ich kannte seine Tricks. Ich wollte das Gemetzel nicht wieder kitten. Ich aß weiter. Sollten sie doch im Gestrüpp ihrer Fragen und Antworten verenden. Die Spaghetti gaben mir Selbstvertrauen. Meinetwegen konnten sie sich heute Abend gegenseitig umbringen. Ich begann mich besser zu fühlen. Mit jedem Bissen kam ich mir näher.

„Warum sagst du mir denn nicht, dass du die Birne rausgedreht hast, Andreas? Dann, dann hätte ich doch gar nicht erst das Kabel abtrennen müssen."

Herbert flogen ein paar Nudeln aus dem Mund. Ich hatte ihn selten so wütend gesehen. Er verstand es nicht. Er verstand es wirklich nicht. Es war ihm zu hoch, das mit der Birne. Der Junge drückte sich tief in die Couch und grinste ihn an.

„Na danke. Jetzt ist das Kabel auch hin." Königinmutter war zur Salzsäule erstarrt. „Ihr habt die einzige Lampe, die wir für den Schreibtisch besitzen, an einem Tag zunichte gemacht. Ist das so?"

Das Wort war es. *Zunichte.* Nur dieses Wort war es. Wahrscheinlich hatte sie es als Summe von allem gemeint.

„Nun ist sie völlig hin", lachte sie bitter.

Das Wort musste es gewesen sein, Herbert wurde schlagartig wach.

„Andreas, warum sagst du mir nicht, dass du die Birne herausgedreht hast, was? Warum sagst du mir das nicht?"

Der 2. Akt war eingeläutet. Im Garten verstummten die Vögel und die Sonne verzog sich hinter dem Häusermeer.

Herbert versuchte nach seinem Sohn zu greifen, weit über den Tisch hinweg, aber er kam nicht an ihn heran. Der Junge verzog sich immer mehr in die Tiefe der Couch.

Himmel, ich müsste einschreiten, ich müsste etwas tun. Königinmutter war nur noch ein paar Schritte von einem Ausbruch entfernt. Wollten sie sich wirklich gegenseitig umbringen? Herbert würde doch nicht an diesem, meinem letzten Abend die Summe aller unserer Enttäuschungen durch den Mord an seinem einzigen, wenngleich auch elenden Sohn zunichte machen wollen. Hatte denn wirklich noch keiner mitbekommen, dass ich übermorgen nach Indien fahren wollte? Wir näherten uns dem Finale.

„Sie war doch kaputt", schrie mein Bruder immer wieder.

Königinmutter machte Anstalten aufzustehen, aber irgendetwas hielt sie zurück.

Warum blieben sie sitzen? Ich meine, Herbert hätte ja auch aufstehen und seinem Sohn einfach eine pfeffern können. Die Sache wäre damit erledigt gewesen. Aber nein, er blieb sitzen und verrenkte sich lieber das Kreuz. Alle blieben sitzen. Ich hatte bis dahin nicht gewusst, dass sich solche Dramen auch im Sitzen abspielen können.

Als Herbert versehentlich den Teller seines Sohnes umstieß, kam die Sache endlich in Gang. Rindfleisch und Tomatensoße flossen über die abwaschbare Tischdecke, Himmel und Hölle, das übliche Durcheinander begann.

Königinmutter fuhr aus ihrem Sessel hoch und rannte in die Küche. Herbert wurde blass und rang nach Luft. Endlich stand auch er auf und begann mit der Weihnachtsserviette in der verschütteten Soße herumzuwischen. Königinmutter kam mit einem Lappen aus der Küche zurück.

„Doch nicht mit den Händen in der Soße, Herbert, du verschmierst doch alles. Herrgott, doch nicht mit den Händen." Sie wischte mit einer Bewegung allen Mist vom Tisch.

„Und du, Freundchen, setz dich hin und iss. Hörst du? Ruhe jetzt. Habt ihr mich verstanden!"

Ihr ganzer Körper bebte. „Es ist zum Kotzen, wahrhaftig zum Kotzen. Dafür koche ich den ganzen Tag."

„Sag doch nicht diese Ausdrücke“, murmelte Herbert.

Es war vorbei. Endlich war es zu Ende. Wir waren miteinander fertig. Jetzt folgte nur noch das Urteil.

Königinmutter starrte Herbert über den Tisch hinweg an und im nächsten Augenblick knickte sie in der Hüfte ein. Sie musste sich am Tisch abstützen um nicht nach vornüber zu kippen, so stark war der Anfall. Sie hielt sich den Lappen mit der Tomatensoße vor den Mund, sie war bleich wie die Wand und stöhnte in den blutroten Lappen: „Ich muss, ich muss spucken!“

Das war's. Der einbrechende Morgennebel ließ unmerklich Tausende von Gefallenen sichtbar werden. Einige Rauchschwaden zogen hinauf zum Himmel. Blutrot kroch die Sonne hinter dem Horizont hervor. Ein unberittenes Pferd lief verwirrt in der Ferne am … Weil Herbert an mir vorbeiwollte, machte ich ihm Platz und schob mich mit meinem Sessel vom Tisch weg.

„Geht es dir nicht gut?“ Er wollte sie stützen, es ging ihr wirklich hundsmiserabel.

„Ich muss spucken. Ich muss …“

Sie hustete tapfer in ihren Lappen, während Herbert sie am Arm hielt.

„Lass doch“, sagte sie dann und die beiden standen so ein paar Minuten am Tisch. Sie, den blutigen Lappen vor dem Mund und er schuldbewusst an ihrer Seite. Es war still im Raum. Auch von draußen drang kein Geräusch zu uns herein. Sogar die Vögel waren verstummt.

Andreas saß blass in den Tiefen seiner Couch und versuchte, nicht vorhanden zu sein. Ich nahm ein Glas Wasser und hielt es Königinmutter hin. Sie sah wirklich furchtbar elend aus. Herbert nahm mir das Glas ab und hielt es ihr an die blassen Lippen.

„Es ist schon gut, es geht schon“, stöhnte sie und trank in kleinen Schlucken. Dann ließ sie sich vorsichtig in den Sessel sinken und pickte in den Spaghettis herum, nun aß sie wenigstens.

„Ihr bringt mich noch um. Ihr bringt mich wirklich noch um. Noch ein paar Minuten länger und es wäre mit mir vorbei gewesen.“

Sie bäumte sich noch einmal auf, aß aber dann weiter.

Herbert drängte sich wieder an mir vorbei, setzte sich erschöpft. Wir sahen schweigend auf unsere Teller.

Vor meinen geöffneten Augen verschwammen die Bilder. Ich sah nur noch den See an der Wand. Den See, den ich seit Jahren bei jeder Streiterei vor Augen gehabt hatte. Er hing direkt vor mir an der Wand. Über dem Kopf von Andreas. Rechts waren ein paar Bäume und links war ein kleiner, netter, grüner Wald. Dazwischen lag der See. Hellblau und ruhig. Hinter ihm waren Berge, schneebedeckt. Und alles in Öl gemalt. Ich hatte das Bild immer gern gehabt. Ich hatte es Tag für Tag vor mir an der Wand hängen sehen und wenn ich mich auf den See konzentrierte, versank alles andere um mich herum. Ich hörte zwar noch ihre Stimmen, ich nahm auch wahr, wie die Schlacht langsam zu Ende ging, und sah schemenhaft, wie sie die Verwundeten vom Feld trugen. Wie sie versuchten, sich gegenseitig ihre Wunden zu verbinden und die Reste ihrer Habseligkeiten aus den Trümmern zu bergen. Ich sah ihre Bemühungen, aus ihren elenden, nichtigen Streitigkeiten etwas Wesentliches zu machen. Ich nahm das alles wahr, aber im Grunde war ich schon weg. Ich hatte alles längst hinter mir.

Nun würde ich wirklich gehen. Ich hätte mich jetzt gern von ihnen verabschiedet, aber ich brachte einfach kein Wort heraus. Ich blieb stumm. Ich sah auf den See und kaute dabei auf den kalten Spaghettis herum. Warum brachte ich kein Wort heraus? Ich wollte ihnen doch von meiner Abfahrt erzählen. Ich wollte ihnen doch noch sagen: „Macht euch um mich keine Sorgen“, und „In ein paar Monaten sind wir ja schon wieder zurück.“ Das hatte ich mir für heute doch vorgenommen. Ich hatte mir so viel vorgenommen. Ich wollte doch wissen, ob ich noch zu ihnen gehörte, auch wenn ich jetzt gehen würde. Ob sie es mir übel nehmen würden, wenn ich sie hier auf ihrem Schlachtfeld zurückließe.

Ich wollte das alles sagen. Ich wollte Worte dafür finden, dass ich sie trotz allem Mist um uns herum, trotz der kleinen Missverständnisse, trotz der täglichen Streitereien und trotz der zerbeulten Lampen, dass ich sie irgendwie doch ... tief im Herzen ... Das wollte ich sagen, bevor ich dann über die Brücke ginge ... Aber ich bekam einfach nichts heraus. Ich war wie gelähmt.

Ich starrte auf den See an der Wand. Es passierte eine ganze Weile überhaupt nichts. Wir starben nur so vor uns hin. Dann taute ich langsam wieder auf. Ich bemerkte es zuerst an meinen Fingern. Ich spürte wieder Leben. Ich tastete nach der Gabel, tastete in der Luft herum und konnte die verdammte Gabel nicht finden. Endlich bemerkte ich sie in meinem Mund. Ich hatte sie die ganze Zeit zwischen den Zähnen gehalten. Ich schaffte es, den Arm zu heben, und nahm die Gabel heraus.

„Paul, was ist mit dir? Was hast du?“

Ich hörte eine vertraute Stimme und sah in Königinmutters sorgenvolles Gesicht.

„Nichts“, sagte ich, „es ist nichts.“

Wir räumten die Schüsseln und das Besteck und die Teller und die Servietten mit dem Weihnachtsmuster ab. Bruder Andreas packte sogar mit an. Königinmutter lief zwischen der Küche und dem Wohnzimmer hin und her und verbreitete ihre gewohnte Unruhe.

Plötzlich wollte jeder von uns nützlich sein. Herbert blieb als einziger am Tisch sitzen und starrte auf sein halb leeres Bierglas. Er durfte das. Er bekam auch immer als erster vom Fleisch und musste unbedingt die großen Stücke essen, auch wenn er sie gar nicht wollte. Königinmutter sorgte dafür, dass diese Tischordnung eingehalten wurde. Sie war die Anstifterin für diesen ganzen Einteilungsquatsch. Wir fanden das ziemlich lächerlich, aber keiner hätte jemals etwas dazu gesagt.

Ich ging ins Nebenzimmer, zog mir das Jackett vom Grauen an, kam wieder zurück und setzte mich zu Herbert an den Tisch.

„Willst du einen Schnaps?“, fragte er.

„Bist du verrückt, ich muss doch noch fahren.“

Ich versuchte zu lachen. Das mit dem „fahren“ war eine Redensart unter uns. Natürlich fuhr ich nur mit dem Bus. Herbert lachte nicht, er wollte nicht lachen.

„Du musst auf die Stoßdämpfer achten“, sagte er nach einer Weile.

„Meinst du, wir können das nicht unterwegs machen lassen. Ich habe doch den ADAC-Brief. Was meinst du?“

„Wenn ihr auf die Schlaglöcher achtet, könnt ihr es schaffen. Ihr müsst auf die Straße achten, das ist wichtig. Es ist ein alter Wagen, vergiss das nicht.“

Ich war froh, dass er von dem Käfer sprach. Er starrte noch immer auf sein halb leeres Bierglas.

„Dieser ADAC-Brief, na ja, er hilft euch nur, wenn Ihr auch eine Werkstatt findet, aber auf der anderen Seite …“

Er meinte, wenn wir erst mal auf der anderen Seite von Istanbul wären. Das war für ihn die magische Grenze, darüber hatte ich schon oft mit ihm diskutiert. Auf der anderen Seite würde Asien beginnen und alles würde für uns dann anders werden, das meinte er damit.

„Wenn ihr erst mal in Asien seid, dann sehe ich schwarz mit den Werkstätten. Da kannst du mit dem Schutzbrief überhaupt nichts anfangen, glaub mir das. Lass dich bloß nicht übers Ohr hauen. Besser, ihr lasst die Stoßdämpfer noch auf der europäischen Seite machen.“

„Nein, nein, ich pass schon auf, da brauchste keine Angst zu haben.“

„Hab ich auch nicht, Junge.“

Er sagte das alles ganz ruhig. Er war überhaupt nicht in Sorge um uns. Ich hatte nicht den Eindruck, dass ihn die verdammten Stoßdämpfer wirklich beunruhigten. Herbert war wirklich eine echte Autorität, was Autos betraf. Ich vertraute ihm, jeder konnte ihm vertrauen.

„Ich pass schon auf den Wagen auf", sagte ich und zündete mir eine Zigarette an. Er hatte mir das Auto geschenkt, aber irgendwie gehörte es noch zu ihm.

„Ich hatte heute einen Unfall, aber sag es nicht deiner Mutter", sagte er plötzlich und sah mir dabei voll in die Augen.

Ich war platt, Herbert hatte noch nie einen Unfall gebaut.

Der Junge kam herein und wollte sich zu uns setzen, aber Herbert ließ ihn erst gar nicht landen. „Geh rüber, Andreas", sagte er und diesmal sagte er es in einem anderen Ton. Der Junge ging, ließ aber die Tür offen.

„Hast du wirklich einen Unfall gehabt?" Ich konnte es einfach nicht glauben.

„Einen Mercedes, einen 230er." Er lachte etwas unsicher. „Er hat mir die Vorfahrt geklaut, Zehlendorf Mitte. Er hat mich geschnitten. Ich kam von rechts und er wollte unbedingt vor mir einbiegen. Ich war im Recht, völlig im Recht. Aber wie es immer so ist, es hat keiner gesehen."

„Und?" Ich fasste es nicht, Herbert hatte einen Unfall gebaut. „Haste die Polizei geholt?"

Mir wurde klar, warum er vorhin so wütend geworden war.

„Na ja, der Verkehrsmeister kam", er machte eine ziemlich lange Denkpause, „aber das war's auch schon."

Er war völlig erschöpft, ich sah es an seinen Augen.

„Und die Bullen?"

„Das war die Höhe. Als die Polizei kam, äh, also dieser, äh, Herr stellte plötzlich den ganzen Vorgang völlig anders hin. Ich konnte reden und reden, er hörte überhaupt nicht zu. Er war der Meinung, er sei vor mir abgebogen und ich habe ihn gestreift, weil ich, äh, vor ihm abbiegen wollte, das sagte er andauernd, einfach so."

Er ruckte auf seinem Sessel herum und bekam ganz schmale Lippen. „Das erste Mal, dass mir so etwas passiert. Unglaublich, dass mir so etwas passieren muss. Aber sag nichts deiner Mutter.“

„Jaja, denk nicht weiter drüber nach.“ Ich wollte ihn beruhigen, wusste aber nicht wie.

„Ich meine, dass das überhaupt möglich ist.“

Ich war immer noch platt. Gleichzeitig war ich auch froh, dass er mir von dem Unfall erzählt hatte. Er hatte wirklich noch nie einen Unfall gebaut, jedenfalls konnte ich mich an keinen erinnern. Er war immer ein astreiner Fahrer gewesen, solange ich ihn kannte. Er war immer stolz darauf gewesen, in seinen vielen Jahren als Berufsfahrer keinen Unfall gebaut zu haben.

„Gibt's denn das?“

Ich weiß nicht, ob ich in diesem Moment wirklich zu bescheuert war, einzusehen, dass Herbert einfach gelinkt worden war, oder ob ich ihn nur trösten wollte.

„Tja“, sagte er leise und lehnte sich zurück. Er wirkte auf einmal sehr entspannt. „So ist das im Leben. Die Kleinen fressen die Hunde.“

Ich sagte nichts dazu und bot ihm eine Zigarette an. Er nahm sie. „Fünf Punkte“, sagte er dann, „fünf Punkte und, wenn ich Glück habe, nur eine Verwarnung. Bei drei Verwarnungen … na ja …“

Ich gab ihm Feuer und er zog mit schmalen Lippen an der Zigarette.

„Sei froh, dass du nicht getrunken hattest.“

Großer Gott, etwas Blöderes fiel mir nicht ein. Herbert trank nie. Er reagierte zum Glück nicht auf meinen Supereinwurf. Er rauchte seine Zigarette und sah immer mal zu mir herüber. Und immer wenn er mir in die Augen sah, erreichten mich eine Menge Wörter. Ich traute mich nicht darauf einzugehen, es wäre mir peinlich gewesen und ihm sicher auch.

„Da war 'n Typ auf'm Dach, vor der Cicero, wenn man

zum Busbahnhof abbiegt. So ein Hippie, der schwang 'ne Fahne."

Er lachte plötzlich übers ganze Gesicht und ich sah seine Grübchen. Ich war froh, dass er wieder lachte. Das Wort Hippie machte ihm Schwierigkeiten, er sprach es wie Hüppi aus.

„Und?"

„Na, der stand auf dem Dach, so ein Flaua-Paua-Typ, mit langen Haaren und 'ner Fellweste und schwang eine Fahne. Der ganze Verkehr musste stehen bleiben. Sind die verrückt?" Er lachte wieder.

„Wahrscheinlich war er bekifft, verstehste, also hatte gehascht. Die haben doch alle irre viel Zeit. Ist ja verrückt."

Ich wollte ihn nicht bedrängen, also klinkte ich mich bei ihm nur ein bisschen ein. Die Zeit der Rempeleien, diese elenden Sonntagsessen, mit politischer Betrachtung der Weltlage im Einzelnen und der Regierung im Besonderen und dem Wirtschaftswunder und dem Springerhaus und den Studenten und diesem ganzen Mist war vorbei. Bis auf seine Erzählungen aus dem Krieg interessierte mich Politik sowieso nicht sonderlich. Jedenfalls nicht in diesen Sonntagsgesprächen, die wir führten, wenn wir Tonnen von Kohlrouladen hinter uns gebracht hatten. Ich hatte unsere kleinen Streitereien immer als Zeitvertreib gesehen, nur als Zeitvertreib. Jetzt war sowieso alles anders.

„Der schwang 'ne Deutschlandfahne und grölte auf dem Dach herum", sagte er und lachte dabei immer noch.

Wir schwiegen wieder eine ganze Weile und rauchten und starrten nur so vor uns hin. Was gab es auch noch zu sagen. Aber unser Schweigen war in Ordnung.

Aus der Küche hörte ich Königinmutter mit dem Geschirr hantieren.

„Halt dich bloß aus der Politik raus", sagte er dann unvermittelt. Er nahm sein Bier und trank das Glas in einem Zug aus. „Das sind doch Idioten."

Er stand auf, schob seinen Sessel weg und ging resolut

zum Schrank, zu unserem Wandschrank an der anderen Wand. Ich sah seine Uniformhosen und die riesigen Pantoffeln, in denen er in kleinen Schritten durchs Zimmer watschelte, und ich sah zum ersten Mal seine Hosenträger richtig und das verschwitzte Hemd, in dem er wahrscheinlich schon seit zehn Stunden klebte. Ich sah das alles wie zum ersten Mal und ich sah ihn plötzlich völlig anders, wie einen Fremden. Vielleicht wäre es besser gewesen, er wäre sitzen geblieben. Am Tisch waren wir einander viel vertrauter.

Herbert machte die oberste Schublade auf und holte die „wichtige Kiste“ heraus, die Kiste für Dokumente und Versicherungspolicen. Für die handgeschriebenen Testamente und die Kellerschlüssel und sämtliche Papiere für unseren Besitz und Fuhrpark. Er öffnete sie und nahm einen Umschlag heraus, dann stellte er sie wieder in den Schrank, kam an den Tisch zurück und legte den Umschlag direkt vor mich auf den Tisch.

„Sag aber nichts deiner Mutter“, sagte er leise und tippte mir auf die Schulter. Ich ahnte, dass er mir Geld geben wollte.

„Das brauchste nicht“, sagte ich ohne aufzusehen.

„Ist schon gut. Steck es weg. Sie muss es ja nicht unbedingt sehen und Andreas auch nicht.“

„Danke“, sagte ich. Ich war wirklich verdattert. Ich zündete mir noch eine Zigarette an.

Ich hatte nicht damit gerechnet, dass Herbert mir Geld für die Reise schenken würde. Als ich ihm von meinem Goa erzählt hatte, hatte er mir einfach den Käfer geschenkt. So als Lockvogel für die Führerscheinprüfung. Wenn ich die bestehen würde, hatte er gesagt, wäre der Käfer meiner.

Ich war damals wie vom Donner gerührt gewesen. Der Käfer war wohl das Größte, was ich jemals von einem Menschen geschenkt bekommen hatte. Das war eine kolossale Geste von ihm. Vielleicht war er aber nur froh darüber, dass ich endlich abhauen würde. Aber das war wieder mein Denkquatsch und dieser Gedanke tat mir schon beim Denken Leid.

Ich schob den Umschlag hin und her, wollte ihm irgendwas Nettes sagen, mich für das Geld bedanken, aber mir fiel nichts Richtiges ein.

„Wir wollten doch immer mal ein Bier trinken gehen", sagte ich dann und fummelte an dem Umschlag herum. Wir hatten uns schon seit Jahren vorgenommen mal in eine Kneipe zu gehen. Nur wir beide, so unter Männern, aber es war nie etwas daraus geworden.

„Oder wir gehen mal zusammen 'nen Western gucken."

Ich wusste, er liebte Filmschlägereien, da konnte er total ausrasten. Er weinte dann immer vor Lachen. „'nen Western oder 'nen Kung-Fu-Film. Was meinst du?"

„Jaja, Junge, komm erst mal wieder. Ist ja 'ne mächtige Reise, die ihr vorhabt." Er hatte sich wieder in seinen Sessel gesetzt.

„Findeste?"

„Na ja, bis Goa."

Er lachte nicht. Er war okay, er wusste sogar den Namen meines Ziels.

„Sigi war ja schon mal da", sagte ich. Dann war wieder Pause.

„Wann willste denn zurück sein?", fragte er und sah mich nicht dabei an.

„Vielleicht so in zwei Monaten", sagte ich.

„Und dann, was machst 'n dann?"

Ich wusste nicht, was ich dann machen würde. Ich wollte es aber auch nicht wissen.

„Vielleicht mach ich noch mal 'ne Ausbildung."

„Was denn für 'ne Ausbildung?"

„Vielleicht als Maskenbildner."

„Musste dafür nicht erst mal Frisör lernen?"

„Na ja, kann schon sein", sagte ich. „Ich weiß es noch nicht. Würde ich aber gerne machen."

Wie oft hatten wir dieses Thema besprochen, aber immer gleich wieder fallen lassen.

„In deinem Beruf kannste doch eine Menge Geld machen."

„Hast du immer an Geld gedacht, sag mal ehrlich, hast du immer an Geld gedacht?"

„Man muss von irgendwas leben, Junge."

Wir schwiegen wieder und Königinmutter kam herein. Sie hatte noch ihre Küchenschürze umgebunden und trocknete sich die Hände mit einem Geschirrhandtuch ab. Sie ließ sich in den Sessel fallen. Es war dunkel geworden inzwischen und draußen zwitscherten ein paar Vögel. An sich war es ein ganz netter Feierabend.

„Du musst uns sofort schreiben, Paul, hörst du. Sei darin bitte nicht liederlich. Wir wollen wissen, wie es dir geht." Sie wurde zusehends ernster und sprach mit ihrer Grabesstimme. Langsam, aber sicher bekam sie ihr Beerdigungsgesicht. Ich verdrehte die Augen.

„Ich schreib euch, von überall."

„Und mach nicht solche Geschichten", sagte sie.

„Was denn für Geschichten?" Ich musste lachen.

„Na ja, ... du weißt schon."

Sie war nun stockernst, fast versteinert, aber ihre Augen waren noch wach. Sie flitzten zu Herbert, der sah sie unsicher an. Ich kannte ihre Zwiesprache. In dieser Sprache unterhielten sie sich immer, wenn es anders nicht mehr ging. Ich hatte das immer gehasst, ich hasste es, wenn so eine Spannung in der Luft lag. Ich wollte wissen, was wirklich Sache ist, ohne doppelten Boden, ohne Maske. Es ging mir immer furchtbar an die Nerven, wenn sie schweigend ihre Blicke tauschten.

„Willst du noch ein Bier? Sag doch was, Herbert. Meine Güte, du kannst doch mal was sagen."

Königinmutter bohrte in ihm herum. Ich glaube, sie hörte meine Gedanken und wollte raus aus diesem Mit-Herbert-Blicke-tauschen-Spiel.

„Sei nicht so waghalsig und lass dir vor allem Zeit, Paul."

„Mach dir doch nicht so viel Sorgen, wir sind ja nicht aus der Welt", antwortete ich.

Sie machte mich verrückt mit ihren Sorgen.

„Na, Indien, ich weiß nicht. Du weißt, du bist nicht der Geschickteste."

„Ich bin nicht der Geschickteste? Na, das ist 'n Ding."

Das war die Höhe. Ich hatte die gesamte Reise vorbereitet, in jedem kleinsten Detail. Ich wusste, wovon ich sprach, aber Königinmutter sagte, ich sei nicht der Geschickteste. Sie konnte mich damit fertig machen. Sie wusste ja nicht einmal, wo Indien lag, geschweige denn Goa. Herbert vielleicht, aber sie niemals.

„Ich sage doch nur, du sollst nicht so waghalsig sein. Du hast zwei linke Hände."

Ich war für sie also der Mann ohne Hände. Sie trauten mir nicht einmal die kleinste Handarbeit zu. Das war immer so gewesen. Einmal hatten wir den verdammten Birnenbaum im Garten veredelt. Wir hatten ihm die Spitzen gekappt und seine Äste beschnitten. Dann hatten mein Bruder und ich Teer auf die abgeschnittenen Äste gestrichen und dann hatten wir alles gut und fachmännisch mit Isolierband verbunden. Herbert hatte es mir gezeigt und ich hatte es verstanden.

„Denkt mal daran, was ich im Kindergarten schon alles gebaut habe. Den Tisch mit den bunten Steinen. Erinnerst du dich nicht? Oder den Birnbaum. Habt ihr den vergessen? Die guten Sachen vergesst ihr immer. Herbert hat es mir nur einmal gezeigt, einmal, und den Rest haben Andreas und ich allein gemacht. Völlig selbständig, ohne Hilfe."

„Jaja", sagte Herbert.

„Und dann ...?" Königinmutter setzte sich kerzengerade auf. „Dann bist du mit der Leiter umgefallen."

Verdammt, wie konnte sie das so sehen.

„Und?" Meine Stimme schlug um. „Was beweist das schon."

Ich kam nicht mehr weiter. Ich hätte heulen können. Sie verstanden nichts, gar nichts. Ja, verdammt. Ich war mit der verdammten Leiter umgekracht. Ich hatte es sogar ein bisschen so gewollt. Ich hatte auf der Leiter so lange herumgewackelt, bis sie zusammengekracht war. Sie sollten sogar annehmen, dass ich das mit dem Baum nicht hinbekäme, dass ich so was nicht konnte. Ich weiß nicht, warum ich das tat, das mit der Leiter, und warum ich mich so bescheuert anstellte, ich weiß es wirklich nicht. Fakt war, sie mussten ziemlich lachen, als ich zusammenkrachte. Sie lachten und lachten und ich machte noch zusätzlich ein paar Faxen mit der Leiter, eine richtige Nummer. Darin war ich perfekt. Aber das heißt doch noch lange nicht, dass ich ein Leben lang mit jeder verdammten Leiter zusammenkrachen würde.

„War ja nur Spaß, Paul, reg dich nicht immer gleich so auf. Man kann dir ja gar nichts mehr sagen."

Königinmutter sah zu Herbert über den Tisch hinüber und beide hatten wieder ihren eigenen Text.

Ich starrte auf den See und wollte nur noch weg. Vielleicht kam Indien gleich hinter Italien. Italien begann sicher gleich hinter dem See und alles, was dann käme, könnte auch Asien sein.

„Hast du nicht auch noch mal Lust, mit dem Motorrad durch Marokko zu fahren", fragte ich nach einer Weile Herbert. Ich wollte nur noch, dass mir irgendwer am Tisch noch irgendetwas Nettes zu meiner Reise sagte.

„Die Zeiten sind vorbei, Junge, man muss auch mal zur Ruhe kommen."

Er verstand mich nicht.

„Zur Ruhe, was meinst du damit. Meinst du immer nur arbeiten und dann ewige Ruhe? Ein Leben lang rackern und dann nichts. Nichts?"

Es war hoffnungslos. Sie ließen sich einfach auf nichts ein.

„Man muss irgendwie zur Ruhe kommen. Das wirst du

später verstehen, Junge.“ Herbert sah mich für einen Moment an.

„Mach du erst mal einen Krieg mit, Paul, dann siehst du alles anders“, fuhr Königinmutter dazwischen.

Ich weiß nicht, was das mit dem Thema zu tun haben sollte, aber sie wollte das so.

„Du hattest es dir doch ganz gut eingerichtet, oder? Herbert, sag mal. Der Krieg war doch gar nicht so heftig. Also nicht für dich persönlich, oder?“

Ich wollte nur, dass er mir zur Seite ginge. Ich brauchte jetzt einen von ihnen, gerade heute.

„Krieg ist Krieg, Junge.“ Herbert starrte wieder vor sich hin, direkt in sein Bierglas. Jetzt waren wir plötzlich im Krieg. Ich hatte überhaupt nicht davon sprechen wollen, aber irgendwie machte ich mit. Ich war wie ferngesteuert.

„War das eigentlich Rommel, mit dem du in Afrika warst?“

„Nein, Rommel war das nicht. Es ist ja auch egal.“

„Herbert war doch dort in Gefangenschaft“, sagte Königinmutter.

Himmel, wenn unser Gespräch so weiterginge, wäre ich bald völlig draußen.

„Nicht in Afrika. In Afrika war ich an der Front, wenn man das überhaupt so sagen kann“, hielt er dagegen. „Die Gefangenschaft war in Frankreich, du bringst das immer durcheinander.“

„Ach so“, sagte sie leise und dann: „Siehst du, Paul, Herbert hatte es an sich gar nicht schlecht in Frankreich.“

Dann lachte sie ein bisschen und ich lachte auch und Herbert musste auch lachen. Wir waren irgendwie froh, dass wir trotz der Gefangenschaft von Herbert, trotz des Krieges und trotz meiner Pleite mit der Leiter und meiner bevorstehenden Abreise noch lachen konnten.

Solange ich mich erinnern konnte, hatten wir es nie geschafft, ein wirklich klares Gespräch über uns oder

Herberts Kriegszeit zu führen. Es war wirklich unmöglich. Wir kannten zwar alle unsere Geschichten, von der Wüste und Herberts Küchendienst, von seinem Frankreich und seiner Gefangenschaft, aber heute war es das reinste Chaos. Wir sprachen nur noch in Fetzen, nur noch in Schnipseln. Wir hielten uns an den Resten unserer Geschichten fest, einfach nur, um irgendetwas zu sagen.

„Das heißt, du musstest also gar nicht kämpfen?"

„Hergott, Herbert, lass dich doch nicht so nötigen, erzähl es ihm doch."

„In Afrika ging es ganz gut. Ich kam in den Küchendienst und musste nicht mit den Panzern raus."

„Klasse", sagte ich.

„Aber danach, also nach der Wüste, kamst du doch in die Gefangenschaft nach Frankreich, so war es doch, nicht?", fragte Königinmutter. Herbert nickte nur noch.

„Na also." Sie strich mit einer Hand über den Tisch.

Dann schwiegen wir wieder, denn keiner wusste mehr weiter.

Früher hätten wir noch mehr gelacht und viel mehr Quatsch gemacht und über Herbert und sein Frankreich gelästert. Herbert hätte uns von seinem Motorrad und von Marokko erzählt und wir wären irgendwann auf seine erste Frau zu sprechen gekommen, mit der er in Marokko samt Motorrad und Zelt unterwegs gewesen war, und Königinmutter hätte ihn sicher auch noch ein bisschen gestichelt, aber wir hätten ziemlich viel gelacht. Wir lachten immer viel, auch wenn wir uns unentwegt nervten und auch wenn wir unsere Geschichten alle schon kannten, aber gelacht wurde trotzdem. Jetzt war keinem von uns mehr zum Lachen zumute.

Ich wusste nicht mehr weiter. In mir machte sich die Gewissheit breit, dass ich endlich gehen müsste. Ich würde noch mal in die Innenstadt fahren, in irgendeinem Tanzschuppen vorbeischauen oder mit meiner Gitarre in den Clubs unterwegs sein. Ich glaube, es war so weit, ich musste jetzt gehen. Ich konnte hier nicht noch Stunden so sitzen bleiben. Ich spürte, dass es das letzte Mal sein würde, dass wir so am Tisch säßen, und ich wusste, das sie das auch wussten. Ich konnte nicht mehr bleiben, es ging einfach nicht mehr. Ich wollte es jetzt endlich hinter mich bringen. Bis Sonntag waren es noch zwei Tage, aber heute ging ich für immer.

„Pass auf dich auf“, sagte Königinmutter leise, so als hatte sie in meinen Gedanken gelesen.

„Jaja“, sagte ich und sah zu Herbert hinüber, der mich aber nicht ansah.

Es kam nichts mehr. Ich wusste, sie konnten nicht anders. Ich machte ihnen auch keinen Vorwurf, ich war nur noch traurig. Es war nur so ein Klumpen in mir.

Ich stand dann auf. Im Nebenzimmer brannte Licht. Bruder Andreas hatte augenscheinlich die Lampe wieder zum Leuchten gebracht. Ich konnte durch die geöffnete Tür sehen, wie er am Tisch saß. Ich sah seinen Rücken. Ich stand einen Moment unschlüssig vor unserem Cocktailtisch und sah Königinmutters ernstes Gesicht und dann blickte ich noch mal zu Herbert, der mich aber immer noch nicht ansehen konnte.

„Es wird nicht so spät heute“, sagte ich leise.

„Mach nur, du machst es schon richtig“, sagte Königinmutter und sah mich von unten her an.

Ich ging ins Nebenzimmer zu meinem Bruder und nahm den Koffer mit der Blonden. Er sah nicht auf.

„Weck mich bloß nicht, wenn de kommst“, murmelte er.

„Nein, nein“, sagte ich. „Ich lass dich schlafen.“

Ich wollte ihm noch irgendetwas sagen oder ihn noch mal anfassen, aber ich ließ es dann und ging wieder zurück ins Wohnzimmer. Sie saßen sehr ernst am Tisch und schwiegen noch immer.

„Also dann“, sagte ich leise und beugte mich zu Königinmutter und gab ihr einen Kuss auf die Wange. Und dann lächelte ich Herbert zu, der mich endlich ansah und versuchte auch ein bisschen zu lächeln.

„Bis heute Nacht", sagte ich und ging ich aus der Tür.

Anderswo bin ich zu Haus

Es war schon nach acht, als ich unser Heim verließ. Der verdammte Bus brauchte mehr als eine Stunde, um in die Innenstadt zu humpeln, aber das war gut so. So konnte ich eine ganze Weile vor mich hindämmern und meine Einzelteile wieder zusammensetzen.

Halensee stieg ich um, in den 19er. Wie jeden Tag, wie jeden Abend. Reine Routine. Busfahrten und alte Filme. Das Lichtermeer begann mich langsam in Beschlag zu nehmen. Großstadt, meine Stadt, Lichtermeer im Herzenstakt. Ich kam zögernd zu mir, ich sah schon wieder Gesichter. Je mehr ich eintauchte, desto mehr streifte ich alles Unwichtige ab.

Die letzten paar Meter vom Ku'damm lief ich zügig in die Fasanenstraße. Ich war nicht mehr müde. Das altbekannte Kitzeln im Bauch begann. Ich spürte den Zündstoff in mir. Zündstoff genug, um einen Berg zu versetzen. Ich wusste, ich hatte nur mich, aber ich brauchte nichts weiter. Die Gitarre klopfte mir beim Gehen ans Knie. Ich ließ sie klopfen, sie gehörte zu mir, sie machte mich ja erst möglich. Vielleicht war ich sie und sie war ich. Wir beide gehörten zusammen, wir waren eins. Es war nicht viel, was ich mit mir trug, doch in mir war eine ganze Welt.

Junge mit Gitarre. Junge mit dem Schlüssel zu seinem Land. Held ohne Waffe. Sohn seiner Mutter, vaterlos, ohne festen Boden. Suchend, treibend ... wie ein Floß ... wie ein ... äh ... wie ein ... Schiff. Ja, das klang gut, wie ein Schiff ohne Hafen.

Verdammt, ich war einfach nicht zu schlagen. Es war genial, was mir da so alles durch den Kopf schoss. Ich konnte die Bilder anknipsen wie einen Schalter. Ich brauchte gar nicht erst großartig zu grübeln oder zu denken. Sie kamen von irgendwoher, ruhten sich ein wenig in mir aus und flogen dann wieder davon. Wie Vögel. Ich war ein verdammt reicher Typ. Ich war ein Vögelfänger. Ich wuchs beim Laufen über mich hinaus, ich spürte das. Alles, was noch vor Stunden so wichtig gewesen war, die Gespräche, die unausgesprochenen Worte, ihre Blicke, mein blöder Abschied, unser ganzes Durcheinander, das alles war jetzt vorbei. Die Vögel hatten alles mitgenommen. Irgendwohin.

Ich lief am Hotel Kempinski vorbei. Die Luft war angenehm frisch. Ein leichter Nieselregen berührte meine Wange. Ich mochte Nieselregen, ich liebte Wasser auf meinem Gesicht. Wasser, wie Silbertropfen im Mondlicht. Himmel, es wurde immer besser. Ich war in diesem Moment ziemlich begeistert von mir, ich begann mir eine Menge vorzunehmen, aus mir sollte noch etwas werden.

Ein paar dicke Autos parkten vor dem Kempinski. Ein Mercedes stand direkt vor dem roten Läufer, der über die Treppe bis in die Eingangstür verlegt war. Ein 220er, silbergrau, mit Fahrer in Uniform und Mütze. Der Pförtner pfiff nach seinen Pagen. Sie stolperten die Treppe herunter und er öffnete den Kofferraum vom Silbergrauen. Dann schleppten sie die Koffer und Taschen in die Eingangshalle. Taschen aus braunem Leder, mit Goldbeschlägen. Ein kleiner dicker Mann stieg aus dem Mercedes, mit ihm eine schöne große, hagere Frau, in Stola und langem Mantel und Pumps. Sie liefen hastig und geduckt die Treppe hinauf, wohl weil es regnete. Ich sah sie hinter der Eingangstür verschwinden. Dahinter war ein enormes Licht. Kronleuchter, antike Vasen. Ich sah Männer in feinen Anzügen und Frauen in wunderbaren Roben.

Für einem Moment blieb ich stehen und war ganz benommen von dem Theater. Ich sah, was ich sehen wollte. In einer Sekunde wurde mir mein tolles, unbegrenztes Leben bewusst. Was gestern war, was mich noch vor ein paar Stunden quälte, ich ließ es hinter mir. Die Nacht konnte beginnen.

Ich kreuzte die Straße hinüber zu den Kölsch-Weinstuben, dem Haus rechts von der jüdischen Gemeinde. Malinowski hatte den Laden von der alten Kölsch übernommen und ihn mit seinen Jungens ausgebaut. Die Kölsch war mit ihrer Weinstube unten im Keller untergebracht und er hatte die Teestube im Erdgeschoss und das Cha-Cha darüber. Nachts mussten sich Hausfrauen mit ihren betrunkenen Ehemännern den Ausgang mit den Kindern der Sonne teilen. Im Moment, als ich die Tür öffnete, im Augenblick, als ich hindurchging, wurde ich ein anderer.

Hinter der Tür standen ein paar Beatniks. Sie sprachen über ihre Haare. Ich wollte gleich in die Teestube, besann mich dann aber und lief die paar Stufen hoch in den Club. Ein paar Hippies saßen auf der Treppe und rauchten. Ich achtete nicht auf sie. Oben vor dem Eingang war ein kleiner Gang zu den Toiletten und der Küche. Ich sah niemandenden, den ich kannte. Aus der Teestube erklang Musik. Ich hatte gehofft, Malinowski oder einen seiner Jungs zu finden, aber es war vielleicht noch zu früh. Einen Moment blieb ich unschlüssig auf der Treppe stehen, dann ging ich ins Cha-Cha hinein.

Der lange Tresen im Eingangsbereich war auch nicht besetzt. Ihm gegenüber stand ein wackeliger Tisch, an dem man auf seinen Auftritt warten konnte. Dort saß ein Typ, den ich aus den Gesprächen mit Malinowski kannte. Sie nannten ihn den Legionär, weil er aus der französischen Legion gekommen war. Ich wusste aber nicht, ob das stimmte. Der Mann sah gut aus, obwohl er einen ziemlich abgeschabten Anzug trug. Ein verschlossener Mittdreißiger, sehr fremd, sehr dunkel, mit Kurzhaarschnitt und dünnem Lederbinder. Ich sah flüchtig zu ihm. Er wirkte ziemlich ausgebrannt. Er saß da und blickte nicht hoch. Ich ging gleich weiter.

Ein Pärchen krümelte sich in den Tiefen eines Sofas. Es war wie immer stockdunkel. Das Cha-Cha war im Grunde ein stinknormaler Nachtclub, den Malinowski mit seinen Jungens vor einem Jahr neu eingerichtet hatte. Mit plüschigen Sesseln, runden Tischen, mit Seidentapeten und viel Nippes. Es gab Zeichnungen von Pans und Zentauren an den Wänden und in den Ecken standen Engelchen herum, pausbäckige Putten aus Marmor, niemand wunderte sich darüber. Dieser Kitsch gehörte einfach hierher.

Ich sah hinüber zur Bühne. Sie war der einzige Lichtfleck, jeder musste sie sehen. Egal, wo man stand oder saß, immer musste man zur Bühne sehen. Sie war im Grunde nur eine Holzpalette, mit einem Mikrofonständer an der Vorderkante und einem armseligen Barhocker im Hintergrund. Es gab keinen Vorhang, kein Klavier, nur eben dieses Mikrofonstativ und den Barhocker. Dazu fiel etwas rotes und gelbes Licht aus der Decke, das war's.

Ich blieb noch ein paar Minuten im Eingang stehen. Ich bemerkte den abgestandenen Zigarettenrauch und das verdammte Raumpflegespray, das Malinowski jeden Abend versprühte. Es war ein süßer, schwerer, säuerlicher Geruch, der mir in die Nase stieg.

Weil ich nicht mehr warten wollte, ging ich zurück zu dem Tisch und stellte meine Gitarre an die Wand. Der Typ blickte kurz auf und ich sah in ein versteinertes Gesicht. Ich hätte ihn niemals angesprochen. Er machte auf mich den Eindruck eines Mannes, der sehr viele Probleme hat. Ich nickte ihm kurz zu und ging schnell wieder hinaus.

Auf dem Gang versuchten zwei Langhaarige die Tür von der Herrentoilette einzutreten, sie machten dabei ziemlich viel Lärm. Ich hörte Max im Hintergrund aus der Küche lachen, konnte ihn aber nicht sehen. Ich hörte seinen italienisch-deutschen Dialekt und sein rollende R. Ich wollte keinen Ärger sehen und ging gleich weiter in die Teestube.

Hier war es knallvoll. Ein unheimliches Gedrängel. Die Beatniks und Hippies saßen und standen herum und rauchten und tranken und schwatzten. In der Mitte war ein Glastresen, der sich kreisförmig durch den ganzen Laden zog. Er war von unten her beleuchtet und sein Glas in den schillernsten Farben bemalt. Wenn man lange genug in die Farben starrte, konnte man sehen, wie sie sich bewegten. Es waren Schlangenlinien in Rot und Gelb und Grün, wie in einem Aquarium. An den Wänden gab es ein paar Bänke, kleine Tische und Hocker, aber auch sie waren alle mit Jugendlichen besetzt. Ich drängelte mich an den Tresen, in der Hoffnung jemanden zu treffen, den ich kannte.

Sie tranken Kaffee oder Cola und, was ich erstaunlich fand, Tee. Es war fast unmöglich durchzukommen. Bestimmt saßen zwei Dutzend dieser bunten Vögel an dem Tresen. Einige nuckelten an kleinen gebogenen Messingpfeifen oder sogen sich an enormen Tüten fest, sie kifften. Malinowski hätte niemals gestattet, dass irgendwer im Cha-Cha gekifft oder harte Sachen genommen hätte. Er hasste Drogen. Aber die Hippies schafften es immer wieder, das Zeug hineinzuschmuggeln.

Ich hatte keine Chance. Es war alles besetzt.

Also stellte ich mich in die zweite Reihe und starrte, wie es alle machten, irgendwohin. Ein paar lehnten auf ihren Ellenbogen über dem Glas und sahen teilnahmslos in die Farben. Wahrscheinlich warteten sie darauf, dass sich irgendetwas darin bewegte, andere sprachen mit sich selbst oder zogen laut über die Musik her, die im Hintergrund tobte. Jedenfalls waren alle mit sich selbst beschäftigt.

Im Moment quälte uns der Typ hinter dem Tresen mit

„Wild Thing", einem furchtbaren Schinken. Ein paar Mädchen beugten sich zu ihm hinüber und versuchten ihn zu überzeugen, dass er eine andere Platte auflegen müsse, weil sie sonst sterben würden. Obwohl sie ihn ziemlich beackerten, blieb der Mann ganz ruhig. Er war der Spielleiter. Ein Kurzhaartyp mit einer Hakennase, in schwarzer Weste und weißem Hemd.

Weil ich so nicht weiterkam, drängelte ich mich wieder zurück an einen freien Tisch an der Wand, gleich neben dem Eingang, und setzte mich auf einen Fellhocker. Ich machte erst mal gar nichts. Es ist verdammt schwer, nur so da zu sitzen und zu schauen, aber es geht. Man muss sich nur verdammt gut in Ruhe lassen, alles andere kommt dann wie von selbst.

Vor mir saßen drei hennarotgelockte Mädchen. Henna war dieser orientalische Färbemist. Dieses Rot war unerhört angesagt. Ich mochte es nicht. Ich meine, man sollte sich nicht verunstalten, um dann wie alle Welt auszusehen. Die Mädchen trugen knappe Pollunderteile und lila Samthosen, die unter dem Bauchnabel begannen. Sie lachten über ein paar dümmliche Sätze, irgendeine Osterinsel betreffend, die der Typ ihnen gegenüber bereist haben wollte. Er trug eine Weste über seinem nackten Oberkörper. Er sah gut aus und legte sich mächtig ins Zeug.

Er sprach von Visionen, die er bei den Steinfiguren gehabt habe, als er auf den Osterinseln gewesen sei, und dass diese Riesenklötzer im Grunde von einem anderen Stern direkt zu uns auf die Erde gebracht worden seien und dass er dort, mehr als zwei Jahre im Schatten von einem dieser Kolosse, ziemlich wahnsinnig meditiert habe. Diesen Quatsch erzählte er ihnen und die Mädchen dankten es ihm.

Verflucht, ich hätte ihnen auch gerne etwas erzählt. Aber was hätte ich ihnen erzählen sollen? Meine unschlagbaren Stahlrohrstorys? Oder von Schütters und Hein. Sie hätten nichts verstanden.

Ich sah mich um und sah auch andere, die nur dahockten und umherschauten. Alle waren kostümiert. Sie saßen da wie Akteure in einer Theatervorstellung und warteten auf irgendetwas. Jeder hatte sich einen Typen ausgewählt, der er sein wollte. Ob mit einem zerbeulten Hut oder mit einem verfilzten Pullover oder einem alten Unterrock, jeder versuchte irgendwie ein anderer zu sein.

Manche trugen Uniformen, Hosen und Jacken aus Armeebeständen. Es gab Mädchen in kolossal weiten Röcken und übergroßen Leinenblusen. Sie sahen aus wie Siedlerfrauen aus einem Western von Howard Hawks. Ich war völlig weg.

Mir gefielen ihre Verkleidungen. Die Farben, die Tücher, die Uniformen. Manchmal kreuzte sich mein Blick mit dem eines Mädchens oder eines Felltypen. Nichts war feindlich, obwohl ich doch ein völlig anderer war als sie. Obwohl ich meinen grauen Anzug trug und auch sonst nicht zu ihren Verkleidungen passte. In ihren Blicken sah ich nie Ablehnung. Sie akzeptierten mich, ich spürte das. Im Grunde waren wir uns ja alle fremd und gehörten doch zusammen.

Der Typ hinter dem Tresen legte endlich eine andere Scheibe auf. „What a day for a daydream." Den Tagtraumsong, von Lovin Spoonful. Ein Klassesong wirklich. Ein ehrliches Lied. Durch den Krach hörte ich sowieso nur das, was ich schon kannte, aber der Song war für mich wie eine Insel. Er nahm mich total gefangen. Die Varietéeinsätze, das war schon außergewöhnlich. Und dazu diese verrückten Einfälle mit dem Dixiekram. Ich hasse Dixie, aber was sie da mit der Harmonika machten, war fantastisch. Wir benutzten ja alle Mundharmonikas. Jeder, der zur Gitarre spielte, benutzte eine Mundharmonika, aber in diesem Song war sie eindeutig besser eingesetzt. Die Typen setzten sich einfach über den Geschmack hinweg, sie machten, was sie wollten, sie sangen einfach, was sie dachten.

„Sweet dreams. Süße Träume. Diesen Weg zu gehen und einfach nur zu träumen." Ich hätte jetzt gerne etwas zu schreiben gehabt. Ich hätte mir einiges notiert, etwas, was mir wichtig war.

Ein Typ in einem Ledermantel setzte sich an meinen Tisch. Ein Vollbart. Er begann mir sofort seine Pfeife ins Gesicht zu paffen. Aber er war in Ordnung, ich spürte das. Ich wäre sonst sofort aufgestanden und gegangen. Es war so verflucht eng in der Teestube. Ein Wunder, dass ich diese Enge aushalten konnte.

„Tagtraum, Daydream. What a day for a daydream." Der Typ mir gegenüber arbeitete an seiner Pfeife. Das Lied hätte Schütters hören sollen, das Pfeifsolo, ich glaube, es hätte ihm auch gefallen. Er hätte ganz bestimmt spontan in die Hände geklatscht und dabei ein solches Kopfwackeln bekommen, dass ihn seine verdammten Schuppen unter sich begraben hätten. Ich musste lachen. Der Typ gegenüber lachte auch gleich mit und sah mich verzückt an.

„Gibt's hier nischt?", fragte er.

„Was meinst du?" Ich wusste wirklich nicht, was er meinte.

„Ist ja auch egal", antwortete er und verlor etwas Gehirnflüssigkeit vom Paffen und vom Lachen. Sie floss ihm in kleinen Bächen in seinen elenden Vollbart.

Ich musste an Hein denken. Himmel, jetzt begann mir Hein schon zu fehlen. Ich zündete mir eine Lux-Filter an. Vielleicht hörte er ja auch heimlich Beatmusik. Vielleicht war er ja im Grunde auch ein anderer und strich nachts, wie es alle taten, durch die Straßen. Vielleicht spielte er sogar Akkordeon. In seinem rot karierten Arbeiterhemd und seiner geräumigen Wohnhose. Ein Schwein, das Akkordeon spielt. Oder er lief in Frauenklamotten durch die Straßen und sang vor reichen, betrunkenen Mercedesfahrern. Vor Männern, die tagsüber Stahlrohre verkauften und die ihn in seinen Kleidern nicht erkannten. Und dann, morgens, kurz vor Sonnenaufgang, rannte er lachend durch die Straßen und klatschte sich vor lauter Lebensfreude auf die schwabbeligen Schenkel. Einfach weil er auch ein anderer war und ihn keiner erkannt hatte und dann sang er noch einmal sabbernd den Tagtraumblues, während die Sonne aufging. Armer Hein.

Ich brauchte etwas zu trinken. Ich stand also auf und drängelte mich wieder an den Tresen. Es wurde immer voller, bald war es nicht mehr auszuhalten. Ich stellte mich in der zweiten Reihe an und versuchte dem Typen hinter dem Tresen meine Bestellung zuzurufen, aber er hörte mich nicht. Er nahm mich einfach nicht wahr, ich war nicht laut genug.

„'n Ginger", rief ich.

Ich hätte etwas Einfacheres bestellen sollen, aber nun war es schon zu spät. Die vor mir standen, hatten mich längst bemerkt, ich konnte nicht mehr zurück. Ich starrte den Typen hinter dem Tresen an. Vielleicht erreichten ihn ja meine Schwingungen.

Plötzlich sah ich am anderen Ende der Teestube Victoria. Die blasse Victoria, die immer mit ihrer Mutter im Cha-Cha herumlungerte. In ihrem weißen Engelskleid saß sie am Fenster und ich glaube, sie versuchte mir etwas mit ihren Augen zu sagen. Aber ich verstand sie nicht. Sie hatte mich wahrscheinlich schon eine ganze Weile so angesehen. Jedenfalls hatte ich nach einer Weile den Eindruck, dass wir uns irgendwie doch verstanden, trotz der enormen Strecke, die wir mit unseren Blicken zurücklegten.

Der Typ hatte inzwischen mitbekommen, dass ich ihn hypnotisierte.

„'n Ginger", rief ich noch einmal, diesmal etwas lauter.

„Ein Ginger Ale", bestätigte er.

Er hatte mich verstanden, dem Himmel sei Dank.

Über mehrere Hände hinweg reichte er mir dann das Ginger und ich zahlte, was auch wieder nur über mehrere Hände ging. Dann schleppte ich mich zu meinem Tisch mit dem Ledermanteltypen zurück.

Mein Platz war besetzt. Der Ledermantel sprach eindringlich auf eine Frau mit langen schwarzen Haaren ein, die sich auf meinem Hocker festgesetzt hatte. Ich blieb vor ihnen stehen, aber sie kümmerten sich nicht um mich.

Ich sah, wie sie sich über ein Stückchen rosa Papier beugten und wie die Frau versuchte ein Stück Zucker zu zerteilen. Sie benutzte dazu eine Rasierklinge und zitterte so sehr, dass ich Angst bekam, sie würde sich ernsthaft verletzen. Der Mann hatte sich zu ihr hinübergebeugt, sein Bart berührte ihren Kopf. Endlich hatte sie es geschafft, sie balancierte das weiße Pulver in einem Löffel, während der Typ versuchte, ihr etwas Tee darauf zu tröpfeln. Das war nicht einfach, weil die Frau so erbärmlich zitterte und der Typ mit seiner Pfeife und gleichzeitig mit der Teekanne zu tun hatte. Irgendwie schafften sie es dann aber doch und dann schluckte die Frau den ganzen Mist in einem Ruck herunter. Ich hatte genug gesehen. Ich wusste, dass sie ab jetzt ziemlich lange unterwegs sein würde und im Himmel oder in der Hölle landen könnte.

Sigi hatte mir mal von einem Trip erzählt, den er über sieben Tage und Nächte gemacht hatte. Am Ende dieser Reise hatte er sich eines Morgens an der Wand des Mittelzimmers in seiner eigenen Wohnung wieder gefunden. Er war genau in dem Augenblick erwacht, als Muttchen ihm eine Schüssel mit Fleisch und Kartoffeln über den Dielenboden zugeschoben hatte. Letztendlich wurde er durch die Lockrufe seiner Mutter wach und Muttchen erzählte mir später, er habe ab diesem Moment nur noch geschrien, sie möge ihm doch um Gottes willen nicht näher kommen, da das Zimmer keinen Boden mehr habe. Sieben Tage und Nächte habe er so an der Wand seines Zimmers verbracht und war auch nur zurückgekommen, weil ihm einer seiner Brüder ein Brett hinübergeschoben habe, das sie vorher aus der Hinterwand seines Kleiderschrank gelöst hatten. Auf dem hatten ihn dann Muttchen und sein Bruder mit enormer Anstrengung wieder auf die andere Seite zurückgeholt.

Sigi hatte mir später immer wieder beteuert, dass er ziemlich lange unterwegs gewesen sei und eine Menge gesehen habe, über das er aber nicht mehr gerne reden würde.

Ich entschloss mich die Kurve zu kratzen. Die beiden Reisenden hingen jetzt Kopf an Kopf über dem Tisch und hielten sich mit äußerster Anstrengung an der Tischkante fest. Wahrscheinlich waren sie längst in der Ukraine. Ich stellte mein Ginger auf den Tisch und bewegte mich zum Ausgang. Es war mittlerweile so voll, dass ich nur noch mit äußerster Anstrengung den Ausweg fand.

Die Treppe war jetzt auch schon mit Langhaarigen bevölkert. Ein paar saßen auf der untersten Stufe und ich musste über sie hinwegsteigen. Der eine von ihnen zupfte auf einer Gitarre herum und sang vor sich hin. Es war ein unglaublicher Lärm, der aus der Teestube kam, und der Junge hatte Mühe dagegen anzusingen, aber er sang wirklich schön. Das Mädchen neben ihm summte die Melodie mit, ganz einfach und schlicht, ohne Worte. Als ich mich an ihnen vorbeidrückte, sah ich, dass der Junge einen zerschlissenen Seemannspullover trug und knallenge, abgewetzte Schlaghosen. Auch das Mädchen war winterfest. Sie hing, während er spielte, an seinem Arm und vergrub sich in ihm. Ich sah nur ihre Haare, sie waren vom Schmutz verklebt. Ich hoffte für die beiden, dass sie für die Straße gerüstet waren, es war ja schon März und der Frühling kam mit seiner verdammten Pracht.

Es gab immer irgendwelche Freaks, meistens Kinder, die auf der Treppe zum Cha-Cha saßen und ihre Lieder zu Gitarren sangen. Sie wollten, dass man sie beim Reinkommen wahrnahm und ihre Lieder hörte. Sie wollten entdeckt werden. Sie hofften, dass sie dann auf die Bühne gelassen würden. Malinowski hatte einen Riecher für Anfänger, er wählte sie aus, aber er nahm nicht jeden, er nahm nur die Besten.

Ich bemerkte das Ziehen in meinem Bauch. Mein Fieber stieg. Ich wollte endlich auch singen. Ich kannte das, aber ich hätte mich niemals auf die Treppe gehockt, das machten nur Anfänger.

Ich blieb noch einen Moment stehen. Ich kramte nach meiner Lux-Filter und fand zwei AN1 in meiner Hosentasche. Ich sah sie mir kurz an, um sicher zu sein, dass es keine anderen Pillen waren, und schmiss sie weg. Ich nahm nur ab und zu ein paar von diesen Dingern, manchmal am Wochenende. AN1 oder Captagon. Nur um mich wach zu halten. Jeder konnte sie mit ein paar Tricks in der Apotheke kaufen. Captagon, Rosy Moon, AN1, völlig legal. Die Sekretärinnen bei Klinker nahmen sie sowieso. Ich hatte einmal die Schönzeit beobachtet, wie sie ein paar Rosy Moon einwarf, und die Hoffmeister nahm regelmäßig Captagon, vielleicht sogar täglich.

Ich schmiss also die AN1 weg, ich wollte diesen Mist nicht mehr nehmen. Ich wusste, ich würde auch so wach bleiben.

Ich ging ins Cha-Cha. Gerade in dem Augenblick, als ich hineinkam, ertönte diese italienische Arie, dieses „Amor tie vieta“. Malinowski hatte wieder seine Hymne aufgelegt. Er liebte diese italienischen Arien. Am liebsten von irgendwelchen Supertenören gesungen und dieses „Amor tie vieta“ war seine Lieblingsarie. Eine Schnulze über das Leben und die Liebe, die alles behindert oder so ähnlich. Er spielte sie, wenn es im Cha-Cha losgehen sollte, auch zum Schluss, wenn alles vorbei war. Es war die Cha-Cha-Hymne. Sie sollte sagen, „Hört her, Leute, es geht los, die Nacht beginnt“, und wenn die Show vorbei war, „Macht's gut Leute, bis morgen und kommt gut nach Haus“. In erster Linie aber legte er das Lied für sich selbst auf, da war ich mir ganz sicher.

Als ich hereinkam, sah ich ihn. Malinowski stand hinter dem Tresen. Er trug ein weißes Hemd und dazu ein knallrotes Tuch. Er liebte Halstücher, blaue, rote, weiße. Er sah mich und winkte mir zu. In diesem Moment überfiel mich so ein komisches Gefühl. Es war wie eine Vision. Ich hatte in diesem Moment das Gefühl an einem Abschied, einem Ende teilzunehmen. Es war total verrückt, für den Bruchteil einer Sekunde war ich mir vollkommen sicher, dass ich das Cha-Cha und auch Malinowski nie mehr wieder sehen würde. Ich wusste, dass es so sein würde. Ich war mir in dem Moment absolut sicher.

Kolja war da, er klimperte auf seiner Gitarre herum und der Legionär las einen Comic. Ich sah hinüber zum Tisch. Kolja musste mich gesehen haben, aber er grüßte mich nicht. Er hätte niemanden gegrüßt.

Ich ging zu Malinowski an den Tresen. Aus dem Innenraum erklang Lachen. Es waren bestimmt schon eine Menge Leute da, ich konnte Stimmen hören. Ich setzte mich auf einen der Hocker.

„Wie geht es dir, Kleiner?“, sagte er.

Er nannte mich immer Kleiner, weiß der Himmel warum.

„Es geht“, antwortete ich. Jetzt erst merkte ich, wie angeschlagen ich war. Er machte einen total ausgeruhten Eindruck.

„Du siehst müde aus, du musst mehr schlafen.“

Er bückte sich, holte ein Fläschchen Rasierwasser aus einer Schublade und öffnete es. Ich zündete mir eine Zigarette an und sah zu, wie er sich das Zeug auf seinem Gesicht verteilte. Er schmierte es sogar in seine Haare. Er schnitt dabei Grimassen und sah aus wie einer dieser Flöte spielenden Pans, die an den Wänden hingen. Er sah wirklich aus wie ein Kind.

„Willst du dich eintragen?“, fragte er und packte das Fläschchen wieder in die Schublade zurück. Dann zündete er sich eine Zigarette an und sah mich direkt an. Ich kannte Malinowski schon seit einer ganzen Zeit, aber ich hielt seinen Blick noch immer nicht aus.

„Ja, ja, trag mich ein“, sagte ich. „Aber nicht zu früh, ich will noch in den Steve.“

Er legte die Zigarette ab und begann nach einer anderen Platte zu suchen. Er ging zum Plattenspieler, kam dann wieder zurück, kramte über dem Tresen herum, fand die Platte endlich, nahm sie mit spitzen Fingern aus der Hülle und ging wieder zum Plattenspieler. Er machte das alles in kleinen, fließenden Bewegungen. So gewissenhaft wie einer, der sich die Requisiten für die nächste Theatervorstellung zusammensucht. Zügig und penibel, aber auch unbeteiligt. Ich sah ihm die ganze Zeit dabei zu. Ich wusste nicht, wie alt er war. Vielleicht war er vierzig, oder fünfzig, vielleicht auch älter. Malinowski war ein Mann, den man nicht schätzen konnte. Mir wurde plötzlich klar, dass ich ihn noch nie nach seinem Alter gefragt hatte.

Ich sah, wie er vor dem Plattenspieler stand und auf die Platte starrte. Er war nicht groß und nicht schlank, aber auch nicht dick. Mit einem Male war er mir fremd. Sein Hemd war weiß und ohne Falten und er trug eine feine, graue Hose.

Er ging nur im edelsten Zwirn, alles war Markenware. Ich wusste, dass er seine Anzüge bei einem Schneider in der Fasanenstraße anfertigen ließ. Er hatte es mir einmal gesagt. Mit Vorliebe trug er Westen aus besticktem Brokat, dazu schmale Hosen mit messerscharfen Bügelfalten. Malinowskis Kleidung war wie aus einem anderen Jahrhundert. Er liebte teure Sachen. Auch seinen Jungs kaufte er nur die besten Klamotten. Ich sah, wie er nun die Platte wechselte, wie umständlich er die Platte vom Teller nahm und die andere mit einem Tuch säuberte.

Ich hatte ihn in dem letzten Jahr nie so richtig angesehen. Jetzt sah ich ihn aus einer gewissen Entfernung. Entfernung macht alles anders. Malinowski war ein feiner Typ, er hatte jedenfalls Geschmack. Ich glaube, Malinowski war so etwas wie ein Dandy. Ich hatte mal so einen Typen in einer Illustrierten gesehen, mit gelocktem Haar, in eigenartigen Klamotten und mit einem komischen Ausdruck im Gesicht. Der Typ war wie er gekleidet gewesen und hatte auch so ein hochmütiges Lächeln auf seinem Gesicht.

„Dandys des 20. Jahrhundert" stand darunter. Ich glaube, es war ein Artikel über Typen, die nur mit ihren Hunden leben und manchmal sogar Frauenkleider tragen und irgendwie total versponnen sind. Ich glaube, Malinowski war so ein Mann. Einer, der nur seine eigenen Gesetze kannte und der lebte, wie es ihm gefiel. Alles an ihm ist anders, dachte ich, alles an ihm ist eigenwillig. Vielleicht ist er sogar ein Künstler.

Es war fast ein Jahr her, seit ich in seinen Laden gekommen war. Er hatte mich nur kurz angesehen und dann gleich genommen. Vielleicht hatten Kolja oder die anderen ihm von mir erzählt, aber er hatte mich an diesem Abend nichts weiter gefragt, ich musste ihm nicht einmal vorsingen.

„Komm, wann immer du kannst", hatte er gesagt und ich war, sooft ich nur konnte, ins Cha-Cha gekommen. Ich glaube, in diesem Jahr hatte er mich mehr und mehr wahrgenommen. Wir sprachen meistens über anderes Zeug als die anderen. Ich glaube, er mochte mich.

Die Scheibe kreiste, ich hörte das Knistern der Nadel. Ich mochte das Lied, es war eine Chorscheibe. Von der 5th Dimension. „Willst du meinen Ballon reiten, willst du mit mir fliegen? Auf, auf und davon." Diese Platte war der zweite Teil seiner Dramaturgie. Jeden Abend legte er sie auf, jeden Abend.

Malinowski drehte sich um und kam an den Tresen zurück.

„Du gehst in den Steve, Kleiner? Bleib hier, man kann nicht auf zwei Hochzeiten tanzen."

Ich sagte nichts dazu. Es wäre mir unangenehm gewesen, vom Steve-Club zu sprechen, immerhin waren die beiden Clubs Konkurrenten. Ich wollte ihm aber auch nicht die Unwahrheit sagen. Er spielt ein bisschen mit meinen Empfindungen herum, dachte ich, aber es machte mir nichts aus, es war mir lieber so, als nähme er mich überhaupt nicht wahr.

„Ich muss heute Nacht noch in den Steve, ich brauche das Geld“, sagte ich, „trag mich nach Kauschke ein.“

„Ich setz dich als Ersten ein, du kannst dann zweimal spielen, wenn du willst, am Anfang und zum Schluss. Was meinst du?“

Er sprach in so einem komischen Dialekt. Er konnte fünf, sechs Sprachen, aber mit uns sprach er in einem italienisch-französisch-deutschen Kauderwelsch. Ich hatte oft Mühe ihn richtig zu verstehen. Dazu kam, dass er von sich selbst oft in der dritten Person sprach. Aber ich mochte es, wenn wir so quatschten. Ich mochte unsere Gespräche.

„Tu mir den Gefallen und trag mich nach Kauschke ein.“ Ich sagte es noch einmal. Es war die einzige Chance, ihm das jetzt zu erklären, später wäre es zu spät.

„Du musst es wissen“, lachte er. „Es ist dein Leben.“

Er langte unter den Tresen, holte einen Zettelblock und einen winzigen Bleistift hervor und begann mich umständlich auf dem Block zu notieren.

„Paul“, sagte er. Er sprach meinen Namen sehr deutlich aus. „Paul, du spielst nach Kolja, oder nein, ich setz dich vor Kauschke ein, was meinst du? Na los, was willst du. Wann willst du singen? Du musst es mir schon sagen, ich kann es nicht riechen, was du willst. Sag es bitte prästiess.“

Er spielte immer Theater. Man durfte sich von ihm nicht beeindrucken lassen.

„Präzis, präzis. Nicht Pastisse. Wie lange bist du schon in Deutschland, du armer Mann?“ Ich lachte ihn ein bisschen aus. Er mochte das. Die meisten aus dem Cha-Cha hatten Angst vor ihm. Sogar Kolja hatte Angst vor ihm, auch wenn er es sich nicht anmerken ließ. Alle hatten Angst vor Malinowskis Stimmungen.

Er schrieb also meinen Namen umständlich ganz unten ein, als Letzten.

„Willst du was trinken?“, fragte er und legte den Block an die Seite.

„Zum Hauspreis?“ Ich wollte nichts trinken.

„Wenn Malinowski einlädt, dann bezahlt er auch, also was?“

„Gib mir einen Calvados. Aber nur, wenn du mittrinkst.“

Ich trank immer Calvados. Aus Wassergläsern. Zu sechzig Pfennig das Glas. Malinowski nahm eine Flasche aus dem Regal und goss ein Glas voll.

„Er ist von meinem Großvater“, sagte er. „Siehst du, er ist fast dunkelbraun, er ist fantastisch. Ein uralter Calvados. Er ist etwas Besonderes, ein sehr, sehr guter.“

„Ja, ich sehe es“, sagte ich. Er gab mir das Glas.

„Und du?“

„Ich werde zu fett, ich darf nichts trinken.“ Er klatschte sich auf die Hüften.

„Stell dich nicht so an, du bist wirklich nicht fett.“

Er mochte es, wenn man ihn lobte, dann bekam er sein Kindergesicht.

„Sag es aber keinem.“ Er goss sich einen winzigen Schluck ein. Dann nahm er das Glas, nippte ein wenig daran und stellte es gleich wieder zurück.

„Komm nachher, lass uns nachher weiterreden“, sagte er leise.

„Ich muss heute wirklich früh gehen.“ Ich durfte mir heute nicht die Nacht um die Ohren hauen.

„Bleib einfach ein bisschen länger. Faulheit ist die Stabilität für das Leben.“

„Jaja“, sagte ich. Ich kannte seine Zitate.

Für ihn war das Gespräch beendet. Er drehte sich ab und im Umdrehen berührte er plötzlich meine Hand. Ich war Berührungen von ihm gewohnt, auch Umarmungen, aber diesmal war es anders. Er berührte nur ganz kurz meine Hand und ich sah in seine Augen. Das ging nur eine Sekunde so, dann drehte er sich um und ging nach hinten in die Küche.

Ich trank meinen Calvados, in kleinen Schlucken, wie er es mir beigebracht hatte. Ich fühlte mich zerschlagen. Am liebsten wäre ich nach Hause gegangen, aber das ging eben nicht. Der Calvados erlöste mich ein bisschen. Mir wurde wärmer. Ich dachte an Malinowski. Im letzten Jahr hatte ich viel von ihm gelernt. Das Trinken, das Singen, die Gedichte, die Lieder. Ich hatte mir alles, was man für die Bühne braucht, im Cha-Cha bei ihm abgeguckt. Wie man auftritt und wie man seine Hemmungen vor den Leuten überwindet. Das ganze letzte Jahr war wie ein Schnellkursus für mich gewesen und nun würde sehr bald etwas völlig Neues für mich beginnen. Ich hatte nicht direkt Angst davor, ich kannte mich ja, aber ich war mir nicht mehr sicher. Ich wusste im Augenblick nicht mehr genau, wie es weitergehen würde, vor allem nicht, wohin es gehen würde. Ich saß da auf dem Hocker und fühlte mich scheußlich unsicher.

Die Platte war zu Ende, die Nadel eierte in den letzten Rillen. Es kamen immer mehr Leute ins Cha-Cha. Meistens Pärchen. Junge, aber auch ältere. Sie waren völlig anders gekleidet als die Typen in der Teestube. Es waren Leute, die tagsüber in den Büros arbeiteten und Studenten aus den Unis. Musikinteressierte Leute, die einen Abend in bester Unterhaltung verbringen wollten. Malinowski legte großen Wert auf gutes Publikum. Es gab keine Kleiderordnung, aber die meisten hielten sich an einen gewissen Stil, jeder putzte sich für den Abend heraus.

Ich sah zu unserem Tisch hinüber. Kolja zupfte auf seiner Gitarre herum und der Leginonär saß immer noch hinter seinem Comic. Kolja sah zu mir herüber, gab aber kein Zeichen, dass ich zu ihm kommen solle. Er fummelte auf seiner Gitarre herum und machte sich warm.

Ich gab mir einen Ruck und ging zu ihm. Vor seinem Tisch blieb ich stehen. Kolja spielte an einem Blues herum, er sang sehr eindringlich: „Baby please don't go." Auf dem Tisch stand eine Schnabeltasse. Eine dieser Tassen, aus denen man in Krankenhäusern lauwarmen Blasentee trinken muss. Dieses Ding hatte ich noch nie bei ihm gesehen. Neben der Tasse lagen eine Menge Schachteln mit Tabletten. Wahrscheinlich lag er im Sterben. Kolja war immer auf irgendeinem Trip. Im Sommer erschien er als Romantiker, in Tüchern gehüllt, im Herbst als Bauer im Lodenmantel und im Winter als Russe in einem vermotteten Pelz und kniehohen Reiterstiefeln. Jetzt begann der Frühling, aber Kolja hatte das noch nicht bemerkt, er war noch nicht so weit. Die Jahreszeiten hatten auf ihn zu warten. Er trug noch immer diesen Bart. Seinen feinen russischen Rundumbart und dazu kurz geschnittene Haare. Er hockte hinter seiner Gitarre, im schwarzen Rollkragenpulli und in engen, schwarzen Röhrenhosen und sang „Baby please don't go".

Ich stand schon ziemlich lange vor dem Tisch, als er plötzlich „Hey, hey" rief und dazu lachte. Er lachte so laut, dass der Legionär erschrocken zusammenzuckte. Dann sang er weiter und haute dazu in die Saiten seiner Gitarre.

„Hallo, Kolja", schrie ich.

„Hallo, mein Lieber." Er lachte wieder. Ich hatte immer den Eindruck, dass er sich über mich lustig machte.

„Bist du krank?" Ich wurde immer lauter.

„Krank?"

Ich hatte einen Fehler gemacht, ich merkte es sofort. Man darf einen Existentialisten nicht fragen, ob er krank sei. Ich wies auf die Schnabeltasse. Wenigstens lachte er nun nicht mehr.

„Ich habe es satt mich zu beugen. Ich bin erkältet, aber krank, nein."

Er sang wieder „Baby please don't go. Baby please don't go, Baby please don't go. Baby please don't go, back to New Orleans, I love you so, Baby please don't go".

Kolja sang lauter als alle anderen Sänger. Er war es gewohnt überall zu singen. Auf der Straße, in den Geschäften, im Bus, in der U-Bahn. Kolja war einzigartig, unvergleichlich. Er hatte eine monotone Eintonimprovisationsstimme, die er Tag und Nacht trainierte. Er hatte den „Ihr macht mir nichts vor“-Blick. Er durchschaute jeden, er durchschaute alles. Schnell und unbarmherzig. Er war immer der erste, der etwas verstand. Er wusste höchstwahrscheinlich wirklich eine Menge über die Menschen, aber er behielt sein Wissen für sich.

Während Kolja seine Show machte, versuchte der Legionär in seinem Comic zu lesen, aber er ließ sich von Kolja immer wieder ablenken. Ich langte unter den Tisch und holte den Kasten mit meiner Blonden hervor. Ich wollte sie nicht spielen. Ich wollte sie nur mal herausholen, nur kurz ansehen und dann wieder wegschließen.

„Jesus was a Hanging Man, Jesus ging am Schienenstrang. Bis die Leute kamen und hängten ihn in ’nen Rahmen.“ Kolja hatte das Lied gewechselt und lachte nun wieder sehr laut. Der Legionär wurde immer unruhiger.

„Für jeden Gott das passende Lied“, rief Kolja. Ich stand mit der Blonden in der Hand neben ihm und drehte an ihren Halswirbeln herum.

„Gib mir mal ein E“, schrie ich. Ich wusste, dass er mich nicht hörte, aber ich wollte nicht nur so blöde neben ihm stehen. Ich stimmte die Blonde also ein wenig durch.

„Die Leute mögen es in der Kirche zu stehen und zu beten. Zu irgendeinem Jesus oder Mao oder Lenin, aber innerlich sind sie ohne Gott, ich sag es dir.“ Wieder großes Lachen und wieder „Baby, please don’t go“. „Sie sind so leer wie eine Kneipe nach vier“, rief er noch, dann war Pause.

Nun widmete er sich seiner Schnabeltasse und ich stimmte die Blonde etwas lauter nach.

„Mein Lieber, wie geht es dir?“ Behutsam setzte er die Tasse ab.

„Es geht. Gib mir mal ein E.“ Endlich hatte er mich mitbekommen.

Ich hatte keine Lust mit ihm zu sprechen. Ich kannte

seine Tricks. Ich hatte einmal gesehen, wie er mit einer Schreibmaschine bewaffnet auf die Bühne gestolpert war und volle zwanzig Minuten einen Fußballreporter gemimt hatte, volle zwanzig Minuten. Er war unschlagbar in so was. Das Problem war nur, er hörte nie auf. Er spielte immer. Für ihn war alles Bühne, ob auf der Straße, im Bus oder in der U-Bahn. Überall. Er sah die Welt als Bühne. Und alle hatten ihn anzuschauen.

„Ein E, ein E, ein E."

Er legte wieder los. Ich hatte keine Chance.

„Amen." Wieder Lachen.

„Amen, amen, amen, amen."

Er sang dieses „Amen" wie „Eymen", also englisch. Er schloss dazu die Augen und wackelte mit dem Kopf. Er wollte wohl Feliciano sein, der blinde spanische Sänger, den er mit Ray Charles zusammenzubringen versuchte. Er war nun drei Personen. Ein Triptychon. Eine ziemlich große Aufgabe, die nur er lösen konnte.

Kolja war so irrsinnig musikalisch, wie ich niemanden vor ihm gesehen hatte. Entweder war er wirklich genial oder völlig hinüber. Was immer er auch anpackte, es wurde zu seinem Werk. Der kleinste Mist wurde groß. Er spürte den Blues. Er verstand ihn von innen heraus. Er konnte J. J. Cale singen wie kein Zweiter. Chuck Berry und Dr. Hook. B. B. King, Ray Charles, Stevie Wonder. Er liebte sie alle und er wollte so sein wie sie. Aber wen er auch imitierte, jeder wurde irgendwann er, wurde irgendwann zu Kolja.

Kolja sagte immer, wenn man nicht in Bewegung bleibt, dann schrumpft man. Er wollte Popstar werden, so wie Jimi Hendrix oder einer seiner schwarzen Blueser. Aber er durchschaute auch das ziemlich schnell. „Es ist ein sehr hartes und schnelles Geschäft", sagte er immer. „Als Popstar schrumpfst du. Das verfluchte Geld macht dich fertig, das Geld, die Macht und der Ruhm."

Ich mochte sie alle, die im Cha-Cha oder im Steve oder im Go-Away auftraten. Mario Eldorado, der uruguayische Folklore sang, oder die Kastroffs, die Russentruppe, oder Jo Hannes, der so wunderbar erzählen konnte und der noch mit fünfzig bei seiner Mutter lebte. Ich mochte auch die Folkies, die Mädchen mit den Joan-Baez-Stimmen. Janette Rubin zum Beispiel mit den langen schwarzen Haaren und Kauschke, unseren Klassiker, auch die vielen Bossa-Typen, die man einfach nicht ansprechen konnte, weil sie in einer anderen Welt waren und die Hüte trugen wie aus „Casablanca".

Ich mochte sie alle, aber ich wusste immer, ich war völlig anders, ich hatte meinen eigenen Geschmack. Meine Lieder sollten anders werden. Ich wollte ein ganz anderes Lied singen, ein ganz eigenes.

Schon als Herbert mir die zehn Mark gegeben hatte, damit ich meine erste Gitarre kaufen konnte, wusste ich das. Ich kaufte sie von einem Luden am Stuttgarter Platz. Bei uns im Hausflur hatte ein Zettel gehangen: „Schlag-Gitarre abzugeben." Der Besitzer hatte erst bei uns im Haus gewohnt und war dann zum Stuttgarter Platz gezogen. Ich bin noch am gleichen Tag zu ihm hin und er verkaufte mir diese Gitarre für fünfzehn Mark. Sie hatte einen Saitenabstand von zwanzig Zentimetern und war im Grunde nicht zu spielen, aber sie hatte ein so schönes Schlagbrett aus Perlmutt. Das gefiel mir auf Anhieb und rot war sie, knallrot, und hatte einen halbakustischen Körper. Allein das Holz war ja die fünfzehn Mark schon wert. Der Lude gab mir dann noch gleich eine Akkordtabelle mit. Damit konnte ich beginnen.

„Du brauchst nur a-Moll und E-Dur", hatte er gesagt, „um ein Lied zu spielen, brauchst du nur diese beiden Akkorde."

Ich rannte völlig aufgekratzt mit der Gitarre nach Hause und sang sofort ein Lied, das ich kannte. Einfach aus einer Eingebung heraus. Ich legte mir die zwei Akkorde zurecht, a-Moll und E-Dur, und sang aus dem Stand: „Das Lied vom einsamen Mädchen." Ein ziemlich trauriges Lied von Hildegard Knef. Alles in a-Moll und E-Dur. Königinmutter und Herbert staunten nur noch. Später finanzierte Herbert mir noch die Blonde aus dem Musikhaus vom alten Schikowski. Die kostete um die 200 Mark. Da hatte ich aber schon drei bis vier eigene Werke. Das Lied vom Bahnhof zum Beispiel.

„Wer liebt schon Black Sabbath?"

Kolja ließ die Gitarre aufheulen, er kannte nur die ersten Sätze von dem Song.

„Das ist schwarze Magie, ein bisschen wie Mandala und Kabbala zusammen, das ist Schwachsinn." Kolja brach das Lied ab.

„Lennon hätte nie so einen Kabbala-Scheiß gemacht. Lennon ist ein Könner, vielleicht der Beste neben Dylan, ich schwöre es dir." Ich mochte Lennon. Ich liebte ihn regelrecht. McCartney auch, aber ihn noch mehr. Ich war kein Stones-Fan, ich war überhaupt kein Fan, aber ich bewunderte den frechen Lennon. Ich fühlte mich mit ihm verwandt. Seine ganze Art, seine Direktheit, wie er den Clown machte, wie er den Behinderten spielte. Lennon war ein Seher, ich fühlte das instinktiv. Es gibt Sänger, die singen, und solche, die nur so tun. Ein Sänger singt, in erster Linie weil er gehört werden will. Also egal, wie gut oder wie schlecht er singt, ob mit oder ohne Stimme. Er kann krächzen, stammeln oder stottern, das ist wirklich egal. Singen muss nicht unbedingt etwas mit einer Stimme zu tun haben. Wichtig beim Singen ist, dass man aus sich selbst heraus singt. Das hört man sofort, ob einer aus sich selbst heraus singt, oder ob er jemanden kopiert. Ich hatte anfangs überhaupt keine Stimme, ich tat nur so, als würde ich eine haben, um überhaupt singen zu können. Doch wenn man tagtäglich singt, dann findet man im Laufe der Zeit zu einer eigenen Stimme. Nach einem Jahr ging es bei mir schon ganz gut. Die Leute helfen einem dabei, man bekommt Zutrauen zu sich selbst, einfach indem die Leute einem zuhören. Vorausgesetzt, man hat auch etwas zu sagen, sonst kann das Ganze schnell zu einem Fiasko werden.

Von draußen hörten wir Krach. Es klang nach Türenschmeißen und Ärger. Der Legionär erkannte die Situation als Erster. Er sprang von seinem Stuhl hoch und lief hinaus. Kolja und ich folgten ihm.

Auf dem Gang zur Toilette hatte sich eine Traube von Hippies gebildet. Sie standen auf dem Absatz der Treppe und versperrten sie. Alle schrien durcheinander. Kolja und ich drängelten uns bis zum Treppenabsatz durch, von da konnte ich endlich die Lage überblicken.

Erst sah ich den Legionär, wie er sich die Treppe hinunterschlängelte. Er machte das sehr geschickt. Als liefe er durch den Wald und fegte die Zweige, die ihn behindern, einfach zur Seite. Hopp, hopp. Dann sah ich einen Schwarzen, der vor ihm die Treppe hinuntersprang. Ein langer Kerl, in zerschlissenem T-Shirt. Die Leute machten ihm Platz, so gut es ging. Der Legionär war ihm auf den Fersen.

Dann sah ich Max und hörte ihn rufen: „Halt den Neger fest. Halt doch, verdammt noch mal, den Neger fest." Der Schwarze war unten an der Treppe angelangt und schon fast an der Tür. Jetzt sah ich auch die beiden Langhaarigen. Die Typen, die vorhin versucht hatten, die Herrentoilette einzutreten. Der eine von ihnen kniete am Boden und machte sich an der Tür zu schaffen. Der andere stand links von ihm und wartete augenscheinlich auf den Schwarzen. Sie riegelten die Tür ab. Es war eine große, schwere Milchglastür.

Sobald der Schwarze unten am Treppenansatz angelangt war, schmiss er sich gegen die Tür. Der Langhaarige trat ihm sofort in den Unterleib. Der Neger knickte ein wenig in den Beinen ein, kam aber gleich wieder hoch und hielt sich an der Türklinke fest. Sofort schlugen sie wieder auf ihn ein und rissen an ihm. Die Pfiffe und Rufe wurden immer lauter. Dann erklang ein Riesenschrei, wie ein großer Seufzer, und alle, die auf der Treppe standen, reckten ihre Hälse um bloß nichts zu verpassen. Der Leginonär war unten am Treppenabsatz angekommen und schob einen der Langhaarigen einfach mit der Hand weg. Watsch. Der Typ segelte links von ihm an die Wand. Im selben Augenblick war der Legionär schon hinter dem Schwarzen, der noch immer wild an der Türklinke herumriss, und drehte ihn zu sich herum. Der Schwarze war bestimmt einen ganzen Kopf größer, aber der Legionär drehte ihn so weit zu sich herum, dass er ihn mit dem Gesicht vor sich hatte. Der Schwarze musste ihn ansehen. Der Kopf des Weißen war unter dem Kinn des Schwarzen. Der Legionär hielt ihn mit der rechten Hand im Nacken fest und stellte sich auf die Zehenspitzen, um noch höher an ihn heranzukommen.

„Er knallt uns durch die Scheibe“, hörte ich Max rufen. Da reckte sich der Legionär, so hoch er konnte, und zog den Schädel von dem Schwarzen zu sich herunter. Dann knallte er ihm seine Stirn auf die Nase. Einmal und dann gleich noch einmal. Zack, zack. Zwei kurze Nicker waren es, aber er führte sie mit enormer Kraft aus. Es knackte, als bräche Holz. Im gleichen Augenblick breitete der Schwarze die Arme auseinander und krachte durch die geschlossene Milchglastür. Er flog in hohem Bogen rückwärts durch die Scheibe. Das Glas der Tür borst in tausend kleine Teilchen. Sie flogen in alle Richtungen. Augenblicklich war der Schwarze verschwunden.

Sofort schoben und drängelten alle die Treppe hinunter und schrien durcheinander. Ich sah nur noch Köpfe und Haare und zwischendurch immer wieder die offene Tür und die Straße. Es war ein irrsinniger Lärm. Endlich kam ich unten an und schlidderte über die Glassplitter hinweg durch die geborstene Tür. Ich spürte im selben Moment die frische Luft und stand mit den anderen auf der Straße.

Max war auf dem Fahrdamm, er stand breitbeinig über dem Schwarzen, der auf der Straße lag. Ein paar Autos machten einen Bogen um die beiden. Eine Gruppe gut gekleideter Leute stand vor dem Kempinski, sie sahen zu uns herüber. Ich entdeckte den Legionär und dann sah ich auch die beiden Langhaarigen. Sie pirschten sich wie Hyänen an Max heran und wir alle taten nichts, wir standen nur so da und sahen zu.

Ich sah, wie Max den Schwarzen aufrichtete, und den Legionär, wie er mit kurzen Schritten auf die beiden Hyänen zulief und beiden auf die Ohren schlug. Dem einen aufs linke und dem anderen aufs rechte Ohr. Bumm, bumm. Ich wusste überhaupt nicht, worum es eigentlich ging, wer hier der Gute und wer der Böse war. Vielleicht wusste es der Legionär auch nicht. Vielleicht ballerte er einfach auf alles, was sich bewegte, so als sei jeder sein Feind.

Max hatte den Schwarzen hochgezogen, der stand nun wackelig vor ihm. Er klopfte ihn ab und schob ihn vor sich her auf den Bürgersteig. Der Schwarze machte alles, was Max wollte. Der Legionär trieb die beiden Langhaarigen zum Kempinski hinüber, er trat ihnen wechselseitig in den Hintern. Sie liefen wie die Hasen, dahin, wo die gut gekleideten Gaffer standen.

Als Max mit dem Schwarzen auf unsere Gruppe zukam, sah ich, dass sein Hemd zerrissen war und er an beiden Hände blutete. Sie gingen an uns vorbei ins Cha-Cha hinein.

Ich stand da und wusste nicht, was ich tun sollte. Ich blieb einfach stehen und zog die klare Luft ein. Ich hatte keinen Plan. Ich stand herum und plötzlich war Stopper da, wie vom Himmel gefallen.

„Hahaste das gesehhhen?“, sagte er. „Hahaste gegesehen, wwie der Schschwarze auf ddie Straße gegeschlidddert kam?“

Ich war verdutzt.

„Stopper. Mensch, Stopper, wo kommst ’n du her? Willste ins Cha-Cha?“ Ich war froh, dass er da war.

„Nnnein.“ Er schüttelte den Kopf. Stopper stotterte, er stotterte immer. Aber wenn er aufgeregt war, stotterte er mehr. Mir machte es nichts aus, ich hatte mich daran gewöhnt, und ich konnte immer noch nicht fassen, dass er in seinem bescheuerten Anorak vor mir stand.

„Ich wwollte ddich nur nnoch mal sehen, weil dudu doch mmorgen fährst. Aaber ich mmuss nach Hause, um elf mmuss ich zu Haaause sein, wweisste ja.“

„Warte …“, ich rüttelte an seinem Arm. Ich freute mich so, ihn zu sehen. „Ich hol nur meine Gitarre. Bleib hier, hörst du, rühr dich nicht von der Stelle. Ich komme mit, ich geh noch in den Steve.“

Ich drehte mich um und rannte ins Cha-Cha. In der Tür drehte ich mich noch mal um und rief: „Warte da, ich bin gleich so weit. Wir fahren doch erst am Sonntag.“

Ich rannte also die Treppe wieder hoch, ohne auf die Typen zu achten. Sie saßen schon wieder auf den Stufen und rauchten und schwatzten. Im Cha-Cha war niemand, auch Kolja nicht. Vom Innenraum erklang Musik. Ich holte meine Gitarre und war schon wieder draußen. Auf dem Gang kamen mir Max und der Legionär entgegen. Max blutete immer noch an den Händen.

„Haste ihn fliegen sehen, den Schwarzen?“, fragte er.

„Jaja.“ sagte ich. „Bis nachher“, und schoss an ihnen vorbei, die Treppe wieder hinunter.

Stopper stand noch an derselben Stelle. Er grinste, als er mich kommen sah. Es begann leicht zu nieseln.

„Lass gehen“, sagte ich und dann sind wir los in die Nacht.

Wir gingen am Kempinski vorbei, ohne auf die Leute zu achten, und bogen rechts in den Ku’damm ein. Ein paar

Nutten standen an der Ecke Fasanenstraße, auch gegenüber vor dem Astor sah ich welche. Sie trugen knallenge Jeans und dicke Wollpullis und hielten ihre Regenschirme wie Schilde in den Himmel. Wir gingen an ihnen vorbei. Stopper schaute verlegen aus den Augenwinkeln zu einer hin und ich starrte geradeaus. Er hatte die Hände in seinem Anorak vergraben, ich wusste, dass ihm der Regen stank, bei mir war es anders, ich mochte Regen. Ich trug die Blonde in meiner Linken und sie schlug mir beim Laufen gegen das Knie. Bis zur Knesebeckstraße liefen wir so schweigend, ohne nach links oder rechts zu sehen. Vorbei an den Auslagen der Elektro- und Einrichtungsgeschäfte. Dann bogen wir rechts ein und gingen Richtung Savignyplatz weiter. Auf der anderen Straßenseite war ein Nachtclub, davor stand ein Türsteher.

„Der Laden gehört Carmen", sagte ich zu Stopper, um die Stille zu brechen.

„Wwelche Carmen?", fragte er. Wir schauten zu dem Laden hinüber.

„Na, Carmen, der Transvestit", antwortete ich. „Der hat sich doch umwandeln lassen, weißte das nicht?"

„Wwwas. Vom Mammann zur Ffrau?"

„Ja klar. In Casablanca hat er sich zur Frau umoperieren lassen. Wenn wir ein bisschen warten, kommt er vielleicht raus."

Ich lachte und leckte mir ein paar Regentropfen von der Nasenspitze. Ich wusste nicht, ob Stopper mir das glaubte.

„Dden Schwanz? Hahat er sich dden Schwawanz abschneiden lassen?"

„Ja, seinen Zipfel. Bis dahin hieß er Karl, jetzt heißt er Carmen."

„Ddas gibt es ddoch ggar nicht, ddas hahaste ddoch erfunden."

Das mit dem Namen hatte ich erfunden, aber das mit Carmen nicht. „Nein, es stimmt wirklich", sagte ich und er glaubte es mir.

Wir liefen die Knesebeck runter, Richtung Savignyplatz. Niemand kam uns entgegen.

Wir liefen durch den Regen, der immer heftiger auf uns herunterpladderte. Wir hatten dasselbe Tempo. Immer wenn einer langsamer wurde, wurde der andere auch langsamer. Keiner lief schneller als der andere.

„Köhönntest du jemmanden ins Gesicht schlahagen?“ Er sah mich von der Seite an.

„Vielleicht“, antwortete ich. „Vielleicht, wenn ich mein eigenes Blut sehe.“

„Ich nnicht, ich glaub, ich könnte ddas nnicht. „Er machte ein ernstes Gesicht.

„Ich glaub, ich schon“, sagte ich und wusste nicht, ob ich es könnte. Ich hatte mich noch nie geschlagen.

„Lllass uns rübergehen“, sagte Stopper. Er wollte unbedingt zu dem Buchladen auf der anderen Seite. Wir gingen also über die Straße. Kopfsteinpflaster, Silberlicht. Nieselregen im Mondlicht. In mir begann ein Lied, Teufel noch mal. Wir blieben vor dem Buchladen stehen und sahen in die Scheibe. Ein paar dicke Wälzer lagen im Fenster. Sinclair, Forster, Humboldt, alle diese Weltreisenden. Ein paar von ihnen kannte ich, mein Onkel Rolf hatte sie mir zum Lesen gegeben und ich hatte sie alle verschlungen. In dem Laden lag die ganze Welt. Traven und Conrad und London und natürlich Hemingway.

„Hemingway ggehört dda nicht hin“, sagte Stopper und verzog seinen Mund. „Der schchrieb immer nnur, wwas er selber lehesen wollte.“ Ich wusste nicht, was er meinte.

Stopper war vollkommen begeistert von den Büchern. Ich suchte nach irgendeinem Buch, das ich mit mir in Verbindung bringen konnte, aber ich konnte mich nicht konzentrieren.

„Hhhaste übberhaupt ’ne Karte?“, fragte er plötzlich und zog hörbar die Luft durch die Nase.

„Jaja, mach dir keinen Kopf. Lass gehen“, antwortete

ich. Ich wollte nicht über mich sprechen. Wir gingen weiter.

„Musste immer noch mit deinem Vater Schach spielen?" Ich wollte ihn von meiner Reise ablenken.

„Jaa, Kurt spielt ja nnicht mmit ihm. Er wwill mmich immmer schlagen, abber ich schlahage ihn jetzt ffast immer."

Stoppers Vater war Professor für Mathematik an der Freien Universität. Ein ziemlich gebildeter Mann. Er hatte nur einen Arm und ungemein viele Schmerzen, das hatte mir Stopper mal erzählt. Sein Leben war für ihn ziemlich qualvoll.

Stopper war der älteste von den Geschwistern, er fühlte sich für sie verantwortlich und passte auf den jüngeren Bruder auf. Sie waren eine richtige Familie und machten fast alles zusammen. Sie verreisten sogar zusammen. Stopper musste auch jeden Tag mittags und abends zum Essen zu Hause sein, immer zur gleichen Zeit. Sein Vater legte großen Wert darauf.

„Wwenn ddu wwiederkommst, fahren wwir nnach Spanien, ja?", fragte er plötzlich und wischte sich den Regen von der Stirn.

„Wie kommste denn auf Spanien.?"

„Nach Rosa, dda steht das Hhahaus von Ddalí. Der hat 'n Ei auf'm Dddach."

„'n Ei?"

„Jaja, 'n Ei. Auf dem Dach. Uund 'n Baum innem Boot. Hahat mmir mal einer erzählt. Mmachste mit?"

„Ist das der Typ mit den fließenden Uhren?" Ich kannte Dalí von Sigi.

„Ja, ein Sureallihiist." Stopper war von seiner Idee völlig begeistert. Stopper malte auch, wie Sigi, nur völlig anders. Ich glaube, er war ein bisschen eifersüchtig auf Sigi, weil der seine Bilder aus der Lameng heraus malte, während Stopper immer erst Skizzen machen musste. Stopper nahm die Malerei sehr ernst.

„Nnnimmst wwas zu lehesen mit?"

„Ja, ‚Sternstunden der Menscheit'. Ach Quatsch. Was willst 'n in Goa lesen?"

Wir lachten.

„Hat mir doch Wolke geschenkt."

„Jaja, ich wweiss. Bbeim Abbbschlussball."

„Hab ich aber nie gelesen."

Ich hatte es wirklich nie gelesen. Wolke, mein Deutschlehrer, hatte mir das Buch zur Mittleren Reife geschenkt. „Paul", hatte er gesagt, „dieses Buch ist deine Rettung. Lies das." Aber ich fand es zu schwer, zu wichtig. Ich hatte keine Lust gehabt auf diese Sternstunden.

„Wolke war in Ordnung", sagte ich. Der Regen lief mir übers Gesicht.

„Ja, wwar er", sagte Stopper und hustete.

„Er wollte dich doch mit der Kleinen aus der 10 c verkuppeln. Erinnerste dich?"

„Aus der 10 a. Ddie hhiess Bbribrigitte, mmit der wwollte er mmich verkuppeln. Als wir ddas erste Mmal im Theater wwaren."

„Die war Klasse. Warum bist du nie an sie rangegangen?"

„Ich wweiss nicht. Sie wwar irgendwwie so unnahbar."

Wir liefen und liefen und es pladderte immer heftiger. Noch immer kam uns niemand entgegen. In manchen Häusern konnte ich Licht sehen, obwohl es schon sehr spät war. Wir gingen unter der S-Bahn-Unterführung zum Savignyplatz durch. Auf der Mittelinsel feierten ein paar Penner ihr eigenes Begräbnis. Ich konnte ihre Schatten im Halbdunkel sehen. Sie hingen auf den Bänken herum und tranken Lambruscowein aus großen Flaschen. Sie lachten laut und torkelten herum.

„Ich hasse Penner", sagte ich. „Nicht die Typen, die auf Trebe sind, die nicht. Aber die, die nur schnorren, die nichts aus sich machen, diese Typen hasse ich wirklich."

Stopper sah hinüber.

„Es sind ddoch aarme Kkerle“, sagte er und zeigte auf die andere Ecke gegenüber am Savigny.

„Ssiehste, der Zwiehiehielbelfisch hat noch auf.“

Ich hätte am liebsten laut losgelacht, weil er das Wort einfach nicht herausbekam. Vor dem Lokal standen ein paar Tische, obwohl es dafür noch viel zu kalt war.

„Haste nicht noch Lust auf ’n Bier?“

„Nnnein, bbloss nicht. Ich mmuss nach Hause.“

Er regte sich gleich auf bei dem Gedanken und lief sofort ein bisschen schneller. Wir bogen links in die Kantstraße.

„Was macht er ’n dann?“, fragte ich.

„Wwenn ich zu spät komme, meinste?“

„Ja. Was macht er ’n dann?“

„Er wwartet immer, bbis ich komme. Bbei Kurt und Inge nnicht, abber bei mmir. Er bbleibt so lange wwach und ddann rehedet er mmit mir und mmacht mir Vorwürfe und so. Manchmal ddie gganze Nnacht.“

Ich musste lachen. Aber Stopper blieb ernst. „Vielleicht wwill er nur reden.“

Wir gingen die Kantstraße hinunter. Herbert hätte nie etwas gesagt, wenn ich zu spät gekommen wäre. Er schlief immer schon, wenn ich nach Hause kam, er musste ja auch immer um fünf Uhr raus. Nur Königinmutter wartete. Jede Nacht wartete sie auf mich. Wenn ich durch ihr Zimmer schlich, konnte ich ihren Atem hören. „Schlaf gut“, flüsterte sie dann, egal wie spät es war. Sie blieb immer wach, bis ich da war. Ich kam nie zu spät, auch nicht wenn ich eine Menge Calvados in mir hatte und ich hatte meistens zu viel in mir. Ich hasste es zu viel zu trinken, aber ich konnte mich nicht bremsen.

Ein Bus kam uns entgegen. Der Regen schlug an die Scheiben. Wir liefen an Kneipen vorbei, ein paar Betrunkene stolperten aus einer heraus. Wir gingen ihnen aus dem Weg.

Ich musste an den langen Mattes denken. Ich hatte ihn

mal auf einer seiner Touren begleitet, hatte ihm seine Gitarre getragen, die ganze Nacht. Der lange Mattes war einer, der Lieder machte, ein Professioneller, und ich mochte ihn sehr. Er war älter als wir, die wir anfingen zu singen. Er hatte schon eine Platte herausgebracht und war ziemlich berühmt. In dieser Nacht jedenfalls sind wir in den „Zwiebelfisch" gegangen und dann weiter zur „Dicken Wirtin" und der lange Mattes hatte überall gesungen und sich stundenlang mit Studenten und Leuten von den Zeitungen über die Revolution und über das Kapital von Marx und über Vietnam und Amerika unterhalten und ich hatte nur dabei gesessen und geschwiegen und in jedem Laden hatte er mir ein Bier und einen doppelten Calvados ausgegeben. Nach der „Dicken Wirtin" sind wir dann weiter zum „Diener", auf die andere Seite vom Savigny, dahin, wo immer die Schauspieler aus dem Schillertheater herumsitzen, und dort hatte er mir Curt Bois gezeigt, den großen Schauspieler. Klaus Kammer hatte er dort auch schon mal gesehen, Klaus Kammer, den allergrößten Schauspieler, der sich später in seiner Garage umgebracht hat, von dem hatte er mir auch erzählt.

Die ganze Nacht habe ich ihn begleitet und seine Gitarre getragen und er hat mir alles erklärt und gezeigt. Er war wie ein Vater zu mir und ich habe ihn sehr gern gehabt.

In dieser Nacht hat er ein neues Lied komponiert, „Zwischen Kartoffeln und Blumenkohl" hat er es genannt.

Als wir dann im Go-Away auf den Stufen von der Kellertreppe saßen, die in die Künstlergarderobe führt, so kurz vor seinem Auftritt, da hat er das Lied endlich fertig gehabt und mir vorgesungen. Das ganze Lied, acht Strophen lang. Es war taufrisch und ich war der erste, dem er es vorgesungen hat, und ich habe ihm das auch immer wieder sagen müssen.

„Zwischen Kartoffeln und Blumenkohl fühl ich mich heute nicht mehr wohl." Es war wirklich ein sehr gutes Lied. Ich glaube, keinen anderen Sänger habe ich in dieser

Zeit so gern gehabt wie den langen Mattes. Höchstens noch den mit dem Orpheuslied, wenn ich den gekannt hätte.

Später sind wir dann in einer Taxe zu Leidecke nach Kreuzberg gefahren. Zu diesem Zeitpunkt war ich schon so betrunken, dass ich nicht mehr geradeaus gehen, geschweige denn die Gitarre noch tragen konnte. Ich weiß nur noch, dass ich süßen Erdbeerwein trinken musste und dass mir der den Rest gab. In dieser Nacht bin ich wohl das erste Mal gestorben.

Ich begann zu rennen, ich wollte nichts mehr denken. Ich rannte die Kantstraße hinunter und sang laut vor mich hin. „In the summer, in the city …" Ich sang mein Überlied. Das einzige Lied, das ich englisch singen konnte.

„Schau dich um, nimm dir ein Mädchen, in the summer, in the city." Wie ein Irrer hüpfte ich die Kantstraße runter. Die Blonde ballerte mir ans Knie. Stopper kam langsam nach.

„Du rennst hinter 'nem Bus her, siehst 'n Typen uff'm Dach, siehst das Gesicht der Stadt, hörst das Hupen der Autos und schmeckst ihre Auspuffgahaaaase. Was gucken die Leute so blöd? Was gucken die Leute so blöd, sag mir, was gucken die Leute so blöd?" Ich hüpfte immer wilder herum. „Sie hetzen ihren Taschen nach. Sie haben sich selber im Nahacken und können nicht einmal kahacken."

Ich hörte Stopper hinter mir lachen.

„In the summer, in the city, in the summer, in the city." Wenn ich mich umdrehte, konnte ich Stopper hinter mir sehen. Die Hände in den Taschen lief er vor sich hin. Er grinste. Er musste immer grinsen, wenn ich sang. Ich mochte ihn. Weil Stopper der einzige Mensch war, der meine Gesänge verstand.

Ich drehte mich um mich selbst und die Stadt drehte sich mit. So liefen wir die Kantstraße runter bis zur Schlüter und da bogen wir ein und gingen am Filmkunst 66 vorbei. Ab da begann Stoppers Bezirk.

„Guck mal, sie spielen Citizen Cane." Ich war völlig außer Atem.

„Jjja, mit dem Orson Wwelles", sagte er. Sie hatten draußen im Kasten ein paar Szenenfotos aufgehängt.

„Wie mein Vater", sagte ich.

„Ehrlich, wwar er so ddick?" Stopper sah mich ungläubig an.

„Ja, vom Fressen und Saufen." Ich hatte ihm schon öfter von meinem Alten erzählt. „In Citizen Cane kommt doch die Stelle, wo Orson Welles in seinem Haus zum Schluss vollkommen allein ist, weißt du noch?"

„Jaja, wenn er alles vverloren hat."

„Da sieht er echt aus wie mein Vater. Wie mein Vater, wenn ihm nichts mehr einfiel."

Wir gingen weiter und sprachen noch eine ganze Weile über meinen Vater. Bis zur Pestalozzistraße liefen wir so, da wo die alten Berliner Häuser beginnen und ab da musste ich unentwegt an meinen Vater denken. Ich war froh, dass Stopper in diesem Moment an meiner Seite war.

Wir liefen die Schlüterstraße runter, dann über die Leibniz und dann weiter bis zur Schillerstraße. Dort bogen wir links ein, sahen Stoppers Haus. Er ging die letzten Meter schon richtig geduckt. Je näher wir seinem Haus kamen, desto kleiner wurde er. Und schweigsamer wurde er, von Schritt zu Schritt.

„Kannst ja morgen noch mal ins Cha-Cha kommen", sagte ich.

„Ggeht nicht. Aber zzu der Vernihissage von Sigi kkomm ich."

„Das hätte ich ja beinahe vergessen. Ist ja schon übermorgen."

Ich schlug mir vor die Stirn, aber ich tat nur so, als hatte ich es vergessen. Ich wollte ihn noch ein bisschen aufmuntern. Sigi wollte ja noch seinen Biafraschinken loswerden und ich sollte ihm dabei helfen.

„Bei Erdmann, richtig?", sagte ich und Stopper nickte.

Er hatte schon den Haustürschlüssel in der Hand, den mit den zwei Bärten. Den man von außen ins Schloss steckt und mit dem man von innen die Tür wieder verschließen kann.

„Wir sehhen uns ddann. Sihigi macht ja nnoch seine Fete, eure Abschiedsppaparty." Er trat von einem Fuß auf den anderen.

„Ja, du kommst doch. Wir könnten doch erst zu Erdmann gehen und dann auf die Party", sagte ich, aber er war schon in der Tür, das Licht ging im Flur an.

„Kannst nicht noch jemmand mmitbbringen?", rief er durch die Tür.

„Meinste 'nen Mädchen?"

„Wwenn de kkannst."

„Wen denn?"

Stopper war längst im Hausflur und schloss die Tür von innen zu.

„Ich weiß schon wen", rief ich. Und dann sagte ich noch, „bis Samstag". Als ich sah, dass er schon die Treppe hochrannte, drehte ich mich um.

Ich ging die Schillerstraße runter, immer an der Wand lang, immer an der Hauswand lang, damit der Regen mich nicht so durchnässte und damit ich endlich weiterkäme. Am Karl-August Platz, bei Trinitatis, hielt ich an. Eine enorme Kirche mit einem achteckigen Seitenschiff und einem hohem Turm. Sie stand plötzlich vor mir, mitten im Dunkel. Ich weiß nicht, was mich in diesem Augenblick packte, ich wollte ja eigentlich gleich weiter bis zur Krummen Straße, aber plötzlich hatte ich eine meiner berühmten Eingebungen. Die so genannte Lachmanneingebung. Ich wusste, es war total wahnsinnig, aber als ich das Portal von der Kirche sah, da musste ich hinein. Sofort. Im Nu war ich die Stufen hinauf bis zum Haupteingang, bis zur mächtigen Eingangstür und drückte die schwere Klinke runter. Ich wollte ja nur mal sehen, ob sie noch geöffnet war, und komischerweise gab die Tür nach.

Ich ging hinein und es war stockdunkel in dem kleinen Vorraum, aber auch fast gemütlich. Wenigstens machte mir der Regen nicht mehr zu schaffen, es war angenehm warm. Ich tappte mich durch bis zur nächsten Tür, die konnte ich sehen, es fiel nämlich etwas Licht durch die Ritzen, ich fand die Klinke, öffnete die Tür und ging rein mit der Blonden.

Es war ein großer Kirchenraum, ich konnte mich noch an die Einsegnung von Stopper erinnern, aber jetzt war alles anders. Beim Eintreten sah ich gleich an die Decke, gleich nach oben in die Kuppel, die riesig war, und dann erst nach vorn auf die Bänke. Obwohl Licht brannte, war niemand da. Die ganze Kirche war hell erleuchtet und vorne, hinter dem Altar, hing Jesus an seinem Kreuz, einem großen, hellen Holzkreuz. Alles war schlicht und einfach. Nur über dem Jesus war ein rundes, blaues Glasfenster, das war der einzige Schmuck in der Kirche, und über diesem Fenster hing ein Scheinwerfer, der etwas Licht auf das Gesicht von dem Jesus schickte. Alles sah sehr friedlich aus.

Und dann hörte ich die Musik. Es war eine Geige, die irgendwer spielte, über mir, auf der Empore, da, wo ich die Orgel vermutete. Es war eine traurige Melodie, ein bisschen zu traurig, aber schön. Ich blieb am Eingang stehen. Ich wollte nicht weiter nach vorn gehen, ich hatte Angst entdeckt zu werden. Ich dachte, es müsste der Küster sein oder der Pfarrer, der da spielte. Vielleicht übte auch jemand für den kommenden Sonntag, jedenfalls blieb ich am Opferstock stehen und hörte der Musik zu.

Ich stand eine Weile nur so da und ließ die Musik in mein Herz und plötzlich hatte ich wieder dieses merkwürdige Gefühl und ich musste wieder an meinen Alten denken. Vielleicht wegen der verfluchten Geige und dieser Musik. Ich kam einfach nicht weg von dem Gedanken an ihn. Ich musste daran denken, wie er morgens immer aus dem Haus gegangen war, mit seiner elenden Mappe in der

Hand. Verkatert, verheult und verzweifelt. Wie er jeden Tag zu seinem verfluchten Finanzamt gegangen war, jeden Morgen. Obwohl er immer anders leben wollte. Der ganze dicke Mann war eine einzige Pleite gewesen, eine einzige Pleite.

„Er ist das Minuskonto in meinem Leben", dachte ich und es tat mir im selben Augenblick schon Leid. Ich brachte meine Gefühle einfach nicht unter Kontrolle. Vielleicht würde ich noch mal verrückt werden, wenn ich so weiter an ihm herumbohrte. Es war doch immer dasselbe mit mir, wenn ich mir diese Gedanken machte, ich bekam einfach keine Antwort. Es war verpuffte Energie, es war sinnlos. Wozu wollte ich hier noch herumstehen? Das war doch der reinste Kitsch, der Jesus am Kreuz und das Licht. Das war doch alles nur Theater. Die Geige war echt, okay. Aber warum sollte nicht irgendein Idiot nachts Geige spielen?

Ich stand am Eingang und grübelte über diesen Mist und plötzlich, wie aus dem Nichts, brach alles in mir zusammen und ich fing an zu heulen. Etwas wollte aus mir heraus. Ich stand da mit meiner Gitarre in der Hand und heulte und heulte. Ich war nur froh, dass niemand da war, außer dem Jesus und dem Fiedler mit seiner Geige über mir.

Irgendwann war das Geigenspiel zu Ende und ich drehte mich um und ging, so schnell ich konnte, hinaus. In dem kleinen Vorraum brannte jetzt Licht. Das war komisch. Ich blieb für einen Moment stehen und hörte wieder die Geige, aber diesmal spielte der Typ eine andere Melodie.

Vielleicht lebt mein Vater ja noch, dachte ich. Vielleicht hält er sich ja bloß irgendwo versteckt, irgendwo in der Stadt. Vielleicht ist er gar nicht tot, sondern lebt nur ein anderes Leben. Früher als Kind hatte ich mir das nachts unter der Bettdecke immer vorgestellt, auch noch, als er schon lange tot war. Ich konnte die Augen schließen und meinen Vater die Kaiser-Friedrich-Straße herunterkommen sehen, mit seiner Mappe in der Hand. Ich stand auf unserem Balkon und winkte ihm zu und er winkte lachend zurück. Ich sah auf die Wand links neben mir.

„Vater unser, der du bist im Himmel, dein Reich komme, dein Wille geschehe“ und so weiter. Kinder hatten es auf die Wand geschrieben und zu jedem Spruch eine Zeichnung gemalt.

„Und vergib uns unsere Schuld, wie wir vergeben unseren Schuldigern.“

Auf einer Zeichnung war ein Typ abgebildet, der einen Amboss in der Hand hielt, und an den Amboss war ein Luftballon angebunden und der zog ihn nach oben.

Das wäre ein Wunder, dachte ich, wenn so etwas möglich wäre. Bei meinem Alten war das anders gewesen. Bevor er starb, war er so dick, dass er sich fast selbst nicht mehr tragen konnte. Er hätte einen Fesselballon gebraucht, um noch mal hochzukommen.

Ich hatte das „Vater Unser“ immer vor dem Einschlafen gebetet, jeden Abend, und ich hatte es immer wörtlich genommen.

„Vater unser, der Du bist im Himmel, Dein Reich komme, Dein Wille geschehe, wie im Himmel, also auch auf Erden.“

Die Geige verstummte. Ich öffnete schnell die Tür und ging hinaus.

Die frische Luft tat mir gut. Es regnete noch immer. Ich war froh, wieder draußen zu sein. Ich lief, so schnell ich konnte, die Stufen der Kirche hinunter, wie einer der etwas Verbotenes getan hat. In dem Augenblick, als ich wieder auf der Straße stand, hatte ich alles was war vergessen.

Als ich am Steve-Club ankam, war ich völlig aufgeweicht. Die Leute standen bis auf die Straße und ich hatte Mühe hineinzukommen. Studenten, Jazzer und Beatniks versperrten den Eingang. Trotz der späten Stunde waren noch viele Typen mit ihren Mädchen unterwegs. Ich klemmte mir die Blonde vor die Brust und drängelte mich bis zur Tür. Alle starrten respektvoll auf die Gitarre und ließen mich durch. Ohne das Holz hätte ich draußen bleiben müssen.

Drinnen war die Hölle. Der Club war restlos ausverkauft. Es war ein unglaublicher Lärm. Ich schob mich, so gut ich konnte, durch und versuchte nach hinten bis zur Garderobe zu kommen. Jeder freie Platz war besetzt. Eigentlich passten maximal dreißig Personen in den Raum, aber heute waren es bestimmt an die Hundert. Ich versuchte mir einen Überblick zu verschaffen, kam aber nicht weit. Ich konnte nicht einmal bis zur Bühne sehen. Dicker Nebel hing in der Luft, alle rauchten. Ich sah kein Gesicht ohne Kippe. Rothändle, Gitanes, Gauloise. Dazwischen natürlich dieser schwedische Mist für die Pfeifen. Es verschlug mir den Atem. Der Qualm lag gut zweieinhalb Meter über dem Boden.

Ich drängelte mich Richtung Tresen. Überall standen Kerzen. Auf den Tischen, auf den Ablagen. Der ganze Laden war ein Kerzenparadies. Sie warfen riesige Schatten an die Wände, hoch hinauf bis an die Decke. Es war eine Atmosphäre wie beim Jahrestreffen der Rosenkreuzler, ziemlich bewegend und dunkel, bloß nicht so heilig.

Ich sah zur Bühne hinüber. Im Moment stand dort nur ein einsamer Mikrophonständer. Ich wurde nervös. Ich spürte das bekannte Ziehen in der Bauchgegend.

Die Bühne war ein zwei Quadratmeter großer schäbiger Dielenboden, der für die Sänger frei zu bleiben hatte. Man musste ihn vom Nebenraum aus entern, durch die Wand, die beide Räume miteinander verband. Auf der linken Seite gab es einen Durchbruch, durch den schoss man nach der Ansage hindurch und stellte sich hinter das Mikrophon. Wenn man Glück hatte, begriffen die Leute, dass man singen wollte, und klatschten. Das war noch der angenehme Teil, was dann kam, war aber meistens die Hölle. Jetzt war gerade Programmpause.

Ich drängelte mich weiter bis zum Tresen vor. Davor standen mindestens fünfzig Typen in Dreierreihen. Es war wie an einer Tränke. Unmöglich durchzukommen. Alle schrien durcheinander und brüllten ihre Bestellungen über die Theke. Für einen kurzen Moment sah ich Christian hinter dem Zapfhahn, dann verschwand er wieder aus meinem Blickfeld. Ich quetschte mich zwischen den Typen hindurch und versuchte einen professionellen Eindruck zu machen. Sie machten mir Platz, wahrscheinlich hielten sie mich für einen ausländischen Filmstar. Der eigentliche Grund war die Blonde. Ich glaube, mit der Blonden wäre ich in jedem Laden bis in die hintersten Räume gekommen. Ich schob mich, so gut ich konnte, vorwärts. Ich war mir aber plötzlich nicht mehr so sicher, ob ich wirklich auftreten wollte. Wieder spürte ich diese verdammte Unsicherheit in mir. Noch hätte ich umdrehen können, aber ich wusste, es gab jetzt kein Zurück mehr.

Bartträger, Langhaarige, Halbglatzen, angehende Mediziner, Theologen und Philosophen, alle hingen an dem Tresen herum, rauchten, gestikulierten und tranken Bier und Wein aus Eimern. Studenten aller Fakultäten der Freien Universität und sämtlicher Hochschulen für Technik und Theorie waren hier versammelt. Das würde ein Spaß werden, dachte ich. Ich versuchte zu lächeln, sah aber das Schlimmste voraus. Mir wurde schlagartig klar, dass es heute sehr hart werden würde.

Der Laden war die absolute Härte, das Härteste, das ich kannte. Viel härter als die Jugendheime, viel schlimmer als das Cha-Cha. Je mehr ich mich durch die Menge schob, desto klarer wurde mir das. Die Leute hier waren extrem gebildet, das sah ich doch schon an ihren Gesichtern. Das waren doch alles Gelehrte. Denen konnte man doch nichts vormachen. Sie würden mich doch schon beim ersten Ton durchschauen.

Sie würden erbarmungslos in ihrer Kritik sein. Ihr Urteil würde vernichtend ausfallen und dann würde ich ein

Leben lang daran zu kauen haben. Ich versuchte ruhig zu bleiben und lächelte, so gut ich konnte, um etwas gegen den Absturz zu tun. Die Gitarre im Anschlag, schob ich mich durch die Menge. Mir wurde immer klarer, dass mir eine furchtbare Schlacht bevorstand. Das waren doch alles Politische, das sah ich doch schon an ihren Mützen. Das waren Marxisten, Maoisten, Leninisten, Trotzkisten. Bestimmt waren auch einige aus der KPD/ML und das waren die Schlimmsten. Was, zum Teufel, würden sie über mich sagen. Ich hörte doch, wie sie die Welt als Ganzes beurteilten. Sie würden mich doch im ersten Anlauf auseinander nehmen, so wie sie es mit Kolja gemacht hatten. Deshalb trat Kolja ja auch nicht mehr im Steve auf. Und ich, was wollte ich hier?

Was wollte ich denen denn singen? Die Internationale?

Ich folgte nur noch meinen Füßen, immer am Tresen entlang. Wäre es nicht so eng gewesen, ich wäre höchstwahrscheinlich umgefallen. Mein Selbstbewusstsein war bei Null angelangt. Ich war am Ende und hatte noch nicht einmal begonnen. Mein Vater und ich, wir waren doch im Grunde aus demselben Holz. Ich war auch nur eine verdammte Null, das wurde mir schlagartig klar. Mir wurde ernsthaft übel. Jeder weitere Gedanke brachte mich dem elenden Loch näher. Dieser Abend würde das Ende für mich bedeuten, so weit war ich mir nun sicher.

Ich sah über die Köpfe hinweg. Im Moment lief ein Zeichentrickfilm. Gleich neben der Bühne hing eine Leinwand. Ich konnte Woody Woodpecker, den Specht, erkennen, ich hörte sein meckerndes Lachen. Die Leute reagierten völlig übertrieben und versuchten sein Lachen zu imitieren. Sauschlecht, wie ich fand.

Ich sah den Ofen, den kleinen Bullerofen auf der anderen Seite, gleich neben der Bühne. O Himmel, dieser Schweineofen, der immer eine Affenhitze verbreitete. Bitte, lieber Gott, nicht auch noch der Ofen. Wenn ich die Stimmung der Blonden nicht im Griff hätte, weil dieser verdammte Ofen wieder einmal seine irrsinnigen Hitzewellen aussandte, könnte mir das sämtliche Lieder schmeißen. Die Blonde reagierte äußerst empfindlich auf Hitze. Ich bekam einen trockenen Mund und glaubte für einen kurzen Moment mich übergeben zu müssen.

Die so genannte erste Reihe begann circa zehn Zentimeter vor dem Mikrophonständer, da, wo jetzt ein paar Typen ihre Füße ablegten. Ich sah ein paar gelangweilte Gesichter. Das würde ja ein Spaß werden. Ich setzte keinen Pfifferling mehr auf meine Existenz. Ich begann ernsthaft darüber nachzudenken, lieber sterben zu wollen, als hier aufzutreten. Ich war fertig mit mir. Sollte ich heute Nacht hier lebend wieder herauskommen, dachte ich, dann würde ich es auch bis Goa schaffen. Wenigstens dieser Gedanke gab mir etwas Kraft.

Als Woody Woodpecker lachend den Abspann einleitete, hörte ich schon die Kommentare der Umstehenden, die fanden, dass es nun wirklich an der Zeit sei, wieder zur Tagesordnung überzugehen und den nächsten Musiker auftreten zu lassen.

Am liebsten hätte ich sofort kehrtgemacht. Ich blieb aber in der Menge, die Gitarre vor der Brust, und starrte wie ein Vollidiot lächelnd auf die Leinwand. Mein Gesicht war eine einzige Maske.

Übergangslos ratterte die Spule weiter und es folgte ein zweiter Film, ein Porno, einer dieser Aufklärungsstreifen. Ich konnte über die Köpfe hinweg eine dicke Frau im Dirndl und zwei nackte Studenten erkennen. Es war ein Schwarzweißfilm. Sie befummelten sich gegenseitig auf einem Holztisch, ich sah die Maserung der Tischplatte. Ein Typ neben mir schrie in Richtung Leinwand: „Unterdrückte aller Länder", ein paar andere schrien: „Kapitalistenficker." Und eine Frau rief barsch: „Verdammte Analisten." Der Film sorgte für Heiterkeit und als dann von der Leinwand, wie aus einem Mund, „Friede den Titten und Tod den Päderasten!" erklang, folgte ein unglaubliches Gelächter.

Ich drehte mich zum Tresen und hakte mich an der Messingstange ein. Mir war nun klar, dass ich nur gekommen war, um für immer zu gehen.

Christian stand auf der anderen Seite und spülte Gläser. Er hatte mich längst bemerkt und nickte mir zu. Er kümmerte sich um alles und machte alles allein. Er zapfte Bier, er gab den Wein aus, er teilte die Sänger ein, er legte die Filme in den Projektor und er schmierte Schmalzbrote. Jeden Abend gingen hunderte Schmalzbrote durch seine Hände. Fünfzig Pfennig nahm er für eine Scheibe. Schmalz mit dicken Grieben auf labbrigem, nassem Brot.

Ich starrte vor mich hin. Vor mir stand ein großes Glas mit eingelegten Eiern. Die Dinger sahen mich an wie Ziegenaugen. Ein Barttyp, der dicht hinter mir stand, langte über meine Schulter und öffnete das Glas. Mit einer Hand.

Christian gab mir ein Zeichen zu warten.

„Wie geht's?“, rief ich ihm so heiter, wie ich konnte, zu, aber er winkte nur ab.

Der Typ hinter mir hatte sich nun ein Ei aus dem Glas gefischt und begann es zu halbieren. Es gelang ihm, er benutzte dazu seine Fingernägel.

„Du hast mächtig zu tun“, rief ich. Christian nickte und zapfte Bier. Der Typ hinter mir hatte das Dotter aus dem Ei gepult und es auf den Tresen gelegt. Hätte ich es nicht gerade noch gestoppt, wäre es gleich heruntergerollt. Ich schob ihm Essig und Öl zu, Salz und Pfeffer bekam er von meinem Nachbarn. Der Typ nervte mich total, aber seine Aktion lenkte mich ab. Er schaffte es, über mich hinweg Öl und Essig in die leeren Eihälften zu kippen, mit einer Hand. Nachdem er sie dann noch gesalzen und gepfeffert hatte, griff er sich das Dotter und legte es vorsichtig in die Eihälfte zurück. Natürlich über meine Schulter hinweg und immer noch mit einer Hand. Als Krönung stülpte er dann die andere Eihälfte über die mit dem Dotter und hopp, nahm er das ganze über meinen Kopf hinweg und verschlang es ohne abzusetzen. Langsam reichte es mir. Der Typ schien befriedigt zu sein, trotz des Krachs konnte ich ihn hinter mir wie ein Pferd schnauben hören.

Christian knallte das letzte Glas auf den Tresen. „Du bist als Nächster dran“, rief er, ich konnte ihn kaum verstehen.

„Erst die Kastroffs und dann du.“ Er lachte und er sah komisch aus, wenn er lachte. Er trocknete sich die Hände ab und kam dann zu mir rüber.

„Erst die Kastroffs und dann du, mach dich fertig“, sagte er noch einmal.

Ich nickte nur und drehte mich um.

So schnell ich konnte, drängte ich mich in den anderen Raum. Hier saßen nur die Pärchen. Typen mit ihren Mädchen, die den ganzen Abend aufeinander einredeten und sich bemühten, sich gegenseitig im Schein der Kerzen zu finden.

Auf dem Gang zur Gaderobe kamen mir die Russen entgegen. Der Zahnarzt vorneweg, dann Dschi Dschi, der Sänger. Dahinter der kleine Balalaikamann und dann der Bruder von dem Balalaikamann, der, der die zweite Gitarre spielte. Hinter ihm zuckelte der Bandoneontyp, der kleinste von den Russen. Sie trugen ihre schwarzen Kittel. Jeder hatte sich eine Gardinenkordel um die Hüften gebunden, damit die Kittel auch richtig russisch aussahen, nur Dschi Dschi trug einen Pelzmantel. Einen Fuchsmantel, den er sich locker über die Schultern gehängt hatte. Er sah aus wie Doktor Schiwago, mit seinem Bart und den wehenden Haaren und dem silbernen Kreuz auf der Brust. Sie schossen an mir vorbei und brannten darauf aufzutreten.

Der Zahnarzt blieb einen Moment stehen. Mit spitzen Fingern hielt er sich die Gitarre vor die Brust und war ziemlich ruhig. Er hatte es nicht eilig. Der Zahnarzt war ihr Anführer. Er begleitete sonst einen Spanier, der besessen Flamenco tanzte und in bestimmten Liedern seine Stimme verlor, die er Minuten später nur durch extreme

Anstrengungen wieder fand. Die Nummer kam bei den Leuten sehr gut an und die Leute liebten ihn dafür. Von daher war der Zahnarzt ziemlich bekannt. Er spielte dennoch lieber mit den Russen, denn bei ihnen war er der Chef. Er bestimmte die Reihenfolge der Lieder und er teilte auch die Frauen zu, von der Bühne aus. Die Frauen kamen in erster Linie wegen Dschi Dschi, dem Sänger, aber es blieb immer für alle eine hängen, und das war wohl auch ein Grund, warum der Zahnarzt lieber mit den Russen als mit dem Spanier spielte.

„Bleibst du noch?", fragte er und glättete sein Haar.

„Jaja, ich komme gleich nach", antwortete ich. „Heizt ihnen erst mal ein, ich übernehme dann." Ich lachte, um ihm ein bisschen Mut zu machen, aber das brauchte er nicht. Er wollte nur, dass ihn jeder sieht. Der Zahnarzt hätte auch vor einem angehenden Kühlschrank gespielt. Er drehte sich um und stiefelte lässig Richtung Bühne. Die anderen hatten längst ihre Plätze besetzt.

Ich verstand den Zahnarzt. Ich wollte auch von allen gesehen werden. Ich hätte das nie zugegeben, aber am liebsten wäre es mir gewesen, die ganze Welt hätte mir beim Singen zugesehen. Ich sah, wie der Zahnarzt hinter der Wand verschwand, und dann war ich auf dem Gang allein.

Ich ging in den Raum, der nur für die Musiker bestimmt war.

Es war sehr dunkel. Kauschke war da, er saß auf der Bank neben der Tür und hatte seine Gitarre auf den Knien. Er hatte nicht bemerkt, dass ich hereingekommen war. Das Haar hing ihm wirr ins Gesicht und die Brille war ihm auf der Nase verrutscht. Ich stellte meine Gitarre auf die Bank und öffnete den Koffer. Kauschke bekam immer noch nichts von mir mit, ich glaube, er war total betrunken. Mir war es sogar lieber, wenn wir nicht miteinander sprachen, es hätte sicher nur Ärger gegeben. Ich packte die Blonde aus und stimmte nach. Dann band ich mir den Trompetenriemen um, hakte ihn am Schallloch der Blonden ein. Ich klappte den Koffer zu und ging schnell hinaus.

Es war niemand mehr auf dem Gang zu sehen. Sie waren alle längst vor der Bühne. Ich hörte Dschi Dschis Stimme, er sang die Kosakenpatrouille. Ich ging weiter nach vorn, hörte, wie die Leute im Takt mitklatschten. Sie liebten es mitzuklatschen, sogar bei den ganz leisen Liedern. Ich hörte die Gitarren und die Balalaikas und Dschi Dschis Stimme. Er sang selbstbewusst und ohne zu knödeln, er wusste, was er sang. Plötzlich wurde ich ganz ruhig, ich hatte keine Angst mehr. Ich merkte zwar, wie mein Herz wild zu schlagen begann und wie sich alles in mir verspannte, aber ich hatte keine Angst mehr. Ich wollte es jetzt wissen. Ich wollte es ihnen zeigen. Ich wollte ihnen zeigen, was in mir steckt. Nur daran dachte ich noch. Ich drängelte mich von hinten an die Bühne und stellte mich zu den Typen an die Wand. Es war irrsinnig voll in den Räumen. Von hier konnte man die Vorderseite der Bühne nicht sehen, aber man bekam alles mit. Ich stand zwischen den Typen, dicht bei dem Durchbruch, da, wo der Ofen bullerte, und wartete auf meinen Auftritt.

Die Taxe kroch durch die Nacht. Ich hatte noch versucht die Blonde nach vorn auf den Beifahrersitz zu klemmen, aber der Fahrer war so muffelig, dass ich sie mit nach hinten nahm. Sie klemmte mir jetzt zwischen den Knien, störte mich aber nicht. Ich hatte dem Fahrer meine Adresse gesagt und dann waren wir losgefahren. Die Straßen waren völlig leer, niemand war mehr unterwegs. Der Regen pladderte auf das Dach und ich hörte das Klicken vom Taxameter.

Meinen Auftritt hatte ich mit Bravour überlebt, alles war ganz anders gekommen, als ich es mir vorgestellt hatte. Als die Russen fertig waren, war ich sofort auf die Bühne gesprungen. Ich hatte mir das gar nicht zugetraut, aber als sie ihre letzte Zugabe beendet hatten und Christian im selben Augenblick meinen Namen ansagte, flogen plötzlich alle meine Ängste weg. Wie Vögel flogen sie nach Irgendwo. Nur meine Lavamassen schossen noch etwas durcheinander.

„Paul Lachmann", hatte Christian gerufen, mitten in den Applaus hinein, „Paul Lachmann singt jetzt eigene Lieder", und ich war sofort auf die Bühne gesprungen. Ich glaube, die Leute waren noch gar nicht so weit gewesen. Sie wollten vielleicht noch Dschi Dschi mit seiner Kosakenpatrouille hören, aber nach vier Zugaben war nun wirklich Schluss mit Russland, so sehr die Leute auch trampelten und klatschten.

Im selben Augenblick, als ich die Bühne enterte, war meine ganze verdammte Angst wie weggeblasen gewesen. Ich hatte nur noch den Gedanken gehabt, mich von nichts und niemandem ablenken, mich auch nicht von denen in der ersten Reihe irritieren zu lassen. Das war das Einzige, woran ich in diesem Augenblick überhaupt noch dachte, alles andere interessierte mich nicht mehr. Ich hüpfte durch den Durchbruch, hechtete an dem Kleinen mit dem Bandoneon vorbei, sah noch, wie er dem Zahnarzt nachhumpelte und ging sofort an den Mikrophonständer. Ich kam sozusagen aus dem Nichts, die Blonde im Anschlag und ich war bereit alles zu geben. Es war, als hätte ich nie etwas anderes gemacht, und alles ging so rasend schnell, dass ich keine Zeit hatte über irgendeinen Mist nachzudenken.

Ich weiß nur noch, dass ich das Mikrophonstativ herunterstellte und an dem Kabel herumfummelte und die Typen vor mir in der ersten Reihe ziemlich skeptisch guckten, aber sie klatschten gleich weiter, als sie mich sahen. Ich glaube, sie hätten auch geklatscht, wenn da ein Besen vor ihnen gestanden hätte. Ich spürte die Hitzewellen von dem Ofen rechts neben mir, aber auch das machte mir nichts aus. Ich dachte an nichts als an meinen Auftritt. Ich hätte die Blonde jetzt sogar verstimmt gespielt. Ich stand hinter dem Mikrophonstativ und sah nur auf die Typen vor mir, die mit ihren Mädchen hinter den Kerzen saßen. Die wussten doch überhaupt nicht, wer dieser Paul Lachmann ist, den Christian eben angesagt hatte. Für einen Moment musste ich sogar innerlich darüber lachen, so gut ging es mir.

Der Fahrer sah mich durch den Rückspiegel an und grinste.

Die Leute im Publikum hatten mich angesehen und ich war vollkommen gelassen geblieben. Ich kannte mich so überhaupt nicht. Ich hatte nicht eine Sekunde lang an mir gezweifelt. Ich hatte ins Mikrophon gepustet, die Typen hatten sofort mit dem Klatschen aufgehört und es war unerhört still geworden. Und dann, nach bestimmt fünf Sekunden Dauerspannung, begann ich mein erstes Lied. Den Kapodaster, also die Barréklemme, hatte ich schon auf den 2. Bund geklemmt, die Blonde war also bereit und ich fing gleich mit einem Samba an. Dadam Dada. Ich wusste, sie wollten zu Anfang die absolute Attacke. Gerade nach den Russen brauchten sie den Einstieg ohne Umwege oder doppelten Anlauf. Ich schlug die ersten Akkorde auf der Blonden an. G-Moll und dann d-Moll, direkt und aus der Hüfte. Wumm. Ich fragte nichts mehr und ich dachte auch nichts mehr. Ich begann mein erstes Lied und spürte im selben Moment, wie mich bestimmt zweihundert Augenpaare anstarrten. Wie sie mich erst ungläubig und dann doch ziemlich interessiert und nach ein paar weiteren Minuten begeistert ansahen. Ich wette, das Lied war absolut nebensächlich, das war ja nur ein Text. Ich glaube, ich selbst war es, für den sie sich entscheiden mussten. Den sie sozusagen willkommen heißen oder von der Bühne pfeffern mussten, wenn er ihnen nicht gefiel.

Mein Mund war zwar immer noch ausgetrocknet und ich traute mich auch nicht in die erste Reihe zu sehen, aber ich war trotzdem vorhanden und die Leute sahen das.

Ich begann also mit dem Samba, dem Lied mit dem

„Nein". Das hatte ich schon vor einem halben Jahr gemacht. Ich sang: „Wenn zwischen zwölf und eins sich irgendein blöder Nachbar über deine Musik beschwert und ein Spießer dein Leben begehrt und der verdammte Tag langsam zur Hölle wird, dann denk einfach nur: Nein."

Damit hatten sie nicht gerechnet. Ich sang den Text so gelassen, als sänge ich irgendeinen netten Folksong. Und dann hängte ich ein paar lyrische Sequenzen ran, also kurz mal alle Neins der Welt und dann noch gleich die Strophe von den Männern, die zwar Bärte tragen, aber trotzdem abends ihre Frauen schlagen. Zwischendurch sang ich immer wieder dieses Nein. Und am Ende sang ich diesen Dauerton, ich sang immer auf demselben Ton: Nein. Bestimmt zehn Sekunden lang, nur: Nein.

Dann war es vorbei und ich hakte den Song ab. Wumm. Das saß.

Orkanartiger Beifall. Die Leute flippten regelrecht aus. Sie mochten mich. Ich hatte nach den Russen gesungen, nach der Kosakenpatrouille und der weißen Taube, nur mit mir und der Blonden und dann noch in meiner eigenen Sprache, nicht in Englisch. Nicht in Weißrussisch. Jeder der Anwesenden hatte meinen Text verstehen können, sogar die von der KPD/ML. Ich war sozusagen blanco aufgetreten. Ohne Bart, ohne Mütze, ohne Mantel und sie hatten mich gefeiert.

Ich sah auf die Kantstraße hinaus. Ich musste an Stopper denken und daran, dass ich in zwei Tagen mit Sigi unterwegs sein würde. Ich sah auf den Regen und wie die Tropfen die Scheibe hinunterrutschten. Es war warm und mollig in der Taxe und ich war ganz ruhig.

Christian hatte mir die Taxe bestellt, über Telefon, und er hatte denen am Tresen meinen Namen wieder und wieder genannt und dann hatte er mir noch fünf Mark extra auf die fünfzehn Mark Abendgage gezahlt und ich hatte bei ihm am Tresen gestanden und einen Quittungsblock ausgefüllt und noch einen Calva getrunken und die Typen um mich herum hatten mir auf die Schulter geklopft und begeisterte Töne von sich gegeben. Alles mit einem ziemlichen Respekt in den Augen. Und die Mädchen, die am Tresen standen, hatten mich richtig liebevoll angesehen. Drei Zugaben hatte ich geben müssen. Nach dem „Nein" hatte ich den „Bahnhof" gesungen, dann das Lied vom „Einsamen Mädchen" und dann noch die „Raben". Als letzte Zugabe dann die Becaud-Parodie, die ich mir schon mal im Cha-Cha zurechtgelegt hatte. Diesen Hit von Gilbert Becaud. „Nathalie" hieß der Riemen. Im Grunde auch eine Russennummer, aber ich hatte sie mir umgetextet und für mich passend gemacht. Ich hatte das Ding mal durch einen puren Zufall ein bisschen schwülstig vorgetragen, fast schon peinlich, aber die Leute waren fast ausgeflippt. Und nun hängte ich dieses Lied als letzte Zugabe dran. Damit hatten sie nicht gerechnet. Nach den leisen Liedern nun „Naftalie". Sie hatten einfach nicht gedacht, dass der Grübler da vor ihnen so etwas singen könnte. Sie waren vollkommen aus dem Häuschen gewesen und hatten wie irre geklatscht. Tausend Prozent hatten sie bekommen und dann noch drei Zugaben.

Ich rutschte auf meinem Sitz hin und her. Der Anzug klebte mir immer noch am Körper. Wir fuhren über die Brücke zum Halensee und dann die Hubertusbader hinunter, Richtung Zehlendorf. Der Fahrer sah manchmal in den Rückspiegel. Er rauchte. Ich hätte keine rauchen wollen, auch nicht, wenn er mir eine angeboten hätte. Ich brauchte das im Moment nicht, mir fehlte die Lux-Filter nicht. Wir fuhren durch den Regen und das Taxameter klickte. Der Regen pladderte auf das Dach von dem Benz und ich nahm die leeren Straßen wie in einem Film wahr. Ich liebte meine Stadt in diesem Moment. Ich liebte alles, was ich sah. Ich wusste auch, dass ich hier immer hingehören würde. Die Straßen, die Häuser, die Menschen, das alles gehörte zu mir. Und ich wusste auch, dass ich übermorgen weggehen würde. Nach Goa und nach Irgendwo. Denn irgendwo würde es für mich etwas geben, das völlig anders wäre, etwas, das nur für mich bestimmt sein würde. Deshalb würde ich übermorgen gehen und es irgendwo suchen. Ich musste gehen um es zu finden, um endlich bei mir anzukommen, das dachte ich in diesem Moment. Und wenn ich es dann gefunden hätte, dann würde ich wiederkommen, hierher zurückkommen, in meine Stadt. Vielleicht nach einem Jahr oder schon in ein paar Monaten, und dann würde ich hier für immer bleiben können. Und dann würde ich den Leuten hier Lieder singen, die noch kein Mensch vorher gehört hatte. Von Brüderlichkeit und von Respekt und von Frieden unter den Menschen würde ich singen. Von den Dingen, die ich auf meinem Weg zu mir gefunden hätte. Von Toleranz und von Brüderlichkeit und von der Liebe unter den Menschen. Ich würde endlich einer sein, der Steine zum Weinen bringen könnte, so wie dieser Liedermacher in dem Lied, das ich der Hoffmeister zum Abtippen gegeben hatte.

Ich war völlig besoffen von meinen Gedanken. Ich glaube, ich hatte Tränen in den Augen. Jedenfalls blickte der Fahrer ziemlich unruhig in seinen Rückspiegel, als wir die Clayallee runterfuhren. Ich wusste, es war eine Riesenaufgabe, die ich mir da stellte, aber ich dachte nicht weiter darüber nach. Ich nahm sie an wie eine Botschaft, der ich zu folgen hatte.

Mir erschien meine Zukunft jetzt absolut gesichert und ganz plötzlich entstand dieses Lied. Ich wusste nicht, woher die Worte kamen, ich hatte noch nie die Melodie gesummt. Aber es war plötzlich da. Es war ein ganz einfaches Lied, aber groß genug, um mich überallhin zu begleiten, das spürte ich sofort.

Von ganz fern kam es, wie ein warmer Regen. Erst kamen die Worte und dann kam die Melodie, die ein bisschen so klang wie die Geige aus der Trinitatiskirche. In diesem Augenblick wuchs eine riesige Hoffnung in mir. Mit

Goa und der ganzen Reise und mit Sigi würde alles beginnen.

Ich war allein, aber ich hatte dieses Lied in mir, dieses kleine, blöde Lied, das sich mehr und mehr in mir herausbildete. Es war mein erstes A, der erste Buchstabe in meinem neuen Leben. Ein Anfang. Es gehörte zu mir wie dieses ganze Lied. Nur der große Gott war noch über mir, aber sonst niemand. Ich hörte dem Lied zu, ich musste nur die Worte laufen lassen und mir die Melodie immer wieder vorsingen, so lange, bis es nicht mehr aus mir rauszukicken war. Durch niemanden auf der Welt. Dann würde es mein Lied sein, dann würde es für immer bleiben und mich begleiten, wohin ich auch ging. Mein Lied, mein eigenes verdammtes Lied. Wir fuhren durch die halbe Stadt und als wir an der Endhaltestelle vom 10er ankamen, war es fertig:

lach ich, wein ich,
schlaf ich, wach ich oder träum ich
ist es Nacht oder schon Tag
ess ich, trink ich,
lauf ich, flieg ich oder sink ich
bin ich stark oder verzagt

ich bin, ich bin, ich bin
ich sprech es leise vor mich hin
ich würde so gern bleiben
doch ich kenn mich hier nicht mehr aus
anderswo bin ich zu Haus

Der Abschied

Am nächsten Morgen machte ich keine Umwege. Ich fühlte mich topfit. Obwohl ich kaum geschlafen hatte, spürte ich meine Lavamassen wie ein Hundertmeterläufer kurz vor dem Finish. Ich war zum Absprung bereit. Meine BSTG-Matten ruhten in meinem Zentrum und gaben mir den nötigen Halt für das Restgehäuse. Ich wusste, das Haus, an dem ich jetzt baute, würde von meinen ziemlich genialen Gedankengängen zu einem Lebenspalast ausstaffiert werden. Ob im türkischen Erzurum oder heute noch in meinem mickrigen Berlin. Ich war drauf und dran einen Vogel abzuschießen.

Zum Glück sprach mich Bruder Andreas nicht an, als ich mich gegen sieben in den Grauen warf. Er schlief noch oder er tat so, jedenfalls brauchte ich keine zehn Minuten um aus unserer Hütte zu kommen. Herbert hing sicher schon seit fünf Uhr an irgendeiner Endhaltestelle und Königinmutter hatte ihren morgendlichen „Pass bloß auf dich auf"-Blick, den sie mir beim Durchqueren unserer Wohnlandschaft wie ein Beileidstelegramm nachschickte.

„Guten Morgen", murmelte ich und war schon draußen, ehe wir uns gemeinsam über das Leben sorgen konnten. Die Fahrt im 10er ertrug ich wie eine Tanzstunde. Das übliche Fensterschauen, die Anhalt- und Ausstiegsrituale, mein Gott, ich fuhr ja noch mit, aber ich war doch längst am Schwarzen Meer.

Fasanenstraße machte ich einen Schlenker in die Hardenberg. Ich wollte mir von der Handelskammer den Kaufmannsgehilfenbrief abholen. Den Schein brauchte ich, er war der Ausweis meiner Reife. Ich hatte die elende Prüfung bestanden, ich war nun frei. Frei von Klinker-Eisen, frei von meinen Leuten, frei von Berlin, frei von allem, was mich bedrückte oder quälte und mickrig erscheinen ließ.

Als ich am Cha-Cha vorbeikam, sah ich die Reste der nächtlichen Schlacht. Überall lagen noch die Scherben auf dem Trottoir. Sie hatten die Tür mit einer Holzpalette verkleidet, sie war also verschlossen. Wahrscheinlich würden sie heute Nacht wieder einen Neger brauchen, der ihnen den Weg freischoss. Bei Tag sah eben alles anders aus.

Energisch stapfte ich in die Handelskammer und nahm die drei Treppen mit Schwung. Auf jedem Stockwerk begegneten mir ein paar Versteinerte in ihren blassen Anzügen. Ich gehörte nicht mehr zu ihnen, ich passte nur noch äußerlich in ihre Gänge. Ich trug zwar den Grauen, aber auch der war schon überfällig. Zerknittert von meinen Nächten in der Unterwelt, roch er nach schwedischem Tabak und regennasser Straße. Ich war ja mehr und mehr zu einem anderen geworden. Wer immer da in den nächsten Tagen aus mir herauswachsen sollte, er würde mir willkommen sein.

Freundlich grüßte ich, wen ich auf den endlosen Gängen traf, aber meine Freundlichkeit war nur Schein. Sollten sie doch in ihren Trevirasäcken verenden, ab heute würde ich kein Lehrling mehr sein.

Die Frau mit dem goldenen Brillengestell und den hochtoupierten Haaren schaute nur einmal in ihre Kartei und dann gab sie mir den blauen Kaufmannsgehilfenbrief, den mit den Lebensnoten für Warenkunde: Drei, und für

Buchführung sowie Ex und Import: ausreichend bis mangelhaft. Also mit einem Schnitt, mit dem man bestenfalls in irgendeinem drittklassigen Haushaltswarengeschäft den Rest eines kurzen, lustlosen Lebens beenden konnte. Ich bedankte mich überschwänglich und die Frau sagte: „Na dann, alles Gute für die Zukunft", und schon war ich wieder draußen. Ich hatte den Schein, alles andere war mir egal. Er war mein Visum für Goa und dann für den Rest der Welt.

Ich stob in die Fasanen zurück. Jetzt hätte ich Lust gehabt Sigi zu überraschen, aber es hätte Stunden gedauert ihn wach zu bekommen, außerdem wollte ich um keinen Preis der Welt noch einmal in seinen Turm. Ich würde ihn morgen sowieso bei Erdmann sehen und dann jeden weiteren Tag. Also nahm ich den kürzesten Weg. Ich lief den Ku'damm hinunter bis zur Ecke Joachimstaler, da, wo die Bierkaschemmen für die Touristen öffneten, da, wo das Pflaster war wie in meiner Kindheit und wo ich die vertrauten Gerüche wahrnahm und alte Bilder sah, da überquerte ich für lange Zeit zum letzten Mal die Straße. Ich hatte alles hinter mir.

In der letzten Nacht hatte ich im Traum Worte gehört, ich hatte sie mir im Dunkeln notiert. Sie bildeten einen Knittelreim und der ging so :

„Draußen ist anders, draußen ist schön, draußen hast du noch nie so gesehn."

Ich bekam ihn nicht mehr aus meinem Kopf, ich rannte mit ihm die Marburger Straße hinunter.

Der Vormittag bei Klinker zog sich hin.

Ich schlenzte, so oft ich konnte, die Gänge auf und ab und versuchte irgendwie die Zeit totzuschlagen. Hein war mit der Hoffmeister beschäftigt. Die Hoffmeister dachte die ganze Zeit laut an das kommende Wochenende und Schütters stritt mit seinem Verlobten herum, der unentwegt am anderen Ende der Leitung hing. Nur Selbig versuchte mit mir ins Gespräch zu kommen, was ich aber nicht mehr zuließ. Der Mann hätte mich für den Rest des Tages zugrunde gerichtet. Er versuchte es immer wieder, bis Schütters ihn eine Zeitung holen ließ.

Und dann passierte diese Sache mit Rosen.

Ich saß an meinem Ecktisch und machte mir gerade ein paar Notizen in die Liste der VW-Werkstätten auf unserer ADAC-Route, da fuchtelte plötzlich Hein mit seinen Patschhändchen herum und ich sah, wie Rosen hinter seiner Scheibe mir Zeichen machte, zu ihm herüberzukommen. Ich dachte erst, er meinte die Hoffmeister, aber er meinte wirklich mich und ich ging dann zu ihm rüber. Er bot mir einen Stuhl an, wie er es immer tat, und ich harrte wie üblich der Dinge, die er mir zu sagen hatte.

Erst sprach er eine Weile über den Stahl und darüber, dass die Zukunft leichter werde, kein anderer Werkstoff das Leben so sehr bereichert habe wie Stahl und dass man mit Stahl immer rechnen könne, Stahl sei überall dabei und mache das Leben freundlicher undsoweiterundsofort.

„Wissen Sie, Lachmann, auf Stahl kann man bauen. Kein anderer Werkstoff bereichert das Leben so sehr wie Stahl." Das sagte er mindestens dreimal. Ich machte mich auf eine lange Rede gefasst.

„Im Alltag sorgt Stahl für mehr Lebensqualität. Stahl ist geschmacklos, hygienisch und leicht zu reinigen. Denken Sie mal an die Konservendose. In Cafés und Restaurants zum Beispiel, Stahl ist ein immer gern gesehener Gast und für Genießer ist Stahl sowieso die erste Wahl und wer reist, reist mit Stahl. Sie wollen doch reisen", lachte er, „also reisen Sie, aber vergessen Sie nicht: Autos, Schiffe, Busse, Züge, alles Stahl, alles optimale Sicherheit. Stahl ist die Grundlage eines jeden Hauses, denken Sie an die …" Ich wusste einfach nicht, worauf er hinauswollte, ich kannte ja seine Ausführungen, aber diesmal drehte er ziemlich heftig auf.

„… denken Sie an T-Träger, mit Stahl kann man prächtig bauen. Wie Architekten die Kombination aus Stahl und Glas schätzen, zeigen doch deutlich die Ausstellungshallen in Frankfurt und auf der Messe in Leipzig. Schon mal da gewesen?“

Ich schüttelte den Kopf.

„Weitmaschige Netze aus feuerverzinkten Stahlrohren in taumelnder Höhe über Flächen von bis zu zweihundert Meter Länge und achtzig Meter Breite. An diesen Konstruktionen hängt ein Gewicht von tausend Tonnen. Stahl, Eisen, Sicherheit. Denken Sie mal darüber nach, wenn Sie unterwegs sind, denken kostet ja nichts. Die Zukunft wird leichter, wenn Sie sich sicherer fühlen. Alles Leben läuft besser auf Schienen in klaren Bahnen, es trägt sich entschieden leichter auf den Stützen und Streben aus Stahl.“

Das ging so eine ganze Weile und dabei spielte er immer mit seiner Modelschiene herum, die vor ihm auf dem Schreibtisch lag. Ich kannte Rosens Ansichten über den Werkstoff Stahl. Er hatte oft versucht, mir seine Meinung über das Leben und über meine Zukunft im Besonderen aufzudrängen.

Inzwischen hatte er die Beine auf dem Schreibtisch abgelegt. Er war ziemlich locker, er hatte irgendwie noch etwas anderes zur Verfügung als verzinkte Aluprofile, das war mir immer klar gewesen, aber heute wollte er mir wohl den Rest geben. Ich hörte also zu und irgendwann war er endlich zu Ende und sagte: „Vergessen Sie uns nicht, Lachmann, wenn Sie am rotchinesischen Meer angekommen sind, denn auch dort braucht man gehärteten Rundstahl.“

Wir lachten ein bisschen, aber ich wusste immer noch nicht, worauf er eigentlich hinauswollte. Und dann holte er urplötzlich ein Papier hervor. Er hatte es unter seiner Schreibunterlage liegen. Wahrscheinlich hatte er die ganze Zeit nur darauf gewartet, es mir geben zu können, jedenfalls nahm er es in die Hand und sagte ziemlich unvermittelt: „Herr Lachmann, bevor wir uns nun verabschieden … ich habe da noch etwas für Sie.“

Dann stand er auf und stellte sich in Positur. Ich traute meinen Augen nicht. Er schob sich die Brille zurecht, zupfte an seinen Manschetten herum, räusperte sich noch einmal und begann zu singen. Ich fiel fast vom Stuhl. Rosen sang mir ein Lied vor. Erst zögernd und dann immer fließender. Es war mehr ein Sprechgesang, aber immerhin ein Lied. Er legte richtig los. Mal laut, dann wieder etwas leiser und vor allem ziemlich schräg. Ich war wirklich platt. Ich wusste nicht, wo ich hinsehen sollte. Ich spähte hinüber zu Hein, die mussten das doch auch mitbekommen haben, aber da rührte sich überhaupt nichts.

Rosen sang:

„Das Meer erglänzte weit hinaus im letzten Abendscheine,
wir saßen am einsamen Fischerhaus, wir saßen stumm und alleine.
Der Nebel stieg, das Wasser schwoll, die Möwe flog hin und wieder,
aus deinen Augen liebevoll fielen die Tränen nieder."

Er machte eine kleine Pause und sah mich über seine Brille hinweg an.

Ich versuchte Haltung zu bewahren und hielt mich mit beiden Händen am Stuhl fest. Ich wollte beruhigend auf ihn einwirken, aber er machte gleich weiter:

„Ich sah sie fallen auf deine Hand und bin aufs Knie gesunken,
ich hab von deiner weißen Hand die Tränen fortgetrunken."

Wieder Blick und dann:

„Seit jener Stunde verzehrt sich mein Leib, die Seele stirbt vor Sehnen,
mich hat das unglückselge Weib vergiftet mit ihren Tränen."

Rosen ließ das Blatt sinken und rückte die Brille zurecht. Dann wischte er sich den Schweiß von der Stirn und setzte sich wieder hinter seinen Schreibtisch.

Ich wusste wirklich nicht, was ich sagen sollte. Ich blickte nur stumm vor mich hin. Ich hätte ihm gerne etwas gesagt, zu seinem Vortrag und zu seiner Stimme, aber ich glaube, er wollte das überhaupt nicht. Jedenfalls glotzte ich nur zu ihm hinüber und er reichte mir den Text und ich las mir das Lied noch einmal durch. Also, ich tat wenigstens so.

„Schubert", sagte er nach einer Pause.

„Ach ja?", sagte ich und starrte auf das Papier.

„Am Meer" stand da als Titel.

„Toll", sagte ich, „für mich?"

„Ja, nehmen Sie es mit", sagte er und lächelte wieder. Ich fand es ziemlich mutig von ihm, dass er mir das vorgesungen hatte, ich wusste aber nicht, wie ich mich verhalten sollte.

Er musste das spüren, denn er sagte noch: „Vergessen Sie uns nicht und wenn Sie mal irgendwo auftreten sollten, ich würde mich wirklich freuen von Ihnen zu hören."

„Ja, danke", sagte ich. „Ist ja Klasse." Ich wedelte reichlich blöde mit dem Blatt herum, dann verabschiedeten wir uns mit Handschlag und ich stiefelte wieder hinaus. Hein sah mich von der Seite an und die Hoffmeister und Schütters auch, sie hatten wohl insgeheim gehofft, dass ich ihnen von dem Gespräch erzählen würde, aber das tat ich nicht. Ich wollte ihnen Rosen nicht zum Fraß vorwerfen.

Ich bin auf den Gang rausgegangen und da waren meine Flügel wieder auf ein Mindestmaß geschrumpft. Ich verstand nicht, warum Rosen mir dieses Lied geschenkt hatte. Irgendetwas hatte er in mir bewirken wollen, nur was es war, das wurde mir einfach nicht klar. Ich war ziemlich fertig, viel fertiger als an all den anderen Tagen bei Klinker.

Am Nachmittag schoss Grabowski zu uns herein und sagte, dass alle Lehrlinge sofort in die Registratur kommen sollten, um ein letztes Mal Briefe einzutüten. Mir war es nur recht. Ich stiefelte dann gleich mit ihm in die Registratur und dort saßen schon die anderen um den runden Holztisch, den einzigen Holztisch, den es bei Klinker noch gab. Dimmer, Affholter, Wolf, Sportler und der kleine Tümmler. Aber es war nicht wie immer. Sonst war ein mächtiges Trara gewesen, wenn wir eintüten sollten, heute war nur noch Stille. Als Grabowski und ich eintraten, prahlte Affholter gerade mit seiner Verlobten, aber es hörte ihm keiner mehr richtig zu. Alle tüteten lustlos Broschüren ein und schoben sich die Couverts zu. Die Luft war raus und alle hatten lange Gesichter.

Ich setzte mich zu Dimmer. Er hing traurig in seinem Cordjackett, und auch wenn er jetzt grinste, wusste ich, dass es ihm ziemlich dreckig ging. Ich hatte immer gewusst, dass Dimmer ein saueinsamer Typ war. Wenn er mir von seinen politischen Clubs erzählt hatte oder von seiner Mutter und diesem ganzen Treue- und Verpflichtungskrempel, hatte ich immer diese Einsamkeit an ihm gespürt. Aber er suchte wie ich nach etwas anderem. Das verband uns irgendwie.

Er grinste mich an. Wolf saß links neben mir und dann kam Sportler. So war es immer. Affholter, Dimmer, Wolf, dann ich, dann Sportler und dann der kleine Tümmler. Manchmal kam noch Gertig, aber selten. Er war schon aus unserer Gruppe herausgewachsen.

Wolf leckte an seinen Briefmarken. Obwohl ein Schwämmchen in der Mitte des Tisches lag, leckte er sich die Zunge wund. Himmel, Wolf war ein Tier. Er klebte die Marken triefend auf die Couverts und gab sie dann an Sportler weiter. Der stempelte sie dann, drosch mit seinen Riesenpranken auf die Marken ein.

Ich schob Wolf einen Prospekt zu, das brachte ihn völlig durcheinander. Ich hätte die Broschüre erst eintüten müssen, aber ich wollte ihn ein bisschen provozieren. Er schob sie mir sofort wieder zurück und bekam ein leichtes Zucken im Gesicht. Es machte ihn wahnsinnig, wenn jemand etwas Verbotenes tat. Sie hatten ihm einmal den Auftrag gegeben, eine äußerst wichtige Depesche nach Lissabon zu bringen. Morgens hin und abends wieder zurück. Zwölf Stunden war er unterwegs gewesen. In Bahnen, Bussen und Flugzeugen. Zuckend bis zum Umfallen, aber die Post kam an. Er hatte sie nach Lissabon gebracht und war wieder heil zurückgekommen. Aber seit dieser Reise zuckte er noch mehr.

Sportler stand auf und ging zum Fenster. An jedem anderen Tag hätte ihn das den Kopf kosten können, heute aber war es allen egal. Er hatte seine zeitlosen Hosen bis unter die Achseln gezogen und schleppte sich müde voran. In seinem Hemd aus Nylon sah er aus wie eine Giraffe. Sportler, der Mann, der nichts ahnte von Mode und Beat und Stick and Stones, stand am Fenster und schnäuzte sich mit seinem Riesentaschentuch die Nase. Wahrscheinlich operierte er sich wieder einmal ein mächtiges Ding aus der Nasenscheidewand.

Himmel. Was sollte ich nur tun, was nur? Jeder Gedanke an meine Lehrlingsbrüder machte mir den Abschied nur schwerer. Ich konnte im Moment nicht einmal mehr an Goa denken.

Es war ziemlich still am Tisch. An anderen Tagen hätten wir mächtig durcheinander gequatscht, Dimmer und ich vorneweg. Wir hätten wie üblich Sportler aufgezogen. „Weißte, was ein Schanker ist?" Sportler hätte dann sein Pferdegesicht gemacht und mit offenem Mund gefragt: „Was denn?"

„Na, ein Schanker, weißte das nicht?"

Und dann hätten wir alle wie blöde gelacht und keiner, keiner von den anderen hätte gewusst, was ein Schanker ist. Und Grabowski hätte dazwischengeworfen: „Ein Schanker ist so etwas wie ein Tripper."

„Nicht Trapper, Tripper", hätte Dimmer sofort gekontert. Und dann hätten alle wie irre gewiehert und weiter durcheinander gequatscht.

Wir bimsten die Briefmarken auf die gefütterten Couverts und füllten die Leere mit leichtem Verbalmüll, es war aber nichts mehr zu holen. Dimmer und ich schwiegen sowieso. Der kleine Tümmler saß mir in seinem piekfeinen Anzug wie seit Jahren gegenüber, wie immer lächelnd. Er hielt sich die Hände vors Gesicht, ich grinste zu ihm rüber. Er war natürlich längst fertig mit seinen Umschlägen. Sportler kam wieder vom Fenster zurück und setzte sich in unsere Runde und Grabowski stieg inzwischen unentwegt auf seiner Leiter herum und wuchtete seine Karteikartenkartons in den Himmel.

Dimmer kickte mich von der Seite an und schob mir eine Zigarette zu, aber ich wollte keine Haus Bergmann und „Geraucht wird hier nicht", sagte dann auch noch Sportler.

„Mach's Fenster auf, Junge", sagte Grabowski oben auf seiner Leiter. „Es ist euer letzter Tag, stellt euch nicht so an."

Dann schwiegen alle wieder und man hörte nur das Schmatzen von Wolf. Wir machten es so, wie wir es immer in den letzten drei Jahren gemacht hatten. Ich hing an meinen Gedanken und Dimmer rauchte neben mir.

Mir fiel die Weihnachtsfeier ein, zu der alle gekommen waren. Die Vertreter und die Fahrer, auch Eckmann, der Chauffeur von Borgmann, der nichts trinken durfte, der aber trotzdem trank. Die Frauen trugen glitzernde Cocktailkleider mit gewagten Dekolletés und die Männer ihren „Grauen" oder den „Schwarzen". Im Laufe des Abends wurden dann alle ziemlich lustig und machten immer frechere Bemerkungen über die Firma und über die Vorgesetzten und es gab keinen, der da nicht mitgemacht hätte.

Und Borgmann, der gerade erst bei Klinker begonnen hatte, hielt dann noch eine Rede, seine berühmte Einstandsrede, die man im Klinker-Jahrbuch des folgenden Jahres nachlesen konnte. Eine Hand in der Hosentasche hatte er sich in die Mitte des Raumes gestellt und über das

Leben und den Neubeginn gesprochen. Über die Walzstraßen in Duisburg und Hagen und über die Schwesterfirmen Thyssen und den großen Konkurrenten Mannesmann und die allgemeine Zukunft von Klinker und die verantwortungsvollen und leistungsbetonten Mitarbeiter und die neuesten Kunstofferzeugnisse und dann noch von Norwegen und von Übersee. Als er endlich fertig war, hatte er sich die Hoffmeister zum Tanz gegriffen und dann haben alle Mitarbeiter getanzt und sich danach ziemlich angeschickert wieder hinter ihre Jahrbücher gesetzt. Und dann wurde ich aufgerufen und musste drei bis vier „normale" Lieder singen. Unter dem Weihnachtsbaum, nur mit meiner Blonden, die ich vorsorglich mitgebracht hatte. Weil Schwalbe mir das Tage vorher so empfohlen hatte. Ich sang also die drei normalen Lieder, die irrsinnig gut ankamen, vor allem bei den Sekretärinnen, und ich fühlte mich ziemlich komisch dabei. Es existiert noch ein Foto von dem Ereignis. Ich bin darauf mit der Blonden unter dem Weihnachtsbaum zu sehen und grinse ziemlich bescheuert in die erste Reihe. Ich habe ganz verbogene Knie, so sehr muss mich der Vortrag mitgenommen haben.

Mir wurde ganz mulmig bei dem Gedanken, dass irgendwann wieder Weihnachten bei Klinker sein würde und ich dann vielleicht schon in Indien am Kreuz hing.

Wir bimsten die Briefmarken auf die Briefcouverts, aber es kam nichts mehr in Fahrt. Dimmer schob mir immer wieder eine Zigarette herüber, die ich aber immer wieder zurückschob und Grabowski war längst fertig und trug nur noch ein paar Leitzordner hoch und runter. Ich glaube, er wollte einfach nur noch in unserer Nähe sein.

„Na, Herr Grabowski, was macht Ihre Hüfte." Ich weiß nicht, warum ich ihm das zurief.

„Es geht, Junge, es geht. Ihr braucht mir aber gar nicht so blöde Fragen zu stellen, ich fall sowieso nicht darauf rein. Macht nur so weiter, wenn euch euer Leben lieb ist. Noch ist nicht aller Tage Abend."

Ich glaube, Grabowski hatte mich von Anfang an durchschaut. Schon am ersten Tag, als ich mit Königinmutter in die Empfangshalle gekommen war, da hatte er mich so von der Seite angesehen, als wüsste er instinktiv, dass ich nur übergangsweise bei Klinker sein würde.

Ich war oft zu ihm in die Registratur gegangen, bloß um mit ihm zu reden. Ich hatte ihm tonnenweise Fragen zum Leben und zum Tod gestellt. Nichts Besonderes, aber er hatte alles ernst genommen und mir jede Frage beantwortet. Er wusste eine Menge, Grabowski war so etwas wie der Geist der Firma. Der Lebensfluss, mein Gott, der verdammte Lebensfluss.

Ich stand auf und ging zum Fenster. Hinter mir hörte ich, wie sich Wolf und Sportler über irgendeinen Berliner Fußballverein stritten und dann kam Dimmer und stellte sich an meine Seite und wir blickten beide hinunter auf die Augsburger. Die Nutten standen da manchmal, vor dem Ciro, der Nachtbar, in die ich immer reingehen wollte, aber bisher nie reingegangen war. Jetzt stand nur eine Nutte da, eine ganz alte.

„Schreibste mal?“, fragte Dimmer dann irgendwann.

„Ich schreib dir, wenn ich irgendwo angekommen bin“, antwortete ich.

„Lass dich nicht unterkriegen.“

„Nee, keine Angst. Und du?“

„Ich komm schon zurecht.“ Dimmer grinste jetzt nicht mehr. Wir standen bestimmt eine ganze Zeit an dem Fenster und hinter uns kramten Wolf, Sportler und Affholter und der kleine Tümmler die gefüllten Couverts zusammen. Irgendwann müssen sie einfach rausgegangen sein. Grabowski hat uns dann aufgeweckt, sonst hätten wir da sicher noch ewig so gestanden.

„Na, wollt ihr nicht oder könnt ihr nicht? Ist doch kurz vor fünf.“

Er hinter uns und krempelte sich die Ärmel von seinem Karohemd hoch.

„Tschüss, Herr Grabowski, vergessen Sie uns nicht", sagte ich und gab ihm die Hand. Er sah mich an. Dimmer hippelte nervös von einem Bein aufs andere und murmelte irgendwas von „Bis morgen".

„Denkt daran, Jungs. Das Leben ist niemals woanders", sagte Grabowski.

„Jaja", sagten Dimmer und ich gleichzeitig und dann lachten wir ein bisschen nervös.

„Und noch eins, wenn ihr mal was braucht, kommt einfach rum. Ich bin immer für euch da."

„Danke, Herr Grabowski. Machen Sie es gut und denken Sie an Ihre Gesundheit."

Wir gaben wir uns noch mal die Hand und dann waren wir draußen.

Als ich in die 408 kam, waren schon alle weg. Es lag nur ein Zettel auf meinem Tisch, dass ich zu Schwalbe gehen solle, dass er mir noch etwas Wichtiges zu sagen habe und dass ich es gut machen solle und sie mich am liebsten noch verabschiedet hätten, aber ich sei ja schon längst weggewesen und außerdem stehe ja das Wochenende bevor und alle hätten noch einzukaufen und dass ich mich unbedingt irgendwann einmal melden solle. Sie wünschten mir Glück und Erfolg. Die Hoffmeister hatte mir noch einen Kuss mit ihrem Lippenstift auf dem Papier hinterlassen, richtig vollmundig, und Schütters hatte mir seine Telefonnummer aufgeschrieben, Hein und Selbig hatten nur mit ihren Namen unterschrieben.

Ich holte meine Mappe unter dem Beistelltisch hervor, ging aber gleich wieder hinaus. Es gab ja sowieso nichts, was ich mitnehmen könnte. Ich wollte nur noch weg. Ich drehte mich nicht einmal mehr um und stürmte nur hinaus.

Auf dem Gang war totale Leere. Nur bei Grasson in der Röhrenabteilung waren Stimmen zu hören. Ich ging gleich hinüber in die Walzeisenabteilung, in die 406, aber da war auch niemand mehr. Ich lief durch die leeren Büroräume, an den abgeräumten Schreibtischen und den zugedeckten Maschinen und Telefonen vorbei bis nach hinten zu Schwalbe, unseren ersten Prokuristen, den ich hinter seiner Glasscheibe telefonieren sah.

Mir war sauschlecht. Ich musste mich mächtig zusammennehmen, um nicht auf der Stelle kehrtzumachen. Ich klopfte an seine Tür und hörte ihn „Herein“ schnarren und trat ein. Schwalbe saß hinter seinem Schreibtisch und schaute nur kurz hoch. Ich blieb mit meiner Mappe nahe an der Tür stehen und sah ihn so fest an, wie ich nur konnte. Er ließ mich erst gar nicht zu Wort kommen, er kam gleich zur Sache.

Meine Blase machte mir mächtig zu schaffen und in meinem Magen rumorte es wie vor Jahr und Tag, wenn ich mir Schellen und andere Unannehmlichkeiten von irgendeinem Klassenlehrer oder Vorgesetzten abzuholen hatte.

„Machen wir es kurz, Lachmann“, sagte Schwalbe und griff nach einem Papier, das vor ihm auf dem Schreibtisch lag. Er hatte etwas für mich vorbereitet, stand auf, ging um den Schreibtisch und stellte sich direkt vor mich hin. Schwalbe mit seiner Hasenscharte war bestimmt einen ganzen Kopf kleiner als ich. Er wirkte ziemlich müde. Sein Haar war streng gescheitelt und ich konnte mich in seinen blank polierten Brillengläsern sehen.

„Sie wissen, ich habe Sie absichtlich durch die Prüfung gezogen, das wissen Sie.“

„Ja, Herr Schwalbe, ich weiß es. Vielen Dank“, sagte ich. Meine Stimme klang heiser.

„Sie brauchen sich nicht zu bedanken, Lachmann“, sagte er und rückte sich die Brille zurecht. „Ich habe immer an Ihren Leistungen gezweifelt, aber nicht an Ihren Fähigkeiten. Meine Tochter, die erst sieben ist kann eine Hochrechnung besser erstellen als Sie, aber …“

Ich antwortete nichts, ich sah ihn nur an. Ich wusste, dass er Recht hatte, ich hatte einen ganzen Tag in der

Buchhaltung gebraucht, um überhaupt herauszubekommen, was eine „Hochrechnung" ist. Ich hatte es von Niebelung erfahren wollen, aber Niebelung war ein alter, weißhaariger Mann, der mich genau wie Schwalbe zittern sehen wollte. Sie wollten jeden zittern sehen.

„Machen Sie sich ein paar Gedanken darüber", hatte er zu mir gesagt, gleich am ersten Tag, an dem ich zu ihm in die Buchhaltung versetzt worden war. Daraufhin hatte ich vier geschlagene Stunden über den Begriff „Hochrechnung" nachgedacht und in mir absolut keine Lösung gefunden, bis mir irgendwer erklärte, dass „Hochrechnung" nichts als eine simple Addition bedeutet.

„Ich habe Ihrer Frau Mutter bei Ihrer Einstellung versprochen, mich für Sie einzusetzen", Schwalbe räusperte sich, „das scheint mir ja nicht sehr gut gelungen zu sein." Er machte eine kleine Pause und sah mich scharf an. Er stand keine dreißig Zentimeter von mir entfernt.

„Außerdem fällt kein Klinker-Lehrling durch die Abschlussprüfung, verflucht, so schwer ist das doch nicht. Sie haben doch im Verkauf einen guten Schnitt, Sie können es doch, was ist denn bloß los mit Ihnen?"

Ich hätte ihm gerne etwas dazu gesagt, aber mir fiel in diesem Augenblick nichts Passendes ein, deshalb schwieg ich lieber. Ich mochte ihn nicht und Schwalbe wusste das. Ich mochte seine ganze zackige Art nicht, seine scharfsinnigen Bemerkungen und wie er jeden abkanzelte, der nicht so war wie er selbst. So geschliffen und so klug und so fürchterlich vollkommen. Aber er hatte mich durch die Abschlussprüfung geschleppt und ich hatte mich dafür bedankt. Jetzt hatte ich genug. Mir war es völlig gleichgültig, ob er mich für Königinmutter oder für Klinker oder für den Arsch der Welt durch die Prüfung gezogen hatte.

„Na dann", sagte er, als habe er meine Gedanken erraten. „Ich wünsche Ihnen alles Gute und gehaben Sie sich wohl." Dann hielt er mir dieses Papier entgegen und ich nahm es ihm ab und sah, dass es ein Formular war, auf dem irgendwelche Daten über mich standen. Schwalbe drehte sich um und ging wieder hinter seinen Schreibtisch. Ich stand ein paar Sekunden an der Tür und hasste mich in diesem Moment. Ich hasste mich dafür, dass ich zu nichts anderem fähig war, als da zu stehen. Nicht mal einen blöden Witz oder eine freche Bemerkung, zu irgendetwas, was aus mir selber kam, brachte ich heraus. Ich öffnete die Tür, sagte „Auf Wiedersehen" und sah mich beim Rausgehen noch mal zu ihm um. In diesem Augenblick sah ich, wie klein der Mann war. Schwalbe, der mir immer Angst eingejagt hatte, war hinter seinem Schreibtisch auf sein Normalmaß zurückgeschrumpft.

Auf meinem Weg zum Lift ging ich an allen Abteilungen vorbei, es war niemand mehr da. Die Türen waren verschlossen. Der Aufzug war leer. Ein Stockwerk tiefer stieg dann noch eine Dame ein. Sie trug einen hellen, eleganten Mantel, einen, wie ihn Doris Day in den amerikanischen Komödien der fünfziger Jahre trägt, und sie sah wirklich toll aus. Ich sagte: „Guten Tag", und sie lächelte und sagte: „Bis Montag." Und in diesem Augenblick wusste ich, wer sie war. An ihrer Stimme erkannte ich sie. Sie war die Unbekannte, von der Grabowski immer gesprochen hatte. Die Frau aus der Telefonzentrale. Die Frau, die fast kein Mitarbeiter von Klinker jemals gesehen hatte. Wie oft hatten wir über sie gesprochen. Sie war in unsere Tagträume eingegangen und wir hatten sie uns in stundenlangen Sitzungen am runden Tisch ausgemalt. Ihre Stimme hatte uns ganze Nachmittage gerettet. Und nun fuhr ich mit ihr im Lift und das Irrsinnigste war, dass sie genauso war, wie wir sie uns vorgestellt hatten. Ich war völlig überwältigt.

Wir fuhren bis ins Erdgeschoss und stiegen gemeinsam aus. Sie ging vor mir durch die Empfangshalle und ich stiefelte ihr hinterher, so schnell ich konnte, bloß um vor ihr an der Eingangstür zu sein. Dann öffnete ich ihr die Tür und sie ging an mir vorbei hinaus. Und in diesem Augenblick, als wir beide auf der Straße standen, umfing mich ein Duft von Veilchen. Von Veilchen, die sich durch das Pflaster der Straße hindurch ihren Weg zur Sonne bahnen. Es war natürlich ihr Parfüm, aber für mich war es das Leben.

Sie ging nach links und ich ging nach rechts und ich drehte mich noch lange nach ihr um. So lange, bis ich nichts mehr von ihr sehen konnte.

Ich weiß bis heute nicht, warum ich dann in die Teestube ging. Es war noch viel zu früh, es war ja nicht einmal sechs, aber irgendetwas musste ich tun. Zu meinen Leuten wollte ich noch nicht und Sigi war sicher noch bei Erdmann um seine Ölschinken für morgen aufzuhängen. Mir blieb also nur das Cha-Cha. In der Teestube saßen ein paar Beatniks herum, sonst war nicht sehr viel los. Ich wollte schon wieder gehen, da sah ich Malinowski die Treppe hinaufgehen und folgte ihm. Die Tür zum Cha-Cha war offen und ich ging hinein.

Es war dunkel im Vorraum, ich brauchte eine Weile um mich zu orientieren. Malinowski hantierte hinter dem Tresen herum. Er stand an einem dieser Elektrizitätskästen und versuchte die richtigen Schalter für die Beleuchtung zu finden.

Als er mich kommen sah, drehte er sich um und sagte: „Ach du bist es, Paul, komm ruhig rein.“ Er war ziemlich nervös und fummelte hektisch an den Schaltern herum. „Ich kann einfach mit diesen Scheißkasten nicht umgehen.“ Er sprach in seiner Mischung aus Französisch, Italienisch, Deutsch, mit ein paar arabischen Sprengseln, ich konnte ihn kaum verstehen.

„Ich sah dich hoch gehen und dachte … Soll ich dir helfen?“, sagte ich.

„Jaja, komm nur“, antwortete er.

Irgendwie hatte er es geschafft, die Lampen über dem Tresen anzuknipsen, aber mehr schaffte er nicht.

Ich war auch nicht gerade sehr geschickt in diesen Dingen, aber ich hatte mal mit Max die Beleuchtung gemacht und mit ihm hatte es geklappt. Ich schob Malinowski also einfach von dem Kasten weg.

„Merde“, sagte er, ließ mich aber machen.

Ich sah mir die Schalter an, überlegte kurz und kippte dann einfach die ganze untere Reihe nach oben.

„Geh mal nachsehen“, sagte ich. Er trippelte mit kleinen Schritten in den Zuschauerraum, hatte überhaupt kein Problem damit, durch seinen Laden gescheucht zu werden.

„Alles andere ist jetzt aber auch an“, hörte ich ihn rufen.

„Okay“, schrie ich, „und jetzt?“

Ich kippte einfach alle Schalter in die entgegengesetzte Richtung, etwas anderes fiel mir nicht mehr ein.

„Jetzt ist vorne wieder nichts“, schrie er.

Ich halbierte also meine Reihe.

„Und jetzt?“

„Wunderbar, du hast es geschafft. Die Bühne hat Licht. Auf den Punkt, Kleiner.“

Er kam zurück und freute sich wie ein Kind.

„Du bist ein Genie“, sagte er, zog sich im Gehen den Mantel aus und verschwand hinten in der Küche. Ich hörte ihn dort herumkramen. Als er wieder zurückkam, war er nicht mehr der alte. Er trug eine feine, schwarze Weste, darunter ein blütenweißes Hemd und dazu eine Hose mit messerscharfen Bügelfalten. Um den Hals hatte er sich einen blauen Seidenschal gebunden, an dem er jetzt herumfummelte. Ich hätte mich niemals getraut so etwas zu tragen.

„Das hast du wirklich gut gemacht“, sagte er.

„Übertreib nicht.“

Ich stand unschlüssig vor dem Tresen. Er langte in das Regal, nahm eine Flasche französischen Cognacs herunter, begann zwei Gläser zu füllen.

„Nein, nein“, sagte ich, „ich kann nicht so lange bleiben.“

„Hab dich nicht so", erwiderte er, „du wirst doch einen Cognac trinken."

Ich schaute auf meine Uhr. Ich weiß nicht, warum ich so unsicher war. Mir fiel ein, dass ich schon lange nicht mehr auf die Uhr meines Alten gesehen hatte. Auf die Armbanduhr mit dem dicken Glas und den großen Buchstaben.

„Heute war mein letzter Tag bei Klinker", sagte ich, „ich muss noch einiges für die Reise packen, aber ich komme heute Abend noch mal vorbei."

Er schob mir ein volles Glas hin, ging um den Tresen und hob seines.

„Auf dein neues Leben", sagte er.

Es war schon verrückt, ich war jetzt der Wirt. Ich hob mein Glas in seine Richtung. Der Cognac tat mir gut.

„Letzte Tage sind immer komisch", sagte er und lachte. Wenn er so lachte, sah er aus wie eine dieser Putten aus seinem Laden.

„Los", sagte er, „komm, die paar Minuten wirst du doch noch haben."

Er lief in den Zuschauerraum. Ich folgte ihm.

„Warum bist du so gehetzt, hetzt du immer so?", fragte ich.

„Ach, Unsinn." Es war immer noch dunkel im Zuschauerraum. Malinowski ging durch den ganzen Saal. Er schlängelte sich an den Tischen und Stühlen vorbei und steuerte die Bühne an.

Es war eine eigenartige Stimmung hier, alles war anders als sonst. Der Laden wirkte viel lebloser. Die Stühle, die Tische, die Putten und die Engelchen an den Wänden, alles sah ganz unlebendig aus. Ich folgte Malinowski, blieb aber ein wenig zurück. Mir war es nicht sehr angenehm, mit ihm allein in seinem Laden zu sein.

„Ich versuche seit Monaten eine Arbeitserlaubnis für Nounou zu bekommen. Aber diese Typen von der Behörde stellen sich schlimmer an als die Ausländerpolizei.

Kannst du dir das vorstellen. Sie rücken nicht damit heraus. Was denken die sich eigentlich, Malinowski ist doch kein Bettler. Vielleicht sollte man sie schmieren." Er regte sich auf. Stand vor der Bühne und versuchte sein Glas loszuwerden. „So ist eben Deutschland." Er stellte das Glas auf den Boden und starrte auf den Barhocker, der vor dem Mikrophonstativ stand.

„Es ist noch nicht genug Licht, wie soll man da arbeiten können."

Umständlich stieg er auf die Bühne und stellte sich hinter das Mikro.

Ich blieb hinten bei den Tischen und sah ihm zu.

„Was wirst du ab morgen tun?", fragte er und begann den Barhocker vor dem Mikrophonstativ hin und her zu schieben.

„Ich fahre doch übermorgen", antwortete ich.

„Wohin fährst du?"

„Nach Indien."

Endlich hatte er den besten Platz für sich gefunden.

„Was willst du in Indien?" Er fummelte ein Päckchen aus seiner Hemdtasche und zündete sich eine Zigarette an.

„Ich weiß es ehrlich gesagt nicht genau", sagte ich. Ich hatte keine Lust, mit ihm über meine Reise zu sprechen.

Er lachte. „Willst du das Elend sehen?"

Er begann das Mikrophonstativ nach oben und unten zu verstellen.

„Jaja", antwortete ich nur.

„Im Ernst? Willst du das wirklich?"

Ich glaubte nicht, dass ihn das wirklich interessierte. Eher hatte ich den Eindruck, dass ich Publikum spielen sollte.

„Wenn du Elend sehen willst, kannst du auch hier bleiben", sagte er und lachte wieder.

„Es ist nur eine Reise", sagte ich. „Wir haben sie schon sehr lange geplant." Ich wollte ausweichen, ich hatte keine

Lust auf seine Fragen zu antworten. Was ging Malinowski mein Goa an. Ich war mir nicht einmal sicher, ob er mich überhaupt richtig wahrnahm.

Er setzte sich auf den Hocker und blinzelte ins Licht.

„Das habe ich von dir gar nicht gedacht, Paul. Hat Kolja dir das empfohlen?“ Er stieg wieder ab, rückte den Hocker weiter nach hinten und zog das Stativ nach.

„Sei bloß vorsichtig, Kolja ist gefährlich.“

Er war vollkommen mit seiner Bühne beschäftigt.

„Kolja hat damit überhaupt nichts zu tun“, antwortete ich. Langsam nervte er mich mit seinen Fragen. „Interessiert dich das überhaupt?“

„Was glaubst du?“

Er saß nun endlich auf diesem elenden Barhocker, kam aber nicht an die untere Fußstange heran, er war nicht groß genug.

„Was willst du in diesen Ländern, Paul? Indien, Bangladesch, das ist jetzt Mode. Meine Güte, na und? Nächstes Jahr ist es etwas anderes. Dann rennen sie wieder nach Ibiza, das ändert sich ständig. Es sind Kinder. Bist du noch ein Kind, Paul?“

Er sah in meine Richtung und paffte vor sich hin.

„Oder brauchst du Drogen? Hängt unser Kleiner an der Nadel?“ Er lachte. Er fühlte sich augenscheinlich wohl hinter dem Mikrophonstativ. Ich hatte langsam das Gefühl, dass er sich über mich lustig machte.

„Wie kommst du darauf? Natürlich nehme ich keine Drogen.“

„Ich besorge dir etwas, sag es ruhig.“ Er ließ nicht locker. „Wenn du unbedingt Drogen probieren willst, kein Problem. Ich wusste ja nicht, dass du ein Hippie bist. Du bist doch kein Hippie, oder? Sag mal, Paul, willst du ein Hippie sein?“

„Herrgott, was soll das.“ Ich suchte nach einer Lux-Filter, fand aber keine. Wahrscheinlich hatte ich sie bei Klinker liegen gelassen. Er provozierte mich, ich spürte das, er wollte mich hopp nehmen. Ich war wohl zu seiner Nachmittagszerstreuung hier.

„Ich muss jetzt gehen", sagte ich. „Ich komme vielleicht heute Abend noch mal." Ich drehte mich um.

„Nein, nein, bleib. Bleib doch noch. Komm schon, setz dich. Los, mach schon, sei nicht beleidigt, ich wollte dich nicht kränken."

Ich weiß nicht, warum ich blieb, ich weiß es wirklich nicht. Ich war total genervt, aber mir gefiel, dass er sich entschuldigte. Ich ging also wieder nach vorn. Die Tische standen ungeordnet herum und die Aschenbecher quollen über. Überall standen noch die benutzten Gläser, lag der Dreck der letzten Nacht.

„Setz dich hin", sagte er und begann wieder an seinem Mikrophon herumzufummeln. Ich setzte mich ein paar Tische vor ihm auf eine Bank. Er warf mir sein Zigarettenpäckchen zu. Es war eine Gitanes, ein furchtbares Kraut. Ich nahm mir eine heraus und zündete sie an.

„Ich dachte, du willst etwas aus dir machen, Paul, etwas Richtiges, etwas anderes. Oder habe ich mich da getäuscht. Suchst du vielleicht nur ein Abenteuer?"

Wenn er „mich" sagte, klang es wie „misch", wenn er „dir" sagte, klang es wie eine Rachenverletzung. Sein Deutsch war wirklich schauerlich. Ich sah ihn an und rauchte. Ich verstand nicht, warum er sich so aufregte. Wir kannten uns doch kaum. Was interessierte ihn meine Reise.

„Herrgott, wir fahren einfach nach Indien, mehr nicht. Wir haben die Reise seit einem Jahr geplant." Mir fiel nichts Besseres ein.

„Du wirst dir die Gelbsucht holen, mindestens die Scheißerei. Wenn du danach noch am Leben bist, kannst du bestenfalls mit ein paar Erinnerungsfotos glänzen. Mehr ist es wirklich nicht, Kleiner. Mach dir nichts vor."

„Himmel, es ist wirklich nur ein Reise, aber wenn du es genau wissen willst, ich fahre nach Goa, weil ich denke, dass es dort anders sein wird als hier. Einfach völlig anders. Ich will etwas Eigenes machen, verstehst du, etwas ganz Eigenes."

Ich wunderte mich im gleichen Augenblick, dass ich ihm so etwas sagte, ich hatte es bisher zu niemandem gesagt.

Malinowski war jetzt wenigstens still. Er glotzte mich von seinem Barhocker an, immer am Mikrophon vorbei. Er hockte da, so, als würde er am Rand einer Dachkante sitzen. Seine Beine reichten nicht einmal auf die Fußstange, sie baumelten einfach nur herunter. Er sah ziemlich hilflos aus.

„Das sind gefährliche Kindereien", sagte er nach einer Weile. „Paul, das sind Träume."

„Na schön, dann sind es wenigstens meine."

Er stieg vom Hocker herunter und rutschte dabei mit einem Fuß von der Stange ab. Er wäre beinahe hingefallen. Ich hätte es gerne gesehen, wenn er auf die Schnauze gefallen wäre. Mir ging seine Fragerei auf die Nerven. Aber er fing sich erstaunlich schnell und lief auf der Bühne hin und her, so als suche er etwas. Man konnte wirklich nicht viel erkennen. Den Hocker, das Stativ und den schwarzen Vorhang hinten an der Wand, mehr war nicht zu sehen.

Ich sah einem Theaterstück zu. „Von Weihrauch und Giften, verblüht und zerfressen, umschwärmt von hunderten Fliegen, wirst du im Dreck verfaulen und nach deiner Mutter schreien."

Ich weiß nicht, was er da zitierte, aber ich spürte, dass die Worte mir galten. Trotzdem blieb ich sitzen.

Endlich hatte er gefunden, was er suchte, und zerrte einen Gitarrenkoffer hinter dem Vorhang hervor. Er bückte sich und holte eine Gitarre heraus.

„Diese Idioten", schrie er plötzlich, „sie haben auf meiner Gitarre gespielt. Schau dir das an, Paul." Er kam mächtig in Wallung, ich musste lachen.

„Sie haben mir die Saiten verspannt. Ich glaube es nicht."

Er konnte es einfach nicht begreifen. Fassungslos starrte er auf seine Gitarre. In diesem Moment sah er aus wie einer dieser italienischen Tenöre. Wie diese Typen, die man in irgendwelchen Gartenlokalen antrifft und die den ganzen Sommer vor Touristen singen müssen. Ich musste lachen.

„Lach nicht", er war völlig außer sich. „Sie haben sie mir locker geschraubt. Es sind Schwachköpfe, diese Affen."

„Meine Güte. Vielleicht hat sie sich nur verzogen", sagte ich. Ich war froh, dass er sich mit etwas anderem als mit mir beschäftigte.

„Wie kann man sich eine Gitarre von jemandem nehmen und sie dann so zurichten?"

Er schlug sich an die Stirn.

„Gib sie her." Ich ging nach vorn. „Gib sie her, mach schon. Vielleicht hat sie einer gebraucht und sie sich genommen. Herrgott. Ich stimme sie dir."

Er war mächtig in Fahrt. „Man kann sich doch nicht einfach etwas nehmen. Kann ich das? Sag mal, kannst du das? Es ist nicht zu glauben. Würdest du das tun? Kannst du dir einfach etwas nehmen?"

Ich versuchte, die Gitarre zu stimmen.

„Weißt du, wie viel ich in diesen Laden investiert habe?"

Er schrie herum, aber ich fand es nicht unangenehm. Ich mochte Malinowski in diesem Moment. Er regte sich wenigstens auf. Die meisten hätten kein Wort darüber verloren. Er schrie auf mich ein, während ich versuchte, die Gitarre zu stimmen. Es war ein übles Holz und ich musste jede Saite auf Normalspannung bringen. Sie hingen alle lose über dem Schallloch.

„Es ist doch nichts weiter passiert", sagte ich. „Sieh doch, es geht doch."

„Na, du bist gut. Verzeihst du immer so schnell? Willst du die Menschheit erlösen? Bitte schön, erlöse du meinetwegen die Menschheit, aber ich kann mir das nicht leisten."

Er ging wieder auf und ab. Es war völlig verrückt.

„Euch fehlt eine starke Hand. Ihr seid schlecht erzogen. Die Welt ist kein Selbstbedienungsladen. Womit wollt ihr sie tragen, mit euren Händen?"

Er kam an die Rampe zurück. „Sie schmeißen Steine in die Scheiben und meinen im Grunde ihre Väter. So ist es doch. Ihre Väter sind es doch, die sie meinen. Sie sind ihnen zu weich, sie haben zu viele Kriege mitgemacht und wollen nun nicht mehr kämpfen. Aber Ihr müsst kämpfen. Ich kann das gut verstehen. Ihr akzeptiert eure Väter nicht, ihr Klugscheißer. Deshalb sucht ihr euch andere und kämpft lieber gegen das Establishment. Es ist gut, wenn man einen Vater hat, man braucht sich dann nicht mehr um ihn zu bemühen. Sie suchen ihre Väter, das ist der Grund für ihre Proteste, verstehst du? Es sind Kinder, Kinder."

Ich hielt ihm die Gitarre hin und er hockte sich auf die Kante und schlug ein paar Akkorde an.

„Wie findest du das?"

Es klang schaurig. Er konnte überhaupt nicht Gitarre spielen, ich sah das sofort. Er zupfte ein bisschen herum und hatte Mühe die Akkorde zusammen zu bekommen. Ich hatte jetzt wirklich keine Lust auf seinen Gesang. Ich hatte Malinowski oft singen gehört und mochte es sogar, wenn er sang. Er sang französische Lieder, ein paar davon hatte er übersetzt und wir hatten manchmal über die Texte gesprochen. Ich glaube, er war in Frankreich so etwas wie ein Star gewesen. Vielleicht hatte er dort auch nur einen Nachtclub besessen. Jedenfalls sang er Lieder von irgendwelchen ehrenwerten, uralten Männern, die er aus seiner Jugendzeit kannte. Aber jetzt würde ich das nicht mehr lange durchhalten, das wusste ich.

„Die Nacht erglänzt in mattem Schein ..."

„Hör auf, das ist furchtbar", unterbrach ich ihn.

Er verzog sein Gesicht, ich glaube, es war ihm unangenehm, sich so vor mir zu entblößen.

„Findest du?", sagte er und sah mich misstrauisch an.

Ich hätte ihm gerne etwas anderes dazu gesagt, er sang ja überhaupt nicht schlecht, aber das Lied war wirklich grauenhaft.

„Findest du es ehrlich schlecht?", fragte er noch einmal und sah mich nun hilflos an.

„Soll das eine Metapher sein?", fragte ich.

„Metaphern sind doch gut, was willst du?"

Er spielte weiter, bekam mit seinen kleinen Fingern die Saiten fast nicht zu packen.

„Was kann an Worten schlimm sein? Der Himmel weint, na bitte, es regnet ... oder hier, bitte ... dein Lächeln öffnet wie ein Schmetterling die Flügel ..."

„Das ist doch niemals von dir", sagte ich und war froh, nichts über den Text sagen zu müssen.

Er lachte. „Sei nicht so grausam zu mir, das merkt doch kein Mensch."

Er ließ die Gitarre sinken und blickte mich an. Er sah alt aus, bestimmt wie vierzig und ich sah, wie müde er war.

„Wenn sie ihre Maschinen bauen, sollen sie. Lass sie sich doch Roboter und eiserne Giraffen halten. Ihre Herzen verdorren sowieso mit der Zeit. Geh deinen Weg, Paul, aber achte auf alles, was du siehst. Das Leben ist anders als im Kino. Komm ruhig dieser Welt abhanden, aber tu es hier. Es gibt hier auch ein paar Möglichkeiten, vielleicht ist dir das entgangen. Wozu willst du bis Indien fahren? Da gibt es nur Kakerlaken und Armut. Du wirst dir die Syphillis holen, wie Rimbaud. Er kam auch zurück, mit einem Bein, zurück in die Arme seiner Mutter."

„Hör auf, ich penn doch nicht mit jedem Huhn", ich musste lachen.

„Schön wär's", sagte er und lächelte.

„Wie weit willst du fortrennen? Unerbittlich bleibt die Vergangenheit. Lass es doch, in der Vergangenheit zu wühlen. Finde dich damit ab. Sie ist in dir, lass sie doch ruhen. Das Verlorene kehrt nicht wieder zurück."

Ich verstand ihn nicht. Ich wollte sein Zeug auch nicht mehr hören. Alles, was er sagte, wirkte auf mich nur unheimlich. Der Laden passt zu ihm, dachte ich in diesem Augenblick. Es fehlen nur noch ein paar Uhus an den Wänden. Mir war überhaupt nicht mehr zum Lachen zumute. Mir war klar, dass ich jetzt endlich gehen musste.

„Herrgott, ich bin Paul Lachmann", sagte ich leise und stand auf, „mehr nicht. Ich habe heute endlich meine Lehre im Stahl und Außenhandel beendet und ich werde morgen nach ..." Ich ging Richtung Ausgang.

„Verdient man da gut?", rief er.

„Was?"

„Verdient man gut in deiner Branche?"

„Ich bin nicht mehr in der Stahlbranche, ich war auch nie dort", schrie ich zurück. „Jedenfalls nicht richtig. Ich habe außerdem diese Lehre nur gemacht, weil ... verstehst du, es war nur eine Lehrzeit ... Meine Güte, ich habe es getan, um ..."

Mir reichte es jetzt, ich hatte wirklich genug von seiner Fragerei.

„... um ... es meinen Eltern ... zu ..." Ich wusste nicht mehr weiter. In mir begann alles zu flimmern. Der Typ machte mich völlig verrückt mit seinen Fragen. Das war kein Spiel mehr. Ich war in eine Falle geraten, ich spürte das. Ich wollte nur noch raus. Malinowski hatte es geschafft, mir mit seinen Fragen alles zu versauen. Ich wusste wirklich nicht mehr, warum ich diese Scheiße bei Klinker-Eisen drei Jahre lang ertragen hatte. Er machte sich sicher über mich lustig. Er sah doch, wie ich zweifelte. Sicher saß er jetzt hinter mir in seinen bescheuerten Edelhosen auf dem Barhocker und lachte sich scheckig über mich. Wenn ich mich jetzt umdrehte, würde ich ihn lachen sehen, da war ich mir absolut sicher. Diese fette, lächerliche, alte Schwuchtel.

„Und?“

Ich hörte ihn in meinem Rücken, er ließ einfach nicht locker.

„Ich weiß nicht, ich weiß es nicht …“, antwortete ich. Verdammt, ich hatte genug. „Was willst du von mir? Willst du wissen, warum ich zu Klinker in die Lehre gegangen bin? Was soll das, ich weiß es wirklich nicht.“

Es war ganz still im Raum und dann drehte ich mich um und sah ihn auf seinem Hocker sitzen. Er hatte die ganze Zeit in meine Richtung gestarrt.

„Es ist doch völlig egal, warum du diese Lehre gemacht hast“, sagte er ruhig. „Du hast sie gemacht und damit basta. Ich habe eine Lehre als Buchhalter gemacht, na und?“

„Was?“

„Was ist daran so absonderlich? Ich habe diese Lehre zwei Jahre lang gemacht und es war auch gut so.“

„Wo, in Arabien?“, fragte ich.

„In Tanger oder in Bahir, ich weiß es nicht mehr so genau.“

„Du weißt nicht, wo du Buchhalter gelernt hast, wem willst du das erzählen?“

„Ist das so wichtig? Ich will dir erklären, dass ich dadurch eine Menge gelernt habe. Verstehst du das, Kleiner? Geht das in deinen Hippieschädel rein?“

„Ich bin kein Hippie“, sagte ich leise.

„Dann verhalte dich auch nicht so.“ Ich spürte, dass er es ernst meinte. „Ich bin mit der letzten Abrechnung nach Algier getürmt und von dort weiter nach Paris. Das war hart, aber es war keine schlechte Zeit. Ich war noch nicht einmal sechzehn.“

„Du hast die Monatskasse geklaut?“

„Ja, ich habe die Kasse geklaut und bin abgehauen, in Algier ging es richtig los.“

Er stieg vom Hocker, kam nach unten und drückte seine Zigarette auf einem der vorderen Tische aus.

„Das Verlorene kehrt aber nicht wieder“, sagte er. „Verstehst du? Hör auf in der Vergangenheit zu wühlen. Mach etwas, was du kannst. Sing. Werde doch Sänger. Mach dir ein paar Lieder und hau ihnen in die Fresse, auch den Linken, gerade denen. Aber trag ihnen nicht das Kreuz."

„Wie meinst du das?" Ich verstand nichts mehr.

„Willst du das Kreuz tragen? Bist du Jesus? Brennt es dir so unter den Nägeln, dass du diese Idioten erlösen willst? Erlöse dich lieber selber. Werde ein Mensch. Bleib unvollkommen. Nur die Unvollkommenen werden wirklich geliebt. Du bist jung, du kannst singen. Mach ein Haufen Geld, kauf dir eine Hure oder nimm dir ein paar Jungs, aber lass diesen Indienquatsch."

Er konnte das Wort nicht aussprechen. Ich wusste immer weniger, was ich von alldem halten sollte.

„Nimm nicht alles so verdammt ernst, du hast nur dieses eine Leben, lebe es", sagte er.

Ich glaube, er meinte es auch so. Ich hatte jetzt langsam das Gefühl, dass er mich wirklich meinte.

„Du nimmst es doch selber ernst", sagte ich.

„Das ist schon lange vorbei, Kleiner."

Ich wusste, das er log. Ich hatte gesehen, wie nervös er war, immer bevor er auftrat.

„Wer brennt, ist echt, und wer echt ist, ist gut", sagte ich leise. Ich weiß nicht, woher ich plötzlich diese Erkenntnisse nahm, aber ich wollte irgendetwas dagegen halten. Ich konnte mir nicht vorstellen, dass er nichts von dem, was er sang, ernst meinte.

„Hol uns noch einen Calvados", sagte er ruhig, „und mach die Anlage an."

Er ging wieder an das Mikrophon und schrie: „Max!"

„Das Mikro ist doch überhaupt nicht angeschlossen", sagte ich, aber er war ganz woanders.

„Max", schrie er noch einmal, „würdest du bitte die Anlage anmachen. Ich will endlich proben."

Dann griff er sich die Gitarre und setzte sich wieder auf den Hocker.

„Pass auf und hör mir noch zwei Minuten zu." Er starrte in meine Richtung. „Sei niemals zart zu den Leuten. Sie wollen nicht, dass du sie liebst, sie sollen dich lieben. Deshalb sei streng mit ihnen. Nounou konnte nicht schreiben, ich habe ihm Lesen und Schreiben beigebracht, er braucht eine starke Hand, er würde sich sonst verlieren. So ist es mit allen. Du kannst mit jedermann am Tresen saufen, aber wenn der Engel kommt, sei allein. Und nimm ihnen nichts ab, trag ihnen nicht das Kreuz."

Ich wurde einfach nicht schlau aus ihm. Ich verstand schon, dass er mir etwas beibringen wollte, ich fand auch seine Thesen nicht schlecht, aber warum sagte er mir das alles. Ich wollte doch nur für eine Zeit nach Goa gehen, warum regte er sich dermaßen auf.

„Warum betrinkst du dich eigentlich immer, bevor du auftrittst?" Ich wollte ihn wieder zurückholen.

„Ich trinke nicht", sagte er und suchte nach seinen Zigaretten.

„Doch, ich habe dich beobachtet. Jedes Mal, bevor du auf die Bühne gehst, trinkst du."

„Ein oder zwei. Kleiner, sei nicht so streng mit Malinowski. Ich trinke, weil das Feuer in mir brennt. Ich muss es etwas ersticken."

Er fummelte eine Zigarette heraus und zündete sie an.

„Du trinkst nicht, weil das Feuer brennt, sondern weil du erst in Fahrt kommen musst." Es tat mir im selben Moment Leid, dass ich so einen Mist gesagt hatte.

„Komm später wieder", sagte er leise. „Ich trage dich ein. Wir reden heute Abend weiter."

Dann fiel er in sich zusammen. Ich drehte mich um und ging langsam zum Ausgang.

„Du bist wie Malinowski." Er sprach plötzlich von sich in der dritten Person. „Du wirst nie in eine Familie fliehen, du wirst irgendwann so sein, wie Malinowski es einmal war. Jetzt ist Malinowski nur noch ein Bluffer, er tut nur noch so. Er weiß, dass er es nicht mehr anders kann. Nur der Reinste unter den Reinen kann es. Du kannst es vielleicht, Paul."

Ich ging langsam weiter.

„Bleib hier. Du kannst jede Nacht bei mir auftreten. Sie werden dich lieben. Glaub mir, sie sind ein Schweinehaufen, aber sie werden dich lieben."

An der Tür drehte ich mich um. Er hatte das alles in das Mikrophon gesprochen, obwohl die Anlage überhaupt nicht angeschlossen war.

„Singen ist lieben und lieben ist sterben", rief er. Ich wusste, dass er mich gar nicht mehr sehen konnte. Zeig ihnen den Tod, zeig ihnen die Liebe. Du wirst ein Leben lang aus dieser Wunde singen. Gewöhn dich an dich. Das ist deine Kraft. Es gibt keinen Künstler ohne Leid, es gibt keine Kunst ohne Unglück. Verwandle deine Schwäche in Stärke und sing! Es kann dir gelingen, aber nur, wenn du ganz allein bist. Ganz mit dir allein. Was willst du in Indien? Wozu in diese Länder gehen. Du wirst dort nur noch einsamer werden."

Er wollte, dass ich so werde wie er.

„Sing und verzaubere sie."

Er hob sein Glas in meine Richtung, es sah sehr theatralisch aus.

„Paul", rief er, „trinken wir auf die Sänger. Auf Rimbaud, auf Baudelaire, auf Verlaine und Villon. Trinken wir auf sie. Trinken wir auf das Leben."

Ich sah, dass er nur spielte, aber ich hatte keine Angst mehr vor ihm. Ich hasste den ganzen Unsinn, den er schrie. Eigentlich war es zum Lachen, aber es war auch verdammt traurig, ihn da so sitzen zu sehen.

„Tagsüber verfaulst du vielleicht, aber nachts wirst du dich im Lichte drehen. Sing niemals für sie, sing immer für dich. Sie dürfen dir nur zuhören. Es sind Tiere. Sie jonglieren mit Eiern und fressen Glas. Sie sind nur eine Pferdeversammlung. Sie haben Angst so zu leben wie wir, sie sind ohne Struktur. Sie werden dich fürchten,

Paul, das ist gut so. Sie dürfen dich bewundern, aber lass sie nicht an dich heran. Sing für dich. Sing für deine Einsamkeit."

Es war völlig verrückt. Es war wie in einem Theaterstück.

„Manchmal wird es der Himmel sein, manchmal die Hölle, manchmal wirst du untergehen, aber glaub mir, du wirst immer wieder neu erstehen. Diese fünf Minuten sind es, dafür lohnt es sich zu leben. Wenn du Glück hast, findest du ein Mädchen, das dich zudecken wird, aber es ist unwichtig, glaube mir. Deine Lieder sind wichtig. Sie warten auf dich, du brauchst sie nur noch einzufangen."

Wahrscheinlich hatte er das irgendwo gelesen und auswendig gelernt.

„Du kannst es hier finden. Du brauchst nicht nach Indien zu gehen, dort wirst du nur immer weiter suchen."

Wäre ich jetzt gegangen, hätte er bestimmt damit aufgehört.

„Ich wollte dich entflammen, nicht belehren, vergiss das nicht."

Das war das Letzte, was er sagte, dann fiel er erschöpft vornüber. Er stützte sich auf seiner Gitarre ab und starrte nur noch vor sich hin.

Ich drehte mich um und ging in den Vorraum. Als ich am Tresen vorbeiging, sah ich Max. Er stand in der Tür zur Küche.

„Hallo Max", sagte ich.

„Hallo Paul", sagte er. Er musste alles mitgehört haben.

Ich ging hinaus. Ich ließ das Cha-Cha hinter mir und Malinowski. Ich sah ihn zum letzten Mal.

Ich lief stundenlang durch meine Straßen. Es regnete, aber es machte mir nichts aus. Spät am Abend fuhr ich mit dem letzten Bus nach Haus.

Sie schliefen längst, als ich durch ihr Zimmer ging. Ich hörte Herbert schnarchen und den Atem von Königinmutter, sie machte keine Zeichen. Leise ging ich in unser

Zimmer und zog mich im Dunkeln aus. Dann legte ich mich hin und schlief sofort ein.

In dieser Nacht hatte ich einen Traum. Ich träumte von einem Vogel, einem ziemlich fetten Vogel mit einem langem, nach unten gebogenen Schnabel. Er hatte eine weiße Blesse um die Augen und sehr große Flügel. Ich träumte, dass ich irgendwo im Freien erwachte, an einem Fluss oder einem See, und es war bitterkalt. Ich lag auf dem Boden, eingerollt in meinen Schlafsack, und konnte mein Kreuz spüren. Der Morgentau hatte sich auf mein Gesicht gelegt und ich spürte die frische Luft auf meiner Haut.

Als ich die Augen öffnete, sah ich den Vogel direkt über mir. Hoch oben am Himmel kreiste er, ich konnte sehr gut seine ausgebreiteten Flügel sehen. Es war kein Raubvogel oder etwas ähnlich Prächtiges, er sah eher aus wie eine Möwe. Vielleicht war er auch eine Schwalbe oder ein fetter Spatz. Aber für einen Spatz hatte er viel zu große Flügel. Ich glaube, der Vogel war eine Möwenmischung. Jedenfalls hatte ich das Gefühl, als beobachtete er mich die ganze Zeit. Er hing genau über mir, meterhoch oben, an diesem wolkenlosen Himmel, und ich wette, er hat da schon eine ganze Weile so gehangen. Genau in dem Augenblick, als ich ihn richtig wahrnahm, zischte ein Stein in die Luft und traf ihn voll an der Brust oder am Kopf, so genau konnte ich es nicht erkennen. Der Stein muss ihn mit ganzer Wucht getroffen haben, trotz der enormen Höhe. Der Vogel flatterte noch ein bisschen und fiel dann vom Himmel.

Ich hob meinen Kopf, um zu sehen, wohin er gefallen war, und als ich nach vorn blickte, sah ich ein Mädchen. Sie stand nicht weit von mir entfernt und hielt den Vogel in ihren Händen. Sie lachte. Sie hatte ihn mit ihren bloßen Händen aufgefangen. Sie war höchstens zehn, zwölf Jahre alt und hatte ein kräftiges Gesicht und volles schwarzes Haar. Ihr Kleid war ärmlich und zerrissen und sie war barfuß. Im Hintergrund stand ihr jüngerer Bruder, ich nahm jedenfalls an, dass es ihr Bruder war. Ein kleiner Kerl, der ein Hemd trug, das ihm bis zu den Knien ging, und der ziemlich dreckig und hinüber aussah. Er hielt ein Netz in der Hand, in dem eine Menge Steine lagen.

Die beiden starrten mich an, während ich mich aufrichtete, um besser gegen die aufgehende Sonne sehen zu können, und im selben Moment sah ich, wie das Mädchen ihre Hände öffnete und der Vogel sich bewegte. Er lebte also noch. Er begann wild mit seinen Flügeln zu schlagen und das Mädchen hielt ihre Hände offen, wie eine Plattform. Sie hielt sie ihm so, dass er nicht herunterfallen konnte. Der Vogel öffnete immer wieder sein Gefieder und dann musste er endlich genug Kraft gewonnen haben, denn plötzlich stieß er sich ab. Mit einem letzten Schwung gab ihm das Mädchen den notwendigen Auftrieb und der Vogel flog steil zum Himmel hinauf. Er war überhaupt nicht verletzt, der Stein hatte ihm nicht einen Kratzer verpasst. Er stieg höher und höher und ich sah ihm nach, bis er völlig am Himmel verschwunden war.

Die beiden hatten mich die ganze Zeit angesehen, der Vogel war ihnen völlig egal.

Gerade als ich mich aus dem Schlafsack puhlen wollte, erwachte ich. Mit einer enormen Rechtsdrehung fiel ich aus unserem Etagenbett und kam mit dem Gesicht auf dem blank polierten Linoleum an.

Der Morgen empfing mich wie ein nasses Handtuch.

„Was, du kannst dich nicht an deine Geburt erinnern?"

Königinmutter rührte in einem Topf aus ihren Wehrmachtsbeständen. Ich stand in der Küchentür und ging in Gedanken noch einmal die Ausrüstung durch.

„Von allein wärst du nie und nimmer gekommen, unmöglich, ich hielt dich viel zu sehr. Ich war bärenstark."

Sie lachte herzlich. Königinmutter lachte immer bei diesen Erinnerungen.

„Fest mit beiden Händen krallte ich mich ins Laken. Ich dachte nur an dich und sah dabei auf die Uhr, die ganze Zeit nur auf die Uhr. Da hing nämlich eine Uhr an der Wand, weißt du. Gleich gegenüber von meinem Bett im OP. Ich konnte die Zeit absehen. Dann kamst du, Punkt 17 Uhr, oder war es 17.30 Uhr?"

Sie ist sich da nicht sicher. Sie ist sich bis zum heutigen Tag noch unsicher, wann ich so weit war. Na wunderbar. Ich weiß meine Geburtsstunde bis heute nicht genau.

Das Gemetzel muss Tage gegangen sein. Eine Schlacht, ein Ringen, ein Beben. Ein König sollte geboren werden. Das allein hätte normalerweise ganze Heerscharen mit Trommeln, Fanfaren und Chören aufmarschieren lassen. Von dem Krach wäre ich schon zur Welt gekommen. Ich muss Tonnen gewogen haben. Die Hebamme gab sich alle Mühe, mich ans Tageslicht zu zerren. Alle Anwesenden gaben sich Mühe. Die Stadt gab sich Mühe. Das ganze Land lauerte seit Tagen auf mein Erscheinen. Anders kann ich mir Königinmutters Ringen um meine Niederkunft nicht erklären. Wie sonst hätte es sein können, dass sich die alte, blinde Hebamme wieder und wieder auf ihren prallen Bauch werfen musste. Nur um mich zu locken? Um mich daran zu erinnern, endlich zu erscheinen? Ich wäre ja auch so gekommen. Ich kenne mich. Ich komme, wenn man mich lässt.

„Der Stein, der dich endlich ins Rollen brachte, war mein unbeugsamer Wille, dich endlich ans Tageslicht zu bringen. Nur durch meinen eisernen Willen war es möglich. Sonst wärest du heute noch in meinem Bauch."

Himmel, sie glaubte das doch nicht wirklich?

„Ich sagte mir, reiß dich, verdammt noch mal, zusammen. Es ist dein Junge, das Einzige, das du liebst. Du darfst dich jetzt nicht gehen lassen, jetzt nicht."

Vielleicht schrie ihre Mutter auf sie ein, vielleicht schrien der Präsident, der Kanzler oder eine ganz schlimme Verwandte auf sie ein. Jedenfalls passierte endlich das, worauf alle hofften: Ich, Paul Lachmann, wurde geboren. Am 24. März 1951, zwischen 17 und 17.30 Uhr, vielleicht auch etwas später, aber so in etwa.

Aber doch nur, weil wir beide ein eingespieltes Team waren. Weil wir eins waren. Nur unsere unzertrennbare Liebe brachte mich zur Welt.

Es war der letzte stille Dialog zwischen einer Mutter und ihrem Sohn. Es war die gemeinsame, ungebrochene Kraft der Liebe, die mich endgültig ins Freie schoss.

„Dann kamst du endlich und sahst furchtbar hässlich aus. Pinsel nannten wir dich, weil du einen kleinen, schwarzen Haarstiez auf dem Kopf hattest … und geschrien hast du … und …“ Sie ließ vor lauter Begeisterung beinahe ihren Armeetopf fallen.

„Stiez“ nannte sie meine Haarpracht, meine Krone. Stiez! Hintern eines Hühnchens. Ich schleppte mich ins Bad. Goa rief. Ich war bereit, der Tag X sollte kommen.

Wir trugen die wenigen Sachen, die ich noch zu verstauen hatte, in den Käfer. Die Ausrüstung lag ja schon bei Sigi. Es waren nur noch Kleinigkeiten. Ein paar Tüten mit Essbarem, eine Taucherbrille, Bücher und natürlich die Rindfleischkonserven und Suppenbüchsen. Es waren im Grunde nur noch Reste, einfach Dinge, die wir unterwegs nicht kaufen wollten. Wie Milchpulver, Trockenfleisch, Rasiercreme, Lederlappen, Kugelschreiber und natürlich meine Klamotten.

Königinmutter wusch zum zehnten Mal das Geschirr ab und Bruder Andreas lief zum hundertsten Mal den Weg von unserer Haustür zum Käfer, immer hin und zurück, und Herbert umkreiste zum tausendsten Mal den Wagen.

Herbert hatte ihn auf Technik und Zuverlässigkeit geprüft und mich an Drehzahlen und Kolbengeschwindigkeit erinnert. Wir hatten die Motorhaube geöffnet und er hatte mir eine Menge dazu erklärt und ich hatte respektvoll auf den Boxermotor und auf die vielen Würste und Leitungen gestarrt, die alle eine enorme Bedeutung hatten.

„Du musst auf die Stoßdämpfer achten", hatte Herbert gesagt. „Wo sind die?", hatte ich gefragt, aber er hatte mich nur müde angesehen und die Motorhaube gleich wieder zugemacht.

„Nimm lieber ein paar Ersatzteile mehr mit", hatte er mir geraten. Aber wir hatten überhaupt keine Ersatzteile, die wir mitnehmen konnten, nur das hatte ich ihm in diesem Moment nicht sagen wollen. Wir hatten ja dieses ADAC-Reparaturscheckheft.

„Denk an den Vergaser und die Benzinpumpe. Am besten wäre es, wenn Ihr destilliertes Wasser für die Batterie mitnehmen könntet. „Das hatte er mir auch noch geraten. Aber ich hatte auch kein destilliertes Wasser und ich dachte auch nicht unentwegt an den Vergaser und was die verdammte Benzinpumpe für uns an Überraschungen parat hielte, war mir eigentlich auch egal. Ich wollte nichts von seinen Katastrophen und Reparaturen wissen. Wenn ich an all die Dinge dachte, die wir noch bei Sigi verstauen mussten, wurde mir sowieso schon schlecht.

„Der Motor saugt die Luft durch die Schlitze an, vergiss das nicht, ihr braucht also nicht auf Wasser zu achten. Der Käfer braucht kein Wasser."

Himmel, dachte Herbert denn, wir wären bescheuert.

„Je höher er dreht, desto mehr Luft bekommt er durch das Gebläse, dadurch ist die Temperatur geregelt. Auch das Öl wird so gekühlt, vergiss das nicht."

Herbert trug seine BVG-Uniform, aber nicht seine Zeltjacke, er lief nur in Hemd und Hose und hatte sich die Ärmel bis zu den Oberarmen hochgekrempelt. Es war ein schöner Frühlingstag und schon richtig warm und wir trugen gemeinsam das Restzeug in den Käfer. Der Wagen glitzerte im Sonnenlicht. Er leuchtete rot wie eine Tomate und mein Stiefvater war mächtig stolz darauf, dass ich seinen Lieblingskäfer nach „Irgendwo" fahren würde. Ich wette, er wäre auch gerne mitgefahren.

„Denk an den Reifendruck", sagte er. „Am besten wäre es, ihr würdet in Istanbul noch einmal den ganzen Wagen durchchecken lassen."

Ich war ja schon froh, wenn wir bis dahin kommen würden. „Jaja", sagte ich. Ich sagte an diesem Morgen unheimlich oft „jaja". Es ging mir alles nicht schnell genug. Bruder Andreas schleppte die ganze Zeit wirklich sinnlose Dinge an. Irgendwelche Kisten mit Spielzeug und Dinge, die er auf der Straße gefunden hatte, einen durchlöcherten Eimer zum Beispiel oder eine alte Harke. Ich musste das Zeug immer wieder aussortieren. Ich weiß nicht, ob er froh war, dass ich endlich abfahren würde, aber wahrscheinlich wäre er gern mitgefahren, am liebsten natürlich ohne mich, nur mit seinem Vater.

„Fahrt nicht zu schnell über die Pässe. Du weißt, da liegen Geröll und Steine, du musst vorsichtig fahren. Lawinen können kommen, sie kommen ohne Vorwarnung. Denk daran, ihr werdet sicher noch Schnee haben. Wollt ihr nicht doch lieber die Schneeketten mitnehmen? Und vergiss nicht, in Jugoslawien herrscht noch Selbstjustiz."

Ich malte mir schon meinen Untergang aus. Wir würden mit 115 Stundenkilometern, mit miserablen Stoßdämpfern und heißgelaufenem Motor in eine Schafherde rasen und man würde mich dann als mahnendes Beispiel am Eingang eines turkmenischen Bergdorfes aufhängen. Ich sah mich schon unter einer Laterne baumeln.

Wir klappten die Haube auf und verstauten die Kisten mit den Ölsardinen und den Rindfleischbüchsen. Dann kippten wir die Rückbank um und legten ein paar Decken und Kissen nach hinten, um den Käfer etwas gemütlicher zu machen. Königinmutter hatte mir die Sachen angetragen. Ich war nur froh, dass sie nicht noch Bilder aufhängen wollte. „Geht gut mit ihm um, Paul. Es ist ein alter Wagen, Herbert hängt so an ihm." Ich war mir dessen bewusst. Der Käfer war wirklich ein Pfund und Herbert hatte ihn für die Reise eingebracht. Ich war ihm unendlich dankbar.

Irgendwann waren dann alle Sachen verstaut und ich lief mit Bruder Andreas noch einmal den Weg zu unserem Silo zurück. Ich wette, alle Verstorbenen unserer Siedlung hingen hinter den Gardinen und beobachteten meine Abreise. Ich sollte der Inhalt ihrer Urnengespräche werden. Jahrzehnte würden sie noch über mich reden. Ich sollte der Junge sein, der es geschafft hat, aus unserem Ghetto zu entkommen. Aber es war niemand von ihnen zu sehen, sie ließen sich nicht blicken.

Im Treppenhaus wartete Königinmutter schon auf mich! Sie stand in der Tür, war ganz blass und strich sich immer wieder mit beiden Händen über ihre Schürze.

„Pass auf dich auf, Paul", sagte sie, „Hörst du? Tu mir den Gefallen und pass um Gottes willen auf dich auf." Sie knetete ihre Hände. Ich wusste wirklich nicht, was ich noch tun konnte, um es ihr etwas leichter zu machen. Ich wollte sie einfach umarmen, aber da sackte sie schon in sich zusammen. Ich versuchte sie wieder aufzurichten und sie half mit. Wir wussten beide, dass wir es schaffen mussten. Wäre sie zusammengebrochen, hätte ich sie an der Wand im Hausflur abstellen müssen, denn raus musste ich endlich. Sie aber so an der Wand stehen zu lassen, das hätte ich nicht übers Herz gebracht, ich hätte mir das nie verziehen. Aber Königinmutter hielt durch.

Ich machte mich von ihr los und ging in unsere Wohnung. Noch einmal ging ich durch den kleinen Flur, ging ins Zimmer meiner Leute mit dem See über dem Couchtisch und dann ich in das Zimmer meines Bruders, es war ja jetzt sein Zimmer, aber da war schon alles aufgeräumt. Nur die Blonde lag noch in ihrem Kasten. Ich schob sie einfach unter unser Etagenbett. Ich wollte sie nicht mitnehmen, das wusste ich in diesem Augenblick, ich ließ sie meinem Bruder zurück.

Als ich hinausging, sah ich Königinmutter noch immer im Flur und sie blickte mich an wie eine Ertrinkende.

Ich wollte nur noch weg, ich ertrug es nicht mehr. Ich wusste, ich konnte nichts mehr tun.

„Versprich mir, dass ihr nicht bis Indien fahrt, hörst du, Paul?", sagte sie. „Fahrt, wohin Ihr wollt, aber um Gottes willen nicht bis Indien."

Sie umarmte mich und drückte mich ein letztes Mal ganz fest an sich, küsste und herzte mich und ich musste mich mit letzter Kraft aus ihren Armen winden. Aber dann ließ sie mich los und hielt mir ein Couvert hin.

„Es ist nur noch etwas Geld, du wirst es brauchen", sagte sie und kniff dabei verschwörerisch ein Auge zu. „Aber sag es nicht Herbert, das muss ja nicht sein." Sie brach ab und schlug die Hände vors Gesicht.

Ich drehte mich um. Ich fand das gut mit dem Geld, ich nahm es auch gern, aber ich musste jetzt endlich fahren. Ich trug doch längst meine Überlebenshosen und hatte den Brustbeutel mit meinem Pass und dem ADAC-Schutzbrief unter meinem Khakihemd und die Armbanduhr von Vater und das Messer. Ich musste jetzt wirklich gehen. Ich wollte sie nicht zurücklassen, aber ich konnte sie ja, verdammt noch mal, nicht mitnehmen.

Ich raste also die Treppe hinunter, lachend, stammelnd, weinend. Königinmutter sah mir nach.

„Pass auf dich auf, Paul, und sei nicht so waghalsig, hörst du?" Ich hörte sie noch, als ich schon unten an der Tür war. „Und schreib mir. Hörst du, Paul? Es ist ja deine Entscheidung, aber schreib mir um Gottes willen."

Ich hörte nur noch einen dumpfen Aufschlag, aber da war ich schon aus der Tür und rannte den Weg zur Straße hinunter. Der frische Wind zerzauste mir das Haar und der Kies knirschte unter meinen Füßen. Ich kam atemlos bei Herbert an, stieg gleich in den Käfer und kurbelte das Seitenfenster hinunter. Herbert beugte sich zu mir. „Mach's gut, Junge", sagte er mit seiner leisen Stimme und Bruder

Andreas krähte irgendetwas Unverständliches und ich sagte nur: „Jaja, mach ich", und „Macht's gut."

Dann drehte ich den Schlüssel, und der Motor sprang sofort an und ich legte den ersten Gang ein. Ich spürte die Sonne auf meinem Gesicht, sie kam durch die Windschutzscheibe zu mir herein.

„Nimm ruhig das Zwischengas", rief Herbert und mein Bruder schrie: „Das Zwischengas, das Zwischengas", und ich hätte den Motor beinahe vor lauter Zwischengas abgewürgt, aber der Käfer rollte langsam an und ich fuhr zitternd vor Erregung los.

Es waren dieselben Straßen, aber sie sahen jetzt anders aus. Alles, was ich sah, war jetzt anders. Drei Jahre lang war ich hier jeden Tag im 10er Bus gefahren, morgens zum Büro und abends wieder zurück, aber heute war alles verändert. Die Bäume, die Häuser, die Leute, die Hunde.

Ich bog in die Machnower ein und fuhr an den alten Villen vorbei. Langsam entspannte ich mich. Mit jedem Meter, den ich fuhr, wurde ich lockerer. Es war ein wunderbares Gefühl. Ich war nur mit mir und dem Käfer unterwegs. Der Motor brummte und es war wohlig warm. Obwohl es hinter dem Lenkrad ziemlich eng war, fühlte ich mich doch nicht eingeengt. Ich knallte mit den Knien an die Unterkante des Armaturenbretts und ich wusste auch nicht, wo ich meine Ellenbogen ablegen sollte, aber es machte mir nichts aus. Ich wusste, mit der Zeit würde ich meinen Platz im Käfer finden, von ganz allein. Ich kurbelte die Scheibe herunter und kippte das Eckfenster an, aber nur so viel, dass ich etwas Wind bekam. Die Luft war einmalig, der Frühling kam zu mir herein, ich konnte ihn riechen.

Es war mein eigener Film, der heute begann, und ich bestimmte, wohin es mit mir gehen sollte. Die Sonne kitzelte mein Gesicht. Ich war der Herr in meinem Käfer. Ich machte, was ich wollte. Ich hatte den Führerschein erst seit letzter Woche, aber durch die vielen Fahrstunden fühlte ich mich wie ein alter Hase. Das ist jetzt mein Vorteil, dachte ich, als ich an der Fahrschule am Zehlendorfer Kreuz vorbeiraste. Andere würden bestimmt schon längst an irgendeinem Baum kleben oder aus purer Nervosität den Motor abgefackelt haben. Ich brauchte mich nicht zu sorgen, ich fuhr souverän. Ich war einfach für unsere Reise unerhört gut trainiert.

Man muss etwas aus seinen Schwächen machen, hatte Malinowski gesagt, man muss sie in Stärke umwandeln. Ich fühlte mich in diesem Moment ziemlich umgewandelt. Ich hupte. Aus lauter Lebensfreude. Die Hupe klang wie ein alter Esel. Ich musste lachen. Sollen sie mich ruhig hören, dachte ich, sollen sie Lachmanns Stimme hören, ich wette, ich fehlte ihnen jetzt schon.

Als Sigi mir die Tür öffnete, wusste ich, dass er noch nicht gepackt hatte.

An seinen Augen sah ich es und an seiner Verkleidung. Er trug die Schafhirtenausstattung. Besticktes Hemd, Fellweste und leichter Fez. Er stand in der Tür und starrte mich an. Anscheinend war er baff erstaunt mich zu sehen. Wortlos ging ich hinein. Ich kapierte sofort, dass er die tausendfünfhundert Mark nicht zusammenbekommen hatte, und bekam auf der Stelle einen trockenen Mund. Ich sagte nichts, Sigi sagte auch nichts, er ging voran.

Im Flur lagen unsere Sachen, die ganze Ausrüstung lag verstreut auf dem Boden. So, wie wir sie vor Tagen zusammengetragen hatten, die Schlafsäcke, die Rucksäcke, das ganze Zeug. Die Feldflaschen, die Koppel, die Harpunen, die Schnorchel, die Moskitonetze und der Kocher. Alles lag so, wie wir es dort abgelegt hatten. Ich musste zweimal hinsehen, ich fasste es einfach nicht. Er musste doch in der Zwischenzeit wenigstens einmal einen verdammten Topf oder einen Teller bewegt haben.

Ich spürte eine furchtbare Enttäuschung in mir aufsteigen. Ich wollte dieses Gefühl stoppen, konnte es aber nicht. Ich hätte jetzt alles getan, um die Wahrheit nicht anzuerkennen, aber ich begriff, dass ich mir unsere Reise nach Goa abschminken konnte. Die Sache war gelaufen. Es war vorbei, noch ehe es angefangen hatte. Sigi hatte mich hängen lassen.

Mir war sofort klar, dass er alles nur als einen Film gesehen hatte. Ich hasste ihn in diesem Moment. Ich hasste ihn wirklich, aber ich hasste auch mich. Ich hätte mich ohrfeigen können. Ich hätte es ja wissen müssen. Alle Anzeichen hatte doch dafür gesprochen, dass man sich auf Sigi nicht verlassen konnte. Ich Idiot hatte mir etwas vorgemacht, weil ich die Realität nicht anerkennen wollte. Ich hätte heulen können.

Ich glaube, ich sah in diesem Augenblick aus wie ein uralter, versteinerter Inkakrieger. Einer dieser Typen, die flüssiges Gold trinken müssen um auf dem Opferaltar vor allen Leuten elendig zu krepieren. Ich stapfte also Sigi hinterher, hinein in die Gemächer seiner Frau Mutter.

Ein paar Frauen waren da und natürlich Muttchen, sie saß wie immer am Kopf der Runde. Die Frauen kannte ich nicht, es waren Untermieterinnen ihres Schlosses. Sie saßen auf dieser Achtmetercouch, die vor dem Fenster stand und die Muttchen als Schlaf-, Wohn- und Essbereich nutzte. Riesige Stoffbahnen lagen auf dem Tisch. Augenscheinlich knüpften sie an einer Abdeckung für ein Wellenbad. Die Damen tranken Tee aus einem Samowar für Elefanten, der leise vor sich hin bimmelte. Sie sahen kurz auf, als ich hereinkam, und lächelten mir zu. Ich sagte: „Guten Tag“, und dann sah ich den Papagei, der auf dem Parkett hin und her schlidderte, weil ihn die brennenden Kerzen irritierten. Himmel, es war erst Mittag, aber es brannten schon alle Kerzen. Wahrscheinlich rückten sie Tischelein oder hörten einer Kristallkugel zu, wenn sie mit ihrer Klöppelei fertig waren. Ich kam mir in meiner Aufmachung völlig lächerlich vor.

Sigi war schon in das nächste Zimmer vorausgegangen. Ich wäre ihm jetzt auch nach sonst wohin gefolgt. Der Papagei versuchte die ganze Zeit an meine Schnürsenkel heranzukommen und ich zog ihn einfach ein paar Meter hinter mir her. Die riesigen Flügeltüren standen offen und Sigi ging zu dem großen Klavier. An den Wänden lehnten die Bilder. Ich stellte mich neben ihn und sah ihn einfach nur an.

Er nahm endlich den verdammten Fez ab, räusperte sich und sagte dann leise: „Wird schon."

Wir begannen, die Bilder zusammenzutragen, ich wusste ja, was er vorhatte. Er wollte sie zu Erdmann bringen, in die Galerie gleich nebenan. Das war seine letzte Chance, noch etwas Geld zusammenzubringen. Aber glaubte er wirklich, dass sich irgendwer in sein Biafrabild verlieben würde. Das war doch völlig idiotisch. Wer kauft schon ein verhungertes Kind. Wer hängt sich so was über die Couch?

Wir schleppten alle Bilder zusammen und legten sie übereinander, immer ein Bild auf das andere und immer dazwischen ein Laken. Es war eine ziemliche Schinderei.

„Und ...?", fragte ich, als die Stapel fertig waren.

„Lass uns den Schrott runterbringen. Vielleicht kauft ja einer was."

Er lachte nicht mehr.

Wir trugen die Sonnen, Uhren und Seeadler in Öl wie Totenbahren an den Frauen vorbei. Sie nahmen keine Notiz von uns. Der Papagei rannte uns bis zur Tür hinterher und schrie gemeine Worte, die ihm Sigi beigebracht hatte.

Im Treppenflur war ich dann schon etwas abgekühlt, was sollte noch passieren. Ich sah kein Land mehr, aber es war jetzt auch egal. Wo kein Land ist, ist wenigstens alles offen. Ich hatte genug gegrübelt, es hatte zu nichts geführt. Wir versuchten so zu tun, als würden wir unseren Fahrplan einhalten, aber im Grunde waren wir nur noch zwei Verrückte, die ihren Krempel verkaufen wollten.

Wir trugen die Bilder in den Lift, stapelten sie dort und schickten sie dann ins Erdgeschoss hinunter. Wir konnten nicht mitfahren, es war zu eng in dem alten Fahrstuhl. Unten zerrten wir sie dann alle wieder heraus und schleppten sie zu Erdmann, und dort flog ich ein zweites Mal aus den Stiefeln. Sie hatten wahrhaftig die Galerie zu einem Restaurant umgebaut. Mindestens zwanzig Tische standen eng beieinander. Es sollte also gegessen und getrunken werden und Sigis Bilder sollten dafür die Kulisse abgeben. Hatte er das nicht gewusst? Warum tat er das? Kein Mensch würde eine Tapete kaufen.

Wir stellten die Bilder an die hintere Wand, so wie man alten Krempel wegstellt, manche auch übereinander. Es war einfach nicht genug Raum um sie alle gut zu platzieren. „Brauchen wir wenigstens nicht zu nageln", murmelte er. Erdmann war nicht da, nur eine hagere Sekretärin, die Sigi augenscheinlich kannte. Sie schmierten sich ein paar Höflichkeiten um die Nase und Sigi stellte dann das Biafrabild an die Stirnseite der Tafel, als Krönung sozusagen. Die Hagere fand das Bild ganz entzückend und faselte etwas von Leben und Geist in der Wüste des Lebens. Dann gingen wir wieder raus und zu Muttchen hoch.

Es kamen immer mehr Leute. Ich stellte mich mit dem Rücken zur Wand und spielte mit dem Papagei, der überhaupt nicht mehr von mir lassen wollte. Mir war nicht klar, was Sigi wirklich noch vorhatte. Ich war nicht mehr vorhanden. Sigi begrüßte jeden Besucher mit riesigen Gesten und innigsten Umarmungen und Muttchen brachte Tee. Sie kamen, um ihn zu verabschieden, aber sie würden Gäste einer Beerdigung sein. Warum sagte Sigi es ihnen nicht?

Mittlerweile war es später Nachmittag geworden und Muttchen flitzte zwischen ihrer Couch und der Küche hin und her und die Damen schleppten unentwegt Tee und Gebäck heran. Ich ging auf den Flur und sagte irgendwelchen fremden Leuten: „Guten Tag." Sigi stand bei einer

Schauspielerin, die ich aus alten deutschen Filmen her kannte, weiß der Teufel, wo er die aufgegabelt hatte. Ich kam mir verloren vor. Ich hatte mein Khakihemd aufgeknöpft und die Ärmel hochgekrempelt. Den Pfadfinderkoppel hatte ich vorsichtshalber abgeschnallt. Ich fühlte mich lächerlich in meinen Klamotten. Die Leute begannen sich wohl zu fühlen, aber ich war nicht mehr bei ihnen. Immer mehr Gäste warfen sich Sigi lachend in die Arme. Es waren meistens Jazztypen, also Künstler, die malten oder schauspielerten. Hagere Gestalten mit ihren Frauen, alle in den unmöglichsten Verkleidungen. Es roch bald nach Tabak und Haschisch und billigem Wein.

Als ich zum x-ten Mal hinaus zum Fahrstuhl ging und immer noch nicht wusste, ob ich bleiben oder gehen sollte, kamen mir die Russen entgegen. Vorneweg der Zahnarzt und hinter ihm Dschi Dschi und die ganze Kastroff-Truppe. Sie hatten ihre Balalaikas und Gitarren mitgebracht. Der Zahnarzt klopfte mir auf die Schulter und wünschte mir Glück und Segen und ich lächelte und bedankte mich, aber eigentlich war ich tot. Ich sah noch mal zu Sigi hinüber, der sich mit ein paar Frauen unterhielt, und ging hinaus, ich konnte diese Leute nicht mehr ertragen. Den Papagei konnte ich auch nicht mehr entdecken, wahrscheinlich hatte ihn längst einer aufgegessen.

Ich rannte die Treppen hinunter und lief auf die Straße. Ich wusste nicht mehr, wohin ich gehen sollte, aber die Luft tat mir gut. Ich dachte an zu Hause und an meine Leute und daran, was wohl Herbert jetzt machen würde, und an Bruder Andreas und an Königinmutter. Wahrscheinlich saßen sie jetzt beim Abendbrot und stritten sich über einen Stuhl oder Königinmutter stand noch immer auf der Treppe und Herbert musste ihr Beruhigungstropfen geben, damit sie endlich wieder hereinkäme. Ich fühlte mich mächtig allein.

Ich ging ein paar Schritte die Fasanenstraße hinunter. Es war mild und warm, die Bäume schlugen aus. Ich hörte die

Spatzen, die in den Bäumen saßen, und hörte, wie sie mächtig Krach machten, und dachte an meinen alten Schlosspark und an die Wiesen und an die Tage, als ich noch ganz klein war, und plötzlich war Stopper neben mir. Wie immer stand er plötzlich neben mir.

„Na?", sagte er. Er war ganz atemlos und lachte über das ganze Gesicht. Er hatte wieder seinen bescheuerten Anorak an. „Na, Stopper", antwortete ich. Er sah mich an und grinste und dann gingen wir gemeinsam zu dem Käfer, den ich etwas unterhalb der Fasanen geparkt hatte. „Ich ddenke, ihr wwolltet ffahren", sagte er und starrte in den Käfer. Ich glaube, er wusste in diesem Moment, was los war. Stopper sah alles, ohne Worte. Wir sahen in die Fenster vom Käfer, dort lagen meine Klamotten auf der Rückbank und es war alles hübsch hergerichtet.

„Llass uns doch schoschon die Saachen holen", sagte er.

„Sigi hat die Kohle nicht", antwortete ich leise.

„Ich wwusste es." Er sah nur noch in den Käfer.

„Vielleicht verkauft er noch ein paar Bilder."

„Ggglaub ich nicht."

„Komm, lass 'ne Runde machen", sagte ich und stieg in den Käfer. Ich weiß nicht, warum ich das tat. Ich wollte wohl einfach etwas tun. Ich machte Stopper von innen die Tür auf und er setzte sich auf den Beifahrersitz. Dann fuhren wir los.

Wir fuhren über den Ku'damm, bis zur Kantstraße und dann weiter über die Hardenberg, bis zur Bismarckstraße. An der Charlottenburger Brücke, wo die Straße des 17. Juni in die Bismarckstraße mündet, fuhren wir links hinunter, über den Ernst-Reuter-Platz, wo man, an dem großen Hochhaus, aus dem Kreis heraus muss, um in die Otto-Suhr-Allee einzubiegen. Wir sagten kein Wort. Stopper hielt sich an dem Griff vorn über dem Handschuhfach fest und grinste einfach die ganze Zeit.

Wir fuhren die Otto-Suhr-Allee hinunter und es wurde langsam immer dunkler, dann am Rathaus Charlottenburg vorbei und dann links an dem alten Kino, aus dem dann später ein Tanzschuppen gebaut wurde, da, wo ich meinen zweiten Gesangswettbewerb gewonnen hatte. Ich dachte an Ines, an die schöne Ines, deren Namen ich immer falsch geschrieben hatte und die mir daraufhin die Freundschaft gekündigt hatte. Wir fuhren durch unser altes Charlottenburg und Stopper erzählte mir von seinen Plänen und einer Volkshochschule, wo er bald einen Malkurs besuchen wollte, weil er kein Ingenieur mehr werden wollte.

Als wir zurückkamen, war es schon Nacht. Ich parkte den Käfer am Ende der Fasanenstraße und wir gingen wieder zu Sigi nach oben. Ich sah ihn bei seinen beiden Brüdern stehen. Er sah mich kurz an und verschwand schnell wieder in der Menge.

Die üblichen Gespräche liefen und alle tranken Lambrusco aus Tassen, die Muttchen unter das Volk trug, und der Flur war voll mit Studenten und Typen aus der Kunstszene. Ein paar Musiker hingen herum und spielten auf ihren Gitarren und sangen Lieder von Dylan und Pete Seeger, diesen ganzen Ostermarschmist. Ich ging durch alle Zimmer, sah hier und da ein paar bekannte Gesichter. Auch Victoria war da. In ihrem Engelskleid hing sie herum und sah mich wieder so verlockend an, aber ich wusste nichts mehr zu sagen.

Und dann passierte das Wunder. Ich war gerade dabei, mir in der Küche den Lebenslauf eines Typen anzuhören, der unbedingt nach Kanada auswandern wollte, da kam Sigi hereingestürmt.

„Ludwig hat mir die ganze Kollektion abgenommen", schrie er aufgeregt. Er knipperte an seinen Bartenden herum und lachte unaufhörlich.

„Was?" Ich verstand ihn nicht.

„Er hat sämtliche Bilder abgekauft."

„Dein Bruder hat dir alle Bilder abgekauft?" Ich glaubte es nicht, wo war der Haken?

„Ja, hat er."

„Aber dann bist du doch auch alle los." Ich merkte, dass er einen Fehler gemacht hatte.

„Das ist doch völlig wurscht. Wir können aber fahren, verstehst du ...?" Er lachte sich krumm. Es war ein Wunder. Sein Bruder hatte ihm alle Bilder abgekauft. Es war wirklich das Wunder, von dem Sigi geträumt hatte. Jedenfalls behauptete er das sofort und mir blieb nichts übrig, als es ihm zu glauben. Sein Bruder war Geschäftsmann und handelte mit Pornokugelschreibern und alten Mänteln, die er waggonweise in die Sowjetunion verschob. Aber das war jetzt alles egal, er hatte ihm seine ganze Kollektion abgekauft.

„Wie viel hat er dir dafür gegeben?"

„Sechshundert Mark", sagte Sigi und alle in der Küche lachten.

Wir rannten hinaus. Ich spürte meine Flügel wieder. Wir drängten uns zwischen den Leuten hindurch und wir kratzten uns mächtig auf. Stopper kam dazu und wir schnappten uns die ganze Ausrüstung. Ein paar Typen hatten es sich schon auf den Schlafsäcken bequem gemacht, aber das meiste lag noch so zusammen, wie wir es hingelegt hatten.

„Ich zieh mich um", sagte Sigi. Er versuchte, an den Leuten vorbei in sein Zimmer zu kommen.

Ich konnte es noch immer nicht fassen. Alles hatte sich von einer Sekunde zur anderen geändert. Stopper und ich trugen Stück für Stück hinunter in den Käfer. Die Moskitonetze, die Töpfe, die Schlafsäcke und die Taucherausrüstung. Wir ließen nichts zurück. Minuten später war Sigi wieder bei uns und fasste mit an.

„Etwas wird in dir sein, dass dich leben lässt", sagte Muttchen. Wir standen um den großen Couchtisch herum und hörten ihr zu. Es war spät. So an die zwanzig Typen mit ihren Frauen waren noch da.

Sie saßen, standen oder lagen verstreut im Zimmer herum. Ich hing bei Sigi, und Stopper saß neben Muttchen, die uns aus ihren Karten las. Der Papagei hockte bei meinen Stiefeln und nagte an den Schnürsenkeln.

„Nenn es Licht, nenn es Schein, nenn es Gott oder wie du willst, etwas wird da sein, wenn du glaubst, völlig allein zu sein."

Sie legte die Karten immer wieder um. Es war ganz still.

„Du musst nicht daran glauben, du musst nur vertrauen." Die Kerzen schmissen unsere Schatten an die Wände und es roch nach verbrannten Nelken und Haschisch. Sigi hatte seine Pfeife im Mund und ich mochte ihn wieder.

„Ich sehe nichts, was euch Sorgen machen sollte", sagte sie und schob die Karten wieder zurecht. Sie nahm eine Herz Dame heraus und legte stattdessen ein Kreuz As an die Stelle.

„Da ist etwas, unbeschreiblich vielleicht und nicht leicht zu knacken, aber man kann es positiv sehen. Macht euch keine Sorgen, es wird alles gut."

Sie gab uns den Segen. Ich spürte meine Lavamassen wieder in mir wabern. Victoria hing mit der Stirn über einer kleinen Kette, an der eine Goldkugel befestigt war und vor sich hin pendelte. Auf den Sitzkissen knutschte ein Pärchen und die Russen waren noch da und ein paar wunderschöne Mädchen. Sie trugen langes schwarzes Haar und geblümte Kleider und lächelten mich an. Alle lauschten Muttchens Vorhersage, die nur unserer Reise galt.

„Etwas, das euch lenken wird. Etwas, das euch den Weg zeigen wird. Etwas ..."

„... das euch den Weg zum Scheißhaus zeigt", schmiss einer dazwischen, aber keiner lachte.

„Sind wir denn zu Fuß?", fragte Sigi in die Stille hinein.

„Ich kann es nicht anders sehen. Ich sehe dich und Paul und noch zwei andere Pilger ... und dann ... aber ja, ihr werdet zu Fuß unterwegs sein."

Wir sahen uns an, die Mädchen seufzten.

„Aber es wird gut ausgehen. Ich kann es nicht anders sagen."

Sie schob die Karten wieder zusammen und blätterte sie neu auf. Der Samowar war wieder auf Menschengröße geschrumpft und die Gläser klirrten leise.

„Wenn du umherirrst und denkst, du wirst dich verlaufen", sagte sie leise, man konnte jedes Wort verstehen, obwohl sie einen polnischen Akzent hatte, „wird etwas mit euch geschehen, sorgt euch also nicht. Etwas Einmaliges, etwas Unverwechselbares und Großartiges wird passieren. Lasst es einfach geschehen und breitet Frieden in euren Herzen aus, dann wird alles gut werden."

Sie bewegte die Karten auf dem Tisch und wir glaubten ihr in diesem Moment. Alles andere war vergessen.

„Es wird das Kleinste sein, das du je gesehen hast, und das Größte, das dir je Angst gemacht hat. Es wird unfassbar sein, du wirst es nicht schmecken, nicht riechen, nicht mit deinen Augen sehen. Nur mit deinem Herzen wirst du es erkennen können. Etwas wird sein, das dir Kraft geben wird, das dich gleichmütig und ruhig werden lässt, auf diesem Weg nach Irgendwo."

Sie wurde immer leiser.

„Nenn es Liebe, nenn es Freude am Leben und nenn es Hingabe zum Leben, zur Natur, zu allem göttlichen Sein, es ist völlig egal. Dieses Etwas ist in euch und leuchtet, sogar, wenn du in völliger Dunkelheit sein wirst. Vertraut auf euch, habt keine Angst."

An dieser Stelle schüttelte sie sich, als friere sie. „Den Rest besorgt die Zeit. Ihr werdet sehen, da ist etwas. Da ist kein Nichts."

Sie legte die Karten weg. Ein großes Schweigen lag für einen Moment über dem Couchtisch.

Es war schon früh am Morgen. Wir hatten die ganze Nacht getrunken und kleine russische Teigtaschen gegessen und ein paar von den Musikern hatten leise ukrainische Lieder gesungen und es war ganz wunderbar gewesen. Die paar, die noch dageblieben waren, brachten uns auf die Straße hinunter. Wir gingen gemeinsam zum Käfer. Der Morgen kroch langsam über die Dächer und gerade als wir einsteigen wollten, kam ein Mann die Fasanenstraße heruntergerannt. Ich kannte ihn, es war einer von Malinowskis Leuten aus dem Cha-Cha.

„Das Cha-Cha brennt, das Cha-Cha brennt", schrie er. Man konnte ihn über die ganze Straße hören. Wir sahen uns an und liefen sofort mit den Russen und Sigis Brüdern und Stopper und Muttchen und den Frauen die Fasanen hinunter. An der Kreuzung Fasanen, Ecke Ku'damm sahen wir dann auch schon die Rauchschwaden. Hoch über den Häusern hingen sie. Die Straße war von der Polizei abgeriegelt. Eine Menschentraube hatte sich auf unserer Seite gebildet und auch am Kempinksi standen Leute zusammen. Sie starrten auf das Haus gegenüber. Ein paar Löschzüge waren da und die Feuerwehrleute versuchten, den Brand zu löschen.

Dicke Rauchschwaden drangen aus dem Cha-Cha. Ich konnte zwar kein Feuer erkennen, aber der Typ hatte Recht, das Cha-Cha brannte. Ich sah niemanden von Malinowskis Leuten, und ihn schon gar nicht. Ich sah nur den Rauch, der entsteht, wenn etwas abfackelt.

Wir gingen zum Käfer zurück. Stopper und Muttchen und Victoria und die paar Frauen kamen mit uns, die anderen blieben zurück.

„Vergiss es", sagte Stopper und zum ersten Male stotterte er nicht. Er war wohl zu müde.

Wir stiegen in den Käfer und ich beugte mich noch einmal aus dem Fenster. Da standen sie, Stopper und Muttchen, die ein schwarzes Tuch um ihre Schultern trug, und die Frauen und Victoria im weißen Kleid. Bei Erdmann torkelten die letzten Gäste heraus, Sigi saß neben mir und ich startete den Käfer und fuhr langsam aus der Parklücke heraus. Dann legte ich den zweiten Gang ein und wir fuhren los.

Sigi lehnte sich aus seinem Fenster und ich lehnte aus meinem heraus und wir sahen noch einmal zurück. Wir winkten ihnen zu und sie winkten uns nach und hinter ihnen sah ich die Rauchwolken am Himmel hängen.

„Bis bald“, riefen wir.

„Bleibt gesund“, riefen sie.

„Schreibt mal“, rief Stopper und ich konnte ihn grinsen sehen.

Dann bogen wir rechts in die Lietzenburger ein und im selben Augenblick flogen ein paar Tauben vor uns in den klaren Himmel hinauf.

Afghana

Sie brachten uns mitten in der Nacht Charras. In Plastiktüten. Handtellergroße Dollarstücke. Haschisch für die Nacht. Drei Afghanen waren es. Ein Junge mit einer Hakennase und einem bestickten Käppi, ein alter Mann, der unter seinem Jackett eine Pluderhose trug. Der andere trug einen Turban. Die Enden von dem Tuch hingen ihm auf die Schultern herunter. Er hatte einen Vollbart und trug auch ein Jackett und eine Pluderhose. Seine Füße steckten in Sandalen aus geflochtenem Reifengummi. Das sah ich, als ich mich von meinem Schlafsack aufrichtete. Ich hatte solche Schuhe schon an den Leuten gesehen, die mit uns im Bus von Teheran nach Mashad gefahren waren. Die drei kamen einfach herein, gerade als wir den Raum bezogen hatten. Sie schmissen die Tür auf und stolperten auf unsere Schlafplätze zu. Der Junge trug eine Petroleumleuchte, die ihnen etwas Licht gab. Sie hatten kantige Gesichter, scharf gemeißelt, dunkle Haut, große, klare Augen.

Ich wusste sofort, dass sie uns das Zeug verkaufen wollten. Sie hockten sich nebeneinander auf den Lehmboden, direkt vor unsere Schlafsäcke, und holten das Haschisch heraus, ohne Kommentar. Es waren bestimmt drei Kilo. Stück für Stück, Dollarpeaces. Grau, braun und biegbar wie Knete. Sie legten uns das Zeug vor die Fußenden unserer Schlafsäcke. Ich erinnere mich nicht mehr, ob wir ihnen etwas davon abkauften, wir hatten noch gar kein afghanisches Geld, also wir taten es wohl eher nicht. Wir kasperten nur ein bisschen mit ihnen herum. Wir waren hundemüde und sie schenkten uns dann ein paar Brocken von dem Charras, so als Gastgeschenk, und verschwanden so schnell, wie sie gekommen waren.

„Salam alaikum. Guten Tag. Alemani medaned? Sprechen Sie deutsch? Inglise medaned? Sprechen Sie englisch? Ja, Bale. Nein, ne. Salam alaikum. Gute Nacht."

Wir lagen auf unseren Schlafsäcken. Es war stockdunkel in dem kleinen Gästehaus, das wir, ein paar Kilometer hinter der Grenze in Kohsan, für diese Nacht bezogen hatten. Unsere Klamotten hatten wir dicht bei uns abgelegt. Sigi lag neben mir und versuchte sich lang zu machen. Ich war froh, dass wir endlich ein Dach über dem Kopf hatten. Die Schlafsäcke waren das Einzige, was wir nach unserem Unfall in der Türkei gerettet hatten. Die Schlafsäcke und das Sturmgepäck. Ich hatte immer gewusst, dass ich das Sturmgepäck irgendwann einmal brauchen würde. Diesen kleinen Armeerucksack aus dem US-Laden in der Turmstraße. Ich hatte ihn immer als einen lästigen Gegenstand angesehen, einen, den man nur mit sich herumzuschleppen hat, den man nicht mag, von dem man sich aber auch nicht trennen kann. Er war mir wirklich sehr lange lästig gewesen. Jetzt lag er unter meinem Kopf und war mein Partner für die Nacht.

Ich lag auf dem Rücken und mein Hemd stank nach Schweiß und ranzigem Öl. Die Khakihose hatte längst meine Körpertemperatur angenommen. Zwischen meinen Leisten spürte ich das Kondenswasser, das sich den ganzen Tag in meiner Unterhose angesammelt hatte. Bald würde die Hose an meinen Hoden anfrieren, ich kannte das Gefühl. Ich kannte es seit der Wüstenschipperei durch den Iran. Tagsüber lief mir das Wasser den Rücken herunter und nachts froren mir die Eier an der Hose an. Meine

Klamotten und ich waren sozusagen eins. Nach acht Wochen besaß ich nicht mehr als das Sturmgepäck, ein paar Unterhosen, eine Zahnbürste, ein Stück Seife, ein Handtuch, einen Kamm, eine Hautcreme, die Schnürstiefel, das Hemd, die Khakihose, das Messer und den Ledergürtel. Den Gürtel, den ich unter dem Hemd trug und der zwei kleine Taschen hatte, die man per Knopfdruck verschließen konnte, und eine größere, die man mit einem Reißverschluss sichern konnte. In diesem Gürtel waren mein Restgeld und mein Pass. Der Pass, der jetzt zusammen mit Sigis Pass, unseren Impfbescheinigungen und den Visa ein paar Kilometer von hier auf der Grenzstation in Islam Qala lag. Zusammen mit den Pässen der zwanzig verlorenen Seelen, die mit uns an diesem Nachmittag von Mashad über Tayebad, der iranischen Grenzstation, in einem klapprigen Mercedesbus nach Afghanistan eingefallen waren.

Unsere Pässe lagen in dieser elenden Zollbaracke, gestapelt auf einem Schreibtisch, hinter dem ein afghanischer Offizier gestanden hatte, von dem sie fein säuberlich übereinander gelegt worden waren. Sicherlich würde er sie heute Nacht an irgendwen weiterleiten oder konfiszieren, oder auch vernichten. Ich dachte nur noch an meinen Pass. Ich hatte nur den Pass und das fehlende Geld im Schädel. Auf gar keinen Fall aber glaubte ich, dass wir unsere Pässe morgen früh zurückbekommen würden. Niemals. Ausgeschlossen. Ich wusste einfach genau, dass sie morgen nicht mehr auf dem Schreibtisch liegen würden. Diese Gewissheit machte mich verrückt.

Sigi hatte sich auf seine Ellenbogen gestützt, ich kannte seine Technik. Gleich würde er nach seiner Pfeife kramen und mich nach Zündhölzern fragen. Er scharrte nach den Charraskrümeln, ich konnte ihn hören. Es war stockdunkel und der Lehmboden war kalt. Ich war froh, nicht allein zu sein.

Nachdem wir in die Zollbaracke hineingestürmt waren, hatte der Offizier jeden von uns vor seinem Schreibtisch aufmarschieren lassen und ein paar Worte in Englisch gesagt, was komisch klang. Aber keiner wagte zu lachen. Nicht die englischen Beatniks, nicht die Hippies, die aus Frankreich kamen, das australische Pärchen nicht und wir Deutschen nicht, auch der Junge, der Sigi und mir schon seit Teheran an der Backe klebte, und die beiden Österreicher nicht, keiner von uns machte einen Witz oder lachte. Wir waren von der langen Fahrt erschöpft, müde und hungrig und hatten keine Lust uns vor diesem Offizier, dessen Dienstgrad ich nur anhand seines Gesichts und seines englischen Jacketts vermuten konnte, lächerlich zu machen.

Wir gingen also in einer Schlange an dem Schreibtisch vorbei, während er unsere Pässe einsammelte und beschloss, sie erst morgen früh wieder herauszugeben, weil die Grenze für heute geschlossen habe. Jedenfalls sagte er das und holte sich nach jedem Satz von einem armseligen Soldaten, der an der Tür der wanzigen Baracke klebte, per Blick eine Bestätigung ab. Der arme Kerl war völlig überfordert. Er hatte ein teigiges, gutmütiges Gesicht und stand mit dem Rücken zur Wand in der Nähe des Eingangs. In seiner verfilzten Uniform, in viel zu kurzen Hosen und ausgelatschten Stiefeln und in seiner viel zu kleinen Jacke stand er da, seit Stunden schon, und glotzte zu uns herüber und jedes Mal, wenn der Offizier zu ihm hinübersah, nickte der Typ. Irgendetwas, was wir nicht verstanden, holte sich der Offizier von dem armseligen Teufel ab. Der Typ nickte mindestens zwanzig Mal während dieser verdammten Vorführprozedur. Ich glaube, sie machten es genauso, wie es alle Grenzer und Zöllner auf der Welt machten: Sie versuchten uns einzuschüchtern. Wie die Grenzer in Dreilinden und an der Friedrichstraße, an den Kontrollpunkten nach Jugoslawien oder Griechenland, in die Türkei oder in den Iran. Sie waren nur nicht so kalt und überlegen. Sie jagten uns zwar keine Angst ein, dennoch lachte keiner von uns. Wir machten ein paar dumme Sprüche, aber insgeheim fürchteten wir uns vor ihnen.

An jeder Grenze, jeder Zollstation hatte ich Angst gehabt. Angst, irgendein uniformierter Idiot könnte meinen Pass einziehen oder ihn für ungültig erklären oder mir die Stempel für die Einreise und Ausreise verwehren, mich letzten Endes vernichten.

Sigi neben mir hatte endlich die Charrasbrösel zusammen, stopfte sie unter endlosem Gekicher in den Kopf seiner Meerschaumpfeife und freute sich auf seinen Film.

Er hatte die Zündhölzer gefunden und brachte nun das Charras zum Glimmen. Durch die zerbrochene Holztür konnte ich den Mond sehen. Ein Fenster war angelehnt und es fiel etwas Nachtlicht herein. Der Schuppen war ein Stall für Ziegen oder Schafe und es roch nach totem Tier und modrigem Holz. Der Boden war aus Lehm und es zog kalt von unten her. Von der Decke fiel Staub und Geröll, sobald sich irgendetwas über uns bewegte. Ich konnte nicht einschlafen, ich schlief schon seit Wochen nicht mehr.

Ich konnte auch nicht mehr auf der Seite liegen. Der Schlafsack war weich, aber viel zu dick und zu daunig, er stank nach Gummi und der Boden war zu hart. Trotzdem war ich froh, dass er mich schützte. Der Schlafsack hatte etwas von zu Hause.

Sigi war eingeschlafen, ich konnte ihn röcheln hören. Er lag wie immer auf dem Rücken. Bestimmt lächelte er. Ich mochte sein Lächeln, aber nachts hasste ich es. Ich hätte ihn jede Nacht wachrütteln können, ich hätte ihn ohrfeigen können, manchmal auch treten. Ich beneidete ihn um seinen Schlaf. Er schlief überall. Sigi konnte in jeder Mülltonne schlafen, an jedem Platz der Welt. In vollbesetzten Bussen, in ranzigen Fixerhotels und, wenn es sein musste, auch auf einem Fahrrad. Zu jeder Tages- und Nachtzeit.

Er war der perfekte Schläfer. Ich versuchte sein Gesicht zu erkennen, aber es war zu dunkel. Ich hörte nur sein Röcheln und wie es sich langsam in ein leichtes Schmatzen verwandelte.

Seit unserem Unfall in der Türkei hatte sich alles verändert. Ich war völlig fertig. Ob von der Hitze oder dem Verlust unserer Ausrüstung, wusste ich nicht. Jedenfalls hatte ich seitdem mächtig abgebaut. Ich wog nur noch 48 Kilo.

Meine Zähne waren total im Eimer und ich lachte nur noch, wenn Sigi mich von mir selbst ablenkte. Ich lief wirklich auf dem letzten Reifen. Wenn ich mit der Zungenspitze meine linke untere Backenzahnreihe berührte, wühlte ich in offenen Kratern. Alle Zahnnerven lagen blank. Und in der oberen Zahnreihe war es nicht anders. Von der anderen Backenseite ganz zu schweigen. Mein Kiefer war ein Steinbruch. Ich hatte es ja gewusst, es war völlig sinnlos, dass ich mir jetzt Vorwürfe machte. Ich hatte geahnt, dass ich mit meinen Zähnen Probleme bekommen würde. Ich hatte mit Sigi noch darüber gesprochen, aber er wollte nicht mehr zum Zahnarzt, er hasste Zahnärzte und ich Idiot hatte das Problem einfach verdrängt. Schon vor Dubrovnik waren mir die ersten Füllungen herausgefallen, wahrscheinlich als Warnung oder das Gerumpel in den Bergen vor Split hatte ihnen den Rest gegeben. Es waren ja auch uralte Füllungen, sicher noch aus der Grundschulzeit, sie wollten einfach raus. Ich hatte es als nicht so wichtig angesehen, sie ersetzen zu lassen, ich hatte gedacht, das würde sich alles von allein regeln.

Ich rollte mich auf die rechte Seite, merkte, wie es in meinen Backenzähnen zu puckern begann. Sicher hatten sich dort ein paar Reiskörner verkrochen. Ich spürte das Puckern von Sekunde zu Sekunde mehr, legte mir die Hand an die Wange. Ich kannte den Schmerz, er machte mir tagsüber nicht so viel aus, aber nachts wurde es schlimm, dann wanderte er manchmal bis über mein linkes Auge, kroch auf die andere Gesichtshälfte und kam dann nach Stunden wieder zurück. Das konnte so die ganze Nacht gehen, bis zum Morgengrauen.

Manchmal klemmte ein Reiskorn über Stunden auf meinen blanken Nerven. Wahrscheinlich würde das so bis an den Rest meiner Tage gehen, wenn ich nicht bald einen Zahnarzt finden würde.

Im Moment beruhigte sich links unten langsam. Wenn man so auf sich selbst konzentriert ist, bemerkt man jede Veränderung bis in die Haarwurzeln. Ich drehte mich wieder auf den Rücken. Jetzt begann es in meinem Magen zu rumoren. Das war die andere Seite der Medaille. Ich schleppte nämlich noch eine Thyphus-Amöben-Ruhr mit mir herum. Wenn ich auf der rechten Seite lag, pulsierte mir vor Zahnschmerzen bald das ganze Gesicht, lag ich aber wie jetzt auf dem Rücken, begann mein Magen zu kochen. Ich versuchte einfach ruhig zu bleiben. Mit jedem Atemzug begannen sich aber meine Gedärme mehr und mehr zu verkrampfen, der ganze Körper begann sich zu verspannen, ich konnte ihm dabei zusehen. Ich versuchte, an etwas anderes zu denken, aber mir fiel nichts mehr ein.

Die letzte Mahlzeit hatten wir in Mashad eingenommen. Gestern früh, bevor wir den Bus zur iranischen Grenze nach Taybad bestiegen. Erst hatte uns ein Teppichhändler aus seiner Langrohrpfeife kalten Rauch angeboten und wir hatten nach ein paar Minuten bemerkt, dass es Charras war, dann hatten wir in einer Garküche ein wenig Reis mit Rosinen und ein paar hart gekochte Eier gegessen und dazu heißen Tschai getrunken. Eier und Tschai und dann ... ich bekam es nicht mehr zusammen. Wenn ich nicht an unsere Pässe dachte und an mein Spezialthema Geld, dann begann ich über meinen Magen nachzudenken.

Ich starrte an die Decke. Wie ein Zinnsoldat einfach liegen bleiben, einfach nicht rühren, nur die Augen schließen, einfach abwarten, was passiert, dachte ich. Mach dir ein paar schöne Gedanken. Wie wär's mit einem Film? Mit einem Film über ein Mädchen? In meinen Gedärmen gluckerte und rumorte es. Ich wusste, wenn es in der nächsten Viertelstunde nicht aufhörte, würden sie sich unweigerlich zusammenziehen und dann würden blitzschnell die Choliken kommen. Die Thyphus-Ruhr-Choliken. Ich schmeckte den faulen Geschmack im Mund. Zahnloch, links unten blieb ruhig. Wahrscheinlich freuten sich meine Schmerzverwalter, dass sich bald die ganze Energie aus meinen wunden Därmen entladen würden.

Ich versuchte mich auf die Geräusche über mir auf dem Dach zu konzentrieren. Es waren Marder, die da herumkrakelten. Kleine, rattenähnliche Nager, die nachts auf jedem Dach der Welt ihre Schlachten austragen. Ich hatte von ekstatischen Blutorgien unter Mardern gehört. Wer hatte uns davon erzählt? Lieber nicht darüber nachdenken. Wenigstens schliefen meine Zähne. Ich konzentrierte mich auf die Stille. Ich versuchte mich nicht mehr zu bewegen. Durch das Fenster fiel etwas Licht. Noch eine Stunde, dachte ich, dann würde ich es nicht mehr aushalten können. Ich versuchte dieser Situation etwas Schönes und Heiteres abzugewinnen, aber es gelang mir nicht. Ich fand nur noch fehlende Pässe, offene Zahnreihen und zerscheuerte Darmwände und jetzt spürte ich die ersten Wehen. Ich merkte, wie mein Magen sich nach außen stülpte, wie er sich gegen die einsetzenden Krämpfe wehrte. Ich begann zu wimmern, merkte, wie sich meine Eingeweide erst schlossen und dann wieder öffneten. Schlossen und öffneten. Himmel, ich musste raus, es war schon fast zu spät.

Ich riss den Reißverschluss meines Schlafsacks auf und setzte mich auf. Sigi zu wecken wäre unmöglich gewesen, die Kälte hätte ihn umgebracht. Verdammt, was hatten wir doch über Hitzeperioden und Passatwinde gesprochen, jetzt fehlte uns nur noch ein Schneetreiben. Ich saß völlig erstarrt auf meinem Schlafsack und versuchte mir einen Plan zu machen. Ich wusste, würde ich noch ganze zwei

Minuten so sitzen bleiben, müsste ich den Rest der Nacht in meiner eigenen Scheiße verbringen. Also hoch, hoch, Lachmann, beweg dich, das Leben ist schön.

Irgendwie kam ich aus dem Sack heraus. Ich schleppte mich zur Tür, Mondlicht brach durch die Ritzen. Ich riss sie auf, der Mond stand hoch am Himmel. Ansonsten nur Stille und schwarze, kalte Nacht. Ich blickte über den Hof. Rechts von unserem Stall standen zwei Lehmbauten. Ich konnte ihre Umrisse erkennen. Links gegenüber war ein größeres Gebäude, aber nirgendwo Licht. Ich rannte los, über den Hof, irgendwohin. Zu einem Baum, zu einem Bach. Ich spürte den kalten, nassen Lehmboden, ich hatte keine Schuhe an. Jetzt bitte kein Hund, dachte ich, bitte keinen dieser großköpfigen Kampfhunde. Ich stolperte weiter. Die Wehen wurden stärker. Ich würde nicht weit kommen. Im Laufen lockerte ich schon meinen Gürtel. In der Mitte des Hofes ging es dann nicht mehr. Aus, vorbei. Ich bremste, so gut es ging, ab und ließ sofort meine Hosen herunter. Da, wo ich gerade stand. Ich hockte mich nur noch hin und dann schoss es schon aus mir heraus. Reste meiner Vergangenheit sammelten sich in einer erbärmlichen Pfütze unter mir. Der Scheiß der letzten Tage und meine elende Angstpisse vereinigten sich zu einer Lache.

Ich saß zur Hocke erstarrt und schiss mir mein Elend aus dem Kreuz. Der Mond hing hoch über mir und um mich herum kalte afghanische Nacht.

Ich versuchte keinen Lärm zu machen und schloss so leise wie möglich die Tür hinter mir. Sie war ja sowieso nur angelehnt. Dann tappte ich zu meinem Schlafsack zurück. Ich konnte nur die Umrisse unserer Schlafplätze erkennen. Sigi lag bestimmt immer noch so da, wie ich ihn verlassen hatte. Mit jedem Schritt fühlte ich meine Knochen. Ich sehnte mich nur noch nach meinem Schlafsack. Ich stolperte über irgendetwas am Boden. Es waren Sigis Klamotten. Auf dem Hof war es so kalt gewesen, dass ich gedacht hatte, dort anzufrieren. Mit letzter Kraft hatte ich mich aufrichten können und war dann wie ein Hase zurück in den Stall gerannt. Ich hatte Angst gehabt, jemand würde durch mich aufwachen und die Hunde auf mich hetzen. Endlich fand ich meinen Schlafsack, ging in die Knie, legte mich zurück. Dann zog ich den Reißverschluss hoch, bis zum Kinn. Langsam wurde mir warm.

Über mir im Dachstuhl war es still geworden. Ich schloss die Augen. Ich konnte nicht einschlafen, es machte mir aber nichts mehr aus. Ich war zu müde, um mich weiter zu beobachten und ließ einfach die Gedanken kommen und gehen, so wie es mir Sigi beigebracht hatte. Kommen und gehen. Sehen, was kommt, aber nicht festhalten. Lass sie nur kommen und gehen.

Ich sah durch das halb offene Fenster zum Himmel. Da hingen ein paar Sterne. Vielleicht waren es ja auch Nordlichter, die man zu sehen bekommt, wenn man höher in den Hindukusch steigt. Ich hatte das mal irgendwo gelesen.

Ich musste an Venedig denken, an unsere erste Nacht.

Wir waren die tausend Kilometer in einem Rutsch durchgefahren. Immer die Autobahn lang, immer geradeaus, bis zum Brenner und dann weiter, ohne Pause, ohne Murren. Wir wollten so schnell wie möglich voran. Ich hatte am Steuer gesessen und Sigi hatte in seinen Träumen geschwelgt. Als wir in Venedig ankamen, war es längst dunkel. Wir blieben einfach vor der Stadt auf einer Brücke stehen und stellten den Motor ab. Es war zu spät um noch in die Stadt zu gehen, außerdem waren wir hundemüde. Wir schmissen also die Decken und Kissen und Felle nach hinten auf die Rückbank, packten unsere Schlafsäcke darüber und legten uns hin, mit dem Gesicht zur Heckscheibe, anders war es nicht möglich. Nur Sigis Beine waren zu lang, er musste sie quer über meine legen und die Füße auf dem

Lenkrad abstützen. Es war gut, dass wir die Decken und die Felle mitgenommen hatten, das merkten wir jetzt. Es war ja noch nicht einmal Ostern und verdammt kalt in Italien. Wir lagen also auf unserer Rückbank und sahen durch die Heckscheibe in den Himmel. Es war fantastisch. Die Sterne hingen glasklar am Firmament und der Himmel war spiegelblank. Wir sahen Sterne über Sterne. Das war ein gutes Omen. Wir winkten ihnen durch die Scheibe zu. Der Milchstraße, dem großen Wagen und dem kleinen Bären und wir sagten alles, was man so sagen muss, wenn man am Anfang einer Reise steht und unter dem Himmel liegt.

In dieser Nacht sprach Sigi zum ersten Mal von diesem Land, von diesem Niemandsland, das Ziel unserer Reise werden sollte. Wir hatten ja noch nie richtig darüber gesprochen. Vielleicht ein-, zweimal, bei ihm im Turm und dann auch nur so in Andeutungen. Jeder hatte sich darauf verlassen, dass der andere dieselbe Idee im Herzen trug. Sigi brachte es in dieser Nacht auf den Punkt und ich verstand ihn auf Anhieb. Es müsse ja nicht unbedingt Goa sein, sagte er, er hänge überhaupt nicht an Goa, aber es wäre schon ganz schön. Wichtig war ihm nur, dass wir dieses Land auch finden würden. Es könne auch eine Insel sein oder irgendein anderes Land, aber Goa wäre einfach wie geschaffen für uns. Das Meer war ihm wichtig an Goa, das Meer und die Menschen, alles andere wäre sekundär. So etwa drückte er sich aus.

Ich hatte dasselbe Gefühl. Mir war das Meer auch sehr wichtig und natürlich die Menschen. Ich war ja erst einmal am Meer gewesen, als Kind, in Helgoland, aber es hatte mich sofort für immer in den Bann gezogen. Weil es so rein und unberührt war, so tief, so unendlich, so grenzenlos und so lebendig und unkontrollierbar. Das Meer war für mich voller Geheimnisse. Wir beschlossen in dieser Nacht, dass man sich vor einem Meer demütig verbeugen müsse. Die halbe Nacht sprachen wir über dieses Land. Wir gaben ihm einen Namen. Freiland nannten wir es.

Freiland und weites Land. Wir bauten uns richtig einen Film. Es sollte nur nicht verwüstet, verbrannt und abgeholzt sein, dieses Land sollte noch wachsen können, darin waren wir uns einig. Und wenn schon Wüste, dann vielleicht eine wie die Jordanische, wo ich noch nie war. Und wenn belebt, dann so belebt wie Australiens Busch, wo ich noch hinwollte. Aber, und da schränkte Sigi ein, bergig sollte es auch sein, aber bitte überschaubar. Am liebsten hätte er einen Berg wie den Ararat dort gehabt. Ich wusste damals noch nicht, was es mit dem Ararat auf sich hatte, aber Sigi behauptete: Da wir nun mal Zeitzeugen unseres einmaligen Daseins seinen, wäre unser Käfer so ein bisschen die Arche Noah, und die liege nun mal in der Türkei am Berg Ararat.

Ich glaube, Goa war für Sigi der Inbegriff all unserer Vorstellungen von diesem Freiland. Mir hätte ja schon Florenz gereicht, oder Split, das auf unserer ADAC-Karte eingezeichnet war, das lag ja auch am Meer. Aber er suchte die Weite, inklusive Meer. Sein Anspruch war einfach höher. Für mich hätte es auch ein klitzekleiner Platz sein können. Irgendwo an einem See, an dem man ein Weile bleiben konnte, vielleicht ein bis zwei Jahre oder länger. Wo wir alle Anspannungen loslassen konnten und richtig zu Hause wären. Ein kleiner See, mit einer kleinen Hütte und ein paar netten Mädchen, die in Nebenhütten wohnten und die uns jeden Morgen frische Milch brächten. Ich hätte ihnen meine Lieder vorgesungen und Sigi hätte das Feuerholz besorgt. Das war so meine Vorstellung von dem Land, wenn nichts anderes mehr zur Verfügung stünde.

Sigi kritisierte meine Ansicht über unsere Zukunft. Dann hätten wir auch nach Finnland fahren können, sagte er und hatte damit nicht ganz unrecht.

Ich glaube, der Ort war mir völlig egal. Ich musste plötzlich an unseren See zu Hause an der Wand denken. Ich war in Venedig und dachte an unseren bescheuerten See an der Wand.

Dieses Freiland war also das, was uns lockte. Auch wenn es überhaupt noch nicht sichtbar war, so hatten wir doch eine ziemlich feste Vorstellung davon. Ein Land sollte es sein, wo alle Menschen in Harmonie lebten. Ein Land, wo die Alten von den Jungen und die Jungen von den Alten getragen würden. Wo die Frauen noch gut zu ihren Männern wären und wo jeder seinen Platz in der Gemeinschaft hätte.

„Verstehst du, was ich damit meine? Wo einfach die Werte noch stimmen, die Grundwerte der Menschen. Wo es Menschen gibt, die menschlich sein können, ohne rot zu werden. Nicht wie diese elenden Taktiker, diese cleveren, smarten Bürschlein, mit ihren listigen Mäuschen, die nie zeigen, wer sie sind. An deren Gesichtern du nie erkennen kannst, was sie wirklich denken. Die sich selbst und alle Welt betrügen. Die verdeckt leben, die sich tarnen, verstehst du, tarnen. Warum sie das tun? Ganz einfach. Weil sie den Tod fürchten, weil sie Angst haben zu sterben, deshalb versuchen sie ihn auszutricksen. Sie tun einfach nur so, als lebten sie, aber sie leben nicht wirklich, das ist ihr Trick. Sie denken, wer nicht lebt, muss auch nicht sterben. Was für ein Wahnsinn. Sie denken wirklich, so könnten sie ihr Leben verlängern. Sie versuchen einfach alles und jeden auszutricksen, das Leben und sogar den Tod."

Ich staunte, wie intensiv sich Sigi mit diesem Lebens- und Todeszeug auseinander gesetzt hatte.

„Das Leben ist kein Trick. Das Leben ist so pur wie ein leeres Glas. Jeden Tag musst du es ehrlich und neu anfüllen. Mit dem Inhalt, den uns Gott oder Shiva oder Wishnu geschenkt haben. Verstehst du? Das Leben endet nun mal tödlich, das ist das ganze Geheimnis. Wenn du das begreifst, wirst du niemals verdursten. Du wirst überall hingehen können und immer deinen Platz in der Welt finden. Mit dieser Einstellung wirst du ein verdammt reicher Mann werden, weil das Leben ganz wunderbar ist und total einzigartig. Du brauchst dich überhaupt nicht zu sorgen. Jeden Tag wird das Leben ein neues Geschenk für dich parat haben. Du brauchst dich um gar nichts zu sorgen. Alles, was du brauchst, wird täglich auf dich zukommen."

Ich hätte Sigi die ganze Nacht zuhören können, aber er schlief schnell ein und ich dachte nach und dachte nach.

Am nächsten Morgen puhlten wir uns sehr früh aus unseren Schlafsäcken und liefen nach Venedig hinein. Kein Mensch war zu sehen. Eine enorme Stille lag über den Gässchen und den Kanälen. Auf jeder Brücke konnten wir unsere eigenen Schritte hören. Wir suchten ein Café, wo wir frühstücken könnten, aber alles hatte noch zu. Wenn man morgens sehr früh in einer fremden Gegend erwacht, dann wirkt alles, was man sieht, irreal, dann fühlt man sich sehr allein. Sigi kannte dieses Gefühl wie ich. Ich hatte es ihm an diesem Morgen angesehen.

Wir brachen unsere Venedigaktion ab, wir wollten einfach weiter. Auf dem Rückweg zur Brücke klaute Sigi noch einen Türklopfer. Von einer alten, roten Haustür. Ich musste ihm mein Messer dafür leihen und er schraubte den Klopfer einfach ab. „Für später mal", sagte er. „Für unser Haus." Es war mir peinlich, dass er gleich in der ersten Stadt einen Türklopfer klauen musste, aber dann fand ich es auch wieder schön.

Wir hatten eine Menge Gesprächsstoff auf dem Weg durch Italien, wir waren so aufgekratzt, dass wir ununterbrochen über dieses Freiland sprachen und dabei vor uns auf die Straße starrten.

„Goa bedeutet so viel wie Aparanta. Was so viel wie ‚Über alle Grenzen hinaus' bedeutet." Das waren seine ersten Worte über Goa.

„In Goa wird dir ein einfacher Bauer immer ein klares ‚Ja' oder ein klares ‚Nein' entgegenhalten, nicht aber dieses unsägliche ‚Vielleicht', das kann dir in Goa nicht passieren."

Und dann sprach er von Heldensteinen, die es nur in Goa gebe, aus irgendeiner Kadamba-Epoche, und dann von Vasco da Gama, dem Eroberer, und natürlich von Kriegern. Von Kriegern und Pferden und natürlich vom Meer. Krieger, Pferde, Goa und das Meer, das waren seine Spezialthemen. Ich glaube, wir achteten überhaupt nicht auf die vielen Tunnels, die es in Italien gab, wir fuhren einfach nur hindurch und sahen, was wir sehen wollten.

„Ein Krieger ist einer, der zu sich selbst steht, der sich niemandem anpasst, der sich nicht aufgibt. Ein Krieger ist nie am Ende, verstehst du? Er steht immer am Anfang. Er geht immer seinen eigenen Weg, schon aus Prinzip."

Das mit den Kriegern lag Sigi sehr am Herzen. Ich kannte das Thema ja nur aus meinen Filmen, aber Sigi meinte, die Sache mit den Kriegern sei absolute Realität. Zum Beispiel waren wir uns mit Lawrence von Arabien ziemlich einig, dass man in moralischen Dingen integer sein sollte, aber, wenn es sein muss, auch schon mal das Schwert gebrauchen dürfe. Nur die Sache mit dem Blutrausch von Peter O'Toole, das ging auch ihm zu weit.

Und dann die Sache mit den heiligen Männer, die hatten es ihm wirklich angetan. Diese Sadhus. Vor allem wegen der Farben ihrer Gewänder. Vorausgesetzt, sie hatten mal welche an, weil sie doch völlig nackt lebten, den ganzen Tag liefen sie nackt herum, würden von den Leuten verehrt und vollbrächten ihre Wunder.

„Verstehst du, sie sind nackt, aber es ist mehr als totale Nacktheit, von innen heraus gemeint. Mehr so als Metapher. Manche leben in völliger Askese und halten jahrelang einen Arm in den Himmel, so als Zeichen ihrer Ergebenheit zu Vishnu und Shiva. Irre. Oder sie hocken sich in einen Kreis von brennendem Kuhdung und meditieren tagelang bei 200 Grad im Schatten, um sich von allem inneren Mist zu befreien. Manche sind am ganzen Körper eingeäschert. Das würde doch bei uns nie gehen. Sadhus leben nur von Almosen. Die Leute geben ihnen alles, was sie zum Leben brauchen. Sie besitzen nichts weiter als einen Stab und einen Wasserbehälter und eine Decke."

Diese heiligen Männer waren für ihn das Größte. Sie machten ihm vor, wie frei man als Mensch sein kann. Wie unabhängig und dabei trotzdem glücklich.

„Du musst lernen, jeden Tag, offenen Auges lernen. Lernen, lernen. Das sind Heilige, verstehst du? Ein Sadhu lebt nur für die Götter, nur für die Götter, für sonst nichts."

Die Zeit verging wie im Fluge, wir schafften irrsinnig viele Kilometer Straße in den ersten Tagen.

Je mehr wir unterwegs waren, desto klarer wurde mir, warum Sigi so intensiv lebte. Er suchte nach irgendwas. Mir war zwar nicht ganz klar wonach, aber ich konnte ihn verstehen. Das mit den Göttern war für ihn unglaublich wichtig. Ich hatte da nicht viel aufzuweisen. Ich hätte ihm von meiner Einsegnung und von Pfarrer Sudrow erzählen können. Gegen seine Götter war mein Herr Jesus farblos. Ich hätte ihm sagen können, dass mich das Thema Kirche nie interessiert hat, Gott schon, Pfarrer Sudrow auch, aber dieser ganze Kirchenkram nicht. Aber ich ließ es. Seine Götter waren ihm nahe und ich wollte ihn nicht mit meinen Einwürfen stören.

„Übrigens gibt es auch weibliche Sadhus und sogar Transvestiten, die menstruieren, aber die dürfen während ihrer Menstruationsphase die Tempel nicht betreten. Irre, nicht?"

Es war unglaublich, was Sigi alles wusste. Er war völlig berauscht von seinem Goa und von seinen heiligen Männern und seinen Plänen. Ich war heilfroh, dass ich die ganze erste Strecke fahren musste, so anstrengend es auch war. Hätte er das alles am Steuer erzählt, wir wären nie vorangekommen. Ich hatte sowieso schon lange meine Zweifel daran, ob er überhaupt einen Führerschein besaß. Er sprach immer nur von einem „Bescheid", den man ihm in Berlin ausgestellt habe. Er hatte seinen Führerschein im Libanon gemacht. Es war eine provisorische Pappe, die sie ihm gegeben hatten. Ich hatte Angst davor, dass er irgendwann das Steuer übernehmen wollte und dass wir dann Ärger mit der Polizei bekämen. Gleichzeitig begann ich mir auszurechnen, wie viele Kilometer ich bis Goa zu fahren hätte. Ich war heilfroh, dass wir die Ausrüstung und die vielen Klamotten dabei hatten, wir waren dadurch völlig unabhängig. Im Grunde hätten wir bis Indien durchfahren können.

Sigi hatte ein ziemlich konkretes Bild von seinem Traum. Er rechnete sich per Karte die Entfernungen zwischen den Städten aus. Also Dreilinden, dann Istanbul, dann Teheran, Afghanistan, dann durch Pakistan und dann Indien, Bombay und dann natürlich Goa. So teilte er unsere Route auf. Er war der Planer und ich der Ausführende. Er war der Meinung, dass wir es in einer Woche, höchstens in zehn Tagen schaffen könnten.

Den ganzen Tag sprachen wir über die Inder. Über ihre Lebensgewohnheiten, den Strand, über ihre Häuser ihre Hütten und die Paläste der Maharadschas. „Aber", und da war er ein absoluter Realist, „es wird kein Zuckerschlecken. Wir müssen topfit sein. Du musst auf dich achten. Auf deine Ernährung, auf deinen Schlaf, auf alles. Und wir müssen das Geld zusammenhalten und der Wagen muss durchkommen. Es wird hart, aber dann wird es gut."

Mir wurde langsam klarer, was er mit seinen Kriegern meinte.

Sigi wusste eine Menge über Asien und über den Vorderen Orient. Es war der pure Wahnsinn, wie er sich seine Träume und die Wirklichkeit zusammenbrachte. Er zog letztendlich das Fazit, dass wir direkt am Strand wohnen würden. In einer kleinen, netten Hütte. Es wäre viel gesünder und außerdem auch billiger. „Zehn Rupien die Nacht, maximal zwölf."

Somit stand Goa für uns fest.

Wir hatten nun einen Namen für unser Freiland. Wir mussten nur noch hinkommen. Wenn wir es schon vorher finden sollten, auch gut, aber Goa hatte nun mal alles, was wir suchten. Wir wären ja dumm gewesen, wenn wir diese Chance nicht genutzt hätten. Und da die angenehmste Reisezeit sowieso nur von September bis April dauert, beeilten wir uns und knallten über die Autobahn der jugoslawischen Grenze entgegen. Unsere gemeinsame Unruhe ließ keine Frage mehr offen. Wir waren sicher schon zu Anfang müde, vielleicht sogar todmüde, aber das störte uns nicht.

Ich weiß nicht, wie spät es war. Ich hatte ja keine Uhr mehr. Die Armbanduhr meines Alten, das Einzige, was ich von ihm noch besessen hatte, war irgendwo vor der Türkei auf dem Dach unseres Käfers liegen geblieben. Wahrscheinlich war sie in den Bergen von Dalmatien vom Fahrtwind heruntergeschleudert worden und zierte nun das Handgelenk eines Bauern.

Die Nacht wollte nicht enden, ich konnte einfach keinen Schlaf finden. Ich wagte nicht mich zu bewegen. Die Arme hatte ich an meinen Leib gepresst und meine Hände ruhten auf meinem Magen. Nur mein Kopf ragte aus dem Sack. Meine Lavamassen waren versiegt und ich besaß keine einzige BSTG-Matte mehr. Die Backenzähne verhielten sich ruhig. Wer weiß, vielleicht verschliefen sie ja die Reise und wachten erst wieder vor Dreilinden auf.

Hinter der jugoslawischen Grenze waren wir weiter nach Ljubljana gerast. In einem Irrsinnstempo. Wir hatten nicht mehr auf die Umgebung geachtet. Gegen unsere Bilder von Goa fiel alles andere mager aus. Sigi trug wieder seine ausgefransten Jeans und die Bergstiefel hatte er gegen seine Nappalederschuhe eingetauscht. Er sagte, er fühle sich in seinen alten Klamotten heimischer. „Wenn überhaupt ein anderer, dann bitte nur noch in Sari und Turban.“

Nach Ljubljana hatten wir die Autobahn verlassen und uns entschlossen, nur noch der ADAC-Karte zu folgen. Bis dahin hatten wir es ohne die Karte geschafft. Ab jetzt befuhren wir fremdartiges Terrain und es war besser sich nun auf die Erfahrungen anderer zu verlassen. Sigi nahm die Karte in beide Hände und setzte sich seine Brille auf.

Es ging steil in die Berge hinauf, ich musste mich enorm konzentrieren, die Straße wurde immer schmaler und neben uns ging es steil bergab. Zu Anfang nahmen wir jede Kurve noch sehr besonnen und mit Bravour. Jede Serpentine, jede Abbiegung wurde von Sigi im Voraus gesichtet.

„350 Meter Rechtskurve, dann 400 Meter geradeaus, dann … Achtung, ich muss umblättern." Die Typen vom ADAC hatten nichts ausgelassen, die Karte war absolut Gold wert. Nur die Straße wurde schlechter. Ich hatte immer mehr Mühe, das Tempo einzuhalten, das wir uns vorgenommen hatten. Es ging höher und höher. Wir fuhren manchmal nur noch Schritttempo, weil wir hinter einem Schwertransporter klebten, der irgendwelche Öle nach Albanien transportierte, oder weil es einfach zu steil war. Je höher wir in die Berge kamen, desto schlechter wurde die Straße. Abgerissene Ortschaften zogen an uns vorbei. Eingestürzte Häuser und barackenähnliche Gehöfte. Die Gasthäuser hatten keine Namen. Bald war kaum noch die Straße zu sehen, weil dichter Nebel aufzog. Aber wir folgten der Karte, sie zeigte uns erbarmungslos den Weg. „Die Karte hat Recht. Sie hat Recht." Ich weiß nicht, warum er das so schreien musste. Ich gab mir alle Mühe, den Käfer in der Mitte der Hohlwege zu halten, aber die Schlaglöcher kamen aus dem Nichts.

Wir fuhren von Loch zu Loch und mussten uns konzentriert an die Anweisungen des ADAC halten, sonst wären wir unweigerlich in den Abgrund gefallen. Es war eine Prüfung, das wussten wir. Den ganzen Weg über sprachen wir immer wieder beruhigend auf den Käfer ein.

Irgendwann wurde die Straße so eng, dass wir nur noch zentimeterweise vorankamen, und dann blieben wir vor einem Riesenloch stehen. Es war ein Krater mit einem Durchmesser von 2×2 Metern und es war unmöglich, daran vorbeizukommen. Wir probierten es nicht einmal. Sigi stieg aus und begann den Käfer zu schieben. Es war unmöglich. Bergseitig lagen Unmengen von herabgestürzten Steinen und haufenweise Geröll, die uns an der Weiterfahrt hinderten. Und zum Hang hin war gähnende Leere. Dazwischen war das verdammte Loch und rundherum nur schlammige Straße. Ich stieg aus und schob mit, während ich durch das Seitenfenster das Lenkrad bewegte. Wir drückten und drückten, aber der Käfer rührte sich nicht mehr. Immer mehr Nebel kam auf und dann begann es leicht zu schneien. Wir versuchten es bestimmt zwanzig Minuten so, aber wir steckten fest.

Irgendwann kamen Kinder, mit ihren Hunden. Wir hatten also vor einer Ortschaft unser Ende gefunden. Innerhalb von Minuten waren wir von Dutzenden von Zwergen in zerschlissenen Pullovern und verdreckten Hosen umringt. Sie lachten, schrien wild durcheinander und begrabschten erst den Käfer, dann Sigi und dann mich und lachten und lachten. Sigi kam auf die Idee, ihnen ein paar Kugelschreiber und Filzstifte zu schenken. Sie nahmen uns das Zeug freudig ab und wollten dann immer mehr davon, aber wir hatten ja nicht damit gerechnet, dass in den Bergen Jugoslawiens absoluter Schreibwarenmangel herrschte. Dann halfen sie uns, den Käfer durch den Schotter an dem Loch vorbeizuschieben. Sie klebten überall. An der Kühlerhaube, an den Türen, bei Sigi, und einer saß sogar auf dem Dach. Es ging. Langsam. Aber es ging. Ich glaube, sie hatten gesehen, wie hilflos wir waren, und halfen uns deshalb. Sie hatten ernste Gesichter und hungrige Augen und lachten immer noch, als wir schon Meter voraus waren, und als wir dann weiterfuhren, winkten sie uns nach. Einer schmiss uns einen Stein hinterher und ein paar Hunde begleiteten uns kläffend bis zum Dorfeingang und sprangen immer wieder an Sigis Tür hoch. Wir fuhren im

Affentempo durch ihr Dorf. Vorbei an mageren Hammeln und zerfledderten Hühnern.

Ich weiß nicht, wie lange wir in diesen verfluchten Bergen steckten. Sigi hatte längst die Karte auf die Rückbank geschleudert und ich klebte mit dumpfem Blick an der Windschutzscheibe. Vielleicht waren es Tage, vielleicht verbrachten wir aber auch Wochen in den jugoslawischen Bergen. Wir sprachen schon lange nicht mehr miteinander. Aber dann, irgendwann nach einer scharfen Rechtskurve, ging es plötzlich wieder hinunter. Der verdammte Berg war überwunden. Die Straße wurde besser und die Löcher waren zu bewältigen. Meine Anspannung wich einer tiefen Müdigkeit.

Es wurde langsam heller. Ich konnte das Licht durch das zerbrochene Fenster sehen. Vorsichtig bewegte ich meine Hände. Ich war noch am Leben. Nur in mir war alles schwer und wie abgestorben. Mit der rechten Hand kam ich an den Reißverschluss heran und zog ihn langsam auf. Dann drehte ich mich auf die Seite und stützte mich mit der Hand auf dem Boden auf. Er war feucht, ich spürte die Kälte, die von ihm ausging. Vorsichtig stand ich auf. Meine Knochen fühlten sich dumpf und bleiern an. Es war gut wieder aufrecht zu gehen. Ich tappte in Richtung Eingang und orientierte mich an dem Licht, das durch die Fensterritzen fiel. Sigi schlief tief und fest. Leise öffnete ich die Tür, dann war ich mit einem Schritt draußen. Ich spürte sofort die Kälte, die mir entgegenschlug. Auch wenn ich jetzt etwas Wärmeres bei mir gehabt hätte, einen Mantel oder eine Decke, ich hätte das Zeug nicht gewollt, ich wollte frieren. So konnte ich mich besser spüren.

Der Mond stand immer noch hoch am Himmel, aber das Morgengrau kroch langsam herauf. Ich sah einen Silberstreif, der von ganz weit her, wie vom Ende der Welt, als Vorbote der Sonne in den Himmel wuchs.

Ich sah die Umrisse der Baracken, die Gästehäuser,

Lehmbauten und Bretterverschläge. Sie waren so ärmlich wie unser Stall. Dort, in der Mitte vom Hof, lagen meine Innereien. Hoffentlich würde morgen nichts mehr davon zu sehen sein, dachte ich. Ich versuchte sofort alles, was vorhin gewesen war, zu vergessen. Hier neben der Tür fühlte wo ich mich im Moment sicher. Ich stand da und starrte in die Dunkelheit. Nach ein paar Minuten ging ich in die Hocke und lehnte mich mit dem Rücken an die Stallwand. Die Bretter waren noch warm vom Tage. Ich wollte so sitzen bleiben und den Morgen abwarten.

Irgendwo da hinten, bei den Hügeln, lag Herat, die erste große Stadt hinter der Grenze. Dort würden wir morgen ein Zimmer finden und mit dem wenigen Geld, das wir noch besaßen, alles kaufen können, was wir zum Weiterleben brauchten. Ich suchte nach Zündhölzern und fand sie in meiner Hemdtasche. Ebenso zwei fast zerquetschte Zigaretten. Ich nahm eine heraus und zündete sie an.

Wir waren die Serpentinen Richtung Split hinuntergefahren und ich hatte unentwegt von meinem Meer geredet. Sigi hatte nur gekichert. Von Kurve zu Kurve wurde meine Erwartung größer. Das Meer sollte so sein, wie ich es mir gewünscht hatte, so naturbelassen, still und bewegt, aber vor allem tiefblau. Das war wie eine fixe Idee, die ich in den Bergen entwickelt hatte. Das Meer sollte nur schön sein. Insgeheim aber wusste ich längst, dass es niemals so sein würde.

Nach einer der unzähligen Rechtskurven lag Split endlich vor uns. Erst sahen wir die Häuser, die Straßenzüge, dann Menschen und Autos und dann, hinter den Häusern, spiegelglatt diese graublaue Weite, die bis zum Horizont ging, das Meer.

Ich tat, als wäre ich baff erstaunt über den Anblick, aber im Grunde spielte ich nur Theater. Das Meer war einfach nicht so, wie wir es uns ausgemalt hatten. Es war eingezäunt, angelegt und von Promenaden umschlossen. Wir machten ein bisschen Trallala und alberten herum, während wir im Walzertakt die Serpentinen in die Stadt hinunterfuhren. Nach all den Bergen und dem Geröll war diese Abfahrt höchst willkommen. Aber es war wohl mehr eine Show, die wir da abzogen.

Wir wählten die kürzeste Strecke, um durch die Stadt zu kommen. Es war früher Morgen und viel Verkehr auf den Straßen. Es war wie überall auf der Welt. Die Männer trugen Aktenmappen, alle liefen im Kreis, das Leben war von unsichtbaren Uhren bestimmt. Das Meer war schnell wieder vergessen.

Wir fuhren durch die Stadtmitte und sahen ein paar Straßenjungen ihre Geschäfte machen. An einem Markt hielten wir an und Sigi kaufte etwas Brot und Käse und fischte ein bisschen in den Lederartikeln herum. Wir bezahlten mit ein paar Deutschmark. Alles war sagenhaft preiswert, aber wir wollten nicht bleiben. Ich hatte vorher immer an alte Kirchen gedacht, an die Minarette, die ich unbedingt sehen wollte, an einen Muezzin, der die Gläubigen morgens zum Gebet ruft, aber wir fuhren einfach weiter. Wir sahen weder ein Minarett, noch hörten wir einen Muezzin. Wir sahen nur Autos und das geschäftige Leben in den Straßen und waren froh, schnell wieder heraus zu sein. Diese Welt war uns bestens bekannt, es gab keinen Grund sie zu bestaunen.

Auf der Küstenstraße fuhren wir bis Dubrovnik und dann immer weiter. Das Meer ging bis an die Straße. Wir hielten nie an. Ich glaube, wir waren wirklich zu arrogant oder zu sehr in unseren Goa- und Indiengeschichten versunken, um irgendetwas richtig wahrnehmen zu können. Wir benahmen uns, als wäre die ganze Welt ein großes Warenhaus, die Landschaften riesige Gewerbehallen und wir die Gutachter von all diesem Reichtum. Wir hatten eine Geheimsprache, mit der wir jeden Esel, der uns begegnete, als tauglich oder untauglich einstuften. Wir gehörten einfach nicht dazu. Ich glaube, wir waren viel zu bescheuert um zu begreifen, dass alles an seinem richtigen Platz war und nur wir diejenigen, die ohne Erde waren.

Es war eine eigentümliche Sehnsucht, die uns antrieb, das wurde mir in Jugoslawien immer bewusster. Es war eine Kraft, die Sigi und ich nur instinktiv begriffen und der wir Tag für Tag folgen mussten. Vielleicht gab es ja noch ein paar tausend andere, die wie wir auf dem Globus herumrannten und die dieser Sehnsucht folgten. Mit oder ohne Geld, langhaarig oder nicht, als Hippies oder als ganz normale Reisende. Jungen und Mädchen, die sich durch nichts auf der Welt davon abbringen ließen, ihr Ziel zu erreichen. Vielleicht waren wir dem Glück auf der Spur.

Sigi begann plötzlich wie aus dem Nichts von seinen Kinderbüchern zu erzählen. Die Landschaft war es, die ihn daran erinnerte. Unsere Geschichten, die wir bisher mit Goa zusammengebracht hatten, wechselten nun mit denen, die aus unserer Kindheit stammten. Mit Geschichten von unseren Helden. Von Homer, Twain, Sinclair, Dickens, Traven, London und Kipling und Cooper und Willi Schwab, dem alten Schwab mit seinen Sagen. Wir schwelgten in Erinnerungen und staunten und lachten.

Von einem Buch erzählte ich Sigi nichts, obwohl ich es als Kind sehr gern gehabt hatte. Es war ein dünnes blaues Buch und hatte den Titel: „Wir bauen uns ein Haus“. Es handelte von einer Familie, in der sich alle wahnsinnig liebten. Mit einem wunderbaren Vater und einer noch wunderbareren Mutter und zwei ganz irrsinnig netten Kindern, die den ganzen Tag nur fröhlich waren. Auch wenn irgendetwas Schreckliches passierte und das Haus kurz vor dem Einsturz stand oder der Vater kein Geld mehr hatte oder irgendjemand vom Balkon flog. Sie liebten sich trotzdem und waren irrsinnig glücklich.

Wir hatten an diesem Tag zum ersten Mal keine Eile. Die zerklüfteten Berge Mazedoniens, die wilden Sträucher an den Hängen, die Lärchen und Birken, das alles brachte unsere Filme wieder zum Laufen. Wir begannen, alles wieder neu zu entdecken.

Die Zigarette war aufgeraucht. Der Tabak schlug mir auf den Magen. Meine Gedärme meldeten sich wieder. Mit einem Mal war es nicht nur der Magen, der sich rührte, mein Kopf, mein Herz, mein verdammter Kreislauf kamen auf Trab. Ich versuchte aus der Hocke zu kommen und richtete mich auf. Noch war die Nacht nicht vorbei. Es war dieses beschissene Gefühl der Hoffnungslosigkeit, das mich so durcheinander brachte. Ich kannte das. Es kam meistens nachts, aber auch manchmal tagsüber. Es überfiel mich aus dem Nichts. Ich verlor mich regelrecht in meiner Angst, fand kein eigenes Geländer mehr, an dem ich mich hätte festhalten können.

Ich lehnte mich an die Stallwand und starrte in den Mond. Warum konnte ich niemandem von mir erzählen? Warum sah ich immer anders aus, als ich mich fühlte? Warum dachte ich immer nur, Augen zu und durch. Im 10er hätte ich jetzt aus dem Fenster gesehen, hätte mich versucht abzulenken, mit irgendwelchen Geschichten von der Straße, aber hier? Womit sollte man sich in dieser Einöde ablenken. Hier war doch nur freies Land, hier begegnete man doch an jeder Ecke sich selbst. Ich musste irgendetwas tun. Ich kramte in meiner Hemdtasche und fand den anderen Stummel. Ich zündete ihn an. Die Flamme lenkte mich etwas ab. Warum waren wir nicht in Griechenland geblieben? Warum mussten wir weiterfahren. Warum schmissen wir immer gleich unser Zeug zurück in den Käfer? Warum konnten wir nicht ein paar Tage irgendwo bleiben? In Griechenland war es doch gut.

Ich zog den Teer in die Lungen. Das Zeug schmeckte widerlich, aber ich tat wenigstens etwas.

Es war Ende April und es war warm. Wir hatten es fast bis zur türkischen Grenze geschafft. Bis vor Alexandropolis.

Wir hatten stundenlang über das Carnet gesprochen und dann ausgemacht, dass ich Herbert am nächsten Morgen anrufen würde. Weiß der Teufel, warum ich es in Berlin hatte liegen lassen. Ohne diesen Zollbegleitschein kamen wir nicht weiter. Wir parkten den Käfer irgendwo an einer Mauer.

Am nächsten Morgen weckte uns ein griechischer Soldat. Er pochte gegen die Scheibe und ich bekam fast einen Herzschlag, als ich seinen Stahlhelm sah. Wir lagen wieder einmal auf der Rückbank, vier Füße über dem Lenkrad und das Gesicht zur Heckscheibe gedreht. Er deutete uns an, das wir auf militärischem Boden stünden. Wir hatten ein paar Meter neben dem Eingang irgendeiner Kaserne geparkt. Ohne Kommentar packten wir zusammen und der Soldat zeigte uns den Weg zum Meer. Er machte große Gesten und lachte dabei. Wir waren ein paar Kilometer vor Alexandropolis, in einem kleinen Vorort mit kleinen weißen Häusern mit blauen Fensterläden und einem Café und einem Kino, wo sie „Sonntags nie" mit Melina Mercouri spielten.

Wir fuhren in die Richtung, die der Soldat uns gezeigt hatte, wir stellten den Käfer in einer Seitenstraße ab, liefen ein paar Meter durch einen kleinen Pinienwald und dann sahen wir das Meer und alle meine Wünsche waren plötzlich erfüllt. Das war das Meer, das ich mir gewünscht hatte. Azurfarben und ruhig lag es da. Die Wellen schwappten im gleichmäßigen Rhythmus an den Strand. Wir schmissen unsere Klamotten ab und rannten sofort ins Wasser. Es war furchtbar kalt und wir mussten bestimmt zwanzig Meter hineinlaufen, ehe wir schwimmen konnten, aber dann wurde es tief und unendlich weit. Das war der Ort, den wir immer gemeint hatten.

Wir warfen uns in den warmen Sand und ließen uns von der Sonne trocknen. Später holten wir die Schlafsäcke und die Wasserflaschen und den Käse und das Brot und den Wein und aßen und tranken und schliefen ein paar Stunden.

Als ich wieder wach wurde, knallte mir das Licht in die Augen. Es war so gewaltig, dass ich sie für Minuten geschlossen halten musste. Das Licht, die seidenweiche Luft, das Salz, der Sand und das offene Meer, ich hatte so etwas noch nie in meinem Leben gesehen. Der Platz war wie geschaffen für uns. Es war ein Geschenk des Himmels.

Am Abend hatten wir ein Feuer gemacht und ein paar Typen waren gekommen und hatten sich zu uns gesetzt. Der eine lieh mir seine Gitarre, ein ziemlich übles Holz, und ich sang endlich mal wieder ein Lied. Nur so aus dem Stegreif, irgendetwas, was mir gerade in den Kopf kam. Da merkte ich erst, dass ich in den letzten Tagen nie an Lieder gedacht hatte. War das nicht ein Zeichen? Und dann kam diese ältere Frau, diese Amerikanerin, Rose, die noch weiter bis nach Nepal wollte und die uns von John Wayne erzählte, dessen Gang sie so gut nachmachen konnte, und die meine Lieder besser verstand als irgendwer von meinen Leuten zu Haus, obwohl sie überhaupt nicht unsere Sprache verstand. War das nicht ein Zeichen? Und das amerikanische Paar, das spät in der Nacht noch zu uns ans Feuer kam, weil man es kilometerweit sehen konnte, Warren und Mary. Die waren auf einem Motorrad unterwegs, einer Honda mit Kettenantrieb, und wollten weiter nach Indien. Warren war ganz in Leder und Mary in Rock und Bluse. Er hatte einen mächtigen Bart und seine langen Haare zu einem Zopf gebunden und sie war seine Frau und trug ein rot kariertes Kopftuch und beide lächelten immer.

Es war die erste wirklich gute Nacht gewesen, wir lagen zusammen auf dem warmen Sand und glotzten in den Himmel und zählten die Sterne. Und tief in der Nacht stießen dann noch der nette Engländer mit seiner Frau zu uns. Sie waren seit Wochen in einem VW-Bus unterwegs. Sie kamen von London und wollten nach Afghanistan, bis nach Kabul. Der Typ war als englischer Vizekonsul vorgesehen. Er trug kurze Hosen und Sandalen. Die beiden wollten in Kabul ein neues Leben beginnen. Ein neues Leben, mehr nicht? Aber wir begannen ja auch gerade ein neues Leben. Wir wollten ja auch weiter, sogar noch viel weiter, sogar bis nach Goa, zum Silverbeach, Hütte achtzehn. Nur im Unterschied zu den beiden erwartete uns dort überhaupt nichts, nur der indische Straßenverkehr mit seiner geringen Überlebenschance für Behinderte.

Am nächsten Morgen hatte ich Herbert dann angerufen. Von einer kleinen Telefonzelle aus, die an einem Kreisverkehr stand. Ich hatte gegen den Straßenverkehr anschreien müssen und ihn gebeten, uns das Carnet zuzuschicken. „Ja, das ist dieser Zollbegleitschein, den wir nicht mitnehmen wollten. Ja, du erinnerst dich? Na prima. Doch, der ist doch nötig. Ja, ohne den kommen wir sonst nicht in die Türkei. *In die Türkei.* Ja. Er liegt wahrscheinlich … Ach, du weißt schon … Was? Ganz gut. Grüß alle von uns und sag ihr, sie soll sich keine Sorgen machen, uns geht es wirklich gut." Diesen ganzen Quatsch sagte ich. Diesen Quatsch, bei dem man zu schnell spricht, um gar nicht erst auf dumme Gedanken zu kommen und weil es sonst zu teuer wird.

Herbert hat uns das Carnet dann Poste restante zugeschickt. Innerhalb von zwei Tagen war es da. Ich hätte den Schein nicht mehr gebraucht, aber Sigi wollte weiter und ich sagte nichts.

Wir verabschiedeten uns voneinander unter Tränen und alle fuhren nach Irgendwo.

Wir hatten die letzte Chance verpasst.

Mit jeder Grenze, die wir nun überschritten, waren wir weiter draußen, wir gehörten einfach nicht mehr dazu.

Ich spürte, wie sich alles in mir verkrampfte. Ich war völlig verspannt. Meine Einsamkeit war so groß, dass ich mich nicht mehr gegen sie wehren konnte. Ich konnte sie nur noch begrüßen. Wie eine alte Gefährtin, die ich schon zeit meines Lebens kannte und die ich immer vor die Tür gejagt hatte. Sie war immer wieder zurückgekommen. Meistens dann, wenn ich nicht mit ihr gerechnet hatte. Nur etwas völlig Fremdes könnte mich noch erlösen, dachte ich, und die Zeit und vielleicht der kommende Morgen. Ich saß da und starrte in die Dunkelheit. Ich fühlte mich wie ein Stein. Ich war zu einem Stein geworden. Einem Stein, der nur noch von einem Ort zum anderen trudelt. Ich war einer, der keine Richtung mehr hat.

Als wir in Istanbul ankamen, regnete es. Wir nahmen uns ein kleines Zimmer in einem Hotel gleich neben dem Puddingshop, nicht weit von der Blauen Moschee. Der Käfer war furchtbar lädiert. Die Stoßdämpfer waren so hinüber, dass er nach jeder Bodenwelle ächzte. Ich sollte ihn in eine Werkstatt bringen, während Sigi Geld eintauschen wollte. Ein Typ aus dem Puddingshop hatte ihm die Adresse eines Türken gegeben, der in einem Wohnwagen hinter der Blauen Moschee Geld in irrsinnigen Mengen wechselte. Ich wollte Sigi nicht allein dorthin gehen lassen, ich ahnte, dass es Ärger geben würde, aber er sagte, ich solle mich lieber um die Stoßdämpfer kümmern, die Strecke ab Asien würde noch schlimmer werden.

Meine Fahrt durch Istanbul war dann wirklich die Hölle. Kaum war ich aus einem Kreisverkehr heraus, befand ich mich sich in einem anderen. Es war wie ein Wagenrennen in Ben Hur. Und es waren ja nicht nur die amerikanischen Chevis oder tschechischen Škodas und russischen Jeeps, die mit mir konkurrierten, es waren auch Pferde mit Reitern und Wagen und Radfahrer und natürlich massenhaft Fußgänger. Dunkle Gesichter, selbstsichere Männer, die keine Überschreitung duldeten und die mit Sonnenblumenkernen nach mir spuckten. Wir fuhren allesamt in vorgegebenen Kreisen, jeder überholte jeden, wie es ihm passte. Laster und Schwersttransporter schoben sich in die kleinsten Lücken, einmal überholte mich eine Straßenbahn, ein anderes Mal ein Maultier.

„Wie ich hinunterglitt die unbewegten Flüsse, ward mir, als wäre ich meine Treidler los …“ Dieser Satz, den Malinowski so oft vor sich hin gebrabbelt hatte, fiel mir ein, während ich nach der Werkstatt für unseren Käfer suchte.

Ich fand sie erst nach Stunden. Und auch nur, weil ich einem anderen Käfer hinterherfuhr, der keinen Auspuff mehr hatte. Ich hatte einfach Glück.

Inzwischen hatte Sigi sich glatte fünfhundert Deutschmark von einem Händler abnehmen lassen, der ihm auf offener Straße einen Wahnsinnswechselkurs angeboten hatte. Er hatte aber fest daran geglaubt, dass er nur gewinnen könnte, als er ihm zunächst dreihundert Deutschmark in die Hand gegeben hatte. Der Typ war dann in ein Haus gerannt, was Sigi schon im gleichen Moment verdächtig vorgekommen war. Dort wollte er einen obskuren Onkel treffen, der so etwas wie eine Bank verwaltete. Der Tageskurs sei einfach nicht zu schlagen, sagte er.

Nach einer halben Stunde erschien der Typ an einem Fenster im dritten Stock und rief, Sigi möge doch noch weitere 200 Deutschmark drauflegen. Der Wechselkurs sei im Augenblick so unglaublich günstig, dass er nur noch mehr davon profitieren könne. Er solle sich das wirklich schnell und gut überlegen, denn die Kurse würden von Minute zu Minute steigen oder fallen. Das alles schrie er ihm aus dem Fenster zu. Sigi stimmte zu, der Typ holte sich das Geld sofort ab und rannte dann schnell wieder in das Haus zurück.

Erst nach einer weiteren vollen Stunde begann Sigi unruhig zu werden, ging in dieses Haus, und da traf ihn dann der Schlag. Es war ein normales Kaufhaus, mehr nicht, ein stinknormales Kaufhaus für türkische Ober- und Unterbekleidung. Sigi rannte noch wie wahnsinnig durch die Gänge, aber der Typ war natürlich längst über alle Berge.

Nach dieser Geschichte waren wir erst einmal ziemlich fertig und hatten eine Menge Gesprächsstoff für die nächsten Tage. Aber mit der Zeit vergaßen wir die Schmach und verbuchten sie als Lehrgeld, das man nun mal zahlen muss, wenn man nach Irgendwo unterwegs ist.

Wir stromerten durch die Straßen und Gassen, sorgten uns nicht um die Zukunft und schliefen königlich in einem kleinen Hotel, nicht weit von der Blauen Moschee entfernt. Wir verbrachten die letzten guten Tage in einer irrsinnigen Stadt.

Ich lehnte immer noch an der Stallwand. Von den Bergen kam ein frischer Wind auf. Ich konnte schon ein paar Vögel knispern hören. Spähte in die Landschaft. Der Silberreif hatte fast den ganzen Himmel eingenommen. Es wurde langsam hell. Aber noch immer war kein Mensch zu sehen.

Das war nun also unser gelobtes Indien. Was für ein Wahnsinn. Wir waren in Afghanistan, am Hindukusch, und weiter würden wir nicht mehr kommen. Eventuell noch bis Kabul und vielleicht auch noch zurück. Hindu-Kusch, Mörder der Inder. Der dicke Journalist hatte uns schon auf der letzten Busetappe davon erzählt. Er hatte uns eine Einführung in afghanische Geschichte gegeben. Als Journalist der New York Times kannte er sich ziemlich gut im Vorderen und Hinteren Orient aus. „Die Inder waren einmal die Sklaven der Afghanen“, hatte er gesagt, „und als sie von ihren Herren zu den großen Sklavenmärkten gebracht werden sollten, erfroren sie jämmerlich in den Bergen des Hindukusch, tausende krepierten damals. Daher der Name. Hindukusch, Mörder der Inder. Na dann, viel Glück!“

Sigis Traum war zerplatzt. Das war’s dann also, Goa war im Arsch. Wir hatten keinen Käfer mehr und im Hindukusch erfroren alle Inder. Sigi würde sich langsam damit abfinden müssen, dass es so nicht mehr weiterginge. Wir waren ja nicht einmal mehr kräftig genug gewesen, uns gegen die elenden Ticketverkäufer in den Bussen zu erwehren. Wir waren wirklich fertig nach unserem „Unfall". Wie konnte er überhaupt noch schlafen?

„Afghanistan ist euer Land", hatte der Dicke gesagt und wir waren über seine Worte froh gewesen, vielleicht würden wir ja hier endlich zur Ruhe kommen. Es klang gut, was er uns über dieses Land erzählt hatte. Alle Freaks im Bus waren sofort begeistert gewesen. Sie hatten von den enormen Charrasmengen, die man an jeder Ecke bekommen könnte, gehört. Von netten Menschen und von ein bisschen Anarchie. Der Dicke hatte ein Land beschrieben wie im Märchen, wie in Tausendundeiner Nacht.

Er hatte ununterbrochen Wodka getrunken. Den ganzen Tag über trank er dieses Zeug. Bestimmt drei Flaschen machte er während der Fahrt leer. Es muss ihn fast umgebracht haben. Stundenlang hatte ich ihn beobachtet. Irgendwann flippte er dann aus. Mitten in der iranischen Einöde. Da entschloss er sich, auszusteigen, einfach so. Er wollte raus, sofort. Der Fahrer solle halten, schrie er immer wieder. Er wollte wirklich, dass der Fahrer sofort den Bus stoppte, schrie und zeterte so lange herum, bis dem Fahrer die Geduld ausging, er den Bus stoppte und die Vordertür öffnete. Schreiend und fluchend verließ der Dicke den Bus und weißer Schaum floß ihm aus dem Mund. Als er draußen war, rannte er sofort los. Ohne sich noch einmal umzublicken, rannte er bis über die Straße und dann in die Wüste.

Der Fahrer wartete noch ein paar Minuten, ließ die Tür offen und dann, na ja, dann fuhr er wieder an und wir ließen den Dicken in der Wüste zurück. Erst als wir den Dicken nicht mehr sahen, wurde uns das Ausmaß seiner Aktion bewusst.

Sicher war er inzwischen längst tot oder hatte sich mit irgendwelchen Idioten angelegt, die ihm nicht zuhören wollten, oder er saß längst im Knast von Teheran. Wir fassten es immer noch nicht.

Die kalte Luft tat mir gut, ich sog sie wie ein Ertrinkender ein. Meine Zähne klapperten immer noch. Ich blickte zu den Bergen hinüber, konnte aber immer noch nicht viel erkennen.

„Farben im Frühling, zart bis strahlend, feengleich", hatte er gesagt, „Jungs, das ist Afghanistan. Reis und Gerstenfelder, Obstgärten und Pappelalleen. Lärchen- und Kiefernwälder, weidengesäumte Bäche und Blumenteppiche. Pfade, die die alten Meister gegangen sind. Nomaden, die Ziegen- und Schafsmist zum Feuern sammeln, die in den Hochebenen des Hindukusch leben. Schluchten, die nur für einen Reiter gemacht sind. Nur für Krieger und Pferde, die sie durch die fruchtbaren Täler tragen, das wird euch gefallen."

Es gab also ein paar Gründe für uns, Afghanistan für eine Weile gegen Goa einzutauschen. Außerdem sollte es hier massenhaft Pferde geben, und das hatte Sigi versöhnt. Er war nun wieder Feuer und Flamme und ich hatte sowieso von der ganzen Fahrerei genug.

Das Morgengrau hatte sich nun verteilt. Diese Landschaft hat nichts als Steine und ein paar zerstörte Zisternen. Ich konnte einfach nicht mehr. Ich hockte mich in meine Füße zurück und schloss für einen Moment die Augen. Ich wollte mich bewegen, aber es gelang mir nicht mehr. Mir war jetzt alles egal. Ich bin achtzehn Jahre alt, dachte ich, und suche immer noch nach irgendwem, der mich aus der Scheiße ziehen soll. Ich würde hier verenden, morgen oder übermorgen, der Zeitpunkt war völlig gleichgültig. Ich glaube, ich dämmerte dann ein bisschen weg, im Halbschlaf sah ich viele Gesichter.

Warren war der Erste, der nach dem Unfall bei uns gewesen war. Ich weiß nicht, wie sie es geschafft hatten, uns einzuholen. Wahrscheinlich war er mit seiner Honda einfach schneller gewesen als die anderen.

Er hatte sofort den Überblick. Ich solle wach bleiben,

sagte er. „Bloß nicht einschlafen. Bleib wach, so lange du kannst. Wegen des Schocks, wegen der Starre, die du sonst bekommen könntest."

Als der Käfer auf dem Rücken lag und ich wieder zur Besinnung kam, war ich sofort durch das offene Seitenfenster hinausgekrabbelt. Das Auto lag wie eine Schildkröte auf dem Rücken. Sein Dach war zusammengedrückt und die Räder drehten sich noch so, als wären wir eben erst angekommen. Sigi lag mit den Füßen neben den Ohren nach hinten übergeklappt auf der Rückbank. Er war in die Kissen geflogen, direkt in die Felle und Decken hinein. Nun war er besinnungslos. Ich begann ihn an den Füßen herauszuziehen. Die Beifahrertür war abgefallen und so schaffte ich es, ihn heranzubekommen. Ich hatte irrsinnige Angst, dass der Käfer gleich in die Luft fliegen könnte und beeilte mich deshalb, ihn so weit wie möglich wegzuzerren. In diesem Augenblick wurde er wach, setzte sich auf und sah mich erstaunt an. Er tippte mir mit seinem Zeigefinger auf den Mund, da spürte ich das Blut auf meiner Unterlippe. Ich hatte mir wohl beim Überschlag die Lippe verletzt.

Wir sahen uns um, und da erst bemerkten wir die vielen Leute, die um uns herum im Graben standen. Bestimmt zwanzig bis dreißig Türken standen einfach so da und sahen uns an. Sie trugen fast alle dicke Windjacken und Anoraks und machten besorgte Gesichter. Ich sah, wie einige in der herausgefallenen Ausrüstung herumkramten, wie sie so taten, als wollten sie die Büchsen mit den Senatsbeständen und die anderen Klamotten an die Seite legen. In Wahrheit beklauten sie uns. Sigi war schnell wieder auf den Beinen. Er rannte aufgeregt um den Käfer herum, um noch ein paar Dinge zu retten.

Ich stand auf, ging ihm nach, nahm ihn am Arm und sagte: „Wir fahren doch jetzt nach Haus, ist doch so, nicht, Sigi?" Und er antwortete: „Nein, nein, jetzt geht es ja erst los."

Da wusste ich, dass wir verloren waren.

Die Taucherausrüstung, die Senatsbestände, die Moskitonetze, viel Geld, alles war weg. Vernichtet, gestohlen, versaut. Von einer Sekunde zur anderen war nichts mehr so wie vorher. Nur das Sturmgepäck und die Schlafsäcke hatten sie uns gelassen und natürlich den Käfer, der ja nun kein Käfer mehr war.

Ich sagte nichts mehr, ich sah Sigi an und spürte, wie ich mehr und mehr im Schock erstarrte.

Wir begannen den Käfer auf die Straße zu wuchten, drehten ihn gemeinsam wieder auf die Beine. Die Türken halfen mit, packten ihn an den Rädern und wuchteten ihn mit einem Ruck auf die Straße zurück. Sie drehten ihn sozusagen einmal um sich selbst. Er landete völlig zerdetscht auf seinen Rädern.

Wo kamen eigentlich die vielen Leute her? Wir waren doch auf offener Straße immer geradeaus gefahren. Kein Dorf war in der Nähe, keine Stadt. Wir waren am Ararat vorbeigefahren, an der Arche, die da irgendwo in den verschneiten Bergen liegen sollte, wir wollten doch so schnell wie möglich an die persische Grenze.

Wir sammelten ein, was wir noch vorfanden, und ich setzte mich wieder ans Steuer. Der Käfer sprang sofort an. Wir fuhren los. Die Türken sahen uns mit ernsten Gesichtern nach. Die Räder eierten und wir mussten uns mächtig ducken, weil das Dach so eingequetscht war. Die rechte Tür war zwar eingehängt, aber Sigi musste sie während der Fahrt zuhalten. Nur die Windschutzscheibe fehlte. Sigi sagte, wir schaffen es schon.

Ich weiß nicht, warum ich weiterfuhr, ich war immer noch wie erstarrt. Wir sprachen nicht mehr viel miteinander. Jeder saß auf seinem eigenen Planeten. Es war nicht mehr weit bis zur türkisch-iranischen Grenze.

Ich weiß nicht, warum ich den Wagen plötzlich herumgerissen habe. Sigi gab mir die Wasserflasche, weil hinter

Istanbul wieder meine verdammten Zahnschmerzen einsetzten und ich ihn um ein Aspirin bat.

Ich war seit Istanbul den ganzen Tag und die ganze Nacht durchgefahren. Es hatte geregnet und wir hatten uns durch Matsch und Eisregen gekämpft.

Sigi hatte die ganze Zeit wieder seinen Traum von Indien heraufbeschworen. Stundenlang. Aber ich war längst nicht mehr dabei. Ich wusste nicht, wie ich ihm beibringen sollte, dass bei mir irgendwie Ende war. Ich fuhr und fuhr. Die türkische Grenze war nur noch dreihundert Kilometer entfernt, dann sollte Persien kommen. Himmel, Persien.

Das Wetter hatte sich gebessert und die Sonne kam gerade heraus. Rechts von uns lag der Ararat. Schneebedeckt. Endlich der Ararat. Vor uns lag die leere Straße, es kam uns niemand entgegen. Kein Auto, nichts. Hinter uns war nur eine lang gezogene Gerade. Ich nahm das Aspirin und Sigi hielt mir die Wasserflasche hin. Ich nahm sie ihm mit einer Hand ab und versuchte zu trinken. Die andere kurbelte von selbst. Dann überschlugen wir uns, so einfach war das.

Ich sah den ganzen Film noch einmal vor mir. Was sollte ich bloß Herbert sagen? Es war doch sein Lieblingskäfer. Es war doch sein Geschenk an mich gewesen. Sollte ich ihm sagen, dass ich ihn erst schrottreif gefahren und dann einem türkischen General als Souvenir vermacht hatte. Dass ich auf Hundertachtzig war, als wir an der türkisch-iranischen Grenze ankamen, dass ich in die Zollstation hineinstürmte, mich vor dem Typen aufbaute, ihm unser Carnet auf den Schreibtisch pfefferte und ihm dann auf Englisch bedeutete, er solle mal aus dem Fenster sehen.

Sollte ich das Herbert wirklich sagen?

Dass der Typ uns völlig entgeistert angesehen hat, aber dann mit uns an das Fenster ging und wir gemeinsam auf den kleinen, erbärmlich zerbeulten, roten Schrotthaufen starrten, der da im Hof stand, und dass ich immer wieder geschrien habe: „This is a gift for you. You understand?" Sollte ich ihm das wirklich erzählen?

Dass er uns dann ganz schnell den Stempel für die Ausreise in das Carnet gedonnert hat und wir wieder hinausrannten, alles, in drei Minuten, ohne uns noch einmal von dem Käfer zu verabschieden? Und das alles, nachdem ich nach Tagen und Nächten Dauerralley dieses wunderbare, verlässliche Auto zu Schrott gefahren hatte.

Ich saß da und heulte wie ein Hund.

Ich wurde wach und sah in das zerfurchte Gesicht eines alten Afghanen. Er saß direkt vor mir. Sein linkes Bein hatte er angewinkelt auf dem Boden abgelegt und das rechte vor sich aufgestellt. Sein Knie diente ihm als Armstütze. Sie müssen immer so hocken, dachte ich, wahrscheinlich hockten sie schon vor tausend Jahren so. Der Alte saß keinen Meter entfernt vor mir. Er hatte so lange an meinem Hemd herumgezupft, bis ich davon aufgewacht war. Ich musste ihm ins Gesicht sehen. Er sah aus, als wäre er aus einem alten Gemälde herausgefallen, als käme er aus einer Zeit, die längst vergangen war. Aber vielleicht war ich ja auch derjenige, der irgendwo herausgefallen war. Ich hatte keine Angst in diesem Moment, mir war das alles nur sehr fremd.

Der Alte hielt eine kleine, blaue Teekanne in der Hand, auf deren Bauch ein Vogelmotiv gemalt war. Eine kleine, dicke Kanne mit einem weißen Henkel und einem Deckel, der einen weißen Knopf hatte. Der Deckel war mit dem Henkel durch ein Gummiband verbunden. Ich starrte völlig benommen auf diese blöde Kanne, sie sah in den knorrigen Fingern des Alten so gemütlich aus. Er hielt sie ganz leicht an ihrer Tülle. So ruhig und gelassen, als hätte sie überhaupt kein Gewicht. Ich weiß nicht, wie lange er schon so vor mir saß, vielleicht schon seit Stunden. Ich klebte ja noch immer an der Stallwand, ich musste dort eingeschlafen sein. Die Sonne stand schon hoch am Himmel, ich spürte ihre warmen Strahlen auf meinem Gesicht.

Als der Alte sah, dass ich nun wach war, nahm er das Schälchen, das zwischen uns auf dem Boden stand und begann Tschai aus der Kanne hineinzugießen. Ich sah ihn an, ohne ihn anzustarren, ich wollte mich nicht falsch verhalten. Er hatte ein braunes, verwittertes Gesicht und trug einen hellen Bart, der ihm in langen Fransen bis auf die Brust hing. Er war sehr ernst. Seine Augen wanderten zu mir ins Gesicht und dann wieder zurück zu seinem Schälchen. Der Typ musste weit über hundert sein. Um seinen Mund waren tiefe Falten eingegraben und seine Haut sah aus wie Baumrinde. Er hatte einen Riesenzinken. Aber vielleicht wirkte das auch nur so, weil sein Gesicht so kantig und schmal und verwittert war. Ich wusste nicht, wo ich noch hinsehen sollte. Am liebsten hätte ich etwas zu ihm gesagt, aber ich brachte kein Wort heraus.

Jetzt hatte er das Kännchen abgesetzt und trocknete sich die Hände an seinem Turbanende ab. Es war ein armseliger, blaugrau karierter Schal, wie ein alter Küchenlappen, völlig zerfetzt und durchlöchert, den er zu einem Turban um den Kopf geschlungen hatte. Das Ende hing ihm über die linke Schulter. Er trocknete sich also seine Hände daran ab und reichte mir dann das Schälchen mit dem Tschai. Dabei schaute er mir fest in die Augen und ich wäre beinahe nach hinten übergefallen. Er hatte warme, helle Augen, aber einen glasklaren Blick. Er wich mir nicht aus, sein Blick war wirklich eisenstahlklar. Er verzog keine Miene, hielt mir nur das Schälchen mit dem Tee hin. Er lachte auch nicht. Ich nahm ihm das Schälchen vorsichtig ab und trank. Der Tschai war sehr heiß und sehr süß und er tat mir gut, ich spürte es sofort. Ich wäre am liebsten aufgestanden und weggelaufen, aber ich wollte den Alten nicht beleidigen und trank in kleinen, hastigen Schlucken.

Der Alte saß völlig unbeweglich vor mir und sah mir beim Trinken zu. Als ich fertig war, nahm er mir das Schälchen aus der Hand und goss noch einmal aus der Kanne nach. Ich machte eine lächerliche Handbewegung, so als müsse ich nun hoch, aber er nickte nur einmal kurz und bestimmt, so dass ich blieb, und er gab mir noch einmal das Schälchen und ich trank es in einem Zug leer.

„Taschakor, danke", sagte ich und der Alte nickte noch einmal und sah mich wieder direkt an. Er trug einen sackähnlichen Mantel, der ihm über die Schulter hing. Ein ärmliches Ding. Grobes Leinen, genauso zerlöchert wie sein Turban und wahrscheinlich so alt wie der Alte selbst. Mit irrsinnig langen Ärmeln, ein geflickter Sack. Es gab keine Stelle an dem Mantel, die nicht repariert war. Ein Flickenteppich. Als er mir das Schälchen abnahm, sah ich seine Hände. Er hatte braune, schmale, knorrige Finger und ich sah den Dreck unter seinen Fingernägeln. Seine Hände waren kräftig und fein zugleich. Ich sagte noch einmal: „Taschakor."

„Tsche hal dared? Charab?", antwortete er sehr leise, aber ich verstand ja ohnehin nicht, was er sagte. Ich versuchte mich mit einem schiefen Lächeln bei ihm zu bedanken, aber er reagierte nicht darauf. Er blickte mich nur sehr ernst an und als er dann kapierte, dass ich ihn nicht verstand, schrie er plötzlich: „Passport, Bus, Afghanistan, Herat?", und dabei lachte er und fuchtelte wild mit seiner Hand in der Luft herum und ich sah, dass er keine Zähne mehr hatte. Ich lachte dann einfach mit und der Alte stand schnell auf, ohne noch etwas zu sagen, drehte sich auf der Stelle um und ging leichtfüßig weg. Sein Mantel fiel bis auf den Boden und die Enden von dem Sack schleiften im Staub hinter ihm her. Er ging sehr aufrecht, fast majestätisch, überhaupt nicht gebeugt oder gebrechlich, und die kleine blaue Kanne baumelte an seiner Hand und bei jedem Schritt, den er machte, tröpfelte etwas von dem Tschai aus der Tülle.

Ich blieb noch ein paar Minuten so sitzen und sah ihm nach, wie er über den Hof ging. Der Tee gluckerte in meinen Gedärmen. Obwohl ich in der letzten Nacht kein

Auge zugemacht und nur gegrübelt hatte, ging es mir nicht schlecht.

Ich sah zu den Baracken hinüber. Das australische Pärchen war schon auf. Sie brachten gerade ein paar Stühle vor die Tür des Gästehauses und stellten sie zu einer Gruppe zusammen. Gegenüber saßen die beiden Deutschen und der Österreicher an einem Tisch, und dann entdeckte ich, dass sich der Platz mit den Leuten füllte, die mit uns am Vorabend in Kohsan angekommen waren. Sie hatten Teller und Tassen und liefen geschäftig hin und her. Hinter der letzten Baracke sah ich den Mercedesbus stehen, der uns hierher gebracht hatte, und dann ein paar Afghanen, die Beutel und anderes Zeug zusammentrugen. Alles wuchs wie in einem Puzzle vor mir zusammen. Ich wusste noch immer nicht, wie spät es ist, vielleicht war es ja schon zehn oder noch acht, aber die Sonne legte enorm los. Ich versuchte hochzukommen, und da merkte ich, wie schwach ich noch war, wie die Innenwände meiner Gedärme längst wieder ihr Eigenleben begonnen hatten.

Endlich stand ich wieder auf meinen Füßen und fühlte mich einerseits sehr müde, aber auch irgendwie stark. Ich drehte mich um und ging zu Sigi hinein, ich wollte ihn wecken. Wir mussten ja weiter.

Der Stall war lichtdurchflutet und Sigi lag wie ein sterbender Ritter auf seinem Schlafsack. Einer, den sie für die letzte Überfahrt aufgebahrt haben, dachte ich. Das Sonnenlicht flutete von der Decke durch die Ritzen im Dach und er lag in diesem Lichtstrahl wie auf einer Bahre. Er schaute kurz hoch, als er mich reinkommen sah.

„Wir müssen los“, sagte ich leise. „Sie packen schon.“

Ich ging zu meinen Sachen und begann mein Zeug zu ordnen. Sigi machte keine Anstalten aufzustehen. Ich nahm den Schlafsack, das Handtuch, die paar Dinge, die ich noch besaß, und rollte sie in das Sturmgepäck ein.

„Es war schlimm heute Nacht, sag mal. Du bist durch, nicht? Sag mal.“

Er wollte etwas sagen, aber wusste einfach nicht wie. Ich kannte das an ihm. Vielleicht wollte er mir irgendetwas Nettes sagen, aber verdammt, er kam einfach nicht in die Socken.

„Sie fahren bald, lass machen, ist schon gut." Ich merkte, wie mir das Wasser in die Augen stieg. Ich hatte aber keine Lust auf weiteres Theater. Die Nacht war vorbei, wozu also noch reden.

Er räusperte sich und schüttelte sich, er fror. Himmel, sein Schlafsack war seine eigentliche Heimat und ich wusste, es würde Jahre dauern, ehe er sie verließe. In Istanbul hatte er gefroren, im Iran und jetzt hier. Er fror, auch wenn es draußen siedete.

„Du nimmst es zu schwer", sagte er und ich sah, wie seine elenden dünnen Finger aus dem Schlafsack krochen und er zu daran knippern begann. Aus Nervosität tat er das. Er knipperte an seinen Nägeln herum wie ein Biber.

„Es ist doch alles in Ordnung. Alles kommt von selbst. Du darfst dich nicht so an Kleinigkeiten festmachen. Es wird schon, mach dich nicht so verrückt." Wieder Räusper und Knipper.

Ich schob derweil den Rest meiner Habseligkeiten in das Sturmgepäck. Wir waren ein altes Paar geworden, dachte ich. Obwohl ich erst achtzehn war, lebte ich mit einem russischen Indianer zusammen. Wahrscheinlich waren wir auf Hochzeitsreise und versehentlich in der Hölle gelandet. Wohin wir auch zusammen gingen, sterben würden wir in jedem Fall, daran war nicht zu rütteln.

„Es kann ja nur noch besser werden", sagte er noch. Dann war wieder knippern und räuspern.

„Wir müssen los", sagte ich. Ich hatte keine Lust auf ein Gespräch. Er machte mich verrückt. Ich wusste aber, wenn ich jetzt ausflippte, würde er gänzlich verstummen, und das wollte ich nicht riskieren. Wir sprachen ja schon seit Tagen nur noch das Nötigste.

„Sie sind schon alle wach, vielleicht fahren sie ohne uns

los und unsere Pässe und die Visa, alles liegt an der Grenze und …"

Ich leierte leise meinen Dienstplan herunter und er begann plötzlich zu lachen. Er lachte aus vollster Seele und ich tröpfelt mit meinen Sorgen vor mich hin, ich sabberte wie eine lecke Tankstellensäule.

„Das wird doch nischt", sagte ich leise und ertappte mich dabei, wie ich plötzlich berlinerte, und dann schoss es aus mir heraus. „Himmel, es reicht. Sigi, es reicht, wirklich, es reicht. Schluss." Ende, verdammt noch mal. Es ist wahrhaftig Schluss." Wenn ich nicht so wütend gewesen wäre, hätte ich bestimmt wieder geheult, aber das wollte ich diesmal nicht.

Er sah von seinen Fingern hoch, die für einen weiteren Knipperrekord bereit waren, und zeigte nicht viel Anteilnahme an meinem Drama.

„Mememeemensch …", stotterte ich, „lass uns endlich mal etwas Vernünftiges machen, wir haben doch sowieso nichts mehr. Lass uns ein Zimmer mieten … mit Dusche und so und meintewegen mit Pferden, aber dann … lass uns endlich wieder … nach Hause, nach Hause fahren."

„Du stotterst ja." Er lachte und lachte.

Und dann haute ich ihm unsere ganze elende Situation um die Ohren. Ich stand an seinem Fußende und sah, dass er immer noch keine Anstalten machte, sich aus seinem elenden Schlafsack herauszubewegen, obwohl längst alles zu spät war und ich mich wieder einmal wie ein Wahnsinniger für uns beide aufregte und der Bus sowieso gleich fahren würde und, wenn er nicht bald in die Gänge käme, die ganze Scheiße wieder von vorn beginnen würde. „Sigi", schrie ich „ich habe es doch heute Nacht gesehen, mir ist es doch wie Schuppen von den Augen gefallen, Sigi, ernsthaft, wir sind am Ende."

Er lachte eine volle Minute, ohne Unterbrechung, und in mir brannte eine Sicherung durch, und ich warf mich über ihn und wir begannen wirklich miteinander zu ringen, und das war besser als unser ganzer Wortmist. Ich nahm ihn in einen meiner schmerzhaften Klammergriffe und schrie ihm, so dicht ich nur konnte, ins Ohr hinein, damit er es endlich begriffe: „Du heiliger Arsch, du heiliger Arsch, deinetwegen sind wir in diesem beschissenen, verkotzten Mistland gelandet. Hörst du mich, kannst du mich überhaupt hören?“

Er lachte immer mehr, Sigi war wie irre und konnte sich überhaupt nicht wehren, weil ich meine ganze Kraft in diesem enormen Kitzelkrabbelwürgegriff vereinigt hatte und ihn so ein paar Minuten lang daran erinnerte, dass auch er, verdammt noch mal, sterblich war.

Am Schluss des Gemetzels war es wieder gut zwischen uns. Sigi pulte sich endlich aus seinem Schlafsack heraus und wir beeilten uns, weil wir auf gebratene Eier hofften, von denen gestern ein Deutscher geschwärmt hatte. Ich hasste Sigi an diesem Morgen und ich mochte ihn gleichzeitig auch sehr. Ich war wie immer zweideutig in meinen Gefühlen zu ihm. Vielleicht ging es ihm ja auch so mit mir. Wir hatten nie drüber gesprochen, wir sprachen auf der ganzen Reise nie über uns, aber ich glaube, wir wussten eine Menge voneinander.

Nachdem wir diese elenden Eier in Öl hinter uns gebracht und das morgendliche Begrüßungsritual mit dem Franzosenpärchen und den beiden Deutschen und den Österreichern und den anderen absolviert hatten, die natürlich längst schon lächelnd im Bus saßen und schon seit Stunden auf uns warteten, da mochte ich Sigi wieder, auch wenn ich es hasste unpünktlich zu sein, sogar noch hier am Hindukusch, wo keine Uhr richtig ging. Ich gab dem Alten, der jetzt auf der Treppe vor dem Gästehaus saß, eine Deutschmark, aber er gab sie mir wieder zurück und ich nickte ihm nur noch einmal zu und ging zum Bus.

Es wehte ein heißer Wind, ich glaube, es war der Hundertzwanzig-Tage-Wind, von dem auch der dicke Journalist gesprochen hatte, und der Sand, den er aufwühlte, stach mir in die Augen. Nachdem der Junge unsere Beutel im Hinterteil des Busses verstaut hatte und alle, die schon drin saßen, aufgekratzt: „Good morning, sleepyheads!“, gebrüllt hatten und Sigi längst schon in den Bus gestiegen war, da sah ich noch einmal auf den Hof zurück, auf die Lehmbaracken und auf unseren Stall. Die Sonne stand ziemlich hoch am Himmel und es wurde zunehmend heißer. Ich ließ mir einfach noch ein paar Sekunden Zeit und dann stieg ich ein und setzte mich zu Sigi in die letzte Reihe. Der Junge ließ den Motor an und wir fuhren langsam die Straße Richtung Grenze zurück. Ich wusste, dass jetzt wirklich etwas Neues für mich begann.

Als wir in Islam Qala ankamen, hatte sich schon eine lange Schlange mit Wartenden vor der Zollbaracke angesammelt. Es war ein unglaubliches Gewusel. Mir war nicht klar, woher die vielen Hippies und Beatniks kamen. Die Grenze war doch über Nacht geschlossen. Wahrscheinlich waren sie heute früh angereist und hatten die Nacht in Tyabad auf der iranischen Seite verbracht.

Die Schlange war bestimmt fünfzig Meter lang. Wir sagten dem Jungen, er solle auf uns warten und uns dann nach Herat fahren. Die beiden Engländer handelten mit ihm einen guten Preis aus und er war damit einverstanden. Es war besser, wenn wir zusammenblieben.

Wir fügten uns also ein in die Schlange der Wartenden. Ich stellte mich hinter ein Mädchen, das den Schluss gebildet hatte. Es stand sich gut in der wärmenden Sonne. Die ganze Straße war voll mit Hippies aus allen Ländern der Welt, alle lauerten auf ihre Identitätsunterlagen. Mädchen in bunten, langen Röcken standen hinter Jungen mit langen, gefärbten Haaren. Die meisten von ihnen trugen enge Hüfthosen mit breiten Schlägen, knappe Westen und farbenfrohe Hemden und Schals. Fast alle hatten Ringe an den Armen oder Ketten mehrfach übereinander gelegt um Hals und Handgelenke, sie trugen Spangen und Broschen und bunt bestickte Jacken. Die meisten reisten wie wir mit leichtem Gepäck und ihre Schlafsäcke und Beutel lagen neben ihnen wie schlafende Hunde. Viele waren allein unterwegs, nur mit einer Gitarre und einem Schlafsack, aber es gab auch Pärchen, die eng umschlungen in der Schlange standen und sich festhielten, sich kaum bewegten. Sie waren Vögel, die auf ihr Wasser warteten. Buntspechte, Kolibris, Spatzen, Krähen und Pelikane. Selten mal ein Adler oder eine Eule, aber hin und wieder auch ein Flamingopärchen und natürlich massenhaft bunte Papageien.

Sigi schlief hinter mir im Stehen, wurde aber zusehends wacher. Wir beide, aber im Grunde alle, die wir in Kohsan übernachtet hatten, unterschieden uns schon äußerlich von der ganzen Vogelschar. Ich trug ja sowieso seit Wochen nur mein Dauerhemd und Sigi wohnte Tag und Nacht in seinen Jeans und seinem aschfarbenen T-Shirt. Wir hatten die Sachen nur zweimal gewaschen. Wir müssten entsetzlich stinken. Ich dachte, es wäre besser, wenn wir uns bald von den Klamotten trennen würden. Meine Hose sah längst aus wie die Straße und die Schnürstiefel waren zu steinharten, sandgefüllten Ascheimern mit geringem Tragekomfort geworden. Ich schlüpfte jeden Morgen wieder in diese Urnen, was einer Operation gleichkam. Das Leder war so knochentrocken, dass ich aufpassen musste, mir nicht die Füße aufzuschlitzten. War ich erst einmal drinnen, liefen sie wie von selbst. Wir würden uns in Herat neu einkleiden, das stand jetzt für mich fest. Sigi hatte schon im Iran von den weiten Hosen der Afghanen geträumt.

Es ging nur sehr langsam voran, wir rückten nur schrittweise bis zu der kleinen Zollbaracke vor. Alle paar Minuten kamen ein paar Typen mit ihren Pässen aus der Zollstation und liefen munter zu ihren Autos oder den Kleinbussen, die an der Straße parkten. Einige hatten wilde Karten auf die Bleche ihrer Autos gemalt. Reiserouten, die von New Mexico bis Neu-Delhi gingen, garniert mit der Friedensrune und Marihuanazeichnungen. Aber die meisten waren zu Fuß unterwegs und brauchten einen Platz in einem der vielen Mercedesbusse.

Das Mädchen vor mir las ein Buch. Manchmal drehte sie sich zu mir um und lächelte mich an. Ich sah ihr die ganze Zeit auf den Nacken. Sie hatte wunderbar weiches, blondes Haar, das ihr in langen Strähnen auf die Schultern fiel. Und Sommersprossen. Die ganze Schulter war mit winzigen dunklen Punkten übersät. Sie trug ein weites Sommerkleid und ich sah ihre nackten Füße in den Sandalen. Das Kleid hing an ihr wie eine Blumenwiese. Ich fand sie auf Anhieb wunderschön. Sie musste meinen Blick gespürt haben, denn sie drehte sich immer wieder zu mir um, bei jedem Schritt, dem wir der Zollstation näher kamen. Und wenn sie sich umdrehte, sah ich ihre Sommersprossen im Gesicht und ihren hohen Haaransatz. Ich hätte sterben können für hohe Haaransätze. Sie war perfekt. Sie hatte große Augen, eine kleine Stupsnase und weiche, volle Lippen. Und wenn sie mich anlächelte, sah ich ihre weißen Zähne und musste sofort an meine denken. Ihre waren so schön, dass ich beinahe Lust bekommen hätte, mich irgendwann um meine Kraterlandschaften zu kümmern. Ich hätte an diesem Morgen jeden Schmerz weggesteckt. Sicher war sie eine Australierin, ich konnte an ihrem Buch den Text auf der Rückseite lesen. Es handelte von einer Frau, die mit Kamelen im australischen Busch unterwegs war. Sie könnte aber auch eine Engländerin sein, wiederum haben nur Australier diese Sommersprossenmeere.

Ich hätte sie gern angesprochen, aber was sollte ich ihr sagen? Sollte ich ihr sagen, dass ich schon seit Nächten von ihr träumte, dass ich mit offenen Augen von ihr träumte. Jede Nacht träumte ich von einem Mädchen und tagsüber, in den Pilgerbussen, wenn alle schliefen, sah ich mein Mädchen durch die Gänge springen. Das hätte ich ihr erzählen können. Aber was hatten meine Mädchen mit ihr zu tun. Ich hätte ihr auch erzählen können, dass ich nur deshalb ein Sänger werden wollte, um ein Mädchen wie sie kennen zu lernen, und dass ich mir nur deshalb eine Gitarre angeschafft hatte. Damals, vor tausend Jahren, in diesem Dorf, das sie Berlin nennen, irgendwo am anderen Ende der Welt. Und wenn sie ein bisschen Zeit hätte, könnte ich ihr ja später etwas vorsingen. Das hätte ich ihr erzählen können und es wäre vielleicht eine ganz gute Geschichte geworden. Und ich hätte ihr von diesem Typen hinter mir erzählen können, diesem Elend, mit dem ich seit ein paar Jahrhunderten unterwegs sei, dieser Harke, die sich jetzt an meine Schulter lehnte, um nicht vorn überzuschlagen, weil sie nämlich schlief, weil der Typ immer und überall schlafen konnte.

Ich dachte für einen Moment ernsthaft darüber nach ihr das alles auf Englisch zu erzählen, aber mir fiel das Wort für Harke nicht ein und so starrte ich nur weiter auf ihren wunderbaren Nacken.

Nach einer Stunde war es dann endlich so weit. Sigi hatte zwischendurch immer mal wieder Tschai aufgetrieben, sehr süß und in kleinen Gläschen, die er auf einem Tablett anschleppte, und sogar etwas Fladenbrot, das die Afghanen Nan nennen, und auch immer mal wieder klares Wasser, das wir dann in unsere Feldflaschen umfüllten. Er hatte es sogar geschafft, in einer kleinen Hütte Geld einzutauschen. Wir hatten für hundert Deutschmark eintausendeinhundert Afghanie bekommen, was mir gewaltig viel vorkam. Nun blieben uns noch vierhundert Deutschmark für die gesamte Zeit unseres Aufenthalts und für die Rückreise, so Gott uns überhaupt noch die Chance dafür gäbe.

Das Mädchen stieg die Holzstufen zur Zollstation hoch und ich nahm mir vor, ein Lied über ihre Füße zu machen.

In der Baracke war es wie gestern. Alle mussten an dem Schreibtisch vorbei, hinter dem der Major stand. Umständlich rief er jeden mit seinem Namen auf. Ich glaube, er mochte das. Er hatte Mühe gegen das Stimmengewirr anzukommen, aber er setzte sich durch. Der Soldat stand wie gestern an der Tür, nur heute wurde er von dem Major nicht gebraucht.

Schon als ich die Zollbaracke betrat, bekam ich mein altes Ziehen in der Nabelgegend. Ich sah die vielen Stapel mit den Pässen auf dem Schreibtisch, gleich neben dem Telefon, und wurde von Minute zu Minute nervöser. Ich wusste ja, dass dort mein Pass liegen müsste, aber ich misstraute der Situation. Ich wollte einfach nicht glauben, dass mein Pass noch in dem Stapel lag.

Irgendwann war das Mädchen dran. Der Major gab ihr ihren Pass, nachdem er erst ihren Namen aufgerufen, sie angesehen und dann alles an ihr für richtig befunden hatte. Er donnerte ihr den Stempel in den Pass und gab ihn ihr mit dem Visum und der Impfbescheinigung. Er war ungeheuer charmant zu ihr und sie lächelte ihn ausgiebig an und bedankte sich. Sie machte es viel besser als die anderen. Und dann drehte sie sich noch einmal zu mir um, mitten in dem Gewirr der Stimmen und vor den Blicken aller Umstehenden, mitten im Rauch der Nelkenzigaretten und des ganzen Krausermists, und lachte noch einmal so wunderbar, und ich grinste nur verlegen zurück.

Ich drehte mich gleich wieder hin zu dem afghanischen General, der mir ohne Umwege meinen Pass und das Visum für den Aufenthalt von dreißig Tagen entgegenhielt. Ich nahm ihm also beides ab und sagte „Thank you." Jetzt wär ich so weit gewesen, jetzt hatte ich mich wieder, aber da war sie schon fort. Ich rannte an dem Bullerofen und dem lachenden Soldaten vorbei, aber als ich auf die Straße kam, da war das Mädchen wohl schon in einer der vielen kleinen Gruppen untergetaucht, die sich für die Weiterfahrt nach Herat zusammengefunden hatten.

Irgendwann trudelten dann alle wieder ein. Das Franzosenpärchen, die beiden Deutschen und die Engländer, die beiden Österreicher und dann kam auch Sigi. Alle hatten ihre Pässe und ihr Visum und die Impfbescheinigung zurückerhalten. Wir sammelten uns an unserem Bus und ich sah, wie auch an den anderen Bussen sich mehr und mehr Hippies für die Weiterfahrt gruppierten.

Und als dann wirklich der Letzte aus der Zollbaracke herausgestürmt kam, es war der Junge, den ich schon im Bus durch den Iran bemerkt hatte, weil er in seinem ordentlichen Jackett und mit dieser verrückten, altmodischen Hebammentasche völlig daneben aussah, war es endlich so weit. Der Letzte war für alle das Zeichen, alle wussten, dass es jetzt losgehen würde.

Der Major kam mit dem Soldaten heraus und im gleichen Moment auch ein riesiger, schwabbeliger Afghane mit unrasiertem Gesicht. Er schoss aus der Tür und rannte an ihnen vorbei die Treppe hinunter. Dort schnappte er sich eine Tonne und rollte sie bis in die Mitte der Straße. Dann schwang er sich hinauf und schrie in einem afghanisch-englischen Kauderwelsch: „Welcome to Afghana."

Es war total verrückt, aber er schrie wirklich: „Welcome to Afghana. Welcome in this amazing, fantastic, mysterious land. Welcome, dear friends, lovers, dreamers. Welcome, welcome to Afghana!"

Wir starrten auf den Riesenkerl, der in seinen ausgeleierten Hosen und dem verschwitzten Hemd wie aus dem Kino aussah. Wahrscheinlich war er das Faktotum der Grenzer oder ihr Eintänzer. Einige von uns lachten nervös und andere machten zaghaft ein paar Scherze. Der Major stand derweil auf der Treppe und sah dem Riesen zu. Die Soldaten, die Afghanen am Straßenrand, hatten zufriedene Gesichter und der Riese schrie noch ein paar Mal „Welcome to Afghana". Als die ersten dann bemerkten, dass das wohl so etwas wie eine Begrüßung sein sollte, brach es los. Wir klatschten und lachten und schrien durcheinander, als hätte man uns soeben eine riesige Überraschung bereitet. Der Typ hatte wohl mit unserer Reaktion gerechnet, denn nun legte er erst richtig los.

„Afghana, the most beautiful land on earth“, rief er und dann: „But, buuuut hold on, say no! To drugs, don't smoke dope. Smoking dope is prohibited in busses and cars.“ Dazu lachte er wieder wie irre und drohte scherzhaft mit seinen Wurstfingern.

„Never forget, it is forbidden to smoke Charras in cars and busses.“

Sie hatten uns das Zeug gestern in den Stall gebracht, in Dreierformation und in kilogrammschweren Beuteln und nun hielt uns der Typ dort auf der Tonne diese Rede. Ich brachte das einfach nicht zusammen. Aber die Hippies schrien dem Schwabbelafghanen Nettigkeiten zu und applaudierten ihm und waren absolut seiner Meinung.

Als der Riese von seiner Tonne heruntergehüpft war, gab der Major das Zeichen. Er hob den rechten Arm und alle Fahrer sprangen in ihre Busse. Die Motoren heulten auf, der erste Bus übernahm die Spitze und fuhr die Straße hinunter in Richtung Herat. In diesem Augenblick ging in mir der Himmel auf. Als der Bus sich in Bewegung setzte, begann dieses wunderbare Gefühl in mir zu wachsen. Und ich sah an meinen Begleitern, dass es ihnen auch so gehen musste. Es war, als machte sich eine enorme Lebensenergie frei, nur indem wir uns bewegten, nur indem es endlich voranging. In diesem Moment gehörten wir zusammen, hatten denselben Weg. Zehn, fünfzehn klapperige VW-Busse und Mercedes-Transporter fuhren hintereinander die Straße Richtung Herat hinunter.

Ich sah ein paar Typen auf dem Dach von einem VW-Bus sitzen. Andere hingen aus den Fenstern und alle johlten und pfiffen und schrien durcheinander, es war wie der Abritt einer großen Karawane. Ich sah die Fahrer hinter uns, sie lachten, sie kannten den Ablauf, sie machten es wohl immer so.

Wir fuhren in unser Land, in unser Freiland. Goa war schon längst Geschichte, Indien war dort, wo es bleiben sollte. Ich saß hinter dem Franzosenpärchen und der Typ musste ihre Küsse abwehren, weil er sonst nichts gesehen hätte. Sigi kicherte neben mir und die beiden Österreicher, die neben unserem Fahrer saßen, winkten den Afghanen zu, die hinter uns immer kleiner wurden.

Ich war in diesem Augenblick ganz besoffen von meinem Leben. Am liebsten hätte ich auch irgendetwas geschrien, irgendetwas Blödsinniges, irgendetwas Lautes. Ich hatte doch mein Leben, ich hatte doch mich, ich hatte doch alles, was ich brauchte. Ich sah zu den bunten Vögeln hinüber, die auf ihren Bussen saßen und uns zuwinkten und ich fühlte mich zum ersten Mal seit Wochen richtig wohl in meiner Haut.

Als wir dann endlich auf der großen Straße waren, vorbei an den ersten Windmühlen, den Wassertürmen, als ich diese Landschaft sah, die Steine, den Sand und den Staub, als ich den Fahrtwind spürte, der durch das offene Fenster wehte, und die Sonne, die auf mein Gesicht knallte, da hatte ich plötzlich keine Angst mehr. Ich wusste, dass Sigi und mir nichts mehr passieren könnte, dass wir nicht allein waren. Es gab noch tausend andere, die ebenso dachten wie wir, die auch nicht viel mehr als ein Hemd und eine Hose besaßen, die auch nur den Wunsch hatten Frieden und ein bisschen Wärme zu finden. Mehr wollten wir nicht. Wir hatten doch den Sonnenschein und ein Land und Menschen, denen man ansehen konnte, dass sie uns nicht ablehnten, egal wie verrückt wir auch gekleidet waren. Sie mochten uns, sie hatten keine Angst vor diesen bunten Vögeln, die in ihr Land einfielen und Lieder und Träume im Gepäck hatten. Sie hatten keine Angst vor der geballten Lebenskraft, sie hatten genug Selbstvertrauen. Sie mussten uns nicht erst die Haare abschneiden oder unsere Gitarren zerbrechen oder uns die Flügel stutzen.

Neben uns klebte ein alter Unimog der Bundeswehr und ich sah die Typen auf dem Dach, und gerade als sie uns überholten, fing einer von denen an zu singen. Sein Geplärre klang zu uns herüber in die offenen Fenster. Irgendetwas von den Beatles war es oder vielleicht war es sogar Koljas verdammtes Lied. Ja, ich war mir plötzlich sicher, es war Koljas Sonnenscheinlied. Und dann sah ich noch einen mit einer Gitarre, der sich an den Säcken, die sie auf dem Dach verschnürt hatten, festklammern musste, weil er sonst vom Fahrtwind heruntergeschleudert worden wäre, der sang es auch:

„Let the sunshine in, let the sunshine in, let the suhuhunshine in.“

Ich war in diesem Augenblick ganz voll von diesem Leben.

„Mine is the sunlight, mine is the morning. God praise the bloody, fucking sunshine. Halleluja Kolja, ich sing es für dich.“

Ich weiß nicht, wie viele Windmühlen ich in der kargen, steinigen Landschaft zählte, während wir nach Herat fuhren. Ein heißer Wind wehte Sand in die offenen Seitenfenster herein. Er setzte sich in die Nase, in die Ohren und brannte mir in den Augen. Die Österreicher wussten, dass es der Hundertzwanzig-Tage-Wind war, dass er von Nordwesten kam und monatelang so blasen würde. Trotzdem bewegte sich an keiner Windmühle ein Rad.

Wassertürme sah ich, manchmal ein paar armselige Lehmhütten, die inmitten von sonnenverdörrten Obstplantagen standen, das war alles. Wie ein alter Schwarzweißfilm zog die Landschaft an mir vorbei, wie eine durchgescheuerte Kopie. Nur das Sonnenlicht färbte sie ein wenig ein. Es hob die Konturen der Steine hervor und ließ die Mauern und das Geröll ockern und cremefarben schimmern. Irgendwo in der endlosen, weiten Ebene, bevor die Berge begannen, sah ich ein paar alte Festungen. Ruinen, meterhohe Mauern, verwittert und zerbröckelt. Ich konnte sogar noch die Schießscharten in den Mauerresten erkennen. Der Sand, der deckte alles wie ein Mantel zu. Mit der Zeit würde er alles vergessen machen. Mit der Zeit würde nur noch der ganze staubige Klumpatsch bleiben, der sie umgab, mit der Zeit würde die Erinnerung an diese Landschaft sterben, und dann würde eines Tages nichts mehr sein.

Ich sah plötzlich Bilder aus meiner Kinderwohnung und erkannte mein altes Kinderfort. Dieses Fort, das ich aus tausenden abgebrannter Streichhölzer zusammengebaut hatte. Ein mächtiges Fort war es gewesen. Es bestand aus einem uneinnehmbaren Zaun, vier Wehrtürmen und einem zur Stirnseite liegenden Haupttor, dass ich mit einem Balken von innen verriegeln konnte.

Das war die Zeit, als wir noch in der alten, großen Wohnung wohnten. Gleich nach Vaters Tod. Unzählige Schlachten hatte ich an meinem Fort ausgetragen. So lange bis ich es nicht mehr gebraucht hatte. Und irgendwann hatten sie es verbrannt. Einfach so, aus Unbekümmertheit oder aus Ordnungswahn. Sie hatten es einfach vom Speicher heruntergeholt und in einem unserer Öfen verbrannt. Mein gutes, altes Kriegerfort, das kein Mensch ohne meine Erlaubnis einnehmen konnte. Es war von einem Tag zum anderen Asche geworden. Seine Türme und Palisaden. Die Stallungen, die Kasernen und die Kampfmaschinen und das große Tor, das man mit einem Balken so gut von innen verriegeln konnte. Kein Dschingis Khan hatte geschafft, es einzunehmen. Kein Cäsar, kein noch so mächtiger Herrscher hätte meine Festung erobern können. Nur wenn ich die Erlaubnis dazu gegeben hätte, den Befehl zur Kapitulation, hätte es sich eventuell öffnen lassen. Meistens durch irgendeinen cleveren Lanzenträger oder einen Sklaven, der genial war, aber völlig unbemerkt blieb und der über irgendeine besondere Geschicklichkeit verfügte oder vielleicht sogar Zauberkraft. Und nun war es zu Asche geworden,.

Ein paar Afghanen kamen uns auf Eseln entgegen. Alte Männer, barfuß, in weißen Pluderhosen und langen Hemden, mit Bärten, die ihnen bis auf die Brust hingen. Sie hatten verwitterte Gesichter und saßen aufrecht in ihren Holzsätteln. Rechts und links hingen an den Tieren Körbe herunter, angefüllt mit Gras, Heu und anderem Grünzeug. Schnittkram.

Ich konnte nur noch staunen. Vor kleinen, tonfarbenen Lehmhäusern standen Maulbeerbäume und Pappeln, und dahinter lagen die Obstgärten, umschlossen von halbmeterhohen weißen Mauern. Sobald ich diese Gärten sah, ging es mir gut. Wir näherten uns dem Mittelalter. Sigi hatte es schon vor Tagen angekündigt.

„Du wirst sehen, es ist wie Tausendundeine Nacht. Du wirst es nicht für möglich halten, wart's nur ab." Und dabei hatte er ganz wässerige Augen bekommen.

Ich war froh, dass wir nun endlich irgendwo ankommen sollten und die heiligen Männer und die Hütte am Meer und der ganze Traum von Goa sich langsam in Staub verwandelte und sich im Dreck der Straße hinter uns auflöste.

Je näher wir Herat kamen, desto mehr freute ich mich darauf.

Die Straße wurde enger und dann kreuzte sie sich und ich wusste, es würde nicht mehr lange dauern und wir würden endlich da sein.

Immer mehr Leute kamen uns auf Eseln und Pferden entgegen. Ein Afghane führte ein Kamel mit seinen Jungen die Straße entlang. Er zog mächtig an dem Strick, aber sie wollten ihm nicht folgen. Einen Karren mit Wassermelonen sah ich, über und über beladen. Ich hatte noch nie im Leben so viele Melonen auf einem Haufen gesehen. Auf dem Bock saßen zwei alte Afghanen. Sie hielten die Enden ihrer Turbane mit den Zähnen fest, damit ihnen der Wind nicht in die Augen fahren konnte. Ein paar Kinder liefen neben unserem Bus her. Ärmlich gekleidete Kinder mit kurz geschorenen Köpfen. Sie starrten lachend mit aufgerissenen Augen zu uns ins Fenster, standen für einen Moment still, hüpften plötzlich auf der Stelle herum und liefen wild gestikulierend hinter uns her.

Der Verkehr nahm mächtig zu. Zwischen russischen

Jeeps schlängelten sich Afghanen auf Fahrrädern. Sie saßen sehr aufrecht und fuhren sehr langsam und etwas ungelenk. Männer in Jacketts und Pluderhosen und großen, bestickten Mänteln, die sie sich um die Schultern gehängt hatten. Wir fuhren durch die einzige Allee, die nach Herat hineinführte. Die Saraki Baghe Schahi. Es war eine breite Allee mit meterhohen Kiefern und Fichten, eine, die direkt in die Altstadt führte. Der Junge am Steuer unseres Busses versuchte uns alles zu erklären und mir war nicht klar, was er mit Altstadt meinte. Es war doch alles alt, was wir sahen. Die Lehmhäuser, die Portale, die Treppchen, die Zäune und Mauern. Es waren doch alles Häuser aus einer anderen Zeit. Durch eine Lücke, hinter den Kiefern, sah ich ein großes, allein stehendes, weißes Haus, umgeben von einer großen Mauer. Und hinter der Mauer viele Obstbäume. Tausend Jahre alte Mandarinen- und Granatäpfelbäume, Ginstersträucher und Kapernbüsche und wilden Koriander. Beete mit Erdbeeren, Kartoffeln und grünem Salat. Stachelbeersträucher, Kirschen-, Äpfel- und Walnussbäume. Seit meiner Kindheit hatten es mir Gärten angetan.

Die Häuser sahen sich jetzt immer ähnlicher. Eines klebte am anderen. Unten ein großes offenes Türfenster, im ersten Stock ein kleineres Bodenfenster. Riesige offene Türen, über denen Markisen hingen. Die Türen waren mit Rundbögen und kleinen Glasmosaiken verziert. In den Läden saßen Afghanen, sie schwatzten und tranken grünen Tee. Sie boten Kupfer, Aluminium und Metallwaren, Töpfe, Pfannen, Tonzeug und Lederwaren, Krüge an, einfach alles, was man an Hausrat so braucht. Sie saßen in Gruppen. Selten sah ich einen allein sitzen. Die meisten von ihnen sahen nur flüchtig zu unserem Bus. Stolz blickten sie zu uns herüber. Es war ihre Stadt und wir waren nur die Gäste.

Wir fuhren an einer Bäckerei vorbei. Bestimmt dreißig, fünfzig, hundert tellergroße Fladen lehnten an der Tür. Ein paar Kinder standen davor, sicher warteten sie darauf, dass für sie etwas abfiele. Es war wie überall auf der Welt. Der Bäcker, das Brot, die Kinder.

Auf der anderen Straßenseite ein paar mächtige Gemüsestände. Zwiebelstauden für Millionen. Bauchgroße Wassermelonen, Granatäpfel in Tonnen und fingerlange Weintrauben in Fässern. Welch ein Reichtum. Sie hatten doch gesagt, die Leute wären hier ärmer als die Ärmsten. Drei Knaben hockten vor einem Riesenteller mit Weintrauben, groß wie ein Wagenrad. Sie blickten nicht einmal auf, als wir an ihnen vorbeifuhren. Sie hatten edle Gesichter und hockten auf ihren Fersen. Ihre zerrissenen Hemden fielen ihnen wie Gewänder von den Schultern. Dünne, stolze Typen, mit geraden Nasen, dunklen Haaren und feinen Händen.

Je näher wir der Stadt kamen, desto mehr wuchs meine alte Unsicherheit. Ich kannte das alles von zu Hause. Alles war mir fremd und dennoch vertraut. Es war wie zur Weihnachtszeit, wenn sie die elektrischen Kerzen auf die Riesentanne am Ernst-Reuter-Platz steckten und die Geschäfte mit elektrischen Girlanden schmückten. Dann hatte ich dasselbe eigenartige Gefühl, wie jetzt hier am anderen Ende der Welt. Wenn dann noch zusätzlich Schnee fiel und man die Autos und die Leute und die eigenen Worte nur wie durch Watte hören konnte, dann fühlte ich mich glücklich, aber auch, als wäre ich auf einem eigenen Stern.

Wahrscheinlich war ich schon immer unterwegs. Egal, ob in Berlin oder jetzt hier in Asien. Ich war immer unterwegs nach Irgendwo. Asien war vielleicht sowieso nur ein Wort, irgendein Fleck auf der Landkarte, eine Station von vielen. Aber ob ich dort auch ankommen sollte? Wir kannten doch Asien überhaupt nicht und Afghanistan erst recht nicht. Ein Ziel konnte doch nur etwas sein, wovon man wenigstens eine gewisse Vorstellung hatte. Wir hatten doch nur ein paar Informationen von dem Dicken und den anderen, die mit uns durch den Iran gefahren waren. Wie sollte Afghanistan ein Zuhause sein können. Ich glaube, ich hatte überhaupt kein Zuhause, weder in Berlin noch sonst irgendwo. Ich war, wie Sigi, schon ein ganzes Leben lang unterwegs. Wie sollte es jetzt anders werden?

Es wurde zusehends heißer. Der Wind drang mächtig ins Fenster, es waren bestimmt vierzig Grad Celsius und die Hitze stieg noch an. Wir kamen immer tiefer ins Zentrum. Wir waren mitten im Herzen von Herat angelangt und ich Idiot dachte an den Ernst-Reuter-Platz.

Dann hielt der Bus plötzlich. Der Junge stellte ihn in einer befahrenen Straße ab und wir stiegen aus. Ich bemerkte erst, dass wir angekommen waren, als die Österreicher die Tür aufrissen, jeder begann, sein Gepäck herauszuzerren, und sich alle auf der Straße reckten und streckten. Ich war wie immer der Letzte. Beim Aussteigen grinste ich den Jungen an, der hinter seinem Lenkrad saß und sich von mir verabschieden wollte. „Bamone Khoda", sagte er und legte seine rechte Hand auf die Brust, an die Stelle, wo sein Herz war. Ich verstand ihn nicht und murmelte nur etwas wie „bye-bye" und „thank you". Einer der Deutschen übersetzte von draußen: „Möge Gott dich geleiten."

„Ach ja, schön, na ja", murmelte ich. Ich hätte dem Jungen gern noch etwas Nettes gesagt, aber mir fiel nichts ein und so stieg ich aus.

Woher verstanden sie alle diese Mittelaltersprache? Woher verstanden sie überhaupt so viel Farsi, wie sie den Dialekt nannten?

Sigi sah mich an. Wir wussten beide, dass wir uns nun ein Zimmer suchen mussten, und wussten gleichzeitig, dass wir keine Ahnung hatten, wie es nun weitergehen sollte. Ich schnappte mir mein Sturmgepäck und Sigi kramte seines aus der Hinterklappe des Busses, während sich die anderen schon voneinander verabschiedeten. Vielleicht würden wir uns ja noch einmal sehen. Irgendwo auf der Straße nach Kandahar oder in Kabul.

Als sich dann alle umdrehten und jeder in eine andere

Richtung stiefelte, bemerkte ich erst, dass wir mitten in der Altstadt gelandet waren. Sigi stand unschlüssig hinter dem Bus und der junge Deutsche, den wir an der Grenze aufgepickt hatten, hockte verloren am Rinnstein. Er war übrig geblieben, hielt sich an seinem Hebammenkoffer fest. Er wusste augenscheinlich nicht, wo es mit ihm hingehen sollte.

Ich starrte auf den Bewässerungsgraben, der parallel neben dem Rinnstein verlief. Die ganze Straße war mit Maulbeerbäumen bepflanzt. Sie trugen mächtige Kronen. Ich sah zum Himmel hinauf.

Es wehte ein lauer Wind. Es war heiß aber es war nicht unangenehm. Wir standen an dem Bus herum und wussten nicht weiter, klebten an ihm, als wäre er unsere Insel, die wir für immer zu verlassen hätten.

Wir mussten endlich los, das wussten wir, aber wir kamen nicht in die Hufe. Alle Geschäfte waren geöffnet. Die Straße hinunter sah ich Markisenbataillone. Es waren Laken gegen die Hitze, die über den Eingangstüren angebracht waren. Stofffetzen, Segel, grünes, weißes, gelbes Tuch. In den Läden saßen ausnahmslos Männer. In Pluderhosen, unter mächtigen Turbanen, niemand von ihnen nahm Notiz von uns. Wir mussten nur noch losgehen und dann würden wir in diese andere Welt eintauchen. Wir mussten uns jetzt unter die Leute mischen, das war jedem von uns klar. Sigi scharrte unruhig im Rinnstein, dann sagte er endlich: „Na los, nehmen wir es uns.“

Der Junge sah uns mit weiten, angsterfüllten Augen an. „Was macht ihr denn jetzt?“, fragte er. Er hatte eine helle Stimme und sprach ziemlich leise. Vielleicht war er noch nicht einmal im Stimmbruch. Jedenfalls wusste ich von diesem Moment an, dass wir ihn an der Hacke hatten.

„Wir schauen, ob wir irgendwo ein Zimmer finden“, antwortete Sigi und räusperte sich unentwegt. Er dachte wohl dasselbe wie ich.

„Kann ich mit?“, fragte der Junge.

Ich hasste diese Art Frage, aber ich begriff, dass wir diesen komischen Typen nicht ablehnen könnten, auch wenn wir es gewollt hätten.

„Wo kommst du denn her?“ Sigi war genervt.

„Aus Frankfurt“, antwortete der Junge.

„Na denn“, sagte Sigi nach einer Weile. „Dann lass uns gehen.“

Es war entschieden. Und genau in diesem Augenblick, als wir gerade losgehen wollten, nahm der Wind zu. Eine mächtige Bö kam auf und wurde von Sekunde zu Sekunde heftiger. Sie fuhr in die Baumkronen und plötzlich lösten sich hunderte dicke, schwarze Käfer aus den Ästen und fielen auf uns herab. Riesige schwarze, gepanzerte Käfer. Sie lösten sich aus den Bäumen, der Wind hatte ihnen Beine gemacht. Handtellergroße Brocken, die uns sofort auf die Köpfe donnerten und uns gegen Gesicht und Schultern flogen. Die Viecher versuchten im Flug ihre Flügel aufzuspannen und schnurrten nervös durcheinander. Es war ein unglaubliches Gebrumme und Getöse.

„Was ist das denn?“ Sigi lachte und ich versuchte mich von den ekeligen Dingern zu befreien. Ein paar hatten sich in meinen Haaren verkrallt und lagen mir auf der Schulter.

„Es sind Beetles“, rief der Junge.

„Was?“

„Na Beetles, Käfer.“

Es stimmte, aber es war ziemlich Ekel erregend. Sie ließen sich nur schwer aus Hemd und Haaren entfernen. Mit ihren kleinen, schwarzen Füßen krallten sie sich an uns fest. Letzten Endes ließen sie sich aber doch ganz leicht abnehmen und nach ein paar Minuten waren sie auch schon alle wieder weg. Ein paar waren auf die Erde gefallen und wackelten sofort Richtung Straßengraben, die anderen hatten sich in die Bäume zurückgezogen und verkrochen sich in den Ästen.

Die Afghanen, die an uns vorbeigingen, lachten. Wir hatten uns vollkommen hysterisch benommen und mir war das irgendwie peinlich. Endlich trollten wir uns dann die Straße hinunter, mit dem Jungen im Schlepp. Der Wind gab den Anstoß. Sigi kam neben mir in Fahrt und ich begann zu laufen.

„Das ist doch der pure Wahnsinn“, rief ich. Wir schritten mächtig voran, der Junge hinter uns.

„Verdammt, wen haben wir denn da im Gepäck?“ Ich wollte nur noch voran.

„Lass ihn doch, er ist fertig“, Sigi begann zu schnaufen.

Das Sturmgepäck wackelte mit jedem Schritt in meiner Hand.

„Na Mahlzeit“, sagte ich. „Haben wir irgendetwas zu verschenken?“, und rannte immer schneller. Ich war noch ganz besoffen von den Käfern und der Wind kam uns so schön entgegen. Ich brauchte diese Bewegung. Ich konnte mich überhaupt nicht satt sehen an den Händlern, die in den Läden saßen, den Autos und Pferdedroschken, die mit ihren geschmückten Riesenrädern vorbeifuhren.

Sigi hielt mit und der Junge rannte hinter uns her, so schnell er nur konnte. Wenn ich mich nach ihm umdrehte, sah ich seinen ängstlichen Blick. Er sah komisch aus, wie er da hinter uns herlief. Sein Jackett flatterte an seinem dünnen Körper und die Hebammentasche flog ihm immer ein Stück voraus. Er sah aus wie ein eilender Bote, der irgendetwas zu überbringen hatte.

Wir rannten an den Geschäften vorbei, Schuhmacher, Kesselflicker, Schneider, Schlachter, Gerber. „Wir finden schon etwas für die Nacht, keine Bange“, schrie Sigi neben mir, „und dann … dann kleiden wir uns ein.“

Wir bezogen im ersten Stock eines alten Kastens, der an der Hauptstraße lag, ein so genanntes Appartement. Wir hatten es ganz zufällig gefunden, weil ein Hinweisschild über der Eingangstür eine Glückseligkeit anzeigte. Es baumelte an einer verrosteten Kardanwelle im Wind. Auf rotem Hintergrund war ein weißes Bett gemalt und darüber schwebte ein riesiger blauer Duschkopf, aus dem silberner Regen herausbrach. „Appartement" stand über dem Kunstwerk, und dann waren da noch mehrere Zahlen, die aber alle durchgestrichen waren.

Einem Afghanen, der mit zwei Olivenkanistern aus dem Haus kam und in dem angrenzenden Hof verschwand, um dann wieder mit wassergefüllten Kanistern herauszukommen und zurück ins Hotel zu taumeln, boten wir nach reiflicher Überlegung 200 Afs für die Nacht, die er auch ohne Widerspruch annahm. Der Typ sprach kein Wort englisch, was den Handel erleichterte.

Der Afghane, der uns dann in den ersten Stock führte, war ein Usbeke oder Belutsche, vielleicht sogar ein Turkmene, Sigi war sich da nicht ganz sicher. Jedenfalls stank er intensiv nach Taubenmist und trug völlig verlotterte Klamotten. Einschließlich eines verwanzten Turbans, mit dessen Enden er unentwegt an dem rostigen Treppengeländer herumrieb.

„Der Typ stammt garantiert von einer dieser Minderheiten ab, von denen ich dir erzählt habe. Ich garantiere dir, er ist ein Turkmene. Das sind Leute, die im Kastenwesen die unterste Schicht einnehmen. Ich könnte darauf wetten!"

Ich dachte, dass es das Kastenwesen eigentlich nur in Indien gäbe, aber doch nicht hier in Afghanistan. Ich war mir aber nicht so sicher. Ich glaubte, Sigi versuchte wieder einmal seinen Traum von Goa zu platzieren. Er wollte ihn sich einfach zurückholen. Er war in diesen Dingen sehr geschickt, ich traute ihm alles zu. Ich wusste nicht, ob und in welchem Maße Wasserträger oder Kameltreiber eine soziale Rolle in der afghanischen Bevölkerung spielten, und mir war es im Grunde auch völlig wurscht. Ich wollte nur irgendwie schnell in unser Appartement.

Natürlich tat mir der Mann Leid, der vor uns die Deichsel über der Schulter balancierte, um nur nicht einen Tropfen Wasser zu verschütten, aber so grausam es auch klingen mag, es war mir egal, wie oft der arme Kerl täglich seine Kanister für die Gäste hochschleppen musste. Ich dachte in diesem Moment nur noch an mich selbst.

Dieser Mensch vor mir auf der Treppe, mit seinem schleppenden Gang, den ausgeleierten Armen, den verbrauchten Händen, die mit letzter Kraft das Seil umklammerten, dem dürren Hals, dessen Sehnen und Adern ich aufgrund seiner enormen Anstrengung schwellen und pulsieren sah, die Stirn, die unter dem verlausten Turban glänzte, dieser Kerl interessierte mich nicht. Auch wenn er zusätzlich blind und leprös gewesen wäre, oder mit entsetzlich großen Pusteln übersät, er war mir wirklich gleichgültig. Ich hatte mit einem Mal keine Kraft mehr für das Schicksal eines anderen. Auch wenn er augenscheinlich zu denen gehörte, die auf der untersten Stufe der Leiter eines harten, entbehrungsreichen, mit Hunger und Armut gezeichneten Lebens standen. Vielleicht hätte ich ihn unter anderen Umständen bewundert, zumindestens für seine enorme Geduld und Ausdauer. Aber jetzt fühlte ich nichts. Vielleicht war ich während meiner Odyssee hart und seelenlos geworden.

Wir erreichten das erste Stockwerk, von dem die so genannten Zimmer abgingen, und es wurde mir sofort klar, dass wir uns in einer elende Kaschemme befanden. Zum Glück hatte der Laden ein Dach. Schwadronen daumendicker Kakerlaken, Kolonnen madiger Erdenwürmer verkrochen sich sofort im modrigen Dielenboden, als sie uns kommen sahen. Das Hotel war die absolute Pleite. Der Typ stellte seine Wasserkanister ab, schmiss dann eine Tür auf, die von dem Korridor abging, und wir gingen irgendwo hinein.

Das Appartement bestand aus einem Raum, der gänzlich leer war. An der Stirnseite war ein riesiges Fenster, das aber nur eine zerbrochene Scheibe hatte. Wenigstens ließ sich die Tür öffnen. Zu einem Balkon, der zur Hauptstraße hing. Eigentlich war es nur ein wackeliger Rundgang, der auch von den anderen Mitbewohnern, die in den Zimmern nebenan wohnten, als Sonnenterrasse benutzt werden konnte. Als Sigi und ich hinaustraten, spuckte gerade ein langhaariges Mädchen den Rest ihrer Mundspülung über die Brüstung hinunter auf die Straße. Sie sah uns kurz von der Seite an, rollte mit den Augen und verschwand dann gleich wieder.

Ich war im Moment nur froh, dass wir endlich eine Bleibe gefunden hatten. Nach dem Stall der letzten Nacht war es das reinste Paradies. Wir entschlossen uns, in dem Zimmer zu bleiben, und bezahlten dem Wassermann die Miete für einige Nächte im Voraus. Dann zog der Belutsche ab. Der Junge stellte seine Tasche an die Wand und Sigi und ich legten unsere Schlafsäcke an der Wand gegenüber ab, mit Blick zum Fenster. Wir sollten zum ersten Mal seit Wochen in einem eigenen Raum schlafen.

Die nächsten Tage vergingen wie im Fluge. Wir schliefen erst lang und tief und eroberten uns dann das Mittelalter. Wir spazierten durch die Gassen der Altstadt, hockten in den Tschai-Chanahs, den Teestuben, herum und taten nicht viel. Wir schauten den Händlern bei ihrer Arbeit zu, tranken grünen Tee und Limonade, Pepsi oder Cola, die ekelig schmeckte. Sie benutzten einen anderen Sirup, das Zeug war viel zu süß und sowieso immer zu warm. Eis durfte man um keinen Preis dazu tun. Die Händler boten Eis zwar aus alten Eimern an, graues Gletschereis aus den Bergen des Hindukusch. Aß man aber davon oder mischte es mit einer Pepsi oder einer Cola, dann lief man Gefahr innerhalb weniger Minuten zu verenden.

Schon in den ersten Tagen kamen immer mehr Hippies. Die Stadt wurde voller und voller. Amerikaner, Australier, Engländer, Franzosen, Italiener und natürlich Deutsche. Sie kamen jeden Morgen in Bussen direkt von der iranisch-afghanischen Grenze. Aber kaum einer von den bunten Vögeln wollte bleiben, alle wollten weiter. Am liebsten über Kandahar bis nach Kabul und von dort aus nach Pakistan und dann nach Indien. Indien und Goa, das waren die Traumziele. Die Route stand so fest, dass niemand eine Karte nötig hatte. Es war erstaunlich, wie wenig sie mit sich trugen. Ich sah Jungen und Mädchen, die nur einen Beutel besaßen, einen Rucksack, eine Decke oder einen Schlafsack. Manche trugen nichts weiter als eine Umhängetasche. Nur das Hemd, nur eine Jeans, einen Rock, eine Bluse, eine Jacke oder eine mottige Fellweste.

Sie fielen aus den Bussen und rannten sofort in die Altstadt. Hier konnten sie sich für die Weiterfahrt mit Klamotten und Proviant und mit Charras eindecken. Aus ein paar Stunden wurden dann Tage und manche blieben sogar für immer. Herat war unschlagbar, Herat war die Perle des Ostens, die Königin aller Städte Ostasiens, das absolute Himmelreich.

Wir konnten uns nicht satt sehen, Herat war ein einziger Basar. Teppiche, Korbwaren, Keramik, Terrakotta, Schachspiele aus Zedernholz oder Elfenbein, Wasserpfeifen aus bauchigen Vasen, mit bunt bemalten Mundstücken. Felle, Tücher, Westen, Hosen, Klamotten jeder Art. Edelsteine, Silberschmuck, Kupfereimer, Zinnfiguren, alles Dinge aus einer anderen Zeit. Im Grunde war die Altstadt nichts als ein riesiger Flohmarkt.

In den Basaren von Herat gab es die Dinge für den Abflug ins Glück. Haschisch und Charras für den ewigen Frieden aus dem Rauch einer Pfeife und die Klamotten, die vergessen ließen, wie farblos es zu Hause gewesen war. Viele der bunten Vögel waren über alle Grenzen gekommen, um endlich frei und ungehemmt ein eigenes Leben in tollen Kleidern und Brüderlichkeit zu führen. Die meisten von ihnen kamen dünn und abgemagert, bleich und zittrig, fiebrig von der ewigen Sonne an. Andere aber hatten noch dieses Glitzern in den Augen. Sie würden überall durchkommen. Sie würden immer bleiben, was sie waren, ob in Goa oder zu Hause auf Helgoland.

Es gab aber auch jene, die den Abgrund kannten, die nicht nur Charras wollten. Die den ganzen Tag auf der Jagd nach einer Tagesration Opium oder Pot unterwegs waren. Die nur noch umherirrten, die längst am Ende waren, noch ehe das Leben für sie begonnen hatte. Dürre, abgebrannte Typen, in deren Gesicht der Tod stand.

Sigi wollte nicht, dass ich mit diesen Typen sprach, er zog mich weg von ihnen. Er hasste sie, ich konnte es an seinen Augen sehen, die dann einen Ausdruck bekamen, den ich bisher nicht gekannt hatte.

Wir trebten ganze Tage herum. Wir trafen ein paar Beatniks, die Sigi von dem großen Viehmarkt erzählten, der einige Kilometer südwestlich vor der Stadt lag, dort würden wir wunderbare Pferde finden.

„Welche Pferde, Sigi, welche Pferde? Was meinst du mit Pferden?"

Da begann es wieder, ich hatte es nur nicht so schnell mitbekommen. Sigi hatte heimlich an seinem Traum gebastelt. Schon wieder hatte er damit begonnen.

„Wir können doch überhaupt nicht reiten."

„Kommt schon, wird schon", hatte er mir geantwortet. Er war so voller Freude, dass ich nicht wagte, ihn mit meinen Überlegungen zu stören.

Wir sogen die Gerüche ein, die Düfte aus Tausendundeiner Nacht und der Holzkohlenfeuer, der Teeküchen, des frischen Brotes, der Myrrhe und dann natürlich der Bratspieße, die es an jeder Ecke gab. Was für ein Gemisch aus Salz, Kümmel, Majoran, Zimt und rotem Pfeffer und natürlich Safran und dazwischen immer wieder der Geruch von frischem Obst, von Granatäpfeln, süßen Honigmelonen, Äpfeln, Feigen und Datteln und an jeder Ecke der Rauch einer Pfeife. Charras überall.

Wie blendeten uns die Farben der Tücher, die Woll- und Seidenwaren, die Markisen und Segel, die über jede Gasse gespannt waren und die wenig Himmel durchließen. Aber das Sonnenlicht drang sanft hindurch und färbte die Stoffe rot, grün, blau oder gelb. Es war so heiß, dass wir beim Laufen literweise Eigensaft verloren, und es war so windig, dass es erträglich war. Afghanen, Paschtunen, Tadschiken, Hazarahs, Usbeken und Turkmenen. Nur Männer, Knaben und Alte sahen wir und dann plötzlich zwei Frauen im Tschaduri. Sie waren verschleiert von Kopf bis Fuß. Im Vorbeigehen versuchte ich durch das engmaschige Netz ihr Gesicht zu sehen. Ich sah ihre Augen, ihren Blick, ich glaube, ich sah sie sogar lächeln. Eine Kappe, die den Kopf bedeckte und daran das Tuch, das ihnen bis zu den Füßen ging. Darunter sah ich ein paar bestickte Hosenbeine und dazu westliche Schuhe. Die eine ganz in Weiß, die andere in Purpur gehüllt. Niemand durfte ihre Körper sehen.

An jeder Ecke trafen wir Hippies, die sich nach Tickets für die Weiterfahrt nach Kandahar und Kabul erkundigten oder die nur eine billige Absteige suchten. Viele schleppten Gitarren, Mandolinen oder Sitars mit sich herum. Und das schon bei Tag. Fast jeder Dritte spielte so ein Holz oder schlug die Djembe, blies wild in eine Mundharmonika. Nachts waberte ein fürchterliches Gedudel durch die Stadt. Und wenn dann noch zusätzlich die Afghanen auf ihren Trommeln, Tablas und Djemben spielten und dazu sangen, ihren eigentümlichen, heiteren Singsang, dann konnte ich oft kein Auge zumachen. Der Lärm drang kilometerweit, sicher bis hoch hinauf zum Hindukusch.

In allen Läden saßen sie und rauchten und tranken Tee und sangen zu ihren Gitarren. Und jeder Vogel war natürlich hochmusikalisch, jeder hatte einen Sack voller Lieder dabei. Ich hatte nicht einmal Lust verspürt, mich zu ihnen zu setzen, ich hörte immer nur zu. Vielleicht hätte ich es getan, wenn es leiser gewesen wäre oder wenn Sigi mich darum gebeten hätte, aber auch ihm war die Lust an Liedern vergangen. Es waren zu viele, die sangen. Ich glaube, die Musik der Hippies ging den Afghanen mächtig auf den

Keks, aber sie ließen sich nichts anmerken, sie hörten gelassen zu.

Herat gehörte den Hippies. Sie hatten die Stadt eingenommen und die Afghanen waren sehr großzügig, sie spielten mit.

Die Hippies hatten eigene Gebote, sie folgten einem Gesetz der inneren Reinheit. Sie wollten unbefleckt und wie die Kinder sein. Aber wenn es mal hart auf hart kam, benahm sich dann doch jeder wie zu Haus. An sich ging es immer um Geld, um ein Zimmer, einen Brocken Haschisch, um die Tickets für die Lorrys oder um irgendeine verdammte Teppichtasche, die man für zu teuer befand, selten um etwas anderes.

Es war im Grunde wie überall. Nur trug hier jeder Mann einen Ring im Ohr und die meisten Frauen hatten hennagefärbtes Haar.

Wir hoben uns von den anderen Vögeln ab. Wir gehörten nicht zu ihnen, jedenfalls nicht in den ersten Tagen. Die Händler und die Kinder kamen uns anders entgegen. Schon bald verstand ich ihr „Tsche hal dared?“, dieses „Wie geht es dir?“ Es war vielleicht nicht mehr als eine Floskel und trotzdem war ich froh, wenn mich ein Afghane so ansprach. Ich fühlte mich immer ein bisschen geehrt, so als meinte er mich wirklich. Ein paar Tage würde es sicher noch dauern, dann gehörten wir dazu. Ich dachte immer weniger an zu Hause.

Die Hippies kamen von der iranischen Seite, selten kam einer aus Kabul oder aus Pakistan zurück, die meisten waren auf dem Weg dahin. Sie kamen in Kleintransportern, in VW-Bussen oder ausrangierten Militärfahrzeugen. Andere auch in einem Doppeldecker. Ich fiel fast vom Stamm. Sie hatten einen Linienbus, wie meinen 10er, in ein Cabriolet verwandelt, hatten einfach das Oberdeck bis zur Hälfte abgesägt und so aus dem Elefanten einen großmäuligen Wal gemacht. Vielleicht hatten sie ihn ja geklaut, direkt von der Straße, und vielleicht fuhr der Fahrer sogar noch mit.

Wer nach Goa wollte, musste über Herat. Herat war die erste Station in der wirklich anderen Welt

Von unserem Balkon aus konnte ich gut die Hauptstraße überblicken. Wenn Sigi noch schlief, stieg ich nach einer klammen, kalten Nacht schon früh aus meinem Sack. Ich begrüßte den Tag wie ein bevorstehendes Abenteuer. Egal was mich erwarten würde, ich freute mich am Leben zu sein. Jede Minute, die mir der Morgen bescherte war für mich Gold wert. Ich schnappte mir meine Hose, zog sie rasch an und rannte barfuß hinunter auf die Straße. Gleich nebenan war eine Tschai-Chanah, eine Teeküche, die schon um vier Uhr früh öffnete. Ein schnauzbärtiger Afghane bewirtschaftete sie mit seinem Jungen, einem kleinen Kerl, der mir jeden Morgen blitzschnell eine bauchdicke Teekanne mit Blümchenmuster entgegenhielt. Immer dieselbe, und immer so schnell, dass ich nie etwas zu ihm sagen konnte. Es war unser Morgensport. Schon wenn er mich sah, noch ehe ich im Laden war, goss er den Tschai ein, in einem taillierten Duplexglas und mit irrsinnig viel Zucker. Er servierte ihn. Das Glas war so heiß, dass ich es nur mit spitzen Fingern anfassen konnte, worauf sich der Kleine regelmäßig vor Lachen den Bauch hielt. Darum ging es ihm. Erst trank ich den ersten Schluck und dann begrüßten wir uns mit einem sich täglich wiederholenden „Good morning, Sir".

Sie hatten einen großen Samowar, der auf einem wackeligen Tisch stand, mit einer Plastiktischdecke im Blumenmuster. Das Abzugrohr von dem Riesengerät ging direkt hinaus auf die Straße und zeigte an, dass die Bude geöffnet sei. Ihr Besitzer war ein guter Typ, er hatte einen skeptischen Blick, helle Augen, tiefschwarzes Haar und war gut zu seinem Jungen. Der Junge trug die Kopfbedeckung, wie sie alle afghanischen Jungen trugen, den Fez, das bestickte Rundteil, das er niemals abnahm. Ich glaube, sie schliefen mit ihren Fezen.

Die beiden machten ihren Job gut. Der Junge stellte mir jeden Morgen mein Frühstück zusammen. Ich musste dann nur noch das Tablett, an dem ein Kettchen befestigt war, vorsichtig in die Hand nehmen und zu uns nach oben tragen.

Natürlich war der Belutsche so früh schon auf. Ich traf ihn entweder auf der Straße oder auf der Treppe. Er schleppte sein Wasser jeden Morgen in den ersten Stock, aber er sagte nie etwas zu mir. Er drückte sich an mir vorbei und ging langsam die Treppe hinauf, dann stieg er über eine wackelige Leiter aufs Dach und goss sein Wasser in die Zisterne.

Wenn ich mit meinem Futter wieder oben war, setzte ich mich auf den Balkon und breitete vor mir das Königsmahl aus. Ich hockte mich mit dem Rücken zur Wand auf den Boden und sah über die Brüstung hinweg auf die Straße. Wie auf unserem alten Balkon in Berlin, dessen Brüstung nur viel höher gewesen war. Damals musste ich mich auf einen Stuhl stellen, um auf die große Straße, die von irgendwoher kam und nach irgendwohin ging, sehen zu können.

Hier in Herat hatte ich endlich den freien Blick. Ich lehnte mit dem Rücken an der warmen Hausfassade und trank meinen Tee und schlabberte meinen Joghurt. Es gab nichts Schöneres für mich.

Die Straße unter mir war schon belebt und in der Ferne konnte ich die Ausläufer des Hindukusch erkennen. Nicht weit, auf dem Hügel hoch über der Stadt, lag die große Zitadelle, die Festung Ghalai Ekhtearuddin. Solange der Morgen noch anschwoll und der Wind noch versöhnlich ging, so lange schnappte ich mir die vielen Bilder von der Straße und nahm mir, was mir wirklich gefiel, aus allem, was ich sah.

Rechts von mir gab es eine Kreuzung, die Einzige in Herat. In der Mitte stand ein Polizist. Ein hagerer Kerl, in einer verschlissenen, braunen Uniform und Stiefeln, die kaputt waren. Bei dem einen war die Sohle lose, sie klappte mit jedem Schritt, den er tat, wie eine Zunge herunter und ließ ihn bei der kleinsten Bewegung straucheln. Immer wieder versuchte er sie an dem Schuh zu befestigen. Er schaffte es natürlich nicht, war aber unentwegt damit beschäftigt, einerseits enorm mit den Armen in der Luft herumzurudern, um den Fahrzeugen die Richtung anzugeben und andererseits diese verdammte Schuhsohle wieder anzupappen. Jeden Morgen zog er sein Ballett vor mir ab und ich hätte ihm am liebsten jeden Morgen durch einen kräftigen Applaus für seine Show gedankt.

Ich liebte es auf meinem Balkon zu sitzen und zu schauen. Im Hintergrund waren die Berge des Hindukusch. Die Farben wechselten immer ganz schnell. Je höher die Sonne stieg, je mehr es auf Mittag zuging, desto schneller wechselten sie. Vom gleißenden Weiß bis zum beruhigenden Purpur. Erst am Nachmittag stieg ein leichtes Ocker in den Himmel hinauf und abends erhellte wieder ein Silberschweif die Stadt. Aber nur für wenige Augenblicke. Dann kam schon der Mantel der Nacht, urplötzlich fiel er herab. Da saß ich aber längst nicht mehr auf meinem Ausguck, da war ich schon wieder mittendrin.

Der Junge war nicht mehr bei uns.

Er war einfach abgehauen, ohne sich von Sigi und mir zu verabschieden.

Vielleicht war er nach Frankfurt zurückgefahren, vielleicht aber auch nach Kabul weitergezogen. Weiß der Teufel, warum ich noch an ihn dachte.

Um zum Viehmarkt zu gelangen, mussten wir auf die andere Seite der Stadt. Der Markt sollte unterhalb der Zitadelle liegen, irgendwo in einem Tal. Sigi hatte die Richtung von einem Hippie erfahren, der sich dort mit ein paar lebenden Hühnern eingedeckt hatte.

„Du musst es realistisch sehen", sagte er, während wir die Treppe hinuntergingen, „nach Bamiyan zu kommen ist überhaupt kein Problem. Auch einen Truck hoch ins Gebirge zu bekommen, überhaupt kein Problem. Aber von da aus weiter, da habe ich meine Bedenken, ganz ehrlich."

„Ich wusste nicht, dass wir nach Bamiyan wollen. Seit wann wollen wir denn nach Bamiyan?"

Ich war wirklich überrascht. Ich hatte von Bamiyan gehört. Von den riesigen Buddhastatuen, die es dort geben sollte. Es war die vorletzte große Stadt vor der russischen Grenze, meine Güte, vor Russland, und sie lag voll im Hindukusch. Ein paar Hippies hatten uns von den Buddhastatuen berichtet. Sie sollten die größten der Welt sein. In den Fels gehauen, über fünfzig Meter hoch. Sie sollten so etwas wie ein Weltwunder sein.

„Dann wären wir ja bald in China", sagte ich und bemühte mich, so locker wie möglich zu sein. Außerdem stimmte es auch, wir würden dann nur noch knappe zwanzig Kilometer von der chinesischen Grenze entfernt sein und was das bedeuten würde, das konnte sich wirklich jeder Idiot ausmalen. Wir wären mitten im Hindukusch, wenn nicht sogar im Himalaja. Ich wagte nicht daran zu denken. Im Himalaja waren die Tage doppelt so heiß und nachts fielen die Temperaturen unter den Gefrierpunkt. Und die Menschen, die dort lebten, sollten gefährlich sein, hatte ich von den Leuten gehört. Mazar-i-Sharif war überhaupt die letzte, zivilisierte Stadt vor Russland, China und Pakistan zusammen. Nicht zu vergessen vor Tibet. Mir dröhnte der Kopf von all dem Mist, an den ich dachte.

„Paul, Paul, hörst du mich? China liegt viel höher." Sigi tippte sich mit dem Zeigefinger an den Kopf. „Ehrlich. Schau dir die Karte an. Es liegt viel weiter oben rechts. Du musst nicht übertreiben, wirklich nicht. Ich würde doch nie nach China wollen, oder nach Pakistan. Willst du etwa nach Pakistan? Das kann ich mir nicht vorstellen. Was willst du in Pakistan? Kannst du dich an den Pakistani erinnern, der vor der türkischen Grenze zu uns in den Bus einstieg? Kannst du dich an diesen Typen erinnern? Das war doch ein ganz übler, schmieriger Typ. Nein, Pakistan bitte nicht."

Er musste an meinen Augen gemerkt haben, dass ich am Ende war.

„Wenn wir bis Bamiyan kommen, ist es sowieso noch eine ganze Strecke bis nach Mazar-i-Sharif", sagte er und ich spürte an seinem Ton, dass er eine längere Geschichte vorbereitete. „Wir könnten ein paar Tage in Bamiyan bleiben und von dort aus Pferde nehmen, oder ..." Er sah mich an. „Hey, was ist los? Es ist wirklich keine Gefahr. Du tust ja geradeso, als würde ich uns in den Tod schicken."

Ich verstand seine Logik nicht, spürte aber, dass er mir etwas verkaufen wollte. Wenn nicht China, was dann?

„Sei doch mal ehrlich", sagte ich, „wir wären doch dann voll im Pasch... Pasch...", verdammt, ich bekam das Wort nicht heraus, „Paschtunengebiet, oder nicht?"

Er sah mich mit einem heiligen Gesichtsausdruck an und konnte keine Worte finden.

„Paschtunen, meine Güte, tu doch nicht so."

Ich wurde langsam sauer. „Paschtunen oder Paschtonen, das ist doch jetzt völlig egal. Ich meine ... diese ... Urafghanen, diese Nomadentypen, Herrgott noch mal, Mongolen oder Berber, ebendiese gefährlichen Sippschaften." Ich verlor langsam den Verstand.

„Na siehste." Mehr sagte er nicht. Es kam nichts mehr. Wir standen auf der Treppe herum und es ging nicht mehr weiter.

„Sigi", sagte ich nach einer Weile, „das sind freie Stämme, verstehst du das nicht? Stämme! Professionelle Nomaden. Sie treiben ihre Herden durch die Gegend, von Norden nach Süden. Sie leben von so was. Das da oben ist ihr Gebiet. Wir würden sie nur stören. Sie handeln mit Fettschwanzschafen und ..."

„Was?"

„Himmel, das ist doch völlig egal. Mit Ziegen, Dromedaren, Kamelen, vielleicht ja auch mit Touristen. Was ich damit sagen will: Wenn du da hoch willst, tickst du nicht mehr ganz richtig. Das sind Typen, die nicht lange fackeln, wenn ihnen einer in die Quere kommt."

Ich war völlig kopflos.

„Ich habe von einer Forschergruppe aus Italien gehört, die hatten sogar Waffen dabei, die waren sehr gut ausgerüstet. Sie hatten Karabiner, Pistolen, Flinten, alles, was du willst. Aber was war? Sie wurden einfach abgeknallt. Einfach so. Und willst du wissen warum? Weil die Leute glaubten, wenn da oben bei ihnen im Hindukusch jemand herumkraucht, dann muss er steinreich sein, verstehst du das? Sie konnten sich einfach nicht vorstellen, dass man in dieser Wüste Urlaub macht. Die Leute sind bettelarm. Es sind die Ärmsten der Armen, sie essen sogar Gras. Ihre Pferde und Ziegen sind das Einzige, was sie besitzen. Sie leben in Jurten und das Land, das sie besitzen, ist der Hindukusch, und der Hindukusch ist am Arsch."

Er sah mich an. Ich wusste, ich hatte ihn jetzt nur noch mehr angestachelt.

„Ich weiß wirklich nicht, was wir da zu suchen haben", sagte ich noch, „ich weiß es wirklich nicht."

Sigi lachte. Er lachte und lachte.

„Paul, hör auf. Hör auf damit, Paul. Lass doch mal für eine Minute deine Ängste im Schrank und hör mir einfach nur zu. Ich sage doch nur wenn, verstehst du?"

Ich wusste, ich hätte das mit den Jurten und den Fettschwanzschafen lieber weglassen sollen, denn bei diesen Worten hatte sich sein Gesicht merklich aufgehellt.

„Sigi, wir wollten nur noch bis Kabul, erinnere dich doch. Bis Kabul und dann wieder zurück." Ich hatte mir selbst ein Bein gestellt. Er liebte Jurten. Ich Idiot hatte mit meinem verdammten Wissen glänzen wollen und er packte mich natürlich genau dort am Schwanz.

„Das mit den Jurten hab ich gar nicht gewusst." Er war richtig erstaunt und mir wurde hundeschlecht. Ich hatte ja geahnt, dass Sigi noch weiter wollte, aber ich hatte nicht gedacht, dass er so weit gehen würde. Er liebte Ziegen und Schafe und natürlich Nomaden in Jurten und Typen, die Waffen trugen, ebendiesen ganze Kriegermist.

Wir traten hinaus auf die Straße. Der Hundertzwanziger wirbelte eine Menge Staub auf. Es war irrsinnig heiß.

„Wir haben doch, wenn es hoch kommt, noch ganze dreihundert Mark, davon kommen wir ja nicht einmal bis Istanbul zurück", schrie ich durch den Wind.

„Es wird nicht teuer sein, Paul", schrie er zurück, ich konnte ihn kaum verstehen. „Wirklich nicht. Afghanistan ist ein Entwicklungsland. Es wäre doch bescheuert, wenn wir schon mal hier sind. Wenn es nur am verdammten Geld ... also wenn wir diese Chance nicht nützen würden."

Ich kapierte ihn einfach nicht mehr.

„Was meinst du denn damit nun wieder?" Diese Schreierei machte mich zusätzlich fertig. Am liebsten wäre ich wieder nach oben gegangen und hätte mich in meinen Schlafsack verkrochen.

„Wir können doch zum Beispiel Blut spenden", schrie er und sah mich mit einem ernsten Gesichtsausdruck an. „Wenn's wirklich hart auf hart kommen sollte, gehen wir einfach in die Klinik."

„In welche Klinik?" Himmel. Wir standen vor dem Drei-Sterne-Hotel, der Hundertzwanziger rüttelte unsere Gehirne durcheinander und Sigi faselte von Kliniken und vom Blutspenden. Wovon sollte ich denn Blut spenden? Ich brauchte doch jeden Tropfen. Er war total übergeschnappt, ich konnte das nicht mehr zulassen, ich konnte seinen Mistplan nicht akzeptieren. Ich starrte ihn nur noch entnervt an. Vielleicht war er nicht mehr bei Sinnen. Ich wollte noch etwas zu ihm sagen, aber ich sagte lieber nichts. Ich hatte plötzlich Angst, dass er mich vielleicht stehen lassen würde. Ohne Sigi wäre ich völlig aufgeschmissen gewesen. Ich war wirklich verzweifelt, ich wusste nicht mehr, was ich tun sollte. Ich hätte heulen können, ließ mir aber nichts anmerken. Wir waren nicht einmal eine Woche in Herat und es sollte schon wieder weitergehen. Wie sollte es denn mit uns weitergehen, wie denn?

Er stand direkt vor mir und versuchte sich den Sand aus den Augen zu wischen. Er schmeißt sich immer nur irgendwo hinein, dachte ich, er hat ein solch verdammtes Urvertrauen. Immer glaubt er, dass alles gut werden würde. „Sigi, wir kommen mit unseren dreihundert Mark vielleicht noch bis nach Kabul und, wenn Gott es will, auch noch in die Berge, na gut, aber … wir kommen da nicht wieder runter."

„Wir wollten doch mit den Pferdchen über die Wiesen, erinnerst du dich nicht? Das war doch unser Plan", sagte er und popelte in seinen Augen herum.

Sigi räusperte sich. Wie er sich immer räusperte, wenn es dünner für ihn wurde. Er hatte einfach nicht genug Worte zur Verfügung um sich zu erklären, er hatte keine Argumente. Er war eben ein Träumer, ein Windei, ein Typ, der nichts als Wasserzeichen von sich geben konnte. Plopp, gulp, plopp. Er stand vor mir, pulte in seinen Augen herum und versuchte, mir seinen Traum anzudrehen. Hätte er wirklich Argumente gehabt, in Ordnung, dann hätte ich vielleicht etwas mehr Vertrauen in seine Wahnvorstellungen bekommen, aber so.

Plötzlich spürte ich wieder meine Urangst in mir aufsteigen, sie kam direkt aus den Gedärmen. Es war wie ein innerlicher Überfall. Ich wollte Sigi aber nicht zeigen, wie es mir ging. Ich wollte nicht, dass er sich um mich ängstigte, dann wäre ich vielleicht auf der Stelle verrückt geworden. Wenn ich sah, dass jemand sich um mich ängstigte, stieg meine Angst ins Unermessliche. Deshalb versuchte ich ihn lieber von mir abzulenken.

„Ich habe gehört, dass sie in den Bergen Waffen haben und auch auf Leute schießen." Ich musste es wieder schreien.

„Wir besorgen uns auch welche", schrie er zurück.

„Was?" Ich versuchte wahrhaftig zu lachen.

„Es gibt die Dinger in Kabul, du wirst schon sehen. Mach dir doch keine Gedanken."

O Himmel, er wollte sich bewaffnen, er wollte es wirklich tun. Ich hatte gedacht, das mit den Waffen würde ihn abschrecken, aber es hatte ihn eher angestachelt. Er war total bescheuert. Wie sollten wir das alles schaffen, Pferde, Waffen, den Himalaja? Mein Herz schlug rasend und der Wind nahm immer noch zu. Ich hätte jetzt gerne einen Schal oder eine Mütze gehabt, um mich zu schützen, aber es waren 45 Grad im Schatten, wer läuft da mit einer Mütze durch die Gegend.

„Wir müssen einfach versuchen so zu leben, wie die es hier tun, dann geht es. Glaub mir, man kommt immer wieder zurück, hab einfach Vertrauen."

Ich hatte kein Vertrauen. Ich hatte noch nie Vertrauen gehabt. Zu niemanden. Ich hatte ja nicht einmal Vertrauen zu mir selbst. Seine Worte beruhigten mich nicht, im Gegenteil, sie machten mich völlig fertig. Vielleicht war ich wirklich nur zu ängstlich, zu weich, zu jung, zu krank, zu gebrechlich, vielleicht war ich zu sehr ich selbst.

Wir standen vor dem Hoteleingang, als warteten wir auf die Erlösung von allem Übel. An einem Laden, ein paar Schritte weiter, hing ein kleines Äffchen an einer goldenen Kette. Es turnte an dem Fensterladen umher. Als es sah, dass ich es beobachtete, begann es laut zu schreien und bleckte die Zähne.

In diesem Moment dachte ich nur noch an meinen Tod. Ich hatte ganz einfach Angst zu sterben. Ich hatte wirklich eine Scheißangst zu sterben. Ich glaube, das war der eigentliche Grund meiner verdammten Unsicherheit, mehr nicht. In den letzten Tagen hatte ich sie ein bisschen beiseite geschoben, weil wir uns wirklich gut in dem Hotel eingerichtet hatten, aber jetzt war sie wieder da und ich merkte, wie sie in mir größer und größer wurde.

Ich konnte nichts mehr denken. Mein Gehirn war von dem Wind und der Hitze völlig ausgetrocknet. Warum waren wir nicht nach Dänemark oder Schweden gefahren? Ich sehnte mich plötzlich nach einem anderen Land.

Wir standen immer noch vor dem Hoteleingang. Es war alles wieder einmal zu Ende. Kann sein, dass es einfach zu viel für mich war. Vielleicht hätte ich nur etwas stärker sein müssen, etwas klüger.

„Bist du jetzt fertig?“, fragte ich ihn nach einer endlosen Pause. Er nickte, zupfte sich sein Hemd zurecht und wollte los. Wahrscheinlich kannte er die Richtung zum Viehmarkt aber überhaupt nicht und wartete nun auf einen rettenden Einfall. Ich sagte nur noch: „Vielleicht kommen wir ja hin, aber garantiert nicht mehr zurück.“ Aber das hörte er sowieso nicht mehr, ich sagte es viel zu leise und der Hundertzwanziger, er hätte es mir von den Lippen ablesen müssen. Ich wusste in diesem Augenblick, dass wir nun wirklich verloren waren. Ich hörte meine Gedärme mächtig in mir grummeln und der Backenzahnprimus links unten begann auch wieder anzuklopfen. Pock, pock. Na bitte, dachte ich, es geht wieder los. Schon heute Nacht würde ich wieder in irgendwelchen Innenhöfe herumhocken und die gute afghanische Erde verunreinigen.

„Denk doch noch mal drüber nach“, sagte ich dann noch, und das war dann das Letzte zu dem Thema. Er legte seine Hand auf meine Schulter und schrie mir ins Gesicht: „Paul, hör mal. Wenn du nicht mitwillst, dann fahren wir eben nicht, ehrlich, das ist doch überhaupt kein Problem. Dann fahren wir eben wirklich nur noch bis Kabul und dann drehen wir um und fahren wieder zurück. Mach dir doch keine Gedanken darüber, ehrlich nicht.“

Er sagte das, aber ich glaubte ihm nicht. Seit dieser Blutspendenidee war alles in mir wie tot.

Als wir gerade los wollten, kam der Belutsche mit seinen Wasserkanistern aus dem Nebenhof. Er sah Sigi, stellte abrupt die beiden Kanister ab und kam auf uns zu.

Ziemlich schnell und mit einem ernst zu nehmenden Gesichtsausdruck.

„Lass gehen", schrie Sigi und versuchte sofort, die Straße hinunterzulaufen. Der Belutsche lief auch los und war ihm dicht auf den Fersen. Er hatte ihn schon nach zwei Metern eingeholt hielt ihn mit beiden Händen am Hemd fest. Ich begriff, dass wir uns in einer saugefährlichen Situation befanden. Der Belutsche verkrallte sich in Sigis Hemd und spuckte ihm eine Menge wüster Worte in den Nacken. Sigi kam nicht mehr von der Stelle, er wehrte sich aber auch nicht. Noch nie hatte uns ein Afghane angegriffen, sie waren immer friedlich geblieben.

„Abe", schrie der Belutsche und „Polis", also „Wasser" und „Polizei". Ich entnahm seiner Erregung, dass er wirklich Gründe für seinen Angriff hatte, und ich konnte mir nicht vorstellen, dass er Sigi verwechselte.

„Okay, okay, es ist okay", schrie ich, „okay, okay, alles ist gut." Mir fiel einfach nichts Besseres ein.

Sigi ließ sich von dem Belutschen durchschütteln. Er wehrte sich einfach nicht, war aber total grün im Gesicht und zitterte am ganzen Körper. Ich hatte Angst, dass der Belutsche ihn ernsthaft verletzen könnte. Mit Worten war hier nichts zu machen, ich wagte es aber nicht, dem Typen mit Gewalt zu kommen. Ich hätte ihn eventuell würgen können, ich fand das aber vollkommen idiotisch. Einen Afghanen auf offener Straße zu würgen käme einem Todesurteil gleich. Der Mann war sehr stark, ich sah, wie er langsam, aber sicher Sigis Hemd in kleine Streifen riss. Allein mit seinen Nägeln riss er ihm das Hemd vom Rücken. Der Typ war ein Tier.

Ich schrie also noch ein bisschen auf ihn ein und dann schaffte ich es endlich, weiß der Himmel wie, den Belutschen von Sigi wegzubekommen. Ich glaube, er gab einfach auf, weil Sigi sich nicht wehrte. Ich bekam die beiden also auseinander und sofort rannte Sigi los und ich hinter ihm her. Wir rannten, ohne uns weiter um den Belutschen zu kümmern, die Straße hinunter. Er schrie uns noch ein paar miese Bösartigkeiten nach, blieb aber zurück.

Sigi rannte wie verrückt neben mir.

„Kannst du mir sagen, warum der Typ so sauer ist?", schrie er.

„Ich? Woher soll ich denn das wissen?"

Ich fasste es nicht. Mir war von dem ganzen Theater übel, jetzt fehlt nur noch ein Todesfall, dachte ich. Als wir merkten, dass der Typ uns nicht mehr folgte, wurden wir langsamer.

„Kann sein, dass er ..." Sigi blieb stehen. „... weißt du, ich habe meine Hosen, verstehst du ... ich habe meine Hosen den einen Tag bei ihm gewaschen."

„Bei ihm?"

„Na ja, auf dem Dach."

„Du hast deine Jeans in seiner Zisterne gewaschen?"

Wir sahen uns an und konnten es einfach nicht fassen.

„Mit Seife?"

Er nickte.

„Erinnerst du dich an das Mädchen, die in dem Rock?", sagte er dann.

Ich wusste nicht, was das jetzt mit unserem Fall zu tun haben sollte.

„Na ja, die hatte ihre Sachen auf dem Dach zum Trocknen gehängt. Ich dachte, das wäre die hauseigene Waschküche. Ich habe gedacht, alle machen das so." Er machte eine Pause. „Ich habe mir wirklich nichts dabei gedacht, ehrlich nicht."

Ich sah, wie der Prozess der Erkenntnis in ihm begann. Es war ein langer Weg, den er bis ins Gehirn zurücklegen musste.

Wir gingen weiter. Ich sagte nichts mehr. Ich wusste nur, dass wir jetzt ein für alle Mal verloren waren. Wir waren so bescheuert, wie man nur bescheuert sein konnte. Man hätte uns auf der Stelle verhaften müssen.

Wir liefen die Hauptstraße hinunter, in Richtung Zitadelle, die zum Glück nicht zu übersehen war. Da sollte ja der Viehmarkt sein. Der Hundertzwanziger blies uns ins Gesicht. Der Staub, der Sand, der ganze Dreck, den er dabei aufwirbelte, drang uns in Nase, Mund und Augen.

Wir nahmen den direkten Weg. Die Hitze war unerträglich. Alle Läden hatten geschlossen, auch wenn ihre Türen offen waren. Kein Afghane wäre um diese Tageszeit auf die Straße gegangen oder hätte irgendwelche Geschäfte getätigt. Entweder saßen sie in ihren Läden und tranken grünen Tee, oder sie lagen einfach auf der Straße herum. Ich sah eine Menge Afghanen auf der Straße herumliegen, einige saßen unter Maulbeerbäumen, andere lehnten an den überdachten Mauern. Sie hatten ihre Schuhe neben sich abgelegt und lagen auf der Erde, als wären sie ein Teil von ihr.

Bis zur Mittagszeit waren die Temperaturen so angestiegen, dass sich sogar die Hunde verkrochen. Wer jetzt noch ein wenig Schatten bekommen konnte, bewegte sich nicht mehr. Sigi und ich waren die Einzigen, die sich dieser Hölle aussetzten. Wir liefen die Straße hinunter, als suchten wir nach einem Postamt. Auf der gegenüber liegenden Seite winkten uns ein paar Kinder aus einer Hofeinfahrt zu. Sie lachten über uns, sie hielten uns für Wahnsinnige. Wir spazierten durch den Mittelpunkt eines Hochofens, aber die Hitze schien uns überhaupt nichts auszumachen. Jeder Meter, den wir vorankamen, gab uns die Zuversicht, noch am Leben zu sein. Wir stürmten voran, immer der Zitadelle entgegen, und spürten unsere Kräfte wieder. Vielleicht hatte Sigi ja Recht. Vielleicht war ich wirklich zu sehr mit meinen Ängsten unterwegs und sorgte mich zu viel um mein Leben, anstatt es einfach so zu nehmen, wie es auf mich zukam.

Die Hitze lag schwer über der Stadt. Wir kamen der Zitadelle immer näher. Wir liefen die Hauptstraße bis zum Ende. Vorbei an den Gärten, die von Mauern umgeben waren. Kleine Wege führten zwischen ihnen hindurch. Immer wieder sah ich eines dieser Runddächer, die wie russische Kirchenkuppeln aussahen. Fast jedes Haus hatte so ein Milchreispuddingdach. Sie bedeckten ihre Küchen, die an den Häusern klebten. Aus den Öfen stieg sanfter Rauch.

Wären wir jetzt weiter nördlich gegangen, hätten wir den Harirud überqueren müssen. Den großen Fluss, der die Ebene um Herat so fruchtbar machte. Ich wäre gerne am Fluss entlanggegangen, aber wir folgten einfach den Wegen, die sich uns boten, wir liefen ohne groß darüber nachzudenken.

Der Sand war mir unter das Hemd gekrochen, hing mir jetzt in Mund und Nase und zwickte mich in den Augen. Der Wind war mittlerweile so heiß, dass ich mir das Hemd zuknöpfen musste, um nicht auf der Stelle zu verglühen. Es waren bestimmt über 45 Grad im Schatten. Vielleicht hatte Sigi ja Recht, wenn er sagte, dass wir uns ein paar neue Klamotten kaufen sollten. Er wollte unbedingt ein Hemd, eine Pumphose, eine Weste und natürlich einen Turban. Sigi, der Paschtune vom Hindukusch, seines Zeichens armer Afghane und professioneller Träumer. Ein Habenichts und Tunichtgut, ein Zisternenvergifter und eine behaarte Harke, aber im Großen und Ganzen ziemlich reinlich. Ein schlichter Edelmann, an dessen Seite sein protestantischer Begleiter und Mitstreiter schritt, der vielleicht etwas ängstlich, aber nicht dämlich war. Zwei Pilger auf dem Weg zum Viehmarkt, alles in allem kein schlechtes Gespann.

„O gütiger Gott, wir schenken dir unseren Mut und unsere verdammte Zuversicht. Lass uns nicht in den Arsch gekniffen sein, lass uns die Kraft von Kriegern haben."

Die Hitze zerfraß mir mehr und mehr das Gehirn. Wären wir noch eine Stunde so weitergelaufen, ich hätte mit den Steinen gesprochen und Sand gegessen.

Wir stiegen über eine letzte Anhöhe und dann standen

wir endlich vor einer riesigen Senke und sahen hinab in das Tal.

Weit, weit hinaus sahen wir, über die endlose afghanische Landschaft. Es war die Heimat des Harirud. Wir sahen bis dorthin, wo das Land grün und fruchtbar war. Wo es sicher Obstbäume, Mandeln und Granatäpfel, Laub und Kiefernwälder gäbe. Wo der Fluss das Land mit Kartoffeln, Kohl und Rhabarber beschenkte. Wie auf einer Postkarte lag alles schön beieinander.

Der Viehmarkt lag nun direkt unter uns. Als Sigi die ersten Kamele sah, lief er los, hinunter ins Tal. Er konnte es kaum erwarten, bei den Tieren zu sein. Ich blieb noch einen Augenblick stehen und sah in die Ferne, sah ein biblisches Bild.

Dann lief ich die Anhöhe hinunter. Wahrscheinlich war Sigi längst bei den Afghanen, die in Gruppen bei den Tieren standen. Hin und wieder begegneten mir ein paar Hippies, die hier auch etwas kaufen wollten. Ansonsten sah ich nur Händler und Viehtreiber, die bei ihren Tieren standen. Sie hatten friedlich die Hände auf dem Rücken verschränkt und begutachteten das Vieh. Es waren keine Krieger.

Ich war an ein paar Halbwüchsigen vorbeigelaufen, die gerade versuchten zwei Rebhühner in einen Weidenkäfig zu zwängen. Sie drückten die Vögel durch die engmaschige Tür und die Hühner ließen das bereitwillig mit sich geschehen. Dann legten sie ein großes Tuch über den Käfig, vielleicht um die Vögel vor der Sonne zu schützen. Sie hatten viele Käfige, in jedem sah ich ein Huhn. Blaugraue Federn, kleiner Kopf, schöne, zarte Haube, klare Augen. Es waren Kampfvögel, sie wurden trainiert, ich hatte davon gehört. Hoch oben im Norden, in Taschkurghan, fanden solche Vogelkämpfe statt.

Ich lief an den Kamelen vorbei, die in der ersten Reihe lagen, an Ziegenherden, die die Afghanen mit Seilen zusammenhielten, und dann erschloss sich der ganze Markt vor mir. Kamele, Dromedare, in Zweier-, in Dreiergruppen. Manche hatten riesige Teppiche auf ihren Rücken und lagen im Staub, kauten wieder, hatten weißen Schaum vor den Mäulern, manche waren reisigbeladen. Ich suchte nach Sigi, wusste, dass ich ihn hier irgendwo finden würde.

Die Männer, die ich sah, trugen über ihren Hemden graue und bunte Westen, einige ein Jackett. Sie sprachen nicht miteinander, sie standen da und schauten nur. Es lag eine große Stille über dem Tal. Ich bestaunte hier einen Ochsen und gleich daneben ein paar Esel, die mit hängendem Kopf an der Seite von Ziegen und Schafen im Morast standen, ein paar Rinder, die angekoppelt auf der zerwühlten Erde lagen. Je weiter ich auf dem Markt voranschritt, desto schmutziger wurden die Wege. Ich watete durch Schlamm, durch Schafsköttel und Ochsenpisse. Meine Klamotten wurden mit jedem Schritt dreckiger. Der Mist reichte mir manchmal bis an die Knie. Aber es machte mir nichts aus. Die Stille war es, die mir so gefiel.

Endlich sah ich die Pferde. Es waren Gebirgsponys. Kleine, zähe Pferdchen mit struppigen Mähnen, kleiner Risthöhe und knochiger Kruppe. Ihre Besitzer blieben in ihrer Nähe. Sigi aber war nicht zu sehen. Ich lief einmal über den ganzen Platz. Bis hinüber auf die andere Seite, dahin, wo nur noch vereinzelt Händler mit ihren Kamelen standen, dann ging ich bis an den Rand des Marktes und stellte mich an eine Mauer und pisste. Nicht aus Nervosität, eher aus Unruhe, aus purer Lebenslust. Ich spürte langsam meine BSTG-Matten wieder. Ich hatte sie so lange nicht gespürt. Endlich war ich wieder am Leben.

Als ich wieder zurücklief, entdeckte ich endlich Sigi. Er stand in einer Gruppe von Männern, die einen großen Kreis bildeten. Ich stellte mich in die hinterste Reihe und versuchte an ihn heranzukommen. Vor mir sah ich zwei Typen, die gerade versuchten, ihre Pferde zu besteigen, Hengste, sehr schöne Tiere. Sie sahen ganz anders aus als die Pferde, die ich bisher gesehen hatte, viel größer und kräftiger. Ich konnte ihre Köpfe sehen, ihre Mähnen, ihr Zaumzeug und die Trensen. Es waren scharfe, dünne Trensen, die den Tieren meistens sehr eng ins Maul geklemmt wurden.

Ich schob mich durch die Menge nach vorn und dann war ich neben Sigi, der mich aus den Augenwinkeln ansah. Wir sahen wortlos über die Köpfe hinweg in die Mitte zu den beiden Pferden.

Ich erkannte unsere beiden Österreicher, das Großmaul und den kleineren. Der größere versuchte gerade, den grauen Hengst zu besteigen. Zwei Afghanen halfen ihm dabei. Sie hielten das Tier. Es war sehr nervös. Dann sah ich, wie ein anderer Afghane dem kleineren beim Satteln half. Gemeinsam wuchteten sie einen Holzsattel auf den Gaul. Dieses Pferd war genauso prächtig, hatte ebenso ein sattes Grau wie das andere und war größer als alle, die ich bisher gesehen hatte.

Sigi blickte mit weit aufgerissenen Augen in die Mitte des Kreises, sagte aber nichts. Er stöhnte nur, als der Österreicher sich in den Sattel hob. Ich sah ihn an. Er war völlig verändert. Er hatte eine fette Staubschicht über den Augen und starrte traumverloren auf die Pferde.

Der Österreicher versuchte nun ein paar Schritte mit dem Hengst zu gehen und jetzt kapierte ich, was folgen würde. Sie hatten ihnen die kräftigsten Tiere aufgeschwatzt. Die Afghanen spielten mit ihnen ein gefährliches Spiel. Die Hengste waren viel zu stark, kein Mensch hatte wahrscheinlich vorher auf ihnen gesessen.

Sigi sah mich an, und ich wusste, dass er auch etwas Ähnliches dachte.

Der Österreicher hielt die Zügel locker in der einen Hand, mit der anderen tätschelte er den Hals des Pferdes. Er versuchte sich zu halten, und noch gelang es. Ich konnte sein Gesicht sehen. Es war ziemlich angespannt und er blickte immer wieder in die Menge. Als der Gaul begann, sich plötzlich auf der Hinterhand zu drehen, wurde es in der Menge unruhig.

Der Hengst begann, auf der Stelle zu tänzeln, sein Hals wurde ganz schmal, er hatte den Kopf eines Hundes, seine Nüstern blähten sich und wurden rot vor Aufregung. Es war, als wüchse das Pferd aus dem Boden heraus. Jetzt erst baute es sich zu seiner vollen Größe auf. Und nun konnte ich auch die Augen von dem Tier sehen. Sie waren groß und voller Angst.

Der Kreis öffnete sich ein wenig, die Afghanen machten dem Hengst Platz. Im selben Moment tobte der Graue auch schon los. Erst mit kleinen, tänzelnden Schritten, dann schneller und dann galoppierte er hinaus. Er brach aus dem Kreis und raste direkt auf den Rand des Platzes zu. Ich sah ihn auf ein paar Gerbirgspferdchen zustürmen, die dort an der Seite standen. Kurz bevor sie dort angekommen waren, musste es der Österreicher geschafft haben, den Gaul zu stoppen, er musste ihn so gewaltig gebremst haben, dass er sofort hochstieg. Kerzengrade bäumte sich der Hengst auf, stand auf seinen Hinterläufen. Der Österreicher hielt verzweifelt den Hals des Grauen umklammert, und plötzlich stürzte das Pferd rückwärts um und knallte mitsamt dem Mann auf den Boden, begrub ihn unter sich. Der Hengst strampelte mit den Beinen und wälzte sich in panischer Angst hin und her. Er versuchte auf die Hufe zu kommen, aber es gelang ihm nicht mehr. Von dem Österreicher war nichts mehr zu sehen.

Ich musste mich größer machen, um alles mitzubekommen. Bestimmt zwanzig, dreißig Männer schrien und fluchten und drängten nach und Sigi und ich wurden irgendwie mitgezogen, und wir liefen nun zu dem Mann am Boden. Ein paar Afghanen waren schon bei dem Hengst und zogen ihn von dem Reiter weg. Der blieb leblos auf dem Rücken liegen.

Sigi und ich schafften es, bis auf einen Meter an den Österreicher heranzukommen. Zwei Afghanen bemühten sich um ihn. Sie versuchten ihn aufzurichten, und als es gelang, hellten sich ihre Gesichter auf. Ich sah, dass der Österreicher schon wieder ganz normal atmete, dass ihm augenscheinlich nichts weiter passiert war.

Ich hätte ihm gern geholfen, aber er stand sofort wieder auf und rief nach seinem Hengst, den ein Mongolenjunge an der Trense heranführte. Das Tier war noch ganz verschreckt und tänzelte auf der Stelle. Der Österreicher nahm es an den Zügeln und versuchte es zu beruhigen. Er tätschelte ihm den Hals und den Kopf. Ich begriff, dass die beiden Österreicher anders sein wollten, sich von den Afghanen unterscheiden wollten, und an den Gesichtern der Afghanen sah ich, dass sie froh darüber waren. Der Österreicher hätte ja auch auf der Stelle tot sein können.

„Lass gehen", sagte Sigi und wir drängten uns durch die Gruppe zurück, wollten nur noch weg von hier. Ich hatte in diesem Moment keine Angst mehr. Ich war auch nicht beunruhigt, fand alles um mich herum einzigartig.

Sigi sprach den ganzen Weg über davon, Pferde kaufen zu wollen. Er war völlig begeistert von seiner Idee. Wir sollten schon am nächsten Morgen den Bus nach Kabul nehmen und von dort aus weiter in den Norden fahren, hoch bis nach Mazar-i-Sharif. Alles andere würde sich dann schon finden. Dreißig Deutschmark würde man dort für ein normales Gebirgspferd zahlen, inklusive Sattelzeug, Riemen und Trense. Wir wären dann völlig unabhängig, könnten ein paar Wochen im Hochland herumstöbern und dann gemütlich zurück nach Herat reiten. Dort könnten wir die Pferde Gewinn bringend wieder verkaufen. Das war sein Plan.

„Sie leben von dem wenigsten, Pferde sind für sie ein Transportmittel, verstehst du? Ich habe gehört, wie sie feilschen. Sie sind dankbar, wenn man ihnen dreißig Mark gibt und meinetwegen noch einen Zehner drauf, dann legen sie uns sogar noch ein paar Decken dazu. Paul, das ist unsere Chance. Dreißig Mark für ein Pferd, ist das nicht unglaublich? Wir haben doch noch dreihundert." Aus seiner Sicht waren wir ab heute steinreich.

„Lass es uns machen, Paul. Wir wären ja dumm, wenn wir diese Chance nicht nutzen würden. Das Hochland liegt nur einen Katzensprung von Kabul entfernt, wir wären ja wirklich blöd, wenn wir da nicht hinfahren würden. Denk doch mal an die vielen Kilometer, die wir bis hierher geschafft haben."

Ich hatte nichts mehr dagegenzusetzen. Ich musste an die Tiere denken, an die Kamele und die Ochsen, an die Vögel und natürlich auch an die Pferde. Meine Bilder überschlugen sich. Und plötzlich schossen mir andere dazwischen, plötzlich musste ich an zu Hause denken. An Herbert, an Königinmutter und an Bruder Andreas. Ich stellte mir vor, wie sie jetzt wahrscheinlich nebeneinander auf der Couch unter unserem See sitzen. Ich hörte sie meinen Namen nennen. Vielleicht dachten sie ja wirklich in diesem Augenblick an mich und sahen Sigi und mich durch die afghanische Landschaft wandern und hörten, wie wir an unserem Pferdetraum häkelten. Dann riss der Film, ich sah nur noch das Gesicht von meinem Alten und hörte ihn lachen und dann schnitt ich den Film ab, cut. Die Bilder purzelten durch meinen Schädel. Ich musste mich an Sigis Gerede festhalten, sonst wäre ich vielleicht weggeflogen oder ohnmächtig zusammengebrochen.

Wir liefen denselben Weg zurück, den wir gekommen waren. Vorbei an den Lehmhütten und Gärten, an allen Mäuerchen und den Wassertürmen und Sigi redete und redete.

Mit jedem Schritt, den ich ging, kam mir mein ganzes Leben in den Kopf. Meine Vergangenheit und was mir an Zukunft noch bleiben sollte. Aber mit jedem Schritt spürte ich auch meine Kraft wieder, meine Lebenskraft, die trotz meiner Innereien, trotz meiner Zähne noch stark genug war. Mit einem Mal war es mir vollkommen gleichgültig, wohin der Wind uns treiben würde. Ich wusste, dass wir irgendwie über die Runden kämen, das war mir plötzlich sonnenklar. Es war doch mein Leben und ich war der Einzige, der darüber verfügen konnte. Wer sollte mir da reinreden können. Höchstens Gott oder der große Geist oder die absolute Allmacht. Die waren die Einzigen, denen ich mich wirklich beugen würde. Sigi hatte völlig Recht, es wäre dumm, wenn wir das mit den Pferden ausließen.

„Okay", schrie ich, „lass es uns versuchen." Ich war richtig außer mir. „Lass es uns, verdammt noch mal, tun." Ich wollte einfach einen Schlussstrich unter meine Zweifel setzen. „Nur, wenn wir es nicht schaffen sollten, dann fahren wir wieder zurück. Hörst du? Dann nehmen wir den nächsten Truck und fahren sofort wieder zurück. Das musst du mir versprechen."

Am liebsten wäre ich stehen geblieben und hätte ihn schwören lassen. Aber er versprach es und von diesem Moment an waren wir nur noch mit unserem Plan unterwegs. Wir malten uns die nächsten Wochen in den allerschönsten Farben aus, bauten an unserem Traum vom unabhängigen Leben. Goa war ja kein Thema mehr und Indien schon Geschichte.

Unsere Diskussion war beendet und wir beschlossen, morgen in aller Herrgottsfrühe den ersten Bus nach Kabul zu nehmen, um von dort aus gleich weiter bis nach Mazar-i-Sharif zu fahren. Dort würden wir die Dreißigmarkgäule kaufen und dann wären wir endlich frei. Frei von allem. Dann hätten wir nur noch die Weite des afghanischen Hochlandes vor uns und den Hindukusch sowieso. Das Land war unser Boden, es würde uns die Erde geben, die uns noch fehlte. Das wussten wir jetzt, als wir in die Stadt liefen.

Ein letztes Mal gingen wir durch die alten Gassen, gingen mit den Afghanen, die den Nachmittag eingeläutet hatten, und suchten nach Dingen, die wir für den Norden gebrauchen könnten. Sigi kaufte bei einem netten Mann, der mit Transistorgeräten und allerlei Haushaltskram handelte, ein weißes Hemd und dazu eine Anzugweste mit interessanten Längsstreifen. Ich wählte einen grauen, afghanischen Kittel, der mir bis über die Knie ging und mich an ein Leichentuch erinnerte. Es gab nichts in den Größen 46 bis 48, es gab überhaupt keine Konfektionsgrößen. Es gab nur große oder kleine Hemden, weite oder enge Hosen und Sandalen aus Leder oder aus Reifengummi. Obwohl ich weder Hemd noch Hose wollte, kaufte ich beides und ließ das Zeug in Packpapier einschlagen, ich wollte die Sachen ja als Souvenir.

Der Mann half Sigi beim Binden des Turbans. Er rannte einige Male um ihn herum, ehe er die acht Meter Tuch auf dem Schädel verstaut hatte. Jetzt sah Sigi aus wie ein Afghane, aufrecht, edel und gut, wie ein Krieger.

Wir alberten ein wenig herum und der Mann bot uns dann noch grünen Tee an und wir setzten uns zu ihm auf den Boden. Sigi erzählte ihm von Frankfurt und von Hamburg und der Typ bekam bei Sigis Erzählungen ganz feuchte Augen und versicherte uns immer wieder, wie gut und einmalig wir es doch in Deutschland hätten. Wir müssten doch unendlich froh sein, in so einem sicheren Land leben zu dürfen, und er würde schon seit seiner Kindheit von Frankfurt am Main und einem Mercedesbus träumen.

Und weil er ganz gut Englisch sprach und gern redete, hörten wir von ihm zum ersten Mal von den Afghanen aus dem Norden, die sich dort sammelten und bewaffneten, und er riet uns vorsichtig zu sein. Er sagte, dass es gerade in dieser Gegend um Mazar-i-Sharif Stämme gebe, die sich zusammengeschlossen hätten, um gegen die Russen zu kämpfen. Er sprach von einem großen Krieg, der den Afghanen bevorstehe, und wir versuchten ihn von seinen dunklen Gedanken abzulenken, denn wir konnten uns einen Krieg überhaupt nicht vorstellen. Einen Krieg hier in diesem Land, wo es nichts anderes zu holen gäbe als ein paar Ziegen und Schafe und ein paar Sachen aus dem Mittelalter. Aber der Mann wusste eine Menge über Politik. Er sprach über Erdöl und militärische Vorherrschaft. Er verglich die Russen mit den Horden Dschingis Khans, die sein Land schon einmal verwüstet hätten. Nur die Deutschen mochte er, und das gefiel uns natürlich. Seine Geschichte hatten wir schon vergessen, als wir uns verabschiedeten.

Sigi behielt den Turban gleich auf, ließ das Hemd und die Weste an und nahm seine alten Klamotten in braunem Packpapier mit. Mir genügte ja mein Dauerhemd und die Überlebenshose, ich fühlte mich in ihnen zu Hause. Wir umarmten uns beim Hinausgehen von dem Afghanen und er legte seine Wange an meine Wange, so wie man es unter Brüdern macht oder in Deutschland bei Beerdigungen und bei Taufen, und Sigi sagte noch, dass wir ihm von Deutschland aus schreiben würden. Wir tauschten an der Tür unsere Adressen aus. Da wurde mir klar, dass ich überhaupt keine Adresse mehr hatte, also keine, zu der ich auch wieder zurückkehren wollte, und ich schrieb ihm einfach meine alte auf, die von Herbert und Königinmutter.

Dann gingen wir los und der Afghane winkte uns noch lange nach und wünschte uns alles Glück dieser Erde.

Die Altstadt füllte sich mehr und mehr mit Hippies. Sie kamen immer erst zum Nachmittag, tagsüber verkrümelten sie sich im Umland oder blieben auf ihren Balkonen hängen und verpennten die Tageshitze. Jetzt roch ich Charras an jeder Ecke.

Wir wollten noch einmal zur großen Moschee, der Massghede Djame. Wir wollten die Minarette, die blaue Kuppel und die verzierten Balkone noch einmal von ganz nah sehen und dann gleich weiter zum Mausoleum des Abdul Quassim. Bei meinem ersten Besuch hatte mich dieses Grabmal sehr an das Mausoleum in meinem Schlosspark in Berlin erinnert. Als Kind hatte ich immer gedacht, dass mein Vater nach seinem Tod dort aufgebahrt liegen würde. Vielleicht hatte ich es mir auch nur gewünscht und mit den Jahren war es dann zu einer Wahrheit geworden. Weiß der Teufel, warum wir dort noch einmal hin wollten. Vielleicht wollten wir zu dem Grabmal, um noch einmal die Männer zu sehen, die Tag für Tag vor dem großen Eingang sitzen, da, wo man seine Schuhe abstellen muss, um hinein zu können. Die Männer sitzen dort den ganzen Tag herum und tun nichts. Wir hatten uns bei unserem ersten Besuch einfach zu ihnen gesetzt und dann stundenlang mit ihnen geschwiegen. In den Blicken der Männer glaubten wir alles zu sehen. Aber wir waren an diesem Tag so bekifft, dass es leicht war alles zu sehen.

Wir liefen also Richtung große Moschee, machten aber schon an der nächsten Bäckerei Halt, weil es so gut nach Gebäck roch. Da bemerkte ich erst, wie wenig ich seit Tagen gegessen hatte.

Wir sahen Elefantenohren, Teigtaschen, die der Bäcker gerade aus seinem Teig formte. Er knetete den Teig und rollte ihn auf. Wir standen vor seinem Laden und sahen ihm dabei zu. Ein paar verlauste Kinder hingen bei uns und schrien immerfort: „Man goschnah schodam, man toschnah hastam." Es war ein Knittelreim, ein einfaches Kinderlied. „Ich habe Hunger, ich habe Durst." Das versuchte uns der Bäcker ins Englische zu übersetzen, während er den Teig in den Ofen knallte. Es dauerte ganze fünf Minuten, dann waren die Elefantenohren fertig und der Bäcker holte das Blech heraus. Wir aßen gleich zwei, drei Stück, sie schmeckten wirklich köstlich, und verteilten die übrigen an die Kinder, die bis dahin nur an uns herumgefummelt hatten. Nachdem wir dem Bäcker ein paar Afs bezahlt hatten, liefen wir unter Applaus die Gasse hinunter.

Das Stimmengewirr, das Gekläffe der Hunde und der

Singsang der Kinder, das Gelächter, die Rufe der Händler, das alles begann sich in meinem Kopf zu einer enormen Musik zu formen. Die Fensterläden waren jetzt vollkommen aufgeklappt und ich konnte in den meisten ein Gesicht sehen. Afghanen, die im Hintergrund saßen und Tee schlürften. Alte und junge Männer, die in ihren Fenstern saßen. Sie saßen wie Zuschauer in der Loge eines riesengroßen Theaters. Wir liefen weiter. Aus einem Fenster erklang Trenet. Ich erkannte ihn an seiner lustigen Stimme. Wahrscheinlich ließ ein Europäer dieses französische Lied auf seinem uralten Grammophon dudeln. Malinowski schoss mir in den Kopf und für Sekunden sah ich ihn vor mir, hörte seine Stimme. Aber mit dem Lied verschwand auch sein Gesicht.

Wir wollten eine Abkürzung nehmen. Mittlerweile kannten wir ja die Höfe und Ecken und Winkel von Herat. Erst mussten wir durch einen kleinen Innenhof und dann ging es eine Treppe hinunter in ein riesiges Kellergewölbe. Die letzte Stufe mündete mitten im Wasser. Vor uns lag ein See, das ganze Kellergewölbe war voll gelaufen. Auf der anderen Seite, keine zwölf Meter von uns entfernt, konnten wir schon den Ausgang sehen. Wie eine Gebetsnische, wie ein Diwan leuchtete er. Das Wasser ging uns bis zu den Knien, Sigi musste seine Schlabberhosen hochziehen, während ich meine Hose vollends versaute.

Wir stapften, so schnell wir konnten, um möglichst rasch hinüber ans andere Ende zu kommen. Ich konnte den Boden gerade noch unter meinen Füßen spüren und hatte Angst vor Ratten oder irgendwelchen anderen Tieren, die sich vielleicht im Wasser versteckt hielten.

„Kennst du die Wüste des Todes in Seistan? Dash-i-Margo." Sigis Stimme hallte durch den Untergrund.

Kinderkram. Laternenschein. Mein alter Kiez, der Geruch der Straße. Kopfsteinpflaster, mein Quartier. Der kleine

Paul und die Stimmen der Alten. Ich kann sie alle hören. Ich höre den Kaufmann Kusch, wie jeden Tag, wie jeden Morgen, wenn ich mit Königinmutter zu ihm gehe. Es ist fünf Uhr früh und niemand ist auf der Straße, ich weiß es, wenn ich jetzt mit ihr durch das Treppenhaus gehe. Ich rieche das Bohnerwachs und durch die Butzenscheiben vom ersten Stock fällt das Licht einer Straßenlaterne. Königinmutter sagt nichts, es ist noch so früh und ich weiß, sie ist noch zu müde um zu sprechen. Weil sie zu wenig geschlafen hat, weil doch mein Vater krank ist und schon wieder in einer Klinik liegt. Sie haben ihn abgeholt, gestern, mit Blaulicht, und ich wage es jetzt nicht, sie danach zu fragen. Sie sieht so ernst aus und ich möchte nicht, dass sie noch trauriger wird. Ich habe mich gestern schon verstellt. Als die Männer kamen, in ihren weißen Kitteln, mit dem Wagen, der wie eine Bahre aussah, da habe ich einfach mein Gesicht verstellt.

Sie haben ihn fortgebracht, auf dieser Bahre, und mein Vater hat ganz alt ausgesehen, wie ein uralter Mann, wie Gott. Als sie weg waren, hat Königinmutter noch geweint, so wie sie immer weint, wenn sie am Ende ist, und ich habe meine Arme um sie gelegt und mich an ihre Wange gekuschelt und nichts sagen können und sie hat irgendwann aufgehört zu weinen. Jetzt macht sie die große Eingangstür auf und wir gehen auf die Straße hinaus und es ist kalt und noch dunkel und Königinmutter sieht so schön aus mit ihren Nylonstrümpfen und den hochhackigen Schuhen und dem Sommermantel und ich wundere mich, wie sie in dieser Kleidung an der Stanze bei Siemens arbeiten kann. Sie nimmt meine Hand und ich fühle mich gut und die Nacht ist endlich zu Ende und wir gehen zu Kaufmann Kusch, der gleich nebenan in seinem Laden ist und auch schon auf, und er gibt mir den Maggiwürfel, den ich dankend aus seiner Hand nehme. So wie jeden Morgen. Und Königinmutter und er sprechen dann noch über Geld und über Vater, den alle schon aufgegeben haben, denn aus einer Klinik kommt man mit so einer schweren Diabetes nicht mehr lebend heraus.

Die Nacht brach herein. Wir waren über Stunden kreuz und quer durch die Altstadt gelaufen.

„Ich habe Hunger, Paul", sagte Sigi irgendwann, „lass uns etwas essen gehen. Irgendetwas, Chalau oder Palau, oder wie sie das Zeug nennen."

Es gab im Grunde nur Fleischklöße oder Hammelspieße oder den ewigen Reis, mit und ohne Rosinen. Ich hatte meinen Hunger längst vergessen, hatte seit Tagen keinen Kontakt mehr zu meinen Gedärmen. Nun wurde ich aber sofort wach.

„Ja, lass uns essen gehen", antwortete ich. „Irgendetwas Warmes. Reis mit gerösteten Zwiebeln oder Kebap."

„Ja, Kebap", sagte Sigi und wir stiefelten dann los. Die Teestuben hatten alle schon geöffnet.

„Oder Tschabli", ich spielte ein bisschen mit den Worten herum, freute mich auf das Essen. „Die fetten Buletten und danach Bolanis, die Pfannkuchen und dann, dann noch Joghurt."

Ich war schon immer ein Lebensmittelspezialist gewesen. Als Kind hatte ich alles essen können, ich hatte immer Hunger. Nur hier am Ende der Welt hielt ich mich zurück, weil meine Därme nicht mitspielten. Wozu dann überhaupt noch essen, wenn man alles wieder rausscheißt?

Wir überquerten die Hauptstraße, rannten in die Altstadt zurück, der Hunger machte uns Beine. Es roch nach Haschisch, an jeder Ecke rauchten sie ihre Pfeifen.

Wir brauchten überhaupt nicht lange zu suchen, schon an der nächsten Ecke fanden wir einen Kebabi und kauften von dem Mann sechs Spieße mit fettem Hammelfleisch. Der Afghane gab uns die Spieße direkt vom Feuer und wir verschlangen sie sofort. Es schmeckte für Minuten gut, dann schmeckte es eigenartig und so nach weiteren fünf Minuten kam das Zeug wieder hoch. Der Nachgeschmack war fürchterlich.

Wir hatten immer noch Hunger, ließen uns eine ganze Weile treiben und fanden dann ein Restaurant, in dem es Bier und andere Köstlichkeiten gab. Sie hatten richtige Stühle in dem Laden und es lungerten bestimmt dreißig, vierzig Hippies dort herum. Es war eine Kaschemme, wie man sie auch in Deutschland auf den Dörfern finden kann. Als wir eintraten, waren nur Europäer in der Kneipe. Der ganze Laden war verqualmt, sie schwatzten und rauchten und tranken Pepsi und Bier aus Dosen. Wir setzten uns an einen der Tische und bestellten ein Bier und eine Cola. Beides war zu warm. Der Typ neben Sigi bot ihm seine Pfeife an und Sigi wollte nicht unhöflich sein, rauchte ein bisschen davon, gab ihm die Pfeife zurück und dann rauchte der Typ wieder. Es war eine langstielige Pfeife, mit einem riesigen Kopf, der ganz mit Stanniolpapier ausgelegt war. In der Mitte lag ein mächtiges Stück Charras, ein Stück grauer Afghane, das konnte ich erkennen. Ein weiteres Dollarpiece lag vor dem Mann auf dem Tisch. Er musste schon eine ganze Menge von dem Zeug geraucht haben. Jetzt zog er den Rauch mit einem kräftigen Huck bis in seine Lungen hinab und schluckte den Rest herunter. Die Augen traten ihm hervor und sein Schädel schwoll an. Er hielt den Rauch bestimmt ein, zwei Minuten in seinen Lungen. So lange, bis er zu platzen drohte, und dann schleuderte er den Mist in einem einzigen, gewaltigen Auswurf wieder hinaus. Eine enorme Rauchwolke legte sich über unsere Köpfe. Ich war völlig eingenebelt von dem Zeug. Es roch bitter und süß, wie vermufftes, angeräuchertes Gras, bloß eben viel süßer. Der Typ schüttelte sich und man konnte ihm die enorme Anstrengung ansehen, dann bot er Sigi zum zweiten Mal die Pfeife an. So ging es drei- bis viermal.

Ich trank mein Bier aus und aß von den leckeren Plätzchen, die sie an jedem Tisch herumreichten. Eine nette

Geste von dem Wirt, dachte ich, wahrscheinlich sind die Plätzchen von zu Hause. Ich aß und aß, bis alles in mir schwerer wurde. Ich konnte minutenlang auf das Ohr oder die Nase eines Typen starren, mein Körper war nicht mehr richtig bei mir. Da begriff ich, dass ich Charras gegessen hatte. Sie hatten Haschisch in die Plätzchen gebacken und ich hatte bestimmt vierzehn gegessen.

Ich versuchte sofort aufzustehen, was mir nur sehr schwer gelang. Als ich hochkam, folgten mir dreihundert Kilo Lebendgewicht, die mit mir in eine andere Richtung wollten. Sigi ging es ähnlich, ich sah, wie er sich an einem imaginären Haltegriff emporzog und mit der anderen Hand auf dem Schädel seines Nachbarn abstützte. Irgendwie schafften wir es hinauszukommen. Auf der Straße empfand ich die Luft wie einen Eimer warmer Milch.

Auf dem Rückweg sprachen wir nicht miteinander, jeder hatte seinen eigenen Film. Ich weiß nicht, wie wir es schafften, in unser Zimmer zu kommen. Wir stützten uns gegenseitig und schoben und zerrten uns die Treppe hinauf und gelangten so in unser Appartement. Dort fielen wir sofort auf die Säcke und blieben liegen, wie wir auf dem Boden aufgekommen waren.

In meinem Kopf begann sich sofort ein Kopfkissen in unvorstellbarer Größe breit zu machen. Es füllte meinen Schädel in jeder denkbaren Richtung aus. Meine Augen gingen mir voraus. Ich glaube, meine Pupillen berührten das Fenster, während mein Körper noch auf dem Boden lag. Der Mond nahm mich sofort in Beschlag. Ich schaffte es einfach nicht mehr, die Augenlider zusammenzubringen. Ich lag auf dem Rücken und der Mond sah mich an und ich versuchte, mich an meinen Namen zu erinnern.

Die Dunkelheit senkt sich über die große Moschee. Am Mausoleum des Abdul Quassim zünden Wächter die Laternen an, sie bereiten sich auf die Nacht vor.

Ich liege auf dem Boden in unserem Appartement und

starre durch die zerbrochene Fensterscheibe hinaus in die sternenklare Nacht. Es ist kühl. Sigi liegt neben mir in seinem Sack und starrt auch hinaus in das Dunkel. Wir sind zwei völlig bekiffte Starrer, die unentwegt vor sich hin denken, manchmal blöde giggeln und dann wieder denken. Ich bin eine lebende Denkfabrik. Seit Stunden mache ich das schon so.

Der Isfandi läuft inzwischen die Basarstraßen ab, er geht von Laden zu Laden, bevor sie die Türen schließen. Er schwingt einen Topf mit brennendem Isfand, den Samenkörnern von wilden Rautengewächsen, der Rauch soll vor bösen Blicken schützen. Ich hoffe, dass er zu uns ins Zimmer kommt und die Geister verjagt mit seinem Kraut.

Der Kebabi wirft die verkohlten Reste seiner Fleischspieße in den Rinnstein, zu den Hunden, die sich um die verkohlten Fleischbrocken balgen. Er facht ein letztes Mal die Glut in seinem Kasten an, aber nur, um in dieser stockfinsteren Nacht ein Zeichen zu setzen. Auch wenn sein Laden nur ein erbärmlicher, verrosteter Eisenkasten ist, auch wenn er arm und mittellos ist, sollen alle sehen, dass er, Nurat, der drittälteste Sohn von Hassan Ben Ürbut, sein Handwerk redlich macht. Auch wenn jetzt ein paar hundert Meter weiter ein deutscher Tourist an den Folgen einer Amöbenruhr seinen Geist aufgibt, Nurat verkauft kein vergiftetes Fleisch. Alle sollen sehen, dass er, Nurat, ein redlicher Fleischspießverkäufer ist. Deshalb isst Nurat auch selbst von seinen Spießen. Aber erst, wenn die Hunde nach fünf Minuten noch leben sollten.

Ein paar Gadis fahren die Hauptstraße herunter. Die Kutscher lehnen müde auf ihren Böcken, die Pferdchen trotten in den Stall. Der Polsterer, der die Eselssättel macht, geht nach hinten und legt sich singend auf eine Matte. Der Marmorschneider, der Scherenschleifer, der Sattler, die Schuster, alle legen sich zur Ruh. Für ein paar Stunden fällt Herat in einen tiefen Schlaf. Die Frauen stopfen ein bisschen von den Gewächsen in die durchbrochenen Wände und benetzen die Zimmerpflanzen mit dem Wasser des Harirud. Damit heute Nacht der Hundertzwanziger kommen und die Räume kühlen kann. Damit die Hitze nicht ins Haus kann.

Ich spüre schon lange meine Füße nicht mehr. Vielleicht steht ein Fuß von mir ja noch auf der Straße. Vielleicht haut er ab, ich traue meinen Füßen nicht mehr. Sie sind mir fremd geworden. Ich höre das Spiel einer Dambura, irgendwer singt doch da. Ich bin es selbst, ich erkenne mich an dem Lied, das ich singe. „Oleole. Hissen müssen wir Matrosen, Segel in die Höh." Ich singe dieses Lied in vierundzwanzig verschiedenen Sprachen, einschließlich eines mir unbekannten Dialektes aus Zentralafghanistan. Ich höre von der Straße nur noch wenig Gelächter. Noch ein paar Minuten, dann wird es ganz still sein, dann werde ich nur noch mich und dieses verdammte Lied hören. Ich werde schlafen, vielleicht schlafe ich ja schon. Im Traum sehe ich mich schlafen und sehe, wie ich von mir träume.

Sie haben von einem Truckfahrer, einem Kanadier, erzählt, der schneller als die anderen seinen Truck fuhr. So gut, dass er regelmäßig vor den anderen in Herat ankam. Sie vergifteten ihn mit einem Spezialkraut. Sie taten ihm einen Pilz in den Tee und der Mann wurde davon innerhalb einer Stunde komplett verrückt und konnte nie wieder einen Truck fahren. Ich sehe ihn jetzt durch die Straßen von Herat laufen. Zerlumpt, mit wirrem Haar, ohne Ziel, ohne Sprache. Er sieht von hinten aus wie mein Alter. Er läuft noch heute so durch die Straßen, haben sie gesagt und keine Miene dabei verzogen.

Ich denke an die beiden englischen Beatniks, an das französische Pärchen, an die beiden Deutschen und an die Österreicher. Ich spüre, wie das Charras ihre Gesichter tauscht. Ich sehe den Engländer mit dem Körper der kleinen Französin. Warum habe ich kein Mädchen an meiner Seite, denke ich. Eine, die gut zu mir ist, eine, die mich liebt, mit der ich zusammen sein kann, die ich tragen werde. Eine wie die Australierin von der Grenze in Islam Qala, die war wunderschön. Sie hatte einen hohen Haaransatz. Ich stapele Perücken in einer Fabrik. Ich knüpfe Pferdehaare zu riesigen Haarteilen und stapele sie. Ich muss kündigen, denke ich sofort. Ich komme hier sonst nicht mehr raus. Sigi, hörst du mich? Du schnarchst. Du wirst dir in Kabul eine Nasenscheidewand herausnehmen lassen müssen, von einem pakistanischen Zahnarzt. Einem, der seinen Bohrer mit den Füßen tritt. Ich bin für einen kurzen Moment klar im Kopf. Ich sehe Sigi neben mir liegen, er starrt durch das Fenster. Nein, er schläft. Nein, er ist schon tot.

„Sigi, wie ist das mit dem Sterben?", hatte ich ihn gefragt. Das war vor sechs Stunden.

„Wie meinst du?"

„Na, wenn man stirbt."

Wir haben nebeneinander auf unseren Säcken gelegen und in den Himmel gesehen. Sigi war so bekifft, wie ich es war, nur bei mir stieg es noch an, er konnte wenigstens denken. Bei mir begann es ganz langsam wie eine Blüte aufzubrechen.

„Ich weiß es nicht", hat er mühsam hervorgebracht. „Ich bin ja noch nie gestorben." Dann hatte er eine halbe Stunde lang Pause gemacht, um sich von diesem Satz zu erholen.

„Glaubst du, es geht ohne Angst?", habe ich ihn dann gefragt.

„Was?" Dann waren wieder drei Stunden Pause. Bei mir hat das Zeug schon seine ersten Wirkungen gezeigt.

„Das Sterben", habe ich geantwortet und nach einem anderen Wort gesucht.

„Nein", hat Sigi geantwortet. Der Mond war immer größer geworden, er war gewachsen.

„Was glaubst du dann?“, habe ich ihn gefragt.

„Ich glaube, man stirbt einfach und ein paar nette Leute werden dich im Tunnel erwarten und dann heimleuchten.“

„In was für einem Tunnel?“

„Na, so einem Tunnel.“ Er hat mich angesehen. Ich war über sein Gesicht erschrocken. Er war so hager, so eingefallen, ich sah schnell wieder weg, ich wollte nicht auf einen Horrortrip, ich versuchte wieder Kontakt zu mir zu bekommen.

„Lichtgestalten werden kommen, also Verwandte oder Menschen, die dir mal sehr nahe gestanden haben, und sie werden dich an die Hand nehmen und dann hinüberführen. Aus dem Tunnel heraus, ins große Licht. Ins Paradies oder in den Hades.“

Dann waren wieder acht Stunden Pause und ich habe über das Wort Hades nachgedacht.

Dann hat er endlich gesagt: „In keinem Fall wirst du aber ganz allein sein.“

„Es muss furchtbar sein, wenn man allein stirbt, nicht wahr?“

„Ja, ich glaub schon.“

„Mein Vater ist allein gestorben, völlig allein. Sie haben gesagt, er hätte einen Zuckerschock gehabt und sei daraufhin aus dem Fenster gesprungen.“

„Hat er sich denn umgebracht?“, hat er gefragt.

„Nein, nein, das habe ich immer nur gedacht. Ich weiß nicht, warum ich das dachte, aber ich habe immer geglaubt, er hätte es getan.“

„Was?“

„Was?“

Wir haben den Faden verloren und ich habe über meinen Alten nachgedacht und dabei sein Gesicht gesehen. Ich sah seine Augen und dann seine Lippen und seine Haare. Er sah viel jünger aus und er lachte.

„Warum?“ Ich hörte von irgendwoher Sigis Stimme.

„Er hat sich ja nicht umgebracht. Er hätte gar nicht die

Kraft dazu gehabt. Dazu muss man doch Kraft haben, nicht?“

Daraufhin hat Sigi ein paar Stunden nichts mehr gesagt, aber dann …

„Junge, Junge, du denkst einiges zusammen.“

„Ist es nicht besser, man lebt lieber nicht, als nicht zu leben, also nicht wirklich zu leben? Ist das nicht furchtbar, nicht selbst zu bestimmen, was man machen will? Welche Klamotten man tragen will, welchen Beruf man haben will, welche Frau man lieben will, ist es dann nicht wirklich besser, man verkürzt das Leben?“

Sigi hat sich wieder umgedreht, jetzt sah er wie eingeäschert aus. Er hat in seinem Sack gelegen, bis ans Kinn.

„Junge, Junge, Paul“, hat er darauf geantwortet, „mir wird ganz schwummerig.“

„Mein Vater war, glaube ich, ein schwacher Mann. Er konnte nicht mit den Leuten leben. Das ist doch das Schlimmste, wenn man nicht mit den Leuten leben kann, die einem im Grunde nichts Böses wollen, die vielleicht auch nur schwach sind. Er hätte sicher ein guter Geiger oder Koch werden können, wenn er es gewollt hätte. Er hätte vielleicht auch ohne meine Mutter leben können, nur mit sich allein und völlig unabhängig, also ohne diese Sklaverei. Ohne eine Frau, die ihm sagt, mach das, iss das, geh dahin, bring Geld für deine Familie nach Haus. Ich kann manchmal meinen Alten verstehen, wenn er nicht mehr leben wollte.“

Sigi sah mich wie einen Fremden aus tiefen Augenhöhlen an. Vielleicht sprach ich ja schon in einer anderen Sprache, vielleicht hatte er den Eindruck, ich wäre ein Yeti. Das Zeug wirbelte mir alle Gehirnstränge durcheinander, ich hätte in vier Ebenen gleichzeitig denken können.

„Er ist nicht so“, sagte Sigi. „Du bildest dir das nur ein. Versteh ihn lieber nicht so viel.“

„Ich weiß doch gar nichts über ihn“, hatte ich geantwortet. Das stimmte auch.

„Deshalb ja. Vielleicht war er ganz anders."

Dann wurde es sehr still bei uns im Raum und nach einer Weile sagte Sigi nur noch:

„Wenn du ihn so festhältst, findet er keine Ruhe. Dann kann er gar nicht sterben. Du musst ihm seinen Frieden lassen, Paul. Du musst ihn bei sich lassen."

Dann flog ein riesiger Handschuh durch die Luft, ganz langsam segelte er von links nach rechts.

Warum sagte Sigi das, mit dem in Frieden sterben lassen. Mein Alter war doch längst tot. Ich konnte ihn doch gar nicht mehr sterben lassen. Ich starrte auf das Fenster. Der Mond stand so schön hoch. Das Charras hat eine Menge Gedanken in mir angefeuert.

Ich liege da und sehe den Mond. Ich denke an die Lichtmenschen.

„Werden sie da sein, wenn man stirbt? Bei jedem von uns?"

Ich spreche mit mir selbst. Komischerweise antwortet mir wer, ich kann eine Stimme hören.

„Ja, da bin ich ganz sicher."

„Auch bei meinem Vater?"

„Es hat ihn jemand abgeholt. Er ist nicht allein hinübergegangen."

Ich liege noch immer wach. Sigi schnarcht. Er kann mich nicht hören, er hört nur seine Nase. Er ist von dem Charras so voll, dass er bestimmt denkt, seine Nase sei ein Propeller, der ihn an die Decke zieht. Ich beginne langsam wieder klarer zu sehen. Ich bin nicht mehr so bekifft. Ein Mädchen müsste ich haben, dann würde ich alles besser meistern können. Mit einem Mädchen beginnt alles. Ein Mädchen ist das Leben. Wann werde ich endlich ein Mädchen finden? Lieber Gott, gib mir ein Zeichen, oder soll ich mit dem Schnarchbären sprechen? Man sagt ja, dass sie antworten, wenn man sie etwas fragt. Ich versuche es.

„Hey, Schnarchbär, sag mal, wie wird sie aussehen?"
Bzzzzzzbrrrrwzbrrrrr.

Ich werde fliegen. Irgendwann werde ich fliegen. Mit einem Mädchen. Fliegen wie ein Vogel, nicht wie diese Rebhühner. Sie können sicher auch fliegen. Sie fliegen doch auch, oder hüpften sie nur? Hopp, hopp. O Mann, ich muss schlafen, bestimmt geht gleich die Sonne auf. Ich werde jetzt schlafen.

Ich schlafe ein, aber auch im Schlaf dreht sich alles in meinem Kopf. Ich sehe ein paar Afghanen und dann die Ochsen vom Viehmarkt und immer wieder die Kampfhühner. Ein Afghane hält mir einen Weidenkäfig hin, ich will da reingehen, lieber da hineingehen als sterben. Ich rede mit dem Afghanen, aber er will mich nicht.

„Sigi, wach doch auf, ich kann ihre Sprache sprechen, ich bin einer von ihnen. Sigi hörst du mich? Der Afghane will mich nicht, er sagt, er kann mich nicht gebrauchen. Ich sei ihm zu schwach, er brauche kräftige Hühner. Sigi, ich sehe jetzt alles in Farbe. Blau, grün, gelb. Ich sehe ein Mädchen in einem bunten Kleid. Sigi, warum müssen wir sterben? Hörst du mich? Ich sehe Fayencen aus der Ghoridenzeit. Was sind Fayencen? Wer waren die Ghoriden? Sigi, ich bin jetzt im dreizehnten Jahrhundert, hol mich wieder zurück. Ich bin ein Krieger, ich reite ein Pferd und kämpfe um mein Leben. Da ist er, der Ausrufer, hörst du ihn nicht. Endlich höre ich ihn. Drive Kabul, Drive Kabul! Sigi, warum verschläfst du die Zeit, kannst du nicht hören? Drive Kabul. Drive Kabul."

Da war er endlich, der Ausrufer. Das war sein Ruf, der die Gläubigen wecken sollte. Auf zum Gebet, lasst uns den Tag begrüßen. Drive Kabul! Verdammt, wir hatten beinahe verschlafen. Drive Kabul. Drive Kabul. Wir griffen unser Zeug und rannten die Treppe hinunter.

Irgendwie waren wir herausgekommen, an dem Turkmenen vorbei und dann die Straße bis zum Busbahnhof gerannt. Mit den Hippies, die wie wir nach Kabul wollten. Die Sonne war noch nicht aufgegangen, aber ich sah schon ihren Silberstreif am Horizont.

Als ich mein Sturmgepäck in den Bus legte, unten zu den anderen Sachen, und Sigi das Gleiche tat, da hörten wir sie kommen. Hundert Meter waren sie von uns entfernt. Ich hörte erst das Getrappel der Tiere und dann dieses Klingklang und dann sahen wir eine riesige Staubwolke. Es musste eine sehr große Karawane sein, die Straße vibrierte unter ihren Füßen. „Sie kommen nur morgens, nur wenn die Stadt menschenleer ist", sagte einer.

Erst sahen wir die Kamele, sie waren es auch, die das Klingklang verursachten. Dann folgten Esel und Ochsen und Kühe und Ziegen und dicht bei ihnen waren die Reiter, Paschtunen auf ihren kleinen Gebirgspferden. Sie kamen uns immer näher und waren dann schnell auf gleicher Höhe. Ich war wie berauscht und den Hippies ging es nicht anders. Wir starrten mit offenen Mündern auf die Tiere, die an uns vorbeiliefen. Ruhig und gelassen schritten sie vorbei. Sie hatten ein irrsinniges Tempo und wirbelten eine Menge Staub auf. Kamele, Esel, Dromedare.

Daneben liefen Männer in Decken gehüllt, sie hatten Zweige in den Händen. „Hua, heh." Niemand führte ein Tier an der Leine. Jedes Kamel trug ein Zelt, und in den Zelten waren die Frauen. Ich sah selten ein Gesicht, nur immer wieder zwischen den Tüchern ein paar Augen. Die Männer in ihren Umhängen und groben Decken waren ebenso verschleiert. Der Staub, der Sand lag ihnen wie Asche auf den Schultern. Immer mehr Kamele liefen an uns vorbei. Die Hunde sprangen an ihren Flanken empor und versuchten, sie in der Bahn zu halten. Bis auf das Getrappel und das Stampfen der Tiere war kein Laut zu hören.

Dann war das letzte Tier an uns vorbei, es lief nur noch ein Paschtune hinter ihm. Er drehte sich im Gehen zu uns um. Dann lief er schneller, um das Tier wieder einzuholen, und packte es am Schwanz, und dann war auch von ihm nichts mehr zu sehen und die Straße wieder leer. Das Klingklang, das Kläffen der Hunde, das Getrappel der Tiere, alles verebbte mehr und mehr in der Ferne. Nur der Staub hing noch in der Luft und der Geruch von den Tieren. Die Straße hatte sie gänzlich verschluckt.

Ich kann nichts mehr denken, ich fühle meine Lebenskräfte nicht mehr, ich bin schwerelos und völlig am Boden. Mein Körper löst sich langsam auf. Die Zähne, der Magen, die Därme, ich faule vor mich hin und mein Gehirn arbeitet wie besessen. Es denkt eigene Wege.

Die Amöben haben meine Schaltzentrale besetzt. Ich habe keinen Einfluss mehr auf mich. Noch ein paar Stunden so und ich verende. Was ist los mit mir? Ich fühle mich so fürchterlich verloren.

Wir sind den ganzen Tag in diesem klapprigen Bus unterwegs gewesen und haben ein paar Kilometer vor Kandhahar an einem Gasthaus gehalten. Jetzt gehen alle hinüber, um zu essen. Ich aber hocke auf einem Stein in der brütenden Sonne und will nicht mehr weiter. Die afghanische Familie, die sich vor mir an den Straßenrand gehockt hat, um ihre Notdurft zu verrichten, ist das Einzige, was mich noch interessiert. Ich beneide sie. Der Mann, die Frau und das Kind. Sie sitzen nebeneinander, Knie an Knie und lassen sich durch nichts auf der Welt stören. Jetzt weiß ich, warum sie so lange Kittel tragen: Kein Mensch kann sehen, was sie darunter machen. Und mit dem Wasser aus dem silbernen Gefäß, das neben ihnen steht, werden sie sich dann waschen. Der Vater beginnt. Die Frau und das Kind tun es ihm nach.

Ich sehe, wie Sigi mit dem Franzosenpärchen und den Hippies im Gasthaus verschwindet. Sie können es gar nicht erwarten, ihre verölten Eier zu bekommen. Sie sind Allesfresser. Ich bleibe hier auf diesem Stein sitzen. Für immer. Die Sonne brennt auf meinen Schädel. Es ist unerträglich, so zu sitzen, aber mir ist es egal. Ich bin mit allem fertig. Sie werden natürlich irgendeinen fetten Mist essen. Reis, Hammel, Ratten. Sollen sie sich damit fett fressen. Ich werde nie mehr essen. Ich bekomme keinen Bissen mehr herunter, nicht einmal Joghurt. Ich kann auch nichts mehr trinken, keinen Tschai und keine Pepsi. Ich hasse ihre Limonaden.

Wir haben noch eine ganze Nacht und einen Tag vor uns. Wir werden ein ganzes Leben lang in diesem Bus durch die Steppe schuckeln, wenn wir nicht schon vorher von der Straße abkommen. Vielleicht wäre das sogar das Beste.

Es ist die Hölle und wir haben erst die Hälfte hinter uns. Im Bus stinkt es zum Himmel. Ich wette, manche pinkeln sich während der Fahrt ein. Ich wette, es ist ihnen egal, was andere Mitreisende davon halten. Ich weiß, ich bin sehr ungerecht, ich kann aber nicht mehr anders. Ich kann auch ihre Lieder nicht mehr ertragen, dieses Leonard-Cohen-Gejammer, diesen Dylan-Mist, ich habe die Lieder mal geliebt, aber das war in einer anderen Zeit. Sie versauen mir noch die Beatles. Sie reden immerzu von Kabul und meinen im Grunde nur Haschisch. Im Bus haben sie das Zeug sogar gegessen. Wozu fahren sie so weit, wenn sie nur kiffen wollen? Dann hätten sie auch in Amsterdam bleiben können.

Der Fahrer raucht auch, glaube ich, heimlich, denn es ist ja verboten im Bus zu rauchen. Ich habe versucht, das Schild über dem Fahrersitz zu entziffern. Ich wette, da steht: „Haschischrauchen während der Fahrt verboten."

Der Fahrer isst Charras, ich wette darum. Er schläft nämlich andauernd. Manchmal müssen ihn die Franzosen anstupsen, damit er wach bleibt. Sie singen schon Lieder, damit er nicht einschläft. Laute, französische Volkslieder, das hält jeden wach.

Jetzt schläft er über seinem Lenkrad. Der Mann ist total

fertig. Er ist bestimmt sieben Tage durchgefahren. Es wird noch eine ganze Nacht und einen ganzen Tag dauern, ehe wir in Kabul ankommen.

Wozu fahren wir eigentlich nach Kabul? Ich werde hier auf dem Stein sitzen bleiben und versuchen mich zu beruhigen. Ich habe kein Zuhause mehr. Ich bin vogelfrei. Ich habe einen Pass und da ist mein Name eingraviert: Paul Lachmann, und darunter steht meine Adresse, aber das ist alles nur Makulatur. Ich bin nicht mehr dabei. Ich gehöre zu den Wahnsinnigen hier, die unweigerlich sterben werden, wenn sie so weitermachen. Ich bin draußen. Die Adresse in meinem Pass ist ein Luftschloss. Sie reicht gerade noch als Anlaufstation für meine Urne. Ich werde aussteigen, ich sehe kein Licht mehr.

Während wir durch die Wüste rasen, denke ich manchmal an Herbert und an Königinmutter und auch an Bruder Andreas. Aber sie sind so weit weg. Ich kann mich kaum noch an ihre Gesichter erinnern. Wenn es gut war, konnten wir immer gemeinsam lachen, wenn nicht, heulte ich auf dem Klo. Aber allein. Immer allein. Das ist so, daran ändert sich nie etwas, daran ist einfach nicht zu rütteln. Auch Herbert ist allein, auch Königinmutter heult manchmal auf dem Klo. Wir haben nie darüber gesprochen.

Ich habe ihnen vor ein paar Wochen einen Brief geschrieben aus Teheran. Von dem Käfer und dem Unfall in der Türkei habe ich ihnen geschrieben. Ich weiß nicht, ob der Brief sie erreicht hat. Ich weiß auch nicht, wie es Herbert aufnehmen wird. Vielleicht werden sie meinen Brief vernichten. Hoffentlich nicht. Ich habe sie gebeten, mir nach Kabul zu schreiben und mir irgendetwas zu schicken. Vielleicht schicken sie mir ja etwas Geld, wer weiß. Hoffentlich verstehen sie meinen Brief überhaupt. Herbert wird mir vielleicht schreiben, wenn er liest, dass ich ihm seinen Käfer zu Schrott gefahren habe. Ich kenne ihn, er hat Verständnis für so was. Er weiß, wie man sich fühlt, wenn man plötzlich nichts mehr hat als seinen Schlafsack und ein bisschen Geld zum Überleben.

Ich habe ihnen gesagt, sie sollen mir Poste restante schreiben. Hoffentlich verstehen sie das. Ich habe es die ganze Fahrt vor mich hin gesprochen, wie ein Mantra. Am liebsten würde ich manchmal meinen Pass und das Geld, unsere lumpigen dreihundert Deutschmark, aus dem Bus werfen und neu beginnen. Ich könnte mich vielleicht nicht umbringen, dazu hätte ich bestimmt nicht die Kraft, aber ich könnte ein anderer werden.

Zwei Typen, die hinter mir sitzen, haben von dem Friedhof in Kabul geredet, dem, wo die Drogentoten liegen sollen. Sie waren richtig begeistert davon. An der ersten Raststätte haben sie sich heute früh einen Schuss gesetzt. Ich stand hinter dem Bus auf einer Anhöhe und konnte sie dabei beobachten. Sie hatten alles dabei, sie waren voll ausgerüstet. Als es so weit war, hat der eine sich den Arm abgebunden und eine Spritze gesetzt. Der andere hat ihm dabei Hilfestellung gegeben. Und das alles bei 50 Grad im Schatten. Mir ist schon vom Zusehen schlecht geworden.

Alle Hippies rauchen. Nicht im Bus, da essen sie das Zeug, aber in den Pausen, wenn wir anhalten. Zwanzigtausend Hippies sind zur Zeit in Afghanistan, die meisten in Kabul. Wir werden in einem Kifferparadies landen. Ich mag Kabul nicht. Schon vom Hinhören wird mir schlecht.

Gleich werden sie herauskommen und dann werden wir weiterfahren. Hoffentlich kommen die Typen bald zurück, die nach Kandahar gelaufen sind. Ich sorge mich noch zu Tode. Ich sperre jetzt alles um mich herum zu und lasse keinen mehr an mich heran, so werde ich diesen Mist überleben.

Der Fahrer schläft immer noch über seinem Lenkrad. Ich habe solche Darmkoliken, dass mir die Kopfhaut brennt. Hoffentlich werden sie mir schreiben. Ich bete zu Gott, dass sie es tun.

Wir hatten uns im Balkh Hotel untergebracht. Es war ein Fixerhotel. Die niedrigste Kategorie, die ein Hotel überhaupt haben kann. Klasse fünf, Tendenz abwärts. Die Preise für eine Übernachtung schwankten zwischen ein und zwei amerikanischen Dollars. Man konnte für eine Nacht im Voraus bezahlen oder es später tun, vorausgesetzt, man bliebe länger. Wir taten so, als hätten wir vor, Wochen in Kabul zu bleiben, und der Afghane, ein verschlagener Geschäftstyp, hatte uns das offensichtlich abgenommen.

Der Laden lag hinter der Buzkashi-Brücke, die die Vorstadt mit der Altstadt verbindet. In den ersten Stockwerken dieses wackeligen Kastens, der zur belebtesten Straße Kabuls hinausging, übernachteten die Reisenden. Also Leute aus Europa, die weiter bis nach Indien wollten und die gesundheitlich noch einigermaßen gut beieinander waren, so wie Sigi und ich.

Wir bewohnten ein kleines Zimmer im ersten Stock. In dieser Zelle standen zwei Lazarettliegen, die jeweils mit einem schmuddeligen Laken bestückt waren. Außerdem gab es ein Handwaschbecken, in dem wir uns jeden Morgen wuschen und in das wir nachts hineinpinkelten. Der Raum roch nach Sagrotan und nassen Socken. Nachts war das Zimmer taghell, denn das Fenster war nicht zu verdunkeln. Wir versuchten es mit dem einzigen Handtuch abzuhängen, aber es nützte nichts. Von der gegenüberliegenden Hausseite knallten uns jede Nacht die Neonlichter ins Zimmer. In ganz Kabul hingen beleuchtete Pepsi- und Colaschilder an den Hauswänden, gleich neben den Porträts ihrer Politiker oder irgendwelcher Heiligen.

Im zweiten und dritten Stock übernachteten die Geschäftsleute und Pilger, die über die Grenze nach Pakistan wollten. Alles sauber gekleidete Kaufleute, mit krausen Bärten, kauzigen Gesichtern und Sinn für Humor. Sie waren ausnahmslos freundlich, auch wenn wir nicht viel miteinander sprechen konnten. Diese Männer strahlten Ruhe und Gelassenheit aus, etwas, das ich vorher noch nie bei einem Menschen gesehen hatte.

Sie standen generell um fünf Uhr früh auf. Es begann immer mit einem Scharren und Schieben, so als würden eine Menge Tische und Stühle bewegt, und dann erklangen Trompeten. Sie befreiten sich vom Rotz der Nacht. Sekunden später folgte ein enormes Schnauben und Spülen und dann ging es ab zum Gebet.

Sigi und ich waren von diesem Moment an völlig wach. Wir lagen jeden Morgen völlig zerschlagen von der heißen Nacht auf unseren Liegen, immer mit dem Gesicht zur Decke, und konzentrierten uns auf die Geräusche über uns.

Je höher man in dem Schuppen kam, desto erbärmlicher wurde der Laden. Der dritte Stock war den Hippies und Aussteigern überlassen. Sie hatten sich über den ganzen Flur verteilt. Schon tagsüber feierten sie ihre Charrasfeste. Das ewige Gedudel, das monotone Bummern, wenn sie auf ihre Klampfen und Djemben einschlugen, das stundenlange Sitargezirpe machten mich fertig, ich hätte es nie für möglich gehalten, dass Musik mich so fertig machen konnte. Ich hasste ihre Lieder mittlerweile. Wir versuchten uns so wenig wie möglich in dem Zimmer aufzuhalten.

Der fünfte Stock war für den Hotelbetrieb gesperrt. Im fünften Stock wohnten die Verlorenen, die Fixer und Kiffer. Die von aller Welt vergessen waren. Die schon seit Jahren in kalkgeweißten, winzigen Zimmern vor sich hin vegetierten. Die nur noch von Stunde zu Stunde lebten, von Minute zu Minute. Manchmal hörte ich ihre Schreie. Nachts. Durch das offene Fenster drangen sie zu uns in die Zelle. Dumpfe Laute und heiseres Gestöhn. Schreie von Ausgestoßenen, Hilferufe Sterbender, Stimmen gefallener Engel und zwischendurch immer wieder das Wimmern eines Fiebernden. Es war, als wolle der Allermächtigste uns eine Botschaft schicken. Es war, als stünden alle

Himmelspforten offen. Es klang wie eine Mahnung des Himmels. Die Rufe kamen immer vom fünften Stock und immer nur nachts. Verebbten sie, konnten wir dennoch keinen Schlaf mehr finden und blieben wie angenagelt auf unseren Pritschen liegen. Jeder mit dem Gesicht zur Wand.

In den ersten Tagen nach unserer Ankunft hatten wir von alldem nichts mitbekommen, wir waren zu erfüllt von den täglichen Streifzügen durch Kabul, zu abgelenkt von den Eindrücken dieser verrückten Stadt. Das änderte sich abrupt, als ich eines Morgens versuchte, die Dusche im vierten Stock zu benutzen, und nur mit einem Handtuch bekleidet nach oben stieg. An diesem Morgen begegnete mir das wirkliche Elend.

Ich stand unter dem Brausekopf einer verrotteten Dusche, inmitten einer stinkenden, graubraun gestrichenen Klohöhle und versuchte mir gerade das rostige Wasser vom Körper herunterzuspülen, als ich dieses Wimmern und Klagen hörte und dachte, es sei eines ihrer bescheuerten Lieder, die sie den ganzen Tag dudeln. Dann aber folgten Schreie, ich konnte sie direkt über mir lokalisieren. Sofort sprintete ich auf den Gang zurück, rostfarben und nackt, wie ich war, und floh in Panik zurück in unsere Zelle. An diesem Tag hatte ich zum ersten Mal Töne aus einer anderen Welt gehört und die Angst vor diesen nächtlichen Rufen verlor ich nie mehr.

Tage und Nächte vergingen. Ich wusste, dass mir Kabul den Rest geben würde. Die Stadt war ein einziger Hexenkessel. Dabei war es lange nicht so heiß wie in Teheran oder in Herat. Kabul lag, umgeben von hohen Bergen, in einem mächtigen Tal. Tagsüber ging immer ein angenehm kühler Wind. Aber es waren auch nicht das Klima oder der immense Straßenverkehr, die mir zu schaffen machten. Im Gegenteil, das alles lenkte mich nur ab. Der wirkliche Grund für meinen Zustand war, dass ich seit Tagen auf eine Nachricht meiner Leute wartete. Ich war schon mindestens dreimal zur Hauptpost gegangen, immer ohne Erfolg. Jeden Tag musste ich einen neuen Vorwand finden, um Sigi davon zu überzeugen, dass ich unbedingt noch zur anderen Seite des Lederbazars müsse, dorthin, wo die Hauptpost lag.

Die Hauptpost war eine riesige Halle aus dem letzten Jahrhundert, einer Bahnhofshalle ähnlich. Der Afghane hinter dem Tresen kannte mich schon. Er war es, der die Briefe und Päckchen verwaltete, die unter dem Stichwort „Poste restante" aus dem Westen eingegangen waren. Sagte man seinen Namen, besser gleich den Anfangsbuchstaben seines Nachnamens, dann knallte er den jeweiligen Kasten mit der Post auf den Tresen und jeder fischte sich seinen Brief heraus. Ich hatte in den letzten sechs Tagen, seit unserer Ankunft in Kabul, keinen bekommen. Am siebenten Tag aber hatte ich das untrügerische Gefühl endlich Post bekommen zu haben.

Ich hatte mich also wieder in der Schlange der Typen angestellt, die sich ihre Kästen gegriffen hatten und nun darin herumstöberten, und sah, wie der Angestellte hinter dem Tresen ein paar Briefe einfach in irgendwelche anderen Ablagen verstaute, ehe er wieder zurück in die Hölle seiner Pakete und Päckchen lief.

Ich weiß nicht, warum ich es tat, aber ich schrie ihm einfach meinen Namen nach: „Lachmann, Lachmann."

„Laghman?"

„Yes, Sir."

Er kannte mich, er musste mich ja kennen. Laghman war eine Stadt, nicht weit von Kabul, nordöstlich, im Hindukusch gelegen. Deshalb erinnerte er sich an mich. Jedes Mal, wenn ich ihm meinen Namen gesagt hatte, war von ihm dieses „Laghman" gekommen und dann hatten wir beide gelacht. Er, weil er Laghman kannte, und ich, weil ich hoffte, irgendwann einmal Post von zu Hause zu bekommen.

An diesem Tag schrie ich, dass für mich der Brief angekommen wäre. Deshalb kämpfte ich um meinen Namen.

Der Afghane brachte mir also den Kasten mit allen Ls, ich versenkte mich sofort darin und dann – es war wie ein Sechser im Lotto, ich konnte es erst gar nicht glauben – steckte da wirklich der Brief in einer der Laschen. Ich erkannte ihn sofort an Herberts sauberer Handschrift.

Paul Lachmann
POSTE RESTANTE
Kabul – Afghanistan
Asien

Sie hatten mir also doch geschrieben. Es war nicht ein einfacher Brief, es war fast ein Päckchen. Ein brauner DIN-A5-Umschlag, wattiert und tausendmal mit Klebeband umwickelt, steckte in der Lasche und trug meinen Namen. Ich griff mir den Brief, um ihn nie mehr wieder herzugeben. Der Typ hinter dem Tresen wollte meinen Pass nicht mehr sehen, wir waren ab diesem Tag irgendwie miteinander verwandt.

Ich ging sehr rasch, mit unbewegtem Gesicht hinaus und auf der Straße empfing mich die Sonne wie einen Heiligen. Ich hockte mich an eine Mauer, gleich neben dem Eingang, und hatte so die Straße gut vor mir und den enormen Verkehr im Blick. Um mich herum fuhren Busse und Pferdekarren, Ladas und russische Jeeps. Ich riss den Umschlag hastig auf und als Erstes fiel mir ein kleiner Beutel Tabak in die Hände, Three Nuns, dieser schwedische Pfeifentabak, den Sigi so gerne rauchte, und gleich danach eine Dose Schokolade. Es war die schwarze „Überlebensschokolade". Die unglaublich harte Überlebensschokolade, die, in roten Dosen verpackt, von den Amis im Jahr 1945 in Tonnen über Berlin abgeworfen worden war. Um die Einwohner Berlins vor dem Hungertod zu retten.

Das konnte doch nicht wahr sein. Ich traute meinen Augen nicht. Ich wusste sofort, dass sie mir kein Geld geschickt hatten. Ich kramte immer hektischer in dem Couvert herum und fischte dann den dazugehörigen Brief heraus.

Es war kein Irrtum, sie hatten mir kein Geld geschickt.

Ich fasste es nicht. Obwohl ich ihnen doch ein Zeichen gegeben hatte.

In mir begann sich alles zu verspannen. Die Gedanken überschlugen sich und mein Herz klopfte so laut und wild, das ich dachte, es würde zerplatzen. Ich achtete nicht auf die hupenden Busse und Jeeps, die vor mir den großen Boulevard hinunterdonnerten, ich achtete auch nicht auf die Afghanen mit ihren Frauen, die an mir vorbeiliefen. Ich sah nichts mehr, ich war wie erstarrt. Sie hatten mir kein Geld geschickt. Sie hatten es nicht getan.

„Lieber Junge ...“

Himmel, ich brauchte überhaupt nicht mehr weiterzulesen, ich wusste doch sowieso, was sie mir schrieben. Die Anrede war noch von Königinmutter und alles Weitere würde von Herbert kommen, da war ich mir sicher.

„Lieber Junge,

wir haben deinen Brief erhalten. Was machst du? Wie geht es dir? Das Schreiben vom türkischen Zoll haben wir nicht verstehen können. Herbert hat es in einem türkischen Lokal übersetzen lassen. Das ist ja furchtbar. Ein Glück, ist euch nichts passiert. Wir dachten schon, du wärest tot. Geht es dir gut? Wann kommst du zurück? Seid bloß nicht so waghalsig. Hier blühen schon die ersten Bäume. Andreas ist gesund und Mutti ist wie immer sehr nervös. In Indien soll es ein Bahnunglück gegeben haben, fahrt da nicht auch noch hin. Pass auf dich auf und schreib bald wieder

Deine Eltern

PS: Wir haben euch etwas Tabak und Schokolade mitgeschickt. Hoffentlich schmilzt sie nicht.“

Ich ging die Straße hinunter. Ich konnte es nicht begreifen. Ich wusste nicht mehr, wohin ich gehörte. Die Leute, die mir entgegenkamen, die Radfahrer, die Autos, alle wichen mir aus. Ich hielt die ganze Zeit das verdammte Couvert in der Hand und lief, ohne auf die Lorrys und Jeeps zu achten. In diesem Moment war mir alles egal. In mir flogen sämtliche Bilder und Stimmen durcheinander. Ich bemühte mich erst gar nicht, das alles zu einer logischen Reihenfolge zu ordnen. Es hätte ja sowieso nichts geändert. In mir kam immer wieder ein Kloß hoch, den ich sofort hinunterzuschlucken versuchte.

Himmel, sie hatten überhaupt nichts kapiert. Ich lief zwischen den Autos hindurch und weiter den ganzen Boulevard hinunter, bis zum Hotel Spinzar. Dort gab es im Seitenflügel eine Tourist Organization, die aber noch nicht geöffnet hatte. Ich wollte, verdammt noch mal, nur irgendetwas fragen, aber sie hatten geschlossen. Ich hätte mir sowieso nur einen Prospekt oder so was abgeholt, irgendetwas über Koh-i-Asmai, ihren Berg des Himmels, oder Koh-i-Scher-Darwese, ihren Berg des Löwentors, über diese verdammten Berge, die Kabul total einrahmten. Mir war das im Grunde doch völlig gleichgültig. Ich wollte nur irgendetwas tun, um wieder von meiner Umlaufbahn herunterzukommen.

Ich stand vor dieser Tourist Organization, starrte auf die bunten Plakate, die Pakistan und Indien in den malerischsten Farben zeigten, las die Werbung einer hübschen Stewardess, die sagte, wohin man noch weiterfahren konnte, um sein verdammtes Glück zu finden. Ich glotzte einfach nur auf die bunten Bilder, und da kam plötzlich der ganze Mist in mir hoch. Ich konnte mich nicht dagegen wehren. Ich musste mich an dem Tresen von der Auskunft festhalten, sonst wäre ich nach vorne hingeschlagen. Und dann öffneten sich meine Pforten und ich kotzte den ganzen Müll aus mir heraus. Mein ganzes elendes Dasein entlud sich und ich kotzte und kotzte. Alles wollte aus mir heraus. Meine Gedärme krempelten sich um, sie quirlten alles in meinem Bauch zu einem immensen Wutmisterinnerungsbrei und ich würgte ihn aus mir heraus. Dann begann ich zu heulen. Lautlos. Und in Abständen von zwei Sekunden quälten mich zusätzlich schüttelfrostartige Wehen. Meine Gedärme, meine Knochen, alles klapperte in mir durcheinander.

Sie hatten mich nicht verstanden. Sie waren meine letzte Chance gewesen. Ich hatte doch alles klipp und klar geschrieben. Warum schickten sie mir kein Geld? Ich brauchte Geld, Geld, Geld, keine Schokolade.

Im selben Augenblick wusste ich, dass ich es nicht klipp und klar geschrieben hatte, ich hatte es ihnen nur angedeutet, ich war immer schon einer, der nur andeutet. Sie hätten es aber auch so merken können. Wenn sie sich Mühe gegeben hätten, hätten sie doch wissen müssen, dass ich am Ende war.

Ich setzte mich neben dem Schalter auf den Boden, mit dem Rücken zur Wand. Es war schön kalt in der Halle. Die Kacheln kühlten von unten her. Ein paar Meter von mir entfernt bediente ein Affe seinen Besen.

Er sah nur zu mir herüber, wagte es aber nicht, mich zu verscheuchen. Ich heulte nur noch wenig. Wahrscheinlich hatte ich mich nicht klar genug ausgedrückt. Aber vielleicht wollten sie mir ja kein Geld schicken, vielleicht wollten sie mir eine Lehre erteilen.

Die letzte Chance, nach Hause zu kommen, war nun dahin. Ich musste mit Sigi in den Norden, ob ich wollte oder nicht. Der Rückweg war verstellt. Was sollte ich mit der Schokolade? Was sollten wir mit Tabak? Sigi kiffte doch sowieso nur noch und ich rauchte Zigaretten.

Warum hatte ich ihnen nicht klipp und klar gesagt, dass ich am Ende sei, dass ich ihre Hilfe bräuchte, jetzt sofort. Warum hatte ich ihnen das nicht klar und deutlich geschrieben? Ich versuchte es auf mich zu schieben und gleichzeitig wusste ich, dass sie mich hatten hängen lassen. Ich dachte nur noch, dass jetzt alles aus und vorbei sei.

Eine Weile blieb ich an der Wand sitzen und sah dem

Affen zu, der seinen Besen auf den Fliesen hin und her bewegte. Manchmal lachte er zu mir herüber, irgendwie so als Trost oder aus Blödheit. Vielleicht dachte er, ich sei total berauscht von meiner Post oder so was. Vielleicht dachte er auch, ich sei verliebt und hätte von meiner Geliebten einen Brief bekommen und gelesen, dass sie schwanger sei oder so einen Mist.

Irgendwann stand ich auf und ging auf die Straße hinaus. Die Sonne tat mir gut. Ich wusste nicht, wohin ich gehen sollte. Ich dachte nur noch, sie hätten mir etwas Geld schicken sollen, sie hätten es machen müssen, aber sie hatten es nicht getan. Ich konnte mich einfach nicht damit abfinden. Ich war wirklich erledigt.

Ich weiß nicht, wie lange ich so durch die Straßen lief. Ich rannte über den Boulevard zurück und lief dann kreuz und quer durch Kabuls Altstadt. Ich hatte wirklich Angst, die Kontrolle über mich zu verlieren. Ich konnte nichts mehr in mir zusammenhalten. Als ich über die Buzkashi-Brücke zurück zu unserem Hotel wollte, oder einfach in eine Gegend, die mir vertraut war, kam mir ein Afghane auf einem Rad entgegen. Es war ein drahtiger Mann, der kerzengerade auf seinem Sattel saß. Als er mich kommen sah, riss er entgeistert seine Augen auf, und als ich nicht auswich, hielt er sich panisch an seinem Schwalbenlenker fest. In mir kochte alles auf hundertachtzig Grad, ich muss wirklich schlimm ausgesehen haben. Der Mann kam mir entgegen und ich wich ihm nicht aus. Ich wäre niemandem in diesem Augenblick ausgewichen. Ich wäre nicht einmal einem Panzer ausgewichen.

Vielleicht zwei Meter vor mir riss der Mann die Arme hoch, anstatt zu bremsen, und schrie irgendetwas, was ich nicht verstehen konnte, und dann fiel er um.

Er fiel vom Rad und ich sah ihn neben mir fallen. Einfach so. Als ich an ihm vorbeiging, lag er neben mir im Staub. Er lag zwischen seinem Fahrrad, völlig in der Kette verknotet, und sah angsterfüllt zu mir hoch. Ich drehte mich nicht nach ihm um. Ich war so aufgebracht, dass ich keinen Blick für irgendwelche fallenden Idioten hatte.

Ich hatte kein Interesse mehr für irgendwelche Geschichten, die immer nur mit einem anderen zu tun hatten. Ich weiß nicht, warum ich in diesem Moment so grausam war, aber es war so und ich hatte auch nicht die Absicht, mich wieder einmal nachträglich für mein mieses Verhalten auseinander zu nehmen.

Ich lief in den Bazar hinüber, hätte irgendetwas kaputtmachen können. Vielleicht eine Bombe werfen, oder ein Gaswerk in die Luft jagen, oder einen Molotowcocktail in einem Mercedes zünden oder sonst was. Ich hatte meine Grenze erreicht.

Sie waren nicht mehr auf meiner Seite, sie waren sowieso immer nur auf ihrer eigenen Seite gewesen. Sie dachten nur an sich. An ihre verdammten Couchgarnituren und Plastiksessel und nur daran, was sie noch Enormes mit ihrem Leben anfangen könnten. Ich war immer nur die Dekoration für sie gewesen. Der Junge, der zusehen sollte, wo er blieb. Ich hatte jetzt ein für alle Mal genug von meinen Leuten.

Ich dachte nicht mehr an den Typen hinter mir. Wahrscheinlich hatte er sich aufgerappelt und seine Reste zusammengesammelt. Wahrscheinlich ist er dann weitergehumpelt. Mich interessierte das nicht. Ich hatte nicht vor, mich weiter mit diesem Fall zu beschäftigen. Ich lief weiter, wie eine Dampframme. Ich war bereit, mich mit jedem Penner dieser beschissenen Welt anzulegen. Nach ein paar Metern wurde ich ruhiger.

Am Kabul River sitzen die Händler vor ihren wenigen Habseligkeiten. Sie schneiden Sohlen aus alten Autoreifen, sie fertigen daraus Schuhwerk. Sie besitzen nichts. Nichts als diese erbärmlichen Autoreifen und ein Messer.

Ich stolpere durch den Sand nahe am Ufer des Flusses und muss an Malinowski denken. Ich sehe ihn vor mir, wie er auf seinem Barhocker sitzt und mir eine Lehre erteilt. Ich sehe sein Gesicht.

„Du weißt weder, wohin du gehst, noch, warum du gehst. Man wird dich töten, aber mehr nicht, so als wenn du schon ein toter Leib wärest."

Ich erinnere mich. Er hat diesen Spruch irgendwann zu mir gesagt. Die Sonne brennt erbarmungslos. Das Flussufer ist voll mit Händlern. Unzählige abgerissene Gestalten sitzen hinter ihren Waren. Sie handeln mit Autoteilen und verrosteten Werkzeugen. Es sind die Ärmsten der Armen. Sie haben nichts als eine Stimme, ihre Hände und Füße und einen Geist. Sie sind wie ich, denke ich, ich habe auch nichts. Ich fühle mich ihnen plötzlich nahe. Ich habe keine Angst mehr vor ihnen.

Ein paar Afghanen stehen vor einem Typen, der aus einer Pfeife zieht. Sie schauen ihm beim Rauchen zu. Er gibt ihnen das Rohr, sie rauchen zusammen. Im Hintergrund beginnen die Berge. Erbärmliche Baracken kleben an den Felsen. Kinder spielen im Dreck. Sie spielen in einem rostigen Autowrack. Ein paar Hunde beißen sich um ein totes Tier. Sie zerren es auseinander. Ich sehe überall Unrat. Kabul ist ein Rattenloch. Ein paar Männer beten auf einem freien Platz. Sie hocken im Sand, Schulter an Schulter. Ich sehe, wie zwei von ihnen einen alten Mann stützen, der nicht mehr auf seinen Knien hocken kann. Sie helfen sich gegenseitig, sie brauchen sich. Ich habe es oft gesehen, wie sie sich umarmen und an den Händen halten. Sie müssen sich helfen. Sie sind zu arm, um sich aus dem Weg zu gehen.

Ich laufe immer weiter am Fluss entlang. Ich habe keine Angst mehr. Ich habe auch keinen Hunger. In mir ist kein Gefühl mehr. Ich lasse die Gedanken einfach laufen, ich korrigiere sie nicht mehr.

Ich wäre auch zur Bundeswehr gegangen, denke ich. Ich hätte es getan, wenn Sigi nicht gewesen wäre. Ich wäre freiwillig in einer Armee untergetaucht. Ich wäre in einen ihrer beschissenen Kriege gezogen. Ich hätte es getan, wenn wir nicht nach Asien gefahren wären. Ich hätte auch getötet. Ich glaube, ich kann das. Ich bin mir nicht sicher, ich will es auch nicht, aber ich glaube, ich könnte es. Ich sehe ein paar Hippies bei den Händlern stehen. Ich kann sie jetzt wieder besser leiden, ich weiß nicht warum. Ich sehe einen hinter seiner Gitarre hocken. Er sitzt zwischen den Händlern und singt. Sie vertreiben ihn nicht. Ich kann hören, was er singt. Irgendein Lied von Cat Stevens, ich gehe zu ihm hinüber und bleibe vor ihm stehen.

„Hey Junge“, sage ich auf Englisch.

„Hey man“, antwortet er.

„Wie lange bist du schon hier?“, frage ich.

„Schon lange, Mann.“

Er lächelt und beginnt einen Song über eine Frau, die ihm schon so lange fehlt. Wie Kolja, denke ich. Er singt wie Kolja.

„Nimmst du Drogen?“, frage ich ihn und bemerke, dass ich eine ganz andere Stimme habe. Mir ist es egal, ob er antwortet. Ich habe einfach nur das Bedürfnis, mit ihm zu sprechen.

„Bist du ein Polizist?“, fragt er.

„Nein“, antworte ich. Mir ist es unangenehm, ihn gefragt zu haben.

Dann sagt er: „Kabul ist meine Droge.“

„Wo kommst du her?“, frage ich.

„Ist das wichtig?“, fragt er und singt wieder von dieser Frau, die ihm schon so lange fehlt.

Ich gehe weiter und muss wieder an Malinowski denken und an seinen französischen Dichter, den er immer mit sich herumschleppt. An den Typen, der schon mit achtzehn in Afrika verendete, an diesen Rimbaud. Vielleicht hatte Malinowski doch Recht, als er mich vor Asien warnte. Wozu aber jetzt darüber nachdenken, jetzt bin ich hier. Ich gehe immer weiter am Fluss entlang. Es ist später Nachmittag. Die Sonne brennt genauso stark wie am Morgen. Es ist vorbei, denke ich, es ist wirklich vorbei. Ich bin seit Monaten unterwegs, ich habe keine Ahnung, welches Datum wir heute schreiben. Ich bin zeitlos. Es lohnt sich nicht mehr, darüber nachzudenken. Ich habe jetzt nur noch mich. Nur Gott kann mich jetzt noch schützen und wenn es eine Gerechtigkeit gibt, dann werde ich das alles überleben. Ich habe keine Angst mehr. Ich sehe, wie eine Horde afghanischer Jungs einen Lederball über den Platz kickt. Sie schreien ausgelassen hinter dem Ball her. Ich gehe am Fluss entlang. Ich gehe mit dem Strom.

Sigi trieb ich im Khyber-Restaurant auf. Ich wusste, dass er dort war. Das Khyber war ein Selbstbedienungsladen am Paschtunisten-Platz, wo man neben allerlei europäischen Speisen auch Reispudding bekam. Sigi liebte Reispudding, also lag es für mich nahe, ihn dort zu suchen. Das Khyber war der absolute Beatnik- und Hippietreffpunkt, hier konnte man alles über die Reiserouten und Fahrpreise für die Lorrys und die Busse erfahren. Die letzte Möglichkeit, Tipps für die Weiterfahrt nach Pakistan und Indien zu bekommen.

Als ich den Laden betrat, fiel alles, was vorher gewesen war, von mir ab. Wie ein alter Mantel. Der Laden war voll. Hauptsächlich mit jungen Leuten, die schon lange in Kabul lebten, oder eben mit Hippies, die weiter nach Indien wollten. Es war modern, im Khyber zu frühstücken oder auch den ganzen Abend dort herumzulungern. Drogen spielten hier keine Rolle. Haschisch oder Charras waren nicht vorhanden.

Sigi saß am hintersten Tisch, direkt am Fenster, mit zwei Typen. Ich drängelte mich an den Stühlen vorbei, dann sah er mich schon und winkte mir zu. Die Typen waren zwei Europäer. Der eine trug einen Vollbart. Er grüßte mich freundlich und ich nickte ihnen kurz zu. Sicher hatte Sigi von mir erzählt. Sie machten den Eindruck, als hätten sie auf mich gewartet. Der andere Typ grinste nur. Der Vollbart hatte ein nettes Gesicht und trug saubere Klamotten und der andere war ein Riesenkerl und trotzdem wirkte er, so wie er jetzt am Tisch saß, wie nicht vorhanden. Er hatte einen enormen, von der Sonne verbrannten Schädel, kurz geschnittenes Haar, grinste von einem Ohr zum anderen und trug bei dieser Hitze ein rot kariertes, völlig unmodernes Flanellhemd.

„Paul, das sind Kim und George", sagte Sigi, als ich vor dem Tisch stehen blieb.

Er zeigte auf den Riesen und dann auf den Vollbart, das war George.

„George, Kim, siss iss Paul."

Ich gab den beiden die Hand. Sie hatten etwas Vertrauenerweckendes. Der Vollbart antwortete mit einer warmen, tiefen Stimme und der andere, den Sigi als Kim vorgestellt hatte, sagte erst mal gar nichts.

„Kim ist Australier und George kommt aus Großbritannien", sagte Sigi.

„Great Britain. Yes, from Great Britain. Nice to meet you, Paul."

George gab mir noch einmal die Hand.

„Yes, nice to meet you, Paul", sagte Kim und gab mir auch noch einmal die Hand. Er war verlegen und er hatte eine helle Stimme. Das gefiel mir.

„Yes, nice to meet you", sagte ich dann auch. Ich war völlig durcheinander, weil ich englisch sprechen sollte. Aber mein Englisch war immer noch besser als das von Sigi, der gerade mal house und yes zusammenbekam. Ich setzte mich also zu ihnen und merkte, dass Sigi schon eine ganze Strecke Wegs hinter sich gebracht hatte. Er war ziemlich entspannt, wie nach einer harten Arbeit, und lächelte zu mir herüber und ich verstand die Situation, noch ehe sie ein Wort sagten. Ich wusste sofort, dass es um uns vier gehen würde und dass wir zusammenbleiben würden. Die beiden schienen okay zu sein.

„Paul, ich habe ihnen erzählt, dass wir in den Norden wollen und …"

„Ach ja? Ja."

Ich sah ihn erstaunt an und ich sah dabei sicher nicht so aus, als wäre ich vor zehn Minuten gegen einen Panzer geknallt. Ich fühlte mich ziemlich locker.

Sigi entfaltete noch einmal seinen ganzen Plan für mich und George und Kim hörten höflich zu. Sie verstanden zwar kein Wort, aber Sigi baute den ganzen Mist so geschickt, dass sie eine Menge mitbekommen mussten. Wahrscheinlich hatte er ihnen vorher schon stundenlang seine Idee von der Fahrt und den Pferden erläutert. Ich war nun der vierte Mann, der vor vollendete Tatsachen gestellt werden sollte. Der Rest war Hintergrundmusik. Wir checkten uns gegenseitig ab, waren uns im Großen und Ganzen aber schon vom ersten Augenblick an einig.

„Also, die beiden wollen auch in den Norden und da haben wir, ähh ..." Sigi bekam wieder seine Räusperanfälle. „Also kurzum, sie wollen auch Pferde kaufen."

Ich blickte zu dem Vollbart. „Yes?"

„Yes, horses", antwortete er. „Fresh, strong horses." Er lachte und der Riese neben ihm lachte mit.

Ich hatte Dustin Hofman, den berühmten Hollywoodschauspieler, einmal in einem nicht synchronisierten Streifen gesehen, hatte also seine eigene Stimme gehört, daran erinnerte mich George. Er sprach so tief und von ganz unten herauf und sehr akzentuiert. Kim war hingegen der Lächler, er lachte unentwegt und wahrscheinlich immer. Ich fand die beiden total sympathisch. Vielleicht waren sie Engel, die uns der Himmel geschickt hatte.

„Also", Sigi schob nun seinen ganzen Plan über den Tisch und ich hörte mir alles noch mal an.

Sie waren sich längst einig und ich hörte einfach zu, so wie einer in einem demokratisch geführten Reiseclub zuhört, der über seine Rechte und Pflichten aufgeklärt werden soll. Es war okay, ich hatte kein schlechtes Gefühl mehr. Es war wirklich besser, zu viert in den Hindukusch zu ziehen. Ich war Sigi dankbar, dass er sie aufgetrieben hatte. Er merkte das wohl, denn er wurde von Minute zu Minute lockerer.

Da wir uns nun wortlos einig waren, kam Sigi zu den Fakten.

„Jedenfalls hat George ein Schreiben vom englischen Konsulat, mit dem wir völlig ungestört …"

„Yes, we have papers from the British ambassador in Afghanistan that permit us to cross all political borders in the north …"

„Er hat ein Schreiben dabei, das uns legitimiert hoch in den Norden fahren zu können. Also über alle Grenzen hinaus", sagte Sigi, während George ein Papier aus seiner Hemdtasche zog und es vor uns auf den Tisch legte. Ich starrte auf die vielen Siegel und Wappen und fand das alles sehr gut.

„Und in Panjau könnten wir die Pferde kaufen und weiter …"

„Yes, in Panjau …"

„Also erst müssten wir nach Bamiyan und dann die paar Kilometer nach …"

„That's about thirty miles …"

„… nach Herat reiten, vorausgesetzt wir bekommen in Panjau auch Pferde."

Ich versuchte mir einen Überblick zu verschaffen. Es war ja auch besser für mich, einen Plan zu machen, als mich weiter mit meinen Verlusten und Koliken auseinander zu setzen. Außerdem hatte ich ja sowieso keine Wahl, Sigi hatte alles gut gefädelt.

„Do you know to ride?", fragte ich, aber nur um irgendetwas zu sagen.

„Write?" George sah mich mit großen Augen an.

„I mean to ride a horse."

„Oh Jesus, no. I've never ridden a horse in my life." George lachte über das ganze Gesicht. Dann lachte auch Kim und dann lachten wir alle vier. Es war ja auch saukomisch. Keiner von uns hatte jemals zuvor ein Pferd geritten.

Sie mochten uns, das merkte ich. Und obwohl wir uns kaum verständigen konnten, verstanden wir uns. Irgendwann sagte ich dann: „Und wann?"

„Morgen!", antwortete Sigi.

„Yes, the busses will leave tomorrow morning at five o'clock. a.m. That's the way it is."

Ich sah Sigi an. Er wusste, dass ich jetzt dran wäre, dass es ernst würde und dass ich mich jetzt entscheiden müsste. Aber ich hatte ja gar keine Wahl. Ich dachte nur: Es ist besser jetzt freudig loszufahren, als griesgrämig in Kabul zu bleiben.

„It's good. It's luck, it's lucky luck", sagte ich. Dieser Mist fiel mir ein und wir mussten lachen.

Sigi holte für uns noch einmal ein paar Flaschen von der miesen Pepsi und für sich noch einen Reispudding und wir versuchten noch ein bisschen zu plaudern, so zum näheren Kennenlernen. Ab jetzt waren wir ja so etwas wie eine Expedition. Die Hindukuschexpedition. George kam aus London und ich war noch nie in London gewesen und er versprach, mir in den nächsten Tagen von England zu erzählen. Kim kam aus Sydney und sein Englisch war so grausam, dass selbst George ihn nur sehr selten verstand, obwohl sie schon seit Monaten zusammen waren. Ich verstand nur so viel, dass er im Vietnamkrieg gewesen und nun auf einer Never-Ending-Reise sei. Dass er sich frei fühle wie ein Vogel und dass er zu Hause in Sydney eine Surfbrettfactory besitze.

„What?"

„Yes surfing, you know, good vibrations. Don't tell me you don't know the Beach Boys?"

„Ah ja. Good, good, good, good vibrations."

Diesen Song von den Beach Boys kannten wir alle und wir kamen uns immer näher. Kim hatte also eine Fabrik in Sydney und ließ sich alle paar Wochen Geld von zu Hause schicken. Das fanden wir sehr gut. Ob George überhaupt einen Beruf hatte, wusste ich auch später nie genau. Vielleicht war er Arzt oder Biologe, ich kam nie dahinter.

Als wir rausgingen, dämmerte es schon. Wir liefen die Straße bis zum großen Kreisverkehr hinunter und gaben uns die Hand.

„Yes", sagte ich, „wir werden pünktlich sein. Five o'clock."

„No, we'd better get there earlier. Maybe two hours. What do you think?"

Sie hatten Recht, wir würden lieber wach bleiben, als den Bus zu verpassen. Wir verabschiedeten uns, die beiden gingen nach rechts und Sigi und ich gingen nach links. Ich sah mich im Gehen immer wieder nach ihnen um. Kim trug die ältesten Jeans, die ich jemals an einem Typen gesehen hatte, und an seinen Füßen schlappten Badelatschen. George trug ein ähnliches Überlebenshemd wie ich und eine brandneue Khakihose.

„Sie sind in Ordnung", sagte ich, als wir in den Bazar abbogen.

„Ja, ich dachte es mir. Außerdem haben sie mehr Geld als wir."

„Was hast du ihnen gesagt?"

„Nichts, aber ich dachte, es wird zu viert billiger werden."

Ich erzählte Sigi von dem Brief und von meinen Leuten und meiner Enttäuschung, dass sie mir kein Geld geschickt hatten, und er hörte sich das alles an, ohne mich auch nur einmal zu unterbrechen. Dann legte er mir seinen Arm um die Schultern, wie ein großer Bruder. Ich wollte erst seinen Arm von meiner verdammten Schulter wegnehmen, aber ich ließ es dann doch zu. Sigi war in diesem Moment ein bisschen so wie meine Großmutter und mein bester Freund zugleich.

Wir wollten noch einmal in den Cha Chatta Bazar, den Bazar der vier Arkaden. Er war im ältesten Teil Kabuls, der

1842 durch die Briten völlig zerstört, aber später wieder aufgebaut worden war. Kabul wimmelte nur so von Bazaren, aber die Antiquitätenläden und Waffenshops gab es nur in den Randstraßen der Shari-in-Nau, gleich hinter dem Green Door Bazar, und dahin gingen wir.

Wir kümmerten uns nicht um die Hippies, die durch die Straßen lahmten. Die Afghanen, die mit ihnen feilschten, interessierten uns auch nicht mehr. Sie sollten allesamt in Kabul bleiben, wir würden schon morgen früh auf dem Weg nach Bamiyan sein.

Sigi führte mich zu einem dieser unzähligen kleinen Läden, die Schnitzwerk, Münzen und Waffen und dieses ganze Zeug führten.

Es klingelte, als wir das Geschäft betraten. Ein alter, verhutzelter Afghane stand hinter seinem Tresen und sah uns skeptisch an. Der Laden war bis unter die Decke mit Regalen und Vitrinen voll gestopft, in denen das ganze alte Zeug aus einem anderen Jahrhundert hing. Gewehre, Musketen, Revolver, Krummdolche, Säbel und Spieße. Das Zeug hing blank poliert an den Wänden oder lag wild zusammengewürfelt in den Regalen. In der Vitrine, direkt vor dem Alten, lagen Silberringe, Lapislazulisteine und Haschischpfeifen, schön verziert, aus Silber oder aus Bronze und dazu reichlich Messingartikel.

Schon vor ein paar Tagen war Sigi um diesen Laden geschlichen, immer unter dem Vorwand sich einen Pelzmantel kaufen zu wollen, weil Wolfspelze in Kabul so ungemein billig wären. Aber der Afghane führte überhaupt keine Pelze und es war offensichtlich, dass Sigi sich nur für die Waffen interessierte.

Er ging sofort zielstrebig zu einem verglasten Schrank im hinteren Bereich, der Alte folgte ihm. Wahrscheinlich kannten sie sich schon seit Jahren. In dem Schrank hingen Flinten, Gewehre, Pistolen und ein paar uralte englische Vorderlader. Sigi wies auf eine langläufige Schrotflinte, der Alte öffnete den Schrank und holte sie heraus und hielt sie ihm hin. Ich hatte mich derweil hinter den Tresen gestellt und tat so, als würde ich nach etwas Besonderem suchen. Unter der Glasplatte lagen neben all dem Glitzerzeug mehrere Kürbisfläschchen, die alle einen schönen, silbernen Deckel trugen.

„Schrot?“, hörte ich Sigi sagen.

„English, yes englisch. Good, good.“

„Herrgott, er versteht nichts.“

„Was wollen wir mit der Flinte?“, rief ich nach hinten.

„Munition?“, hörte ich Sigi sagen. „Do you have bum bum?“

Der Alte lachte, drehte sich um und verschwand dann in einer Tür, im hintersten Teil seines Ladens.

„Was willst du mit dem Gewehr?“, fragte ich deutlich.

Sigi antwortete nicht. Ich wusste, dass er nahe dran war, die Flinte zu kaufen. Er kam nach vorn und legte sie auf den Tresen. Dann ging er wieder zum Schrank zurück, öffnete ihn und holte blitzschnell einen riesigen Armeerevolver heraus, der neben ein paar anderen Pistolen an einem Nagel hing. Er schob sich das Ding unter das Hemd und verankerte ihn in seinem Hosenbund.

„Bist du verrückt?“

Ich empfand die Situation als gefährlich und begann zu schwitzen. Zum Glück war niemand sonst in dem Laden. Ich wusste, wenn wir damit aufflögen, könnten wir im Knast landen. In Kabul im Knast. Es war nicht auszudenken. Da ich Sigi aber nicht mehr daran hindern konnte, den Revolver zu klauen, musste ich versuchen, das Beste aus der Situation zu machen.

Sigi war wieder zum Tresen zurückgekommen, nahm die Flinte hoch, legte sie an, peilte und zielte und zog eine große Show ab. Im gleichen Moment kam der Alte wieder zurück. Er hielt ein paar Päckchen in den Händen, aus denen er zwei riesengroße, rote Patronen herausfummelte und sie Sigi entgegenhielt. Sigi versuchte den Lauf der Flinte umzuklappen, der Alte half ihm dabei.

Ich versuchte, mich auf den Tresen zu konzentrieren, starrte immer nur auf die Schmuckstücke und entschied mich, ein rotes Kürbisfläschchen, das direkt vor mir unter der Glasplatte lag, zu kaufen. Es war völlig hirnverbrannt, aber ich musste etwas tun, irgendetwas Legales, sonst wäre ich geplatzt. Ich redete also vor mich hin und versuchte so den Alten von Sigi abzulenken. Die beiden Kriegstreiber waren aber vollkommen in ihre Spiele vertieft und nahmen keine Notiz von mir. Sie werkelten mit der Flinte herum, fütterten sie mit den Patronen und stellten sie dann auf den Boden, nahmen sie wieder hoch und als Sigi das Gewehr dann noch einmal anlegte, musste der Alte ihn stützen, sonst wäre er wahrscheinlich in eine der Glasvitrinen gefallen, so schwer war die Flinte. Sie hatte zwei blank polierte Läufe und war aus einer anderen Zeit. Sigi hatte sich völlig dieser Flinte verschrieben. Wahrscheinlich waren die Engländer schon vor Jahrhunderten damit auf Elefantenjagd gegangen.

Irgendwann trat ich auf die beiden zu, zupfte den Alten am Ärmel und wies auf die kleine Kürbisflasche im Tresen.

„What is it?", schrie ich, so laut ich nur konnte. Ich schrie absichtlich so laut.

„Yes, yes", sagte der Alte.

Ich schaffte es schließlich, ihn an die Vitrine zu locken und den Tresen hochzuklappen. Ich nahm die kleine Kürbisflasche heraus und hielt sie dem Alten hin.

„Yes?"

„Yes, yes", sagte er.

Wir blieben noch ein, zwei Minuten. Ich zahlte reichlich Afghani für Sigis Flinte, die er sich in braunes Packpapier einwickeln ließ, nahm das Fläschchen und hakte mein Vorleben ab. Aber an der Tür entschied ich mich noch für eine Teppichtasche. Es war eine übel riechende, aber ganz prächtige Tasche. Reich verziert, mit Troddeln und Fransen aus einer roten gemusterten Decke. Am liebsten hätte ich als Gegenleistung für Sigis Klauerei auch noch den Tresen gekauft.

Ich zahlte dem Alten also auch noch ein paar Afs und dann gingen wir endlich hinaus.

Als ich die Tür hinter uns schloss, drehte ich mich noch einmal um und sah in das Gesicht des Alten. Ich sah, dass sein Lächeln einem sehr ernsten Ausdruck gewichen war. In diesem Augenblick wusste ich, dass er den Diebstahl längst bemerkt, aber nichts gesagt hatte, um seine Flinte an den Mann zu bringen.

Sigi hielt die Flinte wie eine Keule in der einen Hand und mit der anderen klammerte er sich an seinen Revolver im Hosenbund. Wir rannten die Straße hinunter, mit jedem Schritt wurden wir schneller. Ich glaube, wir fühlten uns ziemlich mies. Wir rannten um unser Leben, immer in Richtung der Buzkashi-Brücke.

Kim liegt neben mir auf dem blanken Boden. Er hat nicht einmal eine Decke oder einen Schlafsack. Er hat sich einfach auf den Rücken gelegt und schläft. Wir liegen auf dem Dach der Poststation. Ich starre in den Himmel, er ist sternenklar. Sigi und George liegen neben mir auf der anderen Seite, sie spielen Schach. Das ganze Dach ist belegt mit Afghanen und ihren Familien. Vereinzelt ein paar Hippies. Es ist still. Dafür, dass auf dem Dach bestimmt fünfzig Menschen zusammenhocken, ist es wirklich still. Wir warten. Die meisten wollen mit dem Bus nach Pakistan. Aber es gibt auch ein paar, die wie wir in den Norden wollen. Nach Bamiyan oder noch weiter bis nach Mazar-i-Sharif.

Unser Bus soll um fünf Uhr abfahren, aber so genau weiß das hier keiner. Die Tickets soll es irgendwo bei den Bussen geben, aber vielleicht auch direkt beim jeweiligen Fahrer oder seinem Begleiter. Wir haben x-mal nach unserem Bus gefragt und bekamen verschiedene Antworten. Ich habe Angst, dass die Afghanen uns nicht verstehen, dass sie irgendetwas erfinden, bloß um uns loszuwerden.

Man kann leicht Bamiyan mit Band-i-Amir verwechseln. Ein Glück, dass George bei uns ist, er hat das Frage-und-Antwort-Spiel fest im Griff. Er wird uns auch aus schwierigen Situationen raushauen. Ich habe noch kein Auge zugetan. Ich versuche, mich auf den Himmel zu konzentrieren.

Von den Afghanen, die links von uns sitzen, höre ich Gemurmel. Sie sitzen immer zusammen, immer als ganze Familie. Sie trinken Tee und essen Reis mit Hammelfleisch. Sie sind komplett ausgerüstet. Die Frauen halten sich Tücher vor das Gesicht und wenn wir zu ihnen hinübersehen, winken sie uns zu. Sie sind sehr liebenswürdig. Wenn ich den Mut hätte, sie um etwas zu bitten, würden sie mir ohne weiteres von ihrem Reis abgeben. Ich fühle mich nicht schlecht mit all den Leuten. Ich könnte längst schlafen, denke ich, aber ich kann es nicht, ich denke zu viel.

Kim röchelt, weil er auf dem Rücken liegt. Er bekommt zu wenig Luft durch die Nase. Es wird schwer für ihn werden, ohne Decke, ohne Schlafsack. Nachts sollen die Temperaturen in den Bergen bis unter Null sinken und tagsüber soll es über vierzig Grad werden. George hat wenigstens eine Gummimatratze und zusätzlich noch eine Decke, aber Kim hat nichts, nicht einmal eine Jacke, um sich zuzudecken. Ich mache mir Sorgen um ihn. Ich mache mir um jeden Sorgen, der in meiner Nähe ist. Ich sollte Pfleger werden, das wäre mein Idealberuf. Berufspfleger. Dabei sollen die beiden unsere Hüter sein. Sie sind sehr tolerant. Sie haben nicht einmal auf Sigis Flinte reagiert. Den Revolver haben wir ihnen zwar nicht gezeigt, sie hätten aber auch dazu nichts gesagt. Sie gehen sehr freundschaftlich miteinander um, sie sind gut aufeinander eingespielt. Ich glaube, George hat Kim in Teheran aufgetrieben. Seitdem reisen sie zusammen. Man sagt, wenn man sich auf Reisen kennen lernt, geht das Kennenlernen schneller.

Dass wir uns mit Kim und George ganz gut verständigen, ist wie ein Wunder. George versteht etwas Deutsch, aber Kim versteht überhaupt nichts. Trotzdem geht es irgendwie. Es geht immer irgendwie, denke ich und ertappe mich dabei, so etwas vor zwei Wochen noch nicht gedacht zu haben.

Ich sehe zu den Sternen hinauf und denke an Berlin. Wir werden uns immer mehr von Europa entfernen, aber ich fürchte mich nicht mehr. Ich höre immer noch auf meine Gedärme, bin aber nicht mehr so voller Panik. Ich glaube, ich beginne mich langsam an mich zu gewöhnen. Man muss gut zu sich sein, denke ich, sonst hat man irgendwann die ganze Welt gegen sich. Ich drehe mich auf die Seite und kann über das ganze Dach sehen. Die Leute sind Schattenrisse. Es ist gut, wenn man alles laufen lässt. Leben ist wohl, alles laufen zu lassen. Lass es gehen, sage ich zu mir selbst. Es wird schon alles gut.

Als wir heute Nacht aus unserem Hotel gerannt sind, hatten wir nicht vor, einfach abzuhauen. Wir hatten noch nie die Zeche geprellt, nicht in Istanbul, nicht in Teheran und nicht in Herat. Aber als das Gewusel mit dem Hotelbesitzer losging, als wir sahen, wie der Typ wieder mal ein paar Hippies abkochte, wie er ihnen Drogen anbot, offensichtlich härtere Sachen, vielleicht sogar Opium, und wie verlogen er dabei lachte, da sind wir einfach an dem Arschloch vorbei zur Tür hinausmarschiert. Sieben Übernachtungen haben wir so eingespart und ich habe keine Schuldgefühle, ich fühle mich nur noch ein bisschen ängstlich. Erst der Revolver und dann das Hotel, denke ich. Wer weiß, vielleicht werde ich doch noch kriminell.

Um fünf Uhr weckten sie uns. Die Afghanen waren schon lange auf. Ich hatte also doch geschlafen. Ich krabbelte aus meinem Schlafsack, robbte bis an den Rand des Daches und sah hinunter auf die Straße. Der Verkehr war wie immer. Busse, Jeeps, Radfahrer, Fußgänger. Kabul ging niemals schlafen.

Ich sah Sigi und George auf der anderen Seite des Daches. Sie standen bei einem kleinen Afghanen und handelten die Preise für unsere Tickets aus. Sigi sah kurz zu mir herüber, unsere Augen begegneten sich. Er war in den letzten Tagen sehr ernst geworden. Jetzt sah er ein bisschen aus wie ein Afghane. Er grinste und winkte mir zu. Wir mussten uns beeilen. Ich blickte über die Plattform hinweg, da saßen immer noch viele Leute. Es war also noch Zeit. Die meisten hockten auf ihren Decken und machten sich für die Abreise fertig. Ein paar Hippies machten ihre Morgentoilette. Kim setzte sich neben mir auf und blinzelte in die Sonne. Er lachte mich an.

„Morning Paul."

„Morning Kim."

„Ready to go?"

„Yes. Ready."

Sie ließen die Motoren an. Die Abgase krochen bis zu uns hinauf aufs Dach. Sigi und George kamen zu uns herüber, sie waren jetzt mit der Dealerei fertig. Wir packten unser Zeug, die Decken, die Sturmsäcke, die Taschen. Kim rollte mit mir den Schlafsack ein und George stopfte seine Sachen in die Tasche. Sie hatten nur eine gemeinsame Tasche, eine blaue Sporttasche. So eine, die man benutzt, wenn man zum Lauftraining geht. Dann gingen wir.

„Was habt ihr für die Tickets bezahlt?", fragte ich Sigi, als wir die Treppe hinunterrannten.

„Ungefähr 120 Afs, eher weniger. Komm schon, es geht los."

Wir stoben in den Innenhof. Ungefähr zehn Busse standen dort nebeneinander. Es war ein Höllenlärm, ein unwahrscheinliches Gedränge und Geschiebe. George machte den kleinen Afghanen aus und fand den Bus, der nach Bamiyan fahren sollte. Es waren schon eine Menge Hippies da, die alle ins Hochland wollten. Das waren andere

Typen als die, die in Kabul zurückblieben. Ziemlich verrückte Gestalten. Die meisten waren mit leichtem Gepäck unterwegs. Allein oder mit ihren Mädchen. Manche wollten in ihren bunten Jacken und farbigen Hosen noch weiter bis nach Nepal. Es war ein gewaltiges Durcheinander, keiner wusste so richtig, welcher Bus zu welchem Ort fahren würde. Die Fahrer standen bei ihren Fahrzeugen und ihre Gehilfen schrien unaufhörlich den Namen der Städte. Herat. Kandahar. Bamiyan. Mazar-i-Sharif. Tschaktscharan. Sie schrien so wild durcheinander, dass man nichts mehr richtig verstehen konnte. Der ganze Innenhof war voll mit schreienden und umherirrenden Menschen.

Und dann sah ich das Mädchen, die kleine Australierin. Sie stand in einem Pulk mit Hippies, die auf einen kleinen Afghanen einredeten. An ihrem Kleid erkannte ich sie. Es war das Kleid, das sie schon an der Grenze von Islam Qala getragen hatte, das weiße Kleid, das ihr bis zu den Knöcheln ging. Sie war wieder da. Während Sigi und ich unser Gepäck in die unteren Fächer von dem Bus wuchteten, sah ich, wie der Afghane ihr ein Ticket gab.

Wir stiegen ein, suchten uns ein paar freie Plätze im hinteren Bereich und verstauten unseren restlichen Kram in den Netzen über uns. Ich setzte mich ans Fenster und sah, wie auch das Mädchen einstieg. Es war also der richtige Bus. Wir waren somit startklar.

Während der kleine Afghane noch die letzten Typen mit Tickets versorgte, sah ich zu ihr nach vorn. Sie stand unschlüssig beim Fahrer herum. Himmel, lieber Gott, lass sie nicht wieder aussteigen, dachte ich. Lass sie wirklich mitfahren und lass sie allein fahren. Sie hatte sich ein blaues Tuch um die Stirn gebunden und sah fantastisch aus. Jetzt sprach sie mit dem kleinen Afghanen und der half ihr in der ersten Reihe einen Platz zu finden, gleich hinter dem Fahrer.

Ich war auf der Stelle glücklich. Ich war schon glücklich, sie von hinten ansehen zu können. Ein paar Hippies standen noch im Gang. Der kleine Afghane schloss die Tür und schickte sie auf ihre Plätze. Langsam fuhr der Bus an. Fuhr durch den großen Torbogen hinaus auf die Straße. Alle Fenster standen offen. Wir sprachen aufgeregt durcheinander. Die Morgensonne begann ihre ganze Kraft zu verbreiten und wir fuhren durch die vertrauten Straßen. Es war ein bisschen so wie in Berlin, wenn ich jeden Morgen zu Klinker ins Büro fuhr. Nur fuhr ich jetzt ins Leben und fühlte mich mehr und mehr bei mir zu Haus.

… und ich trage mein Gepäck
lass die schwersten Teile weg
hab mich viel zu lange festgehalten
an den morschen, alten Balken …

Ich muss ganz blonde Haare gehabt haben. Weiches, helles Haar und einen dicken Kopf und Pausbacken und große Kulleraugen. Sie hatte mir dickes Zeug angezogen, damit ich nicht friere. Ich blickte immer ein bisschen zu ernst, auch im Kinderwagen. Nur wenn sie mich herausnahm oder wenn sie mich im Wagen durch den großen Park schob, dann lachte ich und krähte: „Sing, Mama, sing." Ich wollte, dass sie schneller lief und sie lief dann auch, so schnell sie konnte, und ich sah, wie der Dampf aus ihrem Mund kam. Sie trug ein geblümtes Kleid und hatte einen weißen Kragen und eine Schleife unter dem Kragen und auf ihren Lippen Lippenstift und ihre Arme und ihre Hände waren weiß, so weiß wie Schnee. Manchmal trug sie hohe Stöckelschuhe und Nylonstrümpfe und Vater trug eine weite Hose und auch im Sommer ein Jackett und ein gestärktes, weißes Hemd. Der Park war noch zerbombt, und auch die Einschläge im Schloss waren noch nicht repariert. „Sing, Mama, sing. Renn, Mama, renn", schrie ich. Ich weiß nicht, wie oft ich das schrie. Das Grün war so grün und das Gelb der Osterblumen war so gelb und der Himmel war so blau, es war alles immer so, wie ich es nie zuvor gesehen hatte. Sie lief, so schnell sie konnte, und ich saß in meinem Wagen und wenn sie sang, konnte ich nicht genug davon bekommen.

Je höher wir in die Berge kamen, desto unwegsamer wurde die Straße. Der Bus brauchte Stunden für ein paar Kilometer. Einmal hielten wir an einem Rastplatz und konnten Wasser aus einer nahe gelegenen Quelle entnehmen. Alle stiegen aus, alle tranken von dem kalten, klaren Wasser, dann ging es weiter.

Wir fuhren höher und höher und hinter dem kleinen Dorf Pul-i-Mattak wurde die Straße so schmal, dass es aussah, als würde der Bus jeden Moment ins Tal hinabfallen. Wenn uns jetzt ein Lorry entgegenkäme, bedeutete das eine Riesenoperation. Einer musste immer nachgeben, ob unser Bus oder der entgegenkommende Lorry. Irgendeiner musste rechtzeitig vor der Kurve anhalten oder sich eine Nische in den Felsen suchen, damit die Fahrzeuge aneinander vorbeikamen. Die Straße wurde bald so eng, dass ich Angst hatte, aus dem Fenster zu schauen. Ich klebte an Sigis Seite und versuchte mir keine Katastrophen auszumalen. Ich versuchte mit mir, wie mit einem Pferd umzugehen. Ich hielt mich innerlich am Zügel und wollte so meine Fantasie bezähmen. Mal ließ ich sie locker, mal zog ich sie fester an. Die Hippies, die Afghanen, alle im Bus waren merklich still geworden. Der Fahrer muss während der ganzen Kraxelei bestimmt dreißig Augenpaare in seinem Nacken gespürt haben. Ein Wunder, dass er so konzentriert blieb. Herbert hätte es nicht besser machen können.

Es war wie verhext, je länger ich auf die karge Landschaft starrte, desto öfter sah ich ihr Gesicht. Ich wäre nie ohne sie ausgegangen, immer lief ich an ihrer Hand. Wenn wir nachts durch die Straßen zum U-Bahnhof am Halleschen Tor liefen, wenn wir von den Verwandten meines Vaters kamen, von sonntäglichen Kaffeebesuchen und wenn es dann auch noch nieselte und sie sich vor dem nächsten Tag sorgte, dann war ich für sie da. Ich war immer für sie da. Sie wäre nie ohne mich gegangen. Ich war ja noch klein, aber ich war auch schon groß. Ich war der Mann an ihrer Seite, ihr Großer. Ich hatte Vaters Platz eingenommen. Es gab ihn nicht mehr. Ich war jetzt der, an den sie dachte. Ich war ihr Ein und Alles. Ich war es immer schon gewesen und würde es immer bleiben. Auch wenn ich später Stiefvater meinen Platz überließe. Noch Jahre später trug ich den Geruch ihres Parfüms, den Geruch ihrer Hände, den Geruch ihrer Kleider mit mir herum. Ich musste nie an sie denken, ich dachte wahrhaftig selten an sie, es war auch nicht nötig an sie zu denken. Ihr Gesicht war sowieso immer da, ich brauchte es nicht mehr anzuknipsen. Fehlte es manchmal, machte ich mir sofort Sorgen. Wir waren zwei in einem. Mir fielen die Zeilen aus dem Gedicht von Malinowskis Lieblingsdichter ein. Ich schaffte es, die Worte, ohne nachzudenken, aneinanderzureihen.

> Ich hab zu viel geweint, weh tun die Morgenhellen,
> wahr, jeder Mond ist bös und jede Sonne Leid.
> Die bitt're Liebe ließ zu starrem Rausch mich
> schwellen.
> Oh! bräche doch mein Kiel! O Meer, ich bin bereit.

Wir fuhren den ganzen Tag über die schotterige Straße. Wir folgten ihr immer höher in die Berge hinauf und mein Kopf wurde während der Fahrt leerer und leerer. Je mehr ich an zu Hause dachte, desto mehr verblassten die Gesichter und Namen. Als wir dann über den letzten Pass krochen, über den Hadschigak-Pass, der aussah wie aus Mondgestein und Sternengeröll, als sich Hügel und Bergketten wie schlafende Dünen vor unserem Blick öffneten, da waren dann mit einem Schlag alle meine Bilder verschwunden. Ich war völlig abgeschnitten von meiner alten Welt.

Das Bamiyan-Tal war wirklich das Tal der Täler. Es lag vor uns in den wunderbarsten Farben. Das Grün der Pappeln, das Gelb der Blätter, die Erlen, Kiefern und Birken, die Wiesen, die kleinen Wege, die nach irgendwo führten, ich konnte mich gar nicht satt sehen.

Bewässerungsgräben zogen sich wie Würmer durch die Landschaft. Terrassenfelder, die hinauf bis zu den Berghängen angelegt waren. Fruchtbare Wiesen und Auen sah ich, Oasen, wie Flicken auf einem alten Mantel.

Und dann entdeckten wir in der Ferne, in den mächtigen Felswänden, das, wovon die Hippies die ganze Fahrt über gesprochen hatten:

Die beiden riesigen Buddhas. Sie waren mitten in die Felsen gehauen.

Ich sah sie schon, als wir in die Pappelallee hineinfuhren. Sie standen in ihren Felsnischen wie Wächter aus einer verlorenen Zeit. Der eine war bestimmt dreißig, der andere über fünfzig Meter hoch. Um sie herum waren Höhlen in der Felswand, Gebetsnischen der Mönche, vor tausenden von Jahren in die smaragdene Felswand gehauen. Weiter nach Osten hin, auf dem Gebirgsplateau, Reste einer verlorenen Stadt. Der roten Stadt, Shahr-i-Sohak. Unweit davon Shar-i-Golghola, die stille Stadt. Festungen und Wehrburgen, vom Wind verwitterte Qalas. Die stille Stadt lag kaum sichtbar, vergraben in roter Erde, umgeben von Geröll und Steinen und am Fuße des Bergmassivs, da liefen kleine Mauern, die der Sand schon fast unter sich begraben hatte, um längst verlassene Gärten.

Wir waren vollkommen berauscht, nicht einen hielt es noch auf seinem Sitz.

Und dann entdeckte Sigi die Pferde. Sie grasten auf einem Fetzen Weide, unterhalb des Gouverneurspalastes, der auf einem Hügel lag. Bei ihnen standen zwei Soldaten in braunen Drillichanzügen. Sie hielten die Pferde an den Trensen, rauchten und gestikulierten.

In diesem Moment wusste ich, dass alles, was jetzt passieren würde, ein einzigartiges Abenteuer werden würde, ein Geschenk. Ich brauchte mich nur noch diesem Reichtum hinzugeben, dann würde ich endlich den Schlüssel zu meinem Glück finden.

Das Gästehaus war viel zu klein für uns, die wir alle einen Platz für die Nacht finden wollten. Es war ein langer Gang, der in einen einzigen leeren Raum führte. Wir legten die Sachen auf den Boden im Flur und besetzten so unsere Schlafplätze. Für eine Nacht sollte es genügen. Ich wusste, es würde grauenhaft eng werden, aber wir hatten keine Alternative.

Ich legte meinen Schlafsack so nahe wie möglich am Ausgang ab, die anderen schmissen ihr Zeug dahin, wo sie gerade standen.

Als der Bus gehalten hatte, hatte ich das Mädchen noch einmal gesehen. Sie war mit den Hippies ausgestiegen und hatte sich an ein paar Typen geklemmt, die ihr behilflich waren. Ich hätte sie niemals angesprochen, aber ich hatte versucht, näher an sie heranzukommen. Dann war sie mit den anderen in das Tschaihaus gegangen und ich hatte sie aus den Augen verloren.

Am späten Nachmittag gingen George und Kim zum Gouverneurspalast. Sie wollten sich beim Gouverneur noch einmal vergewissern, dass wir keine Probleme mit der Weiterfahrt nach Panjau bekommen würden. Es könnte also Stunden dauern, bis sie wieder zurück wären.

Sigi schlug vor, in der Zwischenzeit endlich die Pferde aufzutreiben. Mir ging das alles viel zu schnell, ich hatte keine Lust jetzt ein Pferd zu besteigen, sagte aber nichts. So fand er also einen Afghanen, der uns zwei erstklassige Reitpferde bringen sollte, und verabredete sich mit ihm für den frühen Abend. Wir sollten am Ende der Straße auf ihn warten, dahin würde er uns die Rösser bringen.

Wir gingen in das Teehaus unterhalb der großen Straße. Die Hippies hatten jede Teestube, jedes Gästehaus im Tal besetzt. Die Afghanen waren an die vielen bunt gefiederten Typen in ihrem Tal gewöhnt. Jeden zweiten Tag kam ein neuer Bus mit neuen Gruppen. Sie behandelten sie wie Kinder. Sie stellten ihnen Tschai und Dickmilch auf den Tisch und nahmen ihnen dafür ab, was sie bekommen konnten.

Ich setzte mich mit Sigi an einen der freien Tische und wir bestellten Joghurt und Tee. Ich fühlte mich wie unter einer Glocke. Mir war schwindelig, manchmal wurde mir richtig schwarz vor Augen. Ich fühlte mich, als hätte ich überhaupt keinen Halt mehr. Ich gab mir Mühe mit den Füßen auf der Erde zu bleiben, sonst wäre ich wahrscheinlich weggeflogen, so wackelig war ich.

Ich suchte sie. Vielleicht war es ja auch nur Zeitvertreib. Ich hatte zwar nicht die Hoffnung, mit dem Mädchen in Kontakt zu kommen, aber ich mochte es, sie zu suchen. Die Sucherei gab mir Halt. Ich suchte sie den ganzen Nachmittag, aber sie war wie vom Erdboden verschluckt.

Um die Zeit totzuschlagen, hingen wir immer wieder in Tschaihäusern herum und tranken Unmengen grünen Tees. Ich hoffte die ganze Zeit, sie irgendwo zu treffen, aber ich fand sie nicht. Sigi sagte ich nichts von meinen Gedanken, er hätte mich wahrscheinlich ausgelacht.

Ehe die Sonne unterging, gingen wir zum Ende der Schotterstraße. Ich hatte zwar noch die Hoffnung, dass der Afghane uns vergessen hätte, aber er war schon vor uns am vereinbarten Treffpunkt. Er war ein kleiner Kerl mit mongolischen Gesichtszügen, ein Hazarah, und stand mit zwei klapperigen Gäulen unter einem Baum. Als er uns kommen sah, lachte er über das ganze Gesicht und drückte Sigi und mir jeweils einen Zügel in die Hand. Sigi zahlte ihm ein paar Afs und er schmiss uns seine geballten Englischkenntnisse an den Kopf. Himmel, ich war noch nie geritten. Der Typ beruhigte mich und ich entnahm seiner Stammelei, dass die Tiere alles Weitere sowieso allein machen würden. Das Pferd, das ich reiten sollte, sah mich auf Augenhöhe an. Es war ein kleines Gebirgspferd, ein brauner, klappriger Gaul, der ein wenig heruntergekommen aussah. An dem Sattel, einem englischer Armeesattel, baumelten die Riemen mit den Steigbügeln. Sigis Pferd war ähnlich, es hatte nur statt des Sattels eine bunte Decke, die durch einen Gurt gehalten wurde. Auf die Frage, wo sich der Sattel befinde, nickte der Afghane und versicherte, dass alles in Ordnung sei.

Wir versprachen, nach einer Stunde an den gleichen Ort zurückzukommen, und der Typ verschwand.

„Lass machen." Ich sah Sigis Augen. Er hatte immer diese Augen, wenn die Lage nicht hoffnungslos, aber ein starker Wille und eine Menge Ausdauer nötig waren.

„Wie kommst du hoch?", fragte ich ernst. Ich hatte Angst. Nichts, was ich mit dem Pferd anstellen sollte, war zwischen uns abgesprochen. In meiner Magengegend spürte ich das altbekannte Ziehen, meine Nerven lagen blank.

Ich stieg in den rechten Steigbügel und zog mich am Sattel hinauf. Glücklicherweise handelte es sich um ein geplagtes Tier, denn es blieb ruhig stehen, wahrscheinlich aus Müdigkeit. Dann war ich oben und saß nicht schlecht auf dem Gaul.

Sigi hatte denselben Versuch unternommen, befand sich aber immer noch auf halber Höhe. Sein Pferd lief unentwegt um ihn herum, während er versuchte, sich im Steigbügel zu halten, um mit einem Schwung hinaufzukommen. Er schaffte es einfach nicht. Er drehte bestimmt sechs bis acht Runden, ehe er sich mit einem energischen Ruck hinaufstemmen konnte und zum Sitzen kam. Wenn man davon absah, dass wir nun jeder in eine andere Richtung blickten, waren wir absolut startklar. Zum Glück kam kein Lorry, zum Glück regnete es nicht und zum Glück war die Straße nach beiden Richtungen offen. Langsam drehte Sigi seinen Gaul zu mir und dann standen wir endlich nebeneinander.

„Na?"

Ich sagte nichts. Es war wirklich nicht schlecht, ich glaube, wir hätten ohne weiteres eine Stunde lang einfach so sitzen bleiben können. Plötzlich aber trabten die Pferde los. Keiner von uns hatte ihnen einen Befehl gegeben. Sigis Pferd ging sofort voraus und mein Gaul trottete ihm hinterher. Ich hielt die Zügel fest in den Händen und zog nur manchmal probeweise an dem linken und dann auch wieder an dem rechten Riemen. Der Gaul sah mich jedes Mal mit seinem großen Auge an, lief aber trotzdem geradeaus. Ich hatte keinen Einfluss auf ihn. Die Straße war zwar glücklicherweise unbefahren, aber nur sehr schmal und das Bedenklichste war, sie bestand aus reinem Schotter. Ich malte mir aus, wie es wäre, wenn ich, bei einer schnelleren Gangart, das Gleichgewicht verlieren und vom Pferd fallen würde. Ich sah mich schon kilometerweit blutüberströmt durch den Schotter geschleift werden.

Die Tiere liefen eine Weile ganz gut. Die Straße nahm nach ein paar Metern einen anderen Verlauf und an einem großen Baum blieben sie stehen. Wir konnten sie nicht bewegen, weiterzugehen. Diese Momente zähle ich nicht zu den Sternstunden in meinem Leben. Sie waren nicht nur sehr still, sondern auch saugefährlich. Wir hatten während des ganzen Schotterwegs nicht viel miteinander gesprochen, ich hatte nur immer auf Sigis Rücken geschaut und das Ohrenspiel meines Pferdes beobachtet. Aber nun machte ich mich auf etwas sehr, sehr Schlimmes gefasst.

„Und?" Sigi drehte sich zu mir um.

„Wie und?"

„Na, er will nicht mehr." Er kicherte vor sich hin, aber ich merkte, wie er zunehmend nervöser wurde. Dann versuchte er mit ein paar kräftigen Hackentritten sein Pferd von der Stelle zu bewegen. Ich sah, wie mein Gaul die Ohren anlegte, und dann, wie Sigis Pferd dick und dicker wurde. Plötzlich ging ein Ruck durch meinen Gaul und wir schossen los.

Mit beiden Händen hielt ich mich am Sattelzeug fest. Der Gaul, der Sigi trug, raste völlig kopflos die Straße hinunter, mein Pferd folgte ihm. Im Trab ging es noch, aber bald spürte ich mein Steißbein. Immer wieder wurde ich aus dem Sattel emporgeschleudert, immer wieder knallte ich auf ihn zurück. Sigi flog vor mir von links nach rechts, dann wieder von recht nach links, er taumelte wie ein betrunkener Seemann. Sein Pferd war das schnellere, aber mein Gaul wollte das so nicht hinnehmen. Wir rasten in einem unglaublichen Tempo die Schotterstraße hinunter. Rechts ging es dreißig Meter ins Tal hinab, links kamen wir der Felsenwand gefährlich nahe. Irgendwann, in einer Kurve, versuchte mein Pferd auf gleicher Höhe an Sigis Pferd vorbeizukommen. Ich bekam Todesangst. Die Pferde drängten sich gegenseitig ab, sie waren wie blind. Ich berührte schon Sigis Knie. Dann wechselten sie plötzlich die Gangart und mein Gaul ließ Sigis Pferd vor. Wir hatten noch einmal Glück gehabt. Doch sobald die Kurve hinter uns lag, begannen sie wieder wie verrückt zu laufen. Die Gangart wechselte jetzt in ein furchtbar schnelles Tadamtadamtadam. „Das ist der Gallohoopooppop“, hörte ich Sigi schreien. Ich hielt mich an der Mähne meines Pferdes fest, so fest ich nur konnte. Es raste kopflos voran.

Dann war ich neben Sigi und sah das weite Feld vor uns und links von uns, in den Felsennischen, die beiden riesigen Buddhastatuen. Zwei mächtige Wächter in den Fels gehauen. Ich war auf der Höhe ihrer Hände. O Gott, sie waren so verdammt groß und mächtig. Heiliger Vater, wir können doch nicht einfach an dieser Allmacht vorbeirasen. Streng blickten sie auf uns herab und wir galoppierten einfach vorbei.

Wir hatten die beiden Buddhas nicht einmal grüßen können. Wahrscheinlich hatte der Afghane die Pferde für Touristen so abgerichtet. Vielleicht waren es Zirkuspferde.

Wir donnerten die ganze Straße hinunter. Irgendwann hielten sie einfach an und ich flog mit meinem ganzen Gewicht an den Kopf meines Pferdes und hielt mich an ihm fest, um nicht herunterzufallen. Sigi war noch immer neben mir. Mit einem letzten großen „Aahhh" schaffte er es, das Tier zu halten. Dann standen wir. Ich spürte das Blut in meinem Schädel pulsieren, wir dampften wie die Flanken unserer Gäule.

„O Himmel!", schrie ich. „O gütiger Gott!"

„O verdammt! O Hölle!", rief Sigi und wir lachten und prusteten alle Anspannung über die Ohren der Pferde hinweg auf die verdammte Schotterstraße. Dann drehten wir den Gäulen die Köpfe in die entgegengesetzte Richtung und sie trabten mit uns die Straße zurück.

Noch in derselben Nacht fand ich das Glück. Ich lag zwischen schnarchenden und schmatzenden Hippies und konnte nicht schlafen. Schon zwei Stunden hatte ich so auf dem Rücken gelegen und als ich dann den Ruf eines Käuzchens hörte, stand ich auf. Ich wusste, wenn ich so liegen bleiben würde, würden mich meine Gedanken quälen. Also war es besser zu gehen.

Ich stieg über die Typen hinweg, die in Dreierreihen vor dem Ausgang lagen, und öffnete vorsichtig die Tür.

Draußen war es noch tiefe Nacht. Es musste drei oder vier Uhr früh sein. Auf den Tischen vor dem Gästehaus lagen die Reste unserer kleinen Feier.

Kim und George hatten bei dem Gouverneur Erfolg gehabt. Er hatte ihnen ein weiteres Schreiben ausgestellt, mit dem wir unbehelligt weiter nach Panjau fahren könnten. George hatte mit dem Sohn des Gouverneurs eine Partie Schach gespielt und ihn gewinnen lassen, das hatte die Aktion zum Erfolg geführt.

Ich lief die Straße hinunter. Auf den Feldern war kein Mensch zu sehen. Man sah nur die Umrisse der Bäume und Häuser. Ich hatte keine Angst. Ich wusste, dass die Hunde im schlimmsten Fall anschlagen würden, aber niemals angreifen. Das taten sie nur, wenn man sich einem Haus oder einer Siedlung näherte.

Ich sah zu den Bergen hinauf. Dahinter begann langsam der Silberstreif in den Himmel zu wachsen, bald würde es hell werden. Lief die Schotterstraße bis zum Ende hinunter, bis zu dem Baum, wo wir gestern den Afghanen getroffen hatten, fühlte noch immer mein Steißbein. Wir hatten den ganzen Abend über die wilde Reiterei gesprochen. Langsam ging ich um die Kurve.

Ich musste wieder an meine Leute denken, Herbert und wie er heute seinen Tag begann. Wie er sich seine Uniform anzog und sich für den Dienst fertig machte.

Als ich ein paar Meter weiter war, sah ich unter den Bäumen rechts von der Straße ein paar Hippies liegen. Sie schliefen. Sie lagen in Gruppen zusammen und hatten sich unter den Buddhastatuen kleine Nester gebaut. Ich schlenderte weiter und stand plötzlich am Fuße des kleinen Buddhas. Im Halbdunkel sah ich eine Frau. Sie kniete am Straßenrand und ich hörte, wie sie sich ihren Mund ausspülte. Sonst war es vollkommen still. Ich wollte nicht weitergehen, wollte die Schlafenden nicht stören.

Als ich mich gerade entschied wieder umzukehren, sah ich am Anfang eines Weges, der hoch in die Felsenwand führte, ein Mädchen sitzen. Ich sah nur ihr weißes Kleid im Dunkeln leuchten. Wahrscheinlich war sie in tiefe Meditation versunken. Ich wusste sofort, dass sie es war. Ich war mir ganz sicher. Ich wollte nicht zu ihr gehen, hätte dafür nie den Mut aufgebracht. Vielleicht würde sie sich vor mir erschrecken, dachte ich, und was soll ich ihr denn mitten in der Nacht sagen? Meine Füße gingen wie von selbst und als ich nahe an sie herangekommen war, sah ich, wie sie mich anblickte und zögernd eine Hand hob. Sie hatte mich wahrscheinlich schon länger gesehen. Sie saß unter dem Baum und das Haar fiel auf ihre Schultern und unter ihrem Kleid lugten nackte Füße heraus und dann sah ich, wie sie lächelte.

„It's dark, isn't it?“, sagte sie leise.

Ich war ziemlich verwirrt, fand es ganz wunderbar, sie zu sehen.

„I couldn't sleep“, antwortete ich und wollte weitergehen. Sie aber stand auf und kam langsam ein paar Schritte auf mich zu. Sie sah wirklich ganz unvergleichlich aus. Als sie direkt vor mir stand und ich ihr Gesicht erkennen konnte, sagte sie: „My name's Christina, what's your's?“

„My name's Paul.“

„Hi, Paul.“ Sie kam noch einen Schritt näher und gab mir ihre Hand. Ich fühlte mich in ihrer Nähe auf Anhieb wohl.

„Do you know the secret of Bamiyan?“, fragte sie leise und ich verstand dieses verdammte Wort secret nicht und deshalb nickte ich nur und ich glaube, sie verstand, dass ich nichts verstand, und lachte wieder ein bisschen.

„Would you like to ... come with me?“ Sie wies mit ihren Händen auf sich, machte Zeichen und sah einfach ganz fabelhaft aus. Ich nickte sowieso immer nur.

Dann drehte sie sich um und ging los, und ich folgte ihr, ging ihr einfach nach. Ich wusste, dass sie das wollte, ich wusste, dass ich mitgehen sollte.

Wir stiegen den Weg hinauf, der an der Felsenwand hoch bis zu den Buddhastatuen führte. Vom Tal zog der Silberstreif immer höher in den Himmel und ich konnte schon viel mehr von der Umgebung erkennen. Sie ging immer ein paar Meter voraus. Manchmal drehte sie sich zu mir um, aber sie sagte nichts. Ich sah den Saum ihres Kleides und ihre Füße und ihr Haar, das mit jedem Schritt auf ihren Schultern wippte, sah ihren ganzen Körper. Sie war so wunderschön. Sie war viel zarter, als ich sie an der Grenze und im Bus wahrgenommen hatte und sie war gleichzeitig ziemlich kräftig. Ich sah ihre Rundungen, ihre Schultern, ihre Arme und Brüste, unter dem weiten Kleid.

Wir stiegen immer höher, liefen an den Höhlen vorbei, und im Vorbeigehen sah ich darin ein paar von den Hippies eingeringelt auf dem Boden liegen. Die Höhlen waren Klosterzellen gewesen, die die Mönche als Zufluchtsorte benutzt hatten. Vor tausenden von Jahren waren sie in die Felswand gehauen worden, jetzt übernachteten dort die Vögel.

Als der Weg enger wurde, wusste ich, dass wir über den ersten Buddha hinweggegangen waren. Sie wollte zum zweiten, zum größeren. Sie lief immer schneller, dann drehte sie sich plötzlich zu mir um, nahm meine Hand und zog mich zu sich heran.

„Come on, Paul“, sagte sie leise. „Be careful, it is not easy to climb up this way.“

Ich verstand nicht alles, was sie sagte, aber allein dass sie mir ihre Hand gab, machte mich mutiger. Eine wunderbare, warme Energie ging von ihr aus. Gleichzeitig hatte ich aber auch Angst, Angst, die Kontrolle über mich zu verlieren. Sie spürte wohl, dass ich sehr vorsichtig war, sie muss es gespürt haben, denn sie zog mich einfach fort. Sie war mir so nah und ich konnte sie riechen, ich roch sie schon, bevor sie mich berührt hatte. Sie roch nach Moos und wildem Gras.

Wir stiegen ungefähr zwanzig Stufen hinauf in die smaragdene Felswand. Sie ging immer noch voran. Auch wenn ich mich nicht zurückdrehte, wusste ich, dass neben mir das ganze Tal zu sehen war. Es begann langsam, heller zu werden. Ich wollte nur noch auf ihre Füße und auf ihren Körper und auf ihre weichen Bewegungen sehen. Sekunden später standen wir auf dem Plateau des großen Buddhas.

Sie ging immer noch weiter voran und bald sah ich die Umrisse der Höhle. Der Weg wurde breiter und dann standen wir vor dem Eingang, direkt auf dem Kopf des zweiten Buddhas.

Sie drehte sich zu mir um und ich blickte in ihr Gesicht. Lächelnd wies sie hinunter ins Tal und ich drehte mich um und sah das Morgenlicht über den Feldern und Wiesen liegen und die Flussläufe und die Auen und die Wälder und es war wirklich einzigartig.

In der Mitte der großen Höhle setzte sie sich auf den Boden, zog mich mit der Hand zu sich herunter und wir blickten hinaus in diese wunderbare Welt, die vor unseren Augen in dem aufgehenden Licht entstand. Meine Knie berührten ihre Knie. Sie drückte sich ganz eng an mich heran und es war alles so selbstverständlich, als würden wir uns schon seit Jahren kennen. Wir sahen hinaus auf das Tal, das immer mehr Farben bekam, sahen das Ocker der Felder und das Grün der Bäume und der Wiesen und Wege. Ich sah die Allee mit den Pappeln und das Birkenwäldchen links davon und das Gästehaus und über allem kreisten die Morgenvögel.

„Have you ever seen anything so beautiful before?", flüsterte sie.

„No", sagte ich.

„Isn't it incredible?"

„Yes."

Sie legte ihre Hand auf mein Knie und ich wurde mit einem Mal sehr müde. Ich weiß nicht, wie es geschah, aber sie drückte mich plötzlich nach hinten und ich ließ es mit mir tun. Ich sank nach hinten auf den warmen Boden und sie beugte sich über mich.

Ihr Haar kitzelte meine Stirn und ich spürte ihren Atem auf meinen Lippen und sie begann, meine Brust zu streicheln. Sie steckte eine Hand unter mein Hemd und streichelte mein Herz. Ihre Augen waren ganz nah und ich spürte ihre Brüste auf meinem Körper und fühlte ihr Herz schlagen. Als ich etwas sagen wollte, legte sie mir einfach die Lippen auf meinen Mund, öffnete ihn mit ihrer Zunge und wir küssten uns sehr lange, obwohl ich viel lieber etwas gesagt hätte. Ich schmeckte das Salz ihrer Lippen, sie schmeckten wie weiches Honigbrot und wir blieben sehr lange so liegen, so lange, bis sie mir zuflüsterte: „Do nothing.“ Dann strich sie mir über das Gesicht und sagte: „Don’t talk, don’t think, do nothing.“

Im gleichen Moment spürte ich ihre Hand auf meinem Schoß. Sie knipperte den Bund meiner Hose auseinander und berührte dabei meinen Dodo und ich merkte, wie mir heiß wurde, und spürte, wie er in ihrer Hand wuchs und wuchs. Sie war so leicht und duftete nach allem, wonach ich mich seit Jahrtausenden sehnte.

Wir sagten nichts mehr. Ihr Kopf lag auf meiner Brust und durch ihre Haare hindurch sah ich, wie der Morgen ins Tal zog. Dann durchzuckte es mich so sehr, dass ich mit meinen Händen irgendetwas tun wollte, und da setzte sie sich auf. Das Kleid war ihr bis zu den Knien hochgerutscht und sie hockte sich wie eine Indianerin auf meinen Dodo und führte ihn in einer schnellen Bewegung in sich hinein.

In diesem Augenblick fiel ich zehntausend Meter tief. Es war so wunderbar warm und feucht und wohlig und gut in ihr und es war mir alles so fremd und nah zugleich und sie begann auf mir zu kreisen und mit jeder ihrer Bewegungen wurde ich freier und irgendwann schrie sie, erst ganz leise und dann immer lauter. Ich hätte mit ihr bis zum Mond, bis zur Venus hinauffliegen können, so wunderbar war es, und mein Dodo bekam Flügel und sie zuckte und schrie und es strömte aus mir heraus und im gleichen Moment sah ich ihre Augen. Einen unendlichen See sah ich da und in dem See sah ich einen weiteren See und in dem See sah ich immerfort einen anderen.

Sie sank vornüber auf meine Brust und blieb dort liegen.

„Ich liebe dich. Ich liebe dich. Wer immer du bist, woher du kommst, wohin du gehst, ich liebe dich. Wenn du willst, werden wir unseren Weg zusammen gehen. Sei gut zu mir und ich werde dich tragen. Bis ans Ende unserer Zeit werde ich bei dir sein und dann noch darüber hinaus.

Ich liebe dich, du bist das Licht, du bist der Sonnenschein. Du bist das Leben."

Irgendwann waren wir eingeschlafen. Sie lag die ganze Zeit auf mir und eine Hand von ihr steckte in meiner Achselhöhle.

Irgendwann aber wurde es mir leichter und da wusste ich, dass sie weggeflogen war. Als ich die Augen öffnete, war sie weg.

Es war längst Tag geworden und die Sonne schien zu mir in die Höhle herein. Ich blieb einen Moment noch so liegen, sah hinunter ins Tal und konnte es nicht fassen. Ich hatte zum ersten Male richtig geliebt. Ich war wirklich geflogen. Sie hatte mich vom Himmel heruntergeholt und ihre Hand hatte mich aufgefangen und dann wieder frei gegeben und wir beide waren zum Himmel hinaufgeflogen.

Ich setzte mich auf und sah mir die Flussläufe und die Wälder und Wiesen an. Ein paar Bauern begannen ihr Tagwerk. Und ich musste plötzlich weinen. Ich war nicht traurig, aber die Tränen wollten heraus. Ich schaute auf das Tal von Bamiyan und mir wurde ganz leicht ums Herz und der neue Tag begann für mich wie ein noch nie gesungenes Lied.

Ich laufe herum. Ich habe Herzklopfen. Ich weiß nicht mehr, wer ich bin und wo ich hingehöre. Ich renne die Straße hinunter, wie ein Soldat. Meine Knöchel schmerzen, mein Herz überschlägt sich, es rast und holpert und springt. In meinem Kopf purzelt alles durcheinander. Ich sehe Bilder, ich fühle mich gut, ich fühle mich mies. Ich habe Fensterscheiben eingeschlagen, ich habe den Rasen betreten, ich werde zu spät kommen, ich habe gesündigt. Das vierte Gebot, das erste Gebot, alle Gebote habe ich gebrochen. Ich habe die Grenzen überschritten. Ich merke, wie sich mein Magen und meine Innenwände zusammenziehen. Ich habe alles aufgegeben und bin dabei fast ersoffen. Ich spüre meine Unvernunft, meine Lust, meine Freude, ich werde dafür bezahlen. Sie werden mich töten. Ich springe über die Steine, aber ich bin nicht mehr ich.

Ich renne vom „Beathall“ den Tegeler Weg hinunter. Ich habe die ganze Nacht getanzt, ich habe geraucht, getrunken, gelacht. Ich habe mit einem Mädchen herumgeschmust. Jetzt muss ich nach Haus. Meine Augen drehen durch, mein Herz stolpert. Das ist die Strafe. Ich bin verloren, ich werde augenblicklich sterben. Ich habe mich ganz vergessen und was ich nicht brauchte, habe ich wie einen alten Sack in die Ecke geworfen.

Jetzt muss ich die Dinge wieder haben. Das sind meine Kontrollgeräte. Ich werde ab sofort sehr achtsam sein. Ich hasse mich, wenn ich so verloren bin. Ich will nicht werden wie Vater, nicht so schwach und grenzenlos. Ich will nicht ertrinken, ich will nicht so weich werden wie er. Er war so einsam, ich will nicht einsam sein, ich hasse die Einsamkeit. Ich will so wie die anderen werden. Ich renne so weiter, bis nach Haus. Sie werden mich nicht verstehen. Ich werde es ihnen nicht erklären. Ich werde mich in meinem Turm verstecken, und sie werden mir nichts anmerken. Was bin ich nur für ein Mensch? Was soll aus mir werden? Ich habe nur Flausen im Kopf. So werde ich niemals ein Mädchen finden, Mädchen wollen keine schwachen Männer. Ich weiß nicht, wer ich bin. Bin ich er, bin ich ich? Ich werde für meine Sünden bezahlen. Ich werde sterben. Nicht wie Vater. Ich werde vernünftig sterben.

Als ich den Weg wieder hinunterging, vorbei an den Höhlen, da stand die Sonne schon höher. Ich achtete nicht auf die Hippies, die aus ihren Schlafsäcken gekrochen kamen, sie achteten nicht auf mich. Ich wusste, ich wollte nicht sein wie sie, ich wollte kein Hippie sein, aber ich fand sie in Ordnung. Ich musste Christina wieder finden. Ich sah Bilder aus meiner Kindheit, sah mich durch die Straßen laufen, in meinen Kinderhort gehen. Es waren Jungen da und Mädchen und ich hörte sie, hörte, wie sie sagten: „Paul, erzähl noch was. Erzähl uns einen von deinen Filmen."

„Den besten Film aller Zeiten?"

„Ja, den. Den besten Film aller Zeiten."

Ich sah mich auf einem Stuhl stehen und hörte mich erzählen, was mir gerade einfiel. Ich erfand einen der Filme, die ich nie gesehen hatte, die ich aber unbedingt noch sehen wollte. Und wenn ich den Kindern dann alles erzählt hatte, fühlte ich mich gut. Sie hatten mir alle zugehört und mich für meine Filme geliebt. Nur die Stille danach, diese Einsamkeit und Leere, die mochte ich nicht. Dann kamen immer die Gedanken an Vater und alles, was ich nicht mehr denken wollte.

Heute Nacht hatte ich meinen eigenen Film erlebt. Ich lief den Berg hinunter, bis zur großen Straße, nahm einen Abzweig und lief ins Tal. Ein paar Fasanen flogen auf, als ich ihren Weg kreuzte. Eine alte Frau kam mir entgegen, sie war in einen roten Umhang gehüllt. Ich sah in ihr Gesicht, sie sah mich an und als wir aneinander vorbeigingen, legte sie die Hand auf ihr Herz.

„Möge Gott mit dir sein", sagte sie.

„Möge Gott dich schützen", antwortete ich.

Mir stiegen Tränen in die Augen. Ich bin eine verdammte Heulsuse, dachte ich. Ein paar Hasen rannten vor mir her und ich hörte, wie die Vögel in den Bäumen sangen.

„Hörst du, Paul, die Lerchen singen so schön. Hör doch, wie sie singen."

„Ja, Mama, sie singen um ihr Leben. Sie wissen, dass sie sterben sollen, deshalb singen sie so schön."

„Wie kommst du auf diesen Unsinn, Paul?"

„Doch, Mama, sie werden sterben, weil der große schwarze Vogel sie töten wird. Noch vor Sonnenaufgang wird er sie töten, du wirst sehen."

„Du bist ein Kindskopf, Paul, schlaf jetzt."

„Ja, Mama, aber vorher will ich noch für Vati beten, damit er wieder gesund wird."

„Ja, bitte den lieben Gott, dass sie Vati in der Klinik wieder gesund machen, damit er uns beschützen kann."

Ich glaube nicht, dass sie ihn gesund machen werden. Er wird es nicht schaffen, er ist zu weich und zu dick. Der liebe Gott wird ihn holen. Weil Mama ihn auch nicht mehr pflegen will. Weil sie alle genug von seinem Geheule haben. Von seinen Träumen und Zweifeln und seinen Ängsten und seinem Geigenspiel. Ich werde den lieben Gott bitten, dass er ihn schnell holen soll, damit mit Mama wieder alles gut wird.

Ich lief zum Exerzierplatz. Als ich auf der Anhöhe ankam, zogen ein paar Soldaten gerade die afghanische Fahne hinauf. Ich setzte mich auf einen Stein und sah den beiden zu. Der kleinere faltete die Fahne auseinander und schnitt dazu unglaubliche Grimassen. Sie lachten irrsinnig darüber. Dann nahm der größere die Fahne und befestigte sie an dem Seil. Ich sah über den Platz. Es war immer noch niemand zu sehen. Vielleicht werden sie mich verjagen, wenn sie mich hier sehen, dachte ich. Aber sie sahen nicht zu mir herüber. Die beiden sahen aus wie diese amerikanischen Komiker, der Dicke und der Dünne. Nicht wie meine Lieblingskomiker, Stan und Olli, nein, eher so wie Pat und Patachon. Sie standen immer noch an der Fahnenstange und alberten und lachten über ihre blödsinnigen Späße. Dann stellten sie sich in Positur und nahmen Haltung an. In diesem Moment ertönte aus den Lautsprechern die Hymne meines Lebens: „Love, Love, Love." Es waren die Beatles, die da sangen. Aus allen Lautsprechern erklang das Lied der Lieder. „All you need is love, love. Love is all you need." Der Kleine zog die Fahne hoch und der Große salutierte.

Als die Fahne oben war, salutierten sie wieder und die Musik brach ab. Dann lachten sie, salutierten ein letztes

Mal, drehten sich zackig um und gingen Arm in Arm und verrückt vor Freude über den Platz zurück in ihre Baracke.

Ich fühlte mich seltsam, ich musste an zu Hause denken und an die letzte Nacht und an Christina.

„Lieber Gott, lass mich lange leben, ich will noch nicht sterben", sagte ich halblaut zu mir. „Wenn ich hier durch bin, werde ich vernünftig, das schwöre ich. Ich werde mir einen richtigen Beruf suchen oder vielleicht zu Klinker-Eisen zurückgehen." Ich sah einen Moment in die Sonne. „Nein", dachte ich, „das werde ich nicht tun. Aber ich werde etwas anders tun, es wird mir schon etwas einfallen. Vielleicht werde ich etwas Nützliches tun, etwas für die Menschheit, etwas, das alle gebrauchen können."

Ich saß auf meinem Stein und sah die afghanische Flagge im Wind wehen. Ich hatte heute Nacht fliegen gelernt und vor ein paar Minuten hatten die Beatles gesungen, ich hatte also keine schlechten Karten.

Noch am selben Tag nahmen wir einen Steintransporter, der uns in das westlich gelegene Panjau bringen sollte. Dort würden wir vier erstklassige Pferde kaufen und dann quer über die Pässe bis nach Herat zurückreiten. George hatte dem Fahrer, einem kleinen, drahtigen Afghanen, den Begleitbrief des Gouverneurs gezeigt und der Mann hatte nur genickt. Wir würden also ohne Probleme nach Panjau kommen.

Wir kraxelten in den Ladebereich von dem Lorry und versuchten, zwischen den Steinen etwas Platz zu finden. Kim klemmte sich vorn über dem Fahrerhäuschen an die Holzbarriere und George und Sigi hockten sich, so gut es ging, zwischen den Riesenklamotten hin. Ich stieg als letzter auf und krabbelte über die Steine, bis nach vorn zu Kim. Als ich gerade auf einem Findling Platz genommen hatte, sah ich, wie ein weiterer Afghane bei dem Fahrer einstieg und dann noch ein dritter, ein ziemlich großer

Mann, der aus dem Tschaihaus kam. Ich dachte mir nichts dabei, obwohl die Typen ziemlich abgerissen aussahen und der Lange einen Kreuzgurt patronengespickt über seinem Oberkörper hängen hatte. Er trug einen Revolver und der andere hatte eine Flinte.

Ich sah ein letztes Mal ins Tal hinunter und dann fuhren wir auch schon los.

Unter mir lag das Bamiyan-Tal. Ich sah noch einmal auf die Pappelallee und das Gästehaus, sah ein paar versprengte Hippies, die auf den Bus warteten, der sie zurück nach Kabul bringen sollte.

Sie war nicht dabei. Sie war bestimmt bei den Hippies oben in den Höhlen, bei den großen Buddhas. Hätte ich sie noch einmal getroffen, wären wir vielleicht zusammengeblieben. Vielleicht wären wir sogar zusammen weiter bis nach Indien gefahren, oder sogar bis Goa. Ich träumte davon, aber ich wusste im selben Moment, dass ich mir etwas vormachte.

Nach der nächsten Kurve türmten sich die Berge des Hindukusch vor uns auf. Die Felsenwände ragten bis in den Himmel hinauf. Auf der anderen Seite war die schroffe Landschaft. Nur Steine, Sand und ringsum karg bewachsenes Land.

Ich stand an der Holzversperrung neben Kim und hielt mich mit beiden Händen daran fest. Vor uns waren ein paar Kisten mit Aprikosen übereinander gestapelt. Ich nahm eine heraus und aß sie. Sie schmeckte zuckersüß und hinterließ einen Pelz auf meiner Zunge. Dann nahm ich mir so viel von den Dingern, wie ich essen konnte. Kim nahm auch von den Aprikosen, sie schmeckten himmlisch. Mir war es egal, ob meine Gedärme dieses Spiel mitmachen würden, das Obst war schließlich weder geschält noch gewaschen, aber ich musste es trotzdem tun.

Der Fahrtwind pfiff mir ins Gesicht. Der Motor machte einen gewaltigen Lärm und trotzdem hörte ich die drei

Typen unter mir im Fahrerhäuschen schwatzen und lachen. Sie rauchten wohl Haschisch, ich roch den süßen Rauch, der aus den Seitenfenstern kam.

Die Straße führte höher und höher in die Berge hinauf. Langsam wurde es dunkel. Ich sah mich immer wieder zu Sigi um, er stand mit dem Rücken an der Holzklappe neben George und rauchte. Sie sahen aus wie Afghanen. Die langen Hemden gingen ihnen bis zu den Knien und Sigi trug seinen Turban. Die Enden von dem Tuch flatterten im Wind. Er musste sich mächtig am Geländer festhalten. Es war nicht ungefährlich, auf den Steinen zu stehen, sie rollten immer wieder über die Ladefläche und es sollte ja noch Stunden so weitergehen.

„Stones free!“, schrie Sigi und sie lachten wie Schuljungen. Ich wusste, dass sie ziemlich bekifft waren.

„Paul, nimm auch einen Zug“, rief er mir zu.

Ich verstand ihn kaum, hangelte mich aber an dem Holzgeländer nach hinten und Sigi reichte mir umständlich die Pfeife. Mit einem Bein auf einem Riesenstein stehend zog ich daran und zog dann gleich noch einmal. Und dann explodierte es in meinem Schädel. Ich hatte bisher nur ein-, zweimal geraucht, aber dieses Zeug hier war anders, es verdickte mein Gehirn auf der Stelle. Alle Gedanken purzelten sofort durcheinander und schossen mir dann aus Nase, Mund und Augen wieder heraus.

Ich fühlte mich plötzlich sehr gut, mir fehlte nichts mehr. Ich hätte mich jetzt auch mit dem Lorry unterhalten können. Immer wieder zogen wir wechselseitig an Sigis Pfeife und ich musste dabei hin- und herspringen, um den verdammten Steinen auszuweichen, die mittlerweile ziemlich viele Eigenbewegungen machten. Ich bewegte mich wie ein Tänzer. Dann, als der Lorry langsam bergab fuhr, wollte ich wieder zu Kim zurück, kam aber kaum noch voran. Ich war so bekifft, dass sich jede meiner Bewegungen zu Zeitlupengeschwindigkeit verlangsamten, obwohl ich dachte, alles irrsinnig schnell zu machen. Ich brauchte ungefähr zwanzig Minuten, um über die Felsbrocken bis zum Fahrerhäuschen zu gelangen. Mein Innenschädel war mit einem gewaltigen Kissen ausgefüllt und ich musste ständig über meine Tanzerei mit den Steinen lachen. Sigi und George lachten auch und Kim hätte am liebsten auch mitgemacht, war aber von meiner Einlage so erfüllt, dass er sich an dem Gatter festhalten musste.

Wir rauchten drei Pfeifen und lachten und lachten und ich brachte Kim dreimal die Pfeife und brauchte dafür jeweils mehrere Stunden.

Plötzlich hielt der Laster auf einer Anhöhe.

Sie stiegen aus und kamen einzeln aus dem Fahrerhäuschen, der Fahrer, der Lange und der Dicke. Sie kamen an die Ladefläche und stellten sich vor uns auf.

Ich hatte mir blitzschnell meine Teppichtasche umgehängt und hielt das Sturmgepäck in der Hand. Ich ahnte, was sie von uns wollten. Der Fahrer ging an die Klappe und fummelte an den Scharnieren herum. Sigi und George standen über ihm und sahen ihm dabei zu. Ich kraxelte zu ihnen nach vorn. Kim folgte mir. Er hatte sich die blaue Tasche gegriffen und war genauso langsam wie ich. Trotzdem hatte ich das Gefühl, er verstünde, was hier vor sich ging.

Wir beugten uns zu den dreien hinunter. Sie trugen ihre Waffen. Der Lange, es war wahrscheinlich ein Paschtune, versuchte zu ergründen, wie viel Gepäck wir bei uns trügen. Seine Augen waren geschminkt, ich hatte so etwas bei einem Afghanen noch nie vorher gesehen, er hatte einen Lidstrich unter den Augen. Er war der Erste, der sprach. Er hob die Hand und sagte etwas. Wir verstanden ihn nicht, wir fanden ihn nur komisch. Wir begannen zu lachen. Ich glaube, Sigi lachte als Erster.

„Was will er?“

„Money!“

Dann lachte George. Wir waren viel zu bekifft, um den

Ernst der Situation zu begreifen. Kim und Sigi zeigten immer wieder auf den Langen, der langsam nervös wurde.

„Er bekommt keinen Pfennig. Nein, never." Sigi lachte so sehr, dass er sich an der Holzverschalung festhalten musste, um nicht hinunterzufallen.

Die drei Afghanen wurden immer ernster und stiller.

„We're staying here", sagte George dann plötzlich, weil er sah, wie der Kleine damit begann, die Verladeklappe zu öffnen.

„Hey stop!", schrie George. Wir wären mit dem ganzen viertausend Kilo Steineberg von dem Lorry geflogen.

„We have a letter from ...", versuchte George es beschwichtigend, aber der Afghane fummelte weiter an der Klappe herum.

„... the authorities. You understand?"

Er hielt ihm den Begleitbrief hin, aber der Typ ging nicht darauf ein. Er hatte das Gatter nun völlig geöffnet und wir standen auf den mächtigen Klamotten und wussten nicht weiter. Sie wackelten bedrohlich hin und her.

Der Lange mit dem Patronengurt und der Angefettete mit dem Hut, der wie eine Tellermine aussah, rückten nun nach. Es war wirklich so, als wollten sie uns mitsamt den Steinen in den Abgrund schmeißen.

„Sie wollen uns abkochen", sagte ich leise. „Lasst uns lieber aussteigen."

„Panjau!" George versuchte es immer wieder und klopfte dem Kleinen auf die Finger.

„Bale." Der Kleine sah George ernst an und sagte: „Afghani!"

„Ne, Afghani. This is a letter from the governor of Afghanistan, do you understand?" George wollte ihm keinen Pfennig geben.

„Ne, Gouverneur. Gouverneur dirus, pindjah Afs."

„Er sagt, das wäre gestern gewesen, heute will er fünfzig Afs."

„Niemals."

Wir schüttelten uns im Kollektiv.

„Never ever. We're not paying for the tickets. The governor ..."

Wir drehten immer mehr auf und die Situation wurde immer gefährlicher. Irgendwann begriffen sie, dass wir eher sterben würden, als für die Fahrt bezahlen und dann zog der Lange seinen Revolver. Ich stieg schnell über die Holzverschalung an der anderen Seite herunter, Kim folgte mir und Sigi zerrten wir nach. George war der Letzte. Er hatte unsere Klamotten gerettet und sich seitlich vom Lorry fallen lassen.

Nun standen wir auf der Straße. Die drei verschlossen das Gatter wieder, stiegen ein und fuhren einfach ab.

„Fuck you."

„Piss off."

„Verschwindet, ihr Penner."

Wir schrien ihnen die übelsten Verwünschungen nach und lachten dabei, bis wir nicht mehr konnten. Das Charras hatte jedem von uns die Reste unserer Gehirnmasse in Knete verwandelt.

Wir stolpern durch die Nacht, immer die Straße entlang. Es ist tiefe Dunkelheit. Der Mond ist noch nicht aufgegangen. Wir orientieren uns an unseren Füßen. Manchmal bleibe ich zurück und spreche mit Sigi, dann gehe ich wieder nach vorn zu Kim und George. Die Südhänge der großen Gebirgsketten sind wildreich. Die Wüsten und Steppenzonen sollen von Schakalen, von Füchsen, Hyänen und Wölfen bewohnt sein. Ich glaube es nicht, wir werden höchstens ein Fettschwanzschaf antreffen oder ein Stachelschwein. Es ist so pechschwarz um uns herum, dass ich nur ein paar Zentimeter voraus sehen kann. Die Straße ist aber da und wir orientieren uns an ihr.

Ich bin wieder nüchtern, das Charras hat eine Menge Platz in meinem Kopf geschaffen. Platz für andere Gedanken. Sigi sagt, ich soll nicht so viel denken.

„Es ist, wie es ist.“

Ich gehe wieder zu George. Er erzählt mir von London und dass er eine Frau sucht. Er will eine Familie gründen, wie es sein Vater gemacht hat. Ich glaube, er ist wirklich Arzt oder so etwas. Das würde mir gefallen. Ich rufe Sigi nach hinten zu, dass ich seinen Arzt aus China gefunden hätte und dass es George sei. Wir lachen nur noch wenig. Der Mond geht auf, hängt am Himmel. Es ist ziemlich kalt, aber das Laufen tut mir gut. Wir sehen jetzt besser voraus, weil der Mond so groß ist.

Die Luft ist klar, gut nach dem Theater mit dem Haschisch. Wir laufen schon die ganze Nacht. Irgendwann sehen wir vor uns die ersten Häuser. Das muss Panjau sein. Hoffentlich. Ich bin froh, dass ich nicht allein bin. George und Kim sind wie Engel. Sigi findet das auch. „Wir haben Glück gehabt“, sagt er. „Sie passen auf uns auf.“ Wir laufen den Häusern entgegen.

„Watch out for the dogs“, sagt George. „Schmeißt Steine, dann laufen sie weg.“ Wir werden immer stiller, hören jetzt nur noch unsere Schritte. Es knirscht unter unseren Füßen. Gleich sind wir da. Ich freue mich auf einen Schlafplatz und habe auch ein bisschen Angst. Was werden sie sagen? Werden sie freundlich zu uns sein?

Den Rest der Nacht verbrachten wir in einem Tschaichana, einem Teehaus. Der Wirt war ein alter Afghane, der uns sofort hereinließ. Er betrieb wohl eine kleine Karawanserei, denn hinten im Hof sah ich ein paar Pferde. Wir versuchten ihm zu erklären, dass wir nur diese eine Nacht bleiben würden, den ganzen Weg von Bamiyan gelaufen seinen und nur noch Ruhe wollten. Das mit dem Laufen wollte er erst gar nicht glauben, aber dann sah er, wie fertig wir waren, und überließ uns den ganzen Raum für ein paar Afs. Ich war völlig übermüdet und legte mich gleich auf meinen Schlafsack. Der Alte brachte Kim noch eine verwanzte Decke, und als er sie nicht wollte, hängte er sie ihm einfach um die Schultern. Dann waren wir allein. Wir legten uns hin, wo wir gerade standen.

Es gab kein elektrisches Licht, nur eine Petroleumlampe, die auf der Herdbank stand. Sie beleuchtetet gerade mal den hinteren Teil des Raumes. Noch im Halbschlaf sah ich ein paar Zeichnungen an der Wand. Irgendwer hatte ein Auto gemalt, ein schönes altes, schwarzes Auto. Daneben waren zwei Fasanen zu sehen und darüber noch ein paar Buchstaben. In Kabul hatte ich einmal an der Wand einer Teestube Zeichnungen von Autoreifen und sogar einer Kaffeemaschine gesehen. Sie malen immer in den prächtigsten Farben, dachte ich noch und schlief schon.

Ich träume von einem Kasper, der in einem Turm lebt. Einem netten, aber frechen Kasper. Er trägt eine bunte Mütze, mit Bändern und Bommeln an der Seite. Er ist der Hofnarr des Königs und der Königin. Immer wenn die beiden sich streiten und sie streiten sich, sooft sie können, rufen sie den Kasper, damit er sie wieder zusammenbringt. Schnell zieht er dann seine lustigen Sachen an, läuft hinüber zum Schloss, stellt sich vor den König und die Königin und macht für sie ein paar Späße. Er muss ganz schön ackern, denn die beiden sitzen mit grimmigen Gesichtern auf ihrem Thron. Aber er schafft es immer, sie zum Lachen zu bringen. Er hat ein ziemlich großes Repertoire, lauter verrückte Lieder und eigenartige Geschichten. Und wenn er sie zum Lachen gebracht hat, sieht er, wie der König die Königin weinend in seine Arme nimmt, und geht ganz traurig in seinen Turm zurück. Der Kasper hat ein Gesicht aus Holz, es ist eine Maske. Die Nase, der Mund und die Wangenknochen, alles ist aus Holz geschnitzt. Wenn ich näher an ihn herangehe, kann ich hinter den Löchern für die Augen ein anderes Gesicht sehen. Ich träume oft von diesem Kasper. Sein Turm gefällt mir am besten. Er ist ungeheuer hoch und hat nur ein Zimmer. Unter dem Dach. Man kann von dort aus die ganze

Umgebung überblicken. Der Turm ist uneinnehmbar und nur der Kasper besitzt den Schlüssel. Dort sitzt er Tag und Nacht und sieht auf die Stadt und auf ihre Menschen und wenn es Krach im Schloss gibt, setzt er sich seine bunte Mütze auf und geht schnell los um seine Späße zu machen.

Am nächsten Morgen erwachte ich völlig zerschlagen und konnte mich nicht orientieren. Ich wusste nicht mehr, wo ich war. Zu oft hatte ich in den letzten Monaten die Zimmer gewechselt. Die Tür stand offen und ich sah hinaus auf die Veranda. Sigi und George saßen am Tisch, der alte Mann war bei ihnen, sie diskutierten. Ich sah hinüber zu Kim, er war unter der Decke verborgen, er schlief noch. Es musste ziemlich früh sein, die Sonne stand nicht sehr hoch am Himmel. Durch die Tür blickte ich in die Landschaft hinaus. Ein paar ärmliche Felder waren da, ein paar Bäume, sonst nur der ewige Sand und die unzähligen Steine.

Ich stand auf, ging zur Herdbank hinüber und goss mir etwas Tschai in einen Aluminiumbecher. Die bunt bemalten Kännchen sahen hübsch aus. Der Alte hatte sie uns auf die Herdplatte gestellt. In einer Schale daneben lagen vier hart gekochte Eier. Ich traute mich nicht, davon zu nehmen. Ich hatte von der Ärmlichkeit der Bauern gehört, ich wollte ihm die Eier nicht wegessen, wahrscheinlich war es seine Jahresration. Daneben war ein altes Fladenbrot, ich brach mir ein Stück davon ab. Es schmeckte fürchterlich. Wahrscheinlich heben sie es für den Winter auf, dachte ich, oder decken damit ihre Dächer. Ich trank den Tee und aß von dem Brot und dann ging ich hinaus.

Sigi sah kurz auf, als ich die Veranda betrat, und George sagte: „Morning Paul, take it easy, we've got loads of time."

„Er will uns die Pferde besorgen", sagte Sigi. Ungeduldig blickte er immer wieder zu dem Alten, der sich in guter Distanz an den Kopf des Tisches gesetzt hatte. Der Mann musste mindestens hundert Jahre alt sein. Er hatte einen Spitzbart, trug einen weißen Turban, schmutzige Schlabberhosen und eine abgeschabte Weste. Er war ungeheuer mager und sein Gesicht war eine einzige Faltenburg.

„Mas-ka? Ne, paner." Der Alte schüttelte den Kopf.

„No, no. Horses. Riding, Gadi? For heaven's sake, he doesn't understand a bloody word."

„Er versteht uns nicht. Er denkt, wir wollen Butter und Käse kaufen, aber sie haben ja nicht einmal Brot", sagte Sigi.

„Vielleicht traut er uns nicht", sagte ich.

„Doch, doch", Sigi sah zu dem Alten hinüber, „er wartet bloß ab, um herauszubekommen, wie viel wir für die Pferde zahlen würden."

George hatte einen Zettel mit Übersetzungen von gängigen afghanischen Redewendungen vor sich auf dem Tisch liegen. Der Alte linste immer wieder auf das Papier.

„Vielleicht denkt er, wir wären Landvermesser", sagte ich. „Meinst du, er kann überhaupt lesen? Vielleicht denkt er, wir wollen ihm sein Land wegnehmen."

„Ne. Ne, tschand khimat darad in … Sigi, what's the word for horse in Farsi?"

George versuchte dem Alten von seinem Zettel vorzulesen, der aber verstand ihn nicht. Er schüttelte nur immer wieder den Kopf und sah uns der Reihe nach an. Er war sehr ernst und hielt die ganze Zeit seine Hände über dem Tisch gefaltet. Knotenfinger, uralte Hände, tausend Jahre oder mehr, dachte ich.

Ich ließ sie mit dem Alten allein und ging hinter das Haus. Es war ein Lehmhaus, ohne Fenster, so wie ich sie schon in Bamiyan gesehen hatte. Nur war hier alles völlig heruntergekommen. Eine Holztür, die nur angelehnt war, führte in den Innenhof. Ein paar Hühner rannten aufgeregt umher. In der hintersten Ecke standen zwei Pferde. Ich stolperte fast über einen vollen Wassereimer, stellte ihn an die Seite und ging zu einem Schuppen, in dem ich die Latrine vermutete. Es stank entsetzlich in dem Verschlag, aber durch die Bretter fiel etwas Sonnenlicht. Vor mir sah ich das Loch in der Erde.

Ich zog mir im Stehen die Hose aus und erleichterte mich. Ich war krank, ich wusste es im gleichen Moment. Ich habe die Ruhr, dachte ich. Nein, ich bin okay, ich bin nur ein wenig krank. Ich sprach mit mir selbst, während es aus mir herausfloss. Ich übertreibe immer, dachte ich, das ist einfach Aprikosenscheiße. Als nichts mehr ging, ließen die Krämpfe nach und ich rannte hinaus, nahm den Wassereimer, stellte ihn vor mich hin, zog alle meine Sachen aus.

Die Hose starrte vor Schmutz, das Hemd auch. Die würden in den nächsten Tagen drankommen, wenn wir erst mal am großen Fluss wären, am Harirud. Ich begann mich zu waschen. Ganz langsam, von Kopf bis Fuß. Meinen ganzen ausgemergelten Körper wusch ich, alles mit dem Wasser aus dem Eimer. Immer wieder tauchte ich meine Hände hinein und wusch mir den Dreck vom Leib und zum Schluss goss ich mir den Rest über den Kopf. Die Pferde sahen die ganze Zeit zu mir herüber. Als ich fertig war, trocknete ich mich mit meinem Hemd ab. Ich fühlte mich gut.

Ich stand in der Mitte des Hofes und die Sonne schien auf meine Haut. Über die Mauer hinaus sah ich auf ein paar bescheidene Felder, auf ein paar klapperige Kühe in der verbrannten und verdorrten Landschaft.

Als ich mich angezogen hatte und gerade hinausgehen wollte, sah ich eine Tür, die zu einem anderen Hof führte. Ein kleiner Garten lag dahinter. In der Krone eines Bäumchens hingen zwei Käfige und darinnen hockten zwei junge Rebhühner. Sie hatten ein blaues Gefieder und einen hellgrauen Bauch. Ihre Schnäbel und Augen fielen mir auf. Es waren Kampfhühner, so wie ich sie auf dem Viehmarkt in Herat gesehen hatte.

Vor mir, hinter dem Garten, war eine Ebene, die grenzenlos zu überschauen war. Sie reichte sicher bis zum Harirud, dem Fluss, dem wir ab Morgen folgen wollten. Der uns über Tschaktscharan bis nach Herat führen sollte. Ein paar Felder sah ich noch und versprengselt ein paar Bäume, aber sonst gab es nur Sand und Steine und Lehm. Der Wind trieb ein paar Sträucher vor sich her.

Als ich zurückkam, war der Alte weg.

Sigi, George und Kim saßen am Tisch.

„Er hat nichts verstanden", sagte Sigi. „Jetzt ist er weg. Wir überlegen, ob wir wieder zurückfahren oder weiterlaufen."

Ich hatte wirklich Angst, dass er diesen Unsinn glaubte.

„Seid ihr verrückt, wir können die Strecke doch nicht laufen."

Bis nach Herat zu laufen war völliger Wahnsinn, wir hätten Monate für den Weg gebraucht und wären als alte Männer angekommen. Wir spielten alle Möglichkeiten durch. George wollte noch in den angrenzenden Dörfern versuchen Pferde zu bekommen. Er war der Vernünftigste von uns. Sigi wollte weiter, egal wie. Kim wusste nicht, was er wollte, und ich wusste nicht wohin. Wir kamen zu keiner Entscheidung. Dann sahen wir die Kinder kommen. Ich sah sie zuerst. Es waren zwei Hazarah-Mädchen mit pechschwarzen Haaren und aufgeweckten Augen. Sie standen in einiger Entfernung bei den Bäumen und starrten zu uns herüber. Die eine trug einen gelben, die andere einen roten Kittel und dazu rote Pumphosen und goldbestickte Westen. Sie hielten sich die Zipfel ihrer Tücher vor den Mund und lachten schüchtern, wenn wir ihnen zuwinkten.

„Sie kommen", sagte ich, als ich ein paar Gestalten auf die Mädchen zugehen sah.

„Yes, they're coming." George stand auf und ging ins Haus.

Sigi war plötzlich sehr nervös. Er ruckelte auf der Bank herum und blickte immer wieder angestrengt zu den Bäumen.

„Lass uns die Klamotten zusammennehmen, wer weiß, was sie wollen."

Kim stand auf und folgte George ins Haus.

„Ich packe unsere Sachen", sagte ich zu Sigi, „bleib hier, wer weiß, was passiert." Dann ging ich Kim hinterher. Wir begannen unsere Säcke zusammenzurollen. George sah immer wieder besorgt auf die Veranda hinaus.

Nach ein paar Minuten waren sie dann da.

Erst waren es vielleicht fünf, sechs Afghanen. Dann kamen immer mehr. Bauern, Kinder, Dorfbewohner. Auch ein paar Frauen. Sie blieben bei den Mädchen unter den Bäumen stehen. Ich wurde unruhig, hatte plötzlich Angst, versuchte mich abzulenken, packte alles immer ein und wieder aus. George ging schließlich hinaus auf die Veranda und ein, zwei Minuten später war ich auch draußen.

Als ich an den Tisch zurückkam, saßen zwei Afghanen bei Sigi. George war nirgendwo zu sehen. Es waren wohl Paschtunen, denn sie sahen sehr kriegerisch aus. Der eine hatte eine Flinte neben sich an den Tisch gelehnt und blickte mir ruhig in die Augen. Er trug einen breiten Patronengurt über der Brust, hatte einen langen schwarzen Bart und eine enorme Hakennase. Sein Turban bestand aus einem simplen Seil, das er sich um den Kopf gewickelt hatte. Die Augen hatte er über und über geschminkt. Mit der blauen Farbe auf den Augenlidern sah er sehr gefährlich aus. Der andere, der am Tisch neben Sigi saß, trug ebenfalls einen Bart, der lila in der Sonne glänzte. Seine Haare waren lang, sie fielen ihm bis auf die Schultern. Sein Gesicht war wie gemeißelt. Er trug eine dieser Tellerminen, einen Filzhut mit breiter, wulstiger Krempe, und über seinen Schultern hing ein smaragdgrünes Tuch.

Ich blieb an der Tür stehen und sah zu ihnen hinüber. Wie waren sie so schnell hierhergekommen, was wollten sie von Sigi? Ich wollte ihnen nicht zeigen, wie nervös ich war und legte mein Sturmgepäck und den Schlafsack auf die Veranda, tat so, als würde ich unseren Krempel für die Abreise zusammenstellen.

Sigi gestikulierte und scherzte und lachte und ich sah, wie die beiden immer näher an ihn heranrückten. Dann fummelte der eine an seinen Händen herum. Ich nahm an, dass sie vielleicht wissen wollten, was wir vorhätten, gleichzeitig dachte ich aber auch, dass sie vielleicht schwul wären. Ich begann zu schwitzen. Sigi aber schien die Situation unter Kontrolle zu haben. Er blieb ruhig. Sie fummelten eben nur an seinen Händen herum. Vielleicht waren sie auf seine Flinte scharf und versuchten ihm das schonend beizubringen. Das Ding lag in Zeitungspapier verpackt vor ihnen auf dem Tisch. Warum hatten wir auch diese bescheuerten Waffen mitgenommen? Am liebsten wäre ich zu ihnen gegangen und hätte ihnen die Flinte geschenkt, als Gastgeschenk. Der Geschminkte fummelte immer noch an Sigis Fingern herum. Sigi lachte, aber ich merkte, wie angespannt er innerlich war.

Kim kam von drinnen und zeigte auf die Bäume. Immer mehr Dorfleute waren gekommen. Einige hatten Pferde dabei. Sie sahen zu uns herüber. Ich wusste nicht, was ich tun sollte. Hätte ich wenigstens ein paar Worte ihrer Sprache gesprochen, wäre ich vielleicht mutiger gewesen, aber nur George sprach ein paar Brocken Farsi. Zum Glück tauchte er endlich wieder auf und lief zu den Leuten hinüber. Kim ging ihm nach.

Ich fühlte mich gleich besser, ging zu dem Tisch und blieb vor ihnen stehen. Der Mann mit dem lila Bart sah mich an und verzog keine Miene. Und dann begriff ich, dass sie nur Sigis Ring wollten.

„Lass ihm doch den Ring“, sagte ich leise zu ihm.

„Bist du verrückt, der ist von Muttchen.“ Sigi lachte die beiden direkt an. Der Geschminkte neben ihm hielt unentwegt seine Hände. Es war völlig verrückt. Hätte ich die drei so auf einem Bild gesehen, dann hätte ich sie für Heilige gehalten. Sie sahen wirklich biblisch aus. Aber sie wollten Sigis verdammten Ring und ich sah jetzt, wie er schwitzte.

„O Himmel, gib ihm doch den Scheißring", ich lachte ein bisschen und alle fielen ein und ich sah, dass der lila Typ überhaupt keine Zähne hatte. In diesem Augenblick begriff ich, dass sie nicht wirklich gefährlich waren. Ich hatte genug von diesem Mist. Sollten sie meinetwegen noch bis zum nächsten Morgen so sitzen, irgendwie würde Sigi schon mit den beiden Weihnachtsmännern zurecht kommen.

„Mach schnell, sie bringen uns Pferde." Ich drehte mich um.

„Jaja", sagte er, „geh schon rüber. Ich muss nur diesem Typen hier irgendetwas vermachen."

Er lachte wieder, ließ aber den Paschtunen weiter an seinen Fingern herumknippern. Es war nicht zu glauben, sie sprachen kein Wort miteinander, sie kannten sich nicht einmal, aber sie fummelten an ihren Fingern herum.

Ich ging zu der Gruppe unter den Bäumen.

George gestikulierte mächtig. Er stand umringt von den Bauern mit ihren Pferden und versuchte mit ihnen in einer Fantasiesprache zu reden. Sie verstanden ihn nicht. Ich sah, wie er die Hufe von einem Gaul prüfte, von einer dunkelbraunen, etwas mageren Stute, die einen schönen, hölzernen Sattel trug und sich zu einem Afghanen, der einen dunkelgrauen Wallach an der Leine hatte, drehte. Sie verständigten sich mit ihren Händen, sie gestikulierten und sprachen alle auf einmal auf George ein. Kim und ich drängten uns zu ihm durch. Ich ging zuerst zu dem grauen Wallach, betatschte seine Kruppe, strich ihm über den Hals, und dann zu der braunen Stute, der ich auf den Rücken klopfte. Kim tat dasselbe. Wir verhielten uns so, als wären wir absolute Pferdekenner.

Die Bauern sahen uns bei unseren Aktionen zu. Es waren

ärmlich gekleidete Männer, die sicher nicht einmal das Nötigste zum Essen hatten. Ich war mir nicht sicher, ob sie uns überhaupt ernst nahmen. Wahrscheinlich sahen sie, dass wir von Pferden überhaupt nichts verstanden. Nach und nach kamen mehr Leute mit ihren Pferden aus dem Dorf. Es waren durchweg kleine Gebirgspferde, die allesamt mager und unterernährt waren. Einige waren so dünn, dass man ihre Rippen erkennen konnte. Andere lahmten und gingen mit gebeugten Köpfen. Der Alte hatte also doch noch sein Dorf mobilisiert, wir waren jetzt ihre Chance.

George bedeutete ihnen, dass er bereit wäre, dieses oder jenes Tier zu kaufen, versuchte nach dem Futter, den Hufen und dem Weg zu fragen. Das alles aber führte zu keinem Ergebnis.

Mittlerweile war die Anspannung so sehr gestiegen, das wir nur noch von einem Gaul zum nächsten liefen, die Sättel befummelten, die Trensen prüften und mit den Bauern durch Handzeichen und kleine Zahlenspiele Preise ausmachten. Dann kam endlich Sigi.

„Wo bleibst du?", rief ich ihm zu. „Es geht los. Sie verkaufen uns die Pferde." Wir hatten keine Zeit mehr zu verlieren.

„Ich habe ihnen meine Flinte gezeigt."

„Aha."

„Es hat sie von dem Ring abgelenkt."

„Und?"

„Nicht zu gebrauchen. Sie haben sie einfach weggelegt."

Wir gingen zu der Stute, zu der Braunen, die mit dem schönen Holzsattel.

„Was will er dafür haben?", fragte Sigi und ich blickte fragend zu dem Afghanen, der das Pferd am Halfter hielt. Es war ein nettes, kleines Tier, mit guten Augen.

„Tschand khimat darad in?" Ich weiß nicht, woher mir das einfiel.

„Tschand khimat?", fragte Sigi noch mal. „Was kostet das Pferd?"

„Er versteht uns nicht“, sagte ich. Mittlerweile liefen alle durcheinander. Die Bauern merkten, dass wir es ernst meinten, jeder wollte nun seinen Gaul loswerden.

„Hazar Afghani“, sagte der Mann.

„Tausend Afs. Das sind nicht mal hundert Deutschmark.“

Ich hatte mich längst entschieden. Irgendetwas in mir hatte sich für die Stute entschieden. Ich dachte nicht eine Sekunde mehr an unsere erbärmliche Finanzsituation, verlor keinen Gedanken daran, wie wir nach Deutschland zurückkehren könnten, ich sah nur noch das Pferd und wollte es haben.

Sigi hatte gerade einen Jungen entdeckt, der einen wunderbaren grauen Hengst am Halfter führte. „Nimm es“, rief er mir zu, „es ist ein guter Preis“, und versuchte gleichzeitig in den Sattel zu kommen.

Ich würde mich allein entscheiden müssen. George sah ich bei den Bäumen. Er hatte den Fuchs gewählt und feilschte mit zwei mongolisch aussehenden Afghanen über Preis und Sattel.

„They don't have covers or saddles. What do you think, Kim?“

„They do have saddles, but they try to sell them without any of the gear.“

Kim würde den grauen Wallach nehmen. Nun war ich dran. Ich wollte den Gaul, aber ich musste mehr über seine Ausrüstung wissen. Ich machte dem Alten ein paar Zeichen.

„Saddles? Inglisi saddles?“

„Bale', bale'“, sagte der Mann und betatschte den Holzsattel. Es war nur ein hölzerner Rahmen, der auf dem Rücken der Braunen mit einem Lederriemen befestigt war. Darunter lag eine Decke. Als ich die Zügel in die Hand gedrückt bekam, zögerte ich nur einen kurzen Moment, dann fummelte ich ihm die 1000 Afs aus dem Gürtel. Der Mann nahm das Geld, drehte sich um, ging fort und kam mit einem Kissen zurück, das er mit einem Riemen am Holzsattel festband. Der Kauf war getätigt. Zwei Minuten später saß ich auf dem Gaul.

Der Alte hatte mir beim Aufsteigen geholfen. Ich saß etwas höher als die anderen. Ich hielt die Zügel in der Hand. Kim war auf dem grauen Wallach, George hatte den Fuchs und Sigi den grauen Hengst. Sein Tier war das kräftigste. Es war sehr nervös, tänzelte auf der Stelle, aber er hielt sich gut.

„Wo sind unsere Klamotten?", rief ich.

„Ich habe alles ... Aber, wir müssen noch zahlen."

Ich trabte zu ihm hinüber. Die Bauern machten mir Platz. Ich fühlte mich plötzlich sehr unabhängig.

„Was hast du mit ihm ausgemacht?", schrie ich.

„1500 Afs", rief er zurück.

Er hatte Mühe sich auf dem Hengst zu halten. Ich zuckelte zu dem Jungen, gab ihm die 1500 Afghani und trabte zu dem Alten zurück, der mir half, meine Teppichtasche und den Sturmbeutel an dem Holzsattel zu befestigen und den Schlafsack zu verschnüren.

Wir besaßen ab jetzt nur noch weniger als zweihundert Mark, schoss es mir durch den Kopf, während ich wieder aufstieg.

George kam mir auf dem Fuchs entgegen, Kim auf dem Wallach. Wir drängten uns zwischen den gaffenden Afghanen hindurch und versuchten zur Straße zu kommen. Sigi tobte noch irgendwo bei den Bäumen herum, er konnte den Hengst einfach nicht halten.

„Let's go!", rief George und machte ihm Zeichen.

Mir war nicht klar, ob wir alles beieinander hätten. „Was ist mit Futter, George? Horse feed!", schrie ich deshalb und sah, wie er zu dem Bauern zurücktrabte, der ihm den Fuchs verkauft hatte.

Alles war so schnell gegangen, dass ich gar nicht wusste, was zu tun wäre. Wir hatten ja keine Karte, wussten nur unser Ziel, Herat. Wo aber lag, verdammt noch mal, Herat?

Ich sah, wie George zusammen mit dem Bauern einen Sack auf seinem Gaul verschnürte und dann Kim, wie er mit krummem Rücken und ziemlich benommen auf seinem Wallach heranzuckelte. Ich glaube, die Afghanen merkten erst jetzt, wie erbärmlich wir ausgestattet waren. Ich merkte, wie unruhig sie wurden. Wir mussten uns jetzt wirklich beeilen.

Kaum hatten wir den Hang hinunter zur Straße erreicht, da kamen uns schon die Hunde hinterhergelaufen, gefolgt von ein paar Jungen. Sie schrien und warfen mit Steinen nach uns.

„Get a move on, Paul, let's go out of here", schrie George und versuchte in eine schnellere Gangart zu kommen. Ich trieb mein Pferd mit den Hacken an, versuchte schneller zu werden, bekam Panik. Ein riesiger Hund überholte mich, ich sah, wie er immer wieder an der Flanke meines Pferdes hochsprang, beinahe wäre ich auf der anderen Seite heruntergefallen. Ich werde verrückt, dachte ich, o lieber Himmel, lass uns hier lebendig rauskommen. Ich konnte Sigi nicht mehr sehen.

„Wo ist Sigi?", schrie ich Kim zu. Er verstand mich nicht, versuchte sein Pferd zu beschleunigen, es lief viel zu langsam. Es war völlig idiotisch, wir hatten nicht einmal genug Zeit gehabt, Proviant mitzunehmen. Wir waren für den Ritt nicht ausgerüstet. Wir würden dürsten und hungern, uns von dem miesen Fleisch unserer Klepper ernähren und dann in der Steinwüste irgendwo im Hindukusch verenden. Ich versuchte weiter meinem Gaul die Hacken zu geben.

Dann war Sigi hinter uns, tobte auf seinem Hengst heran, sah aus wie ein Krieger. Wehender Turban und schlotterndes Hemd. Er würde uns um Tage voraus sein, wenn unsere Pferde weiter lahmten. Endlich waren wir aus dem Dorf heraus und die Hunde blieben zurück. Ich blieb hinter George, dann kam Kim und dann Sigi. Mal überholte er uns, dann blieb er wieder zurück.

Ich drehte mich noch einmal um. Hinter uns lagen die Berge und ich sah die kargen Felder und die kleinen Lehmhütten.

Wir ritten Tage und Nächte die Bergstraße entlang, schliefen im Freien, abseits von der Straße. An den Tagen war es zu heiß und in den Nächten zu kalt. Manchmal kamen uns Reiter entgegen, hin und wieder mussten wir einem Laster ausweichen. Die Nomaden, die Paschtunen, sahen wir nicht. In der Ferne, hinter den Bergen, ahnten wir die Täler und Auen, die auf uns warteten, hofften auf den großen Fluss, auf ein Dorf, auf ein Dach über dem Kopf, auf Essen und Schlafen. Wir ritten im Schritt und die Sonne brannte uns die Schädel aus.

Vater, wo bist du? Ich habe dein Gesicht gesehen, ich höre deine Stimme, aber du bist nicht da. Ich brauche dich jetzt. Ich habe meine erste Wache übernommen. Alle drei Stunden wechseln wir uns ab. Es ist furchtbar kalt und ich friere. Sie schlafen und ich wache über sie. Ich habe keine Angst, dafür habe ich einfach keine Zeit mehr, aber ich glaube, ich schaffe es nicht mehr. Ich bin krank und fürchte mich davor, noch kränker zu werden. Du warst doch auch immer krank. Sag mir, dass ich es schaffen kann. Sag mir, dass ich durchkomme. Sag mir, dass ich nicht so bin wie du. Ich will noch nicht sterben, ich will nur noch nach Hause. Gib mir ein Zeichen. Irgendetwas. Rede mit mir, rede, verdammt noch mal, mit mir.

Ich versuche die ganze Zeit ein Licht zu finden, aber es ist so dunkel hier. Ich habe dich noch nie um etwas gebeten, du warst ja immer nur krank, was soll man schon einen Kranken bitten? Aber jetzt brauche ich dich. Vater, ich bin auf der Straße nach Irgendwo. Das kennst du doch. Sag mir, ob ich irgendwo ankommen werde. Sag mir, dass ich leben werde. Gib mir eine Antwort. Ich sitze hier in diesem Hindukusch. Was mache ich hier? Ich sitze schon seit Stunden hier und starre auf die Pferde. Sie haben sich geschlagen und gebissen. Um meine Stute. Ich habe die anderen nicht geweckt. Es ist so sinnlos. Jetzt sind sie hinüber auf den Hang gerannt, bis hoch in die Berge. Wahrscheinlich sind wir sie jetzt los. Ich werde noch verrückt. Ich habe zugelassen, dass sie sich prügeln, und dann sind sie weggelaufen. Weil wir so unendlich blöde waren, drei Hengst und eine Stute zu kaufen.

Wie fängt man Pferde ein? Kannst du mir nicht einen Tipp geben. Es ist so kalt hier, mir klappern die Zähne und ich sehe keinen Meter weit. In drei Stunden wird die Sonne aufgehen und dann wollen wir weiter. Wir sind schon seit Tagen unterwegs und haben den großen Fluss immer noch nicht erreicht, den Harirud. Dann ist es nicht mehr weit. Dann soll Tschaktscharan kommen und dann sind es nur noch höchstens zwei Wochen bis Herat. Vater hilf mir, ich schaffe es nicht mehr. Mein Körper ist völlig zerschlagen, ich habe nur noch wenig Kraft. Ich bin ja jetzt achtzehn, aber ich habe Zähne wie ein Neunzigjähriger und bin dürr wie eine Harke. Wenn du noch lebtest, würden wir uns jetzt gut verstehen. Wir sind uns ja so ähnlich. Du warst auch immer nur krank. Du wolltest auch immer weg. Wie viele Leben hat man? Was ist der Tod? Was ist das Leben? Kannst du mir das nicht sagen? Warum bist du so früh abgehauen? Du bist doch abgehauen, oder? Du hast es doch so gewollt. Ich kenne viele Väter, die abhauen. Sigi hat auch so einen. Er ist Zahnarzt, er kann nicht mehr abhauen, er hat eine zu große Praxis. Aber er kennt seinen Sohn nicht mehr. Das ist auch wie abgehauen.

Kennst du mich noch? Ich bin es, dein Sohn Paul. Dein verdammter, immer heulender Sohn, der dich jetzt um etwas bittet. Aber du reagierst nicht. Das ist wie mit den Pferden. Ich rufe sie schon die ganze Nacht, aber sie reagieren nicht. Manchmal denke ich, dass sich in mir alles nur um dich gedreht hat. Ich habe wohl immer nach dir gesucht. Nach irgendeinem Lebenszeichen von dir. Sigi hat gesagt, ich soll dich endlich in Ruhe lassen.

Nimm es mir nicht übel, ich meine das alles nicht so. Ich sitze hier im Hindukusch und halte Wache und rede ein bisschen mit dir. Ich bin wohl der einzige Vollidiot, der um diese Zeit im Hindukusch sitzt und nach seinen Pferden Ausschau hält.

Gestern sind wir den ganzen Tag geritten. Ich habe mir eine Zyste geholt. Eine offene Stelle am Steißbein. Weil ich so verdammt dünn bin und nur einen Holzsattel habe. Aber mein Pferd ist gut. Vielleicht etwas zu langsam, aber sie ist gut. Ich habe sie Elisabeth getauft. Nach Königinmutter. Ich habe die volle Kontrolle über sie. Wir reden viel miteinander, die Tage sind ja lang. Wir reiten nie schneller als zwanzig Stundenkilometer, die Gangart heißt Schritt. Das wäre was für Königinmutter, es würde sie umbringen. Eine gute Übung. Ja, sie ist noch immer so nervös. Ich glaube sie hat es immer noch nicht verwunden, dass du so einfach gestorben bist.

Sie haben mir übrigens kein Geld geschickt. Sie haben mich hängen lassen, so wie du. Du hast mich auch immer hängen lassen, du hast dein Leben lang immer nur gemacht, was du wolltest, und als du nicht mehr weiterwusstest, bist du einfach gestorben. Und ich bin immer noch auf Reisen. Ein Leben lang unterwegs, kannst du dir das vorstellen? Ich werde wohl nie irgendwo ankommen.

Gestern haben wir einen Bauern getroffen, der sich die Hand aufgespalten hat. Sie graben mit bloßen Händen in der trockenen Erde und pflanzen ein paar mickerige Weizensamen an. George hat ihm Resochin gegeben, ein paar Malariatabletten. Jetzt habe ich Angst, dass ich auch Malaria bekomme. Hattest du mal Malaria?

Die Pferde laufen gut, aber wir haben kein Futter. Der eine Sack wird nicht reichen. Außerdem haben wir Idioten nur dieses Quellfutter mitgenommen. Die Tiere haben schon ganz dicke Bäuche, irgendwann werden sie platzen.

Ich glaube, sie brauchen etwas Gras oder Heu. Verstehst du etwas von Pferden? Ich ernähre mich nur noch von Eiern. In den Tschaihäusern bekommen wir immer nur Eier. Eier in jeder Form. Harte, weiche, gekochte, gesottene oder gebratene. Kannst du dir vorstellen, dass man sich wochenlang von Eiern ernährt? Sie packen sie in die Erde, damit sie länger frisch sind, und dann holen sie sie nach Jahren wieder heraus. Sie sind dann blau. Und so was esse ich jetzt. Jeden Tag.

Vater, ich weiß nicht, wo du bist. Ich habe so viel Mist im Kopf. Sigi geht es ähnlich. Wenn wir zusammen reiten, ergötzt er sich zwar an seinem Hengst, aber er ist innerlich ganz weit weg. Ich liebe Sigi, ich liebe auch George und Kim sowieso. Wir gehören zusammen. Aber jetzt sitze ich hier im Hindukusch und glotze in den Mond. Wozu mache ich das? Zum Glück habe ich noch etwas von dem Charras gerettet, das Zeug mildert alles. Sie wissen, dass ich Haschisch rauche, Sigi raucht auch, aber George und Kim nicht. Sie machen sich nichts daraus. Sigi wird bald die letzte Wache übernehmen, er schläft noch. Kim hat mir seine Handschuhe gegeben. Es sind Monteurhandschuhe, die er aus Australien mitgebracht hat. Es ist so kalt hier Vater, du fehlst mir so sehr. Ich hätte nie gedacht, dass ich dir das mal sagen könnte. Du wirst mir ein Leben lang fehlen. Es ist wohl besser, wenn ich jetzt schlafen gehe. Sollen sie doch bis Kabul rennen, diese elenden Gäule. Morgen kommen wir zum Harirud, dem großen Fluss. Dann ist es nicht mehr weit.

Hab deine Ruhe, ich mach dir keine Vorwürfe, ich hasse Vorwürfe ja selbst. Ich wollte nie so sein wie du. Ich glaubte immer, du seist zu weich. Jetzt bin ich es selber.

Wirst du bei mir sein, wenn ich dich brauche? Schütz mich in der Nacht, bleib bei mir. Deck mich zu, wenn ich friere. Sieh mich, wenn ich mich selber nicht mehr sehe.

Wir werden jetzt schlafen. Morgen wird alles besser sein.

Sie kamen wie Engel aus der Nacht. Ich hatte vielleicht ein, zwei Stunden geschlafen. Sie umstellten unsere Schlafplätze und befummelten alles, was wir besaßen. Sturmgepäck, Sättel, Decken, unsere Schlafsäcke. Es waren vier Reiter. Sie trugen schwarze Kittelhemden, weite Hosen und waren bewaffnet.

Noch ehe ich verstehen konnte, was geschah, waren sie von ihren Pferden gestiegen und drei von ihnen waren von der Straße zu uns heruntergelaufen. Jetzt gingen sie schweigend von einem zum anderen und betatschten unsere Sachen. Sie trugen blauschwarze Turbane und hielten sich die Enden schützend vor den Mund. Es waren Paschtunen, stolze Männer, mit klaren Augen. Der vierte war oben auf der Straße geblieben und hielt ihre Pferde. Ich sah zu Kim hinüber, der zehn Meter weiter von mir entfernt auf seiner Decke gelegen hatte. Der eine stellte sich hinter ihn, Kim aber blieb ruhig sitzen. Er saß mit krummem Rücken, seine Arme baumelten lasch an seinem Oberkörper herunter, den Kopf ließ er hängen. Er blieb absolut defensiv. Ich bewunderte ihn in diesem Augenblick. Kim wusste instinktiv, was man machen musste. Der andere stellte sich hinter George. Sie mussten beide vor mir aufgewacht sein, denn sie waren nicht so überrascht wie ich. Der dritte Paschtune kam zu mir und setzte sich direkt an meine Seite. Sie sprachen kein Wort. Ich nahm an, dass sie die Vorhut einer Karawane waren. Sie sahen aus wie Späher, sie waren sehr gut ausgerüstet. Auch auf diese Entfernung konnte ich noch das Zaumzeug, die roten Troddeln und Fransen an ihren Pferden erkennen. Es waren sehr schöne, kräftige Tiere.

Gegenüber, auf dem Hang, nicht fünfzig Meter vor uns, rannte Sigi aufgeregt herum. Er versuchte die Pferde einzufangen, aber es gelang ihm nicht. Es sah ziemlich lächerlich aus, wie er versuchte ihnen näher zu kommen. Aber keiner von uns lachte in diesem Augenblick.

Die Stute, der Wallach und der Fuchs waren zusammen.

Mal hoppelten sie ein paar Meter weit auseinander, mal standen sie ruhig und grasten. Vielleicht zwanzig Meter höher, oben auf der Bergkuppe, stand Sigis Hengst. Er war in der Nacht den Berg hinaufgerannt. Erst hatten sie sich geschlagen, dann waren sie voreinander geflohen und nun standen sie friedlich in der Morgensonne und grasten. Für uns aber waren sie jetzt unerreichbar.

Der Paschtune, der dicht neben mir saß, blickte zu den Pferden hinauf. Ich sah seine Stiefel, sie waren aus Ziegenleder und an den Seiten reich verziert. Sein Turban war tiefblau. Er hatte wie die beiden anderen einen Patronengurt um den Oberkörper geschlungen und in seinem Gürtel stak ein Dolch. Er blickte immerfort zum Hang hinauf. Ich traute mich nicht, ihn anzusprechen und blickte ebenso. Ich dachte, das würde ihn vielleicht von mir ablenken. Dann stand er auf und ging los, ich folgte ihm. Ich sah, wie Kim und George und die beiden anderen auch zum Hang hinüberliefen. Die Männer hatten kapiert, dass wir Hilfe brauchten. Keiner von uns hätte die Gäule wieder einfangen können. Ich zeigte hoch zu den Pferden und blickte den Mann fragend an, aber er kümmerte sich nicht um mich. Sie hatten ein Seil, das begriff ich jetzt. Zwei von ihnen nahmen je ein Ende des Seils und liefen auseinander. Sie ließen bestimmt fünfzehn Meter Abstand zwischen sich und begannen langsam den Hang hinaufzusteigen.

Kim machte Sigi Zeichen, dass er von der Wiese herunterkommen solle. Er verstand und bewegte sich langsam. Es sah fantastisch aus, wie die beiden Paschtunen den Hang hinaufschritten. Ihre Kittel und Hosen glitzerten im Morgenlicht. Sie liefen ganz leicht, ihre Bewegungen waren gleichmäßig und gelassen. Sie vermieden jegliche Anstrengung. Der Abstand zwischen ihnen wurde immer größer. Das Seil schlappte lose zwischen ihnen am Boden, sie hielten die Enden wie zufällig in der Hand.

Meine Stute witterte sie zuerst. Ich sah, wie sie unruhig

wurde und weglaufen wollte. Mit ihren auf Schrittlänge zusammengebundenen Vorderläufen konnte sie aber nicht weit kommen, so hoppelte sie ein wenig unbeholfen herum und blieb dann stehen. Der Graue und der Fuchs waren nicht weit von ihr entfernt und blickten zu den beiden Männer, die ihnen entgegenkamen. Nur Sigis Hengst blieb auf der Kuppe des Berges und rührte sich nicht.

Wir folgten den Paschtunen in einiger Entfernung. Jeder von uns hatte kapiert, was zu tun wäre, ohne Worte. Der dritte Afghane ging links neben mir, wir bildeten eine offene Reihe.

Dann waren die beiden mit dem Seil auf gleicher Höhe wie die Pferde. Jetzt hätten die Tiere nur noch über den Berg entkommen oder den Hang herunterlaufen und unsere Reihe durchbrechen können. Die Paschtunen gingen einfach weiter und als sie hinter den Pferden waren, schlossen sie den Kreis. Die Tiere waren nun gefangen.

Mit leisen, beruhigenden Rufen begannen die Männer nun die Pferde vor sich her den Hang hinunterzutreiben. Die Tiere liefen immer enger zusammen und als sie fast aneinander klebten, überholten die Männer sie und zogen das Seil zusammen. Erst legte es sich auf die Vorderläufe, dann rutschte es über die Knie, dann lag es auf ihren Hälsen. Die Pferde gaben auf und blieben zitternd am Hang stehen.

Wir kamen zusammen. Kim, George, ich und die drei Paschtunen. Wir klopften den Tieren auf die Hälse, beruhigten sie in einer Fantasiesprache und legten ihnen die Hände auf die Nüstern.

„Taschakor."

„Thank you."

„Danke."

Wir bedankten uns in allen Sprachen der Welt. Ich sah jetzt, wie viel Freude die Männer in ihren Gesichtern hatten, wie heiter sie sein konnten. Es waren Krieger. Vielleicht waren sie nur Treiber, Viehtreiber, oder auch Späher, die Vorhut für die Herde, die irgendwann nachfolgen sollte.

Der eine Paschtune tatschte auf die Kruppe meiner Stute und machte mir ein Zeichen, da sah ich die große Wunde. Wo ihr Hals in den Rücken überging, klaffte ein faustgroßes Loch. Der Mann bückte sich und riss etwas Gras aus der Erde. Dann reicherte er es mit Erde an, knetete alles zu einem Brei zusammen und klatschte ihn auf die Wunde. Die Stute zitterte ein wenig, hielt aber still. Ich verstand nicht, was er sagte, ich hätte ihn am liebsten noch eine Menge gefragt.

„Taschakor", sagte ich wieder und er sagte: „abe sard", und „abe garm."

„Kaltes Wasser, heißes Wasser." Er strich der Stute immer wieder über die Wunde, die nun von der Erde völlig zugedeckt war. Dann drehte er sich um und lief schnell den Hang hinunter, seinen beiden Kameraden nach, die längst wieder bei ihren Pferden auf der Straße waren. Die Enden seines Turbans flatterten im Wind.

Ich nahm die Stute am Halfter, bückte mich und löste ihr die Seile an den Vorderbeinen. Wahrscheinlich hatte unsere Anhobbelei das ganze Drama erst möglich gemacht. So konnten die Pferde zwar nicht weglaufen, sich aber auch nicht wehren.

Ich sah noch mal zum Hang hinauf. Sigi stand bei seinem Hengst. Er hatte ihn endlich eingefangen und führte ihn nun langsam den Berg herunter. Auch er hatte die Fußfesseln abgenommen. Der Hengst lief völlig ruhig neben ihm. Wir waren wieder zusammen.

Als wir die Pferde hinauf zur Straße führen wollten, sahen wir die Karawane. Sie bog gerade um die Kurve und wirbelte eine Menge Staub auf. Vorn lief der Patriarch. Ein uralter Mann, sicher der Älteste von ihnen. Er war vollkommen weiß gekleidet, weißer Turban, weißer Kittel, weißer Mantel, und führte das Leitkamel hinter sich an der

Leine. Dann folgten die anderen Tiere und dazwischen die Frauen, farbenfroh gekleidet. Mit kleinen Gerten trieben sie die Kamele und Ziegen und Esel an. Dann kamen die Hirten und dann die Kinder. Alle liefen, keiner ritt.

Um sie besser sehen zu können, gingen wir weiter hinauf zur Straße. Wir fühlten uns nicht mehr wie Fremde, mehr wie Nachbarn. Nachbarn der Straße. Die Paschtunen mussten dem Alten von uns erzählt haben, er winkte uns zu, als er uns sah. Näher heranzureiten wagten wir nicht. Kurz vor der Anhöhe hielten wir in gemessenem Abstand an und ließen sie an uns vorbeiziehen. Alle Tiere, die Kamele, die Esel und die Dromedare, waren mit Teppichen und prächtigem Hausrat bepackt, die Sättel mit bunten Troddeln und farbigen Kugeln geschmückt und die Trensen mit bunten Fransen und Bändern, die im Wind wehten. Am Schluss wurden die Tiere immer kleiner, ganz am Ende ging ein Maultier, dem noch ein kleines Mädchen folgte. In seiner bunten Tracht, einem rot bestickten Hemd, das ihm bis zu den Füßen ging, lief es müde hinterher. Mal sahen ein paar Hirten zu uns herüber, mal schaute eine Frau. Aber sie hielten nicht an. Sie hatten ein enormes Tempo. Es war ja keine große Karawane. Vielleicht fünfzig Menschen und Tiere. Sicher liefen sie das ganze Jahr über von Weidegrund zu Weidegrund. Sie kannten die Richtung zum Harirud, dem großen Fluss.

Als sie vorbei waren, stiegen wir auf. George setzte sich mit seinem Fuchs an die erste Stelle, dann kam wie immer Sigi, dann Kim und dann ich. Wir enterten die Straße und machten uns auf den Weg.

Sie sind schneller als wir, dachte ich, aber wir würden ab heute auch besser vorankommen. Wir müssten es nur wollen. Es gibt kein: „Es geht nicht."

Zum ersten Mal glaubte ich mir das wirklich. Manchmal braucht man Hilfen und manchmal geht es von allein, aber immer geht es weiter. Das war es, was ich an diesem Tag gelernt hatte.

Zehn Tage ritten wir so, landauf, landab, immer die Straße entlang. Nie sahen wir den Harirud, den großen Fluss, der uns über die Weidegründe bis nach Herat bringen sollte. Alles um uns herum war Staub. Er setzte sich in jede Pore der Haut, in jede Faser unserer Kleidung, in die Haare, in die Augen, in alle Öffnungen des Körpers. Die Bäume, die Menschen, die Dinge, die wir sahen, die Äcker, Felder und Gärten, alles war von dieser gelbbraunen Sandschicht bedeckt.

Der Staub machte uns fertig. Manchmal kam uns ein Lorry entgegen und manchmal hielten sie auch an. Meistens waren es Hazarah-Afghanen, die nach Mazar-i-Sharif wollten, hoch in den Norden des Hindukusch. Wild aussehende Männer, bis auf die Zähne bewaffnet. Wenn wir eine Rast machten, um uns an einer Quelle zu reinigen oder von dem Wasser zu trinken, stiegen sie ab und setzten sich in einem Kreis um uns herum. Sie taten nichts weiter, als uns minutenlang anzustarren oder unsere Ausrüstung zu begutachten. Wir wechselten selten ein Wort, wir sprachen mit den Augen, mit den Händen. Wenn sie genug von uns hatten, kletterten sie wieder auf ihre Lorrys und fuhren weiter.

In den zehn Tagen sprach ich hauptsächlich mit meinem Pferd. Mein Rücken war von der Sonne gegerbt und mein Haar hing mir inzwischen bis auf die Schultern. Ich hatte eine Zyste am Steißbein und meine Zähne waren bis auf einige Stümpfe zu brüchigen Kratern verkommen. Ich trug mein Dauerhemd und die Überlebenshose, meine Füße steckten in Sandalen. Ich war längst zu einem anderen geworden.

Wir ritten den ganzen Tag. Von morgens um acht bis abends um zehn. Manchmal hintereinander, manchmal nebeneinander und manchmal jeder für sich allein. Es gab Stunden, da ritt ich voran, um ungestörter mit der Stute reden zu können. Ich glaube, sie war wirklich der einzige Gaul auf der Welt, der so viel über die Siege und Niederlagen eines Achtzehnjährigen erzählt bekommen hat. Hätte sie meine Sprache verstanden, hätte sie sicher irgendwann die Ohren abgelegt. Die Sonne brannte tagsüber so elendig heiß, dass ich mir alle paar Minuten die Fetzen meines Turbans befeuchten musste, um meinen Schädel vor dem Austrocknen zu bewahren. Dieser Turban war das Einzige, was mich afghanisch aussehen ließ. Sigi und George waren längst zu Afghanen mutiert. Sie trugen stolz ihre Kittel, die Weste, die weite Pluderhose. Nur vor den Ortschaften zog sich George die alten Klamotten an, dann war er wieder der Engländer. Die Leute hielten ihn für einen Arzt, und das half uns. Wir schickten ihn oft mit seiner Sporttasche voraus. Sie kamen in Scharen und er verteilte unseren gesamten Vorrat an Resochin. Die armen Menschen dankten es ihm. Durch George kamen wir weiter.

Kim trug den ganzen Ritt über sein rot kariertes Flanellhemd und Badelatschen. Sie müssen ihm während dieser zehn Tage unerträgliche Blasen verursacht haben. Aber seine Klamotten erinnerten ihn an Australien, an das Land, das er vor Jahrhunderten verlassen hatte.

Wir ritten und ritten. Die Landschaft war so trostlos, so verloren und staubig, wie ich mir nur noch die Oberfläche des Mondes vorstellen konnte. Wir sahen nichts als Straße. Manchmal ein verbranntes Feld, manchmal das Gerippe eines verhungerten Tieres. Es gab nur Sonne und ewige Dürre. Tagsüber waren es meist fünfzig Grad im Schatten, aber Schatten gab es nur in den Ortschaften, und natürlich unter den Maulbeerbäumen und mickrigen Sträuchern. Auf das alles trafen wir aber sehr selten, also quälte uns die ewige Sonne den ganzen Tag und bleichte uns mehr und mehr die Gehirne aus.

Wir sahen Bauern, die mit bloßen Händen in der vertrockneten Erde gruben, wir sahen Männer, die den Pflug mit den Händen zogen. Sie taten alles mit den Händen. Die Erde war von der ewigen Sonne so bröselig, dass sie ihnen wie Asche zwischen den Fingern zerran, und die

Wassernot war so groß, dass sie keine Aussicht auf eine Ernte hatten. Manche Bauern sollten Gras essen, um nicht sterben zu müssen. Sie hatten wirklich nichts und von diesem Nichts hatten sie auch nur noch ein Zehntel. Der Rest war durch den Wind in die Bergketten getragen worden, die uns Tag und Nacht auf Sichtweite begleiteten.

Nachts schliefen wir abseits der großen Straße. In alten Stallungen, in verwitterten Qalas, in Wehrburgen und Ruinen, manchmal auch für ein paar Afs in einem Gästehaus oder in einer lausigen Karawanserei. Da schliefen aber auch die Männer von den Lorries, die von Herat nach Mazar-i-Sharif fuhren. Es war also nie so richtig entspannend, dort zu übernachten, deshalb mieden wir diese Herbergen.

Wir aßen Eier aus der Erde und tranken fauliges Wasser. Wenn ich ritt, kaute ich auf meiner Zunge, um ihr etwas Speichel abzufordern. Mit aufgequollenem Zungenbein lallte ich dann stundenlang auf die Stute ein. Sie tat mir Leid, weil ihr „Kick“, wie ich ihre Wunde getauft hatte, von Tag zu Tag mehr aufbrach und inzwischen kleine Rinnsale pulsierenden Eiters herausflossen. Ich wusste ihr nicht anders zu helfen, als jeden Morgen eine frische Schicht aus bröckeligem Lehm und Matsch als Wundbelag in das Loch zu legen. Den ganzen Weg sprach ich sehr leise mit ihr. Sie kannte meine Stimme, die wohl angenehm in ihrem Pferdeschädel brummte, denn sie wurde von Tag zu Tag ausgeglichener. Ich erzählte ihr von allen meinen Verwandten, von meinen Freunden, den ehemaligen Klinker-Mitarbeitern, den Nachbarn, meinen Mädchen und Schulkameraden. Ich sah Gesichter, die ich schon lange nicht mehr gesehen hatte, die mir überhaupt nicht mehr vertraut waren, die ich scheinbar längst vergessen hatte. Manchmal heulte ich vor mich hin und Sigi konnte meine Tränen sehen, aber es tat gut und wir waren die Einzigen auf dieser verdammten Straße.

Ich war so verloren, wie ich es mir nie in meinem Leben ausgemalt hatte. Manchmal hing ich auf dem Bauch über dem Sattel, die Füße auf der rechten Seite und den Kopf auf der linken. Das Blut stieg dann in meinen aufgeheizten Schädel. So hing ich stundenlang, spürte das Kissen unter meinem Bauch und entlastete so die Zyste. Meine Arme und Beine baumelten an der Stute herunter und in meinem Kopf summte es wie in einem Bienenkorb, ich sah die Welt andersherum. Ich nahm mir vor, sollte ich jemals irgendwo ankommen, diesen Stil patentieren zu lassen, für Expeditionen oder so was. Unsere einzige Gangart hieß Schritt. Immer nur Schritt. Einen Huf vor den anderen. Immer vorwärts und immer die Straße entlang.

Die Dörfer, die wir sahen, waren nur Ansammlungen erbärmlicher Lehmhütten. Wir kamen ihnen selten näher als auf hundert Meter. Nur wenn wir etwas Nan oder Obst kaufen wollten oder wenn wir Wasser brauchten, ritten wir hinein. Die Hunde hasste ich am meisten. Ich kannte ihr Spiel. Wenn jemand die Grenze zu ihrem Dorf überschritt, griffen sie sofort an. Sonst waren sie sehr feige. Man wusste aber nie genau, wie weit man gehen durfte, denn jedes Dorf hatte seine eigenen Gesetze.

Manchmal ritten wir Seite an Seite. Manchmal waren wir ernst, manchmal überfiel uns großes Lachen. Die Gespräche mit Kim und George reduzierten sich in dieser Zeit auf die Themen Bett, Dusche oder Honigmelone. Es gab Momente, da liebte ich sie so sehr, dass ich mir keine anderen Freunde neben mir vorstellen konnte, und andere, da war ich so niedergeschlagen, da hasste ich sie so sehr, dass ich vor innerer Zerrissenheit am liebsten gekotzt hätte.

Ich dachte nie an irgendetwas Konkretes. Es waren immer nur die Bilder, die mir während des Ritts hochkamen. Schnipsel von früher. Gesichter von Freunden, Straßen und Häuser in Berlin. Manchmal hatte ich einen vertrauten Geruch in der Nase, manchmal sah ich ein Kino, meistens aber fühlte ich mich wie das Kind, das sonntags allein durch die leeren Straßen gelaufen war. Ich spürte den Geruch von Kohlenstaub und Eisen im Winter und die

Hitze im Sommer, das flirrende Sonnenlicht auf heißnassem Teer. Es waren diese Bilder, die mich so verrückt machten. Das Schloss, das Grün vom Park, ein Flecken Gras, ein Boot, eine Brücke, mehr nicht.

Alles, was ich sah, erzählte ich der Stute und das Sonnenlicht und der Staub, der Dreck der Straße umhüllten meine Fantasie wie ein Mantel und ließen alle Bilder kommen und wieder gehen. Meine Grübeleien waren so etwas wie das Gegenteil einer inneren Waschung, sie verdreckten eher alles. Ich trieb wie ein Papierschiffchen auf einem unsichtbaren Fluss, immer den unsichtbaren Gewässern entgegen. Ich wusste nie, ob bald eine Stromschnelle oder ein stiller Bach kommen würde. Ich wusste nie, ob mir noch Zeit zum Leben bliebe. Ich war irgendwie verloren, aber es machte mir nichts mehr aus.

Wir sahen riesige Qalas, Wehrburgen, die rechts oder links von der Straße lagen. Sie waren unbehaust. Türme, die sich wie Minarette in den Himmel reckten. Dann dachten wir, wir wären dem Harirud etwas näher gekommen. Ich dachte schon lange nicht mehr an Krieger oder so was Ähnliches. Die Nomaden, die uns begegneten, waren einfach Familien, die von Weidegrund zu Weidegrund liefen und die Futter für ihre Ziegen und Schafe brauchten. Die Vorstellung in einer ihrer Jurten zu übernachten, ließ mein Herz nicht mehr schneller schlagen. Ich wollte nur noch irgendwann ankommen, irgendwann ein Dach über dem Kopf haben und weiter, immer weiter bis nach Haus gehen.

Manchmal tröstete mich Sigi, wenn er mich nachts heulen hörte. Er sagte, das sei dieses verdammte Heimweh, dieses Gefühl, das er vor Jahren in Jordanien erlebt hätte. Ich aber wusste, es war nicht nur Heimweh, es war vielmehr die Sehnsucht nach einer Kraft in mir selbst, nach einer Haltestange, an der ich mich selbst orientieren könnte. Vielleicht war es auch nur Mitleid, dieses Selbstmitleid, von dem Hein immer gesprochen hatte, wenn er mir ein schlechtes Gewissen einjagen wollte. Ich wusste, ich kämpfte mit irgendjemandem in mir. Irgendwer in mir wollte die Oberhand gewinnen. Verlierer oder Sieger. Ich stellte immer wieder Fragen, bekam aber keine Antwort. Es gab einfach keine Antwort.

Wir ritten den ganzen Tag die Straße entlang. Irgendwann, dachten wir, würde sich schon der Fluss finden. Der Fluss, der die Erlösung bringen würde. Alle Gedanken, Sorgen und Zweifel. Der uns nach Herat und dann wieder nach Haus bringen würde. Dieses Land war ein Zwischenland. Es gab einfach keine Antwort und es gab keine Erlösung. Das bisschen Haschisch brachte mich nur durch die Nacht. Am nächsten Morgen war es noch dasselbe Gefühl. Ich war einfach verloren.

Aber es ging nicht mehr zurück. So ritten wir bis zum zehnten Tag und dann passierte die Sache mit dem Bannkreis.

Wir lagerten auf einem weiten Feld, ich glaube, es war wirklich ein echtes Stück Wiese, und George wollte von den nahe gelegenen Hütten etwas Essbares holen. Kim, Sigi und ich hatten die Decken und Säcke zueinander geordnet, wir legten unsere Sachen jeden Abend dicht nebeneinander, das hatte sich so ergeben.

Die Pferde hatten es an diesem Abend besser als wir, denn sie fanden Gras, wo sie gerade standen. Wir hatten während der letzten Kilometer nur noch von Ortschaften mit kalten Quellen und Kuraufenthalten in deutschen Kleinstädten und von Landschaften mit gurgelnden Bächen und fetten Wiesen gesprochen und freuten uns darauf, bald etwas in den Magen zu bekommen, da sahen wir in einiger Entfernung einen Bauern stehen. Er hielt eine Flinte in der rechten Hand und beobachtete uns wahrscheinlich schon seit Stunden.

„The Malik“, sagte Kim, als wir ihn sahen. „He’s the one the field belongs to.“

„Was für ein Feld?"

Wir ahnten, dass er der Besitzer der kleinen Wiese sein müsste und dass es Ärger geben würde. Der Bauer stand vielleicht hundert Meter von uns entfernt. Er sah ein paar Minuten zu uns herüber und dann rief er uns etwas zu, das aber nicht richtig bei uns ankam.

„Lass uns hinlegen und ein Pfeifchen rauchen." Wir wollten nur noch Ruhe, wir hatten genug von den Mäuerchen und den Begrenzungen und der Straße und den tagtäglichen Abfolgen. Wir kannten ja die Spielregeln. Die Afghanen hatten nichts als ihre kleinen Felder und nicht einmal darauf wuchs etwas und natürlich wussten wir, dass wir auf diesem Flecken Wiese nichts verloren hatten, und natürlich sahen wir, dass der Mann im Recht war, aber wir waren wirklich fertig.

„Er hat sie ja nicht alle." Das ließ ich los. „Was will er von uns? Er soll seine Beine in die Hand nehmen und verschwinden."

Ich war immer lauter geworden und dann sahen wir in der zunehmenden Dunkelheit, dass der Bauer die Flinte hob und zu uns herüber schrie: „Holla", oder „Indja, andja … emrus … farda …", oder so ähnlich. Es klang wie ein Kinderreim.

Wir legten uns einfach jeder auf seine Matte und kümmerten uns nicht mehr um den Mann. Ich holte mein Charras heraus und Sigi baute uns die Pfeife. Und dann rauchten wir und sahen in den sternenklaren Himmel und vergaßen den Bauern einfach.

Spät in der Nacht kam George zurück und brachte etwas Brot und sogar einen leckeren Quark und wir aßen ein bisschen davon und ich war von dem Charras schon so vollgedröhnt, dass ich mich nicht einmal mehr um die Pferde kümmern wollte. Es gab ja Gras genug auf der kleinen Wiese und das war für ihre Kugelbäuche das beste Futter. Als wir dann noch Feuer anmachten, was sicher nicht unbedingt zu unserem Vorteil war, weil uns nun jedermann von überall her sehen konnte, schlief ich ein.

Irgendwann in der Nacht ging dann das Theater los. Ich schrak durch einen Schuss auf. Irgendwer musste eine Flinte abgefeuert haben, wahrscheinlich sogar in unsere Richtung. Es folgte ein zweiter. Kim und George sprangen sofort auf und Sigi fummelte nach seiner Flinte. In der Dunkelheit sahen wir den Bauern. Diesmal hatte er seinen Sohn mitgebracht. Sie standen hinter dem Mäuerchen, vielleicht dreißig Meter entfernt von unserem Lagerplatz, und waren im Mondlicht gut auszumachen. Während sie mit ihren Flinten in die Luft schossen, schrien sie unentwegt Beschimpfungen in Farsi zu uns herüber. Ich weiß nicht, was mich ritt. Jedenfalls stand ich auf und lief den beiden entgegen. Bei mir war Schluss. In mir riss eine Saite. Nun war Ende.

„Was denn, was wollen Sie denn?“, schrie ich den beiden auf Deutsch zu und kam ihnen bedenklich näher. „Was soll das Geballer. Seid ihr verrückt geworden?“

„Komm zurück, Paul, komm zurück.“ Ich hörte Sigi rufen und gleichzeitig kichern.

„Hey Paul, come back!“, schrie Kim. „It's dangerous. He's the damn owner.“

Ich tappte weiter, den beiden entgegen.

„Ich hab genug. Wir bleiben hier doch nur für eine Nacht, only one night. You understand?“ schrie ich, blieb aber ein wenig zurück. Ich hätte mich auch mit den beiden Typen geschlagen, aber ich wollte nicht zu unvorsichtig sein.

Dann schrie der Alte wieder und der Junge winkte mir zu, so wie es die Türken tun. Also nicht zu sich selbst, sondern von sich weg wedelnd.

„Eine Nacht, wo ist das Problem?“, rief ich von meinem Standpunkt aus. „It is enough ground for the horses und für uns. Versteht ihr mich? Ihr müsstet das doch kennen. Wir sind nicht rich. No Hotel, no Taxi, no money.“

Ich drehte mächtig auf. Sie hätten uns hier übernachten lassen können, sie sahen nicht ärmlich aus, aber wahrscheinlich war ich zu weit gegangen.

Als ich fertig war, stieg der Alte über die kleine Mauer und kam direkt auf mich zu. Ich blieb einfach stehen, wie ich es bei den Hunden tat. Der Junge ging zur rechten Seite um mich herum. Sie gingen im großen Bogen und hielten einen gewissen Abstand, aber ich hatte nur meine Hose an und war barfuß und die beiden hatten eine Flinte.

Der Alte blieb dann ungefähr zehn Meter vor mir stehen und zog einen Kreis. Er lief mit seinem Sohn im Kreis um mich herum und sie zeichneten mit dem Lauf ihrer Flinten einen Bannkreis auf die Erde. Es wirkte absolut lächerlich und doch bedrohlich.

Ich hörte meine Freunde hinter mir und rief: „Was soll das?" Ich glaube, ich musste sogar lachen.

Von hinten hörte ich Sigis Gekicher, das war beruhigend.

„He'll get you locked up!", schrie jetzt Kim.

„Was?"

„Du bist jetzt im Knast." Sigi war völlig übergeschnappt, seine Stimme überschlug sich, ich hörte, wie er kreischte. Ich war noch immer nicht ängstlich, aber es war mir allmählich unheimlich.

Der Bauer und sein Sohn hatten sich wieder hinter ihrem Mäuerchen verkrochen, hielten ihre Flinten in den Armen und sahen zu mir herüber. Ich kannte das. Einmal hatte ein Afghane auf mich geschossen. Das war an irgendeinem Teehaus an der Straße gewesen. Er wollte mich sicher nicht töten, aber er hatte auf mich geschossen und mich um wenige Zentimeter am Kopf verfehlt. Sie konnten mit ihren Gewehren nicht besonders gut umgehen.

Plötzlich hatte ich ziemliche Angst, aber dann kam die Wut und ein verdammter riesiger Zorn.

„Soll ich jetzt hier drin bleiben?", rief ich nach hinten.

„What?"

„Soll ich denn die ganze Nacht in diesem Kreis bleiben?"

Ich hatte jetzt wahrhaftig genug.

„Ich hab genug!", schrie ich, konnte es nicht mehr zurückhalten, mir fehlte jegliche Kontrolle. „Ich hab jetzt wirklich genug. Von euren Kreisen, von eurem Essen, euren Straßen und euren beschissenen Mittelalterregeln." Ich lief los. „Macht doch, was ihr wollt. Knallt mich ab, lähmt mich, blendet mich, schneidet mir ein Ohr ab. Ich, Paul Lachmann, habe jetzt ein für alle Mal genug von euch."

Ich weiß nicht, was mich so wütend machte. Ich kannte mich nicht wieder. Ich bückte mich im Laufen und nahm ein paar Steine auf, aber nur ganz kleine, ich wollte sie ja nicht verletzten, und dann sprang ich über die imaginäre Scheißkreislinie. Ich hüpfte über ihren Bannkreis und schrie: „Ich hab genug, ich hab genug, ich hab, verdammt noch mal, genug."

In die Männer kam Bewegung. Anstatt auf mich zu schießen, rissen sie ihre Arme hoch, drehten sich auf der Stelle um und liefen in die Nacht. Ich schmiss noch ein bisschen mit den Steinen nach ihnen, ich brauchte das, ich wollte ihnen zeigen, dass ich, Paul Lachmann, sich von niemandem einsperren lässt, bloß weil er mit seinem Pferd und seinen Freunden, eine Nacht lang auf einem Flecken Rasen verbringen will. „Denn das bringt ja die Welt nicht um …", schrie ich ihnen noch nach und ich hörte Sigis hysterisches Lachen hinter mir und Kim lachte wie zwei Dromedare und George schmiss sich vor Wonne auf den Boden und ich fühlte mich total befreit und voll von richtigem Leben.

Wir sahen sie erst am nächsten Morgen wieder. Sie standen hinter ihrem Mäuerchen und sahen uns zu, wie wir die Pferde sattelten und dann vom Acker trabten. Ich saß kerzengerade auf der Stute und führte unsere kleine Karawane an. Ich sah nicht zu ihnen hinüber.

Was ist das, ich spüre eine verteufelte Energie in mir. Was ist das? Ich galoppiere. Ich fliege dahin. Zum ersten Mal spüre ich meine Wunden nicht mehr. Alles um mich herum ist plötzlich wunderbar offen. Ich denke nicht mehr an gestern, ich denke nur nach vorn, Himmel, ich spüre, wie die Stute meine Energie aufnimmt. Sie galoppiert, sie galoppiert wirklich. Ich bin ganz weit vor den anderen. Ich war noch nie an der Spitze. Vielleicht reite ich doch da hin, wovor sie mich immer gewarnt haben. Vielleicht reitet Paul Lachmann ins Glück.

Es war die letzte Nacht, die wir im Freien verbringen sollten. Ich hatte es schon gespürt, als wir das Qala sahen. Die Luft war hier anders. Von Westen her zog eine frische Brise auf und ich hatte das Gefühl, wir würden am nächsten Tag auf den Harirud, den großen Fluss, treffen.

Das Qala war eine kleine Wehrburg. George hatte sie als Erster gesehen und für die Nacht ausgewählt. Wir waren einem alten Eselspfad gefolgt, der uns bis vor das Tor geführt hatte. Es ließ sich ganz leicht öffnen und wir brachten die Pferde in den Innenhof. Hier war niemand zu sehen. Die Bauern nutzten diese mittelalterlichen Wehrburgen, wenn sie intakt waren, für die Lagerung ihrer Vorräte, und dieses Fort war absolut intakt. Wir leinten die Pferde an ein paar Ringe, die in der Mauer waren. Sie waren blank gescheuert. Dann sattelten wir die Tiere ab und machten alles, was für die Nacht nötig war. Es gab nur diesen Wehrturm, keine Stallungen und auch sonst nichts zum Wohnen.

Kim drückte die Tür zum Turm auf und wir stiegen die kleine, wackelige Treppe bis in das erste Stockwerk hinauf. Dort war der einzige Raum, überall lag Stroh auf dem Boden. Wir schmissen unser Zeug in die Ecken und sahen nach Ratten und Mäusen, und als wir nichts fanden, entschieden wir uns, hier zu übernachten. Es gab ein paar Fenster, eigentlich nur Öffnungen, durch die der Wind pfiff. Man konnte ziemlich weit sehen. Irgendwo da hinten lag Tschaktscharan und noch weiter Herat. Morgen würden wir den Fluss sehen, da waren wir uns einig.

Es war erst später Nachmittag, die Sonne stand noch hoch am Himmel und wir wussten nicht mehr viel mit uns anzufangen. Sigi schnappte sich die Flinte und ging hinunter und ich blieb mit Kim und George bei den Sachen. Wir bauten uns das Lager für die Nacht.

Dann hörten wir einen Schuss und ich rannte sofort hinunter. Ich wusste ja, dass es Sigi sein musste, aber ich machte mir doch Sorgen um ihn. Er stand draußen, nicht weit vor dem Eingang des Forts, in einer kleinen Senke und ballerte auf ein paar Steine.

„Was machst du da?", rief ich atemlos.

„Das siehst du doch." Er war wütend, ich sah es seinem Gesicht an. In einiger Entfernung blieb ich vor ihm stehen und sah, wie er die Flinte auf den Boden schmiss und den Revolver aus dem Hosenbund zog. Er war mächtig in Fahrt.

„Was ist los mit dir?", fragte ich noch einmal.

„Nichts, ich probiere nur die Dinger aus." Er war hinüber. Ich sah, dass er fertig war. Den Revolver hatte ich zum letzten Mal in Kabul bei ihm gesehen. Nun spannte er ihn, hielt ihn mit beiden Händen einen halben Meter von sich weg, drückte ab und es machte „Boff". Der Revolver wackelte mächtig in seiner Hand.

„Bist du verrückt?" Ich lief zu ihm. Er stand ganz benommen mit dem Revolver in der Hand und glotzte vor sich hin. Wir entdeckten die Kugel, die ein, zwei Zentimeter aus dem Lauf lugte.

„Du hast Schwein gehabt", sagte ich leise, „es hätte dir die Hand zerfetzen können." Er schmiss den Revolver auf die Erde und hockte sich auf einen Stein. Ich setzte mich neben ihn und wir sahen in die Landschaft.

„Morgen kommen wir nach Tschaktscharan", sagte er leise.

„Ja“, antwortete ich und sah ihn dabei nicht an.

„Dann könnten wir weiter nach Herat.“

„Ja, das stimmt“, sagte ich.

„Meinst du ernsthaft, wir schaffen das?“

Er sah mich an, er lachte nicht, er sah mich nur an, so als hätten wir eine Schlacht verloren. Dann blickte er wieder zu den Sandhügeln hinüber.

„Was hast du denn?“, fragte ich. Ich hatte Sigi noch nie so niedergeschlagen gesehen.

„Lass uns in Tschaktscharan die Viecher loswerden“, antwortete er nach einer Weile.

Vielleicht dachte er, dass wir gestrandet wären, dass die Reise letztendlich ein Fiasko wäre. Vielleicht machte er sich auch Sorgen um mich, weil ich unentwegt meinen Kummer und Sorgenmist losließ.

„Sigi“, sagte ich schnell, „wenn du denkst, dass es an mir liegt, dann sag es doch. An mir soll es wirklich nicht liegen. Ich bin zwar ein bisschen klapprig, aber ich kann noch weiter. Ich will uns nicht die Reise versauen, wirklich nicht. Ich meine, wenn es daran liegen sollte, dann lass uns lieber darüber reden …“

Ich hätte niemals zugelassen, dass er meinetwegen die Pferde verkauft.

„Wir könnten von Herat aus einen Lorry nehmen“, unterbrach er mich, „oder vielleicht geht ja auch von dort ein Bus. Sie werden doch eine Buslinie oder so was haben.“

Er stand auf und kickte einen Stein vor sich her.

„Sigi, wir haben doch alles gesehen, nicht? Wir sind doch nicht blöde gewesen? Sag mal, sind wir blöde? Wir haben doch wirklich alles versucht. Oder?“

Ich weiß nicht, warum ich das sagte, es fiel mir einfach so ein. Ich wollte ihm so gerne helfen. Vielleicht hatte er sich unser Land doch prächtiger vorgestellt. Nicht so staubig, nicht so ärmlich, nicht so verdammt elend und verloren.

Nach einer Weile sagte er: „Lass uns zurückfahren.“

Und in diesem Moment dachte ich, dass sein Wunsch nichts mit mir zu tun hätte, dass er wirklich zurückwollte. Er hätte es nie vor mir zugegeben, hätte immer den Krieger rausgekehrt, aber der gute alte Sigi wollte nach Hause, ich fasste es nicht. Bisher war ich doch immer für den Kummerkasten zuständig gewesen.

„Ich habe mit George schon darüber gesprochen", sagte er, „sie wollen auch nicht mehr weiter. Kim hat sowieso genug. Sie sagen, es gibt einen Markt in Tschaktscharan und wir sollten versuchen, dort die Pferde loszuwerden, das wäre die letzte Chance. Dann könnten wir einen Lorry nehmen, weiter nach Herat fahren und später per Bus die ganze Strecke in einem Huck zurück. Wir könnten es vielleicht in zehn Tagen schaffen. Was meinst du? Vielleicht bis Griechenland, das wäre doch nicht schlecht, hä?"

Ich war wirklich perplex. Damit hatte ich nicht gerechnet.

„Warum nicht Griechenland?", sagte er und sah mich erstaunt an. „War doch schön da. Weißt du noch?"

Jetzt wusste ich, dass er nicht wirklich nach Berlin zurückwollte. Er wollte nicht nach Haus, er wollte aber auch nicht mehr bleiben, wahrscheinlich wollte er immer weiter.

Wir waren nun seit Monaten unterwegs und Sigi war mein Freund und ich wusste, dass er mich besser kannte als jeden anderen Menschen auf der Welt.

„Du hast genug, nicht? Du willst doch auch zurück, nicht?", fragte ich ihn immer wieder.

„Ich glaub schon, aber ich … äh … ich würde gern noch woanders hin."

Ich wollte nicht nach Griechenland, aber ich wollte es ihm nicht sagen. Ich wollte ihn nicht enttäuschen, nicht jetzt. Ich war nur froh, dass er auch hier weg wollte. Am liebsten hätte ich ihm wieder einmal aus meinem Sorge- und Überlebenskatalog vorgelesen, dass wir nur noch etwas über hundert Deutschmark hätten und dass ich sowieso schon seit Tagen darüber nachdächte, wie wir die ganze Rückreise schaffen könnten. Einfach um unseren Plan zu untermauern. Aber meine Sorgen interessierten mich nicht mehr. Jedenfalls nicht so richtig.

„George und Kim wollen wieder nach Europa, schon wegen des Essens. Wenn wir erst einmal aus Pakistan zurück sind, dann könnten wir …"

„Pakistan?" Ich bekam Panik. „Sie wollen erst noch nach Pakistan?"

Er hatte mich gefoppt. Er kringelte sich vor Lachen und dann kapierte ich es auch. Sigi wusste eben alles über mich. Wir kannten uns ohne Worte.

Wir hoben die Flinte und den Revolver auf und gingen zum Fort zurück. Die Sonne war schon tiefer gesunken und ich legte meinen Arm um seine Schulter.

„Ich find's gut, dass du auch genug hast", sagte ich den ganzen Weg über. Ich wollte ihn von seinen düsteren Gedanken abhalten. Wir gingen wie zwei alte Afghanen, die sich beim Gehen an den Händen fassen und ihre Zehen zählen. Wir sprachen über den Ararat und über das Schwarze Meer und wie alles einmal begonnen hatte.

„Ich hab ja die Adresse von der Frau", sagte er plötzlich, als wir vor dem Tor standen. „Erinnerst du dich? Die wir im Puddingshop in Istanbul getroffen haben. Weißte das nicht mehr?"

„Welche Frau?" Ich wusste wirklich nicht, wen er meinte.

„Na, die mit dem Bulli, dem VW-Bus, die aus Kufstein. Du musst dich doch an sie erinnern, die mit dem Kopftuch."

„Ach die!" Ich wusste jetzt, wen er meinte. Wir hatten sie in Istanbul im Puddingshop aufgegabelt. Sie war mit ihrem Kind unterwegs gewesen, eine nette Frau. Sie wollte weiter bis nach Nepal.

„Sie hat mir ihre Adresse gegeben." Plötzlich war Sigi total aufgekratzt. „Wir könnten ja auf dem Rückweg bei ihr

Stopp machen und uns auskurieren." Er holte einen Fetzen Papier aus seinem Gürtel und zeigte mir die Adresse.

Maria Bernig
Karlsgasse 19
Kufstein-Österreich

Ich war platt. Er hatte die ganze Zeit die Adresse von dieser Frau mit sich herumgeschleppt, ich fasste es einfach nicht.

„Warten wir's ab", sagte ich, „kommen wir erst einmal bis Istanbul." Ich wusste, dass ich niemals mit ihm zu dieser Frau fahren würde.

Wir gingen dann in den Turm zurück, legten uns auf unsere Schlafsäcke und sprachen nicht mehr davon. Ich glaube, jeder wollte jetzt für sich allein sein.

Am Abend kamen dann ein paar Bauern. Sie pochten gegen die Hoftür. Ich war gerade oben im Turm, sah sie durch die Fensteröffnungen und hörte, wie George und Kim mit ihnen sprachen. Es waren fünf ältere Afghanen in weißen Kitteln. Als sie wieder gegangen waren, ging ich hinunter. Sigi stand bei George und Kim und sie diskutierten miteinander und machten ernste Gesichter.

„Sie wollten unsere Pferde", sagte Sigi und sah mich sorgenvoll an.

„Yes, they've tried to get the horses", sagte George und ich wusste, dass wir bald neuen Ärger bekommen würden.

„Was wollten sie mit den Pferden?" Ich hatte keine Angst. Die Sache mit dem Bannkreis hatte mir doch gezeigt, das sie es eigentlich nie so ernst meinten. Ich war mir aber nicht sicher, was sie tun würden, weil wir uns nicht mit ihnen geeinigt hatten.

„Sie wollten sie für die Feldarbeit. George hat aber nein gesagt." Sigi knipperte an seinen Bartenden herum. „Und ich finde, er hat auch Recht." Wir beließen es dabei, aber wir wussten, dass es Ärger geben würde.

Tief in der Nacht wurde ich durch Sigis Rüttelei wach. Wir hatten vielleicht drei, vier Stunden geschlafen. George und Kim waren unten im Hof, ich konnte trotz des Lärms ihre Stimmen unterscheiden.

„Sie haben die Pferde losgemacht", schrie Sigi. Er hing direkt über mir. Ich wuchtete mich hoch. Im Gehen zog ich mir die Hose an und wir stolperten hinunter. Der Lärm nahm zu. Kim und George schrien durcheinander. Dazwischen hörten wir immer wieder das Klappern von Hufen und dann knallte irgendetwas dumpf gegen die Turmwand. Draußen sah ich den Himmel, kein Mond, nur pechschwarze Nacht. An der gegenüberliegenden Mauerseite der Schein zweier Petroleumleuchten. Innerhalb von zwei Sekunden waren wir mitten im Zentrum der Hölle.

Tritte gegen die Turmwand, dazu Wiehern und Schnauben. Kein Pferd an seinem Platz. Sie mussten sich losgerissen haben, konnten sich auf dem kleinen Hof nicht aus dem Weg gehen. Sie wollten ihre Freiheit, sie würden um jeden Zentimeter kämpfen. Sich eine Menge Verletzungen zufügen. Ich bekam Todesangst.

Irgendwo an der Mauer konnte ich George erkennen. Sein Fuchs war kerzengerade vor ihm aufgestiegen. Ich sah, wie das Tier angstvoll seine Augen aufriss und wie George die Lampe vor dem Kopf des Pferdes hin und her schwenkte. Das musste den Fuchs doch nur noch mehr verwirren. Ein paar Meter weiter war Kims Wallach. Er schien noch ganz ruhig zu sein, stand mit dem Kopf zur Mauer. Wahrscheinlich war er der Einzige, der noch angeleint war. In der anderen Ecke des Hofes entdeckte ich dann Kim, der versuchte meine Stute zu beruhigen. Ich sah ihren Schweif und dann ihren Kopf, den sie hin- und herwarf, wusste, wie panisch sie war.

„Kim", schrie ich. „Kim. Don't touch it's shoulder. It's scared. Be careful. It's staring to panic." Die Stute lief hin und her, immer von einer Seite zur anderen. Er konnte sie nicht halten, sie war völlig verängstigt. Dann sah ich Sigis Hengst auf mich zulaufen und sprang im letzten Moment zur Seite, er hätte mich auf der Stelle umgerannt.

„Pack ihn", hörte ich jetzt Sigi schreien. Er war in den Hof gerannt. „Paul, halt ihn fest, er ist bei dir ... da ... jetzt, vor dir ... dort, direkt hinter dir ... auf deiner Höhe. Siehst du ihn nicht?" Ich sah ihn und dann wieder nicht. Er war mal hinter mir, mal rannte er wieder an mir vorbei. Und dann spürte ich seinen Leib ganz dicht vor mir, er hätte mich an der Turmmauer zerquetschen können. Er musste den Kopf zwischen die Vorderbeine gesenkt haben, raste an mir vorbei. Was für ein Irrsinn. Vor der Mauer bremste er, stemmte sich auf seinen Vorderläufen ab, ließ seine Hufe für eine Zehntelsekunde in der Dunkelheit blinken und kickte uns dann seine Hinterläufe entgegen. Ich schmiss Sigi im letzten Moment zurück, bekam ihn gerade noch an der Schulter zu packen. Der Hengst hätte ihm um ein Haar den Brustkorb zertreten.

Ich bekam immer mehr Angst. Sigi stand neben mir und wir starrten zitternd auf den Schein der beiden Laternen. Wir hätten das ganze Theater auch aussitzen können, aber dafür war es jetzt zu spät. Der Hengst war rechts von uns an der Wand stehen geblieben. Ich hörte, wie er mit den Hufen im Boden scharrte, spürte, dass es nun ums Ganze gehen würde. Wir konnten nicht mehr weglaufen, es war unmöglich. Nicht nur wegen George und Kim, nein, auch wegen der Pferde. Wir hätten sie aufgeben müssen. Sie hätten sich lebensgefährliche Verletzungen zugezogen.

„Mach was!", schrie ich in Sigis Richtung, der versuchte, an den Hengst heranzukommen.

„Paul? Sigi?" George antwortete uns, ich sah ihn schemenhaft an der anderen Hofwand stehen, er versperrte dem Fuchs den Weg.

„What's up, George?", schrie Kim von der anderen Seite. „They tried to kick us. Damn, we don't stand a chance. Bloody Afghanis."

George schaffte es nicht, den Fuchs zu beruhigen. Das Pferd war von der Fuchtelei mit den Petroleumlampen ganz verwirrt. Vielleicht wäre Dunkelheit für die Tiere besser gewesen.

„Paul", George drehte sich nach uns um. „Where are you? Sigi's trying to drive them back to the wall."

Ich hätte ihm gerne geholfen, aber in diesem Augenblick machte sich der Hengst von der Wand los und raste direkt auf uns zu. Da klickte es endlich in mir, ich musste nicht mehr nachdenken. Ich sprang zur Seite, sah seine Augen, spürte seinen Atem und als er auf meiner Höhe war, warf ich mich an ihn heran. Ich hatte keine andere Wahl. Sigi kam von der anderen Seite. Wir packten ihn gleichzeitig. Der Hengst warf seinen Kopf hin und her. Er trat auf der Stelle, versuchte sich aufzubäumen, dann zog er uns auf den Boden hinab. Als er mich mit ganzer Kraft von sich abschüttelte, flog ich an die Mauer zurück. Ich krachte mit dem Becken an die Hofwand und spürte gleichzeitig einen stechenden Schmerz im linken Fuß. Seine Hufe hatten mir beinahe die Zehen zerquetscht.

„Hast du ihn?", hörte ich Sigi von irgendwoher röcheln. Er musste noch an dem Hengst hängen. Ich versuchte hochzukommen.

„Mein Rücken. Au Mann, mein verdammter Rücken."

„Was ist mit dir?" Sigi wurde immer leiser.

„Ich glaube, ich habe mir meinen Rücken gebrochen", rief ich.

„Ist egal", antwortete er schwach, er war kaum noch zu hören. „Ich hab ihn, hilf mir. Au Vater, o Mann."

Ich sah Kim mit der Stute an mir vorbeirennen, erkannte ihn an seiner Funzel, der Lampenschein flog auf und ab und dann wieder von links nach rechts. Auf der anderen Seite kämpfte George mit dem Fuchs. „I can't keep a grip, it's to dark!", schrie er.

„Schmeißt doch die Lampen weg", schrie ich mit letzter Kraft. „Sigi, sag ihnen, dass sie die Lampen wegschmeißen sollen. Was heißt Lampe, Herrgott noch mal, sie sind doch von dem Licht geblendet. Was heißt, verdammt noch mal, auf Englisch Lampe?"

Ich rannte in die Mitte des Hofes zurück und stieß auf Sigi. Er hielt den Hengst noch, der mächtig in den Flanken zitterte, nervös schnaubte, aber still stand. Ich versuchte an seinen Kopf heranzukommen.

„Komm den Hufen nicht zu nahe, komm bloß nicht den Hufen zu nahe", flüsterte Sigi. Ich spürte den Atem des Hengstes an meinem Ohr, roch seinen Schweiß. Er hatte eine Irrsinnslebenskraft.

„Halt ihn bloß fest", sagte ich und klammerte mich an dem Halfter fest.

„Ich halte ihn doch."

„Halt ihn bloß richtig. Wenn er uns hochsteigt, zertrampelt er uns."

Wir standen ein, zwei Sekunden still und hielten den Hengst fest. Wir wussten, dass er nur Kraft sammelte. Er scharrte nervös auf der Stelle und warf immer wieder seinen verdammten Schädel auf und nieder. Wir konnten ihn nicht mehr halten. „Scheißgaul!", schrie ich und langte mit der linken Hand in seine Nüstern. Ich weiß nicht, wie ich darauf kam, aber ich grabschte mir seine Nasenhöhle und steckte ihm meine Finger hinein. Alles, was ich an Fingern zur Verfügung hatte, steckte ich in seine verdammten, schweißnassen, schleimigen Nasenlöcher. Erst ins linke und dann ins rechte und dann in alle beide. Und als ich meine Finger in seiner verdammten Rotzhöhle verankert hatte, zog ich die Kralle zu, mit ganzer Kraft. Er hielt sofort still.

„Ich hab ihn", zischte ich und dachte im selben Augenblick: „Halt durch, halt bloß durch. Jetzt nicht loslassen, egal was passiert." Ich quetschte ihm die Nasenlöcher so sehr zusammen, dass er seinen Schädel nach unten senkte und mich beinahe bis auf den Boden mitgezogen hätte. Sigi hing an der anderen Seite am Halfter. Der Hengst schüttelte sich noch ein bisschen, dann gab er auf.

„Verdammt, verdammte Scheiße. Wenn sie diese Kraft nur einmal unterwegs gehabt hätten."

„O Himmel." Wir stöhnten ihm unsere Gebete ins Ohr. Er bewegte keinen Muskel, wir hatten es geschafft.

„Ruhig, mein Alter. Ruhig, ruhig", flüsterte Sigi.

Ich nahm meine Hand aus den Nüstern, der Hengst schnaubte noch ein bisschen, blieb aber friedlich.

Aus der anderen Ecke hörte ich Kim rufen: „I've got it!" Er hatte die Stute eingefangen. Jetzt hielt er sie und klopfte ihr den Hals. Nur noch Georges Fuchs trampelte auf der Stelle, aber wir sahen, dass auch er langsam zur Ruhe kam.

Wir führten die Pferde an ihre Ringe zurück, den Hengst, die Stute, den Fuchs.

„Where is the wallach, Kim?", fragte Sigi.

„Dort steht er doch", sagte ich und wies auf die andere Seite. Kims Grauer war als Einziger an seinem Platz geblieben.

„They've tried everything!", sagte Kim und sah uns fassungslos an. Der Schein seiner Funzel fiel auf uns.

Wir sahen auf unsere Hände, auf unsere Füße, unsere Körper. Wir waren ziemlich zerschunden.

„They wanted to rob us. The assholes took them off the wall", sagte George atemlos.

„Ja, sie haben sie losgemacht. Wir hätten sie ihnen ausleihen sollen", sagte Sigi.

„Nein", entgegnete ich, „ich glaube, sie hätten sie nie mehr zurückgebracht."

„They 'd never have brought them back, would they?", fragte Kim.

„Yes", antwortete Sigi, „thats, what Paul said."

Dann nahmen wir die Lampen und gingen noch einmal zu den Pferden. Sie standen friedlich an der Wand und hatten bis auf ein paar Schrammen an den Beinen keine Verletzungen.

Dann stiegen wir in unseren Turm und ließen uns erschöpft auf die Decken fallen. George stellte die Petroleumleuchten vor uns in die Mitte des Raumes.

„Fackel uns nicht ab“, stöhnte Sigi, aber er lachte schon wieder.

„Ja, das wär's noch“, sagte ich.

„We'll torch their damn tower“, lachte Kim und lachte.

Vielleicht hätten wir es wirklich tun sollen. Vielleicht hätten wir ihnen ihren verdammten Turm einfach abfackeln sollen. Sie hätten es verdient. Sie waren schuld an dem ganzen Theater.

Durch die offenen Fenster schien irgendwann der Mond herein und Sigi bat mich eine Pfeife zu bauen und ich tat es zum ersten Male richtig gut. Wir saßen zusammen und der Schein der Petroleumlampen ließ unsere Gesichter wie alte Gemälde aussehen. Kim blickte hin und wieder zu den Schießscharten hinaus, aber wir wussten, es würde nichts mehr passieren.

Am elften Tag sahen wir den Harirud. Wir bogen um die Ecke und da lag er vor uns. In einem grenzenlosen Freiland. Es war unmöglich, an seine Ufer heranzukommen, wir hätten Wochen dafür gebraucht. Aber wir sahen ihn und das allein bewegte uns. Sein Wasser glitzerte in der Sonne und er floss ruhig und bedächtig nach Westen. Wir konnten seinen Weg bis weit über Herat hinaus verfolgen. Irgendwo in den südlichen Wüsten Registans, in der Dascht-Margu, der Wüste des Todes, würde er sich in der Steppenlandschaft verlieren und versickern.

Der Harirud war ein großer Strom und breit wie ein Lindwurm. Zu beiden Seiten seiner Ufer sahen wir Viehherden. Schafe, Rinder, Ziegen und immer wieder die schwarzen Jurten, die Zelte der Nomaden. Sobald die Straße uns freie Sicht gab, folgten wir dem Fluss mit den Augen.

„Wir werden heute Nacht in Tschaktscharan sein“, hatte Sigi gesagt. „Ich schwöre dir, dort werden wir die Gäule verkaufen und ... Paul, dann sind wir wieder unabhängig und können uns überlegen, ob wir von dort aus ...“

Ich hatte ihm nicht weiter zugehört. Ich hatte die Stute fertig gemacht und war aus dem Fort getrabt.

Jetzt sah ich Sigi weit hinter uns auf der Straße trotten. Ich hatte seit heute Morgen die Führung übernommen. In mir purzelten alle Pläne und Karten und Träume durcheinander. Gestern Nacht hatten wir noch viel über Berlin gesprochen und die Bilder unserer Erzählungen lagen jetzt in meinem Kopf übereinander, ich hatte Mühe sie einzuordnen.

„Was willst du dann machen?“, hatte Sigi mich gefragt. „Du fängst sowieso wieder von vorn an. Lass uns doch in Griechenland bleiben, oder irgendwo anders, und nicht gleich nach Haus fahren. Nachher ist es doch nur wieder der alte Trott. Wir könnten uns ein paar Wochen am Meer erholen, hörst du, Paul? Am Meer. Wir könnten in Thessaloniki Blut spenden, dann hätten wir genug Geld um für eine Weile dort zu bleiben. Vielleicht sogar den ganzen Winter über, was meinst du?“

Er hatte immer wieder damit angefangen, aber ich hatte ihm nicht mehr so richtig zuhören können. Ich wäre gerne mit ihm in Griechenland geblieben. Ich erinnerte mich an die Tage am Strand. An Rose, an Warren und an Mary, an alle die Typen, die jetzt sicher irgendwo verstreut in Asien herumliefen. Ich hatte diesen Platz geliebt. Aber jetzt war es anders, jetzt wollte ich nur noch nach Haus. Ich sehnte mich nach einem richtigen Bett, nach einem anständigen Essen und einem Dach über dem Kopf, vielleicht sogar nach einer anderen Jahreszeit. In Berlin fielen sicher schon die ersten Blätter.

„Was willst du denn machen Paul, wenn du zurück bist?“, hatte Sigi gefragt.

„Ich weiß es noch nicht. Ehrlich, ich weiß es nicht. Lass uns erst mal ankommen.“

Ich wusste nur, dass ich zurückwollte. Wir hatten die

ganze Nacht herumgesponnen und Sigi hatte mir von Raffael und seinen alten Meistern erzählt. Zum ersten Mal hatte er wieder über seine Bilder gesprochen und dann hatte er mir von einer verdammten Pferdezucht erzählt, die ein Typ, den er kannte, irgendwo im Sauerland aufgezogen hätte.

„Eine Pferdezucht?“

„Ja. Mit Pferdchen und Koppeln.“

„Im Sauerland?“

„Ja, im Sauerland. Der Typ kann davon leben. Ich glaube, er zieht auch diese Rinder auf, diese komischen Rinder, na, sag schon, die so aussehen wie, wie … Bisons.“

Ich konnte es nicht fassen. Wir saßen in einem Wehrturm in der Einöde Afghanistans und sprachen vom Sauerland. Ich konnte mich gar nicht mehr erinnern, in den letzten Monaten überhaupt über Deutschland gesprochen zu haben. Über Karlsruhe, Kassel, Braunschweig und über das Sauerland. Die Namen klangen wie aus einem fremden, fernen Land. Wir saßen und redeten und lachten, es war wie in Berlin bei Sigi im Turm.

„O Gott. Was Immie und Ludwig wohl machen. Und Dschingis, was er wohl macht? Ob Goja noch lebt?“ Sigi ließ seine ganze Familie aufmarschieren.

„Der Papagei stirbt nie. Vor allem nicht, wenn du weg bist.“

Wir nahmen uns vor, sobald wir wieder in Berlin sein sollten, eine riesige Party zu veranstalten. Alle, die uns damals verabschiedet hatten, wollten wir wieder einladen. Für Sigi war es wie ein schöner Film, ich sah es ihm an, er freute sich zurückzukommen, aber im Grunde wollte er sofort wieder weiter.

Sigi und ich redeten bis zum Morgen und als wir dann schon die Morgenvögel hörten, sagte ich: „Sigi, ich werde ganz neu beginnen. Ich werde versuchen, aus mir etwas zu machen. Ich weiß noch nicht genau was, aber ich werde es herausfinden. Ich werde mich nicht mehr drangsalieren lassen. Von niemandem, verstehst du? Ich werde meinen eigenen Weg gehen. Vielleicht hat Gott ja einen Platz für mich irgendwo eingeplant, aber der ist nicht hier. Ich spüre das, es ist eine innere Stimme, die mir das sagt. Aber, ich denke, ein bisschen muss ich schon selbst dazutun, um diesen Platz zu finden. Und deshalb muss ich wieder nach Berlin zurück, kannst du das verstehen?"

Ich hätte ihm gerne noch mehr erzählt, aber er war längst eingeschlafen.

Ich denke an meinen Alten. Ich sehe ihn, wie er mit seiner Mappe unterm Arm zum Finanzamt geht. Er hasst das Finanzamt, aber er muss dort hin. Jeden Tag. Geld verdienen. Er geht am U-Bahnhof Hallesches Tor vorbei, die Straße an der Hochbahn entlang, Richtung Kreuzberg. Ich sehe, wie er durch den Regen läuft. Er hat seinen blauen Anzug an und die Regenpelerine darüber, trägt ein weißes Hemd und eine blaue Krawatte und von seinem Hut tropft der Regen. Er sieht gut aus, er sieht aus wie ein Chef. Er müsste jetzt hinüber auf die andere Straßenseite gehen, durch das mächtige Eingangsportal vom Finanzamt, aber er schafft es nicht. Er zögert einen Augenblick, geht unschlüssig auf und ab, dann dreht er sich um und geht die Straße wieder zurück. Er schafft es einfach nicht. Er hält sich an seiner Mappe fest. An dieser braunen, uralten Ledermappe, mit der er jeden Tag aus dem Haus geht und wieder zurückkommt. Er wird diese verdammte Mappe wahrscheinlich bis zum letzten Atemzug mit sich herumtragen, sie gibt ihm Sicherheit. Er würde sich niemals von ihr trennen und gleichzeitig hasst er sie. Ich weiß es. Ich habe seine Augen gesehen, wenn er sie morgens mitnimmt.

Er läuft hin und her, geht ein paar Meter und bleibt wieder stehen. Er tut mir Leid, er weiß einfach nicht, wohin er gehen soll. Er steht sich selbst im Weg. Er schafft es einfach nicht. Nicht in diesem Leben. Der Krieg, die Arbeitslosigkeit, seine Geige, das Finanzamt und dieser Scheißjob, die schwere Diabetes und Königinmutter und dann noch ich. Das ist einfach zu viel für ihn. Er läuft bis zur Ecke zurück, hat sich endlich entschieden. Er geht in die nächste Kneipe und trinkt. Er trinkt und isst und vergisst den ganzen Mist. Er isst alles, was er um diese Tageszeit bekommen kann. Buletten, Rollmöpse, Harzer Käse, Leberwurst, Bratkartoffeln, Spiegeleier, Wiener, Knacker. Er schlingt das alles in einem Irrsinnstempo herunter und dazu trinkt er vier Halbe und noch ein paar Schnäpse und dann hat er endlich diesen Tag hinter sich gebracht, sein Zuckerspiegel hat eine irrsinnige Aufwärtskurve genommen, er fühlt sich noch beschissener als vorher und geht nach Haus, ohne bei der Arbeit gewesen zu sein. Er wird sich ab heute krankmelden. Er wird ab heute immer kranker werden, immer kranker, so lange, bis er stirbt.

Ich galoppiere voran, streiche der Stute über den Nacken. Ich habe ihr die Decke über die Wunde gelegt, damit die Fliegen sie nicht belästigen. Ich stelle mich in den Steigbügeln auf. Mein Steißbein schmerzt, aber das ist mir jetzt egal. Ich galoppiere voran, die Stute gibt ihr Bestes, der Wind ist viel frischer heute früh. Vielleicht weiß sie, dass wir heute Nachmittag Tschaktscharan erreichen werden. Vielleicht träumt sie von dem Stall, der auf sie wartet. Ich treibe sie ein wenig an.

Ich werde bald nach Hause kommen, denke ich, es ist nur noch eine Frage der Zeit. Ich bin noch jung, habe ein paar Talente und bin nicht krank. Ich habe noch Kraft. Wer das überlebt hat, kann nicht krank sein, denke ich. Ich mache mir selbst einen Ton, ich summe vor mich hin. Himmel, ich habe seit Jahren nicht mehr gesungen. Von den Bäumen höre ich Vögel, Stare, Amseln, Schwarzdrosseln, Finken, Lerchen. Hey Vögel, hört ihr mich? Wo seid ihr gewesen? Verdammt, sie trällern wirklich zurück, ich kann sie hören, sie trällern wirklich zurück.

Die Stute läuft ein bisschen schneller. Es macht ihr Spaß

so zu laufen. Sie wittert die Bäume und die Sträucher. Wir wittern sie beide. Wir sind doch mit enormen Riechwerkzeugen unterwegs. Ich muss lachen. Wenn Sigi jetzt zu mir nach vorne käme, würden wir uns wieder einmal kringeln: über meine Nüsterattacke an seinem Hengst in der letzten Nacht. Ich habe ab heute die Führung übernommen. Ich, Paul Lachmann. Hinter jeder dritten Kurve sehe ich den Harirud, in der Ferne kann ich seine Ufer erkennen. Juchhuh, hey ihr Vögel, ist das das Leben?

Ich weiß, dass mich keiner hören kann. Ich bin Paul Lachmann. Ich habe eine Stimme, zwei Hände und einen Zystenarsch. Ansonsten bin ich aber noch ganz gut beieinander. Auch ohne Zähne. Der Wind tut gut. Der Wind und die Sonne und die Sicht auf den großen Fluss und das Gesinge der Vögel. Juchuh, juchuh.

Ich werde bald zu Hause sein und keiner wird mich dann mehr in irgendeinen verdammten Bannkreis sperren können. Ich werde ab heute machen, was ich will. Kein Hein, kein Borgmann, kein Nichts werden mich daran hindern, aus Paul Lachmann etwas zu machen.

Halleluja, Baby. Halleluja. Hallehehehelhuhuja!

Die Straße wand sich durch die Berglandschaft, die Hügel wurden immer kleiner und dann ritten wir hinaus auf das weite Land. Da wusste ich: Wir hatten alles hinter uns. Den Fluss konnten wir nur noch in der Ferne sehen. Kim und George kamen zu mir herangetrabt und dann Sigi, wir waren wieder eine richtige Company.

Wir ritten an verlassenen Lehmbauten vorbei und sahen die ersten Brunnen. Die Erde wurde fruchtbarer und der Wind pfiff heftiger. Endlich hatten wir die Berge hinter uns, endlich sahen wir wieder etwas Grün. Wie schön muss es hier im Frühling sein, dachte ich. Die hohen Pässe, die Flüsse und Bäche, grünbegrünte Pappeln, die alten Wege. Ziegenherden, Schafe, Rinder und die Nomaden, die von Weidegrund zu Weidegrund zogen, die ihre Jurten und Zelte aufschlugen, wo immer sie Futter für ihre Tiere fanden.

Ich begann schon wieder zu spinnen, ich war unverbesserlich. Kaum hatte ich mich innerlich für die Abreise entschieden, machte ich schon wieder Pläne für irgendwann im Irgendwo. Weiße Berge, ockerfarbene Hügel, rote Bergkuppen. Wir würden im Frühling wiederkommen, das nahmen wir uns vor.

Reiter kamen uns entgegen, einzelne Reiter. Sie saßen kerzengerade im Sattel, trugen bestickte Mäntel über ihren Kitteln und die Enden ihrer Turbane flatterten im Wind. Die Pferde in Rot und Blau aufgezäumt und die Trensen ölgetränkt. Sie ritten im schnellen Trab, im Passgang. Sie hingen über ihren Sätteln, so wie es die indischen Polospieler machen, um das Tier zu erleichtern. So hielten sie wahrscheinlich Stunden aus. Je näher wir Tschaktscharan kamen, desto mehr Reiter begegneten uns.

Und dann die Gadis, die uns überholten, die zweirädrigen Pferdewagen. Sie fuhren an uns vorbei, kaum einer beachtete uns. Manchmal saßen zwei, drei Afghanen auf den leichträdrigen Karren. Sie gaben den Pferden die Peitsche. Sie machten sich ein Spiel daraus, sich gegenseitig zu überholen, jede ihrer Bewegungen sah leicht aus. Aber wir lernten ja noch. Auch wenn wir wussten, dass wir in Tschaktscharan unsere Pferde verkaufen würden, so wussten wir auch: Wir würden wiederkommen und dann würden wir andere sein. Reifer, stärker, klarer, stolzer, eben anders als jetzt. Wir waren wie sie unterwegs, wir gehörten zu ihnen, wir waren Brüder im Geiste.

Ich hatte längst meine Koffer gepackt und da begann ich alles um mich herum zu lieben.

Irgendwann sahen wir noch einmal in der Ferne den großen Fluss. Tschaktscharan lag nicht mehr weit, wir konnten schon ein paar Lehmhütten erkennen. Eine Siedlung, ein paar Fördertürme. Wir wollten unbedingt bis zum späten Nachmittag dort ankommen. Wir gaben den

Pferden die Hacken und sie liefen, so gut sie konnten. Der Gedanke an ein richtiges Bett machte uns fröhlich. Wir alberten herum und grüßten jeden Afghanen, der uns entgegenkam.

Ich wusste schon, als wir das Tschaichana betraten, dass wir eine Menge Ärger bekommen würden. Es war das letzte Teehaus auf der Straße nach Tschaktscharan, George hatte es als Erster gesehen. Wir wollten hier noch einmal die Pferde versorgen lassen. Es wäre besser, es in einer der Karawansereien vor der Stadt als in Tschaktscharan zu tun, hatte er gesagt. Wir banden sie an einer Sanddornhecke an, gleich neben einem kleinen Bach, über den eine Brücke ging. Auf der Brücke stand ein Lorry. Wir dachten uns nichts dabei, der Junge, der uns beim Absatteln half, zeigte immer wieder auf den Truck und ich bekam mein komisches Gefühl in der Magengegend.

Wir bezahlten dem Jungen ein paar Afs und waren froh, dass er den Pferden Gras und richtiges Futter gab. Sie waren total übermüdet. Ich glaube, sie wussten, dass wir sie in Tschaktscharan verkaufen wollten, sie rochen den Viehmarkt. Der Junge rieb sie ab und gab ihnen noch von dem frischen Wasser und als wir dann in das Tschaichana gingen, wurde mir immer unwohler.

In der Tür blieben wir einen Moment stehen und sahen uns um. Wie alle afghanischen Teehäuser bestand auch dieses aus einem einzigen Raum. In der Mitte war ein Holzpfahl, der die Decke abstützte, rechts vom Eingang die obligatorische Herdbank. Darüber hatten sie einen Granatapfelbaum und ein paar persische Schriftzeichen gemalt. Alle Wände waren mit Zeichnungen versehen, mit Bäumen, Tieren, Suren aus dem Koran. Weiter hinten gab es noch einen zweiten, kleineren Raum, aus dem jetzt der Wirt herauskam. Ich überblickte die Situation sofort. Ungefähr zwanzig Afghanen saßen ringsum an der Wand. Es waren Krieger. Usbeken, Turkmenen, Hazarahs, was weiß ich. Sie waren alle bewaffnet. George wurde blass und Kim bekam seinen großen Brustumfang, den er immer bekam, wenn Gefahr in der Luft lag.

„Das kann ja heiter werden“, flüsterte Sigi.

Jeder von den Männern hatte eine Flinte neben sich liegen. Ich vermutete, dass es sich um die Männer handelte, die zu dem Lorry auf der Brücke gehörten. Sie fuhren bestimmt weiter in den Norden, nach Mazar-i-Sharif oder nach Taschkurghan. Vielleicht war es aber auch umgekehrt und sie wollten wie wir nach Tschaktscharan. Von der Kleidung her sahen sie alle gleich aus. Die meisten trugen einen blauschwarzen Turban, dazu den knielangen Kittel und Pumphosen und natürlich eine patronengespickte Weste. Sie saßen an der Wand und starrten uns an.

„Usbeken“, sagte George leise.

„Sie werden in Tschaktscharan Pferde für die Buzkashi-Rennen kaufen wollen“, sagte Sigi.

„Nein“, murmelte ich, „sie verkaufen ihre Waffen dort. Siehst du nicht, wie viele Gewehre sie haben?“

Wir setzten uns an die Wand. Wir hockten uns einfach zwischen die Männer. Sie machten uns bereitwillig Platz und beobachteten uns misstrauisch. Sie sahen mal zu Kim, mal zu George herüber und starrten natürlich immer wieder auf unsere Sachen. Die Rucksäcke interessierten sie besonders, vor allem Georges blaue Sporttasche. Dann kapierten wir: Das waren zwei Gruppen, die sich gegenübersaßen und sich nicht mochten. Wir waren in eine Fehde geraten. Uns gegenüber saßen die Männer, die mit dem Lorry gekommen waren, und blickten ziemlich grimmig zu denen, die in unserer Reihe saßen. Sie verständigten sich nur mit ihren Augen und mit den Mundwinkeln. Und in unserer Reihe saßen Männer, die aus dieser Gegend stammten. Aber an welche Wand wir uns auch gesetzt hätten, wir wären immer in der falschen Gruppe gewesen.

Nach ein paar Minuten erschien der Wirt und wir sagten die üblichen Sprüche auf.

„Salam alaikum“
„Salam alaikum“
„Faranzawi medaned?“
„Nein, wir sprechen kein Französisch.“
„Inglisi medaned?“
„Ja, wir sprechen englisch. Nein, der Mann neben mir ist kein Doktor.“
„Haben Sie Joghurt, most? Haben Sie paner, Käse?“
„Ma goschnah schodam. Wir haben Hunger.“
Wenn es in Tschaktscharan nur annähernd so wäre, wie diese Männer hier aussahen, würden wir höchstwahrscheinlich das letzte Mal Tee zusammen trinken. Der Wirt beäugte George die ganze Zeit, ging dann weg und kam nach einer Minute mit einem Tablett zurück, auf dem mehrere Schälchen mit Joghurt und zwei Kännchen Tee und sogar eine Schale mit hart gekochten Eiern waren. Wir verteilten alles unter uns und stellten den Tee vor uns auf den Boden, pellten die Eier und stürzten uns auf das mickrige Mahl. Alles andere war nicht mehr so wichtig.
Als es dann passierte, ging es verdammt schnell.
Zuerst riefen die Typen von gegenüber ein paar Verwünschungen zu denen in unserer Reihe, dann gaben die anderen ihnen sofort alles zurück. Das ging so ein paar Mal hin und her und die Atmosphäre wurde immer gespannter.
Wir blieben sitzen, was hätten wir auch tun sollen. Wir waren nur Reisende. Was hatten wir mit ihren Auseinandersetzungen zu schaffen? Wir gehörten nicht zu ihnen, wir waren Fremde.
„Don't react“, hörte ich George noch sagen, „simply don't react, no matter what happens.“ Und dann ging das Spektakel auch schon los.
Ein paar Männer aus unserer Reihe sprangen plötzlich auf, die vor uns taten dasselbe und dann sprangen sie sich wie Katzen an. Sie gingen sich an die Kehlen, traten sich in die Unterleibe, verbissen sich in Arme und Hände und als sie dann alle am Boden lagen, quetschten sie sich ihre Na-

sen und Ohren und verkrallten sich in allem, was sie vom anderen zu fassen bekommen konnten. Ich sah vier, fünf Typen durch den Raum rollen, immer hin und her, während sich ein paar andere zu einem Knäuel verknotet hatten. Das alles geschah schweigend.

Wir sahen ihrem Eiertanz fassungslos zu. Sie beschädigten sich nicht. Wir sahen kein Blut, wir sahen keine ernsthaften Verletzungen. Sie hatten ihre Waffen an der Wand gelassen und bis auf ein paar Stecken sah ich nichts, womit sie sich hätten verletzen können. Sie benutzten nur ihre Fäuste und Füße und Zähne. Es war ein bescheuerter, aber fairer Kampf. Mir war nicht klar, worum es dabei eigentlich ging, aber es mussten schon ernsthafte Gründe gewesen sein. Ich sah zwischendurch zu dem Wirt, der an der Herdbank stand und dem Spektakel mit zusammengekniffenen Augen folgte. Er machte den Eindruck eines Schiedsrichters, aber er schritt nicht ein.

Nach zwei, drei Minuten war der Spuk vorbei und die Männer setzten sich wieder an ihre Wand zurück.

Hätte nicht alles so gewalttätig ausgesehen, ich glaube, ich hätte laut losgelacht. Jeder von uns starrte vor sich hin auf den Boden, wir wollten nicht in ihren Krieg hineingezogen werden. Ich fixierte meinen Blick auf einen armseligen Stecken, der in der Mitte des Raumes liegen geblieben war. Einer von der gegenüberliegenden Mannschaft holte ihn zurück und hielt sich dabei die linke Backe. Dann war alles wieder so, wie es vor zehn Minuten gewesen war. Beide Parteien saßen schnaufend an der Wand, nur hin und wieder warfen sie sich ein paar giftige Blicke zu. Nach weiteren zwei Minuten war dann alles vorbei.

Ich stand auf und ging hinaus. Ich trat auf die Straße und sah zu den Pferden hinüber. Der Lorry hatte sich zur Seite geneigt. Er war über und über mit Kisten und Säcken beladen, war viel zu schwer für die kleine Holzbrücke und nun drohte er umzukippen. Genau dort standen unsere Pferde. Noch ein paar Minuten und sie würden von ihm erdrückt werden. Langsam ging ich zu ihnen hinüber. In der Mitte der Straße spürte ich die Sonnenstrahlen auf meinem Kopf. Es war mir plötzlich egal, was noch passieren würde. Innerlich war ich an einem anderen Ort. Sollte der Lorry doch kippen, sollte er, verdammt noch mal, umkippen. Um die Pferde tat es mir Leid, aber nicht um das Auto. Sollte er meinetwegen in den Bach hinunterkrachen und die Typen gleich hinterher. Es interessierte mich nicht mehr. Ich war woanders. Ich weiß nicht, wo ich war, aber es war anderswo.

Als ich fast schon auf der anderen Straßenseite war, kamen mir ein paar Mädchen entgegen. Sie mussten mich beobachtet haben, denn sie liefen nun direkt auf mich zu. Es waren Hazarhas. Vier, fünf Mädchen, keine älter als sechs oder sieben Jahre. Sie kamen an mich heran und fummelten sofort an meinen Händen herum.

„Zegrett", riefen sie, „Zigaretten, Zigaretten", und dann: „lutfan, lutfan. Bitte, bitte." Immer wieder schrien sie das.

Sie hatten Augen wie Seen. Braune Smaragde, Bernsteinpupillen und darüber nachtschwarze Brauen. Für einen Augenblick sah ich ihnen ins Gesicht und unsere Blicke trafen sich. Sie waren noch ganz jung, sie hatten noch keine Scham oder Vorsicht, sie trugen noch keine Masken. Alles, was ich in ihren Augen sah, war wahrscheinlich das, was sie in meinen Augen lasen. Wir waren vom gleichen Stern. Ich dachte das jedenfalls in diesem Augenblick und dann war es auch schon wieder vorbei und ich versuchte zu den Pferden zu kommen. Die Mädchen liefen die ganze Zeit neben mir. Sie waren barfuß und ihre Füße wirbelten den Staub der Straße auf. Es war höllisch heiß, aber das machte ihnen nichts aus.

Sie schrien immer wieder „Zigaretten, zegrett", so viel verstand ich, aber es interessierte mich nicht. Nur ihre Gesichter und ihre Augen interessierten mich. Ihre Augen waren mit Grafit bemalt und ihre Wangen hatten sie mit blauem Puder bestäubt und sie hatten weiße Zähne. Auf ihren Wangen lag Staub. Sternenstaub, dachte ich in diesem Augenblick.

„Tschaktscharan?", fragte ich dann, um sie von mir abzulenken.

„Bale, bale", schrien sie und dann immer wieder „Afghani" und „zegrett!". Aber ich hatte keine Zigaretten und Geld wollte ich ihnen nicht geben. Ich besaß ja selbst nichts mehr. Ich sah nur in ihre Gesichter.

Als ich zu dem Lorry ging, blieben die Mädchen zurück. Ich nahm die Stute und Sigis Hengst und führte sie ein paar Meter weiter weg. Den Fuchs von George und Kims Wallach ließ ich an der Hecke. Der Lorry konnte ihnen nichts anhaben, sie standen zu weit von ihm entfernt.

Dann kamen ein paar von den Männern aus dem Teehaus und dann George und Sigi und Kim. Sie hatten den Truck kippen sehen und fürchteten, dass er von der Brücke fallen würde.

Sie versuchten ihn wieder aufzurichten, hebelten an seinen Vorderrädern herum und ein paar von ihnen stemmten sich mit ganzer Kraft gegen die Seite. Er rührte sich nicht. Dieselben Idioten, die sich vor ein paar Minuten noch geprügelt hatten, versuchten nun gemeinsam den Lorry wieder aufzurichten. Mich kotzten diese Typen an. Ich lief mit den Pferden ein paar Schritte auf und ab. Sigi kam mir atemlos entgegen und ich drückte ihm die Zügel in die Hand.

„Hast du das gesehen?", fragte er.

„Ja, ja, es sind Vollidioten", antwortete ich.

„Sie sind total bescheuert. Beeil dich, wir wollen los."

„Wartet auf mich, lasst mich bloß nicht hier zurück", sagte ich und ging schnell zum Teehaus. Ich merkte, wie sich mein Magen zu einem Klumpen zusammengezogen hatte, und musste schnell einen geeigneten Platz für meine Notdurft finden. Als ich eintrat, kam mir der Wirt entgegen und ich sah an seinem Gesicht, wie es mir ging. Er zeigte hektisch auf die Tür neben der Herdbank und ich lief schnell hinaus. Auf dem Hof gab es nirgends ein Klo, nicht mal ein Loch fand ich. Und weil kein Mensch weit und breit zu sehen war, hockte ich mich vor die Hofwand und schiss mir mal wieder mein Elend aus dem Leib.

Ich bin wach. Ich kann nicht schlafen. Es ist zu dunkel. Ich liege auf dem Rücken und versuche irgendwo ein Licht zu finden. Es gibt kein Licht. Das Bett ist hart, es quietscht, wenn ich mich umdrehe. Das Laken ist von meinem eigenen Schweiß klatschnass. Ich heule. Ich fühle nichts mehr, außer meinen Knochen. Ich bin verloren. Ich heule und heule. Obwohl es unerträglich stickig ist, wage ich nicht ein Fenster aufzumachen. Von draußen höre ich vereinzelte Schüsse.

Sie haben uns in diesem Gästehaus untergebracht. Wir haben das ganze Haus für uns. Sigi schläft bei George und Kim liegt nebenan. Das Haus hat mindestens zehn Räume, unendliche Gänge und meterhohe Wände. Wir sind die einzigen Gäste. Wir sind überhaupt die einzigen Europäer in der Stadt. Sie haben gesagt, wir dürften nachts nicht raus auf die Straße. Tschaktscharan ist voll von Reitern. Als wir die Pferde auf den Markt gebracht haben, habe ich mindestens hundert gesehen. Es sind Krieger. Alle sind bewaffnet. Nun sind unsere Pferde in einem kleinen Stall auf dem Markt untergebracht. Morgen werden wir sie verkaufen. Ich fühle mich elendig. Ich habe Angst. Ich schäme mich meiner Angst, aber ich kann sie nicht mehr bezwingen.

Ich denke nur noch an zu Haus. An Herbert, an Königinmutter, an meinen Alten und an Oma Mimchen. Ich denke an Oma Mimchen, um etwas Farbe in meine Filme zu bekommen. Sie war immer gut zu mir. Sie machte mir Pflaumenmusbrote. Jeden Morgen gab sie mir ein Pflaumenmusbrot und dazu eine große Tasse Muckefuck. Schlabberkaffee mit viel Milch. Ich heule immer noch.

Wir waren den ganzen Nachmittag auf dem Markt. Er ist viel kleiner als der in Herat. Aber die Afghanen hier sind wilder. Bei ihnen dreht sich alles nur um Pferde und um Waffen. Und um Kamele und um Rinder und um Kampfhühner. Ich habe noch nie so viele Kampfhühner gesehen. Es waren bestimmt über hundert. Sie bringen sie nach Taschkurghahn. Das hat uns der Afghane erzählt, der uns das Gästehaus vermietet hat. Sie lieben Vogelkämpfe und Kämpfe mit Hunden.

Es war schon fast dunkel. Sie hatten einen Kreis gebildet, es waren nur Männer. Sie stellten sich um die Hunde herum und ließen sie miteinander kämpfen. Es waren zwei mächtige, großköpfige Hirtenhunde mit hellbraunem, zottigem Fell. Solche, wie wir sie schon in Panjau gesehen hatten. Wir hielten uns in der zweiten Reihe. Wir wussten nicht, wie sie reagieren würden, wenn sie Fremde sähen.

Einer der Männer hielt den kräftigeren an der Leine, der andere lief frei, aber geduckt und gebeugt. Er war von Anfang an der Verlierer. Seine ganze Haltung war die eines Verlierers. Der an der Leine stürzte sich sofort auf ihn und verbiss sich in seinem Nacken. Der Verlierer versuchte auszuscheren, er wollte wegtauchen, doch die Männer traten ihn immer wieder in den Kreis zurück. Irgendwann wehrte er sich nicht mehr. Er jaulte nur noch und versuchte aufzugeben, aber sie scheuchten ihn immer wieder auf den Beißer. Es war grauenhaft. Sie schrien den Hunden die heftigsten Schimpfworte zu. Sie bespuckten sie, sie traten sie. Es sind Krieger, dachte ich, aber sie sind weniger wert als ihre Hunde. Ich musste immer wieder zu dem Verlierer hinsehen, ich wollte wegsehen, ich konnte es nicht. Vielleicht wollte ich, dass sich der größere wehrte. Warum wehrte er sich nicht? Warum gab er von Anfang an auf? Ich mochte auch die Hunde nicht, sie waren genauso bescheuert wie die Männer. Ich wäre am liebsten dazwischengegangen. Es war wirklich grauenhaft.

Ich war schon als Kind auf der Seite der Verlierer gewesen. Ich wollte immer siegen, blieb aber auf der Seite der Verlierer. Auch bei meinen Sprints, auch auf den Leichtathletikmeisterschaften. Ich liebte es zu siegen, für mich war es wirklich das Größte, als Erster durchs Ziel zu kommen, es war schon wie ein Auftrag, ich siegte, sooft ich konnte. Fünfzig Meter, das war meine Distanz, darin war ich nicht zu schlagen. Aber irgendwann blieb ich absichtlich zurück. Ich ertrug es nicht mehr.

Für einen kurzen Moment fühlt es sich herrlich an, aber dann wird es schlimm. Dann ist es so wie in einem Loch. Ich fühlte mich danach immer mies.

Der Kampf ging schnell vorüber. Der größere blutete aus dem Nacken. Er konnte sich kaum noch aufrecht halten. Die Männer trennten sie dann, ich glaube, sie hatten selbst Angst vor ihnen. Sie hatten Angst vor dem Tod. Sie wollten keinen von ihnen sterben sehen, aber sie wollten sie bis an die Grenze bringen. Sie verachteten die Hunde. Ich konnte es an ihren Augen sehen. Die Hunde waren ihnen ähnlich. Sie waren ihnen nichts wert.

Sigi zog mich dann endlich weg. Ich hätte sonst bestimmt irgendetwas Verrücktes gemacht. Ich wollte den Kampf nicht sehen, aber ich musste immer wieder hinsehen.

Die Zimmerdecke ist so hoch, dass ich meine, in einer Kathedrale zu pennen. Durch die Fenster fällt nun wenigstens ein wenig Licht. Bald wird es hell sein. Ich werde die Stute verkaufen. Sigi wird seinen Hengst besser verkaufen können. Sein Hengst ist stärker als meine Stute. Nur wenn ich Glück habe, finde ich überhaupt einen Käufer. Wer will schon ein Pferd mit einer Verletzung am Rücken. Aber ich werde es schaffen. Von dem Geld können wir dann nach Herat fliegen. Es soll einen Flugplatz in Tschaktscharan geben. George hat gesagt, er habe das Flugzeug gesehen. Ich bin noch nie geflogen. Ich habe Angst davor, aber ich werde fliegen. Ich will endlich raus.

Sigi hat gestern gesagt, George und Kim würden in Griechenland bleiben wollen, vielleicht sogar den ganzen Winter über. Ich werde nicht in Griechenland bleiben. Ich fahre auf jeden Fall zurück.

Tschaktscharan ist eine Scheißstadt. Eine Gräberstadt. Ich habe ein paar Fördertürme gesehen und sonst nur vergammelte Lehmhäuser. Es sind nur Männer hier. Sie ballern überall mit ihren Gewehren herum. Sie reiten wie die Irren durch die Straßen und schießen in die Luft. Wenn ich daran denke, jetzt draußen sein zu müssen, kommt die Angst.

Abends hatten wir noch ein Pfeifchen geraucht und Sigi und Kim haben mir ein Opossum ins Bett geworfen. Weil ich allein sein wollte. Ich habe sie dann durch das ganze Haus gejagt. Man konnte keine Handbreit weit sehen, es gibt in diesem Haus kein Licht, aber ich war so bekifft, dass es mir egal war. Ich habe das Tier am Schwanz gepackt und bin hinter ihnen hergelaufen. Vielleicht war es eine Ratte, oder ein Biber, jedenfalls hatte ich mit einem Mal keine Angst mehr. Ich wollte es ihnen zeigen. Irgendwann ist das Tier dann weggelaufen.

Und jetzt kann ich nicht schlafen. Ich muss die ganze Zeit an meinen Alten denken. Er taucht immer wieder vor meinen Augen auf.

Sie hatten ihn am Bett angebunden. Mit Gürteln. Er hatte versucht, sich aus dem Fenster zu schmeißen. Aus dem zweiten Stock. Sie hatten Medikamente an ihm ausprobiert, hatten ihn von Klinik zu Klinik gebracht. Ich hasse die Ärzte. Sie sind Schuld an seinem Tod. Er sah aus wie ein alter Mann, und das mit siebenundvierzig Jahren. Sie gaben ihm Elektroschocks und irgendwelche Medikamente, erst im Ostendkrankenhaus, dann in einer anderen Klinik. Diese Schweine haben ihn auf dem Gewissen. Ich habe ihn noch einmal vor Weihnachten gesehen, danach hat Königinmutter mir nicht mehr erlaubt, ihn zu besuchen. Ich weiß noch, dass Schnee lag. Vor einer riesigen Tanne sind wir auf und ab gegangen. Ein paar Tage später hatten sie ihn zu Bonnies Ranch gebracht, in die geschlossene Abteilung. Da habe ich ihn auch noch mal gesehen, das hatte ich nur vergessen. Aber jetzt erinnere ich mich. In Afghana vergisst man nichts. In Afghana kommt alles an den Tag. In Afghana sind alle Bilder echt. Auch wenn sie wie Filme aussehen. Sie kommen aus dem Nichts und gehen wieder dahin zurück. Aber sie sind echt. Afghana ist ein Land, wo alles echt ist. Die Erinnerungen, die Gesichter, die Träume, die Hoffnungen und die Sterne.

Wir haben ihn am Sonntag besucht, weil nur am Sonntag Besuchszeit war. Im Morgenmantel lief er den Gang auf und ab. In einem gestreiften Mantel. Wie Krösus, hat Königinmutter später gesagt. „Erich, ach Erich, was machst du nur?" Geweint hat sie und er hat nichts gesagt und ich habe ihn nur angesehen und nicht einmal weinen können. O Himmel, Papa, Papa, ich konnte nicht mal weinen, obwohl ich doch so eine Heulsuse bin. Da habe ich ihn wirklich zum letzten Mal gesehen, danach nie mehr. Ich habe immer auf seine Hände gestarrt. Ich habe sie mir merken wollen, weil doch zwei Finger an jeder Hand fehlten. Seine Hände sind es, die ich nie vergessen werde. Obwohl ich jetzt wieder nicht weiß, welcher Finger an welcher Hand fehlte. Ich hatte seine Hände so gern und sein Lachen, sein lautes, verrücktes Lachen. O Papa, Papa, warum lebst du nicht mehr?

Ich liege hier auf meinem Bett in Tschaktscharan und heule. Ich sehe kein Licht mehr, ich sehe nur noch sein Gesicht. Seine Augen, seine Nase, seinen Mund. Und sein Lachen höre ich. Du musst ruhiger werden, sage ich zu mir. Hör auf, an ihn zu denken, du stirbst sonst noch. Du wirst krepieren, wenn du ihm so nahe kommst. Du bist hier nicht in Irgendwo. Ich will aber noch nicht krepieren, Papa. Ich will es wirklich nicht. Noch nicht. Vielleicht stirbt ja nur irgendetwas in mir. Irgendwas, das sterben muss, damit ich leben kann. Ich selbst bin ja im Anderswo. Ich bin ja immer im Anderswo, deshalb kann mir ja auch nichts passieren. Ich sterbe jetzt nicht. Jetzt stirbt ein anderer.

Einmal hatte ich von ihm geträumt. In Teheran. Er kam mir im Traum auf seinem Fahrrad entgegen. Mein Vater, auf seinem blauen Fahrrad, mit dem er immer zur Arbeit fuhr. Er hatte auf mich gewartet und nun bettelte er mich an. Ich solle ihm etwas geben, sagte er, irgendetwas. Ich konnte ihm aber nichts geben, ich hatte ja selbst nichts. Dann zog er eine Pistole und drohte mir, mich zu erschießen, wenn ich ihm nichts geben würde. Ich habe mich einfach umgedreht und ihn stehen lassen und bin weggelaufen und er hat nicht geschossen.

Es wird immer heller. Heute wird alles gut werden. Immer ist ein Tag gut und dann ein Tag weniger gut. Das ist ein Gesetz. Man sollte sich aber nicht darauf verlassen. Ich glaube, man sollte sich auf gar nichts verlassen.

Sie haben ihn dann in ein katholisches Krankenhaus verlegt. In ein Hospiz oder so etwas, in ein Sterbehaus. Sie haben ihn am Bett festbinden müssen, weil er sich sonst aus dem Fenster gestürzt hätte. Im Zuckerschock macht man so etwas, hat Königinmutter gesagt. Die Schwestern waren gut zu ihm. Sie waren bei ihm, hat Königinmutter gesagt, die ganze Nacht. Hoffentlich. Am frühen Morgen ist er dann gestorben. Papa, ich hätte dir so gerne geholfen, ich hätte dir gerne etwas gegeben. Aber ich konnte dir doch nichts geben. Ich war doch noch ein Kind, ich hatte doch selber nichts.

Es ist nun hell. Das Morgenlicht fällt durch das Fenster. Ich bleibe noch etwas liegen. Gott wird für mich sorgen. Ich weiß es. Gott ist gut. Gott ist besser als die Menschen. Aber es sind nicht alle schlecht. Sigi würde mich immer beschützen. Sigi ist mein Freund, genauso wie Stopper mein Freund ist. Ich habe jetzt keine Angst mehr. Ich bleibe noch ein paar Minuten liegen, so lange, bis das Licht ganz da ist, und dann werde ich mit George und Sigi und Kim zum Markt gehen und wir werden die Pferde verkaufen. Dann fliegen wir zurück nach Herat. Dann ist es nicht mehr weit bis nach Haus.

Ich schlafe jetzt noch ein bisschen, nicht lange, nur ein paar Minuten, und träume von dir und sehe dein Gesicht und muss noch nicht sterben.

Sie schliefen noch. Ich ging hinunter zum Fluss. Er hatte nicht viel Wasser, aber es war genug, um mich zu waschen. Hose und Hemd ließ ich auf der Anhöhe liegen und ging bis zu den Knöcheln hinein. Ich wusch mich vom Kopf bis zu den Füßen. Dann brach ich mir einen jungen Trieb von dem Baum am Ufer ab und schälte die Rinde mit den Fingernägeln. Damit putzte ich mir die Zähne. Danach zog ich mich wieder an und kletterte zur Straße hinauf. Es war die einzige, die durch Tschaktscharan ging. Ich lief in die Stadt hinein, vorbei an den Lehmhütten, wollte zum Viehmarkt, da, wo wir gestern die Pferde abgestellt hatten. Ich lief immer schneller. Es musste vier oder fünf Uhr früh sein, die Sonne begann gerade aufzugehen.

Ein paar Afghanen kamen mir auf ihren Maultieren entgegen. Sie beachteten mich nicht. An einer Teeküche blieb ich stehen, weil ich den Rauch sah, der aus dem Ofenabzug stieg. Ein Afghane lag vor der Tür auf einer Matte und drinnen auf dem Herd sah ich einen alten verrosteten Wasserkessel auf dem Feuer. Als ich näher trat, wurde der Mann wach, stand sofort auf und ging wortlos zum Herd. Er goss mir, ohne dass ich ihn darum bitten musste, etwas heißes Wasser in ein Glas. Es war schmutzig, aber es schwammen ein paar Teeblätter darin. Er legte zwei Stückchen Zucker dazu und ich steckte sie in den Mund und trank den heißen Tee. Der Mann sah mir zu. Wir wechselten kein einziges Wort. Der Tee war gut und als ich das Glas wieder absetzte, schmeckte ich noch den Zucker an meinen Lippen. Ich legte zwei Afs auf den Tisch und sagte: „Taschakor." Dann ging ich schnell hinaus.

Er war wohl froh, als ich ging. Er legte sich gleich wieder auf seine Matte zurück.

Die Straße war noch leer. Die Sonne kroch langsam über dem Hinterland hoch. Es war schon so heiß wie am Nachmittag zuvor. Ich spürte meine Füße im Staub der Straße. Der Staub hatte sich in Sekunden auf meine Hände, mein Gesicht und den Nacken gelegt. Mein Kopf schmerzte, aber das Wasser im Fluss und der Tee hatten mir gut getan. Ich fühlte mich nur etwas müde, aber nicht schlecht. Überall lagen Männer auf dem Gehsteig. Zusammengeringelt, wie schlafende Tiere. Ihre Jacketts und Kittel benutzten sie als Decken und ihre Turbane als Kopfkissen. Sie schliefen einfach dort, wo sie tagsüber gesessen hatten, da, wo sie arbeiteten.

Es war schön still. Unten am Fluss sah ich ein paar Rinder stehen. Der Wind ging lau durch die Blätter der kleinen Silberbäumchen, die am Straßenrand standen. Sie verwendeten das Holz der Bäume als Brennmaterial, ich konnte es riechen. Jetzt warfen sie ihre Öfen an. Ich mochte den Geruch von verbranntem Holz. Ich mochte auch ihre Grillplätze, ihre Picknicks. Bei Bamiyan hatten wir das Picknick eines hohen Regierungsbeamten gesehen. Sigi und ich hatten uns unweit der Straße herumgetrieben und so getan, als warteten wir auf irgendetwas. Sie hatten Teppiche auf dem Rasen ausgebreitet und sich in einen großen Kreis gesetzt. Dann kamen Soldaten in Uniformen und brachten Hammelstücke und Reis und Obst und Tee. Alles in kleinen Schalen. Sie aßen stundenlang. Der Regierungsbeamte war ihr Gastgeber und die Männer aus dem Dorf waren seine Gäste. Ich habe keine einzige Frau gesehen. Sie saßen zusammen und aßen und tranken und dann lauschten sie auf den Jungen, der die Djambura spielte. Sie machten es so, wie es ihre Väter und Großväter vor Tausenden von Jahren gemacht hatten.

Ich musste an dem Schlachter vorbei, das hatte ich mir merken können, weil er eine Ziege enthäutet hatte. Sie hing noch immer kopfunter, war aber gänzlich von der Haut befreit. Sie hing mit den Hinterläufen an ihrem Haken und blutete aus.

Dann lief ich die Gasse noch etwa zweihundert Meter weiter bis zu einer Tür, die in den Viehmarkt führte. Ich öffnete sie und ging hinein, dann stand ich in dem riesigen Hof, in dem die Tiere schliefen. Es stank entsetzlich. Hunderte Kamele und Ziegen und Schafe lagen hier. Zum Glück war kein Mensch zu sehen. Ich wusste nicht, was ich hier wollte. Vielleicht wollte ich die Stute sehen. Sie war mit den anderen Pferden in den Stallungen untergebracht, die sich links von mir in der Ecke des Hofes befanden. Ein Junge mit einem Eimer kam heraus und sah zu mir herüber. Ich winkte ihm zu. Er ging zu dem einzigen Brunnen, der sich etwa zehn Meter neben den Stallungen befand, und ließ den Eimer hinein. Dann wartete er ein paar Sekunden und zog ihn wieder hoch. Er ging wieder in den Stall zurück, drehte sich nicht mehr um.

Ich lief über den ganzen Platz. An schlafenden Ochsen und Rindern vorbei. Ich vermied es, durch den Kot der Tiere zu stapfen oder an sie heranzugehen. Als ich auf der anderen Seite war, kam ich an einer Gruppe Maultiere vorbei, die zusammen an der Mauer angeleint waren. Ich wusste, wenn ich mich jetzt rechts hielte, kämen die Lager für die Sättel und Trensen der Pferde und dann die Zelte, wo sie das Werkzeug und die Seile für die gesamte Karawanserei aufbewahrten, und ginge ich dann noch weiter, käme ich zu den Stellagen mit den Käfigen. Ich nahm den Weg zu den Stellagen, ging an den Zelten vorbei, weiter bis zu den Holztischen, die längst, an der Mauer aufgebaut waren. Sie waren von einer kleinen Markise überdacht.

Bestimmt zwanzig Käfige standen auf den Regalen. Sie waren mit Tüchern verhängt. Ich war bei den Kampfvögeln gelandet.

Gestern hatten wir die Männer mit den Vögeln beobachtet. Wie sie sie geputzt und versorgt hatten. Wie sie ihnen immer wieder über die Federn gestrichen hatten, wie liebevoll sie mit ihnen umgegangen waren. Sie pflegten und trainierten die Hühner, sie hielten sie für die Kämpfe fit. Später hatten wir uns unter die Männer gemischt und einem Kampf zugesehen.

Ich ging von einem Käfig zum anderen. Ich wusste, dass es sehr gefährlich war. Es hätte sein können, dass gleich einer der Männer aus den Zelten kam und mich hier bei den Tischen überraschte. Kein Mensch hätte mir geglaubt, dass ich sie nur anschauen, aber nicht stehlen wollte. Bis auf die Geräusche aus den Stallungen blieb alles ruhig. Die Tücher waren mit Kreisen und Linien verziert. Ich wusste, dass sie die Käfige nur verhängten, um die Vögel vor dem Sonnenlicht und den Insekten zu schützen. Beim letzten Käfig lupfte ich das Tuch ein bisschen. Irgendetwas drängte mich dazu. Schließlich zog ich es ganz hoch und sah den Kopf von dem Vogel. Ich will ihn nicht stehlen, wirklich nicht, dachte ich. Ich will ihn auch nicht aus dem Käfig nehmen. Ich will ihn nur ein bisschen ansehen.

Er hatte einen schönen Kopf mit einem blutroten Schnabel und einer weißen Blesse, die ihm bis auf die Brust ging. Seine Augen waren feuerrot und er hatte, wie die Krieger, eine schwarze Umrandung um die Augen, wie mit Grafit bemalt. Seine Pupillen waren tiefschwarz. Sein Gefieder war blau und seine Federn wirkten so, als würde er eher schwimmen als fliegen können. Es war ein Kauk, ein Kampfvogel.

Sie dressieren sie, sagte ich zu mir selbst. Sie fangen sie mit dem Netz ein und trainieren sie. Sie lassen sie nicht singen, um ihre Stimmen zu hören, sie singen überhaupt nicht. Es sind Kampfhühner, Killervögel.

Ich sah dem Vogel in die Augen. Da war nichts, was ich sah. Es war wirklich nichts. Seine Augen waren klar und schön und doch sah ich nicht weiter als bis auf die Oberfläche seiner Pupillen. Sie waren ein bisschen erweitert, vielleicht war er aufgeregt, weil ich ihm fremd war. Er wirkte verloren und einsam. Aber im Grunde war er nichts als ein ziemlich dickes Rebhuhn. Seine Flügel hatten ein sehr schönes Muster, seine Krallen waren ziemliche Hauer, er hatte ganz enorme Greifer und gespitzte Krallen. Es sind nur die Männchen, die sie ausbilden, hatte ich gehört. Jeder Vogel hat einen Trainer. Die sind immer für sie da. Die Vögel haben genug Platz in den Käfigen. Sie können sich gut darin bewegen. Sie bekommen Futter und die Trainer sorgen sich um sie.

Aber sie werden für den Kampf ausgebildet. Sie müssen kämpfen. Immer. Ein Leben lang. Vor dem Kampf bekommen sie ein paar Tage lang nichts als Wasser. Und wenn es dann so weit ist, werden sie in den Kreis getragen und die Trainer nehmen die Tücher ab. Dann ziehen sie ihnen den Boden unter den Füßen fort und nehmen den Käfig hoch. Die Vögel stürzen sich sofort auf den Gegner. Mit Schnabelhieben und Flügelschlägen versuchen sie ihn zu besiegen. Sie können enorme Sprünge machen, Sprünge, die kein Mensch je zuvor gesehen hat. Sie sind Krieger. Sie lernen zu täuschen und zu tarnen. Ich hasse die Krieger. Ich werde niemals kämpfen.

Als ich weiterging, lupfte ich bei jedem Käfig das Tuch und aus jedem Käfig sahen mich ein paar kalte Augenpaare an. Es standen so viele nebeneinander, dass ich sie nicht mehr zählen konnte.

Dann ging ich zum ersten Korb zurück und nahm das Tuch ab. Ich wusste nicht, warum ich es tat. Ich stellte den Käfig auf die Erde. Der Vogel blieb ruhig. Er sah meinen Bewegungen zu. Sein Kopf ruckte hin und her. Ich beugte mich zu ihm hinunter und fand die Verankerung der Bodenplatte, direkt neben dem Einstiegsloch, wo das Wassernäpfchen hing. Ein Hölzchen hielt die Bodenplatte. Ich zog es heraus und nahm sie langsam unter dem Käfig weg. Der Vogel stand nun auf der Erde. Es war ein kräftiges Tier, fast so groß wie ein Papagei, nur etwas fetter. Sein Kopf ging hin und her. Als ich den Käfig hochnahm, merkte ich, wie federleicht er war. Sein Weidengeflecht machte ihn so leicht. Ich sah mich noch einmal um, es war immer noch niemand zu sehen.

Der Vogel war jetzt frei. Er hätte wegfliegen können. Er hätte tun können, was er wollte. Er rührte sich nicht. Er blickte nur hin und her, flog aber nicht weg. Er machte auch keine Anstalten wegzulaufen. Ich ging einen halben Meter zur Seite.

Er kann gar nicht fliegen, dachte ich plötzlich. O Himmel, und wenn er es könnte, er würde es nicht tun. Er kann nicht fliegen, er kann nur kämpfen.

Ich stellte den Käfig schnell wieder über ihn, schob die Bodenplatte darunter und der Vogel sprang sofort an seinen alten Platz. Durch die Gitterstäbe beobachtete er mich. Ich verankerte das Scharnier an der Bodenplatte und stellte den Käfig auf die Holzstellage zurück. Dann deckte ich das Tuch darüber. Ich hatte zuletzt seine Augen gesehen, feuerrot und schwarz umrandet.

In dem Moment, als ich wieder beim Stall war, kam der Junge heraus. Er kam auf mich zu und boxte mir mit seinen Dreckpfoten auf den Oberarm, so wie es die Jungs bei uns im Kiez machten. Immer wieder, bestimmt drei-, viermal machte er das, und ich boxte zurück. Er hatte ein nettes, dummes Gesicht, trug eine Pagenfrisur und einen erbärmlichen Kittel, der ihm bis zu den Füßen ging. Wir scherzten dann noch eine Weile miteinander und dann ging ich mit ihm in die Box, zur Stute hinein. Sie stand in einer Lache aus Stroh und Kot, das ihr bis zu den Knöcheln ging. Sie blickte zu mir hoch, als sie mich an der Stimme erkannte. Ich besah mir ihre Wunde. Der Kick war schon fast verheilt. Ich ließ mir von dem Jungen etwas Stroh geben und dann begann ich, sie damit abzustriegeln. Immer vom Hals weg, immer über den ganzen Rücken. Ich strich ihr das Stroh bis zu den Hinterläufen und immer wieder zurück. Sie mochte es.

Als ich den Markt verließ, stand die Sonne schon hoch am Himmel. Die Reiter drängten sich in den Hof. Aus den Kehlen der Tiere erklang der Ruf nach Futter und nach Wasser. Du wirst leben, dachte ich, du brauchst dir nur selbst zu folgen. Also lass sie stehen und geh deinen eigenen Weg.

Vor dem Gästehaus standen George und Kim und Sigi an der angrenzenden Felswand und starrten auf einen Stein.

„Wo warst du?“, fragte Sigi. Er stand hinter George und Kim.

„Ich war auf dem Viehmarkt. Wir sollten uns beeilen“, antwortete ich.

Ich hatte keine Lust, mit ihnen vor dieser Wand zu kleben, und ging in mein Zimmer. Dort rollte ich meinen Schlafsack ein, nahm die Teppichtasche und ging wieder hinaus. Sie waren immer noch bei dem Felsen. Wahrscheinlich hatten sie Gold oder irgendwelche wertvollen Mineralien gefunden.

„Yes, that is writing. I'm sure about that. From long before the birth of Christ. Aremenic symbols.“

„Was sagt er?“, fragte ich.

„Es sind Schriftzeichen. Aramäische Schriftzeichen, weit vor Christi Geburt gemalt.“ Sie waren völlig aus dem Häuschen. Ich ging zu ihnen hinüber und sah ihnen über die Schultern. In der Wand war ein Spalt und in dem Spalt war ein Stein, der anders war als die anderen, und auf diesem Stein waren tatsächlich ein paar Schriftzeichen zu sehen.

„Bist du sicher?“, fragte ich George.

„Yes, totally. This is the earliest form of writing I've ever come across. It could be proved."

„Er sagt, es seien wirklich die frühesten Schriftzeichen, die er je gesehen hätte." Sigi war ganz aufgeregt. „Was glaubst du, was sie bedeuten, George?"

„If I only knew! But it certainly is fascinating", antwortete er.

„Yes, fascinating." Kim war ebenso fasziniert von der Schrift.

„Und was bedeutet dieses Wort da unten?" Ich zeigte auf ein kleines Graffito, das ich unterhalb des Steines sah. „Da steht etwas in Deutsch."

George starrte nach unten auf das Wort und sagte dann langsam: „Yes, it's German. They probably added that later. It's fascinating."

„Was meinst du damit, sie haben es später darunter gesetzt? Da steht eindeutig ‚wähle'."

Sigi lachte los. „Und darunter steht ‚Siemens'", sagte er und wies auf die Stelle.

Es war kaum zu erkennen, aber es stimmte. Da stand eindeutig in deutscher Schrift: „Wähle – Siemens!"

„Schade, dass wir keinen Fotoapparat dabei haben", sagte ich und musste nun auch lachen.

„What?"

„Yes, look George, their are some other words, maybe two thousand years later."

Wähle, steht da, verdammt noch mal. Wähle – Siemens. Von wegen aramäische Schriftzeichen. Ich hatte jetzt genug. Wir hatten keine Zeit mehr.

„What?"

„Übersetz es ihm, Sigi."

„Count, or … decide, ja, yes, decide …"

Sigi suchte nach den englischen Worten, musste aber immer lachen und er traute sich nicht, George den ganzen Mist zu übersetzen.

„What does it say?"

„It's a German Telefon company", antwortete ich.

„What?"

„A Telefon company."

Wir beließen es dabei und stiefelten los. Es dauerte eine ganze Weile, bis wir George alles erklärt hatten. Dann lachten wir den ganzen Weg über unsere „Schriftzeichen" und ich hatte meine Freunde sehr gern in diesem Augenblick.

Auf der Straße zum Viehmarkt fiel mir Islam Qala ein, der Grenzübergang, der vor der iranischen Seite lag. Ich dachte an Christina und plötzlich sah ich ihr Gesicht. Vielleicht werden wir uns ja doch wieder sehen, dachte ich, irgendwo, wer weiß. Für einen Augenblick ging es mir wirklich gut.

Als wir unsere Pferde aus dem Stall herausgeführt hatten und mit ihnen in die Mitte des Marktes liefen, glaubten wir nicht, dass wir auch nur das Fitzelchen einer Chance hätten, sie zu verkaufen. Wir wollten es aber unbedingt bis zum Mittag hinter uns gebracht haben.

Auf dem Markt gab so etwas wie einen Einparker. Er war ein großer, alter Afghane, der für die Einteilung und Versorgung der Tiere zuständig war. Ohne ihn lief nichts in dem Hof. Mit seinem langen bestickten Zaubermantel und dem weißen Bart, der ihm bis auf die Brust ging, sah er sehr biblisch aus.

Wir standen mit unseren Pferden vor ihm und er taxierte erst uns, dann die Gäule, dann das Sattelzeug und dann schrie er ein bisschen in alle vier Winde und gab die Pferde zum Verkauf frei. Er verfügte über die Macht, die man braucht, um in Tschaktscharan etwas auf dem Viehmarkt zu verkaufen.

„Wir müssen an die normalen Typen ran", sagte ich, als ich merkte, dass nichts weiter geschah. „Wir müssen mit ihnen richtig reden."

„Wie denn?" Sigi glaubte nicht daran. Aber ich verspürte mit einem Mal eine unglaubliche Energie. Ich spürte, dass es etwas anderes gab, dass ich nur über meinen Schatten springen müsste und an mich selber glauben und an den verdammten Wunsch, endlich einen Meter voran zu kommen. Dann würde es gelingen. Ich war mir ganz sicher.

Wir standen also mit den Pferden mitten im Zentrum des Marktes und Reiter tobten um uns herum. Einige Männer trieben Schafe von links nach rechts, andere zerrten an ihren Rindern, aber die meisten standen nur so da, in Gruppen oder allein, sahen dem Treiben zu und schwatzten und lachten. Wir waren in ihrer Mitte, aber wir gehörten nicht zu ihnen, wir wurden nicht gebraucht.

Ich musste plötzlich an Klinker-Eisen denken, an Hein und an Schütters und an die Jungs, die wahrscheinlich im Moment an ihren Telefonen saßen und Tonnen von Stahl und BSTG-Matten nach irgendwo verkauften. Sie hätten es wahrscheinlich besser gemacht.

Ich sah plötzlich Schwalbe vor mir. „Lachmann, Sie haben keine Haltung. Sie kämpfen nicht. Sie sind verträumt. Sie verschlafen Ihr Leben. Ich verstehe Sie nicht. Haben Sie irgendeine Taktik? Warten Sie auf ein Wunder? Meine Tochter könnte das ja besser. Sie wollen einfach nicht, das ist der Punkt. Ich weiß das, Sie wollen nicht."

Schwalbe hatte Recht. Verdammt. Aber was sollte ich denn wollen? Ja, er hatte Recht, ich wollte ihren Stahl-Schwachsinn nicht. Ich wollte nicht ein Leben lang hinter Telefonen und Fernschreibern verbringen. Ich weiß nicht, was ich bei Klinker gewollt hatte. Vielleicht wollte ich damals nur Ruhe.

Wir standen da und glotzten auf den Irrsinn, der um uns herum tobte. Die Stute hatte ihren Kopf an meinen Rücken gelehnt und Sigis Hengst sah ganz kümmerlich aus. So kommen wir hier nie raus, dachte ich. Wir werden sie eher verschenken müssen, oder aufessen, damit sie keiner dieser Tierschinder zu Tode hetzen kann. Vielleicht war ich wirklich nur ein verdammter Träumer.

Sigi war verstummt, George war es peinlich, so herumzustehen, und Kim sah völlig verzweifelt aus. Wenn wir so wenig offensiv an sie herangehen, dachte ich, dann werden wir hier noch tagelang stehen, weil sie sich dann nämlich an uns gewöhnt haben.

„Let's do something, let's do it", schrie ich plötzlich. „Los, Sigi, sprich einen an. Sie müssen wissen, dass wir etwas von ihnen wollen. Schnapp dir die Typen mit den Fellmützen. Den da hinten zum Beispiel."

Ein paar Afghanen hatten schon die ganze Zeit zu uns herübergesehen, aber sie hatten sich nicht getraut, näher zu kommen. Ich sah einen kleinen Mann, der ziemlich gebildet wirkte. Er trug ein westliches Jackett und eine dieser Astrachanfellmützen, diese Kappen, die sie in den größeren Städten trugen. Er sah immer wieder zu mir hin, aber er war wohl wirklich zu schüchtern um zu uns herüberzukommen.

„Hey", rief Sigi zaghaft, „hey, people, this are horses, do you understand?

George musste lachen. Kim lachte auch. Es war ziemlich peinlich, aber wir machten wenigstens einen Versuch.

„Come on, let's try it, for heaven's sake!", fluchte George plötzlich. Er hatte auch genug.

Wir machten endlich unseren Laden auf. Die Pferde ein wenig aufgeputzt. Die Sättel hatten wir in der Eile mit Öl getränkt und die Trensen mit rohen Fleischfetzen eingeschmiert. So hatten sie wenigstens etwas Glanz. Sie trugen unsere ganze erbärmliche Ausrüstung, wollten damit etwas her machen.

„Tsche ha dared?"

George fing an. Es kramte einfach ein paar Farsi-Vokabeln zusammen und sagte sie vor sich hin. Sein Einfall war gut. Wir machten mit. Erst zögernd, aber dann immer lauter. Wir schrien sämtliche Worte, die wir von den Afghanen aus den Teestuben her kannten. Wir sagten sozusagen unser Verslein auf. Wir waren in diesem Moment so etwas wie die Heiligen Drei Könige, hatten bloß nichts zu verschenken und hofften auf den Segen Gottes, damit sie für unsere Präsente bezahlten. Sigi, der Blinde, George, der König Nebukadnezar, und Kim, der schwarze Sklave aus Mesopotamien. Ich schwankte noch zwischen Gottes Sohn und Erzengel Gabriel, stieg wieder ein und schrie: „Nab goschnah schodam."

„Ich habe Hunger."

„Tschand khimat darad in?", schrie Kim.

„Was kostet das?"

„Lutfan, gris kari namudan", schrie Sigi.

Das war schon sehr gewagt, denn „Lutfan, gris kari namudan" bedeutete: „Bitte abschmieren." Aber sie hörten uns zu. Wir legten mit der ganzen Palette unserer Farsi-Kenntnisse los und die Afghanen blieben mit offenem Mund stehen, sie waren wirklich verblüfft, ich schwöre es.

Ich glaube, sie nahmen uns zum ersten Mal richtig wahr. Sie sahen, dass wir da mit vier erbärmlichen Schindmähren standen, die wir verkaufen wollten, und dass wir sie dazu brauchten. Wir mussten hier raus, koste es, was es wolle. Wir wollten ihnen ja keinen Mist andrehen.

Und dann machte ich endlich eine Tür auf, ich kämpfte plötzlich. Ich legte richtig los. Ich kämpfte darum, die Stute loszuwerden. Ich dachte in diesem Augenblick weder an Hühner noch an Hundekämpfe, weder an Berlin noch an irgendwas. Auch nicht an Königinmutter oder Herbert oder Oma Mimchen. Ich war in diesem Moment nur noch Paul Lachmann, der Krieger!

Der Biblische dirigierte dann ein paar von ihnen zu uns. Er schubste sie ein bisschen an, weil sie noch nicht so richtig wollten, und sie kamen zögernd auf uns zu. Erst wie unabsichtlich, dann immer zielbewusster ritten sie hautnah an uns vorbei. Sie begannen wieder mal eines ihrer verdammten Spiele und hätte ich nicht ein ganzes Jahrhundert mit ihnen verbracht, hätte ich nicht meinen geschundenen Körper auf einem ihrer Tiere verbraucht, hätte ich nicht meinen Arsch wegen ihrer Wege dermaßen durchgeritten, dass er mir wie eine Erblast am Rückgrat hing, dann hätten sie mich eventuell mit ihrem Hoppeldihoppel beeindrucken können. Aber so nicht.

Der Hof war mittlerweile überfüllt. Es war ein unglaubliches Auf- und Abgaloppieren und ein immer lauteres Grunzen und Gestöhne der Tiere, die nun der Sonne völlig ausgeliefert waren.

„Denk an die Filzkappe, Sigi. Geh nicht an die Bauern", rief ich.

Der alte Afghane brachte Kim einen Käufer, einen verhärmten Bauern, der an Kims Wallach wirklich interessiert war.

Dann waren wir von einem Dutzend Männern umringt. Plötzlich interessierten sie sich für unsere Pferde, klopften ihnen die Fesseln ab und nahmen ihnen die Trensen aus dem Maul. Sie sahen unter die Mähnen und pulten ihnen in den Ohren herum. Wir ließen sie machen. Die ganze Prozedur verlief wie in Panjau, nur waren sie diesmal die Käufer und wir waren die Profis.

„Führ ihnen deinen Hengst vor, Sigi. Zeig ihnen, wie er läuft", schrie ich ihm zu. Ich weiß nicht, was mich plötzlich so in Form brachte.

„Heavens, it's disgraceful, they're not buying them. Perhaps we should ride on to Herat after all." George glaubte es immer noch nicht.

„George, es geht", rief ich ihm zu. „Es geht wirklich, du wirst sehen."

Und dann machten wir weiter mit unseren Unsinn in Farsi.

Keiner von den Männern lachte, aber sie blieben stehen. Sie durchschauten unser Spiel, sie sahen, dass wir in Ordnung waren. Sie sahen, dass wir ihre Hilfe brauchten, uns aber nicht vor ihnen bückten. Sie hatten auch nichts zu verschenken.

Und dann stand plötzlich die Filzkappe vor mir. Dieser

schmächtige Mann mit Schnurrbart und westlichem Jackett. Er gehörte zu den Afghanen, die lesen und schreiben können, das sah ich sofort, und nicht nur, weil er eine Brille trug.

„I am a teacher“, sagte er in gebrochenem Englisch. Es war ihm unangenehm, mir etwas abkaufen zu wollen. Ich rückte der Stute die Decke zurecht. „Lass ihn bloß nicht die Wunde sehen, jetzt nicht“, sagte ich zu mir selbst. „Sei einmal gescheit.“

Wir plauderten ein bisschen und ich blieb so gelassen wie möglich, um ihn nicht zu vertreiben. Er fragte mich nach Deutschland und sagte, dass er mich beneidete. Es war mir peinlich, dass er mir so etwas sagte. Er war ein feiner Mann, er hatte bestimmt eine große Tochter und ... Ich verbot mir im selben Moment weiterzuspinnen. Er war ein feiner Mann und ich wollte ihm nur mein Pferd verkaufen.

„1000 Afs?“, fragte ich.

Er sagte weder ja noch nein. Er sagte, er wolle zu einer Hochzeit nach Herat. Und dann sprachen wir über seine Schule und die Schulzeit und ich wette, Hein und Schütters hätten ihre Freude an mir gehabt.

Obwohl ich nicht für mich warb, kaufte er mir schließlich die Stute ab. Irgendwann sagte er einfach: „Yes.“ 1000 Afs gab er mir für die Stute und nahm den Fuchs von George noch dazu. Als Packpferd. So könne er die vielen Geschenke nach Herat besser transportieren. 500 Afghani nahm ich ihm für den Fuchs ab.

Ich kämpfte zum ersten Mal, ohne zu siegen, und ich hatte damit Erfolg. Ich hatte von dem Mann mit der Filzkappe das bekommen, was ich für die Stute bezahlt hatte.

Als der Mann dann zehn Meter von uns entfernt war, sah ich noch einmal das Hinterteil von der Stute, sah den Holzsattel, dem ich meine Zyste zu verdanken hatte, und wusste, dass wir es jetzt geschafft hatten. Ich hatte 1000

Afghani verdient und 350 Afs sollte der Flug nach Herat kosten. Wir hatten alle unsere Pferde verkauft und ich war von uns der Starverkäufer gewesen. Wir würden zusammenlegen und wir würden es nach Istanbul schaffen.

Wir zahlten dem alten Afghanen ein paar Afs für seine Vermittlung und dann liefen wir noch einmal über den ganzen Hof und verabschiedeten uns von jedem, der uns ansah. Als die Tür hinter uns zufiel, lagen alle Viehmärkte der ostasiatischen Welt hinter uns.

Ich fliege. Ich sehe die Seitenruder auf den Tragflächen der Flügel durch das kleine Rundfenster. Sie klappen auf und ab. Mir ist schwindelig. Ich starre an ihnen vorbei, hinunter auf das weite Land. Ich sehe den Schatten unseres Flugzeugs. Es ist eine Fokker, sie hat zwei Motoren. Sie muss uralt sein, George sagt, es sei eine DC-3. Ich sehe, dass die Propeller sich drehen, und das beruhigt mich. Draußen geht ein enormer Wind, wahrscheinlich der Hundertzwanzigtagewind, der nach Süden fegt. Die Tragflächen der kleinen Maschine wackeln auf und ab. Mir ist sauschlecht, aber ich fliege. Neben mir sitzt Sigi. Ich bin froh, nicht allein zu sein. Die Sitze sind so eng, dass ich mit meinen Knien an den Vordersitz anstoße. Die Teppichtasche habe ich über mir in der Ablage verstaut. Die Stiefel müssen entsetzlich stinken, aber ich wollte sie nicht zurücklassen. Sie haben mich immerhin durch dieses Land getragen. Die Stiefel und die Kürbisflasche und die Teppichtasche, mehr ist es nicht, was ich mitnehme nach Hause.

Vor mir sitzen Kim und George und in der Reihe vor ihnen sitzt ein Afghane im Anzug. Er ist der Sohn des Gouverneurs von Herat. Wir sind die einzigen Fluggäste. George spricht mit ihm. Ich sehe, wie der Junge sich immer wieder zu George umdreht. Die Tür zum Cockpit ist offen, ich kann das Armaturenbrett sehen. Sie sind zu zweit, sie reden in Farsi und mal in Englisch und manchmal auch in Russisch. Sie lachen und rauchen. Es scheint leicht zu sein, ein Flugzeug zu fliegen, ich habe keine Angst mehr.

Innerhalb von Sekunden waren wir in der Luft. Ich konnte gar nicht so schnell schauen, wie wir hinaufstiegen. Tief unter uns sehe ich die Flussläufe und die Wege, sie sehen aus wie Adern, die sich durch die Erde graben. Sie laufen mal in Wellen und dann wieder in geraden Linien. Es sind Spuren. Ich werde diese Wege niemals vergessen.

Ich sehe zu den Bergen. Sie sind ockerfarben und wenn die Wolken drüber ziehen, wechseln die Farben. Wie riesige Sanddünen sehen sie dann aus, als könnten sie wandern, aber es täuscht, wir sind die Wanderer. Und dann das viele Geröll, ich könnte die Steine von hier oben zählen, aber es wäre wirklich schade um die Zeit. Weiß und grau und blau leuchten die Steine und hin und wieder erscheint ein bisschen Grün, das sind die kleinen Oasen. Ich könnte tagelang davon träumen, aber auch das wäre jetzt schade um die Zeit.

Dann sehe ich ein Qala. Von oben sehen die Wehrburgen viel mächtiger aus. Ich muss an unsere Schlacht mit den Pferden denken, sehe mein altes Kinderfort. Dann die weißen Dächer der Lehmhäuser. Hütchendächer. Das Ocker der Felder, das Weiß der Häuser und das Rotbraun der Berge. Und über allem der weißgelbe Sand. Hin und wieder taucht ein mächtiger Schatten auf, fegt für Sekunden über das Land, flitzt über die Bäumchen hinweg und sie senken für Sekunden ihre Köpfe, sie neigen sich im Wind und dann stehen sie wieder aufrecht. Die Wolken ziehen über uns hinweg. Vielleicht werden wir sie noch erreichen, wenn wir höher steigen.

„Was meinst du, Sigi, erreichen wir noch die Wolken?“, frage ich ihn.

Er lacht. Auch für ihn ging alles viel zu schnell. George hatte ein Gadi angehalten und wir waren mit der Droschke direkt bis zum Flughafen gefahren. Dann hatte er diesen Jungen im Anzug angesprochen und der hatte uns bereitwillig geholfen, die Tickets gekauft und alles Notwendige für den Flug in die Wege geleitet. Wir hatten einfach Glück gehabt.

Endlich hatte George sein Schreiben vom Vizekonsul vorzeigen können, endlich hatte es auch jemand gelesen. Er war richtig stolz auf sich, als wir die Tickets in den Händen hielten. Es war so, als hätte das Flugzeug auf uns gewartet.

Ich sehe durch das Fenster hinunter auf das weite Land. Da hinter uns liegt Tschaktscharan und da sind ein paar Siedlungen und da ... Wir tauchen in eine Wolkendecke, sie begleitet uns.

Ich muss an Vater denken. Als Kind bin ich so oft wie möglich in den Schlosspark gerannt, weil die Wolken dort besser zu sehen waren. Sie waren dort vollkommen anders als am Himmel über den Straßen. Sie hingen freier am Himmel und der war sehr blau. Jedenfalls bildete ich mir das ein. Ich legte mich auf die Wiese vor dem Teehaus und sah hinauf in die Wolken. Und dann konnte ich ihn sehen. Meinen Vater. Er saß auf einem Stuhl und schaute zu mir herunter. Ich wunderte mich, dass ihn sonst niemand sah, nur ich. Er saß auf einer dicken, fetten Wolke und fiel nicht herunter. Stundenlang habe ich so auf der Wiese gelegen und erst wenn ich die Gewissheit hatte, dass es ihm auch da oben gut ginge, bin ich wieder nach Hause gelaufen.

Die Maschine wackelt. Ich sehe es an den Flügeln, sie wippen auf und ab. Der Krach ist enorm. Die beiden Propeller arbeiten regelmäßig. Ich starre mal nach rechts und mal nach links. Ich will ein bisschen darauf achten. Das kann ja nicht schaden. Sollte einer von den Propellern ausfallen, würde ich die beiden Typen im Cockpit darauf aufmerksam machen.

Stopper und ich hatten sein Grab gesucht. Wir waren nach Neukölln in die Hermannstraße gefahren, wir sind über den ganzen Friedhof gelaufen und dann quer durch die Reihen der Gräber. Immer rauf und runter, aber sein

Grab war einfach nicht mehr zu finden. Es war nicht mehr da. Ich bin fast verrückt geworden.

„Wo haben sie ihn hingelegt?", hatte ich immer wieder geschrien. „Ich wette, diese Schweine haben ihn geklaut. Wahrscheinlich für ihre medizinischen Untersuchungen." Ich war total hysterisch.

„Quaatsch, dddas ist ddoch Bbblödsinn!", hatte Stopper geschrien. Aber ich war einfach nicht mehr zu bremsen, er musste mich richtig festhalten. Wir sind bestimmt eine volle Stunde so zwischen den Gräbern herumgerannt, bis endlich ein Friedhofsarbeiter kam und uns erklärte, dass die Toten nach zwanzig Jahren umgebettet werden.

„Es hängt vom Vertrag ab", hatte er immer wieder gesagt.

„Was denn für ein Vertrag?"

Er hatte uns alles erklärt. Mit den Gräbern und den Mietverträgen und dem Umtopfen der Urne nach zwanzig Jahren, manchmal auch schon nach zehn ... „Es hängt eben alles von dem Vertrag ab." Das hatte er immer wiederholt und gesagt, dass mein Vater nun woanders liege.

„Sigi, ich weiß jetzt, was ich will", hatte ich vor dem Abflug zu ihm gesagt.

„Ich weiß, Paul", hatte er geantwortet und mich dabei sehr ernst angesehen. „Aber du kannst es dir ja noch mal überlegen, wir haben ja noch Zeit."

Ich glaube, Sigi hatte sich Sorgen um mich gemacht, weil er mich kennt und weiß, dass ich durchziehe, was ich mir vorgenommen habe. Vielleicht hatte er sich aber auch nur Sorgen um sich selbst gemacht, weil ich nicht in Griechenland bleiben wollte.

Ich werde mein Zeug nehmen und nach Hause fahren, denke ich und starre hinunter auf das weite Land. Ich habe nicht mehr so viel Zeit. Ich will sie nutzen. Wenn sie in Griechenland bleiben wollen, sollen sie es tun. Ich werde dann allein weiterfahren. Ich werde mich ab jetzt auf mich selbst verlassen. Ich werde mich in meine eigenen Schuhe stellen. Egal wo sie bleiben wollen, ich fahre allein zurück. Mir ist nicht mehr schlecht. Meine Zähne puckern ein bisschen, aber es ist nicht mehr so schlimm. Ich sehe die Felder unter mir und weiß, dass ich meinen Vater ab heute in Ruhe lassen werde. Ich weiß es jetzt. Ich bin nicht er, ich habe noch alles vor mir. Er ist in mir, er ist ein Teil in mir, aber ich bin ich. Ich muss mich nur noch etwas mehr mit mir anfreunden, sonst werde ich immer ein anderer sein wollen, und das will ich nicht mehr. Ich will kein anderer mehr sein. Ich bin Paul Lachmann, der Sohn von Erich und Elisabeth Lachmann. Ich bin vielleicht kein Krieger, aber ich kann kämpfen. Ich werde, wenn es nötig ist, kämpfen, aber nicht mehr um jeden Preis und nicht mehr für irgendwelche Idioten und schon gar nicht gegen mich selbst. Ich habe eine Zyste und zwei offene Zahnreihen. Ich wiege maximal zweiundvierzig Kilogramm und meine Gedärme haben ein Eigenleben, aber ich habe das alles überstanden und meine Freunde haben mich nicht durchschleppen müssen.

Ich sehe auf das weite Land hinunter. Freiland. Wir werden in ein paar Minuten in Herat landen. Ich freue mich auf Herat, ich freue mich plötzlich wirklich.

„Verdammt, Sigi, wir haben doch eine Menge toller Sachen erlebt, oder?"

„Paul, Mensch, und das begreifst du jetzt erst?" Ich weiß, wie er es meint.

„Ich muss immer so viel denken", sage ich leise, aber er hat es trotzdem gehört.

„Ich weiß ja, ich bin eben anders", sagt er und dann lachen wir ein bisschen.

Ich sehe unter uns die Quadrate und Kreise und Linien in der Erde. Bald kommt Herat, bald kommen die Gärten, denke ich. Ich will noch einmal durch die Gärten gehen, noch einmal durch die lange Allee, die mit den hohen Bäumen. Und dann sehe ich plötzlich die Reiter, dort unten an den Ufern des Harirud. Sie sind ganz klein, sie gehen mit dem Fluss.

„Sigi, sieh doch ... eine Karawane, nein ... es sind doch nur ein paar Tiere!"

„Du hast Recht, es ist eine Karawane!", schreit er und George und Kim und der Sohn vom Gouverneur drehen sich zu uns um und alle starren durch unser Fenster hinaus. Der Sohn vom Gouverneur muss sich mächtig zu uns herüberbeugen, damit er alles mitbekommt, und dann sehen wir die Reiter und die Tiere und da tauchen auch schon die ersten Häuser von Herat auf und die große Allee erscheint wie eine Prachtstraße und sie führt direkt nach Herat hinein und dann sehen wir die Minarette und dort beginnen schon die Gärten.

„Mensch, Sigi, Kim, George seht doch ...!"

„Im Frühling muss es hier irre sein", sagt Sigi.

„Yes, fascinating", Kim und George sind völlig aus dem Häuschen.

„Der Harirud hat dann sicher unendlich viel Wasser", sagt Sigi noch und der Sohn vom Gouverneur nickt, als er Harirud sagt, und dann sackt die Maschine ab und der Wind schüttelt sie hin und her. Die Landebahn taucht vor uns auf und die Dächer der Lehmhäuser kommen uns entgegen. Wir setzen uns wieder auf unsere Plätze und ich sehe noch einmal durch das Fenster hinunter und sehe das Wasser vom großen Fluss und ich weiß jetzt, dass mein Vater da irgendwo liegt. Ich weiß es einfach jetzt und ich denke, es ist gut so.

In diesem Augenblick knallt die Fokker auf die Landebahn und ihre Räder berühren den Boden und ein Sonnenstrahl fetzt in mein Fenster, wir sind endlich angekommen.

Die Strecke von Herat nach Istanbul schafften wir in einer Woche. Es soll Typen gegeben haben, die es in fünf Tagen geschafft hatten, aber die waren danach nicht mehr zu gebrauchen.

Wir fuhren den ganzen Weg zurück, nur, diesmal waren wir zu viert. George war für die Tickets zuständig und Sigi, Kim und ich profitierten von seinem Organisationstalent. Die ganze verdammte Straße von Herat bis zum Grenzübergang in Islam Qala fuhren wir, vorbei an den Minaretten und vertrockneten Brunnen, an Wehrburgen, inmitten von dem ganzen Geröll der afghanischen Landschaft. Wir sahen noch einmal die vertrauten Baracken von Kohsan und dann fuhren wir weiter bis zur afghanisch-persischen Grenze. Ich klebte in meinem Sitz, die Sonne schickte uns die gewohnte Hitze und als wir dann den ersten Schlagbaum hinter uns hatten, da bemerkten wir, wie wir uns veränderten. Jedes Mal, wenn wir ab jetzt an einem Grenzübergang standen, vor einer Schranke, vor einem bewaffneten Soldaten, litt ich dieselben Höllenqualen, die ich schon auf dem Hinweg gelitten hatte. Nur ist es schlimmer, wenn man zurückwill.

Das Fieber war sowieso bei mir höher als bei meinen Freunden. Sie malten sich die Meere Griechenlands aus, aber ich sah nur noch die iranische Wüste, das war der Unterschied. Ich schwieg dazu, doch je mehr ich schwieg, je mehr ich mich in den Sitzen der stickigen Busse verkroch, desto heftiger meldeten sich meine alten Weggefährten wieder. Die Darmparasiten und Zahnbeißer hatten nur darauf gelauert. Sie griffen sich alles, was sie inwendig von mir noch bekommen konnten.

Wir überquerten die persische Grenze und stiegen in andere Busse um. Wir fuhren und fuhren. Wir lebten in diesen wenigen Tagen nur noch von der Hoffnung auf pünktliche Abfahrts- und Ankunftszeiten. Alles andere war bloßes Überleben.

Je näher wir dem Westen kamen, desto mehr verloren wir unser Lachen. Anfangs tauschten wir noch unsere Erfahrungen und Erinnerungen aus. Das änderte sich aber, je näher wir den großen Städten kamen. In den Pilgerbussen trafen wir einige wieder, die mit uns nach Afghanistan gereist waren, aber meistens entsprang dieses Wiedersehen nur unserer Fantasie und der Begeisterung für alles, was gestern war. Wir wollten uns einfach noch ein wenig davon erhalten.

Wir schliefen in denselben miesen Hotels, in denen wir schon auf dem Hinweg geschlafen hatten. Es waren die versifften, verratteten Herbergen, mit den gleichen Betten und denselben verrosteten Duschen. Nur waren wir jetzt trainierter und wir regten uns nicht mehr so auf. Der Orient war reine Nervensache, der Okzident sollte es noch werden.

Je näher wir Istanbul kamen, desto lauter wurden die Straßen, und der Alltag nahm uns wieder in Beschlag. Nur die Nächte blieben so heiß, wie wir sie vom afghanischen Hinterland her kannten. Das Wetter war der verlässlichste Faktor.

Nachdem wir Afghanistan verlassen hatten, wurde der Ton der Grenzer an den Schlagbäumen härter, und die Uniformen bekamen mehr Glanz. Je tiefer wir nach Persien vorstießen, desto höher stieg unsere Angstkurve, und wir achteten ab jetzt schon selbst darauf, dass niemand von unseren Hippies zufällig ein Dollarpiece oder einen Beutel Charras mit nach „drüben" nähme. Drüben, das war das Zauberwort. Drüben war alles, was wir noch vor uns hatten.

Wir donnerten mit Hunderten von Pilgern durch die persische Wüste. Tag und Nacht. Ich schlief nur noch im Bus. Ich lehnte mit meinem Kopf an Sigis Schulter oder er hing an meiner. Wir fuhren einmal zwei Tage und Nächte durch und hielten nur noch, um das wenige Wasser wieder herauszulassen, das wir uns durch ihre elenden Colas und Pepsis zugeführt hatten. Ich begann langsam wieder Fantasiebilder zu entwerfen.

Als wir dann endlich in Teheran ankamen, waren

wenigstens die alten Erinnerungen wieder da, und ich saß nachts in meinem Bett und hielt mich vor Zahnschmerzen und Darmkoliken mit den Händen am Gitter eines schmutzigen Bettes fest, um nicht gänzlich auszuticken. Wenigstens sah ich nun Filme aus Afghanistan. Die Buddhastatuen und auch manchmal ein Gesicht, das Christinas glich, aber ihre Kopien wurde schon merklich blasser. Noch ein paar Tage und sie würde im Museum meiner Erinnerungen stehen. Es war diese Mischung aus Angst, Schweiß und Selbstmitleid über meine erbärmliche Existenz, die mich so zittern ließ, obwohl ich doch auf dem Weg nach Haus war. Ich war wirklich nicht das, was ich mir in Tschaktscharan so stolz vorgenommen hatte zu sein. Ich hatte nur noch den Wunsch, so bald wie möglich festen Boden unter meinen Füßen zu bekommen.

In Erzurum schleppten sie mich dann zu einem Zahnarzt.

Sie konnten meine herzzerreißenden Rufe nach Buddha, Königinmutter oder dem alles kontrollierenden Herrgott nicht eine einzige Nacht mehr ertragen.

Wir nahmen eine Droschke, fuhren quer durch die Stadt und fanden einen Dentisten.

Der gute Mann hielt sich erst gar nicht mit meinen Zähnen auf, sondern machte ein EKG und entließ mich dann mit der Bitte, es nicht zu übertreiben. Mein Herz sei gut, sagte er, nur die Zahnreihen seien seiner Meinung das Heftigste, was er je in seinem ganzen Berufsleben gesehen habe, und was ich mir dabei eigentlich gedacht habe, mit dieser Trümmerlandschaft durch Asien zu reisen. Ich solle mal wieder etwas Gutes zu mir nehmen und nicht so viel denken.

Er war okay. Da wir kaum noch Geld besaßen, ließ er mich ohne Bezahlung gehen. Er war so stolz auf seine Apparate, ich musste so etwas wie der erste Versuch mit seinen Maschinen gewesen sein, sodass er kein Geld von mir verlangte. Ich hatte keinen Herzfehler, die Nadel des Aufzeichnungsgerätes war so ruhig geblieben wie das negative Ergebnis eines Lügendetektors.

In Erzurum war ich dann nur noch der Schatten meiner selbst. Ich lief an der Hand von Sigi, dessen ganze Erscheinung einem ausrangierten Gartenrechen glich. Wir waren beide zu Skeletten abgemagert, schleppten uns in immer weitere Überlandbusse und schliefen in feuchten Kellern oder auf überheizten Dächern. Wir hatten nicht einmal mehr genug Geld, um uns eine Dusche leisten zu können. Wären nicht Kim und George gewesen, hätten sie uns nicht immer wieder mit ein paar Dollars ausgeholfen, säßen wir noch heute in Ankara. Mit Blattern und Pusteln besetzt, würden wir in einer Wellblechhütte am Rande einer türkischen Hafenstadt hocken und die Briefe der Ärmsten der Armen für ihre Brüder in Deutschland übersetzen. Dem Tode näher als dem Leben.

Als wir endlich in Istanbul ankamen, als ich die Brücke über dem Bosporus sah, als wir unser altes, kleines Zimmer nahe der blauen Moschee bezogen, da wusste ich, ich muss jetzt weg von ihnen. Ich muss allein weiter.

Ihr Entschluss, gleich hinter der türkischen Grenze, bei Thessaloniki, einen Platz zu finden, um dort den Winter zu verbringen, stand fest. Ich wusste, ich hatte nur noch diese Chance, denn nur eine Großstadt bot die Möglichkeit etwas zu finden, was ich mir im Augenblick noch nicht vorstellen konnte.

An dem Morgen, als Sigi versuchte, im großen Bazar seinen Siegelring zu verkaufen, bat ich ihn, fiebrig wie ich war, doch auch mein Dauerhemd irgendwem anzubieten. Er sah mich nur sehr ernst an und ging. Ich stand von meinem Lager auf, trat vor den Spiegel und sah in mein Gesicht. Ich war der Verdammte der Inseln. Meine Augen lagen in unendlich tiefen Höhlen. Ein Bart machte mich um Jahrhunderte älter. Ich sah aus wie diese Typen, die auf Flaschen Werbung für ein Getränk machen, mit dem man angeblich über hundert werden kann. Mir kamen die Tränen. Ich war eine lebendige Leiche. Zitternd ging ich die Treppe hinunter und schleppte mich bis zum Puddingshop an die Ecke. Auf der Tafel, die sie als Speise-, Erinnerungs- und Angebotsanzeiger auf die Straße gestellt hatten, fand ich in großen Buchstaben das erlösende Angebot.

BUS NACH PARIS 25 DOLLAR.
NACH MÜNCHEN 20.

Ich wankte wieder nach oben und zählte den Rest meines Geldes. Jeder von uns hatte zwanzig Deutschmark, zu wenig also, um fahren zu können. Ich legte mich auf den Boden und war bereit zu sterben.

Am späten Nachmittag kam Sigi zurück. Er hatte wirklich seinen Ring verkaufen können und nun etwas Geld. Ich konnte ihm nur noch geradeheraus sagen, dass ich den Bus nach München nehmen wollte und dafür Geld brauchte. Es wurde für uns beide die härteste Stunde. Erst wollte er es nicht glauben und dann verstand er mich doch und gab mir die sechzig Mark, die mir zu dem Ticket noch fehlten. Sein Ring hatte ihm weit über hundert Deutschmark gebracht. Wir standen uns gegenüber und ich heulte und er heulte und dann umarmten wir uns und dann lachten wir wieder.

Am Abend nahm ich meine Sachen und Sigi brachte mich zum Bus. Ich sagte ihm, dass er George und Kim grüßen solle und dass ich ihm Geld aus Berlin schicken werde, sobald ich dort angekommen sei, und er solle mir unbedingt seine Adresse in Griechenland schreiben. Ich gab ihm die Adresse von Stopper, weil ich ja nicht wusste, wo ich in Berlin landen würde. Wir umarmten uns noch mehrere Male und ich sagte: „Pass auf dich auf", und er sagte: „Wir sind ja nicht aus der Welt."

Ich weiß nicht, ob ich mich noch einmal nach ihm umgedreht habe, als ich in den Bus gestiegen war. Ich setzte mich gleich in die letzte Reihe, zwischen ein paar junge

Hippies. Es war ein Fixertransport, der uns nach Hause zurückbringen sollte, und ich glaube, ab diesem Augenblick starrte ich nur noch vor mich hin.

Wir fuhren Tag und Nacht. Der Bus war ein fahrbares Lazarett. Die meisten jungen Leute waren heroinverseucht. Manche waren nicht einmal fünfzehn. In den Nächten konnte ich ihr Wimmern und ihre Hilfeschreie hören. Es war fast nicht zu ertragen. Sie waren alle auf Entzug. Die Grenzer fragten schon gar nicht mehr nach unseren Pässen. Wir donnerten über die Autobahnen von Jugoslawien und Italien und dann weiter bis nach Österreich und Deutschland. Von Kilometer zu Kilometer wurde es im Bus kälter. Am Brenner holten sie dann die ersten Decken heraus.

Ich ernährte mich von Resten. In einer Raststätte warfen mir Touristen alte, nasse Kartoffelchips zu. Mir wäre inzwischen alles recht gewesen.

Als wir in München ankamen, war es Herbst. Sie schmissen mich an irgendeiner Ecke in der Innenstadt hinaus und ich nahm mir für den Rest meines Geldes ein Taxi zur nächsten Autobahnauffahrt. Der Taxifahrer war ein guter Mensch und bot mir an, mich am Abend dort wieder aufzupicken, sollte ich bis dahin keinen Lift nach Westberlin bekommen haben.

Ein VW-Bus nahm mich dann auf und wir fuhren bis zur deutsch-deutschen Grenze. Dort verbrachten wir eine ganze Nacht, weil sich eine verhärmte Volkspolizistin in den Kopf gesetzt hatte, das Funkgerät meines Fahrers und eine Wasserpfeife, die ich noch in meiner Teppichtasche hatte, zu überprüfen. Sie fanden ein paar Charrasreste. Hunde wurden geholt und ich musste mich vor allen ausziehen. Das ging so die ganze Nacht, bis ich begriff, dass die Grenzer einfach nur scharf auf die Pfeife waren und ich sie ihnen dann als Geschenk überließ.

Am frühen Morgen kamen wir in Dreilinden an und ich

und stieg an der Autobahnausfahrt Wannsee aus. Dann lief ich die letzten Kilometer bis zur Potsdamer Chaussee und dann immer weiter. Ich wollte sie überraschen.

Die Luft war wunderbar frisch und ich fühlte mich federleicht. Die Bäume waren ja noch dieselben. Das Grün war brauner geworden und hier und da roch es schon herbstlich, aber es tat gut, so zu gehen. Ich wunderte mich über die Betriebsamkeit auf den Straßen, und doch war es eigenartig still. Die Autos fuhren hintereinander und hielten vor den Ampeln an und warteten geduldig, bis sie auf Grün schalteten. Erst dann fuhren sie weiter.

Als ich über die Potsdamer Chaussee lief, da wurde mir schon flauer im Magen. Ich sah ja nicht gerade wie einer von ihnen aus. Ich hatte mich an der Grenze, gleich hinter Dreilinden, noch einmal umgezogen und trug jetzt mein afghanisches Hemd, den grauen Kittel, den ich mit Sigi in Herat gekauft hatte. Nie zuvor hatte ich ihn getragen, aber nun trug ich ihn und dazu ein paar Sandalen, die ich nur als Souvenir mitgebracht hatte.

Ich lief bestimmt eine ganze Stunde so. An dem alten Gut Düppel vorbei, da, wo die Pferde stehen, und dann kreuzte ich die Machnower Straße und kam zu den Siedlungen, und da begann es dann. Ich freute mich ja auf meine Leute. Ich freute mich, wieder zu Hause zu sein. Es war wie in einem meiner Filme, wenn der weiße Reiter zurückkommt und seine Leute ihn begrüßen und dieses ganze Theater. Aber dann begegneten mir die ersten Leute, die zur Arbeit gingen, und da war mir alles, was mir einmal so vertraut war, fremd. Die kleinen Häuser, die Balkone, die Vorgärten, ich kannte das alles so gut, so gut wie nichts zuvor, aber je näher ich der Endhaltestelle vom 10er kam, desto mehr entfernte ich mich von ihr.

Ich wollte Herbert doch treffen, ich hatte mir gewünscht, ihn zu überraschen. Gleich jetzt am frühen Morgen, ich hatte mir das schon auf der Autobahn ausgemalt.

Ich hatte mir vorgestellt, wie er mir in seiner BVG-Uniform entgegenkommen würde, mit seiner Mütze auf dem Kopf und der Mappe in der Hand. Wie ich dann „Guten Morgen" zu ihm sagen und er mich anstarren, aber nicht erkennen würde. Wir hätten dann voreinander gestanden und ich hätte „Na, Herbert, wie geht's?" gesagt, und dann wäre er umgekippt. Er hätte wirklich den Boden unter den Füßen verloren. Und dann wären wir nach Hause gegangen und wir hätten uns um Königinmutter gekümmert, denn auch Königinmutter wäre vom Stuhl gefallen. Sie hätte mich bestimmt wie einen Geist angesehen und gesagt: „Gott, Junge, wie siehst du denn aus." Und dann hätten wir unheimlich viel gelacht und Herbert hätte einmal in seinem Leben seinen verdammten Dienst geschwänzt.

Als ich an der Endhaltestelle vom 10er war und in unsere kleine Straße einbog, als ich die Frühaufsteher sah, die zur Arbeit hasteten, da fühlte ich mich wirklich wie ein Fremder. Ich wusste es plötzlich, ich gehörte nicht mehr hierher.

Ich lief bis zu dem kleinen Weg, der zu unserem Reihenendhaus führt, und dort verlangsamte ich meine Schritte. Ich hatte plötzlich Angst. Ich hatte doch wie Odysseus zu ihnen zurückkommen wollen, wie nach einer langen Seefahrt hatte ich zurückkommen wollen. Ich hätte mich auf ihr Sofa gesetzt, direkt unter den See, und Königinmutter hätte mir ein paar belegte Brote gemacht und dann hätte ich ihnen alles, fast alles erzählt. Aber nun ging es nicht mehr. Ich begann zu zittern. Meine Hände wurden ganz klamm und ich fror. Ich lief noch ein paar Meter weiter, den kleinen Weg hinunter, an den Grünanlagen vorbei, aber es wurde nur noch schlimmer. Eine Frau kam mir entgegen und ich sagte: „Guten Morgen", aber sie antwortete nicht. Ich blieb stehen, es ging nicht mehr weiter. Ich will sie doch nicht verletzen, dachte ich. Ich will doch nichts Schlechtes machen. Ich kam mir ein bisschen lächerlich in meinen Klamotten vor, aber es waren ja nicht die Klamotten, ich fühlte mich nur so verloren.

Und dann drehte ich mich um, genau da, wo der kleine Baum stand, auf dem sonst immer die Drosseln die Äpfel heruntergepickt hatten, genau da drehte ich mich um und ging langsam den ganzen Weg zurück. Ich sah mich nicht mehr um und ging immer weiter bis zur Endhaltestelle. Ich konnte nicht anders.

Ich sitze im Bus der Linie 10, oben in der ersten Reihe. Ich sehe auf die Straße. Ich weiß nicht, wann ich zurückkommen werde, ich weiß es wirklich nicht.

Ich werde sie vielleicht morgen oder übermorgen anrufen. Ich werde sagen, dass es mir gut geht und dass sie sich keine Sorgen machen sollen. Ich liebe meine Leute, aber ich muss jetzt meinen eigenen Weg gehen.

Ich werde zu Stopper fahren. Ich werde ihn bitten, mich für eine Zeit in seinem Zimmer unterzubringen, oder vielleicht nehmen wir uns zusammen eine Wohnung. Irgendetwas wird sich schon finden. Und dann werde ich zu Kolja gehen und ihn bitten mir seine Gitarre zu leihen, nur für ein paar Tage. Ich brauche nur ein paar Tage, dann werde ich wieder Lieder haben und dann werde ich meine Geschichte erzählen. Die Geschichte von unserem Freiland und von Sigi und von unseren Pferden.

Ich bin, ich bin, ich bin. Ich sing es leise vor mich hin.

Ich würd so gerne bleiben, doch ich kenn mich hier nicht mehr aus.

Anderswo bin ich zu Haus.